Sabine Deitmer

Kalte Küsse

Dominante Damen

Zwei Kriminalromane

Fischer Taschenbuch Verlag

Limitierte Sonderausgabe
Veröffentlicht im Fischer Taschenbuch Verlag GmbH,
Frankfurt am Main, November 1998

Gesamtherstellung: Clausen & Bosse, Leck
Printed in Germany
ISBN 3-596-50150-4

Kalte Küsse

Prolog

Der Käfig mit dem Zwergkaninchen stand auf rosafarbenen Keramikplatten. Es war ein hübscher Käfig. Mit einem Porzellantopf für das Wasser, einem Napf für das Fressen und Gitterstäben, die golden blinkten. Das Kaninchen hockte auf einer Lage Heu in der hintersten Ecke und knabberte mit schräggestelltem Kopf an einem der Gitterstäbe. Leise machte es klack, klack, klack, wenn die Zähne an das Metall schlugen. Um den Käfig herum lagen trokkene Grashalme verstreut, die das Kaninchen aus dem Käfig geworfen hatte. Als es im Schloß der Wohnungstür knackte und die Tür aufging, duckte sich das Kaninchen und saß wie versteinert in seiner Ecke.

Eine Frau in hellblauem Kittel trat ein, schloß die Tür hinter sich und drückte den Lichtschalter herunter. Die Neonröhren in der Küchenzeile zuckten und warfen ihr gleißendes Licht. Die Frau legte den Schlüssel auf die Marmorplatte neben die Espressomaschine. Sie zog ihre Strickjacke aus und hängte sie über den Lederrücken des Drehstuhls, der vor der Arbeitsplatte mit dem Gewürzregal stand.

Neugierig nahm die Frau eine Flasche in die Hand. Sie hielt die rote Flüssigkeit, in der ein Gewürzzweig schwamm, vors Licht und las das Etikett. Dann nahm sie ein Glas aus dem Regal, schraubte es auf und roch daran. Sie verzog das Gesicht und stellte das Glas an seinen Platz zurück. Sie machte einen Wandschrank auf und ließ ihren Blick über den Inhalt fliegen. Nichts, was sie reizte. Sie öffnete den Schrank daneben. Die Frau nahm einen Teller heraus und hielt die Rückseite gegen das Licht. Sie drehte ihn um und betrachtete ihn begehrlich. Nach einer Weile stellte sie ihn zurück in den Schrank.

Die Frau seufzte und ging zu den beiden Messingkannen, die neben dem Waschbecken standen. Sie drehte den Wasserhahn auf und füllte die Kannen. Eine Kanne in jeder Hand lief sie zu der breiten Fensterfront und wässerte drei Grünpflanzen, die dort in rollbaren Kästen aus Spiegelglas standen. Mit der Hand prüfte sie, ob die Erde naß genug war. Sie ging zurück zum Waschbecken und füllte die Kannen ein zweites Mal.

Die Frau trug die leeren Gießkannen zurück zur Küchenzeile und ließ ihre Augen unschlüssig durch das große Eßzimmer streifen. Zu dem Ledersofa mit den Sesseln und dem Couchtisch vor dem Kamin, zu der Eßgruppe mit der Anrichte aus dunkelrotem Holz. Sie durchquerte den Raum und trug eine Vase mit langstieligen gelben Rosen zum Waschbecken. Mit einem Griff faßte sie die verblühten Blumen und warf sie durch die silberne Klappe in den Abfallkübel. Sie spülte die Vase und stellte sie neben den Mixer auf die Küchenplatte. Anschließend wischte die Frau mit einem Papiertuch Waschbecken und Marmorplatte blank. Sie warf das Papier in den Abfallkübel. Ihr Blick fiel auf das Kaninchen im Käfig.

Mit beiden Händen zog sie den Käfig nach vorne und beugte sich darüber. Das Kaninchen fiepte in Todesangst. Die Frau machte beruhigende Schnalzlaute mit der Zunge. Das Kaninchen fiepte weiter. Sie füllte erneut eine Kanne und versuchte, das Wasser durch die Gitterstäbe in den Trinknapf zu gießen. Der Wasserstrahl traf das Kaninchen. Es flüchtete in die gegenüberliegende Käfigecke. Dort preßte es sich stumm mit anliegenden Ohren auf den Boden. Die Frau seufzte und hockte sich vor den Käfig. Sie öffnete die Käfigtür und stellte fest, daß die Gießkanne nicht durch die Tür paßte. Sie seufzte ein weiteres Mal und starrte ratlos auf das Kaninchen, das mit weitaufgerissenen Augen in seiner Ecke lag. Schließlich stand sie auf und ging zur Küchenzeile, um ein Glas aus dem Schrank zu nehmen. Sie drehte den Wasserhahn auf.

Das Kaninchen zögerte keinen Moment. Mit drei Sätzen war es an der Käfigtür und sprang in die Freiheit.

I

Die Santa Monika schaukelte im Hafenbecken und wartete auf Kunden. Eine Hochzeitsgesellschaft zog ihr entgegen. Vorneweg die Braut in einem Traum aus Weiß, neben ihr zwei Männer in schwarzen Anzügen. Dahinter der Rest der Gesellschaft, Kinder, Frauen, Männer. Ein Tag wie gemacht zum Heiraten. Strahlender Sonnenschein. Keine Wolke am Himmel. Über ein schwankendes Brett kletterten sie einer nach dem anderen an Bord. Die Santa Monika tutete. Gleich würde sie ablegen.

Faul wie eine satte Katze streckte ich mich in meinem Lieblingsstuhl am Fenster. Die Arme hinter dem Kopf verschränkt, die Füße auf der Fensterbank abgelegt, sah ich nach draußen. Die Santa Monika tuckerte los. Möwen schwangen sich aus den Wellen und folgten dem Boot laut kreischend. Hinter meinen roten Zehennägeln tauchte ein Mann in Jeans und dunkelblauem Hemd auf. Die Verpackung war ungewohnt. Ich sah ihn häufiger nackt. Zwischen meinen Bettlaken. Die letzte Nacht hatten wir gemeinsam unter einer Bettdecke verbracht.

Er winkte und zeigte auf einen Berg Tüten zu seinen Füßen. Mir wurde ganz anders. Was mochte da drin sein? Bei der Hitze konnte ich mit Lust nur an Trinkbares denken. Mineralwasser, Tonic, Berliner Weiße. Ich winkte zurück. Was immer er anschleppte, wurde nicht appetitlicher, wenn er noch länger da stehenblieb und mit den Armen in der Luft herumruderte.

Es schellte. Auf dem Fußabtreter stand mein Mann für gewisse Stunden. Schmalhüftig, schwitzend und mit vollen Tüten.

»Ich war einkaufen.«

Darauf wäre ich nie gekommen. Er verschwand mitsamt den Plastiktüten in meiner Küche und machte die Tür hinter sich zu. Ich schleppte ein Pfund Papier zu meinem Platz ans Fenster und vertiefte mich in die Kriminalstatistiken des vergangenen Jahres, die ich mir am Freitag noch als Wochenendlektüre mit in die Tasche gestopft hatte.

Keine Gefahr, arbeitslos zu werden. Raubdelikte, Sexualdelikte, Gewaltverbrechen, Trend weiter steigend. Geschätzte Dunkelziffer zwischen 1 : 3 und 1 : 10. Ein krisenfester Arbeitsplatz. Wenn ich schön brav blieb. Keine silbernen Löffel bei der Weihnachtsgala zugunsten der Polizeiwaisen klaute.

Eigentlich ist es Zufall, daß ich bei dem Verein gelandet bin. Mehr aus Jux habe ich einen Einstellungstest gemacht, und sie wollten mich gleich haben. Ich habe drei Tage Bedenkzeit ausgehandelt, um mir zu überlegen, ob ich sie auch wollte. In der Zeit habe ich mir Informationen besorgt und mit ein paar Leuten geredet. Danach war ich im Bilde. Die Bezahlung war mies, das Image beschissen, ein Männerhaufen, der auf weibliche Neuzugänge keinen Wert legte. Ich sagte zu. In einem Job, aus dem Männer eine Frau raushalten wollten, gab es mit Sicherheit jede Menge zu lernen.

Er war immer noch in der Küche. Verdächtig lange schon. Mein Instinkt sagte mir, daß irgend etwas nicht stimmte. Wenn ein Mann, der sonst die Wochenenden im Bett lümmelt, Aschenbecher mit seinen Kippen füllt und Weingläser neben dem Nachttisch sammelt, auf einmal Großeinkäufe tätigt und in einer fremden Küche verschwindet, ist mit dem Schlimmsten zu rechnen. Es hätte mir ja egal sein können, was er da trieb, wenn ich gestern nicht drei Stunden damit zugebracht hätte, meiner Küche ein strahlendes Aussehen zu verpassen.

Ich öffnete die Tür einen Spalt.

»Komm ruhig rein«, forderte er mich auf.

Er hatte ganze Arbeit geleistet. Vor dem Kühlschrank stapelten sich unausgepackte Tüten, die Türen der Hängeschränke standen offen, im Gewürzregal flogen die Gläser durcheinander, und auf meiner Tortenplatte mit den Blümchen lag ein nacktes Tier, aus dessen Körper Blut und Fleischsaft tropften. Neben dem Abfalleimer war ein zusammengeknüllter Haufen Papier, um den herum sich ein feuchter hellroter Fleck gebildet hatte. Das Einwickelpapier der Tierleiche.

»Magst du Kaninchen?« fragte er mich.

»Das kommt darauf an«, antwortete ich vorsichtig.

Nichts hatte mich darauf vorbereitet, daß der Mann, mit dem ich seit ein paar Wochen in unregelmäßigen Abständen die angenehmsten Nächte verbrachte, sich für etwas anderes als schnelle Autos, trockenen Weißwein und guten Sex interessierte. Ich mußte die Information verdauen.

»Richtig sexy, mein Kaninchen. Schau mal, die zarten Schenkel.«

Er massierte dem toten Vieh mit einer Ladung Senf die Läufe und sah mir dabei in die Augen. Ich dachte an letzte Nacht und war auf der Hut. Auch von einem begabten Liebhaber wollte ich mir nicht die Küche besetzen lassen.

»Ich hasse Leichen, die noch tropfen«, sagte ich schroff, bückte mich und warf das feuchte Einwickelpapier in den Mülleimer.

In diesem Augenblick schellte das Telefon.

»Geh nicht dran«, sagte er, hob das Kaninchen hoch und massierte es mit seinen Senfhänden. »Wir machen uns einen schönen Abend.«

Ich sah auf die Hände, die dem Kaninchen die Schenkel rieben. Das Telefon klingelte weiter.

»Ich hab' Bereitschaft. Ich muß drangehen.«

Er legte das Kaninchen zurück auf die Tortenplatte und trocknete sich die Hände an einem Stück Küchenkrepp. Dann zog er die Schublade mit den Bestecken heraus, wühlte darin herum, fand, was er suchte.

»Jawohl, Frau Kommissar.«

Er setzte die Geflügelschere an und schnitt dem Kaninchen die Rückenwirbel durch. Es knackte grell.

Ich flüchtete ans Telefon.

Weber, wie ich vermutet hatte.

»Eine Leiche. Arneckestraße fünfzehn. In fünf Minuten bin ich bei dir.«

»Alles klar, ich komm' runter.«

Ich warf den Kimono mit dem Drachen aufs Bett und machte den Kleiderschrank auf. Acht Jahre in einer grünen Uniformjacke und senfgelben Hosen hatten geschafft, was meine Mutter nicht geschafft hatte. Ich interessierte mich für Klamotten. Hauptsache schön bunt. Und nicht grün oder senfgelb. Mit den Fingern klapperte ich die Kleiderbügelfront ab. Dann hatte ich das Richtige. Für dreißig Grad im Schatten und den Erstkontakt mit einer Leiche. Eine Röhrenhose in coolem Türkis und ein Herrenhemd wie Erdbeereis.

Das Gesicht im Spiegel war umwerfend. Straffe Haut, keine Ringe unter den Augen. Mit fünf Fingern fuhr ich durch die Haarstoppeln. Es geht nichts über ein paar Stunden Schlaf und eine Auffrischung der Hormone. Ich pinselte mir die Lippen rot und verteilte die Parfümtropfen hinter den Ohren. Der Dienstausweis, den ich am Zahnputzglas geparkt hatte, zeigte eine Dame, die mir häufiger im Spiegel begegnet. Müde, abgespannt, Schatten unter den Augen. Ich griff die Plastikkarte. Name: Beate Stein, Größe: 178 cm, Alter: 32, Haarfarbe: Blond, Augenfarbe: Grün, besondere Kennzeichen: Narbe am linken Schulterblatt. Ich schob den Ausweis in die hintere Hosentasche. Dann stach ich mit dem Draht durch das Loch in der Haut. Ein Spiegelstück mit scharfen Kanten baumelte von meinem Ohr.

Als ich mich in der Küche von ihm verabschiedete, lag das Tier in fünf Teile zerlegt auf der Platte neben dem Ofen. Kurz davor, im Bratentopf zu enden. Das Öl brutzelte. Was für eine Idee bei der Hitze.

»Wann kommst du wieder?«

»Es kann dauern. Mord.«

»Das war's ja dann wohl«, sagte er und stellte die Flamme aus.

»Tut mir leid«, sagte ich, mehr der Form halber, schnappte mir meine Tasche mit der Pistole und warf die Tür hinter mir zu.

Ich mag meinen Job, und ich bin gut darin. Es gab einmal eine Zeit, da habe ich mich gefragt, ob ich nicht lieber auf einen Job mit geregelten Arbeitszeiten und geregeltem Liebesleben umsteigen sollte. Aber das ist schon lange her.

2

Ich öffnete die Haustür. Heiße Luft schlug mir entgegen. Auf der Uhr am Taxistand war es zehn vor vier. Eine Handvoll Kinder hatte die Anlegestelle der Santa Monika zu einem Schwimmbad umfunktioniert. Mit bloßen Füßen rannten sie über den Schotter und sprangen in das von Ölflecken glänzende Wasser. Es war dieselbe Stelle, an der die Kollegen von der Wasserpolizei mit ihren Booten anlegten, wenn sie die Leichen, die sie aus dem Kanal gefischt hatten, an Land brachten.

Vielleicht war ich ja verrückt, hier in der Hitze zu stehen. Andere Leute ließen sich bei dem Wetter von der Santa Monika über das Wasser schaukeln, gingen mit ihren Liebsten spazieren oder machten es sich zu Hause gemütlich. Ich stand neben einem Mercedes mit Tüllschleifen und wartete auf mein Taxi zum Tatort.

Immer noch besser, als mit dem Objekt meiner Begierde eine Beziehungsdiskussion zu führen. Über Männer, die Küchen verwüsten und sich in fremden Wohnungen breitmachen, über unterschiedliche Vorstellungen von Nahrungsaufnahme bei dreißig Grad im Schatten.

Weber hielt neben der Hochzeitskutsche. Er stieß die Tür auf. Die Sonne knallte durch die Scheibe und beleuchtete jede Pore seiner Haut. Auf seiner Stirn standen Schweißperlen. Mit dem dunklen Bart auf der Oberlippe sah er aus wie ein trauriger Seehund.

»Schrott, saublöder«, fluchte er und fegte ein flaches Teil vom Beifahrersitz. »Jetzt kannst du.«

Ich sprang rein und kurbelte die Scheibe herunter.

»Entschuldige die Verspätung. Autokorso am Wall, war kaum durchzukommen.«

Mit den Schuhspitzen hob ich das Teil, das er vom Sitz gefegt hatte, nach oben. Auf buntem Karton war eine komplette Juwelengarnitur in Plastik eingeschweißt. Halskette, Armband, Ring, Zopfspangen mit Herzen. Alles in Pink. Entzückend.

»Für die kleine Lady«, las ich.

Weber stoppte vor der roten Ampel an der Ecke.

»Gib her.« Er nahm mir die Erstausstattung für die kleine Lady aus der Hand und warf sie auf den Rücksitz.

Die Ampel sprang auf Grün. Er gab Gas.

»Ich wollte das Teil schon längst wegschmeißen.«

»Inga?«

Er nickte. »Du kennst sie ja.«

Seine Frau war Kinderärztin und hatte ziemlich genaue Vorstellungen, was geeignetes Spielzeug für ein Zwillingspärchen im Vorschulalter anging. Die Erstausstattung für die kleine Lady gehörte nicht dazu. Ich konnte es ihr nicht verdenken.

Ein Motorradfahrer in schwarzer Lederkluft bretterte rechts an uns vorbei, direkt vor meinem Fenster. Ich fing einen Blick aus den Augen unter dem weißen Helm auf. Er drehte das Gas auf und fuhr in Schlangenlinien neben uns her. Die Sonne tanzte auf den Metallteilen der Maschine.

Weber haute mit der Hand auf das Lenkrad und rief mir irgend etwas zu. Ich verstand kein Wort bei dem Geknatter der Maschine.

»Was?« rief ich zurück und machte das Fenster zu.

»Was ist das für ein Idiot?« schrie er.

»Warum schreist du denn so?« fuhr ich ihn an.

Er schwieg beleidigt.

Der Typ auf dem Motorrad breitete die Arme aus und fuhr freihändig. Ich sah schnell weg. Sonst machte er noch einen Handstand auf dem Lenker.

»Unsere Leiche, ist das ein ER oder eine SIE?« wandte ich mich an Weber.

»Keine Ahnung.«

»Hoffentlich ein ER«, sagte ich mit Inbrunst. »Ein Idiot weniger.«

Der Ledermann gab auf und donnerte vor unserer Frontscheibe davon. Ich kurbelte das Fenster wieder herunter.

Ein Duft von Benzin und Abgasen stieg mir in die Nase.

»Angerufen hat eine Nachbarin bei uns. Frau Kunze. Etwas wirr. Sie wollte Blumen gießen in der Wohnung. Die Bewohner sind verreist.«

Wir wurden von einem Käfer überholt, aus dessen Schiebedach die nackten Oberkörper von drei Jungs ragten, die etwas schrien, was bei mir wie ›hey, hey‹ ankam.

»Da ist ihr so ein komisches Tropfen aufgefallen.«

Weber trat auf die Bremse. Die Jungs hatten ihn geschnitten.

»Scheiße«, fluchte er. »Sind denn heute nur Idioten unterwegs?«

»Das Tropfen«, erinnerte ich ihn.

»Es tropfte aus einer beknackten Gefriertruhe.«

Normalerweise drückt er sich etwas gewählter aus.

»Und dann?« fragte ich.

»Dann hat sie die Tür aufgemacht. Und da war halt nicht das, was eine Hausfrau erwartet.«

»Am Stück oder in Scheiben?«

»In Scheiben. In Tüten, sagt sie. Ordentlich verpackt.«

Auf dem Zebrastreifen überquerten Fußballfans mit gestreiften Schals die Straße. Sie hielten sich an ihren Bierflaschen fest und grölten: »We are the champions. The champions of the world.«

Kein Wunder, daß es so schlimm um die Welt bestellt war.

»Ich denke, die Saison ist vorbei?«

»Freundschaftsspiel«, klärte er mich auf.

Die ganze Hohe Straße entlang wurden wir von grölenden Champs auf dem Weg zum Stadion begleitet. Dann verließen wir sie. Ich war froh, daß ich jetzt bei der Kripo war und den Champs nicht mehr die Schnapsflaschen wegnehmen mußte.

Weber bog in die Arneckestraße ein.

»Welche Nummer?«

»Fünfzehn.«

Ich suchte nach den Hausnummern neben den stattlichen Türen. Feinste Wohngegend, Jugendstil, edel saniert, Bäume auf beiden Seiten.

»Einundzwanzig. Das da drüben muß es sein.«

Die Fassade war frisch gestrichen, hellgelb, der Putz weiß abgesetzt. Der Vorgarten war groß und grün. Ein hochherrschaftlicher Eingang mit einer Kletterpflanze, die blau blühte.

Weber sagte gerade seinen Spruch in die Türsprechanlage, als mein Blick auf den betonierten Platz vor der Wohnung im Souterrain fiel. Die Mülltonnen waren umgeworfen und lagen mit offenen Klappen am Boden. Inmitten von leeren Zigarettenschachteln, Dosen und zerknüllten Verpackungsmaterialien saß eine fette schwarze Katze und schlug ihre Krallen in eine halbvolle Plastiktüte.

3

Der Raum war riesig. Irgendwo in der Ferne sah ich eine Glaswand, in der sich eine Couchgarnitur mit Kamin spiegelte. Die Küchenzeile mit dem blitzenden Chrom und den blankgeputzten Küchengeräten hätte jedem Feinschmeckerlokal Ehre gemacht. Von der Profi-Espressomaschine über dem Küchenblock bis hin zu der Sammlung von bunten Essigflaschen, in denen Gewürzzweige schwammen. Alles perfekt.

Das einzige, was nicht ins Bild paßte, waren die Wasserlachen auf den rosa Keramikplatten am Boden und die tropfenden Päckchen auf der Marmorplatte über dem Gefrierschrank.

Ich kannte nur zu gut das Gefühl, das sich jetzt in meinem Magen breitmachte. Mein Magen wußte, daß das keine Feinschmeckermenüs waren, die da in den Plastikbeuteln schwammen. Durch die beschlagenen Wände eines Beutels sah ich eine runde Fleischmuschel, die entfernt an ein menschliches Ohr erinnerte. Mein Blick glitt über die Plastiktüten. Während sich meine Magenwände zusammenkrampften, überschlug mein Verstand die Anzahl der Tüten, die in dem Gefrierschrank Platz hatten.

»Ein Toter?«

Weber nickte.

»Ein Mann. Willst du mal sehen?«

Mit spitzen Fingern packte er einen Beutel und ließ ihn vor meinen Augen baumeln. Der Mörder hatte dem männlichsten aller Körperteile ein eigenes Tütchen reserviert. In meinem Magen gurgelte es verhalten. Es ist ein Vergnügen, mit Männern zusammenzuarbeiten. Sie sind so zartfühlend.

»Schöne Schweinerei.«

Das war ich. Reden tut gut. Auf jeden Fall besser, als sich zu sehr auf die Situation einzulassen. Besser, als zu kotzen. Schon allein wegen der Zuschauer. Weber hatte zwar auch schon mal gereihert, als wir die verkohlten Reste einer Leiche in einem Schuppen gefunden hatten. Das hieß noch lange nicht, daß ich ihm den Anblick einer kotzenden Kollegin gönnte.

»Ist das schlimm, daß ich das da ausgeräumt habe?«

Die Frau, die uns hereingelassen hatte, sah mich ängstlich an.

»Das ist schon in Ordnung«, beruhigte ich sie.

»Ich mußte doch gucken, ob das noch gut war.«

Sie zeigte auf die Tüten, unter denen sich Pfützen gesammelt hatten. Das Wasser machte leise plopp, als es vom Gefrierschrank auf den Boden tropfte.

»Soll ich vielleicht das Wasser...?«

Sie deutete auf einen roten Plastikeimer, über dem ein ausgewrungener Aufnehmer hing.

»Nein. Tun Sie das bitte nicht. Rühren Sie den Eimer nicht an. Er wird von den Kollegen noch untersucht.«

Weber warf mir einen Blick zu. Ich legte los.

»Wir brauchen die Leute von der Spurensicherung, zwei bis drei Mann. Einen Gerichtsmediziner, am besten Fleischer persönlich. Und vergiß nicht den Staatsanwalt. Fällt dir noch was ein?«

»Presse. Du kennst den Alten. Da muß morgen schon was laufen.«

»Sag ihm, er soll sich melden, wenn er uns heute noch haben will. Sonst noch was?«

Er zögerte.

»Du weißt, daß Kerner alles tun wird, um dir den Fall abzujagen. Der braucht ganz dringend was nach den letzten beiden Flops.«

»Da muß er früher aufstehen.«

»Nimm's nicht zu leicht. Der ist nicht allein. Die gönnen einer Frau so eine heiße Sache einfach nicht.«

Ich wußte nur zu gut, was er meinte. Kerner war von Ehrgeiz zerfressen. Die letzten heißen Fälle hatte alle er sich an Land gezogen. Den nackten Jungen im Wald und die Prostituierte, die von einem Freier erwürgt worden war. Sein Pech, daß er damit keine Lorbeeren ernten konnte.

»Geht der Herr Kommissar jetzt schon wieder?« fragte die Frau beunruhigt.

»Er kommt gleich zurück«, versicherte ich ihr. »Er verständigt nur die Kollegen. Wenn Sie so nett wären, mir in der Zwischenzeit ein paar Fragen zu beantworten, Frau Kunze.«

»Gerne, Frau...«, sie zögerte.

»Kommissarin Stein. Beate Stein. Ich leite die Untersuchungen.«

Sie folgte mir zu der schwarzen Ledergruppe vor dem Kamin.

4

Ich schätzte die Frau im Nylonkittel mit den kurzen grauen Haaren auf Anfang Sechzig. Sie konnte zupacken. Das verrieten mir die Oberarme und die kräftigen Hände. Die Finger sahen aus, als ob sie häufig mit Wasser in Berührung kämen, aufgeplatzte Haut, stumpf und geschwollen. Sie saß steif vor mir auf der Kante des Sofas. Ihre Augen wanderten unruhig im Zimmer umher.

»Sie haben uns angerufen«, begann ich freundlich. »Können Sie mir sagen, wie Sie die«, ich zögerte einen Moment, »Leiche gefunden haben?«

Sie sah an mir vorbei. Ich folgte ihrem Blick zu den Grünpflanzen vor dem Fenster.

»Wie ich die Blumen gießen wollte.« Sie machte eine Pause. »Da habe ich das Wasser auf dem Boden gesehen.«

Ihre Augen wanderten von den Blumen zu der Marmorplatte über dem Gefrierschrank.

»Ist das nicht furchtbar?« Sie seufzte.

Sie sah auf den Eimer.

»Ich habe das Wasser gleich aufgewischt. Aber da kam immer mehr.«

Sie machte wieder eine Pause. Ich ließ ihr Zeit.

»Ich habe dann die Tür aufgemacht, und da kam es herausgeschwappt. Das habe ich alles aufgewischt.«

Sie hielt sich an dem fest, was sie kannte. Genau wie ich. Für sie war der Wischlappen das, was für mich die Routine vertrauter Fragen war.

»Dann habe ich die Tüten herausgenommen, um zu sehen, ob es noch gut war. Wegen der Hitze. Da habe ich erst gesehen, was es war.«

Mir war das Wort Leiche nur zögernd über die Lippen gekommen. Sie sprach von einem ES.

»Wir leben in einer schlimmen Zeit.« Sie seufzte. »Wer macht denn so was? In eine fremde Wohnung einbrechen und eine Leiche in den Gefrierschrank legen. Das ist doch krank.«

»Wer wohnt hier in der Wohnung?«

Sie wurde lebhaft.

»Das sind ganz feine Leute. Der Herr Pape und seine Frau und die Kleine. Sehen Sie selbst.«

Sie stand auf und kam mit einem Bild in einem silbernen Rahmen zurück.

Ich sah es mir näher an. Der Rahmen blinkte wie frisch poliert. Familie Pape. Herr Pape, wie er Frau und Tochter lächelnd die Hand auf die Schultern legt. Ich schätzte ihn auf Anfang Fünfzig. Das, was viele für das beste Mannesalter halten. Frau Pape sah aus wie frisch aus dem Mädchenpensionat entsprungen. Ein blonder Engel. Mitte Zwanzig. Die Tochter gefiel mir besser. Lässig beherrschte sie die linke Bildhälfte. Eine Babypuppe im Würgegriff unter dem Arm, sah sie gelassen in die Kamera. Älter als fünf war sie nicht.

»Ganz feine Leute«, wiederholte Frau Kunze mit einigem Nachdruck.

Das Gepolter an der Tür sagte mir, daß meine Kollegen in geballter Mannesstärke anrollten. Ich entschuldigte mich bei Frau Kunze und versprach, schnell wiederzukommen.

Fleischer kam als erster mit Fliege, schwarzem Anzug und zwei Kästen in der Hand zur Tür herein. Die Freude darüber, der gepflegten häuslichen Unterhaltung entgangen zu sein, strahlte ihm aus allen Poren. Man munkelte, daß Frau Fleischer regelmäßig Hauskonzerte veranstaltete. Mit ganz feinen Leuten vermutlich.

»Was ist das?« stöhnte er und zeigte auf die Plastikpäckchen. »Leiche kann man das ja nicht nennen. Wie würden Sie das nennen?«

Die Frage ging direkt an mich.

»Einzelteile«, schlug ich halbherzig vor.

Er verzog angewidert das Gesicht.

»Für so was gibt es keinen Namen.«

Ich war froh, daß er da war und die wichtigsten Untersuchungen an Ort und Stelle gemacht werden konnten. Ein Transport bei den Temperaturen hätte alles nur noch schwieriger gemacht. Er klappte die Koffer auf und fing an auszupacken.

Der Staatsanwalt sprang etwas hilflos zwischen den Kollegen herum und stand wie immer im Weg. Ich kannte ihn vom Sehen und gab ihm die Hand.

»Ein schwieriger Fall, erkennungsdienstlich.«

Er sah auf einen Fleck neben meinem linken Ohr. Dorthin, wo meine Glasscherbe baumelte.

»Sind Sie etwa mit dem Fall betraut?«

Ich bedauerte, daß ich ihm die Hand geschüttelt hatte, und ließ ihn stehen.

Ein Kollege vom Erkennungsdienst kroch auf dem Boden herum und schabte mit einem Messer Kalk aus den Fugen zwischen den Keramikplatten. Langsam ließ er den Sand von der Messerschneide in ein Plastiktütchen rieseln. Ein anderer Kollege war mit der Pinzette in der Hand auf der Jagd nach Haaren.

»Wird schwer, die Identität festzustellen«, teilte er mir mit. »Fingerabdrücke sind ja nicht mehr.«

Die Haut hatte sich schon abgelöst. Keine gute Nachricht.

Ich kehrte zu meiner Zeugin zurück.

»Wann haben Sie das Ehepaar Pape zum letzten Mal gesehen?«

»Zum 1. Juli wollten sie wegfahren. Daran kann ich mich erinnern. Und drei Tage vorher habe ich sie das letzte Mal gesehen.« Sie überlegte. »Das war gestern vor vierzehn Tagen. Da hat die junge Frau bei mir geschellt und mir den Schlüssel gegeben.«

Sie zog einen Schlüssel aus der Tasche ihres hellblauen Kittels und legte ihn auf den Tisch.

»Und da hat sie mir gesagt: ›In drei Tagen fahren wir ja. Am 1. Juli.‹ Das habe ich behalten.«

Ich machte mir ein paar Notizen.

»Ach ja, der Schlüssel.« Ich zeigte auf die Tischplatte. »Den brauchen wir. Es wäre nett, wenn Sie uns den aushändigen würden.«

Wortlos schob sie ihn zu mir herüber.

»Ist Ihnen sonst noch etwas aufgefallen, als Sie mit Frau Pape gesprochen haben?«

»Nein, sie war so wie immer. Ganz fein.«

Fein, ein Wort, gegen das ich langsam allergisch wurde.

»Hat außer Ihnen noch jemand einen Schlüssel zu der Wohnung?«

Sie überlegte.

»Ihre Eltern«, sagte sie.

Ich schrieb mir den Namen und die Adresse auf.

»Die Telefonnummer liegt neben dem Telefon.«

»Wissen Sie, wo sie hingefahren sind?«

Sie schüttelte den Kopf.

»An die See. Ich glaube, nach Holland. Da sind sie öfter hingefahren. Wohin genau, weiß ich nicht.«

»Sie haben keine Karte bekommen? Oder mit ihnen telefoniert?«

Wenn ich richtig rechnete, mußte Familie Pape seit etwa zwei Wochen verreist sein.

»Nein.« Sie schüttelte erneut den Kopf.

»Fällt Ihnen sonst noch etwas ein? Irgend etwas, das in der letzten Zeit passiert ist, was Ihnen komisch vorgekommen ist, auch wenn es vielleicht nichts mit der Sache hier zu tun hat?«

»Jetzt, wo Sie mich fragen...« Sie seufzte.

»Ja«, ermunterte ich sie zum Weiterreden.

»Die Kinder«, sagte sie, als ob das alles sagen würde.

»Welche Kinder?«

»Es ist eine ganze Gruppe, sechs oder acht. Ich kenne sie nicht. Ich sehe sie nur, wenn sie wegrennen.«

Sie seufzte wieder.

»Was machen die Kinder?«

»Sie haben Stöcke. Damit hauen sie an den Zaun, machen Lärm und schreien. Wir waren doch früher nicht so«, sagte sie und strich mit den Händen ihren Nylonkittel glatt.

»Ist das alles, Lärmen und Schreien?« fragte ich.

»Sie werfen die Mülltonnen um. Haben Sie das nicht gesehen unten bei mir vor der Tür? Ein Skandal ist das. Als nächstes kommen die Ratten. Können Sie da nicht was machen?«

Ich mußte sie enttäuschen. Es ist immer wieder erstaunlich, was für Vorstellungen die Bürger von den Aufgaben der Polizei haben.

»Haben Sie mir auch wirklich alles gesagt, was Sie wissen?«
»Ich habe nichts damit zu tun.«
Sie vergrub die Hände in den Taschen ihres Kittels.
»Ich wollte nur die Blumen gießen. Mein ganzes Leben lang habe ich nichts Unrechtes getan. Sie glauben mir doch?«
Mein Nicken kam automatisch. Dies war nicht der Moment, ihr zu sagen, daß ich so leicht niemandem glaube. Jedenfalls nicht das, was man mir erzählt. Nicht nach zwölf Dienstjahren bei der Polizei und drei Jahren bei der Kripo.

5

Die Frau trug ein ärmelloses Sommerkleid mit großen roten Blumen und einen Strohhut, aus dem ein paar verschwitzte Haarsträhnen in den Nacken fielen. Unter den Achseln waren feuchte Flecken, und sie keuchte vor Anstrengung. In jeder Hand hielt sie eine Reisetasche, deren Gewicht ihre Arme lang nach unten zog. Es sah nicht so aus, als sei sie gewohnt, schwere Taschen zu tragen. Sie war von einem kleinen Mädchen in gelben Bermudashorts und lila T-Shirt begleitet. Mit einer Hand hielt es sich an den Henkeln der Reisetasche fest. Mit der anderen hielt es den Fuß seiner Babypuppe umklammert, deren Arm über den Steinboden schleifte und eine helle Spur hinterließ.

Die Leute in der Bahnhofshalle interessierten sich nicht für die Frau mit dem Strohhut und das Mädchen mit den blonden Zöpfen. Sie sahen nicht den gehetzten Blick, mit dem die Frau sich wieder und wieder umwandte. Sie waren damit beschäftigt, die Abfahrtzeiten ihrer Züge unter den verschmierten Glastafeln zu entziffern, Gepäckstücke in Metallkarren zu heben und sich in die Schlangen einzureihen, die sich vor den Fahrkartenschaltern gebildet hatten. Ein Samstag im Juni. Hauptreisezeit.

Die Frau mit dem Strohhut stellte die Taschen ab. Das Mädchen ließ die Henkel der Tasche los und preßte die Babypuppe mit beiden Armen fest an die Brust. »Mama, mir ist heiß.«

Die Frau mit dem Strohhut bückte sich, zog den Reißverschluß der Reisetasche auf und griff nach einem Portemonnaie, das an der Seite steckte.

»Mama, kann ich ein Eis haben?« bettelte das Mädchen.

»Ich kann dir kein Eis kaufen, Mirjam. Wir haben nicht genug Geld für Eis.«

»Kein Eis«, die Mundwinkel der Kleinen begannen sich zu verziehen.

»Gleich fahren wir mit der Eisenbahn, Mirjam. Einer ganz großen Eisenbahn.«

»Eisenbahn.« Das Mädchen wiederholte das Wort ohne große Begeisterung.

»Nathalie auch?« fragte sie jetzt mit Interesse und gab der Puppe einen Kuß auf den Mund. »Fährt Nathalie auch Eisenbahn?«

»Wir fahren alle Eisenbahn. Aber du mußt brav sein, hörst du?«

Das Mädchen nickte. Die Zöpfe flogen.

Die Frau sah sich um. Ihr Blick fiel auf zwei Polizisten in Uniform, die mit Eistüten in der Hand die Halle durchquerten. Abrupt drehte sie den Kopf zur Seite.

Sie wandte sich an eine ältere Dame, die einen Koffer in einer durchsichtigen Plastikhülle auf dem Boden abstellte.

»Entschuldigen Sie bitte, könnten Sie wohl einen Moment auf meine Tochter aufpassen? Ich muß Fahrkarten kaufen.«

Die ältere Dame sah auf die große Uhr. »Gehen Sie ruhig. Ich habe noch Zeit.«

»Danke«, sagte die Frau. »Ich bin gleich wieder da.«

Die Glastüren öffneten sich automatisch. Sie stellte sich an das Ende einer langen Schlange. Durch die Scheiben sah sie, wie die ältere Dame sich zu Mirjam hinunterbückte. Dann verschwanden beide hinter einer Säule aus ihrem Blickfeld. Als sie das nächste Mal hinschaute, hatte Mirjam ein Eis und die ältere Dame eine Babypuppe in der Hand. Mit dem Eis in der Hand begann Mirjam um die Taschen zu hüpfen.

Endlich war sie an der Reihe.

Der Mann im hellblauen Hemd sah sie an. Auf seiner Stirn standen Schweißperlen.

»Guten Tag«, sagte sie schnell und leerte die Geldbörse auf der grauen Theke. Ein Fünfmarkstück rollte über den Tresen. Der Beamte fing es auf und legte es zu den anderen Geldstücken.

»Wo möchten Sie hinfahren?«

Die Frau war mit Zählen beschäftigt und blieb ihm die Antwort schuldig.

»Fünfundvierzig, sechsundvierzig, einundfünfzig.« Neben den Scheinen wuchs ein Turm aus silbernen Münzen.

Er wiederholte seine Frage eine Spur lauter.

»Wohin möchten Sie?«

Die Leute in der Schlange begannen unruhig zu werden. Ihre Koffer und Reisetaschen auf dem Boden hin- und herzuschieben, mit den Füßen zu scharren, die Metallwagen vor- und zurückzurollen.

»Einhundertzweiunddreißig Mark zweiundfünfzig.«

Die Frau war mit dem Zählen fertig.

»Ich hätte gern eine Fahrkarte für einhundertzweiunddreißig Mark. Eine Erwachsene und ein Kind unter sechs Jahren.«

»So geht das nicht, Sie müssen mir sagen, wohin Sie wollen.«

»Ich möchte weg«, sagte die Frau. »Weit weg. Wo ich mit einhundertzweiunddreißig Mark hinkomme. Was können Sie mir empfehlen?«

Der Mann begann, mit den Fingern auf die Arbeitsplatte neben dem Computer zu trommeln.

»So kommen wir nicht weiter.«

Die Hände der Frau lagen neben dem Geld und zitterten.

»Verkaufen Sie mir irgendeine Fahrkarte. Ich muß weg von hier. Ich habe einhundertzweiunddreißig Mark. Aber das wissen Sie ja schon«, sagte sie leise.

Jetzt mischte sich ein Mann in Lederjacke, der hinter der Frau stand, in die Unterhaltung.

»Das ist ein Fahrkartenschalter und kein Irrenhaus. Schicken Sie sie doch nach Hause. Da kann sie sich in Ruhe überlegen, wo sie hin will.«

Die Frau zuckte zusammen.

»Ich habe kein Zuhause«, flüsterte sie. »Nicht mehr. Geben Sie mir bitte eine Fahrkarte.«

»Sie müssen mir schon sagen, wo Sie hin wollen. Sie sehen ja, daß Sie hier den Verkehr aufhalten.«

Der Schalterbeamte sprach so laut, daß der Mann in der Lederjacke kein Wort verpaßte.

»Geht es denn hier nicht weiter?« rief eine Frau mit hochrotem Kopf aus dem hinteren Teil der Schlange. »Mein Zug fährt in drei Minuten.«

Der Mann hinter dem Schalter blickte abwechselnd auf seinen Computer, auf den Berg Silbergeld, der vor ihm lag, und auf die Hände der Frau, die zitterten.

»Tut mir leid. Sie sehen ja, daß hier Hochbetrieb ist. Gehen Sie zur Reiseauskunft. Die können Sie beraten. Ich verkaufe nur Fahrkarten.«

»Ich will nach Konstanz«, hörte sie sich sagen.

Hinter dem Mann mit dem blauen Hemd hing ein Plakat mit Palmen und blauem Wasser. ›Konstanz am Bodensee. Besuchen Sie die Blumeninsel Mainau.‹

»Hin- und Rückfahrt?« fragte der Mann mit seiner üblichen Schalterstimme und drückte die Tasten des Computers.

»Hinfahrt«, sagte die Frau. »Ich will nie mehr zurück.«

6

Fleischer stand vor der Spüle und schnitt mit einer Schere den Knoten auf, mit dem der Plastikbeutel verschlossen war. Mit einer silbernen Zange fischte er einen Brocken aus der trüben Flüssigkeit. Ich sah ein paar Zähne blitzen.

Ein widerlicher Geruch hing in der Luft. In dem Eimer mit dem Wischlappen zogen längliche Blutfäden durch das Wasser. Irgend jemand machte die Tür zur Terrasse auf. Das half ein bißchen.

»Saubere Kronen. Die waren nicht billig. Erstklassige Arbeit.« Fleischer kratzte mit einem Messer an den Zähnen herum.

Ein Kollege von der Spurensicherung fotografierte rote Spritzer, die über der Fußleiste an der Wand neben der Terrassentür klebten. Weber war dabei, den Gefrierschrank von der Wand abzurücken.

»Warum läuft das Ding nicht?« fragte ich ihn. »Kannst du das sehen?«

Er kroch hinter den Gefrierschrank.

»Die Leitung zum Thermostat ist abgerissen.«

Er zeigte mir das zerfranste Ende einer Schnur.

»Gerissen ist sie nicht«, sagte ich. »Das sieht anders aus.«

»Du hast recht.« Weber verschwand noch einmal hinter dem Gefrierschrank.

»Hoppla.« Er tauchte wieder auf. »Hier haben wir den Täter.«

Mit festem Griff hielt er ein graues Kuscheltier am Genick, das ergeben die Pfoten von sich streckte.

Mir war, als sähe ich so etwas heute nicht zum ersten Mal.

»Ein Zwergkaninchen.«

In Tieren ist Weber fit. Das machen drei Hamster und ein Streifenhörnchen. Und die Zwillinge. Und eine Frau, nicht zu vergessen.

»Was machen wir mit ihm? Fell abziehen und ab in den Kochtopf?«

Weber spielte gern mal den Abgebrühten.

»Erst manipulieren wir die Beweise, dann setzen wir es auf den elektrischen Stuhl und ziehen ihm das Fell über die Ohren. Anschließend schmoren wir es in Senfsahne.«

Ich weiß, was ich ihm schuldig bin.

Er grinste anerkennend. »Und was machen wir mit ihm bis zur Verhandlung?«

»Wenn es ein ER ist, verschärfter Strafvollzug. Ab in den Käfig und mit aufs Präsidium, bevor er noch mehr Kabel anknabbern kann.«

Die Kollegen von der Spurensicherung räumten ihre Sachen zusammen. Fleischer zog seine Handschuhe aus und fluchte.

»Ich hoffe, Sie machen sich keine Illusionen. Von wegen Todesursache, Tatzeit und so. Es ist nicht machbar. Einfach nicht machbar. Vor allem die Tatzeit. Wie lange lagen die Teile, ehe sie eingefroren wurden. Wie warm war es? Pah. Zwei Grad Unterschied können eine Woche bedeuten.«

Er klappte die Tasche zu.

Der Inhalt des Gefrierschranks steckte in einer großen schwarzen Hülle fertig zum Abtransport auf das Präsidium. Ich sah auf den schwarzen Sack und spürte das alte Grauen die Magenwände hochsteigen. Wir konnten so viele Witze reißen, wie wir wollten. Dieser Fall war anders. Ich hatte schon viele Leichen gesehen. Alles, was ich bisher gesehen hatte, war harmlos. Im Vergleich. Leichen, denen die Eingeweide aus dem Leib traten. Leichen, die an Messerstichen verbluteten. Leichen, die zerquetscht auf der Straße lagen. Aufgedunsene Leiber von Wasserleichen und Leichen mit verbranntem Fleisch und angesengten Knochen. Sie erinnerten alle noch an die Menschen, die sie einmal waren. Dies hier erinnerte an gar nichts. Mein Magen krampfte sich zusammen.

Wir verließen als letzte die Wohnung. Weber klemmte sich den Käfig mit dem Kaninchen unter den Arm. Ich steckte den Familienschnappschuß in die Handtasche. Gemeinsam klebten wir den Adler über das Türschloß.

»Hier wohnen Silke, Klaus und Mirjam Pape.«

Das getöpferte Türschild mit den geschwungenen Buchstaben kam mir irgendwie obszön vor. Schweigend stiegen wir die Treppe hinunter.

7

Jeder Sitzplatz im Gang des Zugs war besetzt. Menschen in bunten Kleidern hockten zwischen vollgepackten Koffern und Taschen. Durch die offenen Fenster drang das Pfeifen des Fahrtwinds. Häuserreihen glitten vorbei, Straßen, hohe Bäume. Kinder bauten sich im Gestrüpp am Bahndamm eine Hütte.

Die Frau mit dem Strohhut zwängte sich an den Menschen vorbei, kletterte über Gepäckteile, stolperte, fing sich wieder und taumelte mehr, als sie ging, der Plattform am Ende des Gangs entgegen. Neben den Türen lagerten junge Leute mit ihren Rucksäkken. In der Luft hingen Rauchschwaden. Glatte, junge Gesichter, braune Arme, nackte Beine unter ausgefranstem Jeansstoff hinter einem Schleier aus Rauch. Das Rauschen des Zugs schluckte die Worte aus den offenen Mündern. Die Frau hustete, stieg über einen umgefallenen Rucksack und drückte die blaue Tür auf.

Sie warf den Riegel der Tür zu, legte die Hand auf die Klinke, prüfte, ob verschlossen war. Sie atmete auf. Die Tür war zu. Die Frau lehnte sich mit dem Rücken an die Toilettentür und schloß die Augen. Das Stampfen, mit dem der Zug sich vorwärtsbewegte, ging ihr durch den Körper. Die roten Blumen auf dem Stoff ihres Kleides bebten. Es tat gut, sich den Schwingungen der Tür zu überlassen, nicht zu denken.

Der Zug machte einen Schlenker, und sie fiel nach vorn. Beide Arme auf das Waschbecken gestützt, landete sie vor dem Spiegel. Das Gesicht im Spiegel sagte ihr nichts. Ein bleiches Frauengesicht mit Ringen unter den Augen und einem Hut auf dem Kopf.

Sie stellte den Fuß auf einen silbernen Knopf am Boden und hielt die Handgelenke unter den Wasserstrahl, der zögerlich aus der Leitung trickelte. Dann drückte sie den Hebel des Seifenspenders. Flocken rieselten in ihre Handgrube. Sie rieb die Hände aneinander, die Seife schäumte. Sie rieb und rieb, hörte nicht auf zu reiben, bis ihre Hände glühten. Das Wasser, das den Schaum wegspülte, war angenehm kühl.

Sie setzte sich auf die Klobrille und beobachtete im Spiegel, wie eine Frau einen Strohhut absetzte. Ein helles Tuch mit dunklen roten Flecken kam zum Vorschein. Die Frau faßte sich an den Kopf und begann, den Stoff von einem Ende her aufzuwickeln.

Mit einem Ruck entfernte sie den Rest des Verbandes, der mit dem Blut angetrocknet war. Ein stechender Schmerz fuhr ihr durch den Kopf. Ihre Pupillen weiteten sich vor Entsetzen. Alles war wieder da. Der Schmerz, die Übelkeit, das Blut. Der Männerkörper auf den Fliesen. Ein blutverschmierter Kopf und der Brustkorb, der sich hob und senkte, bis er sich aufbäumte und in sich zusammenfiel.

Für einen Moment spürte sie nichts als Panik, ein Rauschen in den Ohren und ein Hämmern im Kopf. Dann war es vorbei. Es gab kein Zurück.

Sie hielt den Verband unter das Wasser und wusch das Blut aus. Mit einem nassen Papierhandtuch wischte sie den Schweiß vom Gesicht, kühlte den Nacken. Sie reinigte die Stirn. Die Wunden waren nur oberflächlich. Hellblau schimmernde Flecken, von Schrammen durchzogen, auf denen bereits Schorf ansetzte. Dann wickelte sie den nassen Stoff locker um den Kopf und setzte den Hut darüber. Die Enden des Verbandes versteckte sie unter der Hutkrempe. Die Frau öffnete die Tür und ging in ihr Abteil zurück.

»Mama, guck mal, was ich habe.«

Mirjam hielt ihr eine Tüte mit Bonbons entgegen. Sie saß neben einem Mann im Anzug, der einen offenen Aktenkoffer auf den Knien hatte. Daraus hatte er die Tüte mit den Bonbons gezaubert.

»Ein hübsches Mädchen. Sie können stolz auf Ihre Tochter sein.«

»Komm sofort her, Mirjam.«

Ihre Stimme klang schrill. Neugierig blickten die anderen Reisenden zu ihr.

»Lassen Sie meine Tochter in Ruhe«, sagte sie zu dem Mann mit dem Aktenkoffer.

Er würdigte sie keines Blickes und sah zum Fenster hinaus.

»Mama, ich bin müde.«

»Na komm, mein Bärchen.«

Mirjam setzte sich auf ihren Schoß und legte den Kopf auf ihre Schulter.

Die Tüte Bonbons lag neben der Babypuppe auf Mirjams Sitz. Durch das Rütteln des Zuges rutschte ein Bonbon nach dem anderen aus der Tüte und fiel in das weiche Polster. Rote, gelbe und grüne Tupfen auf blauem Velours.

8

Vor der Souterrainwohnung standen die Mülltonnen wieder in Reih und Glied. Frau Kunze fegte den Müll zusammen, der auf dem Boden lag. Schaufelweise schüttete sie den Müll in eine dunkle Tüte, die erstaunliche Ähnlichkeit mit dem Sack hatte, in dem unsere Leiche abtransportiert worden war.

»Geh schon zum Auto«, rief ich Weber zu und stieg die Treppen zum Souterrain hinunter.

»Warum füllen Sie den Müll nicht in die Tonnen?«

Frau Kunze sah erst auf mich, dann auf die Mülltonnen.

»Meinen Sie, ich wollte dauernd hier fegen? Einmal pro Tag reicht.« Sie sah mich herausfordernd an.

Ich konnte kaum glauben, daß das dieselbe Frau war, die mir gerade noch steif auf der Kante des Sofas gegenübergesessen hatte.

»Was machen Sie mit dem Müll?«

»Ich packe ihn in Tüten.«

Sie verriet mir nichts Neues.

»Und was machen Sie mit den Tüten?« fragte ich sie.

»Die stelle ich in den Schuppen im Garten.«

»Sie füllen den Müll nicht zurück in die Mülltonnen, damit er nicht hier rumfliegt, wenn die Tonnen wieder umgeworfen werden. Richtig?«

Sie nickte.

»Können Sie mir das bitte mal zeigen?«

»Aber sicher.« Sie legte Handfeger und Schaufel auf eine Stufe. »Kommen Sie. Am schnellsten ist es durch meine Wohnung.«

Sie putzte sich die Schuhe auf einem Abtreter ab, und ich folgte ihrem Beispiel. Durch eine schmale Diele, deren Wände dicht mit gerahmten Fotos vollgehängt waren, führte sie mich die Treppe hoch in den Garten.

Sie sperrte die Tür auf. An der Wand hingen Gartengeräte. Ich erkannte Spaten, Hacke, einen Rasenmäher und zwei alte Fahrräder, über die Spinnen ihr Netz gezogen hatten. Vier schwarze Säcke standen auf rostigen Metallstühlen, zwei auf dem Boden, an die Stühle gelehnt.

Ich überlegte.

»Warum stellen Sie die Tüten nicht morgens raus, wenn die Müllmänner kommen? Dann sind sie vor den Kindern sicher.«

»Wissen Sie, wann die Müllmänner kommen?«

Ich zuckte die Achsel. »An einem Vormittag, vermute ich, einmal die Woche oder einmal in vierzehn Tagen.«

»Das war früher so«, sagte sie. »Da kamen sie einmal die Woche, immer mittwochs. Ich konnte die Uhr nach ihnen stellen. Heute kommen sie, wann sie wollen.«

Die Polizei ist nicht der einzige Betrieb, der unter chronischem Personalmangel leidet. Bei der Müllabfuhr ist es genauso. An mir liegt es nicht. Ich zahle brav meine Steuern und wähle nicht die

Parteien, die das Geld in Jagdbomber stecken. Bei Frau Kunze war ich mir nicht so sicher.

Sie versuchte, einen Sack vom Stuhl zu heben.

»Lassen Sie.« Ich zeigte auf den Sack. »Den holen gleich die Kollegen, zusammen mit dem anderen Müll.«

»Was wollen Sie denn mit dem ganzen Zeug?«

»Es hilft uns vielleicht, das Verbrechen aufzuklären.«

»Dafür müssen Sie im Dreck rumwühlen?!«

Frau Kunze bekam langsam eine realistische Vorstellung von meiner Arbeit. Im Dreck rumwühlen. Das traf es so ziemlich.

»Da bin ich aber froh, wenn Sie den ganzen Müll abholen. Dann braucht Herr Pape ihn nicht wegzuschaffen, wenn er aus dem Urlaub zurückkommt.«

»Warum muß Herr Pape sich um den Müll kümmern?«

»Na, dem gehört doch das Haus«, sagte Frau Kunze.

»Das haben Sie uns ja gar nicht erzählt vorhin.«

»Ja, ist das denn wichtig?«

»Was macht Herr Pape beruflich?«

»Der hat ein Geschäft. Computer. Mit so was machen die Leute viel Geld.«

Sie schloß die Tür zu und legte den Schlüssel unter einen Blumentopf.

Weber saß samt Käfig auf dem Mäuerchen vor dem Eingang. Er stand auf, als er mich die Stufen hochkommen sah.

»Was Neues?« fragte er.

»Noch mehr Müll.« Ich erklärte ihm Frau Kunzes Abfallbeseitigungskonzept.

Er stellte den Kaninchenkäfig auf den Rücksitz.

»Die Kollegen werden fluchen, wenn sie das heute noch sortieren sollen.« Er hängte sich an das Funkgerät.

Ich stieg ein und schnallte den Sicherheitsgurt an.

»Sag mal, was versprichst du dir eigentlich davon? Glaubst du, die Kleidung des Toten ist in den Müll gewandert?«

»Könnte sein... Aber da ist noch was. Nur so eine Idee.«

Er legte die Stirn in Falten. »Noch was?« Mit zwei Fingern begann er an den dunklen Haaren seines Schnäuzers herumzuzupfen.

»In dem Gefrierschrank war nichts außer unserer Leiche. Das ist doch komisch, findest du nicht?«

»Du meinst...« Er strich den Bart auf seiner Oberlippe glatt. »Vorher waren da ganz andere Sachen drin?«

»Vermutlich«, bestätigte ich. »Dafür schafft man sich doch so ein Teil an. Oder?«

»Du glaubst also, der Mörder hat erst den Gefrierschrank ausgeräumt, eh' er eingepackt hat.« Er überlegte. »Klingt logisch.«

»Wenn überhaupt Lebensmittel drin waren«, gab er zu bedenken. »Wenn die Familie nicht vor den Ferien alles ausgeräumt hat oder verbraucht oder so.«

»Habt ihr das schon mal geschafft vor den Ferien?«

»Wir doch nicht.« Er klopfte mit drei Fingern seinen Bart platt. »Angenommen, du hast recht, und wir finden Tiefkühlzeug, das in den Müll gewandert ist. Was haben wir davon?«

»Das ist die Frage«, bestätigte ich. »Aber wenn wir nichts tun, haben wir noch weniger.«

»Wohin?« Weber bewunderte sich und seinen Bart im Autospiegel.

Ich kramte in meiner Handtasche.

»Knappenberg 34. Familie Wessel. Die Eltern von Frau Pape.«

»Schwiegereltern.« Er stöhnte.

»Was hast du gegen Schwiegereltern?«

»Wir haben Besuch von Ingas Mutter.«

Ich grunzte verständnisvoll und behielt für mich, daß er mir keine Neuigkeit verriet. Wenn Weber ein Auto fuhr, das frisch aus der Waschstraße kam, und keine leeren Flaschen hinter den Sitzen klapperten, gab es nur eine Erklärung: Die Familie war zu Besuch. Seine Eltern oder ihre Mutter. Ich hatte auf Ingas Mutter getippt. Von wegen der kleinen Lady. Inga würde kaum so genervt reagieren, wenn sie nicht selbst einschlägige Erfahrungen mit der Erziehung zur kleinen Lady gesammelt hätte.

Er fuhr los. Ich warf einen Blick nach hinten. Das Kaninchen würdigte mich keines Blickes. Den Kopf tief im Heu versteckt, fuhr es mit uns einer ungewissen Zukunft entgegen.

9

Wir stiegen aus und überließen das Kaninchen seinem Schicksal. Knappenberg 34. Das Haus, in dem Familie Wessel wohnte, war mit gelben und weißen Platten verkleidet. Der überdachte Vorbau machte den Eingang zu einem dunklen Loch. Weber zog ein Feuerzeug aus der Tasche und hielt die Flamme über die Klingelknöpfe.

»Wem dürfen wir den gemütlichen Fernsehabend vermasseln?«

Das Feuerzeug ging aus. Er drehte wild mit dem Daumen an einem Rädchen.

»Das siehst du falsch.«

Ich legte meinen Finger auf ein unscheinbares schwarzes Knöpfchen, und sofort ging über unseren Köpfen das Licht an.

»Wir sind besser als das Fernsehen. Wir sind das wahre Leben. Familie Wessel wird uns begeistert ans Herz drücken.«

Weber studierte die Namen neben den Klingelknöpfen.

»Wessel.« Die zweite Schelle von unten. Fettgedruckte schwarze Buchstaben auf sauberem weißen Papier unter Plastik neben einer cremefarbenen Sprechanlage.

Es knackte. »Hallo?«

»Wir würden gern Herrn oder Frau Wessel sprechen.«

»Wer ist da?«

»Kriminalpolizei.«

»Woher weiß ich, daß Sie wirklich von der Polizei sind?«

Gute Frage, aber schwer zu beantworten.

»Können Sie sich ausweisen?«

»Selbstverständlich. Wie wäre es, wenn Sie uns die Tür aufmachen würden? Dann könnten wir Ihnen den Ausweis zeigen.«

»In welcher Angelegenheit?« Eine neue Stimme.

»Es geht um die Familie Ihrer Tochter. Wir brauchen ein paar Auskünfte. Dringend.«

Die Tür summte, und wir konnten hinein.

Im Treppenhaus ging das Licht an.

Von oben polterte jemand die Treppe herunter. Eine junge Frau in roter Motorradkleidung rannte an uns vorbei. Die Jacke weit offen, einen Motorradhelm in der Hand. Für den Bruchteil einer

Sekunde sah ich in wache blaue Augen. Weber drehte sich um. Sein Blick klebte an dem knackigen roten Hintern, der die Treppe hinunterhüpfte.

»Heißes Teil.« Er war beeindruckt.

»Mach dir keine Illusionen. Da hängt auch ein Kopf dran.«

Weber warf mir einen genervten Blick zu. Er träumte von Arsch und Titten, und ich wagte es, ihn an den gefährlichsten aller weiblichen Körperteile zu erinnern. Böses Foul.

Das Schild an der Wand sagte uns, daß wir in der zweiten Etage richtig waren. Wessel. Ich drückte auf den Klingelknopf. Wir hörten ein metallenes Klappern, und die Tür öffnete sich.

Hinter der vorgelegten Kette sah uns eine Frau mißtrauisch entgegen. Sie war etwa 1,80 groß, schlank, mit glatten, aschblonden Haaren, die über dem Kragen der Bluse gerade abgeschnitten waren. Sie hatte verblüffende Ähnlichkeit mit der Direktorin meiner alten Schule. Wer etwas verbrochen hatte, wurde zu ihr zitiert. Ein Blick aus ihren stahlblauen Augen genügte, um alles daranzusetzen, ihr nie wieder zu begegnen.

»Können Sie sich ausweisen?«

Ich fuhr mit der Hand in die Hosentasche und reichte ihr meinen Ausweis durch den Türspalt. Sie nahm ihn in die Hand, las, drehte ihn auf die andere Seite. Welcher Betrüger würde es wagen, diesen Röntgenaugen eine Fälschung unterzuschieben?

Die Kette rasselte. Wir durften hinein.

Sie plazierte uns unter dem Kronleuchter und musterte uns von oben bis unten. Ich tat das gleiche. Früher hielt ich unter solchen Blicken meinen Kopf schamhaft nach unten gesenkt. So wie Weber heute. Er sah schuldbewußt auf die ausgetretenen Slipper, in die seine Zehen Beulen geschlagen hatten. Ich löste mich von den dunkelblauen Pumps, den grauen Seidenstrümpfen und suchte nach einer Fluse auf dem dunkelblauen Kostümrock. Ich fand keine. Als ich mich vom Rock bis zu dem Kragen ihrer blütenweißen Bluse hochgearbeitet hatte, sagte sie:

»Was wollen Sie wissen?«

»Wir hätten gern ein paar Auskünfte. Können wir uns vielleicht setzen?«

Einen Moment lang dachte ich, sie würde einen Butler rufen, um so unverschämte Gäste von ihrem Perser entfernen zu lassen. Sie tat nichts dergleichen. Bestimmt hatte sie nur keinen Butler.

»Kommen Sie«, sagte sie und führte uns in einen Raum, in dem eine Wand von einem mächtigen Schrank beherrscht wurde. Hinter dunklen Glasscheiben standen Bücher in wohlgeordneten Reihen. Die Polstergarnitur sah einigermaßen bequem aus. Eiche, altdeutsch. Grüner Samt. Igitt.

»Herr Kommissar.« Frau Wessel deutete auf einen Sessel.

Weber belohnte sie mit seinem Standardlächeln für die Damen um die Fünfzig.

»Ihre Mitarbeiterin kann sich dort auf die Couch setzen.«

Die ›Mitarbeiterin‹, das war ich. Frau Wessel entschwebte lautlos über den dicken Teppich in Richtung auf eine Schiebetür, und Weber tröstete mich mit seinem Lächeln für die gebärfähigen Jahrgänge.

Frau Wessel zog die Flügel der Schiebetür zu und erschien auf leisen Sohlen.

»Mein Mann ruht gerade. Ich möchte ihn nicht stören. Er hat einen anstrengenden Beruf.«

»Was macht er denn?« fragte mein Kollege artig.

»Er ist Professor. Für Verfahrenstechnik.«

Ein stolzes Lächeln umspielte ihre Lippen.

»An der Fachhochschule.«

Nichts, was sie tat oder sagte, war dazu angetan, alte Vorurteile zu vergessen. Im Gegenteil. Ich wußte auf einmal, daß ich mein Leben lang Blusen hassen würde, die den Hals abschnüren, und Röcke ohne jede Fluse.

»Müssen Sie ihn sprechen, oder kann ich Ihnen nicht weiterhelfen?«

Ich erinnerte mich an das, was in meinen Lehrbüchern stand. Meine Pflicht als Polizistin zu tun, hieß auch und vor allem, meinem polizeilichen Gegenüber offen und ohne Vorurteile zu begegnen.

»Es reicht, wenn Sie uns Auskunft geben«, sagte ich bemüht freundlich.

»Was wollen Sie wissen?« Obwohl ich die Frage beantwortet hatte, sah sie ihn an. Ich zwang mich, freundlich zu bleiben.

»Wir hätten gerne gewußt, wo Ihre Tochter und Ihr Schwiegersohn sich momentan aufhalten.«

Diesmal sah sie mich an. »Wen meinen Sie, Silke?«

Wie viele Töchter hatte sie denn?

»Ich habe zwei Töchter.«

Ihr Mann hatte allem Anschein nach nichts damit zu tun.

»Ich spreche von Frau Pape. Silke Pape und ihrer Familie. Können Sie uns den Aufenthaltsort der Familie Pape nennen?«

»Weshalb möchten Sie das wissen?«

Ich sah ihr in die Augen.

»Wir haben eine«, ich schluckte, »Leiche in der Wohnung der Familie Pape gefunden.« Wann ging mir das endlich glatt über die Lippen?

»Eine Leiche?«

Sie faßte sich an die Perlenkette.

»Das kann gar nicht sein.«

Es kann nicht sein, was nicht sein darf.

»Ein Einbruch? Ist jemand in die Wohnung eingebrochen und dabei überrascht worden?«

Ich schüttelte den Kopf.

»Für einen Einbruch gibt es keinerlei Anhaltspunkte.«

»Kein Einbruch?«

Sie hielt sich an ihrer Perlenkette fest.

»Wo haben Sie die Leiche gefunden?«

»Wir stehen noch am Anfang unserer Ermittlungen«, erklärte ich ihr. »Für unsere weitere Arbeit brauchen wir die Adresse Ihrer Tochter und Ihres Schwiegersohns. Vielleicht können sie uns weiterhelfen.«

»Sie machen Urlaub an der See. In Holland. Warten Sie einen Moment. Ich hole die Adresse.«

Sie verschwand lautlos. Ich ließ meinen Blick durch das Zimmer streifen. Der Bücherschrank. Die Fensterbank mit den weißen Stores, Alpenveilchen in Messingtöpfen und Übergardinen mit grünen Streifen, passend zur Polstergarnitur. Neben dem Sekretär hing eine Serie alter Blumendrucke, in exakten Abständen auf gleicher Höhe über die Wand verteilt.

»Hier ist die Adresse.«

Weber warf einen kurzen Blick auf den Zettel und steckte ihn ein.

»Haben Sie schon eine Nachricht von ihnen aus dem Urlaub?«

»Nein, Sie wissen ja, wie das ist.«

Sie ließ die Perlen ihrer Kette einzeln durch die Hand gleiten. »Die Karten kommen an, wenn die Kinder schon wieder zurück sind.«

Ich war nicht die einzige, die erst am letzten Ferientag Karten schrieb. Irgendwie beruhigend.

»Das wäre dann soweit alles von unserer Seite. Wir danken Ihnen für Ihre Hilfe.«

Sie brachte uns an die Tür. Die Nachricht von der Leiche in der Wohnung ihrer Tochter war nicht spurlos an ihr vorübergegangen. Sie hielt sich nicht mehr ganz so gerade. Wir hörten eine Klospülung rauschen. Herr Wessel ruhte nicht mehr.

Ich nahm die Stufen paarweise. Zwei auf einmal. Als wäre ich ein Kind, das wegläuft vor einer Frau in einer hochgeschlossenen Bluse, mit durchdringenden blauen Augen. So, wie wir weggelaufen waren, sobald wir unsere Direx auf der Schultreppe gesichtet hatten.

Vor der Blumenbank auf der halben Treppe machte ich halt. Mit den Fingern fuhr ich über die glatte Oberfläche.

»Ist das nicht gruselig?« flüsterte ich.

Weber blickte verständnislos auf die blanke Platte neben der Grünlilie.

»Kein Stäubchen, keimfrei. Das war bestimmt sie.«

Ich warf einen letzten Blick hoch auf die Wohnungstür und rannte die Treppe hinunter. Immer zwei Stufen auf einmal. Wie früher. Vielleicht entkommen wir unserer Kindheit nie.

Weber kam langsam nach.

10

Die Hitze hatte uns wieder. Träge stand die Luft zwischen den Häuserwänden. Die Straßenlaternen leuchteten auf saubere Blumenreihen und pflegeleichtes Immergrün in den Vorgärten. Ich hatte richtig Sehnsucht nach heruntergerissenen Klingelknöpfen und zerbeulten Briefkästen.

Weber setzte sich schräg auf den Sitz und hielt das Stück Papier mit der Adresse gegen die Deckenleuchte. »Hotel Duinoord, Wassenaar.«

Er beugte sich über den Sitz nach hinten und sah in den Käfig. »Holland. Da sind jetzt dein Herrchen und dein Frauchen. Die amüsieren sich ohne dich.«

Einen Moment lang fixierte ihn das Kaninchen. Dann klappte es die Augen gelangweilt zu.

»Nachrichten von seiner Familie interessieren ihn einfach nicht«, sagte er, zu mir gewandt.

»Warum auch? Es hat doch eine tolle Zeit ohne sie. Abenteuerferien.«

»Schaff dir bloß nie Familie an«, warnte er mich.

»Wieso?«

»Dir fehlt das Verantwortungsbewußtsein.«

»Wie lange bleibt deine Schwiegermutter noch?« fragte ich unschuldig.

Er wechselte das Thema.

»Eine Sauhitze ist das«, stöhnte er. »Es kühlt einfach nicht ab.«

Ich drehte den Kopf nach hinten.

»Seine Familie interessiert ihn einfach nicht«, verriet ich dem Kaninchen. »Ist das nicht traurig?«

Vor dem Eingang des Präsidiums hielt ein Mannschaftswagen. Die Kollegen von der Drogenfahndung hatten aufgeräumt. Die übliche Show einmal im Monat, um die Bürger zu beruhigen, daß die Polizei ihr möglichstes tut im Kampf gegen die Droge. Was für ein Schwachsinn. Als ob die kleinen Dealer das Geschäft in der Hand hätten. Manchmal bin ich nicht besonders stolz darauf, bei unserem Verein zu sein. Dies war so ein Moment.

Wir machten einen Bogen um die Drogenmeute in der Eingangshalle und nahmen den ersten Holzkasten, der frei war. Ächzend quälte sich der Paternoster nach oben. In der dritten Etage sprangen wir raus. Aufgeregt piepste der Nagezahn in seinem Käfig. Er mußte was durchmachen mit uns.

Auf dem Gang brannte die Sparbeleuchtung. Weber und ich waren vermutlich die einzigen, die um diese Uhrzeit noch hier arbeiteten. Das Revier von Fleischer war parterre, und die Kollegen von der Spurensicherung saßen im ersten. Die Gänge waren gespenstisch leer, kein Mensch auf den Holzbänken.

Weber stellte den Käfig mit dem Zwergkaninchen auf die Ritze, an der unsere Schreibtische aneinanderstießen. Wir hatten sie zusammengerückt, damit wir uns gegenübersaßen, wenn wir Büroarbeit machten.

Das Kaninchen hockte in einer Ecke seines Käfigs. Ein Ohr stand kerzengerade nach oben ausgefahren. Das andere war in Schräglage wie ein Trichter auf meinen Kollegen ausgerichtet. Er kramte in seinen Schubladen.

Ganz schön clever, der Kleine. Oder war es eine Sie? Auf jeden Fall hatte es das richtige Kabel durchgefressen. Das, auf dem keine Spannung lag. Hätte es die Schnur zur Steckdose angeknabbert, würde es jetzt nicht so munter das Ohr drehen. Vielleicht hatte es einen angeborenen Überlebenstrieb. Das war mehr, als man von den meisten Menschen sagen konnte. Ich nahm das Foto von Familie Pape aus der Tasche und stellte es neben mein Telefon. Wo die drei jetzt wohl waren? Ich hatte ein ungutes Gefühl im Magen.

»Hotel Duinoord?« Weber wählte schon die Nummer der Auslandsauskunft. Während er wartete, zog er eine Schublade auf und legte die Beine darin ab. Dann lehnte er sich in seinem Drehstuhl nach hinten.

»Ich hätte gern eine Telefonnummer in Holland. Der Ort heißt Wassenaar...«

Den Rest hörte ich nicht mehr. Ich war auf dem Weg zu den Jungs von der Spurensicherung.

11

Der Geruch im Gang sagte mir, daß ich mich nicht verirrt hatte.

»Daß du dich überhaupt reintraust...«

Gebhard redete noch mit mir. Es hätte schlimmer kommen können. Ich mag ihn. Auch wenn er an jeder Stelle den Potenzbrocken raushängen läßt. Seit ihm die Frau weggelaufen ist, rasiert er sich nur noch jeden dritten Tag, und seine Hosen sehen aus, als ob er darin schlafen würde. Wahrscheinlich tut er das auch.

»Was habt ihr rausgekriegt?«

»Den Bericht kriegst du übermorgen.«

»Kompliment«, sagte ich. »Ihr seid schnell.«

Männer sind so empfänglich für ein bißchen Zuwendung.

»Wir sind die superschnellsten Typen überhaupt.«

Wenn sie nur halb so toll wären, wie sie behaupten, brauchten sie sich das nicht immer wie ein Mantra vorzubeten.

»Irgendwas Interessantes?« brachte ich ihn auf das Thema.

»Ob der Fundort der Tatort war, können wir noch nicht sagen. Aber das Schlachtfest hat vor Ort stattgefunden. Davon kannst du ausgehen. Die Blutspritzer an der Wand sind mit der Blutgruppe des Toten identisch.«

Er zeigte auf ein handliches Hackebeil und ein Elektromesser. »Wahrscheinlich ist er damit auseinandergenommen worden, Küchengeräte«, kommentierte er. »Hinterher ist alles wieder ordentlich saubergemacht worden, Blutspuren im Aufnehmer und so weiter.«

»Fingerabdrücke?«

Er schüttelte den Kopf.

»Den Gefallen hat er uns nicht getan.«

»Er?«

»Glaubst du etwa, daß eine Frau so gewütet hat?«

Ein paar Illusionen über die Frauen waren ihm noch geblieben.

»Das Schlüsselloch?«

»Keinerlei Kratzspuren. Er hatte einen Schlüssel oder ist reingelassen worden.«

»Und der Müll?« fragte ich. »Habt ihr was gefunden? Seine Kleidung vielleicht?«

»Kleidung ist nicht.«

»Und Tiefkühlkost?«

»Komm mit.«

Im Nebenraum war ein Kollege dabei, mit Gummihandschuhen den Abfall zu untersuchen, der auf einem langen Tisch lag. Es stank fürchterlich. Ich beneidete ihn nicht um den Job.

»In der dritten Tüte haben wir Tiefkühlkost gefunden.«

Der Kollege hielt zwei Beutel hoch.

»Preiselbeeren, 19. Juni«, las er vor von einem Beutel, in dem eine rote Flüssigkeit schwamm.

Ich fragte mich, wer den Aufkleber beschriftet und den Beutel mit der weißen Klammer verschlossen hatte.

»Zigeunergulasch, 18. März.« Eine weiße Plastikschale. »Was darf es sein?«

Wir verließen den Tisch mit der Tiefkühlkost und gingen zu dem anderen Müll über. Unglaublich, was die Leute in den Abfall werfen. Unterhosen mit ausgeleierten Gummis, ungewaschen natürlich. Dutzendweise leere Tüten und Dosen von Kartoffelchips, garniert mit kalten Kippen und Asche. Socken mit Löchern, Nylonstrumpfhosen, leere Käseschachteln, alte Schuhe. Ich kam mir vor wie ein Voyeur.

»Was Spannendes dabei?« fragte ich Gebhard.

»Jede Menge. Ist nur die Frage, ob es mit deinem Fall zu tun hat.«

»Probier's mal«, forderte ich ihn auf.

»Also, irgendwer da im Haus hebt schwer den Absatz der Pornopresse. Playboy, Lui, St.-Pauli-Nachrichten. Manche Männer können ja nicht ohne.«

Er grinste breit.

»Leider alles etwas mitgenommen durch die Lagerung im Müll, sonst könnten wir einigen Kollegen 'ne Freude machen.«

»Sonst noch was?«

»Aktive Jungs gibt's auch.«

Er zeigte auf eine Ansammlung zusammengeklebter Präservative. Falls er mich schocken wollte, stand er auf verlorenem Posten.

»Andere lutschen Bonbons, um sich die Tage zu versüßen.«

Das kam von mir. Die Plastikstreifen mit den leeren Pillenlöchern sprachen Bände.

»Das hier dürfte dich interessieren.«

Er zeigte auf ein viereckiges Teil aus Styropor. Auf dem Boden waren rotweiße Fleischkrümel. An der Seite hing zusammengeknülltes Plastik.

»Hier haben wir's.«

Der Kollege schob mit seinen Handschuhfingern das Plastik auseinander, bis ein Aufkleber sichtbar wurde. »Frisches Hackfleisch, 538 Gramm, Sonderangebot.«

Er machte eine Pause.

»Sag bloß, da ist ein Datum drauf?« fragte ich gespannt.

»Zum Verzehr bis spätestens 30. Juni«, las er vor.

»Wo habt ihr das rausgefischt?«

»Das lag unter dem ganzen Tiefkühlzeug.«

»Das heißt«, überlegte ich laut, »daß der Gefrierschrank um den 30. Juni ausgeräumt wurde. Plus minus. Um Platz zu schaffen für unsere Leiche.«

Gebhard nickte. »Bei der Hitze geht niemand an Hackfleisch, das überfällig ist. Allerdings könnte das Zeug theoretisch auch erst später in den Müllsack gewandert sein. Vielleicht finden wir ja noch mehr. Wir bleiben dran.«

»Ihr seid toll.« Diesmal war mein Kompliment ernst gemeint. Hoffentlich kriegten die meinen Müll nie in die Finger.

12

»Wo warst du so lange?« fauchte Weber mir gereizt entgegen. »Hier war der Teufel los.«

»Skat dreschen mit den Kumpels.«

Ich setzte mich an den Schreibtisch.

»Familie Pape ist nie im Hotel angekommen. Ist das wohl ein Knaller?«

»Und da hat keiner nachgefragt, warum und weshalb?«

»Hauptsaison an der See«, sagte er. »Die haben das Geld für die Reservierung eingestrichen und das Zimmer schnell vermietet. Zuerst tageweise und nach einer Woche für länger.«

»Wir müssen die Leiche identifizieren. Dann wissen wir mehr. Hast du schon mit Fleischer gesprochen?«

»Klar, kannst du dir ja denken.«

»Und?« fragte ich ungeduldig.

»Du kennst ihn, festlegen will er sich nicht. Genaue Todesursache steht noch nicht fest. Er vermutet Schläge auf den Kopf. Ins Gesicht. Ziemlich gruselig. Frontaltrauma. Näheres kommt nach. Alter der Leiche zwischen Vierzig und Fünfzig. In gutem Gesamtzustand. Kein Übergewicht. Letzte Mahlzeit Königsberger Klopse.«

Ich pfiff durch die Zähne.

»Die Kollegen haben im Hausmüll eine Packung Hackfleisch gefunden.«

Ich griff nach dem Telefon. Gebhard meldete sich.

»Ich noch mal. Könnt ihr in der Nähe des Hackfleischs nach Kapern suchen? Ich meine natürlich die Töpfchen, in denen sie verkauft werden.«

Ich hielt den Hörer auf Abstand. Als es ruhiger wurde, ging ich wieder dran.

»Reg dich ab. Ich erklär's dir«, sagte ich. »Das Material ist Plastik, durchsichtig, und die Form ist in etwa wie ein Schnapsglas, so was kennst du doch.«

Für einen Moment ging ich mit dem Hörer wieder auf Distanz.

»Runder Boden, die Wände öffnen sich nach oben, weiß beschriftet. Ach ja, der Deckel ist weiß oder dunkelbraun.«

Ich legte den Hörer in die Halsbeuge.

»Er guckt nach«, informierte ich Weber und sah auf unseren neuen Kollegen. Das Kaninchen entspannte sich zusehends. Es saß auf den Hinterläufen und schob sich einen Strohhalm durch die Zähne. Schade, daß es uns nicht erzählen konnte, was es gesehen hatte.

Ich nahm den Hörer ans Ohr. »Hallo?«

Bis auf ein Rumoren im Hintergrund tat sich nichts. Dann hörte ich Schritte. Gebhard kam an den Apparat. Er legte los.

»Toll, toll, toll«, skandierte ich. Dreimal mußte reichen. Oder vielleicht nicht? Schließlich war Samstag.

»Ihr seid wirklich gut«, gönnte ich ihm zum Abschied. Feiertagszulage.

»Königsberger Klopse«, triumphierte ich. »Ich habe es geahnt.«

Wir sahen gleichzeitig auf das Bild im Silberrahmen. Auf den Mann im besten Mannesalter neben einem blonden Engel und der kleinen Tochter.

»Er könnte es sein«, sagte Weber. »Aber für eine Identifizierung ist das zu dünn. Mit Kapern kann man ganz andere Sachen machen und mit Hackfleisch auch. Spinat mit Kapern, zum Beispiel, als Salat. Schmeckt toll.«

Er hatte recht. Ich überlegte.

»Wir brauchen den Zahnarzt der Familie. Das ist das Sicherste. Versuch es mal mit deinem Charme bei der Schwiegermama.«

Weber zuckte zusammen bei dem letzten Wort. Ich reichte ihm die Telefonnummer von Familie Wessel über den Schreibtisch. Er legte den Zettel neben das Telefon und drückte die Tasten.

»Entschuldigen Sie bitte die späte Störung, gnädige Frau.«

Wenn er wollte, hatte er richtig gute Manieren. Eine Zierde der Kriminalpolizei. Er zupfte an seinem Schnäuzer und räusperte sich.

»Ihre Tochter und Ihr Schwiegersohn sind nicht in dem Hotel in Holland angekommen.«

Er ließ ihr Zeit, um die Nachricht zu verdauen. Dann kam er zur Sache.

»Können Sie uns sagen, bei welchem Zahnarzt Ihre Tochter und Ihr Schwiegersohn in Behandlung sind?«

»Wieso?«

Er verzog das Gesicht.

»Es könnte uns bei unseren Ermittlungen helfen.«

Weber legte die Hand über die Muschel.

»Scheißjob.«

Er nahm die Hand wieder weg.

»Ich versichere Ihnen, daß wir alles tun werden, um sie zu finden. Ah, Doktor Köhler.«

Ich krallte mir einen Kuli und schrieb mit. »Weißenburgerstraße zweiundzwanzig. Wir danken Ihnen ganz herzlich.«

Weber ließ den Hörer auf die Gabel fallen.

»Puh«, stöhnte er.

»Warum hast du sie nicht gefragt, ob ihr Schwiegersohn gern Königsberger Klopse aß, äh, ißt.«

»Das nächste Mal redest du mit ihr«, drohte er. »Übrigens ... der Alte hat angerufen, als du weg warst. Morgen früh um neun hier im Büro. Er hat die Presse für zehn bestellt.«

»Und du?« fragte ich.

»Ich mache mich bei Zahnärzten beliebt. Die kann ich sowieso nicht leiden.«

Das Kaninchen lag auf dem Bauch und streckte wohlig die Hinterläufe von sich.

»Was machen wir mit dem Mümmelmann?« fragte er.

»Kinder sind ganz wild auf Zwergkaninchen«, begann ich möglichst harmlos.

»Wir haben drei Hamster und ein Streifenhörnchen. Warum nimmst du ihn nicht? Haustiere sollen das Leben von Singles um Jahre verlängern.«

»Ich habe schon ein Haustier«, konterte ich. »Das reicht.«

»Seit wann?« fragte er interessiert.

»Seit vier Monaten.«

»Da hast du ja nie von erzählt.«

»Ich teste noch, ob ich damit klarkomme.«

»Was ist es denn?« wollte Weber wissen.

»Ein Säugetier wie unser Kaninchen. Ein Männchen, läuft auf zwei Beinen, einen Kopf größer als du, und frißt mit Vorliebe Frischfleisch.«

Weber brauchte einen Moment, um zu entscheiden, ob er die Mundwinkel nach unten oder nach oben ziehen sollte. Er entschied sich für die freundlichere Version.

»Machen wir Schluß für heute?« Er sah auf seine Uhr. »Viertel vor zehn.«

Ich nickte.

»Wer nimmt das Kaninchen?«

»Keiner«, entschied ich. »Wir lassen es einfach hier.«

»Ich bringe morgen Futter mit von unseren Hamstern.«

»Und ich besorge frischen Kaffee«, bot ich an.

»Es braucht frisches Wasser.«

Weber versorgte das Kaninchen mit Trinkbarem. Es sah ganz so aus, als wäre er nicht wild darauf, schnell nach Hause zu kommen. Ich war froh, daß ich keine Schwiegermutter hatte, die zu Hause auf mich wartete.

Als wir aus der Tür des Präsidiums traten, hörten wir es krachen. Irgend etwas explodierte über unseren Köpfen. Es wurde hell, und ein golden funkelnder Regen fiel in breitem Bogen vom Himmel.

»Feuerwerk im Park«, sagte Weber. »Da wollte ich heute auch hin mit den Kindern.«

Das Krachen wurde stärker.

»Ist Inga mit ihnen jetzt da?«

»Nein. Die Kinder wollten nicht. Ohne mich.«

Im Licht der herabfallenden Feuerwerkskörper sah die Stadt merkwürdig aus. Wie die Kulissen eines Horrorfilms. Rot aufleuchtende Straßenzüge, blaue Häuserreihen. Plötzlich war der Spuk vorbei.

»Was meinst du?« fragte er, nachdem wir eine Weile schweigend durch die nächtlichen Straßen gefahren waren. »Ist das ein Irrer? Wer veranstaltet so ein Schlachtfest und zersägt einen Menschen?«

»Vielleicht war das kein Mensch mehr für den, der es getan hat?«

»Was dann? Eine Schaufensterpuppe, die literweise Blut verliert? Der muß geblutet haben wie Sau.«

»Ich glaube nicht, daß wir nach einem Verrückten suchen müssen«, sagte ich. »Jeder ist zu allem fähig. Wenn er mit dem Rücken zur Wand steht und sich nicht mehr zu helfen weiß.«

Weber sah mich zweifelnd an. »Ich könnte so was nicht. Umbringen, ja, aber die Leiche zersägen. Pfui Teufel. Könntest du das?«

»Kommt darauf an«, antwortete ich ehrlich. »Vielleicht.«

»Das kannst du nicht ernst meinen.« Weber war entsetzt.

Er hatte ja keine Ahnung. Er hatte keine Freundin, die von einem Verrückten überfallen worden war. Er war nicht um drei Uhr nachts halb besinnungslos vor Angst durch die Nacht gerast. In der Phantasie habe ich den Kerl, der sie auf dem Gewissen hat, mehr als einmal in Einzelteile zerlegt. Und es hat mich einen Dreck interessiert, ob er dabei lebendig war oder schon tot.

»Vielleicht hast du recht«, sagte Weber, als er vor meiner Haustür hielt. »Ich weiß nicht, wozu ich fähig wäre, wenn jemand Inga und den Kindern ein Haar krümmte.«

13

Die Frau mit dem Strohhut blickte nach draußen, sah die Uferbäume vorbeifliegen und in der Mitte des Sees die Umrisse einer Insel. Die Sonne verschwand hinter einer Wolke. An den Seiten brachen Strahlen hervor. Sie guckte in die Wolke und blinzelte mit den Augen.

»Wir sind gleich da, Mirjam. Komm zu Mama.«

Mirjam setzte sich auf ihren Schoß.

Der Zug fuhr langsam über eine Brücke. Neben dem Zug rollten Autos, spazierten Fußgänger. Auf dem Wasser waren Tretboote und Segelboote mit weißen Segeln.

»Guck mal, Mama, Enten.«

Das kleine Mädchen lief ans Zugfenster. Eine Frau mit einer Plastiktüte stand auf einem Holzsteg und fütterte die Enten. Von allen Seiten kamen sie angeschwommen und fischten mit ihren Schnäbeln nach den Brocken, die die Frau ihnen zuwarf.

»Wir gehen auch Enten füttern.« Sie ging zu ihrer Tochter ans Fenster und zog spielerisch an den Zöpfen.

Der Zug passierte eine Bahnschranke, vor der Menschen in hellen Kleidern warteten, und fuhr in den Bahnhof ein.

»Wir sind da, Mirjam.«

In der Ladenzeile vor dem Bahnhof waren die Verkäuferinnen damit beschäftigt, die Stände mit dem Obst und den Postkarten vom Bordstein zu räumen. Vor einer Bäckerei stellte die Frau ihre Taschen ab. Gemeinsam mit ihrer Tochter betrat sie den Laden.

»Wir hätten gern altes Brot. Zum Entenfüttern.«

Der Mann mit der weißen Mütze musterte die Frau mit dem Strohhut, das Kleid mit den Knitterfalten, die Flecken mit den weißen Rändern. Als er das Mädchen mit der Babypuppe unter dem Arm sah, wurde er freundlicher.

»Ja, die Enten wollen halt auch was zu fressen haben.«

Er ging in eine Ecke des Ladens und füllte eine große Tüte mit Brötchen und Teilchen, die in einer Holzkiste lagen.

Die Frau öffnete ihr Portemonnaie.

»Lassen Sie ruhig, junge Frau. Das können Sie so kriegen. Das kostet nichts.«

»Danke«, sagte die Frau.

»Magst du so einen Berliner, kleines Fräulein?«

Der Mann zeigte auf einen Ball mit Zuckerguß. Das Mädchen nickte. Der Mann mit der weißen Mütze kam hinter der Theke hervor und legte den Berliner mit seiner weißen Serviette in die Hand des Mädchens.

»Wie sagt man, kleines Fräulein?«

Er stemmte seine Arme in die Seiten.

»Danke«, sagte das Mädchen und biß in den Berliner.

Im Hafen wimmelte es von Menschen. Ganze Horden von Touristen mit verbrannten Gesichtern kamen von den Schiffen und gingen zu den fahrbaren Ständen, an denen Eis, Getränke und Luftballons verkauft wurden. Die Frau machte einen Bogen um die bunten Stände. Sie stellte die Taschen ab und setzte sich mit ihrer Tochter auf eine Bank am Ufer. Zwischen den Fingern zerbrach sie das Brot aus der Tüte und legte es in die aufgehaltenen Hände ihrer Tochter. Das Mädchen warf es auf den Weg, sofort stürzten sich Möwen im Flug auf die Brotbrocken. Ein Entenpaar kam die Böschung vom See herauf und watschelte näher. Der See glänzte in der Abendsonne. Die Häuser auf der anderen Uferseite sahen aus wie Klötze aus einem Kinderbaukasten.

»Mama, mir ist kalt. Ich will nach Hause.«

Die Luft am See war frisch, nachdem die Sonne untergegangen war. Die Frau zog eine Kinderstrickjacke aus der Tasche.

»Ich will nach Hause.«

Sie knöpfte die Jacke zu und sah, daß die dünnen Beine mit einer Gänsehaut überzogen waren. Sie kramte nach einer langen Hose.

»Komm, Mirjam, wir ziehen dir Hosen an, dann wird es dir wärmer.«

»Ich will keine Hose. Ich will nach Hause.«

Das Mädchen preßte die Puppe an die Brust.

»Wir können nicht nach Hause.«

»Warum nicht?«

Die Frau faßte sich an den Hut und fühlte ein Klopfen unter dem Verband auf ihrer Stirn.

»Ich will nach Hause zu Papa.«

Der See war grau. Nebelschwaden stiegen auf. Die Frau sah wieder den Toten auf dem Boden liegen. Das Blut in seinem Gesicht. Ihr Kopf schmerzte. Der Tote mit dem blutigen Kopf war nicht irgendein Mann. Er war ihr Mann. Der Vater ihrer Tochter.

»Papa ist nicht zu Hause, er ist hier bei uns.«

Mirjam sah sich nach links und nach rechts um. Die Uferwege waren leer. Keine Menschen. Nur ein paar Möwen gingen darauf spazieren. Sie guckte unter die Bank.

»Er ist gar nicht hier«, sagte sie enttäuscht.

»Doch, er ist bei uns. Er kann uns sehen. Von da oben guckt er zu uns herunter.«

Mirjam legte den Kopf in den Nacken und sah in den Himmel, an dem ein runder Mond stand, durch den die Wolken zogen.

»Da oben«, staunte sie. »Da will ich auch hin.«

»Da kannst du nicht hin. Später kommst du da hin. Da kommen wir alle hin.«

»Warum weinst du denn, Mama?«

Das Mädchen setzte sich zu seiner Mutter auf die Bank und sah ihr ins Gesicht. Die Frau wischte die Tränen weg.

»Gehen wir heute nicht schlafen?«, fragte Mirjam.

»Bist du müde?«

Das Mädchen schüttelte den Kopf mit den blonden Zöpfen.

»Nathalie muß schlafen.« Sie packte die Puppe am Bein und zog sie von der Bank. »Wo schläft Nathalie?«

»Nathalie hat ein schönes Bett.«

Die Frau öffnete den Reißverschluß der Reisetasche und legte die Puppe hinein. Dann machte sie die Tasche so weit zu, daß nur noch der Kopf herausschaute.

»Gute Nacht, Nathalie.« Mirjam gab der Puppe einen Kuß.

»Ich will nicht schlafen.« Sie stieg auf die Bank, legte den Kopf in den Schoß der Frau und schaute nach oben. »Was machen wir, Mama?«

»Wir gehen zu den Enten.«

»Wo sind die Enten jetzt, Mama?« Mirjam drehte sich zur Seite und steckte den Daumen in den Mund.

»Die Enten sind jetzt auf der Enteninsel, da haben sie ihr Entenhaus.«

Die Frau sah, daß ihre Tochter die Augen schon zuhatte. Leise sprach sie weiter.

»Abends gehen alle Enten zusammen in das Entenhaus, Mama Ente, Papa Ente und die Entenkinder. Und da sitzen sie dann, alle auf einem Fuß, und stecken ihre Schnäbel unter die Federn, wo es schön warm ist.«

Der kleine Mund stand offen, und die Brust hob und senkte sich in regelmäßigen Abständen. Vorsichtig griff die Frau in eine Tasche und zog einen großen Wollpullover daraus hervor. Sie legte ihn über die nackten Beine ihrer Tochter.

In dem Hotel hinter dem Ententeich gingen die Lichter an.

14

Die Zeiger der Normaluhr zeigten halb elf, als Weber mich vor der Haustür absetzte. Ich bildete mir ein, daß die Luft hier am Hafen weniger drückend war. Der Turm vom Hafenamt war beleuchtet. Die Santa Monika lag im Dunkeln an der Anlegestelle. Das Öl auf dem Wasser glänzte satt.

Erst jetzt merkte ich, daß ich seit dem Frühstück nichts Ordentliches gegesssen hatte. Bei Maria war noch was los. Das ›Athen‹ machte erst zu, wenn der letzte Gast ging oder die Kollegen von der Nachtstreife ihn an die frische Luft setzten. Vor der Theke stand eine Gang lärmender Teenager, die mit Strohhalmen ihre Coladosen leersaugten und auf ihre Pommes warteten. Ich winkte Maria zu, die gerade einen Korb mit Kartoffelschnipseln aus dem Öl fischte. Bei näherem Hinsehen stellte ich fest, daß meine feschen Teenies kaum älter als zwölf sein konnten. Ich beruhigte mich mit dem Gedanken, daß sie bei Maria gut aufgehoben waren. Besser als auf dem Straßenstrich oder dem Bahnhofsklo.

»Du hast sicher Durst. Alle haben Durst, heute.«

Maria stellte Mineralwasser, Retsina und zwei Gläser vor mich auf den Tisch.

»Willst du Moussaka?«

Ich schüttelte den Kopf.

»Nichts Warmes. Irgendwas Frisches.«

Ich lehnte mich im Stuhl zurück und streckte die Füße aus. Zwei Tische weiter fing ein Paar zu streiten an.

»Das machst du nicht«, schrie die Frau.

Eine Hand flog über den Tisch. Ein Glas zersplitterte auf dem Boden. Er hielt sich die Backe.

Es war wieder ruhig. Ich sah weg.

Auf einer griechischen Amphore stand ein Jüngling ratlos mit einem Apfel vor drei Frauen. Die runde Schale an der Wand gegenüber zeigte zwei Männer. Ein Mann mit Bart legte einem Jüngling ein Geschenk in die aufgehaltene Hand. Ich traute meinen Augen kaum. Das Geschenk war genau so ein Schlappohr, wie ich es auf meinem Schreibtisch stehen hatte.

Maria brachte ihren Vorspeisenteller. Gefüllte Weinblätter, Tomaten, Schafskäse und Auberginenmus. Knoblauchduft stieg mir in die Nase. Mit den Fingern angelte ich mir ein Weinblatt und schob es in den Mund.

Das Paar zahlte. Rote, hochhackige Schuhe und ein Hinterteil, das Weber ins Schwärmen gebracht hätte, stöckelten hinter einem Männerrücken mit Schweißflecken aus dem Lokal. Hoffentlich mußte sie ihre Ohrfeige zu Hause nicht teuer bezahlen.

Maria setzte sich zu mir an den Tisch.

»Wie geht es dir? Viel Arbeit?«

Ich nickte stumm und widmete mich den Resten auf meinem Teller. Mit einer Stoffserviette tupfte sie sich den Schweiß aus dem Dekolleté. Auch kein Vergnügen, bei dem Wetter an heißen Öltöpfen zu stehen.

»Was macht Jannis? Kommt er bald aus dem Krankenhaus?«

»Weißt du, wie lange es dauert?« Maria wischte sich den Hals von Schweiß frei. »Drei Monate wenigstens. Nur, weil sie ihm dieses Blut gegeben haben. Ärzte, pah«, Maria machte eine wegwerfende Bewegung. »Was passiert, wenn ich schlechtes Essen habe? Die Polizei kommt und schließt das ›Athen‹. Was passiert, wenn Ärzte schlechtes Blut geben? Nix passiert. Ist das richtig?«

Eine gefährliche Frage, die sie da stellte. Eine der Fragen, die einen fertigmachen konnten.

»Das Essen war toll.« Ich trank mein Weinglas aus.

»Paß auf, daß du nie ins Krankenhaus kommst«, riet sie mir.

»Ich gebe mir Mühe«, versprach ich ihr und legte ein paar Silbermünzen auf den Deckel.

»Was ist das?« Ich ging zur Wand und zeigte auf die Schale mit den zwei Männern und dem Kaninchen.

Maria warf kurz einen Blick auf die Schale.

»Ach, das«, sagte sie und stellte die Teller zusammen.

»Was ist das für ein Bild?«

»Männerliebe«, sagte sie abfällig, schnappte die Teller mit den Bestecken und trug sie zur Theke. Ich folgte ihr.

»Und das Kaninchen?«

»Männer in Griechenland sind wie Männer überall, machen Geschenke, wenn sie Liebe wollen.«

»Wieso ein Kaninchen?«

Maria räumte das Geschirr in die Spüle.

»Liebe von Männern«, belehrte sie mich. Sie sah mein Gesicht. »Du nix verstehen?«

Ich schüttelte den Kopf.

»Kaninchen machen Liebe wie Männer. Verstehst du?«

Es blieb nicht viel zu verstehen übrig. Sie hatte alles gesagt.

»Hast du Problem mit Mann, der Männer liebt?«

»Nein, nein. Es ist wegen des Kaninchens«, versicherte ich ihr. Maria blieb mißtrauisch.

»Dein Freund mit dem schnellen Auto. Er liebt Männer?«

»Nein.« Ich schüttelte den Kopf. Sie war nicht überzeugt.

»Nix gut für dich. So ein Mann.«

Mit dem feuchten Lappen polierte sie die Spüle.

»Es ist mein neuer Fall«, verriet ich ihr. »Da gibt es ein Kaninchen.«

Sie sah nicht so aus, als ob sie mir glaubte.

15

»Ihren Ausweis, bitte.«

Die Frau mit dem Strohhut machte die Augen auf. Die Taschenlampe blendete, sie kniff die Augen zusammen. Nach und nach gewöhnte sie sich an das Licht. Sie erkannte zwei Polizisten hinter der Taschenlampe. Einer von ihnen führte einen Schäferhund.

Fieberhaft überlegte sie, was sie tun sollte.

Mirjam schlug die Augen auf. Sie rieb sich die Augen.

»Wir sind gestern spät angekommen und haben kein Zimmer mehr bekommen.«

»Aha«, sagte der Polizist. »Wissen Sie, hier dürfen Sie nicht kampieren. Das ist nicht erlaubt.«

»Wir wollten ein Zimmer«, sagte sie. »Aber es war alles voll.«

»Im Sommer finden Sie kein Zimmer hier am Bodensee, wenn Sie nicht vorbestellt haben.«

Der Mann in der Uniform stellte die Taschenlampe ab. Die beiden Polizisten tuschelten miteinander.

»Warten Sie hier auf uns. Wir schauen, was sich machen läßt.«

»Mama, was wollen die Männer?«

»Das sind Polizisten.«

Weglaufen lohnt nicht, entschied sie.

»Wir haben etwas für Sie gefunden.«

Sie waren wieder da. Mitsamt dem Schäferhund.

»Gar nicht so weit. Eine kleine Pension. Da sind Sie gut aufgehoben.«

»Und teuer ist es auch nicht«, ergänzte der Kollege. »Am Zähringer Platz. Hier am See können Sie nicht bleiben.«

»Das ist sehr freundlich.«

Ihre Stimme klang nicht überzeugend.

»Wir bringen Sie zu den Taxis. Nicht, daß Ihnen hier noch etwas passiert.«

Die Polizisten nahmen die Taschen, und sie mußte mit Mirjam folgen.

Der Taxifahrer rollte die Zeitung zusammen.

»Zum Zähringer Platz in die Pension Stadelhofer wollen Sie noch so spät.«

Er stieg aus und lud die beiden Taschen in den Kofferraum. Mirjam kletterte auf den Rücksitz, und sie setzte sich zu ihr.

Die Polizisten standen am Straßenrand und warteten, bis das Taxi sich in Bewegung setzte. Der Polizist mit dem Schäferhund hob zum Abschied die Hand. Sie schaute weg.

Der Fahrer schaltete den Taxameter ein. Von hinten sah sie einen dunklen Pferdeschwanz, der mit einem Gummi gehalten wurde. Der Nagel des Daumens, der auf dem Lenkrad lag, hatte einen schwarzen Rand. Die leuchtenden Zahlen neben dem Lenkrad drehten sich. DM 5,60, 5,70, 5,80, 5,90, 6,00. Die Zahlen machten ihr Angst.

Das Taxi hielt auf einem leeren Platz, der nur spärlich beleuchtet war.

»Wir sind da«, sagte er. »Zähringer Platz 15, Pension Stadelhofer.«

Das Haus, vor dem sie hielten, lag im Dunkeln.

»Macht acht Mark und dreißig«, sagte er und stellte den Taxameter aus.

Er drehte sich zu ihr nach hinten.

»Acht Mark dreißig.«

Sie fühlte, wie ihr das Blut in die Wangen schoß.

»Ich habe nur noch zwei Mark«, sagte sie leise. »Zwei Mark zweiundfünfzig.«

»Und warum nehmen Sie dann ein Taxi?« fuhr er sie an.

»Ich wollte am See schlafen, und da kamen die Polizisten.«

»Was wollten Sie am See?«

»Auf einer Bank schlafen. Ich wußte nicht, daß das hier verboten ist.«

»Hauen Sie bloß ab«, sagte er. »Ehe ich mir's anders überlege.«

Er stellte die Taschen auf die Straße.

»Entschuldigen Sie, bitte. Das wollte ich nicht«, sagte sie.

»Ist schon in Ordnung.«

Er setzte sich in das Taxi. »Viel Glück.«

Sie ging am Haus Nummer 15 vorbei, den Platz hinunter. In manchen Häusern brannte Licht. Es konnte noch nicht so spät sein. Sie mußte wieder zum See hinunter. Einen Platz finden. Die Taschen lagen wie Blei in ihren Händen.

»Ist es noch weit, Mama?« fragte Mirjam.

Ein Auto hielt neben ihr.

Die Tür ging auf.

»Steigen Sie schon ein«, forderte der Taxifahrer sie auf.

»Ich kann Sie nicht bezahlen«, sagte sie und stellte die Taschen ab.

»Was Sie nicht sagen.« Der Mann mit dem Pferdeschwanz hielt die Wagentür auf.

16

Nach dem Ausflug in die besseren Wohnviertel freute ich mich, meinen Hausflur wiederzusehen. Die Blechbriefkästen mit den handgeschriebenen Namensschildern, das lila Fahrrad von der Studentin parterre, den Kinderwagen, den Frau Krause aus dem dritten als Einkaufswagen benutzte. Unter den Zetteln am Boden leuchtete mir das Einwickelpapier meiner liebsten Kaubonbons entgegen. Ich hob es auf, pulte den Aufkleber heraus und klebte ihn auf meinen Briefkasten. ›Da, wo ich bin, ist immer was los.‹ Das paßte.

Ich spurtete hoch in den zweiten. Keuchend schloß ich die Wohnungstür auf. Die Küche sah genauso aus, wie ich sie heute nachmittag verlassen hatte. Die Wandschränke offen, das Gewürzregal durcheinander, das Fett im Bratentopf gestockt. Er hatte alles stehen und liegen lassen und sich aus dem Staub gemacht. Die klassische Nummer. Die Tüten vor dem Eisschrank waren verschwunden. Ich schätzte, daß da der Wein drin war. Das nackte Kaninchen lag immer noch auf der Tortenplatte. Fünf Teile, die in Fleischsaft schwammen. Nicht mehr ganz so frisch wie vor ein paar Stunden. Ich deckte das Kaninchen mit einer Folie ab und stellte es in den Kühlschrank. Morgen früh wollte ich nicht als erstes über eine Leiche stolpern.

Ich riß sämtliche Fenster auf und stellte die Türen auf Durchzug. Dann knipste ich das Licht aus und setzte mich in meinen Lieblingsstuhl am Fenster. Heute nacht war der Himmel von einem tiefen Blau, wolkenlos mit vielen Sternen. Der Mond war eine in der Mitte zerbrochene Scheibe. Es sah aus, als wäre die andere Hälfte ins Wasser gefallen. Dort schwamm sie, umgeben von einer Vielzahl heller Punkte.

Ich brauche das, ab und zu nach oben zu gucken. Nicht nur am Boden zu kleben und im Dreck zu wühlen mit der Angst, darin zu versinken. Die großen Fenster sind das Beste an meiner Wohnung. Der Blick in einen weiten, offenen Himmel. Darunter das Wasser des Hafenbeckens, in dem sich der Himmel spiegelt. Die Brücke zum Hafenamt und die Santa Monika, die träge in den Wellen schaukelt. Selbst der Lärm der Autos, die auf der Schnellstraße zur Autobahn fahren, hat etwas Beruhigendes.

Auf der Uhr am Taxistand war es Viertel nach zwölf. Wenn ich morgen einigermaßen fit starten wollte, mußte ich ins Bett. Ich stellte mich unter die Dusche und wusch mir den Schweiß von der Haut. Mit kreisenden Bewegungen massierte ich den Nacken. Das tat gut. Anspannung setzt sich bei mir immer im Nacken fest. Auf nackten Füßen lief ich im Bademantel in die Küche. Ich machte den Kühlschrank auf und griff ins Gemüsefach. Da parke ich meine eiserne Weißweinreserve. Mit einem Glas, das angenehm kühl in der Hand lag, verzog ich mich noch einmal an meinen Platz am Fenster.

Jetzt konnte ich an die Plastikbeutel mit den Leichenteilen denken, ohne daß mein Magen rebellierte. Keine Leichenteile, korrigierte ich mich in Gedanken. Eine Leiche. Ein Mensch, der zu Lebzeiten vielleicht genauso in den Himmel geguckt hatte wie ich. Wer war der Mann? War es Klaus Pape, der glückliche Familienvater vom Foto? Und wenn er es war, warum mußte er sterben? Wer hatte sich die Mühe gemacht, seine Leiche zu zersägen und in ordentliche Tütchen gepackt auf Eis zu legen?

Ich nahm den Rest des Weins mit ans Bett. Das ist es, warum du diesen verdammten Job machst, ging es mir durch den Kopf. Du bist so verflucht neugierig. Du bist nicht eher zufrieden, bis du herausgefunden hast, was hinter der Fassade steckt. Wovon Menschen träumen, wovor sie Angst haben, wen sie lieben, wen sie hassen. Vielleicht bist du ja nur bei diesem Verein, weil du es nicht ertragen kannst, wenn eine Tür vor dir zugemacht wird.

Ich sah die dunkle Holztür mit dem getöpferten Türschild.

›Hier wohnen Klaus, Silke und Mirjam Pape.‹ Eine weißlackierte Tür, die sich rasselnd öffnet, nur so weit, wie die Metallkette es erlaubt. Und ich sah die Eingangstür des ›Athen‹ mit ihren schmuddeligen Glasscheiben und dem Plakat der Akropolis.

Mein letztes Bild vor dem Einschlafen war eine schwere alte Holztür. Die Tür meiner Kindheit. Nie wußte ich, was mich dahinter erwartete. Ich nahm Anlauf und rammte mit all meiner Kraft den rechten Fuß in die Tür. Holz krachte, und die Tür brach auf. An einem runden Tisch saßen meine Mutter, mein Kaninchenkoch und Weber. Sie spielten zusammen Karten. Meine Mutter hatte ein Kaninchenfell um den Hals liegen. Die vier Pfoten des Tieres waren über ihrem Busen verschränkt, und sie lachte hysterisch.

Weber zog ein Kaninchen aus einem Zylinder, packte es am Nacken und ließ es baumeln. Ergeben streckte es die Pfoten. Mein Liebhaber zückte ein Messer und schlitzte dem Kaninchen den Bauch auf. Es zeterte jämmerlich. Hinter dem Tisch stand Frau Wessel und hielt sich entsetzt an ihrer Perlenkette fest. Die Kette riß, und sämtliche Perlen kullerten auf den Boden.

17

Das Taxi fuhr langsamer, hielt an. Der Mann mit dem Pferdeschwanz drehte den Kopf nach hinten. Er warf einen Blick auf das Mädchen, das zusammengerollt auf dem Rücksitz lag und schlief.

»Ich bin gleich wieder da«, sagte er leise.

Fast lautlos ging die Tür auf. Er verschwand in der Dunkelheit. Die Frau setzte ihren Strohhut ab.

Er kam zurück, zog die Tür vorsichtig zu und löste die Handbremse. Der Wagen rollte an einem rotweißen Schlagbaum vorbei. Sie beugte sich nach vorn und sah über die Kopfstütze des Beifahrersitzes nach draußen. Die Scheinwerfer leuchteten auf Asphalt am Boden. Sonst war nichts zu erkennen. Schwarz und undurchdringbar stand die Nacht vor der Scheibe.

Der Wagen bog nach rechts, stoppte und rollte nach hinten. Sie drehte sich um. Die Rücklichter warfen ihr Licht auf ein stramm gespanntes Drahtseil. Hinter dem Seil erkannte sie die Vorderfront eines VW-Busses, der mit einem Regenbogen bemalt war.

»Wir sind da.«

Der Mann mit dem Pferdeschwanz zog den Schlüssel aus dem Schloß, sammelte Zeitungen vom Boden, stopfte sie in einen Beutel und stieg aus.

»Na, was ist?« Er hielt die Hintertür auf. »Brauchen Sie eine Extraeinladung?«

Das kleine Mädchen stöhnte im Schlaf.

»Ich will sie nicht wecken«, flüsterte sie dem Mann zu, der sich zu ihr in den Wagen beugte.

»Das brauchen Sie nicht. Kommen Sie, wir holen die Kleine rein, wenn wir das Bett gemacht haben.«

Sie sah im Licht der Autoleuchte ein gelbes Männergesicht, auf dem sich Schatten zeigten. Stoppeln, die sich durch die Haut fraßen.

»Was ist jetzt?« fragte der Mann.

Sie blickte auf die Bartstoppeln und fühlte Panik in sich aufsteigen.

»Ich lasse meine Tochter nicht allein.«

»Wie Sie wollen.«

Das Gesicht mit den Bartstoppeln verschwand aus der Tür.

»Gute Nacht.« Er schlug die Tür zu.

Das schlafende Mädchen zuckte zusammen und streckte ein Bein. Die Frau strich über den Rücken. Unter ihrer Hand fühlte sie den Körper des Kindes ruhig weiteratmen. Sie entspannte sich und schloß die Augen. Solange sie bei ihrer Tochter war, war alles gut.

18

Egal, wann mein Wecker schellt, er schellt immer zu früh. Eine samtige Stimme aus dem Radio verriet mir, daß heute Sonntag, der vierzehnte Juli, war. Das Wetter etwas kühler als am Vortag, Höchsttemperaturen 22 bis 25 Grad, mäßiger Wind, am Nachmittag vereinzelte Schauer. Mir sollte es recht sein, wenn die Hitze nachließ. Ich streckte mich ein letztes Mal unter der Decke.

Ein kurzer Blick in die Küche reichte. Ich machte die Tür wieder zu. So früh am Morgen war ich dem Chaos nicht gewachsen. Den Morgenkaffee konnte ich im Büro kochen, da war es eine Spur weniger chaotisch. Bis die Jungs von der Presse kamen, war Zeit satt. Gähnend griff ich mir einen meiner gediegeneren Fummel und verschwand im Bad.

Der vergangene Tag war nicht spurlos an mir vorübergegangen. Das Gesicht im Spiegel war schmal und blaß. Ein paar Farbtupfer setzen war das mindeste, was ich tun konnte. Für mich und den Rest der Welt. Ich malte die Lippen an und rahmte die Augen grün. Das war's schon, aber es wirkte Wunder.

Vor der Tür war es angenehm frisch. Halb acht. Kaum ein Mensch unterwegs. Nur der Wachmann aus dem Ölladen lief mit seinem Schäferhund über den Parkplatz, und eine Frau in einem rosa Jogginganzug drehte am Hafenbecken ihre Runde. Eine Möwe stolzierte quer über die freie Fahrbahn. Kollegen von ihr saßen in einem leeren Müllcontainer direkt vor meiner Haustür. Der Rest der Bande sonnte sich auf dem Brückengeländer. Die Santa Monika lag an der Anlegestelle. Ich nahm mir fest vor, am nächsten freien Sonntag mit ihr einen Ausflug zu machen.

Mein Golf stand auf seinem Superparkplatz unter der Kastanie, ein paar Schritte von der Haustür entfernt. In die Staubschicht auf der Heckscheibe hatte jemand DU SAU geschrieben. Das sah nicht so aus, als ob es persönlich gemeint wäre. Ich hatte schon ganz andere Botschaften an meinem Auto gefunden.

Über sonntäglich freie Straßen rollte ich in Richtung Präsidium. Ich schaltete das Radio ein, muntere Morgenmelodien. In der Pause zwischen zwei Stücken übernahm eine männliche Stimme die Rolle des Muntermachers. Sie machte mir klar, wie gut ich es hatte. Hier und heute auf deutschem Staatsgebiet zu weilen. Anderenorts war mit dem Schlimmsten zu rechnen. Zum Beispiel in Italien. Eine deutsche Touristin war mit ihrem Sohn in den italienischen Alpen herumgeklettert und prompt in eine Gletscherspalte gefallen. Dort war sie samt Sohn jämmerlich erfroren. Das reichte. Ich drehte dem Typen die Luft ab. Was war das für eine schräge Botschaft, die da durch den Äther geschickt wurde? Bleibt im Lande und nähret euch redlich! Geht bloß nicht ins Ausland, da fällt euch der Himmel auf den Kopf!

Hinter der Unterführung war die Auffahrt zu meiner Tankstelle. Hier gab es alles, was ein Single fürs Überleben braucht. Zeitungen, Drinks, Tabak, Eßbares in Tüten und Dosen. Vierundzwanzig Stunden am Tag. Und Benzin natürlich. Heute früh war ich die einzige Kundin. Freie Auswahl an sämtlichen Zapfsäulen. Mittwoch begannen die großen Ferien. Ich parkte meinen Golf vor einer Säule mit Bleifreiem und hängte den Schlauch in den Tank. Die Zahlen auf der Säule rotierten munter.

Mir ging der Typ aus dem Radio nicht aus dem Kopf. Ich würde lieber in einer Gletscherspalte mein Leben aushauchen, als hier von irgendeinem Verrückten umgenietet zu werden. Vor ein paar Tagen hatte ich die Bekanntschaft eines netten älteren Herrn gemacht, der vom Fenster seiner Wohnung mit einer Schrotflinte auf spielende Kinder zielte. Es war zwar keine scharfe Munition, mit der er rumballerte, aber die wäre ihm zweifellos lieber gewesen. Ich mußte die Tür eintreten, eh' ich ihn von seinem Kissen auf der Fensterbank trennen konnte. Mein aktueller Fall stimmte auch nicht fröhlicher.

Der Tank war voll. Ich ging zum Zahlen. Nach zweimaligem Klingeln erschien ein Mann mit blauer Schirmmütze am Schalter. Mir fiel ein, daß ich versprochen hatte, Kaffee zu besorgen. Ich schickte meine Bestellung durch die runde Scheibe und legte einen Schein in die Klappe. Der Mann verschwand zwischen den Regalen hinter den Reifenstapeln. Nach einer Weile tauchte er wieder auf, legte den Kaffee, die Milch und den Würfelzucker zusammen mit dem Wechselgeld in das Metallfach und schob alles zu mir durch.

Das Einkaufen in den Tankstellen war auch mal anders. Freier Zugang zum Verkaufsraum zu jeder Uhrzeit. Das war einmal. Als es bei uns in der Stadt noch fünf Drogentote im Jahr gab und nicht zweihundert wie heute, mit der entsprechenden Beschaffungskriminalität. Ich warf den Kaffeekram auf den Beifahrersitz und machte, daß ich fortkam. Zu viele trübe Gedanken an diesem verdammten Morgen.

»Morgen, Frau Kommissar.«

»Morgen, Herr Naujocks.«

Der Portier widmete sich wieder seiner Lektüre. Ich sprang in den Paternoster und fuhr nach oben. Als ich das Kaninchen auf meinem Schreibtisch friedlich sein Heu mümmeln sah, ging es mir gleich besser. Irgendwie erfreulich so ein Grashalm, der kürzer wird, bis er in einem weichen grauen Maul verschwindet.

Ich stürzte mich auf die Kaffeemaschine. Solange das Wasser durchlief, beobachtete ich das Kaninchen. Es machte einen ausgesprochen zufriedenen Eindruck, wie es da saß und sich genießerisch einen zweiten Grashalm zwischen die Lippen zog. Wie ein Buddha saß es in seinem Käfig, friedlich mümmelnd.

Ich setzte mich an die Maschine. Auf den Einzug der Computertechnik warte ich seit Jahren vergebens. Immerhin ist es mir gelungen, eine elektrische Schreibmaschine an Land zu ziehen. Viele Kollegen müssen noch auf alten mechanischen rumhacken. Die meiste Zeit drücke ich mich vor dem Schreibkram, und Weber übernimmt die Routineberichte. Aber Presse ist mein Ressort. Er ist in der Darstellung unserer Arbeit einfach zu bescheiden.

Das Telefon schellte. Das Kaninchen fuhr zusammen, ein Stummel von einem Grashalm fiel aus seinem Maul auf den Boden. Es duckte sich und legte die Ohren an.

»Beate Stein, 1. Kommissariat.«

»Halt dich fest, Bea. Die Identität unserer Leiche ist eindeutig geklärt.«

Ich liebe Erfolgsmeldungen am Morgen.

»Es ist der Ehemann des Engels. Klaus Pape, Arneckestraße fünfzehn, wie wir vermutet haben.«

»Der Zahnarzt?«

»Bingo. Er brauchte nur einen Blick auf das Gebiß zu werfen. Die einzelnen Teile, meine ich. Er hat sie sofort erkannt. Totalsanierung.«

»Gute Arbeit. Mußtest du ihn aus dem Bett holen?«

»Aus dem Bett? Du lebst wohl hinter dem Mond. Dynamische Mittfünfziger tun was für ihre Form. Um acht hatte er das Tagesprogramm schon hinter sich. Schwimmen, Joggen und Trockenrudern.«

»Nützt es was?« wollte ich wissen.

»Ich glaube nicht«, meinte Weber. »Er sah ziemlich fertig aus.«

Die Tür ging auf. Eine stattliche Kugel in hellem Anzug mit Papageienkrawatte kam zum Schreibtisch gerollt. Kriminalrat Heinze, unser Dienststellenleiter. Er sah nicht aus, als hätte er eine angenehme Nacht verbracht. Er sieht nie aus, als hätte er eine angenehme Nacht verbracht. Die Tage laufen für ihn besser. Da kann er uns das Leben schwermachen.

»Sind wir hier in der Bronx?« wetterte er. »Haben wir schon amerikanische Zustände? Horden, die mordend durch die Straßen ziehen, unbescholtene Bürger zerstückeln und in Gefrierschränke legen?«

Das war die Art von Sprüchen, mit denen er Karriere gemacht hatte. Rückgrat hatte er keins. Aber seine Sprüche konnten sich sehen lassen.

»Wissen Sie schon, wer es war?« fragte er forsch.

»Die Leiche, meinen Sie?« stoppte ich ihn.

»Wollen Sie mich verarschen?«

Die Frage war klar formuliert. Die Antwort überließ ich seinem Scharfsinn.

»Wir waren bisher vollauf damit beschäftigt, die Identität der Leiche zu klären.«

»Wieso müßt ihr erst noch herausfinden, wer es ist?« bellte er.

»Es waren keine Etiketten auf den Tütchen mit Namen oder Einfrierdatum. Den Gefallen hat der Täter uns nicht getan.«

»Wir brauchen Erfolgsmeldungen für die Presse. Um zehn stehen die auf der Matte.« Er sah auf die Uhr. »In zwanzig Minuten.«

»Wenn Sie mich nicht stören würden, wäre ich schon fertig«, sagte ich freundlich.

»So, so. Na, dann machen Sie mal. Aber eins sage ich Ihnen, wenn das in die Hose geht, haben Sie den Fall die längste Zeit bearbeitet.«

Das ist das, was Heinze unter Motivation seiner Mitarbeiter versteht. Kein Wunder, daß die Polizei Nachwuchssorgen hat.

»Was ist das denn?« Heinze war nicht entgangen, daß auf dem Schreibtisch seiner Mitarbeiter ein sachfremder Gegenstand Aufstellung gefunden hatte.

»Unser wichtigster Zeuge«, verriet ich ihm.

»Werden Sie bloß nicht frech, Frollein.«

Unter vier Augen tut er sich keinen Zwang an.

Humor hat er nicht, und Frauen bei der Kripo hält er für etwa so überflüssig wie Bernhardiner in der Wüste.

19

Ich fotokopierte die Pressemitteilung, als Weber den Gang runterkam. Er trug eine helle Hose mit Bundfalte, ein sandfarbenes Hemd und unter dem Bauchansatz einen Gürtel, für den ein Schuppentier sein Leben gelassen hatte. Ich konnte es kaum glauben. Eine Bundfalte hatte ich noch nicht an ihm gesehen. Von einem Krokogürtel ganz zu schweigen.

»Hast du dir das ausgesucht?«

»Mehr oder weniger.« Er verzog gequält das Gesicht. »Der Zahnarzt war sehr angetan. Er hat mich gefragt, wo ich meine ›Garderobe‹ kaufe.«

»Gutgekleideten Männern steht die Welt offen«, tröstete ich ihn. »Du mußt nicht gleich das erstbeste Angebot annehmen.«

Es gelang mir nicht, ihm ein Lächeln zu entlocken. Ich drückte ihm eine Kopie der Pressemitteilung in die Hand. Meine kreative Zeichensetzung besserte seine Laune augenblicklich.

»Ein Komma zuviel, drei Kommas zuwenig.«

Ich legte die restlichen Blätter auf den Kopierer. Zufrieden verteilte er seine Kommas.

»Im Zoo?« fragte er.

Ich nickte.

Zusammen fuhren wir hoch in die siebte Etage. Hier residiert die Presse- und Informationsabteilung, auf allen anderen Etagen nur als ›der Zoo‹ bekannt. Die Aussicht über die Dächer war traumhaft.

»Jetzt können wir denen wenigstens was verkaufen.«

Er war zu Recht stolz auf die Ausbeute seines Besuchs beim Zahnarzt.

»Darauf kannst du dich verlassen«, ich hielt den Daumen hoch.

Im kleinen Sitzungssaal war alles vorbereitet. Der Tisch mit den Mikros vorn, die gepolsterten Stühle für die Gäste, die Thermoskannen mit den Tassen an der Seite. Pohlmann, der kleine König im Zoo, war mit Kriminalrat Heinze in ein Tête-à-tête vertieft. Seine Sekretärin faltete weiße Servietten. Ich verteilte das Blatt, das ich vorbereitet hatte. Sie lasen stumm.

»Besser als nichts.«

Ein größeres Kompliment hatte Heinze nicht in seinem Programm.

»Das gibt ja was her«, stellte Pohlmann erleichtert fest.

»Haben Sie ein Bild für die Fahndung?« fragte er.

Ich reichte ihm einen braunen DIN-A5-Umschlag mit dem Familienporträt, das ich aus dem Silberrahmen befreit hatte. Pohlmann gab den Umschlag an seine Sekretärin weiter.

»Ein Dutzend. So schnell wie möglich. Ich verlasse mich auf Sie.«

Die Tür ging auf, und Kollege Kerner erschien mit dem gewohnt mürrischen Gesicht. Es war Zeit, daß er Karriere machte. Aber nicht auf meine Kosten. Heinze steuerte auf Kerner zu und legte ihm jovial den Arm um die Schulter. Ich brauchte nicht viel Phantasie, um mir vorzustellen, was die beiden da ausheckten. Die eleganteste Art, mir ein Messer in den Rücken zu rammen.

Die ersten Presseleute trudelten ein. Pohlmann stürzte sich auf sie und verteilte meine Zettel. Ich nahm mir eine Tasse Kaffee und verzog mich mit meinem Kollegen ans Fenster. Der Kaffee schmeckte wie Spülwasser. Weber stieß mich an. Heinze war mit Kerner im Anmarsch.

»Frau Kollegin«, begann er leutselig.

Zuviel Schleim. Ein ganz schlechtes Zeichen.

»Ich möchte Ihnen zur Unterstützung den Kollegen Kerner an die Seite stellen.«

Hatte ich es doch geahnt.

»Ich brauche keine Unterstützung.«

»Der Fall ist kompliziert. Da können Sie jede Unterstützung brauchen. Seien Sie nicht störrisch.«

»Ich komme bestens klar, die Ermittlungen laufen auf vollen Touren. Wir haben erste Erfolge.«

»Sie brauchen Hilfe.« Jetzt spielte er den starken Mann.
»Ich wüßte nicht, wobei«, sagte ich kühl.
»Sie wissen, daß ich Ihnen den Fall jederzeit abnehmen kann?«
Er war bei den Drohungen gelandet.
»Warum sollten Sie?« fragte ich erstaunt. »Sie können sich freuen, daß Kollege Kerner frei bleibt für andere wichtige Arbeiten, die auch getan sein wollen.«
»Hören Sie zu, junge Frau.« Heinze zog ein Taschentuch aus der Tasche seines Sakkos und wischte sich damit die Stirn ab. Kerner guckte ausdruckslos an mir vorbei.
»Sie behalten den Fall. Fürs erste.«
Kerner war draußen. Meine Stimmung stieg.
»Aber sobald Sie einen Fehler machen, sind Sie den Fall los. Haben wir uns verstanden?« Er drehte sich um. Kerner folgte ihm auf dem Fuß.
Pohlmann sammelte seine Schafe. Ich nahm mit Weber vorn am Tisch Platz. Heinze riß sich von einer vollbusigen Rothaarigen los und gesellte sich zu uns. Die Rothaarige suchte einen Platz neben einem Kollegen.
Ich sah mir an, wer gekommen war. Der übliche schlaffe Haufen. Bis auf die Rothaarige mit den lila Fingernägeln und einen Typ, den ich bisher noch nicht getroffen hatte. Ein braungebrannter Schwarzeneggerverschnitt, der mich dreist mit seinen Blicken abgrapschte.
»Meine Dame, meine Herren«, Pohlmann lächelte der Rothaarigen zu. »Wir haben Sie geladen, um Ihnen den neuesten Stand der Ermittlungen in einem ganz ungewöhnlichen Fall zu präsentieren. Ich darf Ihnen Kriminalrat Heinze hier an meiner Seite vorstellen, den Sie alle kennen, und die Dame, die die Ermittlungen leitet, Frau Kriminalkommissar Stein, hier zu meiner Linken in Begleitung ihres Kollegen, Kriminalkommissar Weber.«
Pohlmann hörte nicht auf zu lächeln.
»Vielleicht lesen Sie zuerst die Pressemitteilung, die wir für Sie vorbereitet haben, und stellen anschließend Ihre Fragen.«
»Hat es einen ähnlichen, ähm, Fall, schon einmal in unserer Stadt gegeben?«
Der dienstälteste Pressemann war es sich schuldig, die Frage-

stunde einzuläuten. Er hustete und schob sich eine Pille zwischen die Lippen.

»So etwas hat es bisher bei uns noch nicht gegeben.« Heinze blähte die Backen. »Das ist Neuland.«

»Um so erstaunlicher, wie schnell Sie die Identität des Opfers festgestellt haben. Eine erstklassige Leistung, kriminaltechnisch. Oder sehe ich das falsch? Ich habe lange in München gearbeitet. Da gab es einmal einen ähnlichen Fall. Es hat Wochen gedauert, bis die Identität des Opfers feststand.«

Das war Arnold. Er bleckte die Zähne. Die reinste Anmache. Heinze lächelte gequält.

»Nun, mit unserer Frau Kommissar Stein haben wir auch eine ganz besonders qualifizierte Mitarbeiterin, die den Fall bearbeitet.«

Weber grinste. Ich gönnte Schwarzenegger einen Blick aus meinen grünen Augen. Den hatte er sich verdient.

»Sie haben die Identität des Opfers innerhalb von vierundzwanzig Stunden ermittelt«, nahm der Gesundheitsfreak mit Bart den Faden auf. »Haben Sie schon eine Vermutung, wer der Täter sein könnte?«

Hier mußte er passen. Heinze gab das Wort an mich weiter.

»Wir haben mehr als nur eine Vermutung.« Ich lächelte geheimnisvoll.

Der blonde Jüngling mit dem zarten Flaum auf den Backen warf sich auf den Brocken, den ich hingeworfen hatte.

»Können Sie schon konkrete Angaben zum mutmaßlichen Täter machen?«

»Meine Herren«, ermahnte ich sie.

Die Rothaarige hatte bisher kein Wort gesagt. Nur den Rand ihrer Kaffeetasse mit Lippenstift dekoriert.

»Sie wissen doch, niemand ist schuldig, bevor es nicht hundertzwanzigprozentig erwiesen ist. Vorher hören Sie von mir kein Wort.«

Die Rothaarige setzte die Tasse ab.

»Kann ich schreiben, daß Sie schon auf einer heißen Spur sind?«

»Absolut«, versicherte ich ihr. »Ich gehe davon aus, daß wir den Fall innerhalb kürzester Zeit gelöst haben werden.«

Weber verschluckte sich an seinem Mineralwasser. Pohlmann und Heinze sahen aus, als würden ihnen die Augen aus dem Kopf fallen. Kerner war am besten. Er brauchte künstliche Beatmung, um sich von dem Schock zu erholen.

»In einem Punkt benötigen wir Ihre Hilfe. Wir müssen in Erfahrung bringen, wo die Frau und die Tochter des Opfers sich zur Zeit befinden. Die Fahndung wird bundesweit eingeleitet. Sie können uns dabei unterstützen.«

Dieser Satz wirkte wie Dynamit auf die Presseleute. Kugelschreiber schabten über Papier. Selbst Schwarzenegger balancierte ein Schreibgerät zwischen den Fingern.

»Halten Sie es für möglich, daß die Frau oder die Tochter als Täter in Frage kommen?«

»Meine Dame, meine Herren«, ich legte eine kalkulierte Pause ein und fuhr bewußt leise fort. »Bisher fragen wir uns erst einmal, ob sie überhaupt noch am Leben sind.«

Jetzt sah Pohlmann seine Chance, aktiv ins Geschehen einzugreifen.

»Wir haben für Sie Abzüge vorbereitet, die Ihnen sofort zur Verfügung gestellt werden.«

»Was machen die Unifälle? Sind Sie da inzwischen weitergekommen?«

Heinze wurde nicht weiß, er wurde grün. Die Typen von der Szenezeitung langten voll zu. Die Morde an den jungen Studentinnen zogen üble Kreise. Man munkelte, daß bereits der Regierungspräsident eingeschaltet war. Eine junge Frau hatte Aussagen gemacht, die den Sohn eines Kollegen belasteten. Es war nur eine Frage der Zeit, bis die Bombe platzte.

»Sie haben doch bestimmt heute die Sonntagszeitungen gelesen«, packte ich die Anwesenden bei ihrer professionellen Ehre.

Keiner wagte zu dementieren.

»Da werden Sie von dem sensationellen Erfolg der Kollegen in Kassel gelesen haben. In einem extrem schwierigen Fall.«

Kein Widerspruch regte sich.

»Sehen Sie, die Polizei ist viel besser als ihr Ruf. Das könnten Sie ruhig auch einmal in Ihren Blättern anklingen lassen.«

Heinze sah mich verblüfft an. Die Tür ging auf. Die Sekretärin von Pohlmann erschien und verteilte die Fotos der Familie Pape unter der gierigen Meute.

»Wir halten Sie selbstverständlich über den Stand der Ermittlungen im Fall Pape auf dem laufenden.«

Pohlmann mit seinem Schlußwort.

Die Rothaarige nutzte die allgemeine Aufbruchsstimmung, um sich an Heinze heranzumachen. Sie würde es noch weit bringen. Mit sicherem Blick hatte sie den Mann mit den besten Verbindungen herausgepickt.

Schwarzenegger kam in knallengen Jeans und einem T-Shirt, unter dem die Muskeln spielten, auf mich zugewalzt. Ich steh' nicht auf Muskeln. Die ironische Linie um seine Mundwinkel hatte mehr Chancen.

»Hi«, sagte er.

»Hi«, sagte ich.

Er legte eine Karte auf den Tisch. Es war eine Werbung der Bundespost. Ruf doch mal an. Mit einer Telefonnummer.

»Probieren Sie es mal.« Weg war er.

»Was hat der dir denn gegeben?« fragte Weber neugierig.

»Eine Werbung für seinen Fitneßclub. Er glaubt, aus mir kann noch viel werden.«

»Bodybuilding?«

»Bodybuilding«, bestätigte ich.

An der Tür nach draußen stellte mich Heinze.

»Was für einen Fall haben Sie denn da gemeint in Kassel?«

»Herr Heinze, Sie nehmen mich auf den Arm. Den kennt doch jeder... Fragen Sie Kerner, wenn Sie mir nicht glauben.«

Heinze steuerte auf Kerner zu, der bei Pohlmann Punkte sammelte und die Tassen zusammenräumte. Er tat mir fast schon wieder leid.

»Was für ein Fall ist das denn in Kassel?« wollte Weber wissen, als wir in dem Holzkäfig nach unten schwebten.

»Es gibt keinen Fall in Kassel.«

»Nee«, sagte Weber ungläubig.

»Doch«, versicherte ich ihm. »Regel Nummer eins. Eine freche Lüge ist besser als eine schwache Behauptung.«

»Du bist echt cool.«

»Ich tu', was ich kann«, sagte ich bescheiden.

Ich kenne mehr als eine Kollegin, die Magenkrämpfe kriegt, wenn sie morgens zur Arbeit geht, und Heulkrämpfe, wenn sie abends nach Hause kommt. Alles nur wegen dieser verdammten Machos in unserem Verein, die nicht ertragen können, wenn eine Frau besser ist als sie.

Eins habe ich mir geschworen. Mich kriegen die nie.

20

»Und jetzt?« fragte Weber, als wir in den Gang zu unseren Büros einbogen.

»Erst mal einen ordentlichen Kaffee. Nach dem Spülwasser. Ich hab' uns frischen mitgebracht.«

»Mensch«, Weber haute sich an die Stirn. »Ich hab' das Futter für den Nagezahn vergessen. Bin sofort zurück.«

Er machte auf dem Absatz kehrt.

Noch war das Kaninchen nicht verhungert. Es knabberte an seinen Käfigstangen.

Weber kam mit einer Plastiktüte voll Körnern in der Hand zurück. »Fertigmischfutter«, erklärte er, als er das Zeug in den Steinnapf rieseln ließ.

Für meine Ohren hörte sich das nicht sehr verlockend an. Das Kaninchen war anderer Meinung. Es war im Nu am Napf, grub seine Vorderpfoten in die Körner und mampfte los.

Ich servierte den Kaffee.

»Wir wissen jetzt, wer der Tote ist«, eröffnete er das Gespräch.

»Verheirateter Herr aus besten Verhältnissen mit einem blonden Engel von einer Frau und einer kleinen Tochter«, faßte ich zusammen.

»Es gibt keine Engel«, orakelte Weber.

»Nur tote Frauen sind Engel«, stimmte ich zu. »Hoffentlich ist sie keiner. Sonst haben wir bald die zweite Leiche.«

»Wenn sie kein Engel ist, was ist sie dann?« fragte er.

»Und vor allem, wo ist sie? Warum ist sie mitsamt ihrer Tochter verschwunden?« erweiterte ich den Katalog der Fragen.

»Glaubst du, daß sie es gewesen sein könnte?«
Ich zuckte die Achseln.
»Daß sie nicht da ist, heißt noch lange nicht, daß sie ihn umgebracht hat. Wir haben bisher nicht die Spur eines Motivs.«
»Damit hab' ich keine Schwierigkeiten», sagte Weber. »Er sperrte sie ein aus Eifersucht. Er verprügelte sie jedesmal, wenn er getrunken hatte. Er fand heraus, daß sie ihn mit seinem besten Freund betrog. Und so weiter, und so weiter.«
»Ein Bild von einem Mann«, bemerkte ich trocken.
»Ich kenne die Männer.« Das klang fast melancholisch. »Bin ja vom gleichen Klub.«
Manchmal ist mir Weber direkt sympathisch.
»Ich schlage vor, daß wir als erstes noch mal mit ihren Eltern reden. Und dann das Übliche, die ganze Mühle. Freunde, Verwandte, Arbeitskollegen. Du hängst dich an die Leiche. Von wegen der Verwandtschaft, als Mann und so weiter. Ich übernehme sie. Ihre Freundinnen, die Schwester und wer mir sonst noch über den Weg läuft.«
»Auf zu den Schwiegereltern.« Ein Wort, bei dem die Haut auf Webers Stirn sich in häßliche Runzeln legte.
»Ist sie so schlimm?« fragte ich ihn.
»Wer?«
»Na, deine Schwiegermutter.«
»Wie kommst du denn darauf? Sie ist ein Schatz, kocht, putzt, räumt unsere Schränke um, und alles, ohne daß wir sie darum gebeten hätten. Und berät mich in Kleiderfragen.«
»Wann fährt sie wieder los?«
Er zuckte hilflos mit den Schultern.
Ich hatte nicht das Gefühl, daß ich als Single wesentliche Dinge verpaßte. Einen Ehemann, der mich einsperrte, zum Beispiel, oder eine Schwiegermutter, die mir die Küche durcheinanderbrachte. Die Rolle war mit meinem Kaninchenkoch wesentlich erfreulicher besetzt.
Wir packten unsere Sachen. Von der Tür aus sah ich, daß das Kaninchen munter weiter in den Körnern wühlte. Es schien seine Familie nicht zu vermissen. Wer braucht schon eine Familie, damit es ihm richtig gutgeht?

21

Wir liefen an aufrechten Gladiolen vorbei, der cremefarbenen Sprechanlage entgegen. ›Wessel‹, die zweite Türschelle von unten, wie gehabt. Weber nahm vor dem Mikro Aufstellung.

»Hallo?« Eine Frauenstimme.

»Guten Tag, gnädige Frau. Es tut uns leid, daß wir Sie noch einmal belästigen müssen.«

Ich verdrehte die Augen.

»Wer spricht da?«

»Kommissar Weber. Kriminalpolizei. Wir müssen Sie dringend noch einmal sprechen.«

»Worum geht es?«

»Das möchte ich ungern hier sagen.«

Die Tür summte. Ich deutete wortlos auf die glänzende Oberfläche des Blumenbänkchens auf der halben Treppe. Auch am Sonntag ließ Frau Wessel dem Staub keine Chance.

Diesmal verzichtete sie darauf, die Kette vorzulegen.

»Kommen Sie herein«, sagte sie und führte uns schnurstracks zu den grünen Polstermöbeln.

Durch die Tür zog der Geruch eines klassischen Sonntagsbratens. Ich tippte auf Schmorbraten mit Zwiebeln. Das Wasser lief mir im Mund zusammen. Außer ein paar trockenen Keksen hatte ich noch nichts gegessen.

»Was gibt es Neues?«

Heute trug sie einen weißen Faltenrock und eine blau-weiß gestreifte Bluse mit langen Ärmeln. Und natürlich die Perlenkette. Damit ging sie bestimmt ins Bett. Hochgeschlossenes Nachthemd und Perlenkette.

»Frau Wessel«, ich überlegte, wie ich es ihr beibringen sollte, und entschied mich für die direkte Methode.

»Ihr Schwiegersohn ist tot.«

Sie griff nach ihrer Kette.

»Ein Verkehrsunfall?«

Ich schüttelte den Kopf.

»Er war die Leiche, die wir zerstückelt im Gefrierschrank in der Arneckestraße gefunden haben.«

Weber sah mich vorwurfsvoll an. Das war wohl nicht einfühlsam genug.

»Mein Gott«, sagte sie. Ihre Finger krampften sich um die Perlen. »Aber, warum?« fragte sie. »Warum? Wissen Sie das schon?«

»Nein. Deshalb sind wir hier, weil wir mehr über Ihren Schwiegersohn erfahren wollen.«

Sie ließ die Perlen los.

»Er war überall beliebt. Da können Sie fragen, wen Sie wollen. Und er vergötterte meine Tochter und mein Enkelkind. Er hätte alles für sie getan.«

Mein Kollege räusperte sich.

»Es gab da einen beträchtlichen Altersunterschied zwischen Ihrer Tochter und Ihrem Schwiegersohn.«

»Es war eine Liebesheirat. Klaus kannte Silke schon als Kind. Er hat von Anfang an an ihr gehangen und sie an ihm. Er war ganz verrückt nach ihr. Blind vor Liebe.«

Schwang da ein Unterton von Neid mit in ihrer Stimme?

Frau Wessel verschränkte die Arme vor der Brust und klemmte das Ende der Perlenkette ein. Für sie war das Thema beendet.

»Probleme gab es nicht zwischen den beiden?« hakte ich nach.

»Er hat sie auf Händen getragen.«

Immer nur er. Ihre Tochter erwähnte sie mit keinem Wort.

»War Ihre Tochter glücklich in der Ehe?«

Sie sah mich verständnislos an. »Wie meinen Sie?«

»War sie zufrieden, ich meine, glücklich. Ging es ihr gut?«

»Sie hatte, was sie wollte.«

Frau Wessel betrachtete die Manschettenknöpfe ihrer Bluse. Runde Perlen in Silber gefaßt.

»Silke bekam immer, was sie wollte.«

Ich ließ es dabei bewenden. Der Bratengeruch stieg mir in die Nase. Frau Wessel bemerkte es nicht. Weber schnitt ein neues Thema an.

»Wissen Sie vielleicht, wo sich Ihre Tochter aufhalten könnte?«

»Nein, da kann ich Ihnen nicht helfen. Das weiß ich nicht.«

»Haben Sie keine Vermutung, wo sie jetzt sein könnte?«

»Nein.«

»Können Sie uns die Namen von Freundinnen oder Freunden

Ihrer Tochter nennen? Oder Verwandten, bei denen sie sich aufhalten könnte?«

»Freundinnen? Freunde?« Sie sah mich entgeistert an. »Sie hatte keine Freundinnen oder Bekannte. Sie hatte ihren Mann, ihre Tochter und ihren Haushalt.«

Ich schloß messerscharf, daß für Frau Wessel Freundinnen und Freunde keinen Platz im Leben von verheirateten Frauen hatten. Wozu brauchen wir Feinde, wenn wir solche Mütter haben?

»Die Adresse ihrer Schwester. Vielleicht ist sie bei ihr?«

»Bei Eva? Nein. Die beiden haben sich nie verstanden.«

So schnell gab ich mich nicht geschlagen.

»Könnten Sie uns Evas Adresse geben?«

Sie stand wortlos auf. Als sie die Tür öffnete, zogen Rauchwolken zu uns ins Zimmer. Ich schnupperte. Der Sonntagsbraten. Frau Wessel starrte wie gelähmt auf den Qualm.

Immer dem Rauch nach, spurtete ich der Küche entgegen. Der verschrumpelte Fleischhaufen auf dem Boden des Topfes sah nicht besonders appetitlich aus. Ich stellte das Gas ab und riß das Küchenfenster auf. Frau Wessel stand in der Küchentür.

»Das ist mir noch nie passiert«, stammelte sie fassungslos.

Ich glaubte ihr aufs Wort. Frau Wessel war in ihren Grundfesten erschüttert. Mein Kollege wedelte mit einem Geschirrtuch in der Luft herum.

»Die Klingel. Ich war gerade beim Anbraten. Bei der Hitze essen wir erst später«, setzte sie hinzu.

»Das war nur Ihr Klingeln.« Jetzt war der Vorwurf in ihrer Stimme unüberhörbar. Sie hatte schnell wieder zu ihrer alten Form gefunden.

Weber hängte das Geschirrtuch an den Haken.

»Vielleicht können Sie uns noch ein paar Namen nennen. Dann sind Sie uns auch schon wieder los.«

»Was wollen Sie wissen?« Frau Wessel hatte ein Adreßbuch mit weiß-blauen Streifen auf den Knien und beantwortete Webers Fragen. Er schrieb eifrig mit. Ich machte mir Gedanken, wo Herr Wessel zur Zeit weilte.

»Können wir vielleicht auch einmal mit Ihrem Mann sprechen?« fragte ich, als Weber seine Befragung abgeschlossen hatte.

»Jederzeit«, sagte sie schnell. »Er ist drüben im Park. Er ist gern an der frischen Luft.«

Da hatte er Glück. Was in seiner Wohnung zirkulierte, konnte kaum als Frischluft bezeichnet werden.

»Könnten Sie uns Bilder Ihrer Tochter mitgeben? Auch aus der Schulzeit?«

Sie nickte und ging zu dem Eichensekretär. Mit zwei roten Lederalben kam sie zurück. Ich nahm sie ihr aus der Hand.

»Danke, das hilft uns bestimmt.«

Sie brachte uns zur Tür.

»Ich gehe davon aus, daß Sie mich umgehend informieren, sobald Sie etwas hören.« Sie war wieder ganz die alte. Ein Blick aus stahlblauen Augen, der klarmachte, tun Sie nicht, was ich sage, werden Sie es bereuen.

»Selbstverständlich«, versicherte ich ihr. »Sie können sich darauf verlassen.«

Wir atmeten tief durch, als wir vor die Tür traten.

»Ich hab' was für dich«, Weber streckte eine geballte Faust vor. Er machte die Hand auf. In seinem Handteller lagen kleine schwarze Bällchen. »Von wegen keimfrei.«

Er schüttelte die Hand über den Gladiolen aus.

»Was ist das?« fragte ich ihn.

»Kaninchenkacke. Die lag gleich hinter dem Sofabein. Frau Wessel ist eine Schlampe.«

»Das ist eine kühne Behauptung. Können Sie die durch Beweise erhärten?«

»Euer Ehren.«

Er faßte sich mit der Hand, in der er die Kötel gehalten hatte, an die Stelle, wo er sein Herz vermutete.

»Wie Sie sich überzeugen durften, ist die Wohnung mit nicht ganz billigen Fußabtretern ausgestattet. Unter dem Sofa jedoch liegt kein Perser.«

»Was folgern Sie daraus?«

»Frau Wessel pflegt nur die sichtbaren Teile des Bodens. Vermutlich mit einem elektrogetriebenen Staubsammelgerät, während sie den Boden unter der Couch sträflich vernachlässigt. Das klassische Verhalten einer Schlampe.«

»Worauf plädieren Sie, Herr Staatsanwalt?«

»Ehrenamtliche Säuberungsarbeiten in einem Männerwohnheim. An sechs Wochenenden. Säuberung der Klos, der Duschräume...«

Ich haute ihm die Fotoalben in die Rippen.

»Das könnte dir so passen, du alter Chauvi.«

»Ich?«

Er hielt mir die Tür auf.

»Ich liebe die Frauen.«

»Ob er das ist?« fragte ich ihn.

Vor uns auf dem Platz saß ein grauhaariger Mann in dunkelblauem Anzug unter einer Platane. Auf der Bank gegenüber war eine junge Frau, die strickte, während ihre Tochter im Sandkasten spielte.

»Das könnte er sein. Sollen wir hin, ihm die Kunde vom Ableben seines Schwiegersohns überbringen?«

»Nein, danke«, sagte Weber. »Muß doch nicht sein, oder? Das können wir ihr überlassen, denke ich. Schließlich haben wir den Bratentopf gerettet.«

Ausnahmsweise gab ich ihm recht. Als Weber aus der Parklücke fuhr, sah ich eine schlanke Gestalt mit weißem Faltenrock auf den Platz zueilen.

»Da kommt sie schon.« Ich zeigte auf sie.

»Sag' ich doch.« Er bog um die Ecke.

22

Frau Wessels Rollbraten hatte meine Magensäfte zum Fließen gebracht. Ich sah neidisch auf ein riesiges Kuchentablett, das von einem Ehepaar in vereinter Anstrengung aus einer Konditorei geschleppt wurde. In einer Eisdiele reichte ein schwarzhaariger Mann in weißem Hemd eine Eistüte nach der anderen über die Theke. Eine Frau nahm sie an und setzte sie in Kinderhände, die sich ihr entgegenstreckten.

»Wann hast du das letzte Mal was zwischen die Zähne gekriegt?« fragte ich meinen Fahrer.

»Jetzt, wo du mich daran erinnerst. Wär' nicht schlecht, was zu beißen.«

»Gesund oder giftig?«

»Gesund hab' ich zu Hause«, sagte Weber.

»Pommes mit Mayo?«

Weber bleckte die Zähne. »Wie wär's mit dem Biergarten?« schlug er vor. »Weil Sonntag ist.«

Wir waren nicht die einzigen auf dem Parkplatz. Er quetschte den Volvo in eine schmale Lücke. Vor meiner Tür stand der Pfosten einer Laterne. Heute kann keine Frau damit rechnen, von Männern mit so etwas wie Rücksichtnahme behandelt zu werden. Mit elegantem Schwung hievte ich mich über die Kupplung. Die Sitten werden rauher. Das hier war noch die harmloseste Spielart.

Die langen Tische unter den Kastanien waren gut besetzt. So verbrachten Leute normalerweise die Sonntage, gingen spazieren, trafen Freunde und tranken ein Bier im Schatten. Ich hatte es schon fast vergessen.

»Bier?«

Er sah meinen Blick.

»Alkoholfrei, natürlich«, setzte er hinzu.

»Für mich Mineralwasser. Ich such' uns einen Platz da hinten.«

Als ich an den Tischen vorbeistreifte, begutachtete ich, was die Küche zu bieten hatte. Bratwurst, Bockwurst, Pommes frites, Kartoffelsalat und Leberkäse. Nicht gerade das, was man als ausgewogene Ernährung bezeichnen konnte. Ich fand's himmlisch.

Zwei Frauen in knallengen Glitzertrikots suchten einen Platz für sich und ihre Luftpumpen. Bevor sie zuschlagen konnten, besetzte ich die freie Ecke. An meinem Tisch saßen drei einheimische Männer mit asiatischen Frauen.

»Prost«, der Mann mit der blonden Dauerwelle schwang einen Bierhumpen. Wie auf Kommando knallten seine Kumpel ihre Gläser dagegen und schrien: »Prost.«

Bierspritzer platschten auf den Holztisch. Einer flog bis zu mir. Ich wischte ihn von der Wange. Die Asiatinnen lächelten.

»Wie sagt man?« Der Blonde legte die Hand der Frau, die neben ihm saß, um den Henkel des Biertopfs, preßte seine darüber und führte das Bierglas nach oben. Die beiden anderen Frauen hoben schnell ihr Glas und stießen es dagegen. »Prost«, sagten sie leise. Die goldenen Eheringe funkelten in der Sonne.

»Na, also«, der Blonde blickte stolz in die Runde. »Die sind gar nicht so blöd, wie sie aussehen – wenn man ihnen sagt, wo's langgeht.«

Die Männer lachten. Die Frauen lächelten höflich.

Weber stellte mir mein Glas vor die Nase. Er nahm mit seinem Bier gegenüber Platz.

»Na, dann wollen wir mal. Prost.«

Wenigstens erwartete er nicht, daß ich auch Prost sagte. Ich war direkt dankbar.

»Was soll ich dir mitbringen?« Ich stand auf. »Bratwurst mit Pommes und Mayo?«

Er nickte. Weber aß immer Bratwurst mit Pommes und Mayo. Ich hatte die Hoffnung noch nicht aufgegeben, daß er mich mal mit was anderem überraschte.

Ich ging zu dem Grillbüdchen und stellte mich in die Schlange.

»Du hast ja zugeschlagen.« Weber guckte gierig auf meinen Berg Wurst in brauner Tunke und biß in seine Bratwurst.

»Guten Appetit«, wünschte der Boß der multikulturellen Gruppe. Die asiatischen Damen lächelten uns zu.

»Würde mich nicht wundern, wenn wir den mal in kleinen Stükken im Gefrierschrank finden würden.«

Weber sprach mir aus der Seele.

Satt und zufrieden saßen wir vor den leeren Pappschalen.

Am Himmel zogen dunkle Wolken auf.

»Was machst du heute noch?« fragte er.

»Ich probier' die Schwester. Und dann wollte ich in der Wohnung vorbei. Vielleicht finde ich da noch was. Und du?«

»Ich bleib' an der Leiche. Mal sehen, wen ich da anzapfe. Vielleicht versuch' ich es zuerst mal bei Frau Kunze. Du weißt doch, ältere Damen können mir nichts abschlagen.«

Er grinste verführerisch.

»Und warum versagt dein Charme bei deiner Schwiegermutter?«

Er sah mich wütend an. Männer verzeihen einem nie, wenn man sie mit den Realitäten des Lebens konfrontiert.

»Wie fandest du Frau Wessel?« lenkte ich ab. »Die ist doch nicht der Typ, die einen Rollbraten anbrennen läßt.«

»Das seh' ich auch so«, stimmte er mir zu. »Die war total von der Rolle. Vielleicht weiß sie, wo ihre Tochter ist, und hat uns angelogen.«

»Möglich, obwohl sie nicht gerade den Eindruck machte, als läge ihre Tochter ihr besonders am Herzen.«

»Vielleicht spielt sie uns nur was vor und will sie decken. Schließlich ist es ihre Tochter.«

Ich balancierte einen Bierdeckel auf meinem Finger.

»Kann sein, muß aber nicht.«

Der Bierdeckel fiel runter. Ich probierte es noch mal. Diesmal blieb er liegen.

»Vielleicht ist es auch was ganz anderes.«

Weber nahm den Bierdeckel von meinem Finger und haute ihn mit der Kante auf den Biertisch.

»Ei-fer-sucht.«

»Er ging fremd«, sagte Weber und kratzte sich mit dem Bierdekkel hinter dem Ohr, »und seine Geliebte bringt ihn um und legt ihrer Konkurrentin die Leiche in das Eisfach.«

»Wie kommt sie in die Wohnung?« fragte ich.

»Den Schlüssel zieht sie ihm aus der Hosentasche, als er mittags mit ihr auf der Schreibtischplatte vögelt.«

»Wir haben bisher keinen Anhaltspunkt, daß er fremdgeht.«

»Er ist ein Mann. Alle Männer gehen fremd«, sagte Weber mit Überzeugung.

»Du mußt nicht von dir auf andere schließen.«

»Ich?« sagte Weber mit gespielter Empörung. »Ich gehe nie fremd. Inga würde mich umbringen. Du kennst sie doch.«

»Es ist noch zu früh.« Ich stand auf und schnappte mir die leeren Pappschachteln. »Wir wissen einfach noch zuwenig.«

Weber nahm die Gläser.

»Auf Wiedersehen«, wir verabschiedeten uns von der restlichen Tischbesatzung.

»Auf Wiedersehen«, kam es wie aus einem Mund zurück. Das mußte der blonde Lockenkopf schon öfter mit ihnen geprobt haben.

23

Der Himmel zog sich schwarz zusammen, als wir zum Präsidium fuhren. Weber setzte mich auf dem Parkplatz ab. Schmutz und lose Papierchen wehten mir entgegen. Ich machte, daß ich in meinen Golf kam, eh' mich der erste Schauer erwischte. Es ging los. Der Wetterbericht hatte ausnahmsweise recht behalten. Das Wasser klatschte nur so gegen die Scheiben. Ein mittlerer Weltuntergang. Alles grau in grau.

Ich drehte das Radio an. Mal sehen, ob ihnen die Horrormeldungen aus dem Ausland inzwischen ausgegangen waren. Eine freundliche Frauenstimme teilte mir mit, daß im Fährverkehr zwischen Ostende und Dover mit Behinderungen zu rechnen sei, weil das Personal der Transportgesellschaft seit gestern in einen unbefristeten Streik getreten war. Als ob ich es nicht geahnt hätte. Warnung vor drohenden Katastrophen. Sting tröstete mich mit den Erfahrungen eines Engländers in New York. Ich nahm die Handtasche auf den Schoß und begann, nach dem Zettel mit der Adresse von Eva Wessel zu suchen. Endlich fand ich ihn. Eva Wessel, Wörthstr. 5.

Dafür lag jetzt der gesamte Inhalt meiner Handtasche neben mir auf dem Beifahrersitz. Meine Walther PPK, mein Schminktäschchen inklusive Zahnbürste, Zahnpasta, Tampons und Pariser. Meine Brieftasche, mein Portemonnaie, die Schachtel mit der 9-mm-Munition, der Schlüsselbund, Kulis, die Visitenkarten, eine Packung Kaugummi und ein Geschenk meines Kaninchenkochs, das Röhrchen zum Seifenblasenmachen. Ich schaufelte den Krempel zurück in meine Tasche. Nur mit der Walther ging ich liebevoller um. Die hatte mir immerhin schon einmal das Leben gerettet.

Die graue Suppe vor meinem Fenster hellte sich auf. Der Regen prasselte nicht mehr ganz so heftig gegen die Scheibe. Auf der anderen Seite des Parkplatzes konnte ich die grün-weißen Streifenwagen erkennen. Ich machte mich startklar und drehte die Stimme weg, die mir von einer Maikäferinvasion an französischen Stränden erzählte.

Die Wolkendecke riß auf. Aus den Pfützen in den Rinnsteinen stiegen Nebelschwaden. Das Wasser verdampfte schnell. Ich rollte auf die Eisenbahnbrücke zu und überquerte die Gleise, die die Stadt in zwei Teile teilen, den Norden und den Süden. Ich wohne im Norden, zusammen mit ein paar anderen Verrückten. Im Norden liegt der Dreck auf der Straße, und das ganze verdammte Leben springt einen so roh und hart an, wie es manchmal sein kann. Die Wörthstraße liegt im Westen. Auf meiner Seite der Bahn. Hier hatten sie, wenn mich nicht alles täuschte, das freie Wörthland ausgerufen. Ich kannte Eva Wessel nicht, aber ich konnte gut verstehen, daß sie sich von den strammen Gladiolen am Knappenberg verabschiedet hatte und hierher abgewandert war. Ihre Schwester hatte sich anders entschieden. Sie war in der Nähe von Mama und Papa geblieben. Auf der anderen Seite der Bahn. Kein Wunder, daß sie nicht miteinander klarkamen.

Die Straße wurde vierspurig mit grauen Betonmauern an den Seiten. Lärmschutzwall. Was für ein Wort. Der einzige Lichtblick waren ein paar Meter, die mit Graffiti zugesprüht waren. Ich wäre dafür, jedem Graffitifreak die Sprühdosen gratis in die Finger zu drücken, wenn das Ozonloch dadurch nicht noch weiter aufgerissen würde.

Die Wörthstraße lag versteckt in einer grünen Ecke vor dem Kanal. Die Häuser waren aus ehemals rotem Backstein, der mit der Zeit schwarz geworden war. Es sah aus, als hätte es hier nicht geregnet. Die Rinnsteine waren trocken. Vor dem Haus Nummer 5 stand ein alter Chevy in Grau-metallic, unter dessen Boden ein dunkler Haarschopf mit Kopfhörern und ein knallgelbes T-Shirt hervorragten. Ich lief am Bug des Chevys vorbei zum Hauseingang. Vier Klingeln, leider kein einziges Namensschild in den dafür vorgesehenen Haltern. Praktisch, da reichte ein Briefkasten, wenn der Briefträger nicht schon lange die Zustellung aufgegeben hatte.

Die Tür auf der halben Treppe war mit Aufklebern vollgepflastert. ›Als Gott den Mann schuf, übte sie bloß.‹ ›Nieder mit dem Männlichkeitswahn.‹ ›Manche Dinge sind so einfach, daß sie selbst ein Mann versteht.‹ Ich überlegte gerade, welcher Aufkleber sich am besten auf dem Rücken von Kriminalrat Heinze machen würde, als die Tür aufging.

Die junge Frau, die aus der Tür stürzte, hätte mich fast umgerannt. Instinktiv trat ich zur Seite. Die roten Lederhosen waren dieselben, die Weber zum Träumen gebracht hatten. Bei Familie Wessel im Treppenhaus. Die Jacke und der Motorradhelm kamen mir ebenfalls bekannt vor. Das mußte Eva Wessel sein.

Sie schwang sich auf eine schwere Maschine. Ich sprang in meinen Golf. Die Frau in Rot raste auf dem Bürgersteig einem Metallgitter am Ende der Straße entgegen. Ich schrammte den Bürgersteig hoch, ihr nach, die Achse quietschte. Gleich hatte ich sie. An dem Gitter ging es auch für sie nicht weiter. Eine Frau mit Kinderwagen wich vor mir aus und zeigte mir einen Vogel. Das Gitter kam näher. Eine Familie mit Kindern. Ich trat auf die Bremse.

Ungläubig sah ich, wie Eva Wessel mit den Armen die Metallgitter auseinanderdrückte und zwischen dem schmalen Spalt, den die Eisenkette ihr ließ, mit dem Motorrad durchpreschte.

Ich stand am Gitter. Vor mir ein Weg, der über vertrocknete Grasnarben führte, ein Lederrücken, der immer kleiner wurde, bis er zu einem roten Punkt vor einer grünen Allee schrumpfte.

Soweit ich das beurteilen konnte, waren die Töchter von Frau Wessel entschieden temperamentvoller als die Mutter geraten.

Der dunkle Kopf mit den Kopfhörern hatte die Stellung unter dem grauen Schlachtschiff unwesentlich in Richtung auf den hinteren Kotflügel verändert. Ich bückte mich und tippte auf eine braune Schulter. Er schob sich unter dem Boden hervor. Mit einem Sprung stand er vor mir.

Eine sportliche Bande hier in der Wörthstraße. Ich war beeindruckt. Er nahm die Kopfhörer ab.

»Hast du einen an der Klatsche oder was?« Böse funkelte er mich an. »Da kann einer von ins Gras beißen vor Schreck.«

»Ich wollte Sie nicht erschrecken.«

»Hast du aber.«

»Entschuldigung.«

»Was willst du hier? Ist doch nicht deine Szene, oder?«

Er studierte mein lila Outfit.

Ich hätte ihm gern verraten, was ich von kleinen Spießern hielt, die ihr Selbstbild mit Straßenkreuzern polieren, aber ich hielt mich zurück. Schließlich wollte ich was von ihm.

Eine junge Frau trat aus dem Haus. Sie trug schwarze Ledershorts und ein Tuch um die Brust. Aufreizend langsam kam sie zu uns geschlendert. Einen halben Meter entfernt blieb sie stehen.

»Ich suche Eva Wessel.«

»Eva Wessel?« Er schüttelte seine Locken. »Kenn' ich nicht. Was willst du denn von der? Bist du 'n Bulle oder so was?«

»Kriminalkommissarin Stein. Ich will sie bloß sprechen. Es geht um ihre Schwester. Können Sie ihr das bestellen? Es ist dringend.«

»Kennst du 'ne Eva Wessel«, wandte er sich betont lässig an die Frau in den Ledershorts.

»Eva Wessel. Nie gehört.« Sie grinste breit.

Ich kramte in meiner Tasche nach einer Visitenkarte. Jetzt bereute ich, daß ich vorhin die Gelegenheit zum Aufräumen nicht genutzt hatte.

»Eh, die hat da 'ne Knarre drin.«

»Hast du schon mal jemanden kaltgemacht?« fragte der Lokkenkopf mit glitzernden Augen.

Ich hatte eine Karte gefunden. Schnell machte ich meine Tasche wieder zu.

»Eva interessiert mich nicht. Nur ihre Schwester. Das können Sie ihr sagen.«

»Wir wollen nichts mit den Bullen zu tun haben.«

Das war ein Spruch, den ich nicht zum ersten Mal hörte.

»Man kann ja nie wissen, vielleicht läuft sie euch ja mal über den Weg. Ist ja 'ne nette Gegend zum Motorradfahren hier am Kanal. Wär' doch möglich. Dann könnt ihr ihr sagen, daß ich hier war.«

Beide hatten ihre Arme betonmäßig vor der Brust verschränkt. Ich ging zu der Frau und steckte meine Karte hinter ihren Arm.

»Ich will nichts von ihr. Ich brauche nur ein paar Auskünfte über ihre Schwester.«

»Wie kann man nur bei so 'nem Verein arbeiten?«

Der Autofreak lüftete seine Locken. Die Frau in den Ledershorts tat es ihm nach. Die Hennahaare flogen.

»Und dann noch als Frau. Total Banane.«

Ich gab ihr keine drei Jahre. Dann würde sie Sonntag nachmittag mit dem Kinderwagen den Weg am Kanal entlangstochern und sich bei ihrer besten Freundin ausheulen. An was für einen schlimmen Typen sie geraten war. Einen, den nichts interessierte außer seinen amerikanischen Schrottkisten.

Sie steckte meine Karte in die Tasche der Ledershorts. Mit ein bißchen Glück würde sie bei Eva Wessel landen.

24

An den Graffiti vorbei fuhr ich zurück Richtung Innenstadt. In der Nachmittagssonne glitzerten die Schienen unter der Gleisbrücke silbrig im schwarzen Schotter. Ob Frau Wessel je einen Fuß in die Wörthstraße gesetzt hatte? Ich hatte so meine Zweifel. Die Arneckestraße war bestimmt eher nach ihrem Geschmack. Die Häuser mit den Stuckfassaden konnten selbst vor den kritischen Augen einer Mutter wie Frau Wessel bestehen.

Auf der Terrasse im Souterrain standen die Mülltonnen heute ordentlich an ihrem Platz. Die Haustür war angelehnt. Mit der Pinzette aus meiner Schminktasche hob ich das Siegel vorsichtig hoch, bis ich es mit den Fingern greifen und in einem Ruck abziehen konnte. Ich schloß die Wohnungstür auf.

In der Diele streifte ich als erstes die Schuhe von den Füßen. Es tat gut, barfuß über die kühlen Fliesen zu laufen. Ich setzte mich auf den Drehstuhl neben der Küchenzeile und stellte meine nackten Füße auf die Metallstreben. Mit einem Arm holte ich Schwung. Blitzschnell kreiste der Stuhl um die eigene Achse. Ich genoß die Drehungen, die nach ein paar Runden langsamer wurden. Der Stuhl stand still. Ich fühlte mich wie neugeboren.

Aufmerksam ließ ich den Blick durch das Zimmer schweifen. Nur die Ringe auf den Fliesen am Boden erinnerten noch daran, wie es gestern hier ausgesehen hatte.

Er soll seine junge Frau angebetet haben, hatte der Zahnarzt Weber erzählt. Frau Wessel sagte das gleiche. Das war der Punkt, um den alles kreiste. Gab es einen Grund, warum sie ihn umgebracht haben könnte? Bisher sprach alles dagegen. Das mußte nichts heißen. Was sich hinter den Türen abspielt, ist das große Geheimnis.

Meine ganze Schulzeit hindurch habe ich niemanden mit zu uns nach Hause gebracht, durch unsere Tür gelassen. Nicht einmal meine beste Freundin. Das brauchte niemand zu wissen, daß die Türen bei uns Löcher hatten, die mit Hansaplast überklebt waren.

Wie mochte Silke Pape sich hier gefühlt haben? Es war alles so kühl und gediegen. Hatte sie das so geplant?

Früher bin ich losgetrampt und habe wildfremden Leuten die persönlichsten Fragen gestellt. Lieben Sie Ihre Frau? Würden Sie Ihr Leben noch einmal so leben? Was bedeutet Ihr Beruf für Sie? Heute bin ich bei der Polizei. Die Fragen, die mich interessieren, sind immer noch die gleichen.

Ich lief zu den Grünpflanzen am Fenster. Sie sahen gesund aus. Eine Yucca, eine Birkenfeige und eine Avocado. Ich mag Pflanzen. Sie tun niemandem weh, und sie sind leise. Ich trat auf die Terrasse. Der Boden war warm unter den Füßen. Buchsbäume in weißen Kübeln, zu runden Kugeln beschnitten. Auf dem Boden lag eine Babypuppe. Ich hob das Plastikkind auf und nahm es mit nach drinnen. »Mama«, plärrte es, als ich es auf die Küchentheke legte.

Ich sah mich weiter um. Das Badezimmer war nicht übel. Viel Platz zum Planschen. Ich öffnete den Wandschrank. Kosmetika, in Zellophan gepackte Zahnbürsten, Parfümflaschen. Die Arzneimittel sah ich mir näher an. Eine nette Kollektion an Psychopharmaka. Glück aus der Retorte.

Die verspiegelten Türen ließen das Schlafzimmer noch größer wirken. Ich stellte mich vor den Spiegel und fuhr mir mit den Fingern durch das Haar. Es half nicht. Ich sah müde und abgespannt aus. Auf dem lila Revers meines Kostüms entdeckte ich braunrote Flecken. Das Menü aus der Pappschachtel hatte Spuren hinterlassen. Nichts, was ich zu bieten hatte, paßte in diesen Raum. Meine Haare waren zu verschwitzt, mein Kostüm zu lila, meine Currysauce zu peinlich. Ich paßte nicht in diesen Raum. Und der Raum paßte nicht zu mir. Er war viel zu perfekt. Das Zimmer sah aus wie der Ausstellungsraum eines Möbelhauses. Der Boden glitzerte kalt.

Ich nahm das Porträt der jungen Frau vom Nachttisch. ›Meinem geliebten Klaus‹ hatte sie in einer flüssigen runden Schrift auf das Foto geschrieben. ›Von Silke.‹ Ich versuchte, sie mir vorzustellen, wie sie mit einem seidenen Morgenrock – ich tippte auf Hellblau – durch das Zimmer schwebte. Ich schlug den Bettüberwurf zurück. Ein Pyjama in klassischem Muster. Ich befühlte den Stoff. Seide. Dann ging ich auf die andere Seite. Kein Nachthemd. Nichts. Ich fuhr mit der Hand zwischen die Bettdecken. Die Laken waren kalt und ohne jeden Knitter.

Das letzte Zimmer gefiel mir am besten. Eine Karawane bunter Papiertiere zog über die Fensterscheibe, und ein fetter Mond baumelte von der Decke. Auf dem Kinderbett lag ein Krokodil mit offenem rotem Maul. Unter dem Fenster stand eine ausziehbare Couch. Ich ließ sie nach oben schnappen. Im Bettkasten lag Bettwäsche, obenauf, zusammengefaltet, ein Nachthemd. Hellblau. Ich hatte richtig geraten.

Silke Pape schlief nicht im Ehebett, sondern bei ihrer Tochter im Kinderzimmer. Was hatte das zu bedeuten? Floh sie vor einem Ehemann, der sie schlug? Oder schlief sie bei ihrer Tochter, um das Kind zu schützen? Die Couch schnappte zurück.

Auf einer Kommode standen Kinderbücher. Ich nahm ein Buch in die Hand, das flach vor der Bücherreihe lag. »Ri-ra-rutsch. Kinderreime und Kinderlieder aus aller Welt.« Die Zeichnung auf dem Titelblatt zeigte einen kleinen Jungen mit Tirolerhut, der in eine Tuba blies, und ein kleines Mädchen mit einem Strohhut, das eine Triangel bediente. Die beiden saßen auf einer grünen Wiese. Der Rittersporn blühte. Ein blauer Vogel und ein roter Schmetterling schwangen sich durch die Luft. Links und rechts im Bild tanzten eine Maus und ein Hase zur Musik der Kinder.

Ich blätterte in dem Buch. Ungefähr in der Mitte fiel es wie von selbst auseinander. Ein Lied, das mir bekannt vorkam. ›Petersilie, Suppenkraut, wächst in unserem Garten. Unser Ännchen ist die Braut, soll nicht länger warten. Roter Wein, weißer Wein. Morgen soll die Hochzeit sein.‹ Es folgte ein vierstrophiges Gedicht aus Rußland über ein Lämmchen, das die Furcht noch nicht kannte. Der letzte Vers kam aus Holland:

›Es war ein Männchen, das war nicht weise,
das baute sein Haus auf dem Eise.
Es sprach: O Herr, laß es allzeit frieren,

sonst müßte ich ja mein Häuschen verlieren.
Doch das Häuschen versank,
und das Männchen ertrank.‹

Ich schlug das Buch zu und legte es auf die Kommode zurück. Hatte ich etwas übersehen? Neben der Tür stand ein Papierkorb aus Weidengeflecht. Leer, bis auf buntes Papier am Boden. Ich bückte mich. Unter den Fingern spürte ich scharfe Papierkanten. Ein Schreibheft, das heißt, eine Hälfte davon. Ich griff noch einmal in den Korb. Die andere Hälfte. Ich legte die beiden Hälften zusammen. Das Gesicht einer jungen Katze blickte mir entgegen. Der Riß im Papier ging quer durch die Augen. Über dem Katzenkopf stand: ES WAR EINMAL. Ich klappte das Deckblatt auf. Linien wie für Erstkläßler. Die Schrift, die die Linien füllte, war die eines Erwachsenen. Eine gut lesbare Tintenschrift, die Buchstaben rund und flüssig verbunden. Die Schrift vom Foto. Silke Papes Schrift. Ich las den Anfang. »Es war einmal ein König.« Vielleicht war das ja völlig unwichtig. Vielleicht aber auch nicht.

Meine Füße waren eisig. Ich stieg in die Schuhe. Die ganze Zeit war ich über Steine gelaufen, oder bildete ich mir das nur ein? Meine Absätze klapperten auf dem Boden. Rosa Keramik im Wohnraum, in der Diele das gleiche, eine Nuance dunkler, im Bad weiße Fliesen. Im Schlafzimmer – ich traute meinen Augen kaum – hellgrauer, polierter Marmor. Deshalb wirkte der Raum so kühl, so perfekt. Im Kinderzimmer Linoleum in einem warmen Gelb. In der ganzen Wohnung gab es keinen einzigen Teppich.

Mir war kalt. Ich hatte den dringenden Wunsch, so schnell wie möglich nach draußen zu kommen. In die warme Luft auf der Straße. Ich schlug die Tür zu und klebte das Siegel über das Schloß. Plötzlich hatte ich einen schalen Geschmack im Mund. Wieder so eine verdammte Tür, hinter die ich geguckt hatte.

25

Ein Mann, Mitte Dreißig, mit Safarihose, Hawaiihemd und einem schwarzen Aktenkoffer kam mir entgegen. Die Treppe war breit genug für zwei. Zwei Meter von der Wand bis zum Geländer. Einen Meter für ihn, einen Meter für mich. Er grinste blöde. Sein Teil der Treppe interessierte ihn nicht. Mit seinem Grinsen ging er so dicht an mir vorbei, daß die Hand mit der Rolex durch den Stoff meines Rocks den Oberschenkel streifte.

Ich hatte es kommen sehen. Er nicht. Die Hand mit der Rolex knallte auf die Seite meiner Handtasche, hinter der die Pistole steckte. Es traf keinen Unschuldigen. Ich hab' was gegen Männer, die sich keine Gelegenheit entgehen lassen, um eine Frau zu betatschen. Einen Augenblick stand er da mit schmerzverzogenem Gesicht und sah auf seine Hand. Hoffentlich verstand er die Botschaft und behielt das nächste Mal seine Finger bei sich.

Die Haustür fiel hinter mir ins Schloß. Eine Katze sprang von der Mülltonne und verschwand unter dem Wacholderbusch im Vorgarten. Von Frau Kunzes Fenster im Souterrain fiel krachend ein Holzrolladen herunter. Durch das halboffene Fenster hörte ich die Erkennungsmelodie der Tagesschau. Acht Uhr. Für diese Uhrzeit war es ziemlich dunkel. Die Häuser waren hoch, die Straße schmal, die großen Bäume schluckten viel Licht. Hinter einigen Fenstern brannten schon die Lampen. Es kam nicht viel Sonne in die Arneckestraße. Warum fiel mir das gerade heute auf?

In der Pizzeria an der Ecke waren die Tische auf dem Bürgersteig besetzt. Die Windlichter tauchten alles in ein warmes Licht. Frauen mit leuchtenden Augen und glänzenden Gesichtern saßen zusammen und lachten. Ein junges Pärchen streichelte sich verliebt die Hände. Mir lief eine Gänsehaut über den Rücken. Ich brauchte dringend eine Pause.

Auf einem breiten Zubringer steuerte ich gen Süden. Der Himmel glühte rot. Die Straße sah aus, als würde sie direkt in den roten Horizont führen. Die Autos auf den Fahrbahnen neben mir, die Autos vorn und hinten, wir alle steuerten dem geflammten Himmel entgegen. Ich klappte den Sonnenschutz herunter und nahm den Fuß vom Gas, um die Abfahrt nicht zu verpassen.

Ich fuhr an Kornfeldern vorbei, die in der Abendsonne wogten. Auf Hochspannungsleitungen saßen Horden von Vögeln. In dichten Wolken flogen sie nach oben. Pappelreihen standen quer in der Landschaft. Dann kam der Wald. Die Tannen mit den frischen grünen Spitzen. Das lichte Grün der Laubbäume.

Ich vergaß das Ozonloch, den sauren Regen und die Leiche, deren Mörder ich ausfindig machen sollte. Ich vergaß die Frau, die ihre Nächte im Kinderzimmer neben dem Bett ihrer Tochter verbracht hatte.

Als ich den Wagen hinter dem Holzhaus abstellte, begann ein Schäferhund zu bellen. Das übliche Empfangskomitee. Die Terrassentür stand offen. Ich ging ins Haus.

Die große Frau im dunkelblauen Overall legte Hammer und Meißel an die Seite, als sie meine Schritte hörte. Sie kam mir mit einem Lächeln entgegen und nahm mich in den Arm.

»Wie schön, daß du mich besuchst, Bea.«

»Störe ich dich auch nicht bei der Arbeit?«

»Du störst nie.«

»Woran arbeitest du gerade?« fragte ich Anna mit Blick auf den quadratischen Marmorblock, der auf dem Holztisch stand.

Wir traten näher heran.

»Eine Sphinx«, sie strich mit der Hand über eine Rundung, die aus dem Marmor herausgeschlagen war.

»Das wird ihr Kopf. Dann kommen die Flügel und die Brüste. Magst du einen Kaffee?«

»Gern.«

Sie lief an mir vorbei zum Gasherd. Mit der rechten Hand tastete sie das offene Regal über dem Herd ab. Die Streichhölzer lagen links neben dem Herd. Ich sagte nichts. Anna fuhr über die Arbeitsflächen. Die Hand stieß auf die Holzschachtel. Sie zog ein Streichholz heraus, wendete es zwischen den Fingern. Der rote Kopf lag jetzt oben. Sie zündete das Streichholz an und hielt es ins Gas. Mit einem Zischen entzündete es sich.

Anna war stolz darauf, daß sie allein klarkam. Sie hielt den Wasserkessel unter die Leitung und setzte ihn auf die blaue Flamme.

»Wollen wir uns auf die Terrasse setzen?«

Anna drehte eine Dose auf, schüttete Kaffee in die Kanne und füllte mit kochendem Wasser auf.

»Heute war die Luft ganz weich und träge. Hast du das auch gespürt?« fragte sie mich.

»Bei uns in der Stadt war sie dicht und stickig, bis der Regen kam, dann wurde es besser.«

»Ich habe es gut hier draußen.«

Sie trug das Kaffeetablett auf die Veranda.

Anna goß den Kaffee ein, ohne daß ein einziger Tropfen danebenging. Dann nahm sie meine Hand zwischen ihre Hände.

»Laß mich fühlen, wie es dir geht.«

Sie massierte meine Hand sorgfältig.

»Deine Hand ist hart«, stellte sie fest. »Was macht dich so hart?«

Ich zog die Hand zurück und blies über den Kaffee, eh' ich die Tasse an den Mund setzte und trank. Es war ein guter, starker Kaffee.

»Wir haben gestern eine Leiche gefunden. Der Mörder hat sie zersägt und zerhackt und anschließend in kleine Tüten gepackt und in einen Tiefkühlschrank gelegt.«

»Es gibt viele unglückliche Menschen.«

Anna lehnte sich in ihrem Korbstuhl zurück und sah mit leeren Augen in die Weite.

»Das ist traurig. Aber es sollte dich nicht hart machen.«

Meine Tasse schlug gegen die Untertasse.

»Hast du keine Wut?«

Ich sah sie an, wie sie mit erhobenem Kopf dasaß.

»Kannst du vergessen, was er dir angetan hat?«

Anna schwieg.

»Warum hat er dir das Gas in die Augen gesprüht? Du hättest einen Einbrecher nie der Polizei ausgeliefert.«

Sie drehte ihren Kopf in die Richtung meiner Stimme.

»Was nutzen solche Fragen, Bea. Ich lebe. Intensiver als vorher.«

»Du bist blind. Du kannst nicht mehr sehen. Und alles nur wegen eines Verrückten, der durchgedreht ist.«

»Das ist doch gar nicht wahr«, sagte sie leise. »Ich sehe doch.

Ich habe Glück. Die Bilder sind in meinem Kopf gespeichert. Weißt du, wenn ich den Weißdorn rieche, dann weiß ich doch, wie er aussieht, wenn er blüht.«

Die Stille wurde von lautem Vogelgezwitscher unterbrochen.

»Die Sonne ist untergegangen«, sagte Anna. »Wenn sie geht, kommen die Vögel.«

»Gestern hat mir Minja einen Vogel vor die Füße gelegt, den sie gejagt hat«, fuhr sie fort.

»Sie frißt ihn noch nicht einmal«, sagte sie nach einer Pause. »Der Tod begegnet mir jeden Tag. Er gehört dazu.«

Wir schwiegen.

»Was hast du heute gesehen?« fragte Anna unvermittelt.

Ich überlegte. »Wichtigtuer mit roten Köpfen, Biertrinker mit mandeläugigen Sklavinnen«, zählte ich auf. »Ein riesiges Metallgitter und eine Frau, die auf einem Motorrad vor mir geflüchtet ist.«

»Zu viele häßliche Bilder«, befand Anna.

»Zu viele häßliche Bilder«, bestätigte ich.

»Du mußt mehr schöne sammeln, sonst bist du auf einmal alt und grau, kommst nicht mehr hoch aus dem Lehnstuhl und sitzt da mit den häßlichen Bildern. Hast du nichts Schönes gesehen?«

Ich zögerte. »Gleisschienen haben in der Sonne gefunkelt, Graffiti haben aus einer Betonmauer ein Stück Dschungel gemacht, und ein Kaninchen hat mir zugeblinzelt.«

»Wie sieht das Kaninchen aus?« fragte Anna. »Damit ich es mir vorstellen kann.«

»Es hat weiße Pfoten, ein weißes Maul. Sonst ist es hellgrau, und sein Fell ist ganz weich.«

»Kaninchen sind Überlebenskünstler, weißt du das?«

»Unseres bestimmt. Wenn es eine andere Schnur durchgebissen hätte, wäre es auf der Stelle an Stromschlag gestorben.«

»Sie können noch ganz andere Sachen. Wenn sie müssen, schwimmen sie sogar, oder leben auf Bäumen.«

»Was du alles weißt.«

»Sie haben viele Feinde. Da müssen sie sich etwas einfallen lassen. Weißt du, wie sie ihre Jungen schützen?«

»Sag's mir.«

»Die Häsin baut eine eigene Setzröhre für die Jungen abseits der eigenen. Da legt sie die Jungen hinein und scharrt den Eingang wieder zu. Nur einmal am Tag schlüpft sie ins Nest und säugt ihren Nachwuchs. Öfter wäre zu gefährlich. Danach scharrt sie den Eingang jedesmal wieder zu.«

»Das ist eine schöne Geschichte«, sagte ich und gähnte.

»Du bist müde«, sagte Anna und strich mir über den Rücken. »Du arbeitest zuviel.«

»Heute gehe ich früh ins Bett«, versicherte ich ihr.

»Komm', ich zeig' dir noch die Pfauen. Peter hat mir einen neuen Käfig gebaut.«

Die Vögel stolzierten durch den Käfig und scharrten auf dem Boden. Einer ließ ein furchterregendes Balzgeschrei los und begann die Federn auseinanderzuspreizen. Es tat mir weh, daran zu denken, daß Anna das schillernde Blau nicht sehen konnte.

»Wie geht es deinem jungen Mann?« fragte Anna.

»Er fängt an zu kochen. Gestern hat er meine Küche verwüstet.«

»Er kocht, wie schön für dich. Er kümmert sich.«

»Ich weiß nicht, ob ich will, daß sich jemand um mich kümmert«, sagte ich barsch.

»Du kannst nicht immer weglaufen«, Anna nahm mich in den Arm.

»Ich bin groß und stark und brauche niemanden.«

»Ich weiß«, sagte Anna, »und du hast eine große Pistole und fängst Verbrecher.«

»So ist es.« Ich drückte ihr einen Kuß auf die Wange.

»Paß auf dich auf.«

Sie winkte mir zu, als ich das Auto drehte und wegfuhr.

Auf dem Rückweg lehnte ich mich entspannt in meine Polster. Ich dachte an Annas Sphinx. An Flügel, die aus Stein wachsen. Das schafft sie noch jedesmal. Ich komme zu ihr, geschafft und fertig, und fahre mit der Gewißheit, daß alles im Grunde ganz leicht ist.

26

Halb elf, sagte die Uhr am Taxistand. Richtig früh. Als ich den Schlüssel in das Schloß meiner Haustür steckte, hörte ich das Knattern einer Maschine näher kommen. Neben mir quietschten Reifen.

Die junge Frau in den roten Lederklamotten bockte die schwere Maschine auf. Ich zog den Schlüssel wieder aus dem Schloß. Es sah nicht so aus, als würde ich in den Genuß eines ruhigen Abends kommen. Die Frau setzte den Helm ab und fuhr sich über die Haare. Rasiermesserkurze, hellbraune Haare über einem schmalen Gesicht. Ich hatte der Frau in den Ledershorts meine Karte nicht umsonst zugesteckt.

Sie baute sich vor mir auf.

»Was wollen Sie von Silke?« fragte sie als erstes.

»Sie sind Eva Wessel?«

Die Frau nickte.

»Warten Sie einen Moment.«

Ich verschwand im Hausflur und verschloß die Fotoalben in meinem Briefkasten.

»Sollen wir da rüber zum Reden?«

Ich zeigte auf das hellerleuchtete ›Athen‹.

»Ich hasse Kneipen«, sagte die Frau in Rot.

»Bei mir zu Hause«, schlug ich vor, »oder ein paar Schritte laufen?«

»Lieber laufen«, entschied sie.

Die Laternen vor den Speicherhäusern beleuchteten aufgebockte Container und Hebekräne, von denen die Farbe abblätterte. Aus dem Hafenbecken stieg ein fauliger Geruch auf.

»Was ist mit Silke?«

»Ihre Schwester ist verschwunden. Wir haben die Fahndung nach ihr eingeleitet.«

»Verschwunden?« Sie blieb am Fuß eines Hebekrans stehen und musterte mich ungläubig.

»Silke? Nie im Leben.«

Sie schlug mit dem Motorradstiefel gegen das Steinfundament.

»Sie kennen Silke nicht. Die geht noch nicht mal einkaufen ohne

Mama und Papa oder ihren Ehemann. Die macht gar nichts allein. Die verschwindet nicht.«

»Sie mögen Ihre Schwester nicht.«

Das war eine Feststellung.

»Ich habe sie gehaßt. Sie war ein berechnendes Biest. Für eine Tüte Bonbons ist sie auf jeden Schoß gestiegen.«

Die Frau ging ans Wasser, suchte im Schotter nach Steinen, nahm mit der freien Hand einen vom Boden, befühlte ihn, warf ihn wieder weg.

»Sie hat nie etwas selbst durchgezogen. Sie hat immer andere für sich machen lassen.«

»Hassen Sie sie immer noch?«

Die Frau hielt den Blick auf den Boden gesenkt. Sie nahm einen flachen Stein auf und besah ihn von allen Seiten.

»Sie hat immer gekriegt, was sie wollte. Sogar eine Katze, obwohl meine Mutter Haustiere haßt, weil sie Dreck machen. Aber Papas Liebling bekam seine Katze.« Das klang bitter.

»Halten Sie es für möglich, daß Ihre Schwester jemanden umbringt?«

Die Frau schüttelte vehement den Kopf. »Niemals. Sie macht gar nichts allein. Sie geht noch nicht einmal allein zur Bank. Klaus legt ihr das Haushaltsgeld bar in eine Schublade. Sie fährt nicht selbst Auto, sie verreist nicht allein. Ein Mord? Niemals.«

Sie schüttelte wieder den Kopf.

»Wen soll sie denn umgebracht haben?«

»Ihren Mann. Klaus Pape. Wir haben seine Leiche gefunden. In der Wohnung Arneckestraße.«

»Nein.«

Die Augen der jungen Frau waren vor Schreck weit aufgerissen. Sie hielt sich die Hand mit dem Stein vor den Mund. Das Licht fiel auf eine Gesichtshälfte, und ich sah, daß die Haut am Kinn und um den Mund rot vor Aufregung war.

»Ermordet?« fragte sie.

»Ja«, bestätigte ich. »Ihr Schwager ist tot. Und Ihre Schwester ist verschwunden.«

Eine Weile sagten wir gar nichts.

»Ihre Mutter hat Ihnen nichts davon erzählt?«

Die Frau lehnte sich nach hinten, holte mit dem Arm aus und ließ den Stein über das Wasser flitschen. Er hüpfte dreimal auf und zog Kreise im Wasser, eh' er versank.

»Meine Mutter redet nicht von unangenehmen Dingen. Da schweigt sie lieber. Wie finden Sie das?«

»Wir haben alle so unsere Art...«, begann ich diplomatisch.

»Ich find's zum Kotzen«, sagte die Frau und warf wütend einen Stein nach dem anderen über das Wasser. »Ich finde meine Mutter zum Kotzen, meinen Vater, und meine Schwester sowieso.«

Ich ließ ihr ihre Wut und die Steine, die sie über das Wasser jagte. Dann drehten wir um und gingen schweigsam über den Schotter zurück.

»Ich danke Ihnen, daß Sie mit mir geredet haben«, sagte ich ernst, als sie auf ihr Motorrad stieg.

»Ich bin bloß blöd«, sagte sie, drehte das Gas auf und fuhr davon.

Nachdenklich drückte ich auf den Lichtknopf im Treppenhaus. Ich war schon zur Hälfte die Treppe hoch, als mir mein Briefkasten einfiel. ›Da, wo ich bin, ist immer was los.‹ Wie wahr. Ich nahm die Fotoalben heraus. Ein Zettel fiel auf den Boden. Ich hob ihn auf.

»Frau Stein!!! Dieses Wochenende sind Sie dran mit dem Flurputzen. Nicht vergessen!!!«

Das hatte sich erledigt. Dieses Wochenende war vorbei. So gut wie. Es konnte sich nur noch um Minuten handeln. Ich zerknüllte den Zettel zwischen den Fingern.

Mein Badezimmer war mir selten so verlockend vorgekommen. Ich stieg aus dem lila Zweiteiler, der im Laufe eines langen, schwülen Tages genausoviel an Form eingebüßt hatte wie ich, und stellte mich unter die Dusche.

Zehn Minuten später saß ich mit einem kühlen Glas Riesling auf meinem Lieblingsplatz am Fenster. Ich legte die Füße hoch und sah in den Himmel. Grau-weiße Wolkenberge, der Mond nahm weiter zu. Die Santa Monika schaukelte einsam auf dem glänzenden Wasser. Über die Hafenbrücke rollten Laster. ›Täglich Rostock und zurück‹ stand in weißen Buchstaben auf den blauen Planen. Ich war froh, daß ich heute nirgendwo mehr hinmußte.

Ich knipste die Stehlampe an und holte die Fotoalben, die uns Frau Wessel mitgegeben hatte. Es war weniger frustrierend, als ich erwartet hatte. Keine Familienfeiern an vollen Tischen, wo ich mir mit einer Lupe aus unzähligen Köpfen mühselig die heraussuchen mußte, die mich interessierten. Immer hübsch die Personen, von denen ich mehr erfahren wollte, und sonst niemand. Frau Wessel und ihre Töchter, in wenigen Varianten. Mutter mit Töchtern, Töchter ohne Mutter, Töchter einzeln, Dekor wechselnd. Frau Wessel hatte sich in all den Jahren nicht viel verändert. Schon als junge Frau bevorzugte sie hochgeschlossene Blusen und guckte so streng in die Kamera, als wollte sie den Fotografen für das, was er tat, bestrafen.

Bestimmt war sie es, die die Fotos ordentlich mit Unterschriften und Jahreszahlen versehen hatte. Ich verfolgte die Entwicklung der Töchter. Stationen eines Lebens. Die Taufe, der erste Geburtstag, der erste Schultag, die erste Kommunion. Der Unterschied zwischen den Schwestern wurde schon auf den Babybildern deutlich. Eva Wessel stieß sich mit einem Arm von der Schulter der Mutter ab, reckte den Kopf kämpferisch in die Luft und blickte direkt in die Kamera. Silke rieb den Kopf an der Schulter ihrer Mutter und suchte deren Augen. Die klassische Rollenverteilung zwischen Geschwistern. Ich war froh, daß ich keine hatte. Es konnte nicht einfach für Eva gewesen sein. Sie war die Ältere. Zwei Jahre nach ihr kam Silke, die schöne, die liebe. Der Star der Fotoalben. Von Silke gab es mit Abstand die meisten Bilder. Je älter die beiden wurden, desto offensichtlicher trat das Mißverhältnis zutage. Als ob der Fotograf immer weniger Lust dazu gehabt hätte, einen pickeligen Teenager abzulichten.

Ich knipste die Lampe aus und legte die Fotoalben an die Seite. Ob das Verhältnis zwischen den Schwestern etwas mit meinem Fall zu tun hatte? Auf einmal war ich nur noch müde und wollte ins Bett. Ich wollte nichts als schlafen. Mit dem Rest Wein im Glas verzog ich mich ins Schlafzimmer. Ich kroch unter die Decke. Mir fielen die Augen zu. Der Riesling stand neben dem Bett und wurde schal.

27

Montag morgen, halb acht. Ich trat auf die Straße. An der Ampel warteten die Autos in Dreierreihen. Schulkinder quetschten sich in volle Straßenbahnen. Es roch nach Abgasen. Eine Gruppe von Männern in Anzügen, mit Aktenkoffern in der Hand, kam mir entgegen. Heute war ich nicht die einzige auf dem Weg zur Arbeit.

Unser Pförtner schwenkte eine zusammengerollte Zeitung.

»Haben Sie schon gelesen?« Ich blieb bei ihm stehen.

»Die Leiche, die aus der Kälte kam.«

Er hielt mir die Schlagzeile vor die Nase.

»Kriminalkommissarin Stein demonstrierte, daß die örtliche Kriminalpolizei nicht nur aus Hohlköpfen besteht«, las er laut.

»Wenn das Heinze sieht«, freute er sich.

Die Bank bei uns im Flur war gut besetzt.

»Frau Kommissar«, ein Mann mit schütteren schwarzen Haaren und einem goldenen Schneidezahn kam auf mich zu. »Sie müssen mich verhaften. Ich habe es getan.«

Er schwenkte die Zeitung in der Hand.

»Ich habe ihn zersägt.« Er warf sich in die Brust.

Es gab nichts, was Herr Rudolf noch nicht getan hatte. Er gehört zu unseren treuesten Kunden. Andere gehen ins Kino. Herr Rudolf geht zur Polizei. So früh am Morgen legte ich keinen Wert auf eine Vertiefung unserer Freundschaft. Ich flüchtete ins Zimmer unserer Sekretärin.

Petra Klar, die Stütze unserer Abteilung, saß in einem kurzen Sommerkleid mit übereinandergeschlagenen Beinen am Schreibtisch. Sie hatte den Telefonhörer unter das Kinn gepreßt, wippte mit einem Fuß und malte Kreise auf das weiße Papier vor sich.

»Also, es war eine Nonne, und die hat Ihnen gesagt, daß der Teufel in Gestalt eines Priesters die Tat verübt hat?«

»Ja, ich habe alles notiert«, Petra malte weiter ihre Kreise. »Vielen Dank für den Hinweis.« Sie legte den Hörer auf.

Sofort klingelte es wieder. »Nur taube Nüsse«, stöhnte sie.

Ich verzog mich in mein Büro.

Das Kaninchen hing an seinem Wassertropf und nuckelte eifrig. Weber saß vor einer aufgeschlagenen Zeitung.

»Die Leiche, die aus der Kälte kam«, las er. »Kriminalkommissarin Stein demonstrierte...«

»...daß die örtliche Kriminalpolizei nicht nur aus Holzköpfen besteht«, führte ich den Satz zu Ende.

»Hohlköpfe«, korrigierte er mich. »Aber wenn du das schon weißt.«

Ich hatte ihm seine Überraschung vermasselt.

Das Kaninchen seilte sich von seinem Tropf ab und krallte sich ein frisches Salatblatt vom Käfigboden. Weber hatte den Nagezahn gut versorgt.

Ich habe einen fürsorglichen Kollegen.

Es klopfte.

Ich riß die Tür auf. Vor mir stand eine Frau, die ihre rechte Hand fest über den Reißverschluß einer Umhängetasche gedrückt hatte.

»Ich lasse mich nicht wieder abwimmeln«, sagte sie kämpferisch.

»Worum geht es?« fragte ich sie.

»Sittenstrolche. Bin ich da bei Ihnen richtig?«

Ich gestattete ihr einen Blick auf Weber und den Nagezahn.

»Nein«, sagte ich. »Hier sind Sie bei der Kripo gelandet. Morddezernat.«

»Und, Sittenstrolche? Wo ist das?«

Ich widerstand der Versuchung, ihr Heinzes oder Kerners Zimmernummer zu sagen.

»Worum geht es denn?«

»Ums Schwimmbad. Da ist so ein Kerl, der vor den Umkleidekabinen der Mädchen rumlungert. Er lauert ihnen auf und faßt sie unsittlich an. Und der Bademeister macht nichts«, empörte sie sich.

»Sie können Anzeige erstatten wegen Beleidigung auf sexueller Grundlage oder Körperverletzung, wenn Sie das wollen.«

»Und ob ich das will«, sagte sie. »Deswegen bin ich ja hier.«

»Zimmer einhundertdrei, erste Etage. Frau Lehmann. Die kann Ihnen weiterhelfen.«

»Lehmann, Zimmer einhundertdrei«, wiederholte die Frau. »Danke. Mehr wollte ich nicht.«

Sie verschwand aus der Tür.
»Was Neues?« fragte Weber.
»Wie man's nimmt. Ich war noch mal in der Wohnung.«
Er sah mich gespannt an.
»Sie schlief nicht im Ehebett, sondern auf der Couch im Kinderzimmer, neben dem Bett ihrer Tochter.«
»Scheiße.« Er schlug die Zeitung zu.
»Und in der ganzen Wohnung gibt es nicht einen Teppich.«
»Fußbodenheizung«, vermutete er.
Ich schüttelte den Kopf. »Normale Heizkörper.«
Er rollte die Zeitung zusammen und fuhr damit über die Platte seines Schreibtischs.
»Irgendwie komisch«, gab er zu. »Vielleicht ist das praktischer zum Putzen? Ich bin ja keine Hausfrau...«
»Vor der Erfindung des Staubsaugers vielleicht, aber heute?«
»Ein neuer Wohntrend?«
»Kann sein«, räumte ich ein. »Und dann hab' ich das hier gefunden.«
Ich zog die beiden Hälften des Schulhefts aus meiner Tasche und hielt sie in die Luft.
»Das lag im Papierkorb. Hast du mal 'ne Rolle Tesa?«
Er griff in seine Schublade und warf mir die Rolle über den Schreibtisch.
»Was ist das?«
Ich klebte einen durchsichtigen Streifen über die blauen Katzenaugen.
»Ein Schreibheft. Da hat sie ein Märchen reingeschrieben.«
»Was hat das mit unserem Fall zu tun?«
Ich widmete mich der Rückseite.
»Du stellst schwere Fragen.«
Ich sah auf das Katzenohr. Ein hübsches Bild. Ein Tigerkätzchen mit zarten Streifen auf Stirn und Backen.
»Das ist nur so ein Gefühl.«
Der Riß verdarb alles. Er ging quer durch die Augen. Als ob jemand versucht hätte, dem Tier die Augen auszureißen.
Ich verstärkte das Blatt von innen.
»Jetzt bist du dran«, forderte ich ihn zum Erzählen auf.

»Ich habe nur nette Sachen über ihn gehört. Sogar seine erste Frau sagt, daß er ein netter Kerl war.«

Ich pfiff durch die Zähne.

»Er war schon mal verheiratet?«

»Vor zehn Jahren haben sie sich scheiden lassen, auf Wunsch der Frau. Die Ehe war kinderlos. Finanziell hat er sich nicht lumpen lassen. Sie hat wieder geheiratet.«

»Glaubst du ihr?«

»Warum sollte sie ihn umbringen? Sie war ihn doch los.«

»Da ist was dran«, gab ich zu. »Mit wem hast du sonst noch gesprochen?«

»Ein paar Nachbarn. Keiner hat was gesehen oder gehört. Du kennst das ja. Die, die was gehört haben könnten, sind verreist. Zum Beispiel das Ehepaar, das direkt unter den Papes wohnt, Rentner.«

»Die Familie Pape war reizend. Ganz feine Leute. Ein nettes Ehepaar.«

»Eine wunderbare Familie. Nur, daß Frau Pape neben dem Bett ihrer Tochter schläft und der Arzneimittelschrank voll mit Psychopharmaka ist.«

»Du weißt, wen das belastet?«

Webers Gedanken gingen in die gleiche Richtung wie meine. Wir sahen auf den leeren Bilderrahmen. Das Foto von Familie Pape war noch bei der Fahndung.

Das Telefon klingelte. Weber hob ab.

»Für dich«, er gab den Hörer an mich weiter. »Deine Mutter.«

Auch das noch. Heute blieb mir nichts erspart. Die meiste Zeit verdränge ich erfolgreich, daß auch ich mit einer Mutter gesegnet bin.

»Du hast dich eine Woche lang nicht bei mir gemeldet.«

Wenn ich mich alle zwei Tage bei ihr melde, beschwert sie sich, daß ich nicht jeden Tag anrufe.

»Ich arbeite. Ich habe zu tun.«

»Verbrecher zu jagen ist dir wichtiger, als dich nach deiner Mutter zu erkundigen.«

»Das ist mein Beruf«, verteidigte ich mich.

»Andere arbeiten auch und kümmern sich um ihre Eltern.«

»Weshalb rufst du an?« fragte ich sie.

»Ich bin heute in der Stadt. Wenn du mich noch einmal sehen möchtest, können wir uns zum Essen treffen.«

Besser, ich brachte es so schnell wie möglich hinter mich. Sonst gab sie doch keine Ruhe. Ich sah auf die Uhr. Viertel vor zehn.

»Um halb eins im ›Alten Markt‹?«

»Sei pünktlich«, warnte sie mich.

»Mütter können ganz schön nerven.« Er strahlte.

»Nur Schwiegermütter sind schlimmer«, beschied ich ihn.

Sein Strahlen verflüchtigte sich.

»Was hältst du von den Bildern?«

Ich schob die Fotoalben über den Schreibtisch. Er zupfte an seinem Bart, während er Seite für Seite langsam umblätterte.

»Der blonde Engel. Das ist sie?« fragte er.

»Die Schöne, das ist sie. Die andere ist die Schwester.«

Er blätterte weiter. Das Kaninchen rieb seinen Unterleib über den Käfigboden und quietschte leise. Weber sah kurz irritiert auf. Das Kaninchen machte weiter. Ich konnte mich des Eindrucks nicht erwehren, daß es sich einer nicht ganz jugendfreien Handlung hingab.

»Was hältst du davon?« fragte ich ihn.

»Nichts Besonderes, soweit«, sagte er. »Mama und die beiden Töchter. Gut verpackt. Nichts für Genießer.«

»Was hast du erwartet?«

»Ein paar Fotos im Schwimmbad wären nett gewesen. Im Bikini oder so. Aber nackte Beine oder Busen ist nicht.«

»Sie hat uns nur die jugendfreie Version mitgegeben«, vermutete ich. »Wegen der Sittenstrolche im Polizeidienst.«

»Sittenstrolche. Wo sind hier Sittenstrolche?«

Er sah auf das Kaninchen im Käfig. Es lag geschafft auf der Seite und streckte alle viere von sich.

»Bist du ein Sittenstrolch?«

»Vielleicht sehen wir ja so jung und unschuldig aus, daß sie uns mit jugendfreiem Material eingedeckt hat«, lenkte ich ein.

»Mich hat noch keiner älter als fünfundzwanzig geschätzt, ehrlich wahr.« Er strich sich über den Bart. Jetzt fehlte ihm nur noch ein Spiegel.

»Haben wir schon was von der Fahndung reingekriegt?«

Er schüttelte den Kopf.

»Die Zeitungen sind gerade mal raus. 'Ne Menge Wichtigtuer, mehr nicht.«

»Wie weiter?« Er sah mich fragend an.

»Du bleibst an ihm dran. Wir wissen so gut wie nichts. Es muß doch noch mehr über ihn rauszukriegen sein, als daß er nett war. Es muß einen Grund dafür geben, warum man ihn so unsanft ins Jenseits befördert hat. Geh' in sein Geschäft, rede mit den Angestellten, was weiß ich.«

Er nickte. »Und du?«

Ich packte mir das Heft vom Schreibtisch.

»Ich halt' mich jung mit meiner Lektüre.«

»Verdirb dir nicht die Augen«, warnte er mich.

»Apropos Augen. Ich habe das Objekt deiner Begierde von nahem gesehen.«

Er sah mich verständnislos an.

»Der knackige Po in der roten Lederhose gehört der Schwester, Eva Wessel.«

»Der Streuselkuchen?« Eine wenig schmeichelhafte, wenn auch ziemlich treffende Bezeichnung für das unglückliche Mädchen aus dem Album.

Die Tür ging auf. Petra ließ sich auf unseren Besucherstuhl fallen. Die Telefone in ihrem Büro klingelten sich heiß.

»Ich halte das nicht aus. Lauter taube Nüsse. Habt ihr mal 'ne Kippe?«

Weber kramte in den Schubladen nach seinem Notvorrat für Besucher. Er hielt ihr eine grüne Schachtel hin.

»Iiih, ist ja Menthol.«

Petra verzog die Nase und griff zu.

Der Nagezahn stellte sich aufrecht ans Gitter und fuhr das rechte Ohr in ihre Richtung aus.

»Was ist das denn?«

Petra zeigte mit einem roten Fingernagel auf das Kaninchen.

»Das ist unser wichtigster Zeuge«, klärte ich sie auf.

Weber nickte zur Unterstützung.

Petra sah von mir zu ihm und wieder zu mir zurück. Sie zog an ihrer Zigarette und tippte den roten Fingernagel des Zeigefingers bedächtig an ihre Schläfe.

»Plemplem. Jetzt dreht ihr ganz durch.«

»Das ist die Hitze«, stöhnte mein Kollege. »Wir brauchen Erholung. Kein vernünftiger Mensch schuftet bei so einem Wetter. Hört mal, was andere während der Dienstzeit machen.«

Er faltete die Zeitung auseinander.

»Im Sommer geht die Politik auf Reisen. Mitglieder des Verkehrsausschusses von intensiver Südostasienerkundung zurückgekehrt.«

Petra folgte verträumt den Rauchringen zum Fenster.

»Abgeordnete vom Ausschuß für wirtschaftliche Zusammenarbeit starten in die Karibik.«

Wir ließen die Magie der Namen auf uns wirken. Südostasien, Karibik. Das Erwachen war grausam. Heinze erschien im Türrahmen.

»Was ist das hier für ein Saftladen. Keiner geht ans Telefon«, empörte er sich. »Gemütliches Plauderstündchen oder was?« Die Telefone hinter ihm klingelten munter.

»Kleine Gruppensitzung«, informierte ich ihn kühl. »Wir teilen Frau Klar gerade den letzten Stand der Ermittlungen im Fall Pape mit.«

»Und warum sagt mir keiner was?« Das klang schon ziviler.

»Weil Sie um halb acht nicht in Ihrem Büro waren.«

Ein Volltreffer. Seine Ohrläppchen glühten.

»Haben Sie den Täter im Fall Pape?«

Angriff ist die beste Verteidigung. Männer sind ja so durchsichtig.

»So gut wie.« Das war eine nette Formulierung. Nichtssagend und optimistisch. Genau das Richtige für Heinze.

»So, so«, sagte er automatisch. »Machen Sie, was Sie wollen. Wenn's schiefgeht, haben Sie den Fall die längste Zeit gehabt.« Er verließ das Zimmer.

Petra schnorrte drei Mentholzigaretten von Weber und stökkelte klaglos zu den klingelnden Telefonen zurück.

Ich steckte das Heft in die Handtasche.

»Bis später«, verabschiedete ich mich von meinem Kollegen.

»Du kannst die Füße hochlegen und Eis essen«, maulte er. »Und ich?«

»Du darfst knackigen Bürodamen ins Dekolleté schielen. Ist das nichts?«

Sein Gesicht hellte sich auf.

Als ich aus der Tür trat, sprang mir ein Mann mit schütteren schwarzen Haaren und einem goldenen Schneidezahn entgegen.

»Ich habe ihn zersägt.« Er hielt die Zeitung in die Höhe.

»Herr Rudolf?«

»Frau Kommissar?« Er sah zu mir hoch.

»Ich habe ihn zersägt.« Er strahlte vor Stolz.

»Machen Sie weiter so«, ermutigte ich ihn. »Es gibt viel zu zersägen in dieser Welt. Packen Sie's an.«

»Frau Kommissar.« Entsetzt wich er vor mir zurück.

Was für ein Irrenhaus. Montags ist es am schlimmsten. Da kommen alle, die das Wochenende nicht verkraftet haben.

Ich trat ins Freie und atmete mit vollen Zügen Frischluft ein. Meine Bronchien rebellierten gegen den CO_2-Schock. Ich hustete mich frei.

Ein uniformierter Kollege führte in Handschellen einen Mann die Treppe hoch, der mir so gutgelaunt zulächelte, als wäre ein Herzenswunsch von ihm in Erfüllung gegangen. Einmal verhaftet werden.

»Wen habt ihr denn da?« fragte ich die Kollegin, die hinter den beiden die Treppe hochkam.

Sie blieb neben mir stehen und nahm die Mütze ab.

»Ein Nasenbeißer. Öfter mal was Neues.«

Mit einer Hand fuhr sie durch die verschwitzten Haare.

»Ein was?« Ich traute meinen Ohren kaum.

»Er steht auf Nasen.«

Ich prüfte, ob meine Nase noch an der richtigen Stelle saß.

»Nasen?«

Sie nickte. »Er sieht eine Nase, und ab geht die Post.«

»Wer läßt sich denn in seine Nase beißen?«

Meine Vorstellung, was Menschen sich gefallenließen, ohne sich zu wehren, hatte ihre Grenzen.

»Er hilft nach, mit einem Taschentuch und etwas Chloroform.«

Ich verabschiedete mich. Von der Kollegin, dem Nasenbeißer, von Herrn Rudolf, von allen anderen braven und weniger braven Bürgern, die an diesem Montag morgen die Flure des Präsidiums bevölkerten. Mit heruntergedrehten Scheiben reihte ich mich in die Autokolonnen Richtung Innenstadt ein.

28

Die Tür ging auf.

»Wie wär's mit Frühstück?«

Der Mann mit dem Pferdeschwanz steckte seinen Kopf in den Wagen. Silke Pape sah glatte Haut in einem braunen Gesicht.

»Sie finden mich im blauen Zelt«, sagte er und verschwand.

Sie kletterte vom Rücksitz und holte ihre Tochter nach.

»Mama, wo sind wir?«

Sie sah sich um. Viereckige Rasenplätze, die mit Drahtseilen abgespannt waren. Dazwischen Zelte, Wohnwagen, Autos. Das Taxi stand neben einem weißen Wohnwagen mit blauem Vorzelt. Sie waren auf einem Campingplatz gelandet. Auf einem Weg sah sie Menschen mit Handtüchern über der Schulter nach unten laufen. Zwischen den Bäumen glitzerte die Morgensonne auf dem Wasser. Zum Greifen nah.

»Mama, wo sind wir?« Mirjam blinzelte in die Sonne.

»Auf einem Campingplatz.«

»Was ist das für ein Platz?«

»Hier schlafen die Leute in Zelten. Und in Wohnwagen«, fügte sie hinzu.

»Wie die Indianer?« Vor Aufregung schob Mirjam die Zunge aus dem Mund.

»Wie die Indianer«, bestätigte Silke. »Komm, wir gehen in das Zelt.«

Der Mann mit dem Pferdeschwanz saß auf einem klapprigen Hocker vor dem Campingkocher.

»Ich weiß jetzt, wer du bist.«

Bevor ihre Tochter zu dem Mann laufen konnte, nahm Silke Pape sie an die Hand.

»Na, wer bin ich?« Der Mann trug einen Topf mit brodelndem Wasser zu einem Klapptisch, auf dem Teller und Tassen neben bunten Glastöpfen standen.

»Du bist ein Indianer«, trompetete sie stolz.

»Und du? Was bist du?« fragte er und klappte zwei Sessel auseinander.

»Ich bin ein Mädchen und heiße Mirjam.«

Sie setzte sich auf einen Klappstuhl. Silke Pape rückte ihren Stuhl neben den ihrer Tochter.

»Magst du Kakao?« fragte der Mann. Mirjam nickte.

»Wie heißt du?« fragte sie ihn.

»Ich heiße Udo.«

In der Ferne hupte ein Auto dreimal.

»Das ist der Bäcker. Fangen Sie ruhig schon an.«

Er verschwand durch den Zelteingang.

Silke Pape schmierte frischen Quark auf einen Zwieback und schraubte ein rotes Marmeladenglas auf.

»Ich hab' so Hunger, Mama.«

Sie legte ihrer Tochter den Zwieback auf den Teller. Mirjam packte ihn mit beiden Händen. Es knirschte. Zwiebackkrümel rieselten vom Mund des Mädchens nach unten.

Die Zeltwand raschelte. Der Mann mit dem Pferdeschwanz legte seine Tüte in eine leere Obstkiste. Brötchen unterschiedlicher Form kullerten aus dem Papier.

»Hauen Sie rein.«

Ihr war fast schlecht vor Hunger. Silke Pape biß in die Brötchenhälfte, kaute schnell, biß wieder, bis sie alles heruntergeschlungen hatte.

»Und was möchtest du?« fragte der Mann mit dem Pferdeschwanz Mirjam. Sie setzte den Kakaobecher ab.

»So ein Brötchen mit Falten.«

Mirjam zeigte auf ein Croissant. Reste des Zwiebacks klebten in einem braunen Rand um ihre Lippen. Der Mann gab ihr das Croissant und stellte die Kiste mit den Brötchen auf den Boden.

»Was ist das?«

»Sirup. Willst du mal probieren?«

Mirjam nickte. Er ließ den Zuckerrübensirup vom Messer auf eine Hälfte ihres Croissants laufen. Sie biß hinein und kaute mit vollen Backen.

»Paß auf, das tropft.«

Die Warnung kam zu spät. Der Sirup rann ihr die Finger herunter.

»Du kannst es ablecken.« Der Mann mit dem Zopf tat so, als lecke er mit der Zunge über den Handrücken. »Wie eine Katze.«

»Mama, darf ich?«

»Ausnahmsweise.«

»Wieso ausnahmsweise? Es macht doch Spaß.«

Er sah sie herausfordernd an.

Silke Pape antwortete nicht.

»Wie schmeckt Ihnen der Kaffee?« fragte er.

»Gut. Er ist sehr gut.«

»Sie können nicht lügen«, sagte er. »Er ist beschissen. Wie Pulverkaffee halt schmeckt. Ich werde uns richtigen besorgen.«

»Ich will Ihnen keine Umstände machen.«

»Das haben Sie schon.«

Er riß eine Zigarettenschachtel auf und klopfte sie auf den Tisch. Unter seinen Fingernägeln blinkte es schwarz.

»Wollen Sie länger hierbleiben?«

Sie hustete. »Ich kann nicht lügen. Das stimmt. Der Kaffee ist furchtbar. Aber besser als gar keiner.«

Sie füllte sich einen Löffel Pulverkaffee in ihren Becher und goß heißes Wasser nach.

»Ich bin weggelaufen. Es kann sein, daß ich gesucht werde.«

Er zündete die Zigarette an.

»Wieso?« Er musterte sie. »Sie sind nicht der Typ, der krumme Dinger dreht.«

Sie rührte in ihrem Becher.

»Von mir aus können Sie bleiben.« Er zog an der Zigarette. »An Ihrer Stelle würde ich was machen, daß mich so leicht keiner erkennt.«

»Wie meinen Sie das?« Sie sah an ihrem Kleid herunter.

Er drückte seine Zigarette zwischen Brotkrümeln, Mohnsamen und einem Rest Marmelade auf dem Frühstücksteller aus.

»Wenn Sie wollen, besorge ich Ihnen ein paar Klamotten und

was zum Haarefärben. Oder wollen Sie, daß Sie hier auf dem Campingplatz erkannt werden?«

Sie schüttelte den Kopf.

»Na, also.«

»Jetzt zeige ich Ihnen, wo Sie schlafen können. Das Auto brauche ich zum Arbeiten.«

Er stand auf. Sie folgte ihm in den Wohnwagen.

»Hier. Mit zwei Griffen können Sie die Betten runtermachen.« Er ließ sie von der Wand nach unten schnellen. »Hier schlafen Sie. Und das hier ist für Ihre Tochter. Na, was ist? Irgendwas nicht in Ordnung?«

»Wo schlafen Sie?«

»Ich schlafe im Vorzelt, wenn Sie nichts dagegen haben.«

»Mama, bleiben wir hier?« Das kleine Mädchen stieg die Stufen zum Wohnwagen hoch.

»Ja, Mirjam, wir bleiben hier.«

»Hier ist der Autoschlüssel.«

»Wozu?«

»Damit Sie Ihr Gepäck ausräumen können. Das können Sie doch allein, oder?«

»Komm, Mirjam, wir gehen auspacken.«

»Sind wir jetzt hier zu Hause?« fragte Mirjam, als sie auf dem Bett im Wohnwagen saßen.

»Ja, erst mal sind wir hier zu Hause.«

Sie mußte mit den Tränen kämpfen.

»Zu Hause ohne Papi«, sagte Mirjam traurig.

Sie nahm ihre Tochter in den Arm.

»Wenn wir an ihn denken, ist er bei uns.«

Es klopfte an der Tür. Der Mann mit dem Pferdeschwanz hatte sich ein Hemd übergezogen.

»Ich fahre in die Stadt. Die Klamotten besorgen.«

Er drehte sich um.

»Die Duschen und Toiletten sind den Weg runter rechts. Und nehmen Sie sich vor dem Platzwärter in acht. Den erkennen Sie an der Armbinde. Das ist ein Arschloch.«

29

Vor dem Naturkundemuseum tummelte sich eine Schulklasse. Ein Mann mit Jeans und kariertem Hemd klopfte an das Glas der Eingangstür. Wenn er keinen Termin hatte, konnte er lange klopfen. Montags waren die Museen geschlossen. Sogar das Polizeimuseum war montags zu.

Die Schüler fanden es auch vor der Tür spannend. Eine Reihe Mädchen saß auf der Mauer vor dem Brunnen und kicherte, als sich drei Jungen näherten. Eine gemischte Gruppe bildete einen Kreis um bunte Schultaschen, die auf dem Boden lagen. Hinter der Hand reichten sie eine Kippe von einer Hand zur nächsten.

»Wenn ich sitzenbleibe, hau' ich ab«, schrie unüberhörbar ein Junge mit halblangen Haarzotteln, den ich auf Zwölf schätzte. »Die Alten können mich mal.« Er sprang auf eine Bank und von dort in einem Sprung auf die nächste.

Mittwoch gab es Ferien. Hoffentlich kam er durch. Ich wollte ihn nicht vom Pflaster unter dem Fernsehturm kratzen.

Ich überquerte die Straße und bog in den Park. Unter dem grünen Dach der Bäume lief ich dem See entgegen. Eine Gruppe Schwäne paddelte über das Wasser. Auf einer Bank am Ufer saßen zwei Frauen mit Kinderwagen.

Ein Kellner in schwarzen Hosen und weißem Hemd stellte die Stühle von den Tischen. Ich suchte mir einen Platz, der in der Sonne lag. Der Kellner stellte eine Vase mit Stoffblumen, einen Aschenbecher und einen Zuckerstreuer auf den Tisch. Er reichte mir die Karte. Ich bestellte und zog das Heft mit dem Katzenbild aus der Tasche. Das Tesa hatte gehalten. Ich schlug auf und las.

›Es war einmal ein König, der hatte eine Frau mit gelben Haaren, und sie war so häßlich, daß sich ihresgleichen nicht mehr auf Erden fand.‹

Ein rasanter Anfang. Endlich einmal eine Königin, die nicht langweilig schön war.

›Es geschah, daß sie krank lag, und als sie spürte, daß sie bald sterben würde, rief sie den König und sprach...‹

Ich hatte mich zu früh gefreut. Kaum traf ich auf eine Königin, die mir gefiel, da starb sie schon weg.

›Wenn du nach meinem Tod dich wieder vermählen willst, so nimm keine, die nicht ebenso häßlich ist, als ich es bin, und die nicht ebenso gelbe Haare hat, wie ich habe; das mußt du mir versprechen.‹

Ein verrückter Wunsch. Ich fragte mich, ob die Männer in den Märchen immer das taten, was ihre Frauen wollten?

Der Kellner brachte mein Eis. Der silberne Becher war mit einem feuchten Film überzogen. Er erinnerte mich an die Beutel, die wir auf dem Gefrierschrank gefunden hatten. Ich zog den Papierschirm aus der obersten Kugel und schnitt mit dem flachen Löffel in das Eis. Es schmolz auf meiner Zunge. Erdbeer. Ich kaute auf den Fruchtstückchen und kehrte zu meiner Königin zurück.

›Sie tat die Augen zu und starb.‹

Es traf mich nicht unvorbereitet. Alles, was ich über Männer und Märchen wußte, sagte mir, daß möglichst schnell Ersatz beschafft werden mußte.

›Der König war lange Zeit nicht zu trösten.‹

Dieser Aussage mißtraute ich auf Anhieb. Als Kriminalistin und als Frau. Lange Zeit ist ein relativer Begriff. Vielleicht war er drei Tage lang traurig.

›Dann wurden Boten weit und breit umhergeschickt, um eine Braut zu suchen, die der verstorbenen Königin an Häßlichkeit ganz gleichkäme. Es war aber keine in der ganzen Welt zu finden, und wenn man sie auch gefunden hatte, so war doch keine da, die die gleichen gelben Haare gehabt hätte. Also kamen die Boten unverrichteterdinge wieder heim.‹

Ein König auf Brautschau.

Mit dem Löffel schabte ich das weiche Eis von den Seiten der Kugeln. Es war viel zu süß. Keine häßliche Braut weit und breit. Was machte der arme Mann jetzt bloß?

›Der König hatte eine Tochter. Die war genauso häßlich wie ihre verstorbene Mutter und hatte auch solche giftigen Haare. Der König sah sie an und fühlte plötzlich eine heftige Liebe zu ihr. Er sprach: Ich will meine Tochter heiraten.‹

Wie im richtigen Leben. Die Sonne war weitergewandert. Ich saß im Schatten und fröstelte, als ich das restliche Eis aus dem Becher löffelte.

›Als die Räte das hörten, erschraken sie und sprachen: Gott hat verboten, daß der Vater seine Tochter heirate, aus der Sünde kann nichts Gutes entspringen.‹

Er wäre der erste Mann, der auf die Stimmen der Vernunft hören würde. Ich hatte Durst vom Eis und bestellte ein Mineralwasser. Die Schwäne schwammen ans Ufer. Einer von ihnen war schwarz.

›Die Tochter erschrak.‹

Ich las gespannt weiter. Erst einmal spielte sie auf Zeit, in der Hoffnung, daß ihr Vater von selbst zur Vernunft kommen würde. Sie war jung. Sie kannte die Männer noch nicht. In Anbetracht solcher Handikaps schlug sie sich nicht schlecht.

›Eh' ich Euren Wunsch erfülle, muß ich erst drei Kleider haben, eins so giftig wie die Sonne, eins so tot wie der Mond und eins so schmutzig wie die Erde; ferner verlange ich einen Mantel, von tausenderlei Pelz und Rauhwerk zusammengesetzt, und ein jedes Tier in Eurem Reich muß ein Stück von seiner Haut dazu geben.‹

Die beiden Frauen erhoben sich von der Bank am Ufer, griffen die Lenker der Kinderwagen und schoben davon. Drei Männer kamen ihnen entgegen. Sie traten an die Seite, um die Frauen vorbeizulassen. Neugierig sahen sie in die Kinderwagen. Ich leerte das Glas mit dem Mineralwasser in einem Zug und goß mir nach.

›Der König ließ nicht ab, und die geschicktesten Jungfrauen in seinem Reich mußten drei Kleider weben, eins so giftig wie die Sonne, eins so tot wie der Mond und eins so schmutzig wie die Erde; und seine Jäger mußten alle Tiere im ganzen Reiche einfangen und ihnen ein Stück von ihrer Haut abziehen; daraus ward ein Mantel von tausenderlei Rauhwerk gemacht.‹

Die Männer setzten sich auf die Bank. Sie knöpften die Jacken auf. Für das Wetter waren sie zu warm angezogen. Ein Mann trug eine Weste, die aus Fellresten zusammengenäht war.

›Als alles fertig war, ließ der König den Mantel herbeiholen, breitete ihn vor ihr aus und sprach: Morgen soll die Hochzeit sein.‹

Der Mann mit der Fellweste holte eine Flasche aus einer Plastiktüte, schraubte sie auf und setzte sie an die Lippen. Er reichte die Flasche an seine Kumpel weiter.

›Als die Königstochter sah, daß keine Hoffnung mehr war, ihres Vaters Herz umzuwenden, faßte sie den Beschluß zu bleiben. Sie machte sich Gesicht und Hände mit Ruß schwarz. Zur Hochzeit legte sie den Mantel mit den verwesenden Tierfellen an. Geier kreisten über den Zinnen des Schlosses. Der König sagte: Du bist meine Braut, und wir scheiden nimmer voneinander. Er gab ihr einen Kuß. Seine Lippen waren eiskalt. Der Himmel färbte sich schwarz, und die Sonne schien nie mehr.‹

›Ende‹ stand in dicken schwarzen Buchstaben unten auf der Seite. Ich drehte die eingerissenen Seiten um. ›Es war einmal.‹ Über vier Seiten war Zeile um Zeile mit diesem Satz gefüllt. Dann kam eine Seite ›Sie lebten‹ und ein großes ›vergnügt‹ in Druckbuchstaben, das mit zwei dicken schwarzen Balken durchgekreuzt war. Auf der letzten Seite standen vier Worte. ›Bis in ihren Tod.‹ Ich klappte das Heft zu.

Verdammt. Ich nahm den Zuckerstreuer in die Hand und besah mir die weißen Körner. Wie viele das sein mochten? Ein paar Hundert, ein paar Tausend? Was wußte ich schon. Gar nichts. Die Mutter, der Vater, die Tochter, die schmutzige Erde und der tote Mond. Die geballte Häßlichkeit kroch mir unter die Haut. Die Hochzeit mit dem Vater. Und dieses Ende. ›Die Sonne schien nie mehr.‹ Ich schüttelte den Zucker. Er stob nach oben und senkte sich wieder.

Was war das für ein Märchen? Ordentliche Märchen hatten gefälligst glücklich zu enden.

30

Es war kurz vor eins, als ich aus der Tiefgarage auf den Hansaplatz kam. Menschen hockten auf den Stufen und drehten die Köpfe nach oben. Ein Motorrad bewegte sich auf einem steilen Drahtseil auf ein Podest zu. Auf halbem Weg blieb es stehen, rollte ein Stück zurück, um weiter nach oben zu fahren. Am Ende des Seils stand das Motorrad still. Der Fahrer stieg von der Maschine, trat auf das Podest und begann einen schmalen Mast nach oben zu klettern. Am Ende der Stange setzte er sich auf den Mast, breitete die Arme aus und schwang auf dem dünnen Rohr hin und zurück. Das Publikum auf dem Platz applaudierte.

Die Leute schlenderten in kleinen Gruppen über den Markt. Mit zusammengekniffenen Augen blinzelten sie in die Sonne. Die Büros der Innenstadt entließen ihre Angestellten in die Mittagspause. Die Tische vor dem ›Alten Markt‹ waren besetzt. Drinnen war es angenehm kühl. Um den Tresen staute sich eine doppelreihige Männerriege mit Pils- und Korngläsern auf den Bierdeckeln.

Lore saß an einem Tisch auf der Galerie. Sie war nicht zu übersehen. Eine wilde Mähne grauer Locken, ein selbstgehäkeltes Ungeheuer von einem Pullover über dem strammen Busen, ein Zigarillo zwischen den Lippen. Durch die weiten Maschen sah ich ein Nylonunterkleid mit Spitze. Früher hatte sie ihre Pullover blickdicht gehäkelt.

»Wie siehst du denn aus?« fragte sie mich zur Begrüßung. Ich kann mich nicht erinnern, daß sie jemals einen freundlichen Kommentar bezüglich meiner Aufmachung gemacht hat. Als ich in Jeans und T-Shirt durch die Gegend turnte, war es ihr nicht recht. Jetzt, wo ich mich bunter verpacke, nörgelt sie genauso. Müttern kann man es nie recht machen. Außer, ich würde mir ihre Nylonunterröcke, Gummistrapse und Stäbchenpullis ausleihen. Vielleicht wäre sie dann zufrieden.

»Trägt man das heute?« Manchmal wundere ich mich, warum ich Beißhemmung habe und ihr nicht sage, was ich von Häkeldekken über dem Busen halte. Sie schaffte es tatsächlich, daß ich an mir herunterschaute und mich fragte, ob schwarze Leggings und ein Tigerhemd noch als Damenoberbekleidung durchgehen oder nur im Bett getragen werden sollten.

»Ich lade dich ein.« Lore schob die Speisekarte über den blankgescheuerten Holztisch. »Nimm was Ordentliches.«

Sie zerquetschte den Rest des Zigarillos im Aschenbecher.

Mit einem Blick überflog ich die Mittagskarte und entschied mich für Krüstchen mit Röstkartoffeln. Lore nahm Sülze und Röstkartoffeln. Eine selten harmonische Entscheidung. Bei den

Getränken trennten sich unsere Wege wieder. Sie ein Alt, ich ein Mineralwasser.

»Wie geht es dir?« fragte sie nach dem ersten Schluck Bier und wischte sich den Schaum vom Mund.

»Danke«, sagte ich. »Ich kann nicht klagen.«

Eine Antwort, die sich zwanzig Jahre lang bewährt hat. Mit zehn, schätzungsweise, habe ich aufgehört, ihr mein Innerstes unverpackt zu präsentieren.

»Das freut mich, daß es dir gutgeht«, sagte sie und zündete sich einen neuen Zigarillo an. Sie blies mir eine Rauchwolke ins Gesicht. Ich hustete.

»Und du?« stellte ich die Frage, auf die sie wartete.

»Was hältst du davon, wenn du wieder einen Vater bekommst?«

Ich hustete weiter. Diesmal vor Überraschung. Für wie alt hielt sie mich eigentlich?

»Einen Vater?« fragte ich dämlich. Das Wort war jahrelang tabu gewesen. Seit mein Vater uns verlassen hatte. Sie sprach nur noch von dem Mistkerl, der uns das Leben zur Hölle gemacht hatte.

»Er hat Niveau. Er würde dir gefallen.«

Ich hatte so meine Zweifel. Abgesehen davon, daß ich nicht den Hauch einer Ahnung hatte, was meine Mutter unter Niveau verstehen könnte. Niveau bei Männern. Mein Leben lang habe ich von ihr gehört, daß Männer Schweine sind, die alle nur das eine wollen.

Sie zog an ihrem Zigarillo. Ihr Busen bebte.

»Er ist ein Kavalier.«

Wenn er der Kavalier war? Was war sie? Es fiel mir schwer, sie mir in der Rolle der Kameliendame vorzustellen.

»Was macht er?« wollte ich wissen.

»Also, das ist doch wirklich nebensächlich«, wies sie mich in die Schranken. »Freust du dich nicht für mich?«

»Doch, doch«, versicherte ich ihr. Es warf ein liebgewordenes Bild über den Haufen. Die lockeren Maschen des Pullovers gestatteten mir ganz neue Einsichten.

»Ich bin froh, daß du es weißt.«

Sie fuhr sich mit der Hand unter den Nylonunterrock und verstellte irgend etwas an ihren Trägern. Der Busen hing schief.

»Eine Frau braucht einen Mann. Das habe ich immer gesagt.«

Ich konnte mich nicht daran erinnern, von ihr je irgend etwas in dieser Richtung gehört zu haben. Es trifft einen immer etwas unvorbereitet, wenn die eigene Mutter neue Seiten offenbart.

Die Kellnerin kam mit dem Essen.

Lore beäugte mißtrauisch ihre Sülze.

»Man weiß natürlich nie, was die da reintun.«

»Was machst du heute noch?« fragte sie mich mit vollen Bakken.

»Herausfinden, warum ein Mann ermordet wurde, in kleine Stücke zerlegt und eingefroren.«

»Ich habe dir von Anfang an gesagt, daß das kein Beruf für dich ist. Du wolltest ja nicht auf mich hören.«

Lore schob eine Gabel Röstkartoffeln in den Mund.

»Er hatte eine kleine Tochter. Es könnte gut sein, daß er sie ein wenig zu sehr geliebt hat.«

»Dann hat er verdient, zersägt zu werden.«

Das war in etwa die Tonart, die mich mein Leben lang begleitet hatte. Ich kämpfte mit dem letzten Stück meines Krüstchens.

»Auch von der eigenen Ehefrau?«

»Sie hätte sich scheiden lassen sollen, so wie ich.«

Lore kratzte mit dem Messer die Kartoffelkrümel auf die Gabel.

»Wenn ich ihn nicht rausgeschmissen hätte, wer weiß, was bei uns noch passiert wär'. Das Schwein war zu allem fähig.«

Heute servierte sie mir eine Überraschung nach der anderen. Ich hatte immer gedacht, er hätte uns verlassen. Warum bin ich nie auf die Idee gekommen, daß sie ihn rausgeworfen haben könnte?

»Davon hast du mir nie etwas erzählt.«

»Solche Dinge werden nicht besser davon, wenn man über sie redet.« Sie wischte sich mit der Serviette die Lippen ab. »Ich habe dafür gesorgt, daß er aus dem Haus war, bevor er schlimmeres Unheil anrichten konnte.«

Die Kellnerin kam und räumte unsere Teller ab.

»Möchten Sie einen Nachtisch?«

Wir bestellten zwei Kaffee.

Was sie gesagt hatte, ließ mir keine Ruhe.
»Was meinst du mit schlimmerem Unheil?«
»Ich will nicht mehr darüber reden. Das ist vorbei. Es gefällt mir nicht, daß du dich beruflich mit solchen Sachen beschäftigst.«
Die Kellnerin stellte die Tabletts mit den Kaffeetassen auf den Holztisch.
»Wenn ich ihn dir vorstelle, mußt du dir natürlich was Ordentliches anziehen. Ich will mich nicht blamieren.«
Ihr war nicht ganz wohl bei dem, was sie sagte. Sie krallte sich den letzten Zigarillo aus der Schachtel.
Ich merkte zu meiner eigenen Überraschung, wie sich so etwas wie ein Lachen auf meinen Lippen breitmachte. Es war wirklich zu komisch. Warum mußte ich zweiunddreißig Jahre alt werden, um die Komik solcher Situationen zu genießen?
»Ich habe da auch jemanden, den ich dir vorstellen möchte.«
»Einen Mann?«
Sie zog nervös an ihrem Tabakstümpchen.
»Eine Frau braucht einen Mann. Findest du nicht?«
»Doch, doch«, sagte sie und schob ihre freie Hand unter den Träger des BHs. Auch mit dieser Aktion gelang es ihr nicht, die Brüste ins Gleichgewicht zu bringen. Die linke zog weiter nach unten. Ich trank den Kaffee aus.
»Wenn ich ihn dir vorstelle, mußt du dir natürlich was Ordentliches anziehen. Ich will mich nicht mit dir blamieren.«
Sprachlos starrte sie mich an. Ich stand auf und schnappte meine Tasche. Ehe sie Luft für eine Antwort gefunden hatte, war ich wieder auf dem Markt.
Was für ein Gefühl, mit der eigenen Mutter so zu sprechen wie mit ganz normalen Menschen.
War ich dabei, endlich erwachsen zu werden?

31

Zwanzig nach drei. Ich öffnete die Glastür am Hinterausgang des Hauptbahnhofs. Ein Bettler saß vor der gelben Kachelwand und schlief. Ein graues Pappschild trug die Aufschrift:

»Bin in Not!!!«

Ich stieg die Treppe hoch.

Neben dem Fotoautomaten spielten zwei Jungen mit einer Coladose Fußball. Weiter vorn war gut Betrieb. Trauben von Menschen standen vor den Treppen, die zu den Bahngleisen hochführen. Schwitzende Gesichter kamen mir entgegen. Männer, die Koffer schleppten. Frauen mit Handtaschen und Tüten.

Ein Stand mit billigem Schmuck war dicht von Frauen und Männern umlagert. Ketten mit vergoldeten Blechherzen und Ohrringe, in denen Sterne schaukelten, lagen auf schwarzem Stoff. Vor einem Softeisstand hatte sich eine Schlange gebildet. Am Eingang des Bahnhofklos warteten Strichjungen auf ihre Kunden.

Ich grüßte die Kollegen in Uniform, die zu zweit durch die Bahnhofshalle liefen. Zwischen den Schließfächern hatten es sich ein paar alte Kunden von uns bequem gemacht. Auf einer Decke erkannte ich Schorsch mit seinen Hunden.

Mein Blick wanderte hoch zu dem Plakat, das den Durchgang zu den Zügen schmückte. Blauer Himmel, grüner Rasen. Eine glückliche Familie am Frühstückstisch. Wie Dinosaurier prangten sie da überlebensgroß. Vater, Mutter, zwei Kinder. Sauber gewaschen mit makellosen Zahnreihen. Glückliche Familien. Ich hatte einen abgestandenen Geschmack im Mund. Die Jungens, die sich vor dem Bahnhofsklo verkauften, wußten mit Sicherheit nicht, was das war.

Die Glaswand glitt vor mir auseinander, und ich betrat die Halle, in der die Fahrkarten verkauft wurden. Fünf lange Schlangen. Ich würde mich mal wieder beliebt machen.

Die Frau, die gerade eine Fahrkarte entgegennahm, musterte mich ungläubig, als ich mich neben ihr aufbaute.

»Sie sind noch nicht dran«, zischte sie mir zu, bevor sie den Schalter räumte.

Ich legte meinen Ausweis auf den Tresen.

»Kriminalpolizei. Haben Sie diese Frau schon einmal gesehen?«

Die Frau in der hellblauen Bluse nahm das Foto in die Hand und betrachtete es.

»Ich glaube nicht«, sagte sie.

»Oder vielleicht doch?« half ich nach.

»Ich glaube nicht«, sagte sie noch einmal.

»Aber Sie sind sich nicht sicher?« hakte ich nach.

»Was meinen Sie eigentlich, wie viele Fahrkarten ich hier täglich verkaufe?« Ihre Stimme blieb erstaunlich freundlich.

Ich hatte schon verstanden.

Bei ihren vier männlichen Kollegen hatte ich genausoviel Glück. Die andere Mannschaft konnte ich erst morgen früh erreichen. Ich war fast schon wieder zur Tür heraus, als ich sah, wie ein Beamter das Schild »Geschlossen« zur Seite räumte und sich vor seinem Schalter eine neue Schlange bildete. Ich sagte meinen Spruch auf und zeigte ihm das Bild.

»Sie sah irgendwie anders aus«, sagte er und sah weiter auf das Bild.

»Sie haben sie gesehen?« Ich konnte es kaum glauben.

Er nickte.

»Sind Sie sicher?«

»Hundertprozentig. So eine Verrückte vergißt man nicht so leicht.«

»Wieso?«

»Die hat hier ihren Sparstrumpf ausgeschüttet. Hier auf dem Tresen.« Er legte seine Hand darauf. »So was ist mir noch nicht passiert. Nicht in einundzwanzig Dienstjahren. So was.«

Er nahm die Hand von der Theke.

»Die hat hier vor mir Türme gebaut mit ihrem Silbergeld.«

Ich sah ihn gespannt an.

»Scheine hatte sie nur zwei, Zwanzigmarkscheine. Zwei Zwanzigmarkscheine.«

»Können Sie sich noch daran erinnern, wo sie hingefahren ist?«

»Wissen Sie eigentlich, wie viele Fahrkarten ich hier täglich verkaufe?«

Die Frage hatte ich heute schon mindestens viermal gehört.

»Sie hatte einhundertdreißig Mark. Das weiß ich noch genau.

Verkaufen Sie mir mir irgendeine Karte. Egal, wohin. Wenn die nicht verrückt war. Es war ihr egal, wo sie hinfuhr.«

Die Geschichte würde er in zwanzig Jahren noch seinen Enkelkindern erzählen.

»Was für eine Fahrkarte haben Sie ihr verkauft?«

»Eine für einhundertdreißig Mark. Eine Hinfahrt. Eine Erwachsene und ein Kind. Wissen Sie, was sie mir gesagt hat?« Er beugte sich mit dem Kopf über die Theke.

Der junge Mann in den Jeans neben mir hustete nervös.

»Was hat sie gesagt?« fragte ich brav.

»Ich will bloß weg, hat sie gesagt. Ist das nicht verrückt? Das glaubt einem keiner, was man hier alles erlebt.«

»Wohin kommt man mit einer Fahrkarte für einhundertdreißig Mark, eine Erwachsene und ein Kind?«

Er wischte sich mit einem hellblauen Taschentuch den Schweiß von der Stirn.

»Jetzt fangen Sie auch so an. Dasselbe hat sie mich gefragt. So geht das hier nicht.«

»Versuchen Sie sich zu erinnern«, bat ich ihn. »Vielleicht fällt Ihnen ja wieder ein, wo sie hingefahren ist.«

Er überlegte.

Der junge Mann in den Jeans nutzte die Pause. »Dauert es noch lange?«

»Ich bin sofort fertig«, versicherte ich ihm nicht ganz wahrheitsgemäß.

»Irgend etwas mit K«, sagte er schließlich.

»Köln, Krefeld, Koblenz«, schlug ich vor.

Er schüttelte den Kopf. »Weiter weg.«

»Karlsruhe, Kaiserslautern, Kulmbach.«

»Nein. Das ist es nicht.«

Er blätterte in einem Ständer, auf dem die Abfahrtszeiten der Züge standen. Von der Anstrengung hatte er Falten auf der Stirn.

»Konstanz.« Die Falten glätteten sich. »Es war Konstanz. Sie ist nach Konstanz gefahren. Mit dem Interregio. Sie hat gefragt, ob sie für den Zug einen Zuschlag braucht. Für den Interregio braucht man keinen«, klärte er mich auf.

»Wissen Sie noch, an welchem Tag sie die Fahrkarte gekauft hat?«

»An einem Samstag«, sagte er, ohne zu überlegen. »Samstags holt mich meine Frau von der Arbeit ab. Wir gehen zu den Kindern.«

»Heute haben wir Dienstag, den sechzehnten Juli. Letzten Samstag war der dreizehnte.«

»Letzten Samstag war es nicht. Das ist länger her.«

»Und der Samstag davor?«

»Der sechste?« fragte er. Ich nickte.

»Da hatte mein Enkelkind Geburtstag. Ich habe ganz pünktlich Feierabend gemacht. Es muß der Samstag davor gewesen sein.«

Ich rechnete.

»Der neunundzwanzigste Juni also.«

»Der Samstag war's. Meine Frau mußte eine Viertelstunde auf mich warten. Da bin ich erst später weggekommen.«

»Eine letzte Frage, Herr...«

»Giebel, Roland Giebel«, sagte er unaufgefordert.

»Was meinten Sie damit, daß sie irgendwie anders aussah?« Ich hielt ihm noch einmal das Foto vor.

»Ich kann mich nicht erinnern, was sie für Haare hatte«, sagte er.

»Hatte sie die Haare vielleicht hochgesteckt oder abgeschnitten?« fragte ich. »Oder vielleicht eine Perücke?«

Er zuckte die Achseln. »Ich weiß es nicht mehr.«

Ich ließ es dabei bewenden.

»Das hat ja gedauert«, sagte der Mann in Jeans und trat mit dem Fuß gegen seine Tasche, daß sie an die Schalterwand knallte. Besser die Tasche als mein Schienbein.

Als ich den Schalter räumte, fiel mein Blick auf die Wand hinter Herrn Giebel. Blaues Wasser, Palmen, Schwäne. Besuchen Sie die Blumeninsel Mainau. Konstanz am Bodensee.

Was für ein Zufall.

32

»Was machen wir, Mama?« Das kleine Mädchen saß erwartungsvoll neben der Babypuppe auf dem Bett.

»Zähneputzen.« Sie reichte ihrer Tochter ein Handtuch und eine Zahnbürste.

»Komm«, Silke Pape klemmte sich die Toilettentasche unter den Arm.

Auf einem breiten Weg gingen sie zum See hinunter.

»Halt mal, Mama.« Mirjam drückte ihr das Handtuch und die Zahnbürste in die Hand. »Enten.«

Sie lief zum Strand hinunter. Eine Gruppe von fünf Enten kam zwischen den abgestellten Ruderbooten gemächlich den Sand hochgewatschelt.

Silke Pape ließ ihren Blick zu ihrer Tochter wandern, zu den Enten, zu dem Schilf am Ufer und dann weit über die glatte Wasserfläche hinaus. Auf der anderen Seite waren die Umrisse einer Stadt zu erkennen.

»Mirjam, komm.«

Das Mädchen kam mit roten Wangen zu ihr gelaufen. Die Enten watschelten zurück ins Wasser und paddelten auf den See hinaus.

Im Waschraum hatte eine Gruppe von Schulmädchen die Spiegel vor den Waschbecken besetzt. Silke Pape öffnete die Tür zur Dusche und stellte die Toilettentasche auf das Brett vor dem Spiegel. Von den Waschbecken war ein verhaltenes Lachen und Prusten zu hören.

»Gib mir die Sachen, Kleines.«

Sie hängte Mirjams Kleidung über ihr Sommerkleid. Dann drehte sie die Dusche auf und hielt ihr Gesicht dem Wasserstrahl entgegen. Das warme Wasser weichte das verkrustete Blut auf ihrer Stirn, spülte es fort. Sie seifte sich mit dem Schampon den Kopf ein.

»Mami, ich auch.« Fasziniert beobachtete Mirjam den weißen Schaum, der auf dem Kopf ihrer Mutter immer mehr wurde, in dicken Flocken über den Körper fiel.

»Jetzt bist du dran.«

Mirjam kniff die Augen zusammen. Silke Pape löste die blonden

Zöpfe und schäumte die Haare ein. Mit dem Schaum rieb sie den kleinen mageren Körper ab. Die Knochen unter der Haut kamen ihr so zerbrechlich wie Glas vor.

»Fertig.« Sie stieg aus der Dusche und breitete das Badetuch aus. »Komm.«

Mirjam ließ sich von ihrer Mutter in das Badetuch einwickeln. »Jetzt bin ich ganz sauber«, sagte sie stolz. »Was machst du da, Mama?«

Silke Pape hielt eine Strähne ihrer langen Haare in der Hand und säbelte mit einer Nagelschere daran herum.

»Ich mache die Haare kurz.«

»Ich auch«, verlangte Mirjam.

Silke legte die abgeschnittenen Strähnen der Haare auf das Brett vor dem Spiegel. Mit jedem Haarstrang, den sie in die Schere hielt, fühlte sie sich besser. Es war, als ob ein neues Gesicht geboren würde. Die Frau im Spiegel gefiel ihr. Keine hübsche Blondine. Eine ganz normale junge Frau mit ausgefransten Haarspitzen und einem wachen Blick. Die Verletzungen über der Stirn waren nur noch feine Schrammen.

»Mama, ich auch.«

»Na, komm, Äffchen.«

Sie griff die blonden Haare ihrer Tochter und schnitt sie kurz über der Wurzel ab. Strähne für Strähne kürzte sie die blonden Locken auf Streichholzlänge.

»Wie gefällt dir das?« Sie hob Mirjam hoch, damit sie ihre neue Frisur im Spiegel bewundern konnte.

»Wie Mama«, befand Mirjam zufrieden.

»Nein, nicht wie Mama«, sagte Silke bitter und stellte ihre Tochter auf den Boden. »Wie Mirjam.«

Der Container war leer. Sie hörten die Haare auf den Boden fallen.

»Wo kommen die hin?« fragte Mirjam neugierig.

Silke zuckte die Achseln. »Das weiß ich nicht.«

»Warum nicht?« fragte Mirjam vorwurfsvoll. »Das sind unsere Haare.«

»Das ist nicht so einfach, Mirjam.« Sie seufzte. »Wohin das kommt, was Menschen wegwerfen.«

»Wohin kommt das?« Mirjam ließ nicht locker.

»Manchmal kommt alles in einen großen Ofen und wird verbrannt.«

»Die Haare auch?« fragte Mirjam.

Silke Pape nickte.

»Und manchmal kommt es auf einen Berg, und dann kommen die Vögel und fressen, was ihnen schmeckt.«

»Meine Haare auch?«

»Deine Haare auch. Sie bauen Nester damit. Die werden dann schön weich.«

»Die Vögel können meine Haare haben«, sagte Mirjam großzügig.

Sie gingen den Weg zurück, den sie gekommen waren. Die Ruderboote waren auf dem Wasser bis auf ein einziges, das noch am Ufer lag. Ein Mann mit einer Armbinde saß auf einem Stuhl am Strand. Silke lief schneller.

»Mama, die Enten.«

»Jetzt nicht, Mirjam. Jetzt gehen wir nach Hause.«

Ihre Stimme war überzeugend. Mirjam wagte sich nicht von ihrer Seite. Sie hängte die Handtücher auf die Leine neben dem Zelt. Der Platz für das Auto war leer.

»Wo ist Udo?« fragte Mirjam.

Sie hatte vergessen, daß der Mann mit dem Pferdeschwanz einen Namen hatte.

»Er ist einkaufen.«

Mirjam saß auf ihrer Liege und spielte mit der Babypuppe. Sie fuhr der Puppe über den kahlen Kopf.

»Nathalie hat keine Haare«, stellte sie fest.

Silke Pape streckte sich auf der Liege gegenüber ihrer Tochter aus und merkte, wie ihr die Augen zufielen.

»Warum haben Babys keine Haare?« war das letzte, was sie hörte, ehe sie einschlief.

33

Die Nachmittagssonne tauchte die Eingangshalle des Präsidiums in ein barmherziges Licht. Der Boden war nicht kalt und grau, sondern gelb und warm. Oder war ich nur barmherzig gestimmt, weil ich Schlimmeres gesehen hatte? Den verdreckten Steinboden im Hauptbahnhof und die grauen Betonwände der Tiefgarage.

Auf dem Gang waren wie üblich sämtliche Sitzplätze vergeben.

»Was Neues?« Ich steckte den Kopf bei Petra zur Tür rein.

»Alles auf deinem Schreibtisch«, rief sie mir zu und drückte weiter die Tasten ihres Telefons.

Ich machte die Tür zu und ging in mein Büro.

Das Kaninchen hob interessiert den Kopf, als ich die Tür öffnete. Wenigstens einer, der sich freute, mich wiederzusehen.

Ich hängte mich ans Telefon, um die Fahndung Richtung Konstanz in Gang zu bringen. Wenn sie da unten war, mußte sie jemand gesehen haben. Eine Frau mit einem Kleinkind war so unauffällig wie ein weißer Elefant. Zeugen erinnern sich nicht daran, wie groß jemand ist, welche Haarfarbe er hat. Aber keinem entgeht, wenn jemand von einem Tier begleitet wird. Ein kleines Mädchen war fast so gut wie ein Schäferhund. Ich konnte nur hoffen, daß sie sich nicht schon längst in die Schweiz abgesetzt hatte.

Das Kaninchen steckte das Maul zwischen zwei Käfigstangen durch. Zu fressen hatte es noch, aber der Wassertopf war leer. Ich füllte frisches Wasser nach. Sofort nuckelte es los. Ein richtiger kleiner Säufer.

Als nächstes widmete ich mich dem Papierkram. Es ist erstaunlich, wie schnell ein leerer Schreibtisch im Laufe eines einzigen Tages wieder voll wird. Ich sortierte den Routinekrempel auf einen Haufen. Alte Zeugenaussagen, Rückfragen aus anderen Abteilungen, die neuesten Runderlasse vom Landeskriminalamt und ähnlichen Mist. Dazwischen ein handgeschriebener Zettel von Petra: »Kaninchen brauchen Auslauf!!!«

Zurück blieb der Bericht der Jungs von der Spurensicherung und Fleischers Resümee der Fleischteile.

Ich überflog den Obduktionsbericht. Es war mit Abstand der längste, der mir je von ihm auf den Schreibtisch geflattert war, und der nichtssagendste. Eine gewissenhafte Aufzählung jedes verdammten Knochens und eine Klassifizierung der Schnittstellen danach, ob sie mit einem Beil oder einem Elektromesser bearbeitet worden waren. Seitenlang lateinische Namen, durchtrennte Sehnen und Muskeln. Im Kern nichts Neues.

Der Bericht der Spurensicherung gab mehr her. Es stand einwandfrei fest, daß der Fundort der Tatort war. Die Fotos sprachen Bände. Der Eßzimmertisch mit den tiefen Furchen der Beilhiebe. Die Blutspritzer auf der Tapete. Das Blut, das in die Fugen der Keramikplatten gesickert war. Diese Details ließen mich nicht kalt. Mein Magen krampfte sich zusammen. Was die mögliche Tatzeit anging, wanden sie sich vor und zurück. Angenommen dies, unter der Voraussetzung, daß, könnte man eventuell... Das Eventuell ließ sie den 29. Juni als Tatdatum vermuten. Die Tiefkühltüten hatten nach Meinung der Spezialisten etwa fünfzehn Tage im Müll gegammelt. Wenn die Aussage des Bahnbeamten stimmte, war Silke Pape am Samstag, dem 30. Juni, auf dem Bahnhof erschienen, um eine Fahrkarte zu erstehen.

Ich sah das Kaninchen an seinem Tropf nuckeln und wunderte mich, daß sich keine Triumphgefühle bei mir einstellen wollten. Immerhin sah alles so aus, als wüßte ich, wer die Täterin war, wohin sie sich abgesetzt hatte. Was das Motiv anging, hatte ich mehr als eine Ahnung. Eine Frau, die das Bett ihrer Tochter bewacht und sonderbare Geschichten über Könige aufschreibt, die Gefallen an ihren Töchtern finden. Das wies eindeutig in eine Richtung. Auch wenn es mir nicht gefiel.

Weber kam zur Tür rein. Er ließ sich in seinen Sessel fallen und stöhnte. »Ich brauche Ferien.«

»Wie gefällt dir der Bodensee? Für den Anfang.«

Er rückte an den Schreibtisch.

»Machst du Witze?«

»Silke Pape hat eine Fahrkarte nach Konstanz gelöst. Eine Erwachsene, ein Kind. Am 30. Juni.«

»Das ist lange her. Die ist bestimmt schon über alle Berge.«

»Muß nicht sein«, sagte ich. »Sie hatte kein Geld.«

»Kein Geld? Dem Alten gehört das Haus, und die Computerfirma läuft bombig. Der schwamm im Geld.«

»Aber sie nicht. Er hat ihr das Geld bar in eine Schublade gelegt, sagt die Schwester, und der Bahnbeamte erzählt, daß sie ihr ganzes Kleingeld vor ihm auf den Tresen ausgeschüttet hat.«

»Nee.« Er war tief erschüttert. »Das glaubt mir Inga nie, daß es so was noch gibt.«

»Wieso Konstanz?« fragte er.

Ich zuckte die Achseln.

»Vielleicht wegen der Schweiz. Vielleicht war es aber auch Zufall. Hinter dem Bahnbeamten, bei dem sie die Fahrkarte gekauft hat, hing ein Werbeplakat. Das kann sie gesehen haben. Am Anfang wollte sie nur irgendeine Fahrkarte, egal, wohin.«

»Frauen«, er drehte die Augen zur Decke. »Ich werde sie nie verstehen.«

»Ist doch ganz einfach«, sagte ich. »Sie wollte bloß weg. Es war ihr egal, wohin.«

»Dann war sie es«, sagte er mit Überzeugung.

»Sieht ganz so aus«, stimmte ich zu.

»Und warum?«

Ich erzählte ihm von dem Märchen.

»Das glaube ich nicht.« Er schüttelte den Kopf.

»Alle sagen, er wär' so ein toller Typ gewesen. Echt nett und verständnisvoll.« Er zählte an seinen Fingern. »Das sagt die Sekretärin, Frau Kunze, die Putzfrau im Büro, sogar seine Ex. Alle sagen das. Meinst du, die lügen?«

»Die sehen ihn nicht zu Hause, oder?« hielt ich ihm entgegen.

»Ich glaube, daß sie nicht ganz in der Welt ist.« Weber legte los. »Etwas verwirrt im Kopf. Wer schreibt denn solche Märchen? Und dann die Nummer auf dem Bahnhof mit dem Bargeld. Ich sage dir, die ist verrückt. Das sagen sie alle mehr oder weniger deutlich.«

»Wer sagt was?«

»Alle«, Weber nahm wieder die Finger zu Hilfe. »Der Geschäftsführer sagt, daß sie etwas ›empfindlich‹ gewesen sei. Die Sorte, bei der man leiser spricht, um ihre Nerven zu schonen. Seit sie ihre Tochter hat, soll es schlimmer geworden sein. Wenn jemand der Kleinen die Hand schütteln wollte, ist sie ausgeflippt.«

»Bei jedem?«

»Bei jedem Mann«, präzisierte er. »Ein Mieter im Haus sagt dasselbe. Sie hat ihn angeschrien, er soll seine Finger von der Kleinen lassen, als er sie mal ins Haus getragen hat, weil sie hingefallen ist.«

»War der Mieter so ein blonder Typ im Dschungellook?«

»Genau der«, sagte Weber. »Doktor Preißner. Informatiker. Ein heller Typ.«

»Ein oller Grabscher«, stellte ich klar. »Dem würde ich meine Tochter auch nicht anvertrauen.«

»Du auch noch«, stöhnte er auf.

»Was sagen die Frauen über sie?«

»Nicht viel. Ein reizendes Frauchen. So in der Art. Etwas schwierig. Was der arme Herr Pape mit ihr durchzumachen hatte. Sie ging nie zu Fremden. Die beiden lebten total isoliert. Alles ihretwegen, sagen die Leute.«

»Vielleicht ist es ja genau anders herum«, sagte ich. »Nach dem, was ich vermute, hätte er allen Grund zu verhindern, daß sie anderen etwas über die Ehe ausplaudert.«

»Du weißt, daß ich Männern viel zutraue.« Er haute mit der Bleistiftspitze auf den Schreibtisch. »Aber du hättest die hören sollen. Ich glaube nicht, daß sie gelogen haben. Wenn sogar die geschiedene Frau nur Gutes über ihn erzählt.«

»Wie heißt es? Über Tote nichts Schlechtes oder so ähnlich. Vielleicht hat sie nur gute Manieren.«

»Hast du die Fahndung schon Richtung Konstanz gepolt?«

Ich nickte stumm.

»Irgendwie komisch, alles.« Weber sprach mir aus der Seele. »Und wir sitzen hier und warten.«

»Wir könnten höchstens die Eltern fragen, ob wir mit der Vermutung, was die Kleine angeht, recht haben. Aber ich weiß nicht, ob das was bringt.«

»Vielleicht die Schwester«, schlug er vor.

»Ja, vielleicht«, stimmte ich zu.

Die Tür ging auf. Petra setzte sich mit einem Stapel Zettel zu uns. Die Ausbeute von der Veröffentlichung des Fotos in der Zeitung.

»Haben die Anrufe was gebracht?« fragte ich sie.

»Taube Nüsse hoch drei. Ein knappes Dutzend seriöser Sachen, die von den Kollegen abgeklopft werden.«

»Irgendwas in Süddeutschland?«

Petra massierte sich die Schläfe.

»Ein Typ in einem Zug, der einem kleinen Mädchen ein Bonbon geben wollte. Da ist die Mutter angeblich ausgerastet.«

Weber und ich sahen uns an.

»Hast du noch mehr?«

Sie feuchtete den Zeigefinger an und blätterte den Zettelhaufen durch. »Klang seriös, im Zug zwischen Köln und Frankfurt. Samstag, 30. Juni.«

»Gib her.« Ich legte den Zettel auf den Schreibtisch.

»Das deckt sich mit dem, was wir schon haben. Jetzt wissen wir, daß sie wirklich im Zug nach Süden gefahren ist.«

»Wie lange wollt ihr den noch hierbehalten?« Sie zeigte auf den Käfig.

»Woher weißt du, daß es ein ER ist?« fragte ich entgeistert. »Nur weil er dich nervt, muß es kein Mann sein.«

Petra stöckelte um meinen Schreibtischstuhl, öffnete den Käfig und schnappte den Nagezahn mit festem Griff am Nacken. Dann setzte sie sich wieder zu uns. Sie hatte das Schlappohr auf ihrem Schoß, hielt es von unten mit einer Hand und preßte die andere zwischen seine Läufe. Zwischen ihrem Daumen und Zeigefinger regte sich eine kleine Schwellung in Rosa.

»Ein Männchen«, triumphierte Petra. »Was habe ich gesagt. Da kenne ich mich aus.«

Bewundernd blickten wir auf die roten Fingernägel im hellen Fell des Kaninchens. Eine zupackende Mitarbeiterin.

»Pfui Teufel.«

Petra hob die Hände hoch, und unser Nagezahn sprang von ihrem Schoß.

»Guckt mal.« Auf dem kurzen Rock waren helle Tupfen.

Sie zerrte das Vorderteil des Rocks unter den Wasserhahn. Weber genoß die Aussicht auf ihre Beine, die länger wurden, je höher sie den Rock zerrte.

»Typisch Mann«, fluchte Petra und rieb den Stoff zwischen den Händen. »Die pissen überall hin.«

»Du bist der Tierspezialist«, riß ich Weber aus seinen Betrachtungen. »Wer hat ein Streifenhörnchen und drei Hamster?«

Gemeinsam begaben wir uns auf den Boden und legten den Kopf schief. Er auf seiner Seite des Schreibtischs. Ich auf meiner. Unter unseren Schreibtischen war er nicht.

»Er ist an der Telefondose«, rief Petra, als sie in voller Größe an uns vorbeistolzierte.

Ich stand auf und setzte mich wieder auf meinen Stuhl. Die Aussicht war bestens. Mein Kollege näherte sich auf allen vieren dem Nagezahn, der die Schnur schon im Maul hatte.

»Was ist hier los, Teufel noch mal?«

Heinze hatte einen Riecher für unterhaltsame Situationen.

»Weber übt Anpirschen im feindlichen Terrain.« Mein Lagebericht.

»So, so«, sagte er abwesend und ging wieder.

»Was ist denn mit dem los?« fragte Weber und packte das Kaninchen am Nacken.

»Neue Freundin, eine Rothaarige. Er ist total überfordert.«

Petra war gut informiert. Wer so wenig Innendienst machte wie wir, mußte die Hälfte verpassen.

»Nun gib mir schon das Kabel«, versuchte Weber das Kaninchen friedlich zu überreden.

»Wir machen es anders.« Petra ergriff die Initiative. »Es ist doch ein Männchen.«

»Du hältst ihn fest«, befahl sie ihm.

Petra machte noch einmal ihre Nummer von vorhin. Prompt ließ das Kaninchen das Kabel sausen und lehnte sich entspannt in Webers Hand zurück.

»Männer«, sagte Petra verächtlich, als sie das Kabel zusammenrollte.

»Weiber sind heimtückisch«, klärte Weber seinen neuen Freund auf, als er ihn in den Käfig setzte. »Du darfst nicht zu vertrauensselig sein. Die nutzen das brutal aus.«

Er machte den Käfig wieder zu.

»Ich mache Feierabend«, verkündete Petra. »Erst die tauben Nüsse den ganzen Tag und dann das hier.« Sie stand auf und deutete auf die nassen Flecken auf ihrem Jeansrock.

»Man will ja noch was vom Leben haben.« Sie sah nicht so aus, als hätte sie Schwierigkeiten, ihre Scheibe abzukriegen.

»Ach.« Sie blieb an der Tür stehen. »Wenn Fredy anruft, sagt ihm, ich wär' auf 'ner Fortbildung oder so. Ja?«

Ich kannte Petra, seit ich in der Abteilung arbeitete. Fredy konnte kein großer Menschenkenner sein, wenn er ihr das abnahm.

»Bleib sauber.« Weber konnte sich nicht verkneifen, ihr das mit auf den Weg zu geben.

»Das mußt du gerade sagen.« Petra drehte sich auf den Absätzen um und schloß die Tür.

Weber betrachtete seine Handflächen, auf denen der Boden seine Spuren hinterlassen hatte. Er ging zum Waschbecken. Frisch gewaschen und gekämmt kam er an den Schreibtisch zurück.

»Willst du auch was vom Leben haben?« fragte er mich und betrachtete seine Fingernägel. »Ich bleibe heute hier und halte die Stellung.«

»Wieso?«

»Zu Hause vermißt mich keiner.«

»Ist sie immer noch da?« fragte ich mitleidig.

Er nickte. »Ich fange schon mal an mit den Berichten. Wer weiß, wie es morgen weitergeht in diesem Chaosbunker. Was machen wir, wenn wir von ihr hören?«

»Hinfahren, verhaften. Wenn es nicht über Interpol laufen muß.«

»Du allein?« fragte er und sah an mir vorbei.

»Ich nehm' dich mit. Das ist versprochen.«

Er streichelte zufrieden seine Barthaare.

»Worauf wartest du? Hau ab, mach was aus deinem Leben.«

Ich griff zum Telefon. Mein Kaninchenkoch war bestimmt noch im Büro.

»Hallo«, sagte ich zur Begrüßung.

»Frau Kommissar«, tönte es durch den Hörer. »Fall gelöst?«

»So gut wie. Wir brauchen nur noch den Täter.«

»Ich war's nicht. Warum rufst du an?«

»Ich will was vom Leben haben.«

»Wer will das nicht.«

»Wir könnten uns zusammentun.«

»Wann?« fragte er.

»Sofort.«

»Ich will immer alles, und das sofort.«

»Genau«, sagte ich.

»Bis der Piepser uns scheidet.«

»Du hast gewußt, bei welchem Verein ich arbeite.«

»Wo?« fragte er.

»Wo du willst«, kam ich ihm entgegen.

»Bei mir auf dem Balkon. Halb neun.«

»Halb neun«, sagte ich und hängte auf.

Weber spannte Papier in die Maschine.

»Manchmal wünsche ich mir, wir hätten nie geheiratet, Inga und ich. Nichts als Pflichten, die Kinder, die Mutter, die Wohnung, die Autos, die Klinik, das Einkaufen. Scheiße.«

Er zog das Papier wieder aus der Maschine.

»Ein dickes Ding drehen und dann abhauen. Für immer.«

Er sah aus dem Fenster über die Hausdächer.

»Das bringt es nicht. Damit landest du nur im Knast«, warnte ich ihn. »Du mußt in die Politik. Da kannst du legal absahnen.«

»Du bist pervers. Ein ehrliches Verbrechen, ja.« Er sah mich an. »Aber für so 'ne Dreckkacke bin ich zu moralisch.«

»Das ist das Problem«, bestätigte ich. »Mir geht's genauso. Zu verdammt moralisch und zu tierlieb.«

Ich sah auf unseren Vierbeiner, der wohlig die Beine von sich streckte.

»Ich versuch's mal, ihm ein Zuhause zu verschaffen. Bis halb neun ist ja noch Zeit.«

»Familie Wessel?« fragte er.

»Ein ordentliches Zuhause mit regelmäßigen Mahlzeiten, nicht solche Chaoten wie wir. Das wird ihm guttun.«

»Meinst du?« Weber war nicht überzeugt. »Ich hatte mich schon so an ihn gewöhnt. Ein Verbündeter im Kampf gegen die Weiber.«

»Ich find' ihn ja auch nett. Mir hat er nicht auf den Rock gepinkelt. Trotzdem... Ein Kaninchen gehört nicht auf einen ordentlichen Beamtenschreibtisch.«

»Wie kannst du nur so hart sein?«

Er sah mich aus traurigen Dackelaugen an.

»Es wird immer schlimmer. Wir gewöhnen uns an ihn, und als nächstes läuft uns ein Hund zu, und als übernächstes können wir hier einen Streichelzoo aufmachen.«

»Du hast ja recht«, gab er zu.

Ich hängte meine Tasche über die Schulter und schnappte mir vorsichtig den Käfig. Als ich ihn vom Schreibtisch hob, rollte das Kaninchen sich auf die Vorderbeine und preßte sich auf den Boden.

»Wir würden dich behalten, alter Junge. Ehrlich, wenn wir hier die Regeln aufstellen dürften. Halt dich wacker«, gab Weber ihm mit auf den Weg.

»Es gibt Dinge, die einfach getan werden müssen«, versuchte ich ihn und mich zu beruhigen.

»Das sagen sie alle.« Er hatte ja so recht.

34

»Hey«, ich legte den ersten Gang ein und drehte mich um. »Die werden sich schon ordentlich um dich kümmern. Die haben zwei Mädchen großgezogen. Die sind in Übung. Ich nicht.«

Im Feierabendverkehr steuerte ich dem Knappenberg entgegen. In den Autoschlangen sah ich müde Gesichter.

Ich parkte mit dem Vorderreifen auf dem Bordstein. Direkt vor Nummer 34. Das Schlappohr ahnte, daß Neues auf ihn zukam, und hatte vorsichtshalber die Augen geschlossen.

»Du kannst die Augen ruhig aufmachen«, riet ich ihm. »Es ist alles in Ordnung.« Er glaubte mir nicht. Die Augen blieben zu.

Ich faßte den Käfig mit beiden Händen und trug ihn zum Hauseingang. Dort klemmte ich ihn mit dem Knie gegen die Wand. Mit der freien Hand drückte ich den zweiten Klingelknopf von unten.

»Wessel«, meldete sich eine Männerstimme.

»Kriminalpolizei. Beate Stein. Könnte ich Sie wohl einen Moment sprechen?«

Frau Wessel stand in der offenen Tür. Ganz so, wie ich sie in Erinnerung hatte. Hochgeknöpfte Bluse, Rock ohne Fluse und ein blonder Pagenkopf, der die ersten grauen Haare kriegte. Sie sah mich an. Den Käfig in meinen Armen.

»Haben Sie meine Tochter gefunden?« fragte sie.

»Die Fahndung läuft«, sagte ich. »Es gibt Hinweise, wo sie sein könnte.«

»Kommen Sie herein.«

Das Kaninchen lag platt auf dem Boden, die Schnauze ins Heu gewühlt, die Augen geschlossen. Ein plattgewalzter Haufen Unglück. Ich kam mir vor wie die Dampfwalze, die das verbrochen hatte.

Frau Wessel führte mich zu den grünen Polstermöbeln.

»Kann ich ihn ...?« fragte ich, bevor ich den Käfig neben mich auf das Sofa setzte. Sie nickte gnädig. Ihr Röntgenblick saß auf dem Fell des Käfigtiers. Der Ausdruck in ihren Augen war schwer zu bestimmen. Entsetzen? Ekel? Ein Kaninchenfell besteht aus Tausenden von Haaren. Haaren, die ausfallen und sich in Form von Flusen auf Teppichen, Polstermöbeln und Kleidungsstücken festsetzen können.

Ein schlanker Mann mit grauen Haaren kam durch die Tür.

»Darf ich vorstellen...« Frau Wessel deutete auf den Mann. »Mein Mann. Professor Wessel.«

»Wessel«, sagte er und streckte mir die Hand entgegen. Silbergraue Haare, freundliche Augen. Der Händedruck war angenehm. Sein Blick wanderte von mir zu dem Begleiter an meiner Seite. Ich kam mir etwas dumm vor auf der Couch. Kriminalkommissarin mit Kaninchen. Ein Stilleben.

»Wo ist Silke?«

Frau Wessel spielte mit ihrer Perlenkette. Die Frage nach dem Aufenthaltsort ihrer Tochter ließ sie nicht kalt.

»Wir wissen, daß sie eine Fahrkarte nach Konstanz gelöst hat.«

»Konstanz.« Frau Wessel wandte sich an ihren Mann. »Aber da kennt sie doch niemanden.«

»Wir kennen niemanden in Konstanz.«

Auch für Herrn Wessel war es unvorstellbar, daß seine Tochter in eine Stadt gereist sein sollte, in der sie niemanden kannte.

»Haben Sie etwas mit den Zeitungsberichten zu tun?« fragte er nach einer kurzen Pause.

»Nicht direkt«, antwortete ich. »Wieso?«

»Das ist pure Sensationsmache«, empörte er sich. »Da muß man sich ja schämen. Die Leute sprechen einen schon auf der Straße an.«

Ich stellte mir Herrn Wessel vor, wie er im Geschäft an der Ecke von sensationslüsternen Kunden zwischen die Regale gedrängt wurde. ›Nein, ist das wirklich wahr? Ihre Tochter wird gesucht. Nein, nein. Und ihr Mann ist tot.‹ Ich konnte verstehen, daß er sich aufregte.

»Sie haben recht«, gab ich zu. »Solche Artikel sind Sensationsmache. Wir haben keinen Einfluß darauf, was die Zeitungen schreiben.«

»Das Foto«, eine silberne Haarsträhne fiel ihm in die Stirn. »Sie haben kein Recht dazu, so ein Foto in die Zeitung zu setzen. Niemand hat Ihnen die Erlaubnis dafür gegeben.«

»Herr Wessel, vielleicht befindet sich Ihre Tochter in Gefahr, und das Foto rettet ihr Leben.«

Er erfuhr noch früh genug, daß seine Tochter unter Mordverdacht stand.

»Reine Sensationsmache«, wiederholte er. »Dadurch muß ja ein ganz falscher Eindruck entstehen. Was sollen die Leute von uns denken?«

Das war seine größte Sorge. Ich kann nicht sagen, daß er mir sympathischer wurde.

»Es geht um das Wohl Ihrer Tochter und Ihrer Enkeltochter.«

»Hoffentlich ist Mirjam nichts geschehen.«

Immerhin, er machte sich Sorgen um sein Enkelkind.

»Ich bin hier, um Sie zu fragen, ob Sie das Kaninchen in Pflege nehmen könnten.«

Frau Wessel griff nach der Hand ihres Mannes. Beide sahen auf den Käfig. Das Kaninchen hatte sich inzwischen so weit erholt, daß es den Kopf vom Boden genommen und die Augen geöffnet hatte.

»Was ist das für ein Tier?« Er strich die Haare aus der Stirn.

»Sie kennen es nicht?«

Jetzt verstand ich gar nichts mehr.

»Ich habe es noch nie gesehen«, sagte er fest.

Ich beobachtete, wie Frau Wessel seine Hand drückte.

»Wir haben den Käfig mit dem Kaninchen in der Wohnung Ihrer Tochter gefunden.«

Frau Wessel ließ die Perlenkette los und übernahm die Gesprächsführung.

»Wir sehen das Tier heute zum erstenmal.«

»Sind Sie sicher?«

»Wenn ich es Ihnen doch sage.«

Ihre Stimme klang deutlich ungehalten.

»Wir vermuten, daß das Tier Ihrer Enkelin gehört. Bisher hat es bei uns im Präsidium gestanden. Das geht natürlich nicht auf Dauer...«

»Was haben wir damit zu tun?«

Ihre stahlblauen Augen bohrten sich in meine.

»Wir dachten, daß Sie es vielleicht in Pflege nehmen könnten, bis Ihre Enkelin wieder da ist.«

»Wir wollen nichts mit dem Tier zu tun haben.«

Seine Stimme bebte vor Empörung.

Sie streichelte seine Hand.

»Es ist ganz einfach. Wir kennen das Tier nicht, und folglich werden wir es auch nicht in Pflege nehmen. Das verstehen Sie doch sicher.«

Ich verstand gar nichts. Außer, daß das Schlappohr hier keine Fans hatte und ich vermutlich auch nicht.

»Noch eine letzte Frage«, da ich schon mal da war, konnte ich mich weiter unbeliebt machen. »Können Sie sich vorstellen, daß Ihre Tochter Angst um Ihre Enkelin hatte, Angst, daß Ihr Schwiegersohn sich an ihr vergreifen könnte?«

Herr Wessel zitterte am ganzen Körper.

»Das brauchen wir uns nicht bieten zu lassen. Diese Unverschämtheiten.«

Frau Wessel sah mich strafend an.

»Mein Schwiegersohn liebte seine Tochter über alles. Er hätte ihr nie ein Haar gekrümmt. Wenn Sie ihn kennen würden, wüßten Sie, wie unsinnig Ihre Vermutung ist. Und jetzt gehen Sie bitte. Sie sollten Ihre Arbeit tun und nicht unschuldige Bürger belästigen, nur weil Ihnen nichts Besseres einfällt.«

Was sollte ich ihr darauf schon antworten? Ich klemmte das Kaninchen unter den Arm und stieg die Treppenstufen hinunter. Einen Moment überlegte ich, was passieren würde, wenn ich den Käfig unter der Grünlilie abstellen würde. Das ließ ich besser bleiben.

»Mach dir nichts draus«, sagte ich ihm, als ich es wieder auf seinen Platz auf dem Rücksitz setzte. »Es sind nur die Besten, die sich bei anderen unbeliebt machen. Kriminalkommissare, Kaninchen. Die Crème der Crème.«

Ich fragte mich, ob ich wirklich noch einen zweiten Versuch zur Unterbringung des Kaninchens starten sollte. Eigentlich wollte ich heute doch noch was vom Leben haben.

35

Der graue Chevy sagte mir, daß ich mich nicht in der Straße geirrt hatte. Als ich ausstieg, empfing mich das monotone Dröhnen eines Ghettoblasters im Rap-Stakkato. Der schwarze Kasten stand auf einer Mülltonne, auf die ein begnadeter Künstler rotgelb züngelnde Flammen gemalt hatte. Sehr witzig. Auf den Steinplatten des Bürgersteigs hüpfte ein zierliches Kerlchen in zerrissenen Jeans und Baseballhemd herum, ging in die Knie und machte atemberaubende Drehungen.

»Das sind tolerante Leute hier«, beruhigte ich das Kaninchen, das total angespannt mit waagerechtem Schwanz und angelegten Ohren im Käfig stand. »Kein Grund, nervös zu werden.« Ich griff den Käfig, und das Kaninchen legte sich platt auf den Boden. »Ich weiß, Umzüge sind grauenhaft. Bald hast du's überstanden. Ein nettes Frauchen, frische Salatblätter, das süße Leben.«

Mit dem Fuß knallte ich die Autotür zu. Das Kaninchen zitterte. Ich hatte ganz vergessen, wie sehr Lärm an Kaninchennerven zerrt. Der Raptänzer brach abrupt die Drehung ab. Ich wunderte mich. Der Rapper war ein Mädchen. Ich ging an ihr vorbei auf die Haustür zu. Meine Trommelfelle vibrierten. Irgendwo hatte ich gelesen, daß Lärmbeschallung eine Foltermethode ist. Jetzt konnte ich es glauben.

»Bist du eigentlich schwerhörig?« schrie ich der Teenie-Frau zu.

»Leck mich.«

Sie stoppte, stach ihren Zeigefinger in die Luft und tanzte weiter.

Das Kaninchen zitterte am ganzen Körper, als wir den Hausflur erreichten.

»Ist ja schon gut. Du hast es bald überstanden.«

›Nieder mit dem Männlichkeitswahn.‹ Es war die richtige Haustür. Ich machte wieder meine Nummer mit dem Knie und stellte den Käfig darauf, damit ich eine Hand für die Türklingel frei hatte. Es schellte. Nichts rührte sich. Ich probierte es gleich noch ein paarmal. Dann tat sich drinnen was. Die Tür ging auf.

Rote Lederhosen und ein nicht mehr ganz weißes Unterhemd, ein brauner Igelkopf über einem blassen Gesicht.

»Was wollen Sie denn?« Eva Wessel war nicht gerade begeistert von meinem Besuch.

»Kann ich einen Moment reinkommen?«

Sie trat zur Seite und ließ mich in die Diele.

»Erste Tür rechts«, sagte sie und machte die Tür zu.

Ich drückte mit dem Ellbogen die Türklinke runter. Langsam wurde ich richtig gut im Jonglieren mit Käfig. Wenn ich weiter übte, konnte ich mit dem Kaninchen im Käfig auf dem nächsten Polizeisportfest auftreten.

Das Zimmer hatte hohe Stuckdecken und war mit dem Nötigsten ausgestattet. Auf dem Boden lag eine breite Matratze. Vor dem Fenster stand ein Schreibtisch mit einem Stuhl. An der Wand hing ein riesiges Poster. Zwei Frauen, die sich in einer Sanddüne näherkamen. Ansonsten viel freier Raum. Ich stellte das Kaninchen auf den Holzboden und setzte mich daneben.

»Wollen Sie nicht den Stuhl?« fragte Eva Wessel, als sie zur Tür reinkam.

»Danke, das ist angenehm so.«

Sie hockte sich im Schneidersitz zu mir auf den Boden.

»Möchten Sie einen Tee?«

Ich schüttelte den Kopf.

»Haben Sie Silke gefunden?«

»Nein, wir wissen aber, wo sie hin ist. Sie hat eine Fahrkarte nach Konstanz gekauft.«

»Das ist nicht wahr«, sagte Eva überrascht. Sie ließ sich mit dem Oberkörper nach hinten fallen und zog mit den Händen eine Schachtel Tabak unter der Matratze hervor.

»Es ist wahr. Der Schalterbeamte erinnert sich genau. Sie hat mit Silbergeld bezahlt, als hätte sie ein Sparschwein geschlachtet.«

Eva Wessel nahm ein Papierchen zwischen die Finger und krümelte den Tabak hinein. Sie sah mich nicht an.

»Wissen Sie, was sie dem Beamten gesagt hat?«

Sie rollte die Zigarette mit beiden Händen.

»Machen Sie's immer so spannend?« fragte sie, ohne aufzusehen, und zündete mit dem Feuerzeug die Zigarette an.

»Ich will bloß weg, hat sie gesagt.«

»Nein.« Sie blies den Rauch aus. Ihre Augen glänzten feucht.

»Das hat Silke gesagt?«

»Überrascht Sie das?«

Eva Wessel sprang auf und lief ans Fenster. Sie stützte sich auf die Schreibtischplatte und blickte nach draußen. Ich sah den Qualm vor der Fensterscheibe hochsteigen.

»Scheiße.« Eva Wessel kam zurück. Die Asche fiel auf die Holzbohlen. Sie drückte die Zigarette im Aschenbecher aus.

»Verflixte Scheiße«, fluchte sie weiter.

In diesem Augenblick setzte draußen ein markerschütterndes Kreischen ein. Das Kaninchen erstarrte. Eva Wessel lief zum Fenster. Mit einem Knall fiel das Oberlicht zu. Was jetzt durch die geschlossenen Fenster ins Zimmer drang, hörte sich an wie eine Alarmanlage.

»Es sieht schlecht für sie aus?«

Ich nickte.

»Aber warum? Warum sollte sie Klaus umbringen? Es gibt keinen Grund.«

»Vielleicht doch. Ich bin da auf etwas gestoßen.«

Sie sah mich fragend an.

»Ein Märchen in der Handschrift Ihrer Schwester. Von einem König, der seine Tochter heiraten will. Seine häßliche Tochter«, setzte ich nach.

»Seine häßliche Tochter?«

»Sagt Ihnen das was?« bohrte ich nach.

»In bezug auf Silke? Nein. Sie war die schöne Tochter. Ganz eindeutig.« Ihre Stimme klang bitter.

»Aber das Motiv. Vater und Tochter. Könnten Sie sich vorstellen, daß Klaus Pape sich an seiner Tochter«, ich suchte nach einem halbwegs passenden Wort, »vergangen hat und Ihre Schwester ihn deshalb umgebracht haben könnte?«

»Mirjam?« Sie sprang auf und ging zur Wand. Mit der Faust trommelte sie dagegen. »Nein, nein, nein.«

Die Faust öffnete sich, und eine flache Hand klatschte auf. Ein einziges Mal. Sie drehte sich um und sah mich an.

»Nicht Mirjam, sagen Sie, daß das nicht wahr ist.«

Ihr Satz fiel in eine unwirkliche Stille. Der Lärm draußen hörte genauso plötzlich auf, wie er eingesetzt hatte.

»Es ist nur eine Vermutung«, sagte ich nach einer Pause. »Ihre Schwester hat im Kinderzimmer geschlafen. Das deutet in die Richtung.«

Sie drehte mir den Rücken zu, stieß mit dem Kopf gegen die Wand. Ich ging zu ihr. Unbeholfen streckte ich eine Hand nach ihr aus.

»Fassen Sie mich nicht an. Ich brauche Ihr Mitleid nicht.«

Auf der Gesichtshälfte, die ich sehen konnte, hatte sich die Haut um das Kinn rot entzündet.

»Ich brauche von niemandem Mitleid.«

Sie fuhr mit der Hand über die glühende Hautpartie in ihrem Gesicht.

»Sonst noch was?«

Sie drehte sich zu mir.

»Ich wollte Sie fragen, ob Sie nicht das Kaninchen in Pflege nehmen könnten. Wir haben es in der Wohnung Ihrer Schwester gefunden.«

»Stecken Sie sich Ihr dämliches Kuscheltier an den Hut. Ich will mit der verfluchten Familie nichts zu tun haben.«

Ich weiß, wann es sich lohnt, weiterzumachen und wann nicht. Das hier war ein Fall von nicht. Ich schnappte mir den aufgeregten Nagezahn und bewegte mich in Richtung Ausgang.

Sie hielt die Tür auf.

So wie sie dastand, sah sie nicht wie Ende Zwanzig, sondern wie Ende Fünfzig aus.

»Es tut mir leid.«

»Sie können ja auch nichts dafür«, sagte sie müde.

»Es liegt nicht an dir«, verriet ich dem Nagezahn. »Ich mache irgend etwas falsch. Ehrlich.« Er sah mich aus großen Augen an.

Der Ghettoblaster war vom Mülleimer verschwunden. Und auch die Raptänzerin war weg. Schade. Auf einmal fehlte mir so ein Mensch, der sich auf den grauen Steinplatten drehte.

Ein Transporter voll alter Möbel fuhr durch die Einfahrt in den Hinterhof. ›Werk-Stadt‹, Holzarbeiten, Entrümpelungen, An- und Verkauf. Daher der Lärm im Hinterhof. Ich tippte auf eine Kreissäge.

36

Da war es wieder. Dieses Brummen. Das Fauchen eines wilden Tieres, das jeden Moment zuschlagen konnte. Sie wagte nicht, die Augen zu öffnen, lag da wie erstarrt. Nur keine Angst zeigen, nicht atmen, totstellen. Das bist nicht du. Das bist du nicht wirklich. Dir kann das Tier nichts tun.

Sie schlug die Augen auf. Wo waren ihre Freunde? Das Mädchen mit dem roten Hut, der Frosch mit der goldenen Kugel im Maul? Wo war die Frau, die sich aus dem Fenster lehnte und die Betten schüttelte? Die Wand war leer. Eine glatte halbrunde Plastikwand, und sie war allein. Ihr Kopf dröhnte, war kurz vorm Zerspringen. Das Blut rauschte. Sie legte beide Hände über die Ohren.

Wo war sie? Was war das für ein Raum? Die Plastikwände. Dieses Bett, das in der Luft hing. Das Bett gegenüber. Die Babypuppe, die auf dem Rücken neben dem Kissen lag, Arme und Beine in die Luft gestreckt.

Sie nahm die Hände von den Ohren. Das Rauschen war nicht nur in ihrem Kopf. Es kam durch die Tür.

Mirjam, wo war Mirjam? Wo war ihr Baby?

Sie sprang vom Bett und stieß die Tür auf. Das Vorzelt war leer.

»Mirjam?«

Panik stieg in ihr auf. Sie rannte durch das Zelt ins Freie.

Der Mann mit dem schwarzen Zopf stand in der offenen Tür des Taxis. Sie lief auf ihn zu, das Röhren wurde immer lauter. Als er sie sah, drückte er auf einen Knopf und schaltete das Gerät aus, mit dem er die Polster abgesaugt hatte.

»Wo ist meine Tochter?« Ihre Stimme überschlug sich.

»Nun mal langsam.« Er legte den Staubsauger aus der Hand.

»Wo ist Mirjam?«

»Sie können sie sehen von hier.«

Er ging hinter den Wagen. Sie folgte ihm.

»Da ist sie.«

Ein paar Meter entfernt saß Mirjam zwischen zwei gelben Zelten im Gras.

»Sie wollte unbedingt den Kaspar streicheln.«

Sie ließ den Mann mit dem Zopf stehen und lief zu ihrer Tochter.

»Mama.« Mirjam lachte sie an. »Das ist Kaspi. Ist der nicht lieb?«

Der Foxterrier wedelte mit dem Schwanz. Er war mit einer Leine an einem Pflock festgebunden. Mirjam kraulte ihm die Ohren. Sie kniete sich zu ihrer Tochter und strich ihr über die Arme. Als sie die warme Haut spürte, fiel die Anspannung von ihr ab.

»Komm, wir gehen, Mirjam.«

»Oh.« Sie war enttäuscht. »Ich will mit Kaspi spielen.«

»Gut«, Silke stand auf und schüttelte das Gras von ihrem Kleid, »aber bleib hier, damit ich dich sehen kann.«

Mirjam nickte und fuhr dem Hund über die Schnauze. Der Terrier ließ sich das gefallen, wedelte weiter mit dem Schwanz.

Silke lief zum Taxi zurück. Der Mann mit dem dunklen Haarzopf hielt den Staubsauger in der Hand und war dabei, die Schnur aufzuwickeln.

»Können Sie den Stecker mal rausziehen?«

Sie folgte der Schnur zu dem Stromaggregat am Wohnwagen.

Mit dem Stecker in der Hand kam sie zum Taxi zurück. Er wikkelte die Schnur auf die Kabeltrommel und fragte beiläufig: »Klinken Sie öfter so aus?«

»Nur, wenn ich Staubsauger höre.«

Sie hatte ihre Stimme unter Kontrolle.

»Läßt sich mit leben.« Er stellte die Kabeltrommel in den Kofferraum und schlug die Klappe zu. »Wär' schlimmer, Sie würden jedesmal durchdrehen, wenn Sie einen Mann mit langen Haaren sehen.«

»Ich mag lange Haare bei Männern«, sagte sie langsam.

»Noch was? Spucken Sie's aus.«

»Glatte Haut. Im Gesicht«, setzte sie erklärend hinzu.

Er strich sich über das Kinn.

»Langsam werden Sie lästig. Jetzt muß ich mich Ihretwegen zweimal täglich rasieren. Oder wie?«

»Das wäre wirklich freundlich.«

»Sie sind vielleicht verkorkst.«

Er kratzte sich mit der Hand am Kopf.

»Das ist wahr«, sagte sie.

»So hab' ich das nicht gemeint. Nehmen Sie mich bloß nicht ernst.«

Er machte die Autotür auf und zog eine große Plastiktüte vom Rücksitz.

»Wollen Sie sehen, was ich für Klamotten besorgt habe?«

Sie legte die Hände zu einem Trichter vor ihren Mund.

»Mirjam. Mirjam.«

Die Kleine stand auf.

»Warum tun Sie das für uns?« Sie zeigte auf die Tüte.

»Na, was meinen Sie?«

Sie wich seinem Blick aus und sah nach unten auf das Gras. Wo die Autoreifen darübergerollt waren, lag es platt am Boden.

»Vergessen Sie es.«

Über dem plattgewalzten Gras lagen gelber Staub und zerrissene weiße Blütenblätter. Gänseblümchen, die von Autoreifen zerquetscht worden waren.

»Sie können sich das vielleicht nicht vorstellen, aber ich bin beliebt bei den Damen. Ich nehme nur Frauen, die wollen.«

Mirjam kam angelaufen und schlang beide Arme um Silkes Hüfte.

»Und auf Kinder steh' ich auch nicht.«

Silke sah ihm in die Augen.

»Warum helfen Sie uns dann?«

Er blickte über das Wasser.

»Wissen Sie immer so genau, warum Sie was tun?«

»Sie haben die Frage nicht beantwortet.«

Er wandte den Kopf nicht vom Wasser. Ein Boot mit weißen Segeln legte sich quer und machte eine Wende.

»Sagen wir, ich habe eine Schwäche für Verrückte.«

»Mama, gehen wir zu den Enten?«

Der Mann mit den dunklen Haaren zog etwas Rotes aus der Plastiktüte.

»Magst du Pinguine?«

Er faltete ein Hemd auseinander, auf dem zwei Pinguine nebeneinander standen.

Mirjam strich mit der Hand über die beiden Figuren.

»Können die schwimmen?« fragte sie interessiert.

»Schwimmen und tauchen.« Er reichte ihr das Hemd. »Das ist für dich.«

Mirjam sah Silke an. »Mama, darf ich?«

»Ja, das darfst du haben.«

»Welche Haarfarbe hätten Sie gern?« fragte er und beugte sich über die offene Tüte. »Schwarz, rot oder blau?«

»Schwarz«, antwortete Silke.

Er fischte ein Paket heraus und gab es ihr.

»Ich habe Ihnen auch nur Schwarz mitgebracht.«

»Sind Sie Hellseher?«

»Taxifahrer. Zu einer behüteten Dame paßt kein Rot oder Blau.«

»Ich bin keine behütete Dame mehr«, sagte sie. »Das war einmal.«

»Meinen Sie, das werden Sie so schnell los wie Ihre Locken? Schnipp schnapp, und die Dame landet im Papierkorb.«

Silke Pape sah auf die Packung in ihrer Hand. Sie drehte sie zwischen den Fingern.

»Ich will Rot.«
Sie ließ die Packung zurück in die Plastiktüte fallen.
»Ist nicht wahr«, sagte er staunend.

37

Der Verkehr Richtung Stadtmitte war mäßig. Ich grüßte die Graffitiwand und die Gleise unter der Brücke.

»Das wär' sowieso keine Wohnung für dich gewesen«, tröstete ich das Kaninchen auf dem Rücksitz. »Viel zu laut.«

Ein alter Opel, vollgepfropft mit einer Großfamilie, fuhr auf dem Überholstreifen neben mir. Ich drückte auf das Gaspedal und preschte davon. Mein Bedarf an Familien war für heute gedeckt.

Auf der Suche nach einem Parkplatz kurvte ich durch das Ostwallviertel. Viertel vor neun ist noch eine Uhrzeit, zu der sich das Suchen lohnt. Ab halb zehn geht hier nichts mehr. Da sind die Straßen in Doppelreihe mit den Schlitten der jungen Leute aus den umliegenden Kleinstädten zugestellt.

»Du kommst mit. Sonst machen dich die Besoffenen noch verrückt hier.«

Mit dem Käfig im Arm lief ich dem Museum entgegen. Mein Liebhaber wohnt in einem Prunkbau für Singles gleich neben dem Museum.

»Besser, ich sag' dir die Wahrheit.« Ich beugte mich über den Käfig. »Wir besuchen einen Kaninchenfresser.«

Täuschte ich mich, oder zuckte das Kaninchen zusammen?

»Er tut dir nichts«, versicherte ich ihm. »Ich bin ja bei dir.«

Die Tür ging auf. Beiger Marmor, polierte Messinggeländer, angenehme Kühle. Ich ging zum Fahrstuhl. Er zahlt an Miete ungefähr das, was ich einmal im Monat im Austausch für meine Arbeitskraft auf das Konto kriege. Der Aufzug glitt lautlos nach oben.

Auf beigem Marmor lief ich einer weißen Eingangstür mit Messingbeschlägen entgegen. Die Tür öffnete sich, und der Mann meiner Begierde breitete die Arme aus. Was für ein Empfang. Für eine

Frau mit freien Händen. Ich stand mit dem Kaninchenkäfig vor ihm und lächelte freundlich. Er ließ die Arme sinken.

»Ist das ein Keuschheitskäfig?« fragte er. »Ein Abstandhalter für die bindungsscheue Emanze?«

»Nicht nur. Laß dich überraschen.«

»Na denn.« Mit einer eleganten Handbewegung ließ er mir den Vortritt.

Ich setzte den Käfig auf die Glasscheibe, die über einem Steintrog lag, der mit Steinen unterschiedlicher Farbe gefüllt war. Dann drehte ich mich zu ihm um. Er hatte nicht so unrecht mit der bindungsscheuen Emanze. Mein Verstand sagte mir haarklein, was von Männern zu halten war. Mein Körper war ganz anderer Ansicht.

Wir verhakten uns ineinander. Ich knetete seine Schulterblätter, das Fleisch in seinem Rücken, rieb mit fünf Fingern an seiner Wirbelsäule entlang.

»Au«, sagte er und biß in mein Ohrläppchen.

Ich zog ihm das Hemd aus der Hose und legte meine Hand auf seinen nackten Bauch. Er hielt mich auf Abstand und stopfte sein Hemd wieder in die Jeans.

»Nicht so gierig. Ich bin der Nachtisch, erst kommt der Aperitif.«

Er holte eine Flasche aus dem Kühlschrank, pulte das Goldpapier vom Korken und griff ein Geschirrtuch.

»Soll ich's knallen lassen?«

»Lieber nicht.« Ich zeigte auf das Kaninchen. »Dann kriegt er einen Herzschlag.«

Mit leisem Plopp köpfte er den Korken und goß die Gläser voll.

»Auf bindungsscheue Emanzen.«

»Auf coole Typen.« Mein Trinkspruch.

»Das sind blöde Sprüche. Fällt uns nichts Besseres ein?«

Wir überlegten beide.

»Auf einen schönen Abend«, wagte ich.

»Das ist originell«, er verschluckte sich vor Lachen und mußte husten.

»Auf einen schönen Abend«, sagte er, als er sich wieder beruhigt hatte. Wir stießen an und tranken.

Er nahm die Flasche, ich die Gläser. Gemeinsam gingen wir auf den Balkon. Zwischen dem Knöterich, der über den Drahtseilen hing, saßen bunte Lämpchen.

»Neu?« fragte ich.

Er nickte.

»Ergreifend, schön kitschig.«

»Magst du das nicht?«

»Doch. Wunderschön. Das ist ernst gemeint.«

»Was macht deine Küche?« fragte er vorsichtig.

»Keine Ahnung. Ich hab' sie schon lange nicht mehr gesehen.«

»Noch nicht saubergemacht?«

»Keine Zeit, keine Lust«, gab ich Auskunft. »Vielleicht hast du ja mehr Lust. Zum Putzen überlaß ich sie dir jederzeit gern.«

»Am Wochenende. Wenn du nicht vorher zuschlägst.«

»Ich doch nicht«, sagte ich träge. »Dann kommt bloß wieder so ein blöder Kerl und verwüstet mir die saubere Küche. Außerdem muß ich Mörder fangen.«

»Wir wollten uns einen schönen Abend machen«, erinnerte er mich. »Kann ich den ersten Gang auftragen?«

Ich steckte meinen Kopf durch den Knöterich und begutachtete die Aussicht. Häuserwände, ein paar Balkone, unten Mauern zwischen den Grundstücken, Pflastersteine, Garagen. Nicht zu vergleichen mit meiner Aussicht auf den Hafen.

Er schleppte ein weißes Tischtuch an und deckte den Tisch. Der erste Gang kam, gemischter Salat, gut gewürzt und knackig.

»Wir kennen uns schon eine Weile. Auf einmal fängst du an zu kochen. Wieso?« fragte ich ihn.

»Stört dich das? Es ändert sich doch nichts dadurch.«

»Doch. Wenn jemand für dich kocht, dann ist das irgendwie...« Ich suchte nach einem Wort: »...verbindlich.«

»Gleich raste ich aus.« Er schraubte den Korken aus der Weinflasche. »Jetzt muß ich mich dafür verteidigen, daß ich für dich koche. Ich hab' einfach Lust dazu.«

»Früher hattest du keine Lust dazu.«

»Da kannte ich dich noch nicht. Hätte ja sein können, daß du zu der klebenden Sorte gehörst.«

»Der klebenden Sorte?«

»Die kriegt man schon schwer los, wenn man einmal mit ihnen gebumst hat. Wenn man für sie kocht, ist es hoffnungslos.«

»Und bei mir ist das Kochen nicht gefährlich?« fragte ich.

»Du klebst nicht«, sagte er. »Wie wär's mit dem Hauptgang?«

»Was ist es denn?«

»Überraschung.« Er verschwand in der Küche und kam mit einer riesigen Reisplatte zurück, auf der sich Meerestiere tummelten.

»Lecker«, ich griff zu.

»Ich bin ein begnadeter Koch und Liebhaber, aber das weißt du ja...«

Ich konnte nicht widersprechen.

»Was ist mit dem Kaninchen?« wollte er wissen.

»Das ist eine lange Geschichte«, warnte ich ihn.

»Mach sie kürzer«, forderte er mich auf. »Sonst gibt es keinen Nachtisch.«

»Wir haben das Kaninchen in einer leeren Wohnung zusammen mit einer Leiche gefunden. Dann stand es drei Tage lang auf meinem Schreibtisch. Heute habe ich versucht, es woanders unterzubringen. Keiner wollte es haben.«

»Jetzt hast du es.«

»Erst mal. Aber was soll ich mit einem Kaninchen?«

»Bei deinem Lebensstil... Du bist ja schon mit einem Liebhaber völlig überfordert. Und ich bin weiß Gott pflegeleicht.«

»Na ja«, ich gab ihm einen Kuß auf die Stirn, »wenn ich von verwüsteten Küchen absehe.«

»Du bist nachtragend«, rügte er mich. »Das paßt nicht zu einer Tierfreundin.«

Mit dem Messer klapperte ich auf dem Tellerrand.

»Ich will endlich meinen Nachtisch.«

»Komm, den Nachtisch gibt es drinnen.«

Er zog mich vom Stuhl.

»Meinst du, wir sollten den Nagezahn raustragen«, flüsterte ich ihm unter der Bettdecke ins Ohr.

»Er kann nur von mir lernen«, flüsterte er zurück. »Kaninchen sind phantasielose Rammler.«

Eine Ewigkeit später suchte ich mir im Licht der Nachttischlampe vor dem Bett meine Kleidungsstücke zusammen. Am liebsten wäre ich die Nacht über hiergeblieben, aber ich mußte nach Hause. Der Nagezahn hatte nach den Aufregungen ein ruhiges Plätzchen verdient, und ich brauchte morgen früh frische Klamotten.

In der Straße neben dem Museum stand die Jugend nicht mehr ganz frisch in dichten Trauben vor den Kneipen.

»Was ist das denn?« Ein rosiges Babygesicht glotzte in den Käfig und schüttete einen Teil seines Biers auf den Boden. »Träum' ich, oder seh' ich graue Mäuse?«

Ich war mit meinem Käfig schon eine Kneipe weiter. Er würde nie erfahren, daß er keine Mäuse, sondern ein Kaninchen gesichtet hatte.

»Soll ich dir helfen, Mädchen?« lallte ein braungebrannter Bubi, der in Zickzacklinie über den Bordstein wankte.

Ich machte, daß ich samt Nagezahn in mein Auto kam.

Als ich aus der Parklücke fuhr, sah ich, daß er verwirrt den Bordstein hinunterstolperte, auf den Platz, wo gerade noch mein Golf gestanden hatte. Er ging in die Knie, fing sich wieder und stieg den Bordstein hinauf.

»Gleich sind wir zu Hause«, versprach ich dem Schlappohr. »Da hast du deine Ruhe.«

In der Unterführung zur Brückstraße war Hochbetrieb. Die Leuchtreklamen der Peepshows blinkten um die Wette. Vor dem Sichtschutz der Puffstraße stand eine Horde Männer. Aus den Häusern kam rotes Licht. Ich streckte mich vor meinem Lenkrad. Etwas vom Leben haben, das wollen wir alle. Mir war auch als erstes Sex eingefallen. Da war ich nicht viel origineller als die Jungs, die ihr Geld ins Bordell trugen. Ich gähnte. Es war mehr als Sex, aber darüber wollte ich mir jetzt keine Gedanken machen.

»Bist du ein bewußter Single?« fragte ich mein Kaninchen im Spiegel. »Oder gezwungenermaßen?«

Die Käfigstäbe blinkten. Wer im Käfig saß, hatte wohl keine andere Wahl. Was für eine dumme Frage. Aber saßen wir nicht alle in einem Käfig?

Mein Lieblingsparkplatz war frei. »Du kannst dir was einbilden«, sagte ich, als ich das Kaninchen vom Rücksitz holte. »Ich bin sehr wählerisch mit meinem Herrenbesuch.«

Er gönnte mir einen müden Blick aus braunen Augen.

38

Zwei kleine Mädchen standen am Rand des Hafenbeckens und zerrten an einem Kaninchen. Das Mädchen mit den roten Hosen hatte die Vorderpfoten in der Hand, das Mädchen im hellblauen Kleid die Hinterpfoten. Beide zogen mit all ihrer Kraft. Das Mädchen in Hellblau war bleich von der Anstrengung. Das Mädchen gegenüber hatte einen Ring roter Pusteln um den Mund. Das Kaninchen wurde länger und länger, bis es zerriß und blutige Gedärme heraustraten. Mit dem halben Kaninchen in der Hand fielen die Mädchen ins Wasser. Es klatschte hart. Das aufgewühlte Wasser spritzte über die Kaimauer.

Ich schreckte auf. Mein Herz klopfte wild. Was für ein Traum. Viertel nach sechs. Das Kaninchen lag friedlich auf seiner Streu im Käfig. Beruhigt machte ich die Augen wieder zu. Schlafen konnte ich jetzt nicht mehr, aber ich konnte mich noch einmal strecken und ausruhen.

Die beiden Mädchen aus meinem Traum waren Silke und Eva Wessel, die ungleichen Schwestern. Das war klar. Aber was bedeutete das Kaninchen, an dem sie beide zerrten? Hatte sich der Nagezahn nur in den Traum geschlichen, weil ich mit ihm gestern auf Tuchfühlung war? Oder stand er für mehr? Ging es um Konkurrenz zwischen zwei Schwestern? Um etwas, das die eine der anderen neidete? Eva Wessel hatte bis heute nicht vergessen, daß Silke eine Katze bekommen hatte. War es das?

Ich habe großen Respekt vor dem, was aus meinem Unterbewußtsein an die Oberfläche steigt. Der Verstand ist ein nützliches Werkzeug, mehr nicht. Nur mit dem Verstand zu arbeiten führt in die Sackgasse. Der Verstand seziert, wie ein Messer Stück für Stück eine Katze in ihre Einzelteile zerlegt, ohne ihr je in ihrer Eigenart näherzukommen. Das Unbewußte ist so viel mehr, ein unendlicher Resonanzboden, der die winzigsten Wahrnehmungen speichert und zum Klingen bringt.

In Gedanken ging ich meinen Fall noch einmal durch. Hatte ich etwas übersehen? War meine Sicht der Dinge schlüssig? Was sprach dafür, daß Silke Pape die Mörderin war?

Sie liebte ihre Tochter und wollte sie beschützen. War Mord die Art der Problemlösung, die zu Silke paßte? Zu der braven Tochter, zu Papas Liebling, zu der unselbständigen jungen Frau, die vom Elternhaus nahtlos in die Ehe mit einem sehr viel älteren Mann gewechselt war?

Sie war einsam, hatte keine Freundin, niemanden, dem sie sich mit ihrem Problem anvertrauen konnte. Die Schwester lehnte sie ab, und die Mutter schien mehr Sympathien für den Schwiegersohn zu haben als für die Tochter. Der Vater? Der durfte nicht aufgeregt werden. Genau die als ausweglos empfundene Situation, die in eine Gewalttat mündete. Ich hatte mehr als eine Mörderin im Knast gesehen. Es waren immer die Braven, Angepaßten, die eines Tages nicht mehr konnten und zuschlugen.

Der Mord mußte für sie der große Befreiungsschlag gewesen sein. Sie war nicht weinend neben der Leiche zusammengebrochen und hatte die Polizei gerufen, sondern zum Bahnhof gefahren und hatte für sich und ihre Tochter eine Fahrkarte gekauft. Auf und davon mit einem Haufen Silbergeld und zwei Zwanzigmarkscheinen.

Kurz vor sieben, ich schlug die Bettdecke zurück. Heute war die Gier nach Kaffee größer als der Horror vor meiner Küche. Ich warf die Kaffeemaschine an.

Mit einem Topf Kaffee verzog ich mich ins Badezimmer. Die Begegnung mit der Dame im Spiegel war aufbauend. Rosiger Teint, glänzende Augen. Männer haben ihre Vorzüge. In gezielten Dosen stärken sie die Schönheit von innen. Als ich fünf Minuten später in meiner roten Jeans und dem Hemd mit dem röhrenden Löwen durch die Wohnung lief, fühlte ich mich für diesen Tag gerüstet.

Ich begutachtete, was ich in meinen Drahtkörben hängen hatte. Einige Kartoffeln waren schon weich und durch das Drahtgitter auf den Boden getropft. Der Kopfsalat sah noch halbwegs passabel aus.

Ich steckte dem Nagezahn die gewaschenen Salatblätter durch

die Käfigstangen und versorgte meinen vierbeinigen Gast mit Müsli und Leitungswasser. Zutraulich kam er angehoppelt, stellte sich auf die Hinterbeine und rieb die Schnauze am Gitter. Ein stattliches Männchen, grauweiß.

»Heute muß ich dich allein lassen«, warnte ich ihn. »Teil dir dein Fressen ein, bis ich wiederkomme.«

Ich kraulte ihm die Backen. Mein Gott, waren die weich. Ich konnte verstehen, warum Kinder Kaninchen unwiderstehlich finden.

Die Sonne stand hinter dem Hafen. Ein Kahn mit Containern lag tief im Wasser und zog unter der Brücke durch. Ein LKW mit Anhänger bog um die Ecke und fuhr auf den Parkplatz der Mineralölgesellschaft. An der Plakette sah ich, daß er Giftstoffe geladen hatte. Ich stieg ins Auto und schaltete das Radio ein. Nachrichten. 2,5 Millionen Schüler bekamen morgen Ferien. Und Zeugnisse.

Ein kritischer Tag für die Kollegen von der Schutzpolizei und der Feuerwehr. Hoffentlich drehten nicht alle durch, die schlechte Zensuren kriegten. Auch das ist relativ. Ich habe einmal einen dreizehnjährigen Jungen von einem Dachbalken gebunden, der sich einen Strick um den Hals legte, weil er eine Drei in Latein hatte. Die Eltern bewahrten Haltung. Keine Träne, nichts. Ich wurde den Verdacht nicht los, daß sie irgendwie erleichtert waren, einen Sohn zu verabschieden, der in so jungen Jahren schon schlappmachte und Höchstleistungen verweigerte. Heutzutage war es nicht leicht, jung zu sein. Eltern erwarteten, daß ihre Kinder all das erreichten, was sie selbst nicht erreichen konnten.

Gegenüber dem Mallinckrodt-Gymnasium knubbelten sich die Jugendlichen vor einem Büdchen. Ich konnte mir vorstellen, wie sie ihr Taschengeld umsetzten. In zuckersüßen Kram, der auf den Zähnen klebte und für die Dauer von ein paar Minuten den Hunger stillte, der in diesem Alter kaum gestillt werden konnte. Vielleicht nie gestillt wurde. Der gleiche Hunger, der Menschen zur Flasche greifen läßt, zur Spritze, zur Frau, zum Mann, zum Auto, zum Haustier. Hunger nach dem bißchen Süße, die das Leben erträglich macht.

Das Schlimmste am Jungsein ist die Abhängigkeit, dachte ich, als ich dicht hinter einem VW-Bus auf den Ring zusteuerte. Der

Bus fuhr auf den Parkplatz am Hauptbahnhof, und Kinder mit dunklen Haaren kletterten aus der offenen Tür. Jungsein heißt, daß andere über dich bestimmen, Entscheidungen über dein Leben treffen, dich als Erfüllungsgehilfen ihrer Wünsche mißbrauchen.

Auf den Plakatwänden leuchtete mir das fotogene Gesicht einer glutäugigen kleinen Schönheit entgegen. ›Papis Liebe tut ihr weh.‹ Das Mädchen war fünf oder sechs. Was ist das für eine Liebe, die Papi dazu bringt, dem Mädchen seine Kindheit zu nehmen? Alle Zeugen sagten übereinstimmend, daß Klaus Pape ein netter Mann war. Was war schon ein netter Mann? Bei meinen Streifeneinsätzen am Wochenende habe ich mehr als einen netten Mann kennengelernt, der seiner Frau und seinen Kindern wenig nette Verletzungen zugefügt hatte. Dabei waren die, die man auf Anhieb sehen konnte, noch die harmloseren.

Ich fuhr auf den Parkplatz am Präsidium. Was war das für ein Job, bei dem ich hinter einer Frau herjagen mußte, die vielleicht ein einziges Mal in ihrem Leben selbständig gehandelt und den Mann gestoppt hatte, der ihre Tochter mißbrauchte? Ich konnte sie gut verstehen. Aber ich wurde dafür bezahlt, sie einzufangen und vor ein Gericht zu bringen. Was die Männer, die die Gesetze gemacht haben, an Gerechtigkeit zulassen, darüber mache ich mir keine Illusionen.

Das ist dein verdammter Job, das gehört dazu, stoppte ich mich. Du bist doch wohl nicht ernsthaft dafür, daß Frauen Lynchjustiz üben? Lynchjustiz, das Wort lief in einer Endlosschleife durch meinen Kopf. Lynchjustiz, Lynchjustiz. Wir leben in einem Rechtsstaat.

Rechtsstaat, Rechtsstaat, höhnte es. Oder etwa nicht? Oder etwa nicht?

39

Drei Frauen mit Kopftüchern und mit Putzeimern in der Hand belagerten den Stand unseres Pförtners. Im Vorübergehen hörte ich, wie eine Frau sagte: »Nix genug Zeit für saubere Heizung.«

x aber von Frauen erzogen worden sind

Das alte Lied. Seit der Reinigungsdienst von einer privaten Firma übernommen wurde, gibt es nichts als Ärger. Die Frauen werden mies bezahlt, haben keine soziale Absicherung und können die Arbeit unmöglich in der vorgeschriebenen Zeit schaffen.

Ich schwang mich an dem Seitenbügel in den Paternoster. Er ächzte, als würde er innerhalb der nächsten Sekunden den Geist aufgeben, und beförderte mich nach oben. Ich steckte den Kopf bei Petra zur Tür rein.

»Na, wie war's auf der Fortbildung gestern?«

»Fortbildung? Auf welcher Fortbildung?«

»Du hast uns gesagt, wenn Fredy anruft, sagt ihm, daß ich auf der Fortbildung bin.«

»Anstrengend.« Petra gähnte und hielt sich die Hand vor den roten Mund. »Ein Ätztyp, total langweilig. Da weiß ich, was ich an Fredy hab'. Und du? Bist du immer noch mit dem Typen zusammen, der so 'ne sexy Stimme hat?«

Ich nickte. Frauen unter sich.

»Was Ernstes?« fragte Petra interessiert, nahm eine Feile aus der obersten Schreibtischschublade und begann, ihren linken Daumennagel zu bearbeiten.

»Ich hoffe nicht.«

»Willst du keinen festen?«

»Halbfest wär' mir am liebsten«, antwortete ich.

»Du bist 'ne komische Nudel.«

Petra steckte ihre Feile wieder in die Tasche.

»Hier, das ist für dich, ganz frisch.« Sie reichte mir einen Zettel. »Eine Nachricht aus dem Süden. Darauf habt ihr doch gewartet, oder?«

Ich überflog die Nachricht. »Und ob. Ich bin drüben.«

Eine Meldung der Kollegen aus Konstanz. Die gesuchte Person befand sich laut Aussage des Verwalters seit etwa vierzehn Tagen bei ihm auf dem Campingplatz. Zwei Streifenbeamte erinnerten sich ebenfalls, die Frau in Seenähe gesehen zu haben.

Ich hängte mich an die Leitung. Es dauerte, bis ich den zuständigen Mann an der Strippe hatte. Kommissar Schäffle, Kripo Konstanz.

»Sie haben unsere Nachricht also erhalten«, sagte er bedächtig.

»Wir haben Ihre Nachricht erhalten.« Ich stellte mich auf sein Tempo ein. »Was würden Sie vorschlagen, Herr Kollege?«

»Ich weiß natürlich nicht, wie eilig Sie sind...«, setzte er an.

Das war der Punkt. Wenn die Kollegen in Konstanz Silke Pape verhafteten, wurde sie verschubt. Auf dem üblichen Weg im Verbund von Gefängnis zu Gefängnis gen Norden transportiert. Das dauerte. Mindestens eine Woche, schlimmstenfalls zwei bis drei Wochen, bis sie hier bei uns ankam.

»Ich hatte vor, selbst runterzukommen und die Verhaftung mit einem Kollegen vorzunehmen.«

»Das spart natürlich Zeit, Frau Kollegin. Ich habe nichts dagegen, wenn wir das so handhaben.«

»Ich danke Ihnen für die Unterstützung.«

Ein Glück, daß er sich so kooperativ zeigte.

»Ja, wann wollen Sie dann kommen?«

»Wie lange sind wir zu Ihnen mit dem Auto unterwegs?«

»Normal so an die acht Stunden«, schätzte er. »Am besten, Sie fahren morgens los. Dann sind Sie abends bei uns und können am nächsten Tag in der Früh' tätig werden.«

»Wir fahren gleich morgen. Können Sie uns ein Zimmer besorgen, falls es spät werden sollte?«

»Versprechen kann ich Ihnen das nicht, verehrte Kollegin. Aber ich versichere, wir werden unser Bestes tun für die Kollegen aus dem Norden.«

Ich dankte ihm und legte auf. Alles Weitere ließ sich kurzfristig regeln.

Die Tür zu Heinzes Büro war verschlossen. Wie immer kam er eine halbe Stunde später als alle anderen. Ich überlegte noch, ob Warten sich lohnte, als er um die Ecke bog. Er schloß die Tür zu seinem Büro auf.

»Sie wollen zu mir?«

Er hatte es mal wieder erfaßt.

»Kommen Sie rein.« Er legte seine Ledermappe auf den Schreibtisch und ließ sich auf den Stuhl fallen.

»Was ist? Haben Sie endlich den Täter?«

»Es sieht ganz so aus, die Frau des Opfers.«

»Und«, knarrte er. »Wo ist sie?«

»Auf einem Campingplatz am Bodensee. Der Verwalter hat die Polizei informiert, als er das Foto in der Zeitung gesehen hat. Ich muß runter. Mit Weber.«

»Können das nicht die Kollegen vor Ort machen?«

»Nein. Da müssen wir hin. Ich will nicht, daß sie verschubt wird. Mir ist lieber, wenn der Fall so schnell wie möglich abgeschlossen werden kann.«

»Also Dienstreise«, stöhnte er. »Verdrücken Sie sich bloß nicht, ohne die Formulare auszufüllen.«

Er hatte es auf Anhieb geschluckt.

»Ich brauche einen schnellen Wagen aus dem Fuhrpark. Fluchtgefahr.«

»Machen Sie, was Sie wollen. Aber bringen Sie den Fall zu Ende.« Er faltete die Zeitung auseinander. »›Keine Fortschritte im Fall Pape. Die Polizei tappt im dunkeln.‹ Ich will so was nicht mehr lesen. Haben Sie verstanden?«

Bei der Lautstärke war die Frage vollkommen überflüssig.

»Wenn der Fall in die Hose geht, dürfen Sie in Zukunft dem Kollegen Kerner die Tasche tragen. Habe ich mich deutlich ausgedrückt?«

»Wer trägt mir die Tasche, wenn der Fall erfolgreich zu den Akten gelegt wird«, fragte ich, »darf ich mit dem Einsatz von Kollege Kerner rechnen?«

»Das bestimme immer noch ich.« Er trommelte mit der Faust gegen seine Brust. »Ich bestimme hier, wer wem die Taschen trägt, merken Sie sich das.«

Die Geste ließ an Deutlichkeit nichts zu wünschen übrig. Ein alternder Gorilla, der sich mit den Pfoten auf die Brust klopfte. Die Modelle männlichen Führungsverhaltens sind echt zukunftsweisend.

Weber saß an seinem Schreibtisch und sah betrübt auf den Platz, wo gestern noch der Käfig mit dem Kaninchen gestanden hatte.

»Hast du schon gehört? Wir dürfen nach Konstanz. Silke Pape ist da auf einem Campingplatz gesichtet worden.« Er hörte mir nicht zu.

»Wo ist er jetzt?«

Weber sah auf den Platz, wo der Käfig mit dem Kaninchen gestanden hatte. Ein Mann und sein Freund. Ich war gerührt.

»Bei mir. Es wollte ihn keiner haben.«

»Bei wem hast du es versucht?«

»Zuerst bei Familie Wessel. Angeblich haben sie ihn noch nie gesehen. Und fremde Tiere und fremde Leute kommen denen nicht ins Haus.«

»Das ist gelogen. Ich wette, die Kaninchenkötel unter der Couch waren seine. Warum lügen die?« Er zupfte ratlos an seinem Schnäuzer.

»Damit ihnen nie mehr Kötel ins Haus getragen werden, was weiß ich.«

»Und dann?«

»Eva Wessel wollte ihn auch nicht. Mit umgekehrter Begründung. Die wollte ihn nicht, weil er zur Familie gehört. Und mit denen will sie nichts zu tun haben.«

»Er gehört bestimmt der Kleinen«, sagte er. »Und die kriegt ihn auch zurück.«

»Was wird aus dem Mädchen, wenn wir die Mutter in den Knast bringen?«

»Familie«, vermutete er. »Die Großeltern, was sonst? Wann sollen wir los?« fragte er nach einer Pause.

»Morgen früh. Halb acht, acht?« schlug ich vor.

»Wer macht was?«

»Ich übernehme den Staatsanwalt, die Fahrbereitschaft und so weiter. Kümmerst du dich um den Schriftkram?«

»Für einen Freigang tu' ich alles«, versprach er. »Ich stell' die Akten zusammen und schreibe Papierchen, daß den Kollegen in Konstanz die Augen tränen.«

»Hier, das ist für dich.« Ich reichte ihm die Berichte von Fleischer und Gebhard über den Tisch. »Mehr hab' ich nicht. Alles andere ist auf deinem Schreibtisch.«

Er blätterte in dem Bericht von Gebhard.

»Du kannst den Mümmelmann nicht so lange allein lassen«, ermahnte er mich. »Was machst du mit ihm?«

»Er kommt wieder hierher zurück.«

»Und wer kümmert sich um ihn, wenn wir weg sind?«

Ich zeigte auf die Verbindungstür zum Büro unserer Sekretärin.

»Du meinst Petra?« fragte er. »Die pustet uns einen. Die füttert kein Männchen, das ihr auf den Rock gepinkelt hat.«

»Mir zuliebe bestimmt nicht. Aber wenn ein stattlicher, gutaussehender Mann mit braunen Locken sie höflich darum bittet...«

Webers Brust begann sichtlich unter dem Hemd aufzuleben. Selbstgefällig schniegelte er seine Barthaare.

»Du meinst, ich...?« Er lächelte geschmeichelt. »Verlaß dich ganz auf mich. Die Sache ist schon geregelt.«

Ein Auftrag nach seinem Geschmack. Er streckte sich zu voller Größe. Gemessenen Schritts ging er zur Tür und drückte die Klinke hinunter.

»Wie findest du mich?« Er drehte sich noch einmal um. Mit der freien Hand schob er eine dunkle Haarsträhne nach hinten.

»Unwiderstehlich«, log ich tapfer.

40

Es hätte ein schöner Ausflug in den Süden werden können. Wenn wir nicht schon auf den ersten Metern in einen Stau geraten wären... Wenn die Lüftung in unserem verdammten BMW funktioniert hätte... Wenn wir daran gedacht hätten, uns eine Kühltasche mit ein paar Flaschen Mineralwasser einzupacken. So aber saß ich trotz heruntergekurbelter Scheibe schwitzend vor dem Lenkrad, starrte auf die Auspuffgase, die das Hinterteil eines roten Mercedes mir vor die Scheibe puffte, und träumte von einer Tankstelle mit riesigen Kühlschränken voll kalter Getränke.

Weber hing völlig geschafft neben mir in den Gurten. Er hatte die Augen zu und befeuchtete seine rissigen Lippen mit der Zunge.

»Wo wollen die denn bloß hin?« stöhnte er.

Er hielt seinen Kopf nach draußen und begutachtete einen Campingbus, der vollgepackt mit Motorrädern und Surfbrettern in der Schlange rechts an uns vorbeirollte.

»In die Sonne«, verriet ich ihm.

Er fiel erschöpft in seinen Sitz zurück.

»Ist es noch weit?« Der Witzbold. Wir hatten gerade mal schlappe fünfzig Kilometer gepackt.

»Du wolltest mit«, erinnerte ich ihn. »Ich wäre auch allein gefahren.«

»Die von der Fahrbereitschaft hätten uns ein paar Dosen Cola mitgeben können, findest du nicht?«

Ich war zu kaputt, um irgend etwas zu finden außer der nächsten Tankstelle oder Raststätte.

Die nächsten Kilometer fuhren wir schweigend im Stop-and-go. Wenn wir so weitermachten, konnten wir froh sein, um Mitternacht in Konstanz anzukommen. Schäffle konnte sich die Suche nach einem Hotelzimmer glatt sparen.

»Eine Tankstelle«, jubilierte ich und setzte den Blinker, um auf die rechte Fahrbahn zu kommen. Ein Trabi mit einem Boot auf dem Dachgepäckträger ließ mich in die Lücke. Ich parkte den BMW auf den Parkplätzen neben zwei Lastwagen, stieg aus und vertrat mir die Beine. Weber rieb mit einer Hand den Schweiß aus dem Nacken.

»Besorg uns was zu trinken«, sagte ich. »In der Zwischenzeit kümmere ich mich um die Heizung.«

Ich machte die Kühlerhaube auf. Der Motor dampfte. Wasser war genug da. Das mußte erst mal abkühlen, eh' ich mir die Schläuche näher ansehen konnte.

Ich suchte mir ein Plätzchen auf der Bande im Schatten. Die Picknicktische weiter vorn waren voll besetzt. Mittagessenszeit. Verdammter Mist. Wir hätten schon in Frankfurt sein können.

Weber kam mit zwei Tüten zurück. Er stellte mir eine vor die Beine. Ich schnappte mir eine Dose. Sie war so angenehm kalt, daß ich sie mir erst mal über die Arme rollte.

»Gute Idee.« Er hielt seine in den Nacken.

Ich riß die Lasche runter, warf sie zu den hundert Metallschnipseln, die auf dem Boden lagen, und setzte die Dose an die Lippen. Ohne abzusetzen, trank ich sie leer. Dann nahm ich die nächste.

»Du kannst saufen.« Er staunte.

»Brauchen wir eine Heizung?« fragte ich ihn.

»Machst du Witze?«

»Ich lege das Kabel lahm, okay?«

»Die Kollegen von der Fahrbereitschaft werden nicht begeistert sein.«

»Ist mir schnuppe.« Ich riß, und das Kabel war draußen.

»Alles in Ordnung«, teilte ich Weber mit und knallte die Kühlerhaube wieder zu. »Wir können weiter.«

»Ich muß mal.« Er reichte mir seine Tüte mit den Chips. »Nimm. Das ist gut für den Salzhaushalt.«

»Wie weit ist es noch?« fragte Weber unschuldig, als er vom Pinkeln zurückkam und sich in den Wagen setzte.

»Wenn ich die Frage noch einmal höre, setze ich dich auf dem nächsten Parkplatz aus. Dann kannst du nach Konstanz trampen. Oder wieder nach Hause. Das ist mir egal.«

»Mein Gott, bist du empfindlich«, murrte er und zog den Gurt über die Brust.

Mein Einsatz bezüglich der Heizung hatte sich gelohnt. Die Heißluftwellen aus den Lüftungsgittern blieben uns erspart. Dafür knallte die Sonne von oben um so erbarmungsloser. Ein wunderbarer Tag zum Verreisen. Immerhin lief der Verkehr jetzt zügiger. Ich drückte das Gaspedal durch und ging auf die linke Spur. Der BMW durfte zeigen, was er unter der Haube hatte. Weber setzte seine Sonnenbrille auf und legte sich in die Polster zurück. Ich ließ ihn in Ruhe sein Nickerchen halten.

Weit hinter Frankfurt fuhr er hoch. Er setzte die Brille ab und blinzelte um sich. »Wo sind wir?«

»Heidelberg. So gut wie.«

»Wie spät ist es?«

»Fast drei.«

»So lange hab' ich geschlafen?«

»Sieht ganz so aus.«

»Soll ich dich ablösen?«

»An der nächsten Tankstelle.«

Die Landschaft links und rechts der Autobahn wandelte sich langsam. Ein paar Weinberge. Hügel mit Schlössern.

Ich bog in die Auffahrt zur Tankstelle. Wir tauschten die Plätze. Ich lehnte den Kopf an die Plastikstützen. Auf der Stelle döste ich weg.

Als ich wach wurde, fuhren wir auf einer schattigen Straße durch eine Schlucht. Graue Felsen auf beiden Seiten.

»Schwarzwald«, teilte mir Weber mit, ohne daß ich ihn gefragt hätte. »Wir schaffen es noch vor Mitternacht.«

Ich machte mir so meine Gedanken, was uns in Konstanz erwartete. Silke Pape würde nicht gerade erfreut sein, uns zu sehen, soviel war klar.

Ab Donaueschingen zuckelten wir wieder im Stau unserem Traumziel entgegen. Es dauerte noch, bis wir die Bekanntschaft von Kommissar Schäffle machen konnten.

Vor uns schaukelte ein offenes Motorboot auf einem Anhänger.

»Warst du schon mal hier unten?« fragte ich Weber.

»Wie die sprechen, da kann ich gleich ins Ausland fahren.«

»Wohin fahrt ihr diesmal?«

»Fuerteventura. Kluburlaub. Da können wir die Kinder schon mal abgeben und allein was unternehmen.«

Ich versuchte mir vorzustellen, wie das ist, für einen Menschen rund um die Uhr verantwortlich zu sein. Mir reicht es völlig, mich um den Golf zu kümmern, die Wohnung nicht vergammeln zu lassen. Auf Grünpflanzen verzichte ich lieber. Sorgenvoll dachte ich an das Kaninchen. Hoffentlich hatte Webers Charme bei Petra nicht versagt, und das Schlappohr kriegte sein Wasser und ein paar Körner.

»Und du? Wo fährst du hin?« Seine Frage riß mich aus meinen Gedanken.

»Ich weiß noch nicht. Mal sehen.«

»Mit Kindern kannst du das nicht. Da mußt du alles gut planen.«

»Familie Pape hat auch geplant. Den Urlaub in Holland, und dann ist alles ganz anders gekommen.«

Er starrte auf die Straße.

»Was willst du damit sagen?«

Ich drückte mich in den Sitz und streckte die Beine aus.

»Vielleicht, daß wir alle viel zuviel planen. Was weiß ich.« Ich massierte meine Waden. »Ich plane nicht mehr. Ich gucke, was kommt.«

»Ja. Nein«, sagte er. »Du planst auch. Du überlegst dir, was uns da unten erwartet. Machst dir einen Plan, wie es ablaufen wird, und handelst danach.«

»Nur, weil ich Angst habe, mache ich so einen Plan. Eigentlich weiß ich im voraus, daß es ganz anders kommt.«

»Wovor hast du Angst? Die ist doch bestimmt nicht bewaffnet. Ich glaub' nicht, daß die uns mit einer Knarre in der Hand erwartet.«

»Ich hab' Angst, daß ich das Falsche sage oder tue und daß dann ganz entsetzliche Sachen passieren, daß ich alles vermassele. Und du? Wovor hast du Angst?«

»Vor der Kugel«, sagte er, ohne zu überlegen. »Ich habe Angst vor der Sekunde, in der ich sie heranzischen höre. Nicht weiß, von woher, und auf einmal diesen Schlag gegen die Brust spüre. Daß dann alles schwarz wird. Ich hab' Angst vor dem Ende.«

Die Sonne verlor sich hinter den Bergen. Die Tannen warfen Schatten.

»Was meinst du, was uns da unten erwartet?« fragte ich ihn.

»Sie lebt auf einem Campingplatz. Da wird 'ne Menge los sein, wir sollten aufpassen, daß es keinen unnötigen Zirkus gibt.«

»Und die Kleine?«

»Das weißt du genau. Mir gefällt das auch nicht.«

»Die Mutter dreht durch, wenn wir ihr die Tochter wegnehmen.« Wir fuhren schweigend.

»Vielleicht hat sie Glück und kriegt nur ein paar Jahre. Da hat sich schon was geändert heute. Sie hat Geld für einen guten Anwalt. Ein paar Jahre auf Bewährung. Wer weiß.«

»Wenn es einfacher Totschlag wäre, vielleicht«, sagte ich. »Aber nicht bei dem, was sie mit der Leiche angestellt hat. Dafür muß sie bluten. Das lassen die einer Frau nicht durchgehen.«

»Wie heißt es so schön«, Webers Stimme klang sarkastisch. »In Anbetracht der besonderen weiblichen Gefühlslage ist der Tathergang als besonders kaltblütig und grausam einzuordnen.«

»Habt ihr das auch gemacht, in der Ausbildung, den Ziegelstein durchgehauen?«

»Wie könnte ich dieses erhebende Ereignis je vergessen?« grinste er.

»Es war grauenhaft«, erinnerte ich mich. »Das Dach der Turnhalle bebte von den Urschreien enthemmter Männerkehlen.«

»Da hast du mich nicht gehört. Um ein Haar wär' das Dach eingebrochen.«

»Die Kollegen waren auch nicht schlecht. Was haben eure Frauen gemacht?«

»Protestiert«, erinnerte sich Weber. »Die haben darauf bestanden, so ein unnützes Zeug nicht mitzumachen.«

»Bei uns auch. Ich war die einzige, die es gemacht hat.«

»Mit Urschrei?«

»Den hättest du hören sollen. Es war mir richtig peinlich.«

»Da kannst du mal sehen, was in dir steckt.«

»So ist es. Noch drei Jahre in dem Verein, und ich kenne mich nicht wieder.«

»Guck mal«, Weber wies auf ein Straßenschild. »Konstanz achtundvierzig Kilometer. Gleich haben wir's geschafft.«

41

Der Schlagbaum ging hoch. Das Taxi rollte den Weg zum See hinunter. Die Sonne würde gleich untergehen. Wolkenfetzen in den unglaublichsten Farbtönen trieben auseinander. Hellrot, dunkelrot, violett, lila. Als wäre der Horizont von einem Messer aufgeschlitzt und blutete.

Der Mann mit dem Pferdeschwanz parkte das Taxi neben dem Zelt. Er legte die Hände über das Lenkrad und sah in den aufgerissenen Himmel. Er griff die Zeitung vom Beifahrersitz. Einen Moment lang betrachtete er das Foto. Den seriösen Herrn um die Fünfzig, der voll Besitzerstolz die Hände um die Schultern einer jungen Frau und eines kleinen Mädchens gelegt hatte. Dann schlug er die Zeitung zusammen. Das Foto bekam einen häßlichen Knick.

Er stieg aus und ging nach hinten zum Kofferraum. Das kleine Mädchen lief ihm mit einem Ball entgegen. Er zog den Karton mit den Einkäufen heraus.

»Guck mal, was ich kann, Udo.«

Das Mädchen setzte sich den Ball auf den Kopf. Den Bruchteil einer Sekunde blieb er liegen, dann rollte er über ihre Schulter nach unten. Sie bückte sich. Der Ball lag im Gras neben ihren dünnen braunen Beinen.

»Soll ich noch mal?« Sie hob den Ball vom Boden.

»Ich hab's gesehen. Nicht schlecht.«

Die Klappe des Kofferraums fiel zu.

»Was ist da drin?«

Mirjam sah über den Rand des Kartons und ließ den Ball fallen. Er trudelte ein Stück durch das Gras, blieb neben dem hinteren Reifen liegen.

»Was ist da drin?«

An der Seite des Mannes, der den Pappkarton in den Händen trug, hüpfte sie dem Zelteingang entgegen.

»Zeig ich dir gleich.«

Er stellte den Karton neben den Gaskocher auf den Boden.

»Auspacken, auspacken«, forderte die Kleine.

»Wo ist deine Mami?« fragte er.

»Mami schläft.« Mirjam zeigte auf die Tür zum Wohnwagen. Der Mann kratzte sich mit einem Finger die Kopfhaut.

»Du bleibst hier«, sagte er und ging zum Wohnwagen. Mit den Fingerknöcheln klopfte er gegen das Plastik.

»Alles in Ordnung?«

Die Tür ging auf. Er sah verweinte Augen. Das Gesicht unter den kurzen roten Haaren war kalkweiß.

»Alles in Ordnung. Warum fragen Sie?«

»Na hören Sie mal. Sie lassen Ihre Kleine allein hier rumspringen. Das tun Sie ja sonst nicht.«

»Ich will nicht, daß sie sieht, wenn ich weine. Es ist so schon schlimm genug für sie.«

Sie stieg die Treppen hinunter.

»Guck mal, was Udo uns mitgebracht hat.«

Mirjam hatte den Inhalt der Kiste ausgeräumt. Ein Päckchen neben dem anderen lag auf grünem Grasboden.

»Räum das wieder ein, Mirjam.«

»Warum?« Der Mann kniete sich auf den Boden. »Helfen Sie uns lieber beim Auspacken.«

»Was ist da drin, Udo?«

Mirjam hielt ein längliches Paket in der Hand.

»Mach es auf.«

Mirjam legte es auf den Boden, griff den Anfang des Papiers und zog daran. Das Paket drehte sich auf. Aus feuchtem Papier ragten Fischköpfe.

»Fische«, Mirjam klang enttäuscht. »Ich dachte, wir fangen die Fische selber.«

»Heute nicht, heute braten wir sie. In einem Feuer am See. Komm, hilf mir. Was brauchen wir, wenn wir die Fische essen wollen?«

»Brot?« fragte Mirjam unsicher und griff ein langes Baguette.

»Ja, Brot ist gut«, lobte der Mann. »Und was noch?«

Mirjam fischte ein Stück Butter in Goldpapier vom Boden.

»Sie können schon mal Bestecke und so was zusammensuchen«, wies der Mann mit dem Ohrring die Frau an.

Das Feuer loderte. Der Mann mit dem Pferdeschwanz trug einen hellen Pullover mit Zopfmuster. Er hatte ein Taschenmesser in der Hand und schnitzte die Enden eines Holzsteckens zu einem spitzen Pfeil.

»Was machst du, Udo?« Das kleine Mädchen warf die Äste, die sie gesammelt hatte, auf die Steine neben das Feuer.

Der Mann, dessen Gesicht im Schein des Feuers braun funkelte, steckte den Holzzweig durch das offene Fischmaul, bis er vor der Schwanzflosse wieder heraustrat. Er legte den Fisch beiseite und trieb einen Stecken durch das Maul des nächsten Fischs.

»Tut das den Fischen nicht weh?« Das kleine Mädchen verzog das Gesicht.

»Die Fische sind tot. Denen tut nichts mehr weh.«

Der Mann steckte die Holzstäbe in den Spalt zwischen zwei Steinen. Die dünnen Stecken bogen sich unter dem Gewicht der Fische und hingen wie Angelruten über dem Feuer.

»Wie wär's mit einem Aperitif?«

Die Frau balancierte zwei Weingläser und ein Glas Saft für Mirjam über die Steine zu dem Mann am Feuer.

»Wir brauchen mehr Holz.«

Das kleine Mädchen klopfte sich den Pullover von Holzspänen frei. »Dahinten ist noch ganz viel.« Sie sprang über die großen Steine davon.

Die Frau hockte sich mit ihrem Glas auf einen breiten Stein und sah in die Flammen.

»Ich mag Feuer«, sagte sie. »Es ist schön warm.«

Sie hielt eine Hand über die Flammen.

»Passen Sie auf. Verbrennen Sie sich nicht.«

»Ich verbrenne nicht.« Sie hielt eine zweite Hand an das Feuer. »Ich bin aus Eis.«

Über die Steine schob sie sich näher ans Feuer.

»Das glaube ich nicht. Auch wenn Sie Ihren Mann ins Tiefkühlfach gelegt haben. Sie hatten bestimmt einen Grund.«

Sie stand auf, zog die Wolljacke über der Brust zusammen.

»Woher wissen Sie das?«

»Es steht in den Zeitungen. Ganz groß.«

Er zog einen Stecken aus den Steinen, drehte ihn herum, dann den nächsten.

»Wenn Sie wollen, daß wir gehen. Mirjam und ich...«

»Das müssen Sie wissen. Von mir aus können Sie bleiben.«

»Warum tun Sie das?« fragte sie. »Sie haben doch nichts davon.« Sie verkroch sich in ihrer Strickjacke.

»Machen Sie sich mal um mich keine Sorgen. Ich tu' nichts, was ich nicht will.«

»Reicht das, Udo?« Mirjam warf die Äste aus dem Pullover auf den Boden.

»Wir brauchen mehr.«

»Ich geh' schon.« Mirjam lief über die Steine davon.

»Ich bringe nur Unglück.« Die Frau sprach laut. »Ich bringe allen immer nur Unglück.«

»Sie sind ganz in Ordnung. Wenn Sie nur nicht so einen Scheiß reden würden.« Der Mann warf ein Bündel Äste ins Feuer.

»Wer hat Ihnen den nur in den Kopf gesetzt?«

42

»Der Kommissar Schäffle ist nicht mehr im Hause. Sind Sie die Dame aus dem Norden?«

Er gab sich sichtlich Mühe, hochdeutsch zu reden.

»Das ist für Sie vom Herrn Schäffle.«

Ich riß den Umschlag auf, ein Stadtplan, auf dem mit Kuli Kreuze eingetragen waren. Von den Kreuzen führten gerade Linien an den Rand des Plans. Ich las Präsidium, Weinstube Fritz, Sierenmoosstraße 39, Frau Klinger. Darunter lag ein Farbprospekt »Konstanz, Perle am Bodensee«. An dem Prospekt hing ein handgeschriebener Zettel. »Willkommen in Konstanz. Sie finden mich von zwanzig bis dreiundzwanzig Uhr in der Weinstube Fritz. Sollten Sie später kommen, bei Frau Klinger sind zwei Einzelzimmer reserviert. Mit kollegialem Gruß Ernst Schäffle.«

Weber hatte den Stadtplan auf den Knien liegen. Ich fuhr auf eine Brücke. »Das ist der Rhein.« Er zeigte nach rechts. Ich sah ein altes Gemäuer und einen Ponton im Wasser, dahinter Wohnhäuser mit hellerleuchteten Fenstern.

»Links ist der See.«

Eine weite Wasserfläche, die sich breit öffnete.

»Geradeaus«, dirigierte er mich. »Gleich geht's irgendwo nach rechts. Dann brauchen wir einen Parkplatz.«

An dem beleuchteten Gebäude einer Zeitung vorbei fuhren wir eine Einkaufsstraße hoch. Ein Wagen mit einer Schweizer Nummer setzte aus einer Parklücke. Ich begab mich in Lauerstellung und parkte ein.

Vor einem Kino stand eine lange Schlange junger Leute, die auf die nächste Vorstellung warteten.

»Wie spät ist es?«

»Halb zehn.«

»Wo finden wir unseren Kollegen?« Ich beugte mich zu ihm über den Stadtplan.

»Wir sind hier.« Weber legte seinen Daumen auf den Straßennamen.

Ich drückte ihn zur Seite und las ›Marktstätte‹.

»Der See ist hier.« Ich zeigte auf die blaue Fläche.

»Komm, laß uns kurz hin. Die Füße vertreten.«

Wir liefen die Straße hinunter. Durch eine Unterführung kamen wir zum Hafen. Weiße Ausflugsboote schaukelten auf dem Wasser. Ein Boot war mit bunten Lampions beleuchtet. Fetzen von Tanzmusik wehten zu uns herüber.

Wir liefen am Ufer entlang. Die Wellen klatschten an die Mauer. Von der anderen Uferseite leuchtete es zu uns herüber.

»Wo ist sie jetzt?« fragte er.

»Irgendwo hier. Der See ist groß.«

»Auf einem Campingplatz.«

»Sieht ganz so aus«, bestätigte ich.

»Diese Nobelhütte und dann Camping.«

»Es ist doch egal, wo man wohnt, oder? Hauptsache ein Dach über dem Kopf.«

»Das dachte ich auch mal«, sagte er, »bis die Frauen mir erzählt haben, was sie sonst noch wollen. Teppichböden, Schrankwände, Gefrierschränke. Dafür schuften sich alle dumm und dusselig und haben für den Rest keine Zeit mehr. Spinnweben in der Hose.«

Mir stand nicht der Sinn danach, mich mit Weber über den Zusammenhang von Konsum und Potenz auszutauschen, Tips zur Beseitigung von Spinnweben in Männerhosen auszuteilen.

»Wo finden wir den Kollegen?«

Zurück auf neutrales Terrain.

»In der Altstadt.« Er zeigte auf die beleuchtete Spitze eines Kirchturms. »Wir brauchen uns nur nach dem Dom da zu richten.«

Über einen Platz mit holprigen Steinen liefen wir an der Kirche vorbei. Weber machte unter einer Laterne halt und studierte den Stadtplan.

»Es muß eine von den kleinen Straßen da hinten sein.«

Die Altstadt bestand aus schiefen alten Häusern. Manche waren sehr aufwendig restauriert. Wir guckten in ein paar Gassen. In jedem dritten Haus war eine Weinstube untergebracht.

Endlich fanden wir die Stammkneipe unseres Kollegen. Wir stiegen eine schmale Treppe in den Keller hinunter, in die Generationen vor uns die Dellen getreten hatten.

»Junge Frau«, wendete sich ein älterer Herr mit dunkelblauer Schürze an mich. »Was möget 'se trinke?«

»Ich suche den Herrn Schäffle«, sagte ich. »Kommissar Schäffle.«

»Der isch obbe, in der Wirtsstub.«

Wir bedankten uns, kletterten die Stufen wieder hoch und nahmen die Holzstiege in die erste Etage. Hinter dem Tresen füllte eine dralle Frau mit dunklen Knopfaugen ein knappes Dutzend Weingläser. Das volle Tablett trug sie an uns vorbei zu einem Tisch in der Ecke. Mit dem leeren Tablett kam sie zurück an die Theke.

»Wir suchen den Herrn Schäffle. Kommissar Schäffle«, sagte ich mein Sprüchlein.

»Kommet 'se mit«, sagte sie und ging vor uns in den hinteren Teil der Wirtsstube, wo ein Mann allein an einem Tisch saß und den Kopf hinter einer Zeitung versteckt hatte.

»Besuch, Herr Schäffle.« Die Wirtin verschwand an den Nachbartisch. Junge Leute hielten ihre leeren Gläser hoch.

Der Mann ließ die Zeitung sinken.

»Die Kollegen aus dem Norden.«

Ein Mann Mitte Dreißig mit beginnender Glatze und vollen, sinnlichen Lippen.

»Beate Stein«, sagte ich, »und das ist mein Kollege, Kommissar Weber.«

Er stand auf. Wir schüttelten uns die Hände.

»Setzen Sie sich.« Er deutete auf die Holzstühle.

»Haben Sie schon gegessen?«

»Gummisandwich«, gab ich Auskunft.

»Tankstellengummisandwich«, präzisierte mein Kollege.

»Hier gibt es nur Kleinigkeiten«, sagte Schäffle. »Wenn Sie großen Hunger haben, können wir woanders hin.«

Weber und ich schüttelten wie auf Verabredung die Köpfe.

Schäffle schob uns die Karte hin. »Ich empfehle Ihnen einen badischen Wurstsalat. Der ist gut hier. Oder eine Zwiebelsuppe oder ein Brot.«

Wir studierten die Karte. Er hatte alles aufgezählt, was man zu essen kriegte.

»Weißen oder roten?« fragte Schäffle.

»Weißen«, sagte ich.
»Roten«, entschied Weber.
»Mögen Sie trockene Weine?« Ich nickte begeistert.
»Also einen roten und einen weißen. Und zu essen?«
»Wurstsalat«, sagte ich.
»Wurstsalat«, echote Weber.
Schäffle verschwand. Ich sah auf die zusammengefaltete Zeitung. ›Südkurier‹ las ich. Der Artikel, den ich mit einem Auge erfaßte, handelte von der Besorgnis der örtlichen Winzer, ob der diesjährige Jahrgang mit der Öchslezahl des vorherigen konkurrieren konnte.
Schäffle kam mit drei Gläsern zurück. Er stellte den Wein vor mich auf den Bierdeckel.
»Hagnauer Gutedel. Das Beste, was wir hier am See haben, probieren Sie mal.«
»Für Sie habe ich einen Spätburgunder vom Kaiserstuhl besorgt. Das ist was ganz Feines«, sagte er zu Weber.
»Was trinken Sie?« fragte ich neugierig.
»Den Hagnauer. Es gibt nichts Besseres. Auf gutes Gelingen.« Schäffle hob sein Glas.
Die Wirtin servierte den Wurstsalat. Schäffle beobachtete amüsiert, wie wir uns auf ihn stürzten. Als die Wirtin die leeren Teller abräumte und uns die zweite Runde Wein vorsetzte, nahm Schäffle seine Pfeife und begann, sie zu reinigen und neu zu stopfen.
»Was ist das für ein Fall, wegen dem Sie hier sind?«
»Nichts Appetitliches«, ließ ich ihn wissen.
»Ziemlich übel«, übernahm Weber. »Eine männliche Leiche, in ihre Einzelteile zersägt und eingefroren.«
»Sehr einfallsreich«, fand Schäffle. »Bei uns werfen sie die Leichen meistens in den See. Und wir können suchen.«
»Da können Sie in etwa die Tatzeit feststellen. Machen Sie das mal mit Tiefkühlteilen«, empfahl ich ihm.
»Und jetzt wollen Sie die Dame verhaften, die es getan hat?«
Ich nickte. »Die Ehefrau des Opfers. Es sieht ganz so aus, als hätte sie allen Grund für die Tat gehabt.«
»Gibt es jemals einen hinreichenden Grund, einen anderen zu töten?« Schäffle sog an seiner Pfeife und sah mich an.
»In diesem Fall schon. Wir vermuten, daß der Tote seine Tochter

mißbraucht hat. Sie ist gerade mal fünf«, sagte ich und spürte meine alte Wut auf den Mann, der zu so etwas fähig war.

Schäffle stieß den Rauch aus, und eine Weile sagte er gar nichts.

»Und morgen wollen Sie sie verhaften? Mit unserer Hilfe.«

»Von wollen kann keine Rede sein«, sagte ich. »Ich muß sie verhaften. Es ist mein Job.«

»Ja, ich verstehe.« Schäffle paffte an seiner Pfeife.

»Mögen Sie noch einen Wein?«

Ich zögerte. »Dann schlafen Sie besser.«

»Ich werde Ihnen gute Leute mitgeben«, versprach er. »Vernünftige Leute. Das ist alles, was ich tun kann. Mit dem Haftrichter wird es keine Probleme geben. Kann ich sonst noch irgend etwas für Sie tun?«

»Die Kleine«, sagte ich. »Die wird hier in der Obhut des Jugendamts zurückbleiben. Wenn Sie dafür sorgen könnten, daß...« So genau wußte ich selbst nicht, was ich wollte.

»Ich kenne da jemanden«, sagte er. »Sie ist sehr gut mit Kindern. Machen Sie sich keine Sorgen.«

Er sah ganz in Ordnung aus. So, als ob man ihm trauen könnte.

Der Kollege zahlte unsere Zeche, und wir fuhren seinen Rücklichtern nach, unseren Betten entgegen. Er hielt vor einem Einfamilienhaus und ging gemeinsam mit uns an die Tür.

»Ja, der Herr Schäffle. Isch des e Freud.« Eine ältere Dame im Morgenrock hielt die Tür auf.

»Sie sind bei Frau Klinger gut aufgehoben«, sagte er, als er sich von uns verabschiedete. Ich glaubte ihm aufs Wort.

43

Ich schlief schlecht. Lauter ungebetene Bilder schwirrten mir durch den Kopf. Der Nagezahn, der völlig entkräftet auf seinem Käfigboden lag, eine aufgequollene rosa Zunge, die aus seinem Samtmaul hing. Fleischer, der seine schwarze Tasche nach einem Blick auf das Kaninchen wieder verschloß und sagte: »Da kommt jede Hilfe zu spät, verehrte Kollegin.« Kerner, der auf dem Stuhl an meinem Schreibtisch Platz nahm und von Heinze eine Beförderung entgegennahm. Ein kleines Mädchen mit einer Babypuppe im Arm, das mich fragte: »Was hast du mit meiner Mama gemacht?«

Als jemand an die Tür trommelte und »Frühstück« rief, war ich froh, daß die Nacht ein Ende hatte.

Ich schlug das schwere Federbett zurück, lief zum Fenster und schob die Gardinen zur Seite. Das Grün von Weinlaub und unreifen Trauben traf mich unverhofft. Frau Klinger wohnte an einem Weinberg. In luftigen Reihen zogen sich Weinstöcke terrassenförmig einen Hügel hoch. Ich betete zu einem heidnischen Gott des Weins, daß der heutige Tag nicht in einer Katastrophe enden würde.

Mein Kollege saß frischrasiert und mit vom Duschen nassen Haaren am Frühstückstisch und ließ sich von Frau Klinger bedienen.

»Die Kirschmarmelade ist köstlich.« Er kaute mit vollen Bakken. Ein Hauch Quark mit Kirsch hing in seinem Bart.

»Greifet Sie nur zu«, ermutigte mich Frau Klinger. »Sie könnet noch ebbes vertrage.«

Ich bediente mich mit Kaffee.

»Ja, dann laß ich Sie in Ruhe frühstücke. Wenn Sie ebbes brauche, rufet Sie nur.«

»Gut geschlafen?« fragte Weber.

Ich schüttelte den Kopf und kaute an einem Stück Brot, das in meinem Mund immer mehr wurde.

»Mach dir keine unnötigen Sorgen«, ermahnte er mich. »Du hast ja mich.«

Ich fragte mich, warum ich ihn nicht zu Hause gelassen hatte.

»Gibt es einen Joghurt oder so was?«

»Im Kühlschrank hinter dir.«

Ich machte den Schrank auf und angelte mir aus dem Seitenfach einen Heidelbeerjoghurt.

Der Gefrierschrank hatte eine gewisse Ähnlichkeit mit dem Teil, in dem wir die Leiche gefunden hatten.

»Erinnert dich das an was?« fragte ich meinen Kollegen.

Ich öffnete die Tür. Im obersten Fach lag eingefrorenes Brot, in Plastiktüten verknotet. Ich zog die nächste Schublade auf. Das war die Abteilung Obst aus dem Garten.

»Zu welchem Verbrechen hast du Frau Klinger angestiftet?«

Ich setzte Weber einen Beutel Gefrorenes mit rotem Inhalt auf den Frühstücksteller. Der Beutel hatte den gleichen Knoten, mit dem die Plastiktüten versiegelt waren, in denen unsere Leichenteile schwammen.

»Zum Gattenmord, wozu sonst?«

Er hielt den Beutel mit spitzen Fingern hoch und beförderte ihn auf meinen Teller.

»Oder hast du einen Herrn Klinger gesehen?«

Ich packte die Tiefkühltüte zurück in den Gefrierschrank und löffelte meinen Joghurt.

»Möget Sie noch ebbes?« Frau Klinger steckte den Kopf zur Tür herein.

»Vielen Dank.« Mein Kollege schüttelte den Kopf.

»Bleibet 'se heut nacht noch?« wollte Frau Klinger wissen.

»Leider nein, wir müssen wieder nach Hause.«

»Und wenn die Gangster vor Ihne Reißaus nehme?« Frau Klinger lächelte spitzbübisch. »Dann müsset Sie bleibe.«

44

Ich folgte dem grünweißen Heck der Kollegen. Wir verließen die Stadt auf einer breiten Ausfallstraße. Links und rechts sah es so aus wie an jedem Stadtrand. Genormte Flachbauten, üppige Parkplätze und riesige Werbetafeln. Ein paar Tankstellen, Möbelmärkte. Weiter weg mehrgeschossige Bettenburgen. Der Klub mit der roten Leuchtreklame war vermutlich der örtliche Puff.

Wir bogen auf einen schmalen Damm ab, der links und rechts von Pappeln gesäumt wurde, eine idyllische Landschaft. Kleine Buchten, von hohem Riedgras bewachsen. Dahinter Wasser. Am Ende des Damms folgten wir dem Schild mit der Aufschrift ›Camping‹. Die Kollegen fuhren am Eingang des Campingplatzes vorbei weiter geradeaus. Wir landeten auf einem Parkplatz direkt am See.

»Wahnsinn.« Weber hing vor der Scheibe und bestaunte die Segelboote und Motorjachten unterschiedlicher Größe, die an den

Holzstegen vertäut lagen. Leute in weißen Klamotten zupften an Bootsleinen und hüpften an Bord ihrer hübschen Spielzeuge.

Wir stiegen aus. Die Kollegen kamen uns entgegen.

»Pack mer's«, sagte der Größere von den beiden.

Wir gingen am Ufer des Sees entlang, bis ein etwa zwei Meter hoher Maschendraht den Weg versperrte. Unter hohen Bäumen sahen wir Zelte und Caravans. Dazwischen Autos, Motorräder, Boote und Luftmatratzen.

»Die Leute vom Camping haben ihre eigene Badestelle«, erklärte der lange Kollege.

»Strand, Bootsvermietung und Café«, ergänzte der andere.

Am Zaun entlang liefen wir zur Straße hoch.

»Der Eingang?« fragte ich.

»Von der Straße aus«, sagte der Kleine.

Zu viert passierten wir die Schranke, die gerade für einen Wagen mit holländischem Nummernschild hochgelassen wurde.

»Sie bleiben hier am Eingang. Wenn wir Sie brauchen, rufen wir.«

Kollege Schäffle hatte uns mit Walkie-Talkies versorgt.

»Sie haben ein Foto der Gesuchten gesehen?« fragte ich vorsichtshalber. Die beiden nickten.

»Sorgen Sie dafür, daß sie nicht hier durch den Eingang kommt. Falls sie uns entwischen sollte. Wo finde ich den Verwalter, der sich bei Ihnen gemeldet hat?«

»Bei der Bootsvermietung. Unten am Wasser. Viel Glück.«

Ich musterte die Frauen, die uns auf dem Weg entgegenkamen. Keine hatte auch nur eine entfernte Ähnlichkeit mit Silke Pape. Am Seeufer nahmen wir den Weg links in Richtung auf die Ruderboote, die neben dem Holzgebäude am Ufer lagen.

Ich stieg die Treppen hoch und klopfte an eine Tür mit einem Pappschild. BÜRO hatte jemand mit blauem Filzstift darauf geschrieben. Es rührte sich nichts. Ich klopfte stärker.

»Sind Sie narrisch? Wen wollen Sie verschrecken?«

Der Mann, der uns die Tür aufmachte, trug Shorts und hatte einen tiefbraunen Oberkörper mit einer weißen Haarmatte. Anfang Sechzig, braungebrannt. Das mußte der Mann sein, der den Campingplatz betreute.

»Mein Name ist Stein, Beate Stein. Und das ist mein Kollege, Kommissar Weber. Kommissar Schäffle hat Sie von unserem Besuch informiert.«

»Die Dame aus dem Norden.« Er kratzte sich hinter dem Ohr. »Grüß Gott, setzen Sie sich halt erst einmal.«

Wir setzten uns auf zwei wacklige Stühle. Er ging zu einem alten Schreibtisch, auf dem ein Computer stand. Mit einer Zeitung kam er zurück. Er rückte den Aschenbecher auf die Seite, klappte die Zeitung vor uns auseinander und kramte eine Brille aus einem Etui.

»Wie ich das Foto gesehen hab'. Da hab' ich zu meiner Frau gesagt: Das ist doch die Neue von dem Zigeuner.«

Er tippte auf das Foto.

»Zigeuner?« fragte ich.

»Es ist kein Zigeuner«, sagte er. »So nennen wir ihn bloß, wegen den schwarzen Haaren und dem Ohrring und dem Haarschwanz. Der trägt seine Haare so wie die Zigeuner. Aber es ist ein Deutscher. Ich hab' den Paß gesehen. Zigeuner kommen mir nicht auf den Platz. Der bleibt sauber.«

»Sie haben die Frau sofort erkannt?« fragte ich vorsichtshalber.

»Bei dem Geschäft hier brauchen Sie einen Blick für die Leute. Sonst läuft nichts. Und die hab' ich mir genau angeguckt. Schon allein, wo sie mit dem Zigeuner ankam. Und der wär' nicht hier, wenn's nach mir ging'. Der ist nur hier, weil der Wiesner dem seinen Caravan gegeben hat. Und der ist schon seit vierzehn Jahren hier auf dem Platz und hat immer pünktlich gezahlt und auch mal einen springen lassen.«

»Unter welchem Namen hat sie sich bei Ihnen angemeldet?«

»König, Silke König.«

Er ging zu dem Tisch und schaltete den Computer ein.

»Sie wollen sicher mehr wissen. Die Technik braucht eine Weile.«

Ich gab Weber ein Zeichen, und er stellte sich mit einem Notizblock neben den Naturburschen.

»Hier haben wir es«, sagte der Mann stolz. »Silke König, geboren in Hamburg, wohnhaft in Köln, Kurze Straße 107.«

»Seit wann ist sie bei Ihnen auf dem Platz?«

Er drückte ein paar Knöpfe.

»Seit dem 30. Juni. Was hat sie denn verbrochen?«

»Wir brauchen ein paar Auskünfte von ihr«, sagte ich ausweichend.

»Das hätte ich mir nicht denken können, daß die wem was tut.« Der Mann schaltete den Computer aus. »Das ist eine ganz Scheue.«

Ich ließ ihm seinen Glauben.

»Wo finde ich sie?«

»Soll ich mitkommen?« fragte er eifrig.

»Nein«, sagte ich schnell. »Das ist nicht nötig. Wenn Sie uns sagen, wo wir sie finden?«

»Kommen Sie.« Er machte die Tür auf. »Sie bleiben immer auf dem Weg hier, wie Sie hergekommen sind. Wenn Sie den Weg zum Eingang hochgehen, ist es die zweite Reihe links. Der dritte Wagen. Ein blaues Vorzelt. Das sehen Sie gleich.«

»Ist sie jetzt da?«

»Vor Mittag tut sich beim Zigeuner gar nichts, der fährt nachts Taxi. Und allein hab' ich sie noch nirgends hingehen sehen. Nur zum Wasser mit der Kleinen.«

»Vielen Dank für Ihre Hilfe.«

»Sagen Sie, Sie bei der Polizei. Warum nehmen Sie so ein altes Foto? Da sind wir hier moderner.« Er haute auf den Monitor des Computers.

»Das ist kein altes Foto«, sagte Weber.

»Sie sieht halt jetzt nimmer so aus wie auf dem Foto. Sie werden schon sehen.«

Wir gingen denselben Weg zurück. Die Sonne malte Schatten vor unsere Füße.

»Es muß ja wohl sein?« seufzte Weber, als wir den Weg zum Eingang hochliefen.

»Ich wüßte auch, was ich lieber täte.«

»Zweite Reihe links.« Wir bogen um die Ecke. »Dritter Wagen.«

»Das da drüben ist es. Das blaue Vorzelt.«

Eine Hälfte des Eingangs war offen.

»Hallo«, wir traten unter das Dach.

Eine Frau in einem Bikini mit kurzen roten Haaren stand vor einem Campingkocher. Sie sah uns näherkommen und blieb wie erstarrt stehen. Mit dem Kochlöffel in der Hand.

Ich erkannte sie auf Anhieb. Auch wenn sie die Haare abgeschnitten und gefärbt hatte.

»Mami, meine Milch.«

Jetzt sah ich das kleine Mädchen, das auf einem Holzpodest saß und eine Eisenbahn durch einen Tunnel rollte. Die Frau drehte sich um, schaltete das Gas aus und füllte eine Flüssigkeit in einen Trinkbecher.

»Paß auf, Mirjam. Es ist noch heiß.«

Sie stellte den Becher neben die Eisenbahn.

»Frau Pape. Wir müssen Sie bitten, mit uns zu kommen, und Ihre Tochter auch.«

Ihre Schultern sackten nach unten.

»Es war alles umsonst.«

»Mama, Mama.«

Das Mädchen hatte sich die Hälfte des Kakaos über den gelben Rock gegossen. Sie ging zu ihrer Tochter und hob den Rock hoch. Braune Sauce lief ein dünnes Kinderbein hinunter.

»Pusten, Mama.«

Die Kleine stellte das Bein auf, zeigte auf eine Stelle auf dem Oberschenkel. Sie beugte sich über das Bein und tat, was ihre Tochter wünschte.

»Heile, heile Gänschen. Warum singst du nicht, Mama?«

Ihr war jetzt mit Sicherheit nicht nach Singen zumute.

»Packen Sie Ihre Sachen zusammen, Frau Pape«, forderte ich sie noch einmal auf.

»Was ist denn hier los?«

Ein Mann in Jeans mit nacktem Oberkörper stieg die Stufen des Wohnwagens hinab. In einem Ohr trug er einen schmalen Goldring.

»Wir sind hier, um Frau Pape zu bitten, mit uns zu kommen.«

»Haben Sie einen Haftbefehl?« fragte er.

Ich nahm ein Papier aus meiner Tasche.

Der Mann mit dem schwarzen Zopf ging zu Silke Pape, faßte sie mit den Händen an der Schulter und sah sie an.

»Bist du okay?«

Sie nickte stumm. Er nahm die Hände von ihren Schultern.

»Frau Pape. Bitte packen Sie Ihre Sachen.«

Die dritte Aufforderung kam von Weber.

»So kann sie nicht gehen.« Sie deutete auf den Kakaofleck, der den Rock ihrer Tochter verunzierte. Flehend sah sie mich an.

»Meine Tochter muß duschen und frische Sachen anziehen.«

Weber und ich tauschten einen Blick.

»In Ordnung. Ich begleite sie.«

Er konnte dableiben und ihren Freund im Blick behalten.

»Beeilen Sie sich, bitte.«

Sie stieg in den Wohnwagen und kam mit einer Toilettentasche und einem Handtuch zurück. Das kleine Mädchen sprang an ihre Seite. Zu dritt liefen wir den Weg zum See hinunter.

»Mama, Enten.« Die Kleine riß sich von der Hand der Mutter los und lief durch den Sand ans Wasser hinunter. Zwei Enten watschelten zwischen den Booten an Land.

»Ich hole sie.« Sie lief zu ihrer Tochter.

Ich hatte nicht das Herz, Mutter und Tochter einen der letzten gemeinsamen Momente zu nehmen.

In der Tür des Holzhauses erschien der braungebrannte Alte mit dem Pelz auf der Brust.

»So, so, Sie haben sie gefunden.« Die Neugierde trieb ihn zu mir. »Wohin bringen Sie sie?« fragte er.

»Nach Hause«, antwortete ich knapp.

»Das wird dem Zigeuner nicht recht sein.«

»Was machen die da?« Seine Stimme wurde lebhaft. Er zeigte zum Ufer, wo die Ruderboote lagen. Silke Pape stand bis zu den Knien im Wasser. Neben sich ein Ruderboot mit ihrer Tochter.

»Das dürfen die nicht.« Er sah zu, wie sie in das Boot stieg und das Boot schaukelte.

Ich rannte ans Ufer.

»Kommen Sie zurück, Frau Pape«, schrie ich ihr zu.

»Lassen Sie uns in Ruhe«, rief sie zurück.

Sie klatschte die Ruder ins Wasser.

»Was ist das da drüben?« fragte ich den Platzwart, der mir nachgelaufen war. Ich zeigte auf das andere Ufer.

»Allensbach.«

Die deutsche Seite. Ich hatte Glück.

»Was tun die denn da... was tun die denn da...«, murmelte er fassungslos.

Ich streifte die Schuhe ab, schnappte mir eines der Boote und schob es ins Wasser.

»Informieren Sie meinen Kollegen«, rief ich ihm zu und sprang ins Boot. »Schnell.«

45

Ich griff die Ruder, wuchtete sie ins Wasser und zog sie lang durch. Je weiter ich mich vom Ufer entfernte, um so stärker wurde die Strömung. Silke Pape hatte es fast bis zur Mitte geschafft. Verbissen ruderte ich weiter. Der Schweiß begann zu laufen. Ich warf einen Blick über die Schulter. Keine fünf Meter von mir entfernt trieb das Boot mit der Strömung. Die Ruder hingen im Wasser. Verflucht. Sie hatte die Kontrolle über das Boot verloren. Ich mußte zu ihr, ehe ein Unglück passierte.

Das Boot kam näher. Silke Pape hielt sich mit beiden Armen am Bootsrand fest. Das Mädchen klammerte sich an die Mutter.

»Frau Pape«, keuchte ich zwischen zwei Ruderstößen.

»Alles in Ordnung?«

Von weitem sah ich ein Boot der Wasserpolizei herankommen. Weber hatte Verstärkung besorgt.

»Wir holen Sie gleich.«

Das Motorboot der Polizei näherte sich und stoppte. Das Ruderboot mit der Frau und dem Kind schaukelte unruhig in den Wellen. Silke Pape rutschte mit ihrer Tochter auf den Boden des Boots.

Ein Kollege in Uniform erschien mit einem Megaphon am Bug.

»Verhalten Sie sich ruhig. Wir werden mit dem Schiff backbord gehen und Sie an Bord nehmen.«

»Bleiben Sie, wo Sie sind«, die Stimme der Frau überschlug sich in Panik. »Sonst springe ich, zusammen mit meiner Tochter.«

Ihre Nerven lagen bloß. Männer in Uniform waren nicht dazu

angetan, sie zu beruhigen. Mein Bedarf an Katastrophen war für heute gedeckt. Ich zog meine Hose aus und sprang ins Wasser. Mit kräftigen Zügen kraulte ich dem Boot entgegen.

Die Flüstertüte der Kollegen schwieg. Wahrscheinlich berieten sie, was sie tun sollten. Silke Pape meinte es ernst. Sie war dabei, sich im Boot aufzurichten. Das Boot neigte sich gefährlich. Es sah aus, als würde sie jeden Moment ins Wasser kippen. Ich hängte mich an die andere Seite. Das Boot bewegte sich in Richtung Normallage.

»Machen Sie keinen Unsinn.« Ich legte die Arme auf die Bordkante. »Es hat doch keinen Sinn.«

»Mama.«

Das kleine Mädchen hatte nasse Wangen vom Weinen.

»Denken Sie an Ihre Tochter.«

Das Megaphon dröhnte.

»Geben Sie auf.«

Ich stemmte mich am Bug des Boots hoch und kletterte an Bord. Tropfend hockte ich auf allen vieren und suchte die Augen der Frau, die jetzt auf der Bootskante saß.

Wie ein in die Enge getriebenes Tier blickte sie auf das Boot der Kollegen, das zu uns herantrieb, auf ihre Tochter, die sich an ihr Bein klammerte, und auf mich, wie ich mich genau ihr gegenüber auf den Bootsrand setzte.

»Mama, was ist denn, Mama?«

Die Kinderstimme war voller Angst.

»Ist ja gut, Mirjam.«

Die Frau stieg von der Kante. Sie setzte sich auf die Bank und nahm ihre Tochter in den Arm. Ineinander verschlungen saßen die beiden auf der Holzbank.

Ich stand auf und gab den Kollegen mit den Armen Zeichen, daß es überstanden war. Das Motorboot schaukelte näher. Die Wassertropfen auf meinen Knien trockneten. Eine Gänsehaut überzog meine Beine.

»Alles in Ordnung?« fragte der Kollege.

Silke Pape löste sich von ihrer Tochter. Der Kollege hängte sich aus dem Boot und zog unseres mit den Armen heran. Er verknotete ein Seil um die Metallfassung, die das Ruder hielt.

»Kommen Sie, Frau Pape.«

Breitbeinig balancierte ich zum mittleren Bootssitz. Sie stand auf. Ich schob sie und ihre Tochter an mir vorbei.

»Erst die Kleine.«

Der Kollege stellte einen Fuß auf das Boot.

»Ich gehe zuerst«, sagte sie und beugte sich zu ihrer Tochter herunter. »Mama holt dich auf das große Boot.«

Sie wandte sich an mich.

»Nehmen Sie sie bitte, ja?«

Sie setzte den Fuß auf den Bootsrand. Das Boot schaukelte ein wenig, und schon war sie drüben.

»Jetzt kommst du dran, Mirjam.«

Auf dem Polizeiboot stand Silke Pape und hatte die Arme ausgebreitet. Ich hob die Kleine auf die Bootskante, setzte sie kurz ab und gab sie in die ausgestreckten Arme.

Dann sprang ich als letzte nach. Der Kollege reichte mir zwei Handtücher.

»Soll ich Ihnen eine Decke besorgen?«

Ich schüttelte den Kopf.

»Ich hol' Ihnen trotzdem eine.«

Er führte mich in die Kajüte. Silke und Mirjam Pape saßen auf einer Bank. Sie hatte einen Arm um ihre Tochter gelegt. Ich setzte mich auf die Bank gegenüber und legte ein Handtuch über meine Beine. Die Bullaugen gaben die Sicht auf blaugrünes Wasser frei, das schäumte.

Der Kollege reichte mir eine Decke.

»Hier, sonst werden Sie noch krank.«

»Danke.«

»Wir holen zuerst Ihr Boot, dann steuern wir den Hafen an.«

Ich hatte nicht gehofft, meine Klamotten so schnell wiederzusehen. Er verschwand nach oben. Ich zog die nasse Bluse aus und schlang die Decke wie einen Sari um mich, steckte die Enden fest. Unkontrolliert fingen meine Zähne an zu klappern.

»Was machst du?« fragte die Kleine interessiert, sprang von der Bank und sah mich an.

»Ich glaube«, preßte ich zwischen klickenden Zähnen hervor, »ich friere.«

Der Motor setzte sich mit einem Lärm in Bewegung, der jede weitere Unterhaltung unmöglich machte. Die Kleine kletterte auf die Bank zurück und sagte etwas zu ihrer Mutter, das ich nicht verstand.

Ich kuschelte mich in die Decke. Dampferfahrt auf dem Bodensee, die Kollegen würden mich beneiden.

Der Bootsmotor schwieg. Wir waren im Hafen. Ich packte meine nasse Bluse. Die Kollegen klappten ein Holzbrett aus, auf dem wir sicher an Land gelangten. Wir wurden auf dem Bootssteg erwartet. Weber und die Konstanzer Kollegen.

Ich bedankte mich bei den Kollegen von der Wasserpolizei für die Unterstützung.

»Hübschen Kolleginnen aus dem Norden helfen wir gern.«

Er sah so gut aus in seiner Uniform. Ein bißchen Geist wäre eine angenehme Garnierung gewesen.

»Hier haben wir noch etwas für Sie.«

Er reichte mir ein Bündel.

Auf diesen Moment hatte er gewartet. Eine halbnackte Frau, die mit einer Hand eine Decke hielt und mit der anderen eine nasse Bluse. Da guckten sie sich die Augen platt an den Playboys und Luis und waren immer noch geil auf Natur. Ich klemmte die Bluse unter den Arm. Die Decke bewegte sich keinen Millimeter. Dann hatte ich wieder einen Arm frei, um meine Klamotten entgegenzunehmen.

»Danke.« Er reichte mir das Päckchen.

Die Enttäuschung war ihm ins Gesicht geschrieben.

»Man darf dich keine zwei Minuten allein lassen.« Weber guckte streng. »Schon hat man nichts als Ärger.«

»Das nächste Mal bist du dran. Bötchen fahren, Bagger. Was du willst. Das versprech' ich dir.«

Weber wandte sich an Silke Pape. Die beiden Konstanzer Kollegen hatten vorsichtshalber neben ihr Stellung bezogen.

»Sie wollen es ja nicht anders.«

Er legte eine Handschelle um Silke Papes Knöchel und drückte zu. Dann nahm er sich die andere Hand vor.

»Ich auch.«

Die Kleine hielt ihre Hände hin.

»So kleine haben wir nicht.«

»Oh«, die Kleine hängte sich enttäuscht an den silbernen Ring ihrer Mutter.

Am Ende des Stegs stand ein Taxi. Der schwarzhaarige Mann mit dem Ohrring kam uns entgegen.

»Udo«, die Kleine strahlte.

Er blieb vor Silke Pape stehen.

»Kann ich dir irgendwie helfen?« fragte er und versteckte seine Hände in den Taschen der Jeans.

Sie schüttelte stumm den Kopf.

»Sag was«, fuhr er sie an.

»Es ist zu spät. Es hat keinen Sinn.«

Abrupt drehte er sich um und lief zu dem Taxi.

Unser Wagen stand da, wo wir ihn abgestellt hatten.

»Udo«, sagte Mirjam und sah aus dem Rückfenster.

Das Taxi fuhr an uns vorbei aus dem Hafen. Silke Pape sagte kein Wort. In ihren Augen standen Tränen.

46

Vor mir ragten die Hinterköpfe der Kollegen über die Rücksitze. Webers dunkle Haare, weiße Punkte, die nach unten rieselten. Grünes Tuch auf der Seite des Konstanzer Kollegen. Schäffle hatte für den Transport einen älteren Kollegen abgestellt, der sich über den Auftrag freute. Er hatte eine Tochter, die im Norden verheiratet war. Ich sah, daß der Kollege Weber ein Bild zeigte, von der Familie vermutlich.

Ich wagte einen Blick neben mich. Silke Pape hatte den Kopf nach hinten auf das Polster gelegt und die Augen geschlossen. Sie sah aus wie eine Fieberkranke. Auf jedem Stück Haut Flüssigkeit. Kleine Bläschen, die platzten und verdunsteten. Neue, die nachkamen. Das T-Shirt klebte an ihrem Körper.

Immer noch hatte ich diesen Geruch in der Nase. Nach Bohnerwachs, Staub und Schweiß. Nach den Deodorants, die den Geruch der Angst abtöten. Gerichtsgebäude riechen überall gleich. Erstaunlich gefaßt hatte sie alles über sich ergehen lassen. Bis zu dem Zeitpunkt, als die Frau vom Jugendamt ihre Tochter aus dem Saal führte.

»Mama, Mama«, hatte die Kleine gerufen.

Da war es mit ihrer Fassung vorbei. Sie schrie los wie ein Tier. Der Mann in der Robe hatte irritiert einen Stift zwischen seinen Fingern kreisen lassen. Auf allen Abbildungen ist Justitia eine Frau. Dabei lassen die Gesetze nicht die Spur eines Zweifels, von wem sie gemacht werden.

Ich beugte mich nach vorn zu Weber.

»Das Fenster.«

Eine Lungenentzündung sollte sie sich nicht noch holen. Er sah in den Rückspiegel und kurbelte das Fenster hoch. Meine linke Hand prickelte. Mit der Handschelle um das Gelenk lag sie im Polster. Eine kräftige Hand, leicht gebräunt. Eine Hand, die zuschlagen konnte. Meine Hand. In der Handschelle daneben eine weiße Hand mit langen schmalen Fingern.

Ich sah in ihr Gesicht. Die Augen waren geschlossen. Das war die Erklärung für alles. Eine Frau, die die Augen verschließt, weil das, was sie zu sehen bekommt, zu schmerzhaft ist, zu grausam. Wut stieg in mir auf. Wenn sie bloß ihre verdammten Augen aufbehalten hätte. Wenn sie früher gesehen hätte, was sich für ihre Tochter zusammenbraute. Wenn, wenn, wenn. Dann säße ich jetzt hier nicht neben ihr. Dann wäre ein kleines Mädchen jetzt nicht ohne seine Mutter.

Weber bog auf den Parkplatz vor der Raststätte. Auf der Kühlerhaube eines Autos wickelte eine junge Frau in Jeans ein Baby.

»Wie wär's mit einem Kaffee, die Damen?«

Der Konstanzer Kollege bemühte sich um eine heitere Stimmlage. Sie reagierte nicht. Ich nickte. Er stieg aus und lief den Weg zum Eingang der Raststätte hoch. Weber folgte seinem Beispiel und vertrat sich neben dem Auto die Beine. Ich machte die Tür an meiner Seite auf.

»Ich muß zur Toilette.«

Die ersten Worte, die sie in diesem Wagen gesprochen hatte. Ich machte die Tür wieder zu.

»Steigen Sie aus. Ich komme nach.«

Hinter ihr hangelte ich mich aus dem Wagen. Weber war sofort an unserer Seite. Noch einmal sollte sie uns nicht weglaufen. Der Kollege kam mit einem Tablett vom Rasthaus her über die Straße.

»Wir sind gleich zurück.«

Zu dritt machten wir uns auf den Weg zur Damentoilette.

»Ich warte hier.«

Weber bezog Posten neben der Tür.

Eine Frau mit blonden Dauerwellen und senfgelber Bluse verschwand vor uns in einer Toilette. Ich steuerte mit Silke Pape die Tür daneben an. Mit der freien Hand fischte ich nach Kleingeld in meiner Hosentasche.

»Wollen Sie nicht aufschließen?«

Sie hielt die Hand mit der Handschelle hoch.

»Nein.« Ich zeigte auf den Haken an der Innentür. »Hier kann zuviel passieren. Machen Sie schon.«

Ich drehte den Kopf zur Seite.

»Ich kann so nicht.«

»Das wird gleich anders.«

Ich drückte auf die Klospülung. Das Wasser rauschte. »Hilft garantiert.«

Es half. Ich hörte das Prasseln eines Wasserstrahls, der auf Keramik trifft. Durch ein Loch in der Wand sah ich in die Nachbartoilette. Die Frau mit dem senfgelben Oberteil verteilte eine Lage Klopapier auf dem Toilettensitz. Hinter mir hörte ich das Rascheln von Stoff und kurz darauf das Rauschen des Abzugs. Es war vollbracht.

Wir gingen zum Waschbecken. Ich drehte ihr den Wasserhahn auf. Während sie sich die Hände wusch, wurde meine Hand mit naß. Unsere Köpfe erschienen im Spiegel über dem Becken. Wir sahen uns ähnlich. Zwei blasse Frauengesichter, länglich und schmal. Beide mit den gleichen kurzen Haarstoppeln. Mit den Fingern der freien Hand fuhr ich durch meine Haare. Ich hielt mich an den Unterschieden fest. Ihre Haare rot, meine blond. Ihre Augen blau, meine grün. Was hätte ich an ihrer Stelle gemacht, wenn ich rausgekriegt hätte, daß mein Ehemann sich an der eigenen Tochter vergreift?

Weber war die Erleichterung anzusehen, als wir wohlbehalten wieder vor der Damentoilette auftauchten.

Der Kaffee war lauwarm. Silke Pape trank wortlos. Sie mit Milch und Zucker, ich schwarz. Warum waren mir die Unterschiede auf einmal so wichtig?

»Ich verschwinde noch mal.«

Meine Handschelle sprang auf. Über Silke Papes freier Hand drückte ich sie wieder zu. Ich massierte das Handgelenk. Wie befreit lief ich über die Straße. Der Himmel war blau, die Papierkörbe quollen von Eispapieren über. Im Treppenhaus des Rasthauses roch es nach Sauerbraten.

Für einen Augenblick war ich frei.

47

Es war noch hell, als wir vor dem Eisentor hielten. Weber nahm die Papiere und schellte an der Seitentür. Er verschwand hinter der grauen Tür.

Silke Pape sah auf das breite Tor vor uns.

»Sie übernachten hier. Nur für diese Nacht«, fügte ich schnell hinzu.

Sie sagte kein Wort. Ihre Augen klebten an dem Tor.

»Justizvollzugsanstalt Klingenthal. Es ist nur für eine Nacht.«

Keine Reaktion.

»Morgen holen wir Sie wieder ab. Sie fahren mit uns weiter.«

Sie lehnte sich zurück und schloß die Augen.

»Und dann?« fragte sie.

»Dann verhören wir Sie.«

»Und dann?«

»Bleiben Sie in Untersuchungshaft bis zum Prozeß.«

Weber kam zurück.

»Alles in Ordnung.«

Das Tor vor uns schwang zur Seite. Wir fuhren in den Gefängnishof. Ein Vollzugsbeamter winkte uns auf einen Parkplatz neben ein Fahrzeug für den Gefangenentransport. Gemeinsam mit dem Beamten gingen wir zur Eingangsschleuse, Weber, Silke Pape und ich.

Wir warteten in einem tristen Raum, an dessen Wänden verblichene Plakate zur Bekämpfung unterschiedlicher Suchtmittel aufriefen. Ein Summer ertönte, und eine Vollzugsbeamtin erschien in der Tür.

»Der Übernachtungsbesuch?«

»Für eine Nacht«, bestätigte ich und schloß die Handschellen auf. Ihre und meine. »Kann ich kurz mit rein?«

Die Beamtin musterte mich und nickte.

»Kommen Sie, Frau Pape.«

Ich nahm ihre Tasche und faßte sie unter den Arm. Es war wichtig, daß sie Vertrauen zu mir faßte. Das würde mir das Verhör morgen erleichtern.

Durch zwei Gittertüren folgten wir der Beamtin. Silke Papes Augen wanderten die Treppen hoch. Die Stufen mit den Eisengeländern, die Metallgitter, die horizontal eingezogen waren. Es roch nach süßem Parfüm, Seife und Haarschampon. Die Frau vor uns schloß eine schwere Holztür auf. Wir waren in einer Art Büro. Wandschränke, ein Holztresen, ein Schreibtisch, Stühle, ein Panzerschrank.

Die Beamtin zog den Reißverschluß auf und durchsuchte den Inhalt der Reisetasche. Als sie fertig war, stellte sie die Tasche auf den Schreibtisch.

»Wenn Sie irgend etwas Wertvolles dabei haben, dann lassen Sie es besser hier.«

Der Schlüsselbund klapperte. Die Beamtin zog ein Metallfach aus dem Panzerschrank.

»Ist sie das erste Mal bei uns?« wandte sie sich jetzt an mich. Ich nickte.

»Sie wollen doch bestimmt nicht, daß Ihr Schmuck wegkommt.« Sie zeigte auf die Ringe an ihren Fingern.

Silke Pape begann an einem Goldring zu drehen. Sie zog ihn vom Finger und legte ihn in die Metallschublade.

»Der ist doch bestimmt auch wertvoll.«

Die Beamtin zeigte auf einen Bandring, in den winzige Steinchen unterschiedlicher Farbe eingelassen waren.

»Nein.« Silke Pape schüttelte den Kopf. »Den gebe ich nicht ab.«

»Sie sind nicht allein in der Zelle. Wir können keine Haftung für Ihre Wertgegenstände übernehmen.«

Ich hatte schon erlebt, daß einer Frau drei Finger abgeschnitten wurden, nur weil die Ringe nicht herunterrutschten.

»Geben Sie ihn lieber ab«, riet ich ihr.

»Nein.« Silke Pape preßte die Hand mit dem Ring vor die Lippen. »Nein.«

»Ist das ein besonderer Ring?« fragte ich behutsam.

»Er hat ihn mir geschenkt«, sagte sie leise. »Zu Mirjams Geburt.«

»Wer hat Ihnen den Ring geschenkt?«

»Klaus. Er ist ins Krankenhaus gekommen. Ich lag mit Mirjam im Bett. Sie war gerade geboren.« Ihre Stimme zitterte.

Ich mußte gegen den Kloß in meinem Hals ansprechen. Das war eine Zeit, an die sie gern dachte. Die Zeit, als alles noch in Ordnung war. In Ordnung schien.

»Sie bekommen ihn ja zurück. Morgen früh.«

Sie zog ihn vom Finger und reichte ihn der fremden Frau.

»Der ist hier sicher.«

Die Beamtin schlug den Deckel über die Metallade. Mit einem Krach fiel er zu.

»Na, dann woll'n wir mal.«

Sie schnappte sich den Schlüsselbund, warf ihn in die Luft. Das Metall rasselte, als es wieder in ihrer Hand landete.

»Alles halb so schlimm. Manchen gefällt es hier bei uns besser als draußen.«

»Ich muß gehen.« Meine Stimme war rauh.

»Gehen Sie noch nicht.«

Sie streckte die Hand aus, als wollte sie mich festhalten. Auf halbem Weg stoppte sie die Bewegung und zog die Hand wieder zurück.

»Sagen Sie mir, was mit meiner Tochter wird.«

Die Vollzugsbeamtin verschwand in einen Nebenraum.

»Sie bleibt so lange in Konstanz, bis geklärt ist, ob sie von Ihrer Familie aufgenommen werden kann.«

»Nein.«

Ihre Pupillen weiteten sich. Schwarze Löcher mit einem blauen Rand.

»Es geht ihr gut in Konstanz.« Die Worte klebten an meiner Zunge. »Machen Sie sich keine unnötigen Sorgen.«

Ein Schlüssel drehte sich in einem Schloß. Die schwere Tür ging auf.

»Barbara, bist du das?«

Die Frau in der Tür sah uns entgeistert an.

»Was machen Sie denn hier?«

Ihre Kollegin kam mit einem Stapel weißer Wäsche aus dem Nebenraum zurück.

»Neuzugang.« Sie knallte die Wäsche auf den Schreibtisch. »Elke, bringst du die Kollegin von der Kripo wieder runter? Ich hab' hier noch zu tun mit der Dame.«

Sie zeigte auf Silke Pape.

»Alles klar?« fragte Weber, als ich neben ihm auf den Beifahrersitz stieg. Der Konstanzer Kollege hatte sich diskret nach hinten verzogen.

Ich nickte.

»Wie war's?« Er startete den Wagen.

»Wie Knast halt so ist.«

Das dicke Eisentor glitt zur Seite.

»Hauptsache, wir müssen hier nicht übernachten.«

Auch eine Sicht der Dinge.

»Ich habe die Adresse von einem Hotel.«

Er hielt einen Zettel hoch.

»Gasthof mit eigener Schlachterei. Wie findest du das?«

Ich enthielt mich eines Kommentars. Das Wirtshausschild sprach für sich. ›Zum Ochsen.‹

Sehr passend für meinen sensiblen Kollegen.

48

Ein Tag im Gasthof ›Zum Ochsen‹, und ich wäre zum eingeschworenen Vegetarier geworden. Das Rindssahnegulasch vom vergangenen Abend lag noch schwer in meinem Magen, als mich die Aufschnittplatten beim Frühstück anlächelten. Weber und der Kollege aus Konstanz langten begeistert zu. Ich kaute an einem Brötchen, das nur mit Butter bestrichen war, und überlegte, was die JVA Klingenthal wohl ihren Insassen vorsetzte.

»Na, hat es Ihnen geschmeckt?« Die Wirtin setzte sich neben Weber.

Weber war kein Kostverächter. Im allgemeinen schwärmte er eher für Zierliches. Rinderbraten, geräucherte Salami und Knackwürste hatten urtümlichste Instinkte freigesetzt. Er kaute an einem Stück gerollten Schinken ohne Brot und ließ seine Augen wohlgefällig über den kräftigen Busen unserer Wirtin kreisen, der in einer Rüschenbluse verpackt war.

Der Konstanzer Kollege hatte ebenfalls kräftig in der Aufschnittplatte gewütet und verdaute im Schutz des ›Klingenthaler Boten‹.

»Muß man sich merken.« Weber schickte dem Gasthofschild ›Zum Ochsen‹ einen dankbaren Blick nach, als wir vom Parkplatz fuhren.

»Sehr ordentlich«, bestätigte der Kollege. Knoblauchduft machte sich in unserem Dienstwagen breit. Die geräucherten Würste hatten es in sich. Ich kurbelte das Fenster runter.

»Heute abend bin ich bei meiner Tochter.« Der Kollege aus Konstanz war aufgekratzt.

»Haben Sie Familie?« fragte er mich.

»Ein Kaninchen, einen Liebhaber und eine Mutter, die ich am liebsten nur zu Ostern und Weihnachten treffe.«

»Ich habe vier Kinder«, sagte der Kollege stolz. »Alle sind was geworden.«

»Ah ja«, sagte ich. »Auch bei der Polizei?«

»Nein, die haben es alle besser getroffen, beruflich.«

»Wie meinen Sie das?« wollte ich wissen.

»Die verdienen alle ordentlich.«

Jetzt war ich neugierig. »Was machen sie denn?«

»Der große Bub ist in der Pharmaindustrie. Die bezahlen am besten.«

»Ah ja.« Es war nicht schwer, ihm zu folgen. »Und einer ist in der Autoindustrie?«

»Woher wissen Sie das?« Er war beeindruckt.

Vor uns tauchte das graue Tor auf.

»Wie viele Töchter haben Sie?«

Weber verschwand in der Seitentür.

»Zwei«, sagte er stolz. »Und beide gut verheiratet.«

Das Tor glitt zur Seite. Wir fuhren in den Hof.

»Hoffentlich haben sie einen ordentlichen Beruf. Jede dritte Ehe wird geschieden.«

»Meine Mädels lassen sich nicht scheiden.«

Gelobt sei die Einfalt der Männer.

Silke Pape stand startbereit neben einer jungen Beamtin. Sie hatte Ringe unter den Augen. Die roten Haare klebten an ihrem Kopf. In den Genuß einer Dusche war sie nicht gekommen.

»Haben Sie eine gute Nacht gehabt?« begrüßte ich sie.

»Ich konnte nicht schlafen.« Genauso sah sie aus.

»Sie erlauben?« Ich ließ die Handschelle erst über meinem Handgelenk, dann über ihrem zusammenschnappen. Der Ring mit den bunten Steinen saß wieder an ihrem linken Ringfinger.

»Heute geht es zum Verhör?« Sie wirkte müde, aber gefaßt.

»Es wird nicht so schlimm. Sie kennen mich ja schon. Ich leite das Verhör.«

»Warum haben Sie mich nicht da unten verhört? Warum haben Sie mich von meiner Tochter getrennt?«

»Wir sind die ermittelnde Behörde. Sie müssen uns vorgeführt werden.« Mir wurde bewußt, wie unverständlich mein Kauderwelsch auf normale Menschen wirken mußte. »Das sind die Gesetze«, versuchte ich zu vereinfachen. »Ich habe die auch nicht gemacht.«

»Wie weit ist es noch?« fragte sie, als wir von dem Gefängnishof fuhren.

»Zwei, drei Stunden, wenn wir gut durchkommen.«

Sie legte den Kopf in den Nacken und machte die Augen zu.

Der Aufkleber auf dem Heck eines Volvo trug die Worte: ›Ich liebe Schweden.‹ Auf unserer Strecke fuhren die Ferienreisenden in Richtung Skandinavien. Warum hatte ich sie nicht einfach entkommen lassen? Der Verkehr in Richtung Süden staute sich auf der Gegenfahrbahn. Ich hatte plötzlich diesen schalen Geschmack im Mund.

49

Erst als ich die Tür zu Petras Büro aufmachte und sah, wie sie mit ihren roten Krallen in einem bunten Prospekt wühlte, fühlte ich mich wieder zu Hause. Das Kaninchen stand aufrecht in seinem Käfig und beäugte mich freundlich. Petra schlug das dicke Heft zu und schwang in ihrem Drehstuhl in meine Richtung.

»Dicke Luft. Ihr werdet erwartet.« Sie stellte beide Füße gleichzeitig auf den Boden und kam zu mir an die Tür. »Der Alte schnaubt. Angeblich seid ihr auf dem falschen Dampfer mit eurer Frau. Irgendwer ist entführt worden.«

»Entführt? Wer denn?«

Petra zuckte die Achseln.

»Keine Ahnung. Der Alte hat sich mit Kerner eingeschlossen und total abgeschottet. Nur, daß du Bescheid weißt.«

»Danke, Petra.«

»Da ist noch was, Bea. Könnte wichtig sein.«

»Ja?«

»Seit ihr weg seid, ruft hier jeden Tag ein paarmal 'ne Frau an und will wissen, ob du zu sprechen bist.«

»Name?«

»Sagt sie nicht. Sie will wissen, ob du da bist, und dann legt sie auf.«

»Ist dir was aufgefallen?«

»Da waren so komische Geräusche im Hintergrund.«

»Was für Geräusche?«

»Hab' ich auch schon überlegt. Ein Kreischen oder ein Schreien. Ziemlich ätzend. Weißt du, wer das sein könnte?«

»Keine Ahnung. Vielleicht fällt mir was ein.«

Ich machte die Tür zu.

Silke Pape saß mit zusammengefalteten Händen auf ihrem Stuhl vorm Schreibtisch.

»Fang schon mal an mit den Routinesachen. Ich muß zum Alten. Es brennt.«

»Was ist denn?« fragte Weber.

Silke Pape verfolgte unsere Unterhaltung. Ich winkte ab.

»Später. Ich bin gleich zurück.«

Am Ende des Ganges sah ich Kerner hektischen Schritts um die Ecke biegen. Ich hatte das dumpfe Gefühl, daß sich irgend etwas Unangenehmes über meinem Kopf zusammenbraute.

»Herein.« Heinze hockte hinter seinem Schreibtisch.

»Das wurde ja auch Zeit, daß Sie von Ihrem Ausflug zurückkommen«, empfing er mich knurrend. »Haben Sie wenigstens den Täter?«

Ich setzte mich in den Stuhl vor seinem Schreibtisch.

»Weber fängt gerade mit dem Verhör an.«

»Dann verhören Sie mal. Oder hat sie schon gestanden?«

Seine Stimme troff vor Ironie.

»So gut wie gestanden.«

Wenn ich nur wüßte, welchen Joker er im Ärmel hatte.

»So gut wie ist nicht gut genug.« Er beugte sich über den Schreibtisch. »Haben Sie verstanden? Nicht gut genug.«

»Wie wäre es, wenn Sie mich über den Stand der Ermittlungen vor Ort informieren würden?«

Immer schön sachlich bleiben, kühl kontern.

»Es ist mir ein Vergnügen, werte Kollegin.«

Wenn er sich vergnügte, mußte ich auf das Schlimmste gefaßt sein.

»Hier hat sich einiges getan, während Sie sich auf Vergnügungsreise befanden. Während Sie weg waren, ist hier ein weiteres Verbrechen passiert. Menschenraub.«

»Es passieren täglich Verbrechen.« Das konnte ich mir nicht verkneifen. »Dieser Tatsache verdanken wir unsere Existenz.«

»Sehr witzig.« Er machte eine Pause. »Jetzt ist nicht der Zeitpunkt zum Witzemachen. Ein Mensch ist entführt worden.« Er ließ seine Faust auf den Schreibtisch sausen. »Ein Mensch.«

Für Tiere war die Polizei nicht zuständig. Ich verzichtete darauf, ihm diese Wahrheit näherzubringen.

»Wer ist es denn?« fragte ich statt dessen.

Auf diese Frage hatte er lange gewartet.

»Ein gewisser Herr Wessel, falls Ihnen der Name etwas sagt.«

»Wer hat uns informiert?«

»Seine Frau.«

»Wann?«

»Gestern.«

»Seit wann vermißt sie ihn?«

»Seit Mittwoch. Dem Tag, an dem Sie mit Weber zu Ihrem Ausflug aufgebrochen sind.«

Er ließ die Worte auf mich wirken.

»Wäre es vielleicht möglich, daß der Täter noch frei herumläuft?« Er sprach gefährlich leise. »Wäre es denkbar, daß Sie sich getäuscht haben, daß der Täter vielleicht gerade in diesem Moment sein zweites Opfer zersägt?« Er wurde lauter. »Beten Sie, daß er überlebt. Sonst sorge ich dafür, daß Sie in der Kleiderkammer landen. In der Kleiderkammer«, donnerte er in voller Lautstärke.

»Es gibt kein zweites Opfer«, sagte ich so standfest wie möglich. »Die beiden Fälle haben nichts miteinander zu tun. Das sind unterschiedliche Täter.«

»Alles Zufall, was? An Ihrer Stelle würde ich beten.«

»Wer arbeitet an der Entführung?«

»Die Ermittlungen liegen in kompetenten Händen.« Er grinste mich an. »Kollege Kerner ist damit betraut. Wenn Sie ihn behindern, sind Sie draußen. Haben Sie verstanden?«

Es bedurfte keiner intellektuellen Kraftakte, um ihm zu folgen. Ich schlug die Tür hinter mir zu.

Petra legte gerade den Telefonhörer auf die Gabel.

»Das war sie wieder. Ich hab' ihr gesagt, daß du da bist. Ist doch okay?«

»Wenn sie hier auftauchen sollte, dann sag mir Bescheid.«

»Ich erkenne die Stimme garantiert«, versicherte sie mir. »Du bist drüben?« Sie deutete auf die Tür unseres Büros.

Ich nickte. »Gib mal ein Telefonbuch.«

Petra zog eine Schreibtischschublade auf und reichte mir das gelbe Buch. Ich fand den Namen, den ich suchte. Fünfmal stand er da. Aber nie mit der richtigen Adresse.

»Pech gehabt.« Ich klappte das Telefonbuch zu.

»Wen hast du denn gesucht?«

Ich schlug das Buch wieder auf. Darauf hätte ich gleich kommen können.

»Wenn wir Glück haben, ist es das.«

»Wovon redest du?«

»Frag nicht, wähl. 121495.«

Petra setzte ihren roten Zeigefinger brav auf die Tasten.

»Was soll ich sagen, wenn sich jemand meldet?«

»Du hast dich verwählt.«

Petra hielt den Hörer vom Ohr ab, und ich hörte es tuten. Dann meldete sich jemand.

»Wer ist da?« hauchte Petra mit verstellter Stimme in den Apparat. »Entschuldigen Sie bitte, ich habe mich verwählt.

Es war ein Mann am Apparat. Aber das Geräusch stimmt hundertprozentig. Das war der Anschluß, von dem die Anrufe kamen. Hat das mit eurem Fall zu tun?« fragte Petra.

»Ja.« Ich strich mir mit beiden Händen die Haare aus der Stirn. »Wenn ich nur schon wüßte, wie...«

Das Geräusch war identifiziert. Die Säge aus dem Hinterhof in der Wörthstraße. Ich hatte Petra die Telefonnummer der ›Werk-Stadt‹ herausgesucht. Eva Wessel versuchte, mich zu erreichen. Was konnte sie wollen?

»Hat die ihren Alten zersägt?«

Petra zeigte auf die Verbindungstür zu unserem Büro. »Sie sieht so harmlos aus.«

»Sie hatte ihre Gründe.«

»Was denn für welche?« Petra hatte das gleiche Funkeln in den Augen, mit dem sie die Katastrophen der Boulevardpresse verfolgte.

»Erzähl' ich dir später.«

Das Telefon auf ihrem Schreibtisch schellte. Ich öffnete die Verbindungstür zu unserem Büro.

50

Der Konstanzer Kollege sprang auf, als er mich sah.

»Sie brauchen mich ja jetzt nicht mehr.«

»Wie kommen Sie zu Ihrer Tochter?«

»Sie kommt mich mit dem Auto abholen«, sagte er stolz.

»Ja, dann danke ich Ihnen ganz herzlich für die Zusammenarbeit.« Ich schüttelte ihm die Hand. »Grüßen Sie den Kollegen Schäffle von mir.«

»Der Herr Weber hat meine Adresse. Wenn Sie noch mal bei uns unten sind, melden Sie sich. Wir haben ein großes Haus. Da ist Platz für Gäste. Das Frühstück ist genauso gut wie im ›Ochsen‹.«

»Ich danke Ihnen für die Einladung.« Ich lächelte tapfer. Allein beim Gedanken an die Wurstplatten von heute morgen wurde mir übel.

Als er durch die Tür auf den Gang entschwand, sah ich, daß Weber dafür gesorgt hatte, daß zwei Kollegen in Uniform den Gang sicherten.

Ich setzte mich an den Schreibtisch und schob den Papierberg zur Seite, der sich während meiner Abwesenheit gesammelt hatte.

»Wie weit seid ihr?« fragte ich Weber.

Silke Pape sah auf den Streifen an der Wand, auf dem Weber die Urlaubskarten der Kollegen sammelte.

»Formkram erledigt. Du kannst übernehmen.«

Er schob das Aufnahmegerät zu mir herüber.

»Stört es Sie, wenn wir unsere Unterhaltung aufnehmen?«

Sie schüttelte den Kopf. Ich drückte auf die Taste.

»Es ist unsere Aufgabe, herauszufinden, wer für den Tod Ihres Mannes verantwortlich ist. Im Laufe der Ermittlungen sind wir auf Dinge gestoßen, die uns vermuten lassen, daß Sie die Tat begangen haben. Was sagen Sie dazu?«

»Ich bin schuld. Der Tod von Klaus ist meine Schuld.«

»Warum haben Sie Ihren Mann umgebracht?«

»Ich habe ihn nicht umgebracht.«

Sie flüchtete mit ihren Augen vom Kassettenrecorder zu der bunten Welt auf Postkarten. Ich tauschte einen Blick mit Weber. Was war jetzt los?

»Frau Pape.« Ich machte einen neuen Anlauf. »Sie haben gerade gesagt, daß der Tod Ihres Mannes Ihre Schuld ist.«

Sie nickte.

»Und gleichzeitig sagen Sie, daß Sie ihn nicht umgebracht haben. Das verstehe ich nicht.«

Sie sah zu mir.

»Aber es ist so.«

»Helfen Sie mir zu verstehen«, bat ich sie. »Wieso ist der Tod Ihres Mannes Ihre Schuld?«

»Er ist meinetwegen gestorben.«

»Weshalb genau ist er gestorben?«

»Darüber möchte ich nicht reden.«

Sie legte die Hände im Schoß zusammen wie ein braves Kind.

»Wer hat Ihren Mann umgebracht, wenn Sie es nicht waren?«

Sie schwieg und sah in ihren Schoß.

»Wenn Sie unschuldig sind, müssen Sie reden. Das ist Ihre einzige Chance.«

Sie begann, den Ring mit den bunten Steinen am Finger zu drehen. Ich legte eine härtere Gangart ein.

»Ist es nicht so, daß Sie Ihren Mann umgebracht haben und daß Sie einen guten Grund dafür hatten? Ist es nicht so, daß Sie Ihre Tochter vor etwas Bösem bewahren wollten, daß Sie sich keinen anderen Rat mehr wußten, daß Sie deshalb bis zum Äußersten gingen?«

Sie sagte nichts, drehte weiter an ihrem Ring.

»Ihre Tat hatte einen Grund. Wenn Sie gestehen, können Sie mit mildernden Umständen rechnen.«

Ihre Hände zitterten. Ich mußte am Ball bleiben.

»Frau Pape, Sie sind keine eiskalte Mörderin. Sie haben aus einem Affekt heraus gehandelt. Wie ist es passiert?«

Ohne zu überlegen, machte ich weiter, verstärkte den Druck. Es kommt darauf an, die richtige Mischung aus Druck und Einfühlung zu finden. Ich folgte meinem Instinkt.

Sie blieb stumm, aber ihre Hände zitterten.

»Erzählen Sie uns, wie es passiert ist. Haben Sie Ihren Mann auf frischer Tat ertappt? Wie er Ihre Tochter zu einer sexuellen Handlung gezwungen hat?«

Sie sah auf die bunten Postkarten. Tränen standen in ihren Augen. Lange hielt sie nicht mehr durch. Ich drehte die Schraube weiter zu.

»Sie waren allein. Sie wußten nicht weiter. Sie haben sich geschämt, daß Ihnen das passiert ist. Sie hatten niemanden, an den Sie sich wenden konnten. Ihre Eltern wollten Sie mit so etwas nicht belasten.«

Es klopfte. Petra stand in der Tür. Wenn Blicke töten könnten, läge sie jetzt auf der Schwelle unseres Büros.

»Ich wollte nicht stören.«

Selbst Weber sah genervt zu ihr hinüber.

»Aber vielleicht wollt ihr ein Brot aus der Kantine oder so?«

»Haben Sie Hunger?« fragte ich Silke Pape.

Sie schüttelte den Kopf.

Ich sah auf Weber. »Nein, danke.«

»War ja nur 'ne Frage.« Petra machte die Tür wieder zu.

»Frau Pape«, versuchte ich den Faden wieder aufzunehmen. »Es ist besser, wenn Sie die Wahrheit sagen. Sie haben ihn umgebracht. Wir haben Beweise.«

Sie schüttelte den Kopf wie ein verstocktes Kind. Immer wieder. Als ob sie nicht mehr aufhören wollte.

»Das ist nicht wahr.«

Glaubte sie etwa selbst an das, was sie sagte? Die totale Verdrängung? Das Leugnen einer Wahrheit, die zu schmerzhaft ist, um sie auszuhalten?

»Frau Pape, wir wissen, daß Sie neben dem Bett Ihrer Tochter geschlafen haben.«

Sie zuckte zusammen wie unter einem Hieb. Ich stieß nach.

»Ich habe das Märchen gelesen. Das Märchen von dem König, der seine Tochter zur Frau nahm. Wollen Sie nicht endlich reden?« Ich betonte jedes einzelne Wort.

»Nein.« Der Aufschrei eines gepeinigten Tiers. »Nein.«

Ich begann, mich zu hassen für das, was ich tat.

Weber sah an mir vorbei auf die Wand.

»Frau Pape, warum machen Sie es uns und sich so schwer?«

Sie wiegte sich vor und zurück wie ein autistisches Kind.

»Frau Pape, es war kein geplanter Mord. Es war Totschlag. Sie waren nicht voll zurechnungsfähig. Sie wußten nicht, was Sie taten.«

Nichts als dieses Wiegen vor und zurück.

»Frau Pape.«

Drang ich überhaupt noch zu ihr durch?

»Sie hatten keine Kontrolle über das, was Sie taten. Sie waren wie in einem Rausch. Nicht zurechnungsfähig. Sie haben sich gerächt für die Verletzungen, die Ihr Mann Ihrer Tochter angetan hat, und ihn dafür bestraft, mit ihm abgerechnet.«

So mußte es gewesen sein. So wie sie sich jetzt vor und zurück wiegte, genauso zwanghaft mußte sie mit dem Hackebeil den toten Männerkörper zerteilt haben. Ich sah ihren rechten Arm, der auf und nieder sauste. Nicht ruhte, bis der Körper, auf den sie einschlug, kein Körper mehr war. Nichts Menschliches mehr, nichts Bedrohliches, nichts Männliches. Nichts, was Angst verbreitete und Schmerzen zufügen konnte. Nur noch Stücke leblosen Fleischs.

Sie hielt inne. »Was wird mit Mirjam?«

»Sie bleibt in Konstanz. Dort wird man sich bemühen, herauszufinden, wer für Ihre Tochter sorgen kann, solange Sie…«, ich vermied das Wort Gefängnis, »für die Betreuung nicht zur Verfügung stehen.«

Was für eine Sprache.

»Es wird geprüft, ob Verwandte sie aufnehmen können. In ihrem Fall vielleicht die Großeltern. Sofern sich Ihre Mutter und Ihr Vater dazu bereit erklären, ihre Enkelin aufzunehmen.«

Ehe wir wußten, was geschah, rutschte Silke Pape vom Stuhl, lag auf dem Boden. Ich kniete mich zu ihr und nahm ihren Kopf hoch. Die Augäpfel zeigten nach oben.

»Wasser, schnell.«

Weber sprang zum Wasserhahn.

Ich setzte das Glas an ihre Lippen.

»Frau Pape. Alles in Ordnung?«

Die Augen sahen wieder normal aus. Für einen Moment hatte sie die Besinnung verloren. Sie trank in kleinen Schlucken.

»Ich mache alles falsch«, sagte sie mit gepreßter Stimme. »Was ich mache. Alles ist falsch.«

Sie versuchte aufzustehen. Weber und ich halfen ihr, hochzukommen. Sie setzte sich auf den Stuhl.

»Kann ich bitte noch ein Glas Wasser haben?«

Er ging zum Waschbecken und brachte ihr ein volles Glas. Wie eine Verdurstende stürzte sie das Wasser hinunter.

51

Es klopfte. Petra steckte wieder den Kopf zur Tür hinein. »Bea, wenn du mal kommen könntest.«

»Wir machen eine Pause«, sagte ich zu Silke Pape.

Weber ging zum Fenster und sperrte einen Flügel weit auf.

»Mögen Sie etwas anderes zu trinken?« wandte er sich an Silke Pape. »Orangensaft vielleicht?«

Ich hörte ihre Antwort nicht mehr. Vor Petras Schreibtisch stand eine Frau in einer roten Lederhose mit einem Motorradhelm in der Hand.

»Endlich sind Sie da. Ich muß Sie sprechen. Es ist wichtig.«

»Kommen Sie.«

Ich ging mit ihr zu dem Getränkeautomaten um die Ecke.

»Mögen Sie was?« Ich deutete auf die Namen der Getränke, die auf dem Blech standen.

Sie winkte ab und lehnte sich an die Wand neben dem Automaten.

»Haben Sie angerufen, ohne Ihren Namen zu nennen?«

Ich kramte in meiner Hosentasche nach einem Markstück.

»Ich war auch bei Ihnen privat. Aber Sie waren nicht da.«

Klappernd fiel eine Dose nach unten.

»Ich war am Bodensee.«

»Haben Sie meine Schwester gefunden?«

»Sie ist in meinem Büro.«

»Geht es ihr gut?«

»Nicht besonders.«

»Und Mirjam?«

Ich steckte den Strohhalm in die Öffnung des Metalls.

»Sie ist noch in Konstanz. Das Jugendamt kümmert sich um sie.«

»Alles wegen diesen Schweinen.«

Eva Wessel trat mit den Motorradstiefeln gegen den Getränkeautomaten. Es schepperte hell.

»Wen meinen Sie?«

»Kerls, wen sonst. Oder kennen Sie eine Frau, die Spaß daran hat, Kinder zu bumsen?«

»Weshalb wollten Sie mich sprechen?«

»Ich wollte Ihnen was geben.«

Sie zog das T-Shirt aus der roten Hose und holte einen Umschlag hervor, den sie am Leib getragen hatte.

»Das ist für Sie.«

Ich stellte die Coladose auf den Automaten.

»Darf ich?«

Sie nickte.

Ich fuhr mit der Hand in den Umschlag und stieß auf einen Packen fester Papiere. Fotos.

»Passen Sie auf, daß Ihnen nicht schlecht wird.«

Die Fotos zeigten niedliche kleine Mädchen mit hübschen Gesichtern und nicht ganz so niedlich anzusehenden hochgeschobenen Röcken, die den Blick auf glatte Schamteile erlaubten. Ich sah den Stapel durch. Ein halbes Dutzend unterschiedlicher Modelle.

»Woher haben Sie die?«

»Geklaut. Einem Mistkerl geklaut.«

»Warum kommen Sie damit zu mir?«

»Um meiner Schwester zu helfen.«

Eva Wessel fuhr sich mit einer Hand über das Kinn.

»Was haben die Bilder mit Ihrer Schwester zu tun?«

Ich tat sie in den Umschlag zurück.

»War Klaus Pape der Fotograf?«

»Mein Vater hat die Fotos gemacht.«

Dieser Satz war ihr nicht leichtgefallen. Ein roter Kranz umzog ihre Mundpartie. Die Haut glühte.

»Warum geben Sie mir die Fotos?«

»Verstehen Sie nicht?« Sie scharrte mit der Spitze ihres Motorradstiefels über den Boden.

Ich schob mehrere Möglichkeiten in meinem Kopf hin und her. »Er hat nicht nur Fotos mit fremden Kindern gemacht.« Vor mir tat sich ein Abgrund auf. »Das hat er auch mit Ihnen gemacht.«

»Mit uns hat er keine Fotos gemacht. Sehen Sie das hier?« Sie fuhr sich mit dem Finger um den Mund. »Das bin ich bis heute nicht losgeworden. Dreimal dürfen Sie raten, wann ich das zum ersten Mal gekriegt habe.«

Ich hatte einen Geschmack im Mund, als müßte ich mir auf der Stelle die Zähne putzen.

»Er hat Sie mißbraucht. Sie und Ihre Schwester.«

»Mich hat er in Ruhe gelassen, nachdem ich das hier gekriegt habe.« Sie massierte die Haut um ihren Mund.

»Und was hat das mit dem Mord an Ihrem Schwager zu tun?«

»Verstehen Sie nicht?« Sie sah mich eindringlich an. »Silke hat das jahrelang mit meinem Vater durchgemacht. Dann heiratet sie Klaus. Und was ist? Dasselbe in Grün. Sie haben mir selbst gesagt, daß er und Mirjam… Da ist sie durchgedreht. Sind das nicht mildernde Umstände?«

Eva Wessel sah mich fragend an. Deshalb hatte sie die Fotos gebracht. Um ihrer Schwester zu helfen.

»Wissen Sie, daß Ihr Vater vermißt wird? Ihre Mutter hat eine Vermißtenanzeige aufgegeben.«

»Der hat die Hosen voll, dieser Dreckskerl.« Ihre Stimme bebte vor Wut. »Ich habe ihm gesagt, daß er eine Aussage machen soll, um Silke zu helfen. Da ist er abgehauen, der Feigling.«

»Weiß er, daß Sie die Fotos von ihm haben?«

»Ich habe ihm gesagt, daß ich ihn anzeige, wenn er Silke nicht hilft.«

»Wo kann er sein?«

»Ich kenne seine Schlupfwinkel. Als ich von zu Hause weg bin, habe ich ihn ein Jahr lang verfolgt, um Beweise zu sammeln für das, was er treibt.«

»Warum haben Sie ihn nicht angezeigt?«

»Meine Mutter hat gesagt, daß sie sich umbringt, wenn ich das tue.«

Wir sahen uns nicht an. Eva Wessels Blick klebte an der Fußleiste, meiner ging die Getränkeliste des Automaten entlang.

»Für sie ist er der tollste Mann überhaupt. Nur ein bißchen schwach. Die Welt ist voll von Lolitas, denen er nicht widerstehen kann.«

»Hat sie nichts gemerkt, früher?«

»Sie wollte nichts merken. Sie hat Staub gesaugt. Jeden Tag. Fast eine Stunde. Das war seine Zeit.«

»Ich verstehe nicht...«

»Solange der Staubsauger lief, wußte er, daß er konnte. Und wenn sie aufgehört hat zu saugen, hatte er immer noch genug Zeit. Sie wissen ja nicht, wie lange es dauert, bis so ein Staubsauger wieder zusammengeräumt ist.«

Ich sah auf den Fußboden. Graues Linoleum. Eva Wessel hatte Holz in ihrer Wohnung, und bei Papes gab es keinen einzigen Teppich. Was für eine saubere Familie. Ich fror.

»Können Sie Ihren Vater ausfindig machen?«

»Ich glaube schon.«

»Würden Sie ihn mit meinen Kollegen suchen und herholen?«

»Jetzt gleich?« fragte sie überrascht.

»So schnell wie möglich.«

»Helfe ich ihr damit?«

Sie sah mich an, als ob das das Wichtigste für sie wäre. Ihrer Schwester zu helfen.

»Ich glaube schon«, sagte ich.

»Sie kriegen ihn, aber ich mach' das allein. Da will ich niemanden dabeihaben. Dazu brauche ich keine Hilfe.«

52

Ich haute den Umschlag mit den Bildern auf meinen Schreibtisch. Weber hatte ein Sandwich in der Hand und kaute. Ich hatte das unbestimmte Gefühl, daß mein Magen jeden Krümel Nahrung postwendend wieder ausstoßen würde. Wenn das so weiterging, mußte ich mich auf Haferbrei umstellen. Oder auf Wasser wie Silke Pape.

Im Raum war das Kauen von Weber und das entfernte Klingeln

von Telefonen. Ich sah den Stapel Papier auf meinem Schreibtisch durch, sortierte alles Unwichtige auf einen Haufen. Am Ende hatte ich einen neuen Haufen. Genau wie der alte. Mir kam alles unwichtig vor. Unwichtig im Vergleich zu einem biederen Papa, der seine Töchter mißbrauchte und kleine Mädchen mit hochgeschobenen Röckchen ablichtete. Die Welt war voll von biederen Vätern, die sich an ihren Töchtern vergingen. Herr Wessel, Herr Pape. Ob Weber etwa auch? Ich schob den Gedanken beiseite. So weit war es schon mit mir gekommen, daß ich in jedem Mann einen Vergewaltiger sah.

»Wie findest du das?«

Er hatte aufgehört zu kauen. Ich schob den Umschlag mit den Fotos zu ihm rüber.

Er sah sich ein Foto nach dem anderen an.

»So was gehört...« Mit Rücksicht darauf, daß wir nicht allein im Raum waren, sprach er den Satz nicht zu Ende.

»Frau Pape, ich hatte gerade Besuch von Ihrer Familie.«

»Meine Mutter?«

Täuschte ich mich, oder war da ein Hoffnungsschimmer in ihren Augen? Ich täuschte mich nicht. Ich fühlte Wut in mir aufsteigen. Wut auf die Frau in der hochgeschlossenen Bluse, die ihre Töchter verraten hatte.

»Nein, nicht Ihre Mutter.«

Die Hoffnung erlosch in ihren Augen.

»Ihre Schwester.«

»Eva?« Die Nachricht schien sie zu überraschen.

»Ja, Eva«, bestätigte ich. »Sie will Ihnen helfen.«

»Mir kann keiner helfen«, sagte sie müde.

»Wollen Sie nicht wissen, was sie für Sie getan hat?«

»Was hat sie getan?«

Sie war nicht wirklich neugierig. Sie tat, was ich von ihr erwartete.

»Gib mal.«

Weber schob mir die Fotos über den Schreibtisch.

»Das hat uns Ihre Schwester gebracht.«

Ich reichte ihr die Fotos.

»Sehen Sie genau hin.«

Sie legte die Fotos zurück auf den Schreibtisch.

»Das will ich nicht sehen.«

Ich nahm das oberste Foto, stand von meinem Stuhl auf und ging zu ihr. »Sehen Sie hin.«

Ich hielt ihr das Foto unter die Nase.

Sie machte die Augen zu.

»Wir wissen, wer die Fotos gemacht hat, und Sie wissen das auch. Wir wissen, wer die kleinen Mädchen nackt ausgezogen hat, wer ihnen die Blumen mit den Stielen in die Scham gesteckt hat.«

»Hören Sie auf.« Sie legte eine Hand auf die geschlossenen Augen.

Weber sah mich entsetzt an. Warum setzte ich ihr so zu? Weil ich Frauen hasse, die die Augen zumachen, wenn sie etwas Unangenehmes sehen, weil ich endlich aus ihrem Mund die Wahrheit hören wollte. Beate Stein, Bullenschwein.

»Ihr Vater hat Sie mißbraucht. Sie und Ihre Schwester. Ist das richtig?«

Sie schwieg.

»Hat er oder hat er nicht?« Meine Stimme war eine Spur zu laut. Ich war das Schleichen um den heißen Brei endgültig leid.

»Er hat.« Ihre Stimme war leise. Sie trank einen Schluck Wasser.

»Das wollte Ihre Schwester uns beweisen mit den Fotos.«

Sie stellte das Glas auf den Schreibtisch.

»Es war meine Schuld.«

Wer hatte ihr das nur eingeredet?

»Reden Sie keinen Unsinn. Kein Kind kann etwas dafür, wenn es von einem Erwachsenen mißbraucht wird.«

»Es war meine Schuld. Sie müssen mir glauben.«

»Es war nicht Ihre Schuld. Verdammt noch mal. Reden Sie nicht so einen Unsinn.«

Ich war ungewollt lauter geworden. Mein Kollege räusperte sich.

»Es kann nicht Ihre Schuld gewesen sein.«

Das kam in normaler Lautstärke.

»Wie alt waren Sie, als Ihr Vater Sie mißbraucht hat? Vier, fünf, sechs oder acht oder neun? Wie die Mädchen hier auf den Fotos?«

»Meine Schuld.«

»Es war nicht Ihre Schuld, verdammt noch mal«, herrschte ich sie an.

»Meine Schuld, Mama sagt, alles ist Silkes Schuld. Silkes Schuld.«

Wie ein kleines Kind redete sie von sich in der dritten Person. Eine Gänsehaut kroch mir den Rücken hoch.

»Warum war das Ihre Schuld?«

Weber ging es um mehr als um dieses Verhör. Die Sache betraf ihn als Mann und Vater.

»Ich habe zwei Kinder. Nichts, was sie tun könnten, würde rechtfertigen, daß ich mich an ihnen vergreife.«

»Silkes Schuld«, wiederholte sie.

»Warum?« fragte ich eindringlich. »Warum war das Ihre Schuld?«

Die Frage überhaupt.

»Weil Silke böse ist.«

»Warum ist Silke böse?«

Ich hielt vor Spannung fast den Atem an.

»Silke ist Papas Liebling.«

»Warum ist Silke böse«, beharrte ich.

»Papa tut nur, was Silke will.«

»Wer sagt das?«

»Mama sagt das. Mama sagt, Silke macht mit Papa, was sie will.«

Ich akzeptierte, daß es leichter für sie war, in der dritten Person von sich zu reden.

»Was macht Silke mit Papa?«

»Das ist Papas und Silkes Geheimnis. Papa ist immer lieb zu Silke. Papa schenkt Silke Othello.«

»Wer ist Othello?«

»Othello ist Silkes Katze.«

»Hören Sie auf.« Webers wütende Stimme.

»Er hat Sie benutzt. Es ist nicht Ihre Schuld.«

»Doch, doch, doch«, beharrte sie.

Warum dachte ich ausgerechnet jetzt an die Statistiken? Jedes sechste Kind wurde von einem Mann aus dem unmittelbaren Umkreis bedroht. Jedes sechste? Wenn die Dunkelziffer so war wie sonst, war es mindestens jedes dritte Kind. Mir wurde schwindelig.

»Ihre Schwester hat uns die Fotos gebracht, um Sie zu entlasten. Damit wir sehen, was Sie durchmachen mußten. Damit wir wissen, was Sie Ihrer Tochter ersparen wollten. Sie wollten ihr das doch ersparen?«

Sie nickte. Ich sah Weber an. Das war der Durchbruch. Endlich hatte sie zugegeben, daß ihre Tochter sexuell bedrängt wurde.

Es klopfte. Was war jetzt wieder los? Petra winkte mich zu sich. Weber würde sich schon etwas einfallen lassen, bis ich zurück war und das Verhör fortsetzen konnte.

53

Der Staatsanwalt war am Telefon. Ich verabredete mich mit ihm für den kommenden Morgen.

»Habt ihr sie weichgekocht?« Petra sah mich neugierig an.

Ich setzte mich auf die Kante ihres Schreibtischs und strich mir mit beiden Händen die Haare aus der Stirn.

»Du stöhnst ja.« Sie wunderte sich.

Ich sah auf den Käfig mit dem Kaninchen, der auf der Fensterbank stand. Der Nagezahn schob die kleine Nase aufgeregt hoch und runter.

»Der Fall ist so verdammt beschissen«, entfuhr es mir.

»Ihr habt sie doch bald soweit, oder?«

Ich preßte meinen Handballen gegen die Stirn.

»Kennst du das Gefühl, wenn eigentlich alles läuft und du trotzdem so eine Ahnung im Bauch hast, daß irgendwas faul ist?«

»Das hatte ich das letzte Mal, als ich dem Freund meiner kleinen Schwester die Wohnung geliehen habe. Hinterher fehlte die Stereoanlage und die Couchgarnitur.«

Ich stieg von der Kante und ging zum Fenster.

»Wenn ich nur wüßte, was es ist.«

Das Kaninchen kam mir entgegengehoppelt.

Ich war gerührt. Er erkannte mich wieder.

»Tut mir leid«, entschuldigte ich mich. »Keine Möhren. Ich hatte einfach keine Zeit.«

Der Nagezahn war für Argumente nicht zugänglich. Er klemmte seine Schnauze zwischen die Stäbe. Ich fuhr ihm mit einem Finger über die watteweichen Backen.

»Wohin kommt er jetzt?«

»Wer?«

»Der Mümmelmann, wer sonst?«

Petras Frage brachte einen Knoten in meinem Kopf zum Platzen. Ich sah vor mir Weber mit den Kaninchenköteln in der ausgestreckten Hand, Herrn und Frau Wessel, die mit starrem Blick behaupteten, wir haben das Tier noch nie gesehen, die Plastiktüten mit den eingefrorenen Himbeeren unserer Pensionswirtin in Konstanz. Tüten, die mit genau dem gleichen Knoten verschlossen waren wie die, in denen wir die Leichenteile gefunden hatten.

»Ich verdammte Idiotin.«

Petra schwieg diplomatisch.

»Ruf da bitte sofort an.«

Petra las, was ich auf den Zettel geschrieben hatte.

»Und lade freundlich ein, zu uns zu kommen. Umgehend. Sag, es gibt wichtige Neuigkeiten.«

»Geht in Ordnung.«

Ich hatte schon die Türklinke zu meinem Büro in der Hand, als ich es mir anders überlegte und zum Fenster zurücklief.

»Danke«, flüsterte ich dem Kaninchen zu. »Du hast mir sehr geholfen.« Der Nagezahn ließ sich von den süßen Tönen nicht täuschen. Irgend etwas in meiner Stimme hatte ihm verraten, daß wieder harter Seegang zu erwarten war. Noch ehe ich mir den Käfig schnappte, lag er plattgedrückt am Boden.

»Wegen mir kannst du ihn ruhig noch da stehen lassen.«

»Es ist nicht wegen dir.«

»Weswegen denn?« fragte Petra.

54

Weber zupfte ratlos an seinem Bart, als er mich mit dem Käfig kommen sah. Sobald er sich von der Überraschung erholt hatte, begann er die Papiere auf dem Schreibtisch beiseite zu schieben, um Platz zu schaffen.

Silke Pape richtete sich kerzengerade in ihrem Stuhl auf. Ihr Blick klebte an dem Käfig in meinen Händen. Ich stellte ihn an seinen alten Platz auf die Ritze zwischen unseren Schreibtischen. Drei Augenpaare starrten auf den Käfig mit dem plattgedrückten Kaninchenkörper.

Das Kaninchen war der Schlüssel zu diesem Fall. Tagelang hatte es auf unserem Schreibtisch gestanden, und wir hatten nichts gemerkt. Das Kaninchen richtete sich auf. Es setzte sich mit erhobenem Kopf auf die Hinterläufe, richtete die Ohren auf. Das Kaninchen war die Spur, die wir übersehen hatten.

»Gehörte das Kaninchen Ihrer Tochter?«

Silke Pape schüttelte den Kopf.

Weber kratzte sich verwundert am Hals.

»Wollen Sie nicht endlich reden?«

Sie sah auf die bunten Karten an der Wand.

»Frau Pape, ich weiß jetzt, wer Ihren Mann umgebracht hat. Wir haben uns geirrt. Sie waren es nicht.«

Auf einmal war ich so sicher.

Ich ging zur Fensterbank und kam mit einer durchsichtigen Plastiktüte zurück, auf deren Boden Körner lagen. Weber starrte auf die Reste seines Kaninchenfutters.

»Machen Sie einen Knoten.«

Ich legte ihr die Tüte in den Schoß.

»Was für einen Knoten?«

Sie drehte die Packung unsicher in den Fingern.

»Sie werden die Packung doch mit einem Knoten verschließen können?«

»Ich mache nie Knoten«, sagte sie. »Ich nehme Klammern.«

Weber machte große Augen.

Ich nahm ihr das Futter aus der Hand und schickte einen triumphierenden Blick über den Schreibtisch. Jetzt kam es darauf an, den Punkt zu treffen, der sie zum Reden brachte. Ich setzte alles auf eine Karte.

»Wenn Sie nicht wollen, daß Mirjam zu ihren Großeltern kommt, müssen Sie reden.«

Sie sah mich an. Ihre Augen waren feucht.

»Wollen Sie, daß Ihre Tochter zu ihrem Großvater kommt?«

Sie schüttelte den Kopf.

»Dann reden Sie. Oder wollen Sie ins Gefängnis und Mirjam ihrem Großvater überlassen?«

»Ich weiß nicht, wo ich anfangen soll«, sagte sie endlich. »Sie wissen doch schon alles.«

»Wann ist das Kaninchen zu Ihnen ins Haus gekommen?«

»Am 15. Mai. Einen Tag vor Mirjams Geburtstag. Mein Vater hat es gebracht.« Sie schluckte. »Mirjam war schon im Bett. Da kam mein Vater mit dem Kaninchen.«

Sie sah auf den Käfig.

»Wir sollten es ihr ins Bett setzen. Als Überraschung.«

So hatte es angefangen. Mit einem Geburtstagsgeschenk. Der Opa schenkt der Enkelin etwas ganz Besonderes zum Geburtstag. Etwas zum Liebhaben. Ein lebendiges Kuscheltier. Das Traumgeschenk überhaupt.

Sie wischte sich eine Träne von der Wange.

»Für meine kleine Prinzessin, hat er gesagt.«

Ich sah, wie sie den Fingernagel ihres linken Zeigefingers in das Stück Haut neben dem Daumen der rechten Hand trieb. Es mußte weh tun. Weh genug, um einen schlimmeren Schmerz zu vertreiben.

»Meine kleine Prinzessin. Das hat er früher auch zu mir immer gesagt. Meine kleine Prinzessin.«

Der Zeigefinger saß wie eine Schraube im Fleisch ihrer Hand.

»Als er weg war, habe ich geweint. Die halbe Nacht.«

Sie machte eine Pause.

»Ich wollte das nicht. Klaus hat das Tier weggeschafft. Auf den Boden. In der gleichen Nacht.«

Eine Weile war es still im Zimmer.

»Warum wollten Sie nicht, daß Ihr Vater Mirjam ein Tier schenkt?«

»Wegen Othello«, sagte sie leise.
»Ihre Katze?«
Sie nickte stumm.
»Wie alt waren Sie, als Ihr Vater Ihnen die Katze geschenkt hat?«
»Fünf oder sechs. Ich weiß nicht.«
»Sie haben Ihre Katze geliebt?«
Die Schraube in ihrer Hand konnte die Tränen in ihren Augen nicht verhindern. Ich stellte die nächste Frage.
»Warum wollten Sie nicht, daß Ihre Tochter ein Tier bekommt? Was ist so schlimm daran, ein Tier zu haben?«
Tränen liefen über ihre Wangen. Ihre Hände lagen jetzt nebeneinander in ihrem Schoß. Die Stelle neben dem Daumen war geschwollen.
»Er hat gesagt, Othello stirbt, wenn ich Mama unser Geheimnis verrate.«
Weber preßte sich die Handflächen an die Schläfen.
»Das wollten Sie Ihrer Tochter ersparen.«
Sie nickte stumm.
»Das und alles, was damit zusammenhängt.«
Sie nickte wieder. Der Anfang der Katastrophe.
»Haben Sie Ihrem Mann alles erzählt?«
Sie schüttelte den Kopf. Die Tränen liefen weiter. Ihr Gesicht glänzte feucht.
Weber kramte eine Packung Papiertaschentücher aus seiner Schublade. Ich brauchte keinen Druck mehr zu machen. Der Damm war gebrochen.
»Ich habe Klaus ein Märchen gegeben. Ich konnte nicht reden. Nicht darüber.«
»Es war einmal eine Königin, die war so häßlich...«
»Das kennen Sie auch.«
Sie riß das Papier auf und zog ein Papiertaschentuch aus der Packung.
»Ich habe das Märchen im Papierkorb gefunden.«
Sie faltete das weiße Taschentuch auseinander.
»Das ist nicht das richtige Märchen. Nicht das, was ich Klaus zu lesen gegeben habe.«

Sie schneuzte kräftig in das Tuch. Ihr Gesicht glänzte feucht.
»Im richtigen Märchen ist die Königin schön?«
»Die Königin ist schön, und die Tochter ist schön.«
Sie drückte das Taschentuch in ihren Händen zu einem Ball zusammen.
»Und der König?« fragte ich.
»Der König will sie heiraten, aber sie will nicht.«
Sie legte den Papierball neben die Packung auf den Schreibtisch. Weber schob den Ball in den Papierkorb.
»Was macht die Tochter in dem Märchen?«
»Sie macht sich häßlich und geht. Sie geht, und alles wird gut.«
Sie putzte sich die Nase.
»Hat Ihr Mann verstanden, was Sie ihm mit dem Märchen sagen wollten?«
Sie nickte. Weber hustete, als ob er einen Kloß aus der Kehle pressen wollte.
»An Mirjams Geburtstag sind wir weg. Wir waren nicht da, als meine Eltern kamen.«
Eine Frage brannte mir auf den Lippen.
»Das Märchen mit der häßlichen Königstochter, das haben Sie erfunden? Warum?«
»Das war die Idee von Klaus. Er wollte mir helfen. Er hat mir Mut gemacht, ein ganz neues Märchen zu schreiben.«
Sie machte eine Pause.
»Ich habe es versucht, aber es ging nicht.«
Sie sah mich aus geröteten Augen an.
»Mein Märchen war schlimmer als das alte. Ich habe mich so geschämt.«
»Wie ging es weiter?« Die Frage kam von Weber.
»Alles wurde anders. Von da an.«
Sie faßte sich an den Ring mit den bunten Steinen.
»Was wurde anders?« fragte Weber nach einer Weile.
»Muß ich das erzählen? Ich schäme mich so.«
»Wenn es wichtig ist für das, was geschehen ist, dann sagen Sie es uns am besten. Was Sie auch erzählen, Sie können sicher sein, wir haben schon Schlimmeres gehört.«
Er glaubte an das, was er sagte. Ich beneidete ihn.

»Ich habe nicht mehr ertragen, daß mein Mann mich anfaßt, danach.«

Sie sah in ihren Schoß. Mit drei Fingern schob sie den Ring mit den Steinen hin und her. Dann hörte sie auf, sah auf den Käfig mit dem Kaninchen.

»Wenn er mich angefaßt hat, bin ich auf die Toilette und habe mich übergeben.«

Gut, daß Weber nicht sprechen mußte. Seine Stimme hätte nicht mehr ganz so überzeugend geklungen wie vor einer Minute.

»Wir konnten über alles reden. Aber ich habe es nicht ausgehalten, daß er mich anfaßt.« Sie schwieg.

»Ich bin zu Mirjam ins Zimmer gezogen und habe da geschlafen.«

Weber war weiß im Gesicht.

»Wie hat Ihr Mann das verkraftet?«

»Es war schwer für ihn.« Sie suchte nach Worten. »Er war traurig; und wütend auf meinen Vater. Später hat Klaus meine Eltern zu uns bestellt.«

Ihr Blick fiel auf unseren Kalender neben den Postkarten. »Einen Tag, bevor wir in die Ferien wollten. Mittags. Mirjam war im Bett.«

Die Erinnerung fiel ihr nicht leicht. Schweißperlen standen auf ihrer Stirn.

»Er wollte nicht, daß Mirjam meinen Vater jemals wiedersieht.«

Es war, als könnte sie die Sätze nur noch stoßweise herausbringen. Einen nach dem anderen.

»Vater sollte das Kaninchen aus dem Haus schaffen.«

Sie holte tief Luft.

»Und nie mehr zu uns kommen. Er hat ihm das Haus verboten. Er hat ihm ins Gesicht gesagt, daß er alles weiß.«

Sie atmete schwer.

»Ihr Mann hat Ihrem Vater gesagt, daß er weiß, daß er Sie über Jahre mißbraucht hat.«

Sie zuckte zusammen bei dem Wort mißbraucht.

»Vater wollte das nicht hören. Er hat sich die Ohren zugehalten. Er hat gerufen: Hör auf. Aber Klaus hat weitergeredet.«

Sie sank in sich zusammen.

»Er hat ihm alles gesagt, was er von mir wußte.«

Ihre Lippen bebten, als erlebte sie alles hier und jetzt noch einmal.

»Ich bin schuld an allem«, flüsterte sie. »Mein Vater hat das nicht ertragen. Es ist meine Schuld.«

Das Ehepaar Wessel hatte bei der Erziehung dieser Tochter ganze Arbeit geleistet. Es gab nichts, wofür sie sich nicht die Schuld gab.

Weber ging zum Waschtisch. Ich sah, daß er die Notapotheke öffnete, etwas herausnahm und den Wasserhahn aufdrehte. Er kam zurück und reichte ihr ein nasses Tuch.

»Hier«, sagte er. »Legen Sie sich das in den Nacken. Das tut gut.« Er setzte sich wieder an den Schreibtisch.

Sie wischte sich mit dem Tuch den Schweiß aus dem Gesicht, faltete es und legte es sich in den Nacken. Ihr ganzes Leben hatte sie getan, was andere ihr gesagt hatten.

»Vater hat den Aschenbecher vom Tisch genommen. Er wollte, daß Klaus aufhört zu reden.« Sie machte eine Pause.

»Er hat Klaus den Aschenbecher ins Gesicht gehauen.«

Sie legte eine Hand auf das feuchte Tuch im Nacken.

»Aber Klaus hat weitergeredet, auch als er schon aus dem Mund geblutet hat.«

War das das Ende?

»Da hat Vater einen Stuhl genommen.« Sie schwieg.

»Bis Klaus am Boden lag und kein Wort mehr sagen konnte.«

Ich stellte mir die Szene vor, die sie gerade beschrieben hatte.

»Ihr Vater hat Ihren Mann zu Tode geprügelt«, brachte ich die Ereignisse auf den Punkt.

Sie protestierte.

»Er wollte das nicht. Er wollte nur, daß Klaus nicht mehr redet.«

Mir war kalt, obwohl die Luft im Büro warm und verbraucht war. Durch die geschlossene Tür drang das entfernte Klingeln von Telefonen. Sonst nichts. Ich dachte an die Schwester. An den roten Kranz um ihren Mund, an die Steine, die sie über das Wasser geschleudert hatte. Eva Wessel hatte wenigstens ihre Wut. Was hatte Silke außer diesem verdammten Gefühl, an allem schuld zu sein?

Mein Blick fiel auf den Käfig. Silke Pape hatte ihre Tochter. Ich hatte mal wieder das Wichtigste übersehen.

»Warum sind Sie weggelaufen?« fragte ich sie.

»Ich konnte nicht dableiben.«

Einmal hatte sie etwas aus eigenem Antrieb getan.

»Als das Blut aus dem Kopf kam, habe ich mein Ohr auf sein Herz gelegt, und es hat nicht mehr geschlagen. Es war grauenhaft. Ich habe die Stirn gegen den Boden geschlagen. Bis mir der Kopf dröhnte.«

Sie nahm das Tuch aus dem Nacken und sah uns an.

»Ich konnte nicht glauben, daß er tot war.«

Es war still im Zimmer. Nur ein sanftes Knacken. Das Kaninchen rieb die Zähne an den Käfigstangen.

Silke Pape brach die Stille.

»Ich lag auf der Erde bei Klaus. Und meine Eltern standen über mir. So groß.«

Sie legte ihr Gesicht in das nasse Tuch auf ihren Händen. Nach einer Weile hob sie wieder den Kopf.

»Sie beugten sich zu mir herunter. Mein Vater streckte die Hand nach mir aus.«

Sie schwieg.

»Ich wollte nur noch weg. Weg von dieser Hand.«

Sie sah uns an.

»Ich wollte nicht, daß mein Vater Mirjam noch einmal anfaßt.«

Für ihre Tochter hatte sie das Unerhörte getan, war ins Nichts aufgebrochen, hatte alles hinter sich gelassen. Eva Wessel hatte ihre Wut. Silke Pape hatte ihre Tochter.

»Ich bin zu Mirjam ins Zimmer. Sie war wach. Ich habe schnell ein paar Sachen in die Reisetasche getan, Pullover, Portemonnaie. Dann bin ich mit ihr aus der Wohnung. Ich wollte nur weg.«

Eine Tür, die ins Schloß fällt. Zwei Menschen, die mit einer Leiche zurückbleiben. Ich stellte mir Herrn Wessel vor, wie er den Käfig mit dem Kaninchen anstarrte. Für Frau Wessel gab es nur eine Rolle. Sie würde tun, was sie ein Leben lang getan hatte, die Dinge wieder in Ordnung bringen, die ihr Mann durcheinandergebracht hatte. Ganz normale Aufräumarbeiten. Mit der Routine der langjährigen Hausfrau sah ich sie die Enden eines Plastikbeutels zu einem Knoten zusammenziehen. Eine sparsame Hausfrau kaufte keine Verschlußklammern.

55

Es klopfte an der Verbindungstür.

»Bea, kannst du mal bitte...«

Auf dem Weg zur Tür drückte ich Silke Pape die Schulter. »Sie haben es bald überstanden. Der Kollege macht das Protokoll.«

Vor Petras Schreibtisch stand ein Mann in Jeans und einem Hemd, auf dem ein gelber Fleck explodierte, sich in orangerote Teilchen auflöste. Er drehte den Kopf zu mir. Der schwarze Pferdeschwanz schaukelte. Er hatte einiges getan, um hierher zu kommen.

»Wo ist sie?«

Ich zeigte mit dem Daumen zur Tür.

»Kann ich sie sehen?«

»Sie hat es bald geschafft. Dann können Sie mit ihr reden.«

»Wo sitzt sie ein?« fragte er.

»Gar nicht. Sie kommt frei.«

Petra fiel der Bleistift, an dem sie genagt hatte, aus dem roten Mund. Er knallte auf die Schreibtischplatte.

»Keine U-Haft?« fragte der Mann.

»Sie ist unschuldig.«

Petra hatte sich von der Überraschung noch nicht erholt. Der rote Mund, aus dem der Bleistift gefallen war, stand offen.

»Unschuldig?«

Es traf ihn genauso unvorbereitet wie sie. Ein Fingernagel seiner rechten Hand verschwand zwischen den Haarsträhnen, die an seinem Kopf nach hinten gezogen wurden.

»Sind Sie sicher?« Der Fingernagel schabte über die Kopfhaut.

»Hundertprozentig. Sie ist unschuldig«, wiederholte ich. Warum tat es mir so gut, dieses Wort auszusprechen? Un-schul-dig. Weil ich diesem unglaublichen ›Das ist meine Schuld, meine Schuld‹ etwas entgegensetzen wollte?

»Sie können draußen im Flur auf sie warten.«

Ich machte die Tür zum Korridor auf. Die Bank war frei. Er setzte sich und klopfte eine Zigarette aus einer blauen Schachtel. Das Schild ›Bitte nicht rauchen‹ hing genau über seinem Kopf.

Schritte hallten über den Gang. Eva Wessel mit ihrem Vater. Sie hatte ihm die Hände mit einem Seil zusammengebunden und führte ihn an der Leine wie einen Tanzbären. Über der linken Schulter hing eine schwere Tasche, und in ihrer Hand baumelte der Motorradhelm.

Die beiden kamen näher.

»Hier ist er.«

Eva Wessel ließ das Seil los. Der Mann mit dem Pferdeschwanz verfolgte die Szene, die sich vor seinen Augen abspielte. Er preßte den Rauch durch die Nasenlöcher und musterte den Mann, der mit zusammengebundenen Händen vor mir stand. Ein Mann mit Bartstoppeln und einem Schmutzrand im weißen Hemdkragen. Sein Blick war an mir vorbei in die Ferne gerichtet.

Ich band den Knoten auf, mit dem sie ihm die Hände zusammengebunden hatte. Schlanke Finger mit langen blonden Haaren auf der Handoberfläche. Hände, die über glatte Kinderkörper gestrichen waren, Beine auseinandergestoßen, Fleischknebel in Kindermünder gepreßt hatten. Ich verstand, warum Eva diese Hände mit einem Seil verknotet hatte.

»Kommen Sie.«

Ich hielt die Tür zu Petras Büro auf. Eva Wessel stand hinter ihrem Vater, wartete, bis er ins Zimmer ging, eh' sie nachkam.

»Setzen Sie sich.«

Herr Wessel nahm auf dem Stuhl vor Petras Schreibtisch Platz.

»Der ist für Sie.«

Eva Wessel folgte meiner Einladung und ließ sich auf den anderen leeren Stuhl fallen.

»Willst du dich setzen?« fragte Petra sarkastisch und erhob sich von ihrem Schreibtischstuhl. »Ich kann ja gehen.«

»Bleib. Das ist Herr Wessel, und das ist seine Tochter Eva«, stellte ich die beiden vor. »Sobald Weber fertig ist, bist du uns los.«

»Ist das für uns?« fragte ich Eva Wessel und zeigte auf die Tasche, die sie neben dem Stuhl abgestellt hatte.

Sie kramte darin herum und holte eine gelbschwarze Schachtel heraus. Ihre Finger öffneten sie an der Seite und setzten ein dunkles Rad auf die Schachtel.

»Wissen Sie, was das ist?«

Ich ging näher heran.

»Zeigen Sie mal.«

Sie reichte mir das runde Rad. Es war ein Magazin. In dem grauen Kreis steckten Dias.

»Das können Sie endlos laufen lassen«, erklärte sie. »Dann haben Sie beide Hände frei und können sich vergnügen.«

Ich nahm ein Dia heraus und hielt es gegen das Licht. Sofort hatte ich wieder diesen schalen Geschmack im Mund. Als bräuchte ich eine Packung Zahnpasta, um es zu vertreiben. Ich schluckte.

»Die ganze Tasche ist voll von dem Dreck.« Ihre Stimme überschlug sich. »Ich könnte kotzen.«

Petra sah von der Tasche zu dem Mann, der vor ihrem Schreibtisch saß. Sie kaute auf der Unterlippe.

»Wenn Sie wollen, können Sie nach Hause gehen«, sagte ich zu Eva Wessel.

»Brauchen Sie meine Aussage nicht?«

»Doch, aber das hat Zeit.«

»Wie geht es meiner Schwester?«

»Besser, jetzt, wo sie alles rausgelassen hat.«

»Wo ist sie? Kann ich sie sehen?«

»Warten Sie einen Moment.«

Ich machte die Tür zu unserem Büro auf. Weber haute wie wild in die Tasten. Das Protokoll. Es war bestimmt bald fertig.

Silke Pape nippte an einem Glas Wasser. Sie sah immer noch ziemlich mitgenommen aus.

»Möchten Sie Ihre Schwester sehen?« fragte ich sie. »Sie ist draußen.«

Sie schüttelte den Kopf und sah auf den Käfig.

»Sie würde Sie gern sehen«, machte ich einen letzten Versuch.

Sie schüttelte den Kopf.

Ich ging wieder nach draußen.

»Was ist? Kann ich sie sehen?«

»Sie möchte Sie nicht sehen.«

Eva Wessel haute mit dem Fuß gegen die Schreibtischwand. Der Knall hallte durch das Zimmer. Eine Weile blieb sie stumm.

»Sie kann mich nicht leiden. Kann man nichts machen.«

Der Kranz um ihren Mund nahm Farbe an.

»Geben Sie ihr Zeit.«

Die Haut um ihren Mund glühte rot.

»Das hat er auch geschafft.« Sie zeigte auf den Mann, der teilnahmslos ins Fenster starrte. »Daß sie mich haßt.«

Ich widerstand der Versuchung, ihr einen billigen Trost zu servieren.

»Wozu hab' ich das dann gemacht?«

Sie stand vom Stuhl auf und ging zur Tür. Ich begleitete sie nach draußen.

»Wie lange dauert es noch?« fragte der Mann mit dem Pferdeschwanz, der auf der Bank wartete. Ihn hatte ich ganz vergessen.

Ich lief mit Eva Wessel den Gang hinunter. Mir fiel ein, daß sie nicht wußte, daß ihre Schwester unschuldig war.

»Ihre Schwester ist unschuldig«, sagte ich unvermittelt.

Sie blieb stehen.

»Unschuldig?«

»Sie hat ihn nicht umgebracht.«

»Wer war es dann? Wer hat die Sache für sie erledigt? Der Typ mit dem Pferdeschwanz vielleicht? Ich wußte doch, daß sie das nicht bringt.«

Ich konnte die Bitterkeit in ihrer Stimme verstehen.

»Nein. Es war alles ganz anders.«

Ich zog sie am Ärmel der Motorradjacke weiter.

»Eigentlich dürfte ich Ihnen das gar nicht sagen.«

»Warum tun Sie's dann?«

»Es war Ihr Vater. Klaus Pape hat ihn mit ein paar unangenehmen Wahrheiten konfrontiert. Das hat er nicht ausgehalten.«

»Und Klaus und Mirjam?«

»Da haben wir uns geirrt. Gründlich. Da war nichts. Es ging um Ihren Vater und Mirjam. Klaus Pape hat ihm das Haus verboten.«

»Klaus hat ihr nichts getan?«

»Im Gegenteil. Er wollte Mirjam vor ihrem Großvater schützen.«

»Mein Vater wird nichts zugeben.«

»Das braucht er nicht. Wir haben die Aussage Ihrer Schwester.«

»Sie hat gegen ihn ausgesagt? Das glaube ich nicht.«

»Sie tun Ihrer Schwester unrecht«, sagte ich. »Sie hat es getan. Für Mirjam.«

Wir standen vor dem Paternoster. Leere Holzkörbe zogen auf einer Seite nach oben, auf der anderen nach unten.

»Was wird mit ihm?«

»Er wird verurteilt. Ihre Bilder helfen dabei.«

Sie sprang in einen leeren Käfig.

»Und wem nützt das jetzt noch?« rief sie mir zu, als sie nach unten entschwebte.

Wieder so eine verdammte Frage, auf die ich keine Antwort wußte.

»Dauert es noch lange?« fragte der Mann mit dem Pferdeschwanz, als ich auf Petras Büro zusteuerte.

Ich schüttelte den Kopf und drückte die Türklinke herunter.

Herr Wessel saß in der gleichen Pose vor Petras Schreibtisch, in der ich ihn verlassen hatte. Wie eine Puppe aus dem Wachsfigurenkabinett. Wir stellen vor, den Verführer von nebenan. Hätten Sie gedacht, daß dieser Mann kleinen Mädchen die Unschuld raubt?

Petra räumte die Schreibtischplatte blank.

»Ich mach' Feierabend. Bin sowieso schon viel zu lange geblieben.«

»Warte noch einen Moment, ja?«

Ich ging in unser Büro.

Silke Pape setzte gerade die Unterschrift unter das Protokoll. Ich stellte mich neben sie und überflog ein paar Passagen. Soweit schien alles in Ordnung.

»Sie haben es geschafft«, sagte ich. »Sie können gehen.«

»Und Mirjam?«

»Sie können zu ihr, sie abholen.«

»Ich habe kein Geld. Wie soll ich das schaffen, allein? Ohne Klaus?«

In ihrer Stimme schwang Panik.

»Draußen wartet jemand auf Sie.«

»Auf mich? Meine Mutter?«
Wieder dieser erwartungsvolle Blick.
»Nein. Ihr Freund aus Konstanz.«
Die Erwartung war aus ihrem Blick gewichen. Der Mann mit dem Pferdeschwanz war nicht zu beneiden.
Weber streckte die Hand über den Schreibtisch. Er räusperte sich.
»Alles Gute. Ihnen und Ihrer Tochter.«
Wir gingen gemeinsam zur Tür. Ich hielt die Tür für sie auf.
Vor Petras Schreibtisch stand eine Frau in einem weißen Faltenrock mit einer dunkelblauen Bluse, hochgeschlossen mit langen Ärmeln. Mit der Perlenkette, die ich so gut kannte.
Silke Pape hatte ein Lächeln auf den Lippen, als sie die Frau sah.
»Mama«, sagte sie leise. »Mama.«
Die Frau warf einen Blick auf sie. Auf die roten Haarfransen, die in eine verschwitzte Stirn fielen. Auf das Baumwollhemd mit den Schweißflecken. Die nackten Arme. Auf den kurzen Rock, unter dem bloße Beine hervorkamen.
Silke Pape machte einen Schritt auf sie zu.
Die Frau trat einen Schritt zurück.
»Du warst immer schon ein Luder«, sagte sie scharf, »schon mit fünf warst du ein Luder.«
»Kommen Sie.«
Ich nahm Silke Pape in den Arm und führte sie zur Tür. Sie hielt den Kopf gesenkt und ließ es geschehen.
»Was haben Sie mit ihr gemacht?« rief der Mann mit dem Pferdeschwanz entsetzt, als er die Frau sah, die ich durch die Tür schob.
»Bullenpack. Dreckiges Bullenpack.«
Die Worte hallten über den Gang.
Ich beneidete ihn um die Freiheit, seine Wut herauszuschreien.
»Lassen Sie sie los.«
Jetzt stützte er die Frau, die sich nur mühsam auf den Beinen halten konnte. Sie liefen den Gang hinunter. Ich brauchte mich nicht von Silke Pape zu verabschieden. Das war nicht der Moment.
»Wenn Sie mit herüberkommen würden?«
Seite an Seite gingen Herr und Frau Wessel an mir vorbei durch

die Tür in unser Büro. Sie hatte ihn untergehakt. Die Hände der beiden waren fest verschlungen.

56

Wir standen am Fenster. Zwei Kollegen in Uniform führten Herrn Wessel die Treppe hinunter. Ein anderer Kollege hielt die Tür des grünen Transporters auf. Herr Wessel verschwand zusammen mit den beiden im Inneren des Wagens. Der Kollege verschloß die Tür und stieg ins Führerhaus. Wir warteten. Der Wagen mit den vergitterten Fenstern startete. Er bog um die Ecke. Weg war er.

»Er hat kein Wort gesagt.«

»Braucht er auch nicht. Was wir haben, reicht.«

»Wofür?« Weber zog einen Strich durch die Staubschicht der Scheibe. »Totschlag. Das ist alles. Der ist schnell wieder draußen.«

»Vergiß nicht die Dias. Die bringen ihm ein, zwei Jahre mindestens.«

»Solchen Schweinen sollte der Schwanz abgeschnitten werden.«

»Das meinst du nicht ernst?«

Ich sah meinem Kollegen ins Gesicht.

»Meinst du, der hört auf, wenn er wieder draußen ist?«

Auf die Frage brauchte ich ihm nicht zu antworten.

»Siehst du.« Er zog eine zweite Linie quer durch die erste. Ein Kreuz leuchtete aus der Staubschicht.

»Das ist das einzige, was hilft.«

»Eigentlich sollten wir uns auf die Schulter klopfen...«

»Wofür, verflucht noch mal?« fragte er und machte eine Reihe kleiner Kreuze, als wollte er auf der Fensterscheibe einen Friedhof anlegen.

»Wir haben diesen Scheißfall gelöst.«

»Und wie viele von diesen Dreckskerlen schnappen sich ihre Kinder? Jetzt in diesem Moment. Da hinten in den Häusern, wo die Lichter angehen. Mama steht hinter dem Herd und kocht das Abendessen, und Papa spielt mit den Kleinen im Kinderzimmer oder der Badewanne oder der Garage. Was weiß ich...«

Mit der blanken Hand wischte Weber die Scheibe frei.

Er sah sich die Innenflächen seiner Hand an.

»Nichts als Dreck, wo wir hinpacken.«

Er ging zum Waschbecken.

»Glaubst du wirklich, daß sie nicht wußte, was da im Busch war mit ihren Töchtern?«

Ich wußte sofort, wen er meinte.

Ich schüttelte den Kopf. »Die wußte das.«

Er trocknete sich die Hände ab.

»Der waren ihre Töchter scheißegal.«

»Es läuft darauf hinaus«, gab ich zu. »Der Mann war ihr wichtiger, die Ehe, die Versorgung, die heile Welt.«

»Er hat das nicht gebracht.«

»Was meinst du?« fragte ich.

»Das Zerlegen der Leiche, das war sie. Da kannst du Gift drauf nehmen. Er hat höchstens die Tüten gehalten. Die hat bestimmt noch die Knöpfe vom Anzug abgetrennt und ins Nähkästchen getan, bevor sie ihn verbrannt hat oder ins Wasser geworfen oder so.«

Er schwieg.

»Weißt du, an wen sie mich erinnert?«

Woher sollte ich?

»An meine Schwiegermutter. Der gleiche Eisschrank. So ein Blick, dem nichts recht ist. Ich schmeiß sie raus, wenn ich nach Hause komme und sie ist noch da.«

Er stellte seine Tasche auf den Stuhl.

»Ich schmeiß sie raus.«

»Wart noch einen Moment.«

Ich zog die Schreibtischschubladen auf.

Er sah mich fragend an.

»Kerner.« Ich lief zur Tür hinaus.

Sein Büro war zu. Das Papier gegen den Türrahmen gepreßt, schrieb ich mit rotem Filz: »Verehrter Kollege! Habe Ihren Entführungsfall gelöst. Der Entführte ist in Sicherheit. Blumen und Präsente im Vorzimmer abgeben! Beate Stein.« Ich schob den Zettel unter die Tür.

Den Fight hatte ich gewonnen. Ein klarer K.o. Ich brauchte einen aufbauenden Gedanken.

»Was ist mit Kerner?« fragte Weber, als ich zur Tür reinkam.

»Er bearbeitet die Entführung Wessel.«

»Entführung Wessel?«

»Erklär' ich dir morgen. Laß uns gehen.«

»Was wird aus dem Kaninchen?«

Wir standen vor dem Käfig. Das Schlappohr hoppelte zu uns und stellte sich auf die Hinterbeine.

»Ich kümmer' mich um ihn«, sagte ich.

»Willst du ihn behalten?«

»Ich bringe ihn zu einer Freundin. Aufs Land. Da hat er's gut.«

»Er wird mir fehlen.«

»Du hast ein Streifenhörnchen, drei Hamster, zwei Kinder und eine Frau«, zählte ich auf.

»Und eine Schwiegermutter.« Er schlug die Tür zu.

Im Gang empfing uns das Brummen einer Bohnermaschine. Wir grüßten die Frau im Kopftuch, die die Maschine über den Boden schob.

»Denkst du das gleiche wie ich?« wollte Weber wissen, als wir dem Brummen entkommen waren.

Ich sah auf das Kaninchen, das wieder plattgedrückt auf dem Boden lag.

»Ich glaub' schon.«

»Und?«

»Wo sind ihre Kinder jetzt?«

Wir drehten uns nach der Frau mit dem Kopftuch und der Bohnermaschine um. Meine Hände klammerten sich an den Käfig.

»Bestimmt hat sie einen netten Mann, und der ist schon auf dem Weg zu ihr, um sie mit den Kindern abzuholen«, sagte ich, als wir im Paternoster nach unten fuhren.

»Bestimmt«, sagte Weber und klapperte mit den Fingernägeln über die Stangen des Käfigs. Das Kaninchen zitterte.

»Laß das«, herrschte ich ihn an.

»Der Nagezahn mag das. Bestimmt.« Er grinste.

In diesem Augenblick hätte ich ihm mein Knie zwischen die Beine rammen können.

Epilog

Das kleine Mädchen saß auf dem Boden. Es trug ein luftiges Kleid ohne Ärmel. Über die Brust liefen Elefanten, die sich mit dem Rüssel an dem Schwanz ihres Vordermannes festhielten. Weiße Kniestrümpfe ringelten sich um die Knöchel. Zwischen den ausgestreckten Beinen stand ein flaches Holzgestell, auf dem eine Reihe länglicher Platten lagen. Das Mädchen haute mit einem Stock auf die goldenen Scheiben. Ein runder Ball traf auf das Metall und brachte es zum Klingen. Das Mädchen legte den Kopf in den Nakken und lauschte dem Ton, der durch die Luft schwebte. Die blonden Haare, die auf dem Kopf von einer Spange mit roten Herzen zusammengehalten wurden, wippten.

In der Ferne begann ein Staubsauger zu röhren. Das Mädchen sprang auf. Der Stock mit dem runden Ball rollte zwischen die Füße des Schaukelpferds. Das Mädchen lief zu der Bank, auf der Stofftiere unterschiedlicher Größe saßen, und griff sich das größte. Einen braunen Hund mit langen Ohren. Mit dem Hund unter dem Arm ging es zu seinem Bett. Das Mädchen kroch angezogen unter die Bettdecke und hielt den Hund in den Armen. Es legte sein Gesicht in das weiche Fell und machte die Augen zu.

Der Mann kam zur Tür herein und schloß sie sorgfältig. Der Lärm des Staubsaugers war nur noch ein fernes Brummen. Er ging zum Fenster und zog die Gardinen mit dem Sternenhimmel vor die Scheibe. Der Mann setzte sich an das Bett zu dem Mädchen. Er schlug die Bettdecke zurück und löste mit seinen Fingern die Arme, die das Mädchen um den Hund geschlungen hatte. Mit einer Hand warf er den Hund aus dem Bett. Mit der anderen fuhr er dem Mädchen über die Beine. Das Mädchen lag ganz steif da auf dem Rücken, die Beine lang ausgestreckt, die Arme dicht an den Körper gepreßt, die Augen geschlossen.

»Meine kleine Prinzessin.« Der Mann schob den Rock des Kleides hoch und strich mit seiner Hand über die Unterhose.

»Ich hab' dich so lieb«, sagte er und legte sich neben sie auf das Bett.

Das Mädchen drehte sich zur Seite und sah auf die bunten Figuren aus Holz, die an der Wand hingen. Der Mann schlang beide Arme um sie, legte seine Hände zwischen ihre Schenkel. Mit einem Finger drang er in sie. Das Mädchen war bei seinen Freunden. Es saß am Brunnen neben dem Frosch mit dem goldenen Ball im Maul. Der Mann preßte sich fester an sie. Das Mädchen war im Wald bei der Freundin mit der roten Mütze. Es war in den Wolken bei der Frau, die Schneeflocken aus den Betten schüttelte.

»Meine Prinzessin.«

Lippen wie Eis saugten an ihrem Hals. Kalte Küsse holten das Mädchen von seinen Freunden zurück.

Der Mann löste sich von dem Mädchen und setzte sich auf das Bett. Er griff das Mädchen an den Schultern und setzte sie neben sich. Ihre Beine hingen über die Bettkante. Sie erreichten den Boden nicht.

»Ich kann zaubern«, sagte er. »Sieh mal.«

Der Mann hatte die Hose vorn offen.

»Das ist mein Zauberstab.«

Er hob das Mädchen vom Bett und setzte es vor sich zwischen die Beine. In der rechten Hand hielt er sein Geschlecht. Mit der linken preßte er den Kopf des Mädchens dagegen.

»Nimm ihn in den Mund«, befahl er.

»Dann bekommst du von mir auch etwas ganz Schönes.«

»Ja, so ist es brav.«

Der Mann stöhnte.

»Was wünscht sich meine kleine Prinzessin?«

»Eine Katze«, sagte das Mädchen.

Das Brummen des Staubsaugers war nicht mehr zu hören. Der Mann ließ das Mädchen los und knöpfte seine Hose wieder zu.

»Das ist unser Geheimnis. Hast du verstanden?«

Das Mädchen schaute auf den Boden.

»Hast du verstanden?« Das Mädchen nickte.

»Kein Wort zu Mama. Und auch nicht zu Eva.«

Der Mann ging zum Fenster und zog die Vorhänge wieder auf. Die Sterne verschwanden zwischen den Falten.

Er sah auf das Mädchen, das die Arme um ihre Beine geschlungen hatte und sich vor und zurück wiegte.

»Vergiß nie, daß Papi dich liebhat.«

Er ging zur Tür hinaus. Die Tür stand offen.

Dominante Damen

Für Gisela Z.

Prolog

Die Fliege saß auf der Scheibe, streckte zwei Beine nach vorn und rieb sie aneinander. Sie setzte die Beine zurück auf das Glas und stand still. Nach einer Weile hob sie die Flügel. Mit einem Surren flog sie in die obere Ecke, setzte die Beine auf, knickte sie ein und lief vorwärts. Sie bog nach links, lief im Kreis, nach rechts, schob sich in Bögen und Kreisen der Ecke entgegen, in der das Metall des Fensterrahmens aneinanderstieß. Sie verharrte bewegungslos, die Füße fest auf dem Glas. Licht brach durch das Fenster. Die Flügel mit den feinen Adern schillerten regenbogenbunt.

Sie löste sich von der Scheibe und schwirrte durch den Raum. Das Surren brach ab. Sie landete auf glattem schwarzen Grund. An dem Gummi des Scheibenwischers entlang wanderte sie einem hellen Punkt auf der roten Kühlerhaube entgegen. Dort putzte sie sich die Flügel. Mit einem Bein fuhr sie über den Flügel und unter ihm hindurch.

Dann flog sie los, ließ sich nieder auf einem fingerdicken Seil, das von einem Rohr unter der Decke quer durch den Raum verlief. Sie setzte ein Bein vor das andere. Auf einem Knoten machte sie eine Pause. Sie kletterte weiter, stieg über ein Seil, das vor ihr lag, über ein zweites, löste sich von dem Hanf und wagte über warmem Grund den Aufstieg nach oben.

Auf einer weiten, weichen Fläche marschierte sie vorwärts. Sie stoppte, spürte einen festen Belag unter ihren Füßen. Ein gefundenes Fressen. Sie saugte mit ihrem Rüssel an dem eingetrockneten Brei, der dem Toten aus dem Mund gelaufen war.

Ein Speicheltropfen fiel aus dem Rüssel und glänzte milchig weiß.

1

Mein Name ist Stein, Beate Stein.

Ich schieße, trete Türen ein und lasse mich nicht einmachen. Von nichts und niemandem. Aber was Gefühle angeht, bin ich ein jämmerlicher Feigling.

Er sah mich an aus seinen dunklen Augen.

Ich sah an ihm vorbei nach draußen.

Die Herbstsonne stand über dem Hafen. Ein Kahn mit blauweißroter Flagge schwamm durch das Wasser. Wellen klatschten gegen die Metallbohlen.

Ich räusperte mich und suchte nach Worten.

»Es liegt nicht an dir. Du bist schon in Ordnung.«

Der Kahn mit den Containern dockte auf der anderen Kanalseite an.

Ich atmete tief durch und sprach weiter.

»Ich bin einfach kein Typ für so was. Ich hasse es, für jemanden verantwortlich zu sein. Ich halte das nicht aus. Jemand, der zu Hause auf mich wartet, auf mich angewiesen ist. Das ist, als würde ich ersticken.«

Er ließ mich nicht aus den Augen.

»Ich habe es doch versucht«, verteidigte ich mich. »Es ist nicht so, als würde ich es mir leichtmachen. Sechs Wochen lang habe ich es versucht. Ich schaffe es einfach nicht.« Meine Stimme klang trotzig. »Ich kann für niemanden Verantwortung übernehmen. Ich habe für mich selbst ja schon alle Hände voll zu tun.«

Er musterte mich stumm mit seinen vorwurfsvollen Augen.

»Eins verspreche ich dir. Du kommst in gute Hände.«

Ich steckte den Zeigefinger durch die Gitterstäbe und kraulte dem Kaninchen die watteweichen Backen.

»Es ist nicht, daß ich dich nicht mag.«

Das Kaninchen preßte die Backe gegen meinen Finger.

»Ich bin verkorkst. Bindungsscheu. Zu große Nähe macht mich einfach nervös.«

Mit drei Fingern kraulte ich ihm den grauen Pelz hinter den Ohren.

»Allein schon mein Job. Ich kann nicht arbeiten, wenn ich daran denke, daß zu Hause jemand sitzt und wartet.«

Das Kaninchen schloß die Augen und überließ sich meinem Streicheln.

Auf den Treppen vor der Anlegestelle lag ein Pärchen und knutschte.

»Wir bleiben Freunde. Das verspreche ich dir.«

Das Telefon schellte.

Ich zog den Hörer an mein Ohr. »Ja?«

»Ich habe Ihre Anzeige gesehen.«

»Welche Anzeige?«

Der Nagezahn saß auf seinen Hinterpfoten und spitzte interessiert die Lauscher.

»Sie wissen schon. Lady Elvira. Sie sieht dich. Sie nimmt dich. Sie versaut dich.«

»Sehr witzig.« Ich knallte den Hörer auf die Gabel.

Es gibt jede Menge Männer, denen ich diese Nummer zutraue. Kollegen. Alte Kunden. Wenn ich ehrlich bin, kenne ich keinen, dem ich sie nicht zutraue.

Lady Elvira. Toll.

Ich schnappte mir den Käfig mit dem Schlappohr. Er riß die Augen auf und preßte sich platt auf den Boden.

Diesmal ließ ich mich nicht erweichen. Diesmal stellte ich ihn nicht zurück auf die Fensterbank. Gefühle hin, Gefühle her. Er war ein Männchen. Und noch war ich nicht soweit, mit einem Vertreter des männlichen Geschlechts mein Leben zu teilen.

Ich hängte mir die Tasche mit der Pistole über die Schulter. Wenn es etwas gibt, das ich an meinem Beruf hasse, dann ist es das. Daß ich nie mehr einfach so zur Tür hinausgehe, ohne Pistole. Auch nicht, wenn ich freihabe. Ich weiß zu gut, was einer Frau in dieser Stadt zu jeder Tages- und Nachtzeit passieren kann. Ich habe mehr als eine Frau gesehen, die am hellichten Tag neben dem Eingang zum Supermarkt vergewaltigt und getötet wurde.

Das Leben war leichter, als ich weniger wußte.

Vor der Tür war es angenehm warm. Das Klirren schwerer Eisenketten hallte über das Wasser. Das Pärchen auf den Stufen ließ sich von dem Lärm nicht stören. Hingebungsvoll knutschte es weiter. Ein gelber Container hing zwischen den Klauen einer dikken Metallspinne.

Ich stellte den Käfig auf den Rücksitz und fuhr los.

2

Die Stadt war eine einzige Baustelle. Pfeile, die den Verkehr auf eine Spur leiteten, Löcher mit rotweißen Plastikverspannungen, aufgeschüttete Sandhaufen.

Selbst ein Stück der Landstraße, die zu Anna führte, war aufgerissen. Arbeiter schaufelten dampfenden Teer auf die Fahrbahn. Ein Mann in einer orangefarbenen Jacke schwenkte eine Plastikfahne und dirigierte die Autos schubweise vorbei.

»Wir sind gleich da.«

Ich sah in den Rückspiegel. Plattgedrückt wie auf dem Weg zur Schlachtbank lag der Nagezahn auf dem Käfigboden.

»Kein Grund zur Panik. Anna wird dir gefallen.«

Ich bog in die Einfahrt. Ein blauer Kombi kam mir entgegen. Die Sonne stand auf der Windschutzscheibe und blendete. Ich konnte nicht sehen, wer in dem Auto saß. Auf dem Anhänger stand eine Ziege und hielt den Kopf in den Wind.

Der Schäferhund zerrte an der Kette und bellte.

»Leise ist es nicht hier«, verriet ich dem Nagezahn und zog den Käfig vom Rücksitz. »Du wirst dich daran gewöhnen.«

Wir liefen an dem Käfig mit den Pfauen vorbei. Sie kreischten laut.

»Die tun nur so wild«, beruhigte ich das Kaninchen. Seine Barthaare zitterten. »Im Grunde sind sie harmlos.«

»Bea, bist du das?« Anna stand in der offenen Haustür.

Sie erkannte ihre Gäste an dem Motorengeräusch der Autos. Ein Golf Diesel, das bin ich.

»Ich bin nicht allein«, warnte ich sie.

»Wen hast du mitgebracht? Deinen jungen Mann?«

»Einen jungen Mann, aber nicht meinen.«

Ich setzte den Käfig auf die Mauer und nahm sie in den Arm. Sie roch nach Haarshampoo. Normalerweise riecht sie weniger aufdringlich. Nach Steinstaub oder Lehm. Ich ließ sie schnell wieder los.

Mit leeren Augen sah sie in die Luft. Es gab mir einen Stich. Ich werde mich nie daran gewöhnen, daß irgendein Verrückter meiner besten Freundin Gas in die Augen gesprüht hat, daß sie nie wieder sehen kann.

Leise machte ich die Käfigtür auf und faßte das Kaninchen am Nacken. Ich setzte ihr den Nagezahn in die Halsbeuge. Sie griff nach ihm und steckte ihre Nase in das weiche Fell. Das Schlappohr knabberte an Annas Fingern.

»Ein Kaninchen.« Sie lächelte. »So weich. Der Überlebenskünstler aus deinem letzten Fall?«

Ich sah in den Himmel. Ein Wolkenberg trieb auseinander. Es war mein vorletzter Fall. Der, den ich nicht so leicht vergessen werde. Ich trug den Käfig ins Haus, stellte ihn auf den Küchentisch. Anna strich mit einer Hand sacht über die Käfigstangen.

»Gehört er niemandem?« fragte sie.

»Keiner wollte ihn haben. Wenn du ihn nicht willst, nehm ich ihn wieder mit.«

»Er kann bleiben«, sagte sie. »Ich besorg ihm einen größeren Käfig.«

Anna goß kochendes Wasser in die Teekanne. Ich fragte mich einmal mehr, wie sie das schaffte, ohne einen Tropfen daneben zu gießen. Der Geruch von Pfefferminz zog durch die Küche.

»Er war das einzig Erfreuliche an dem Fall. Er und ein kleines Mädchen.«

»Was war das für ein Fall?« fragte sie.

Ich sah zu, wie Anna das Netz aus dem Tee nahm und in den Ausguß tat. Sie goß die Tassen voll.

»Horror pur. Ein Ehemann, der im Eisfach endet. Zersägt und ordentlich in Plastiktüten verpackt... Willst du noch mehr hören?«

Ich nippte an dem heißen Tee.

»Und eine Kommissarin, die um ein Haar einen unschuldigen Menschen ins Gefängnis gebracht hätte.«

Der Tee brannte in meiner Speiseröhre.

»Du führst ein aufregendes Leben, fängst Verbrecher, flirtest mit Kaninchen. Bist du nicht deshalb zur Polizei gegangen?« Annas Stimme klang ironisch.

»In dem Fall bin ich um Jahre zu spät gekommen. Was ich herausgefunden habe, nützt heute keinem mehr.«

»Und das gefällt dir nicht«, stellte sie fest. »Am liebsten hättest du es wie im Märchen. ›Und sie lebten glücklich und zufrieden bis ans Ende ihrer Tage.‹«

»Na hör mal, findest du es vielleicht in Ordnung, wenn jemand anderen jahrelang das Leben zur Hölle macht? Bis die Opfer denken, sie hätten es nicht anders verdient?«

»Natürlich finde ich das nicht in Ordnung.« Sie strich über meinen Arm. »Aber meinst du nicht, daß du dir etwas viel vornimmst, wenn du alles Unrecht dieser Welt wieder in Ordnung bringen willst?«

»Warum nicht?« fragte ich. »Willst du mir meine Wut nehmen?«

»Nein. Ich will nur, daß du dich nicht übernimmst. Mit der ganzen Welt auf einmal. Freu dich, daß du einem Kaninchen zu einem Zuhause im Grünen verholfen hast...«

»Ich bin Polizistin und keine Tierpflegerin.«

»Du bist Polizistin. Nicht der liebe Gott.«

Die Worte standen im Raum.

»Übrigens, ich hab' was für dich.«

Anna stand auf und kramte im Küchenschrank. Sie legte eine Pappschachtel vor mir auf den Tisch.

»Was ist das?« Ich beäugte das Geschenkpapier. Silberfolie mit zarten blauen Streifen.

»Pack es aus. Es ist keine Bombe.«

Ich knibbelte ein Stück Tesa los und zog den Karton aus dem Papier.

»Weiter«, trieb Anna mich an.

Ich öffnete die Lasche und zog einen länglichen, in Plastik verpackten Kasten heraus. Was mochte das sein? Ich riß das Plastik auf, und eine bunte Bedienungsanleitung fiel mir entgegen. Eine Polaroid. Das neueste Modell.

»Was soll ich denn damit?« fragte ich entgeistert.

»Zu viele häßliche Bilder.« Sie ahmte meine Stimme nach. »Zu viele häßliche Bilder.«

Das mußte ich gesagt haben. Keine Ahnung, wann.

»Sammle die schönen. Du kannst sehen, ich nicht. Mach die Augen auf. Oder meinst du, ich will, daß meine Freundin vor die Hunde geht? Nur weil sie bei der Polizei ist?«

Sie hatte es mal wieder geschafft. Ich war sprachlos. Ich nahm den grauen Kasten in die Hand, fuhr über das Gehäuse, den eingelassenen Schalter und den Gummikranz, der die Linse schützte.

»Setz dich.«

Unsanft faßte ich sie an den Schultern und dirigierte sie auf den Stuhl. Dann packte ich den Nagezahn am Fellkragen und setzte ihn ihr in den Schoß.

»Und jetzt tu dein Bestes«, befahl ich. »Das wird mein erstes verdammtes Bild von der schönen Sorte.«

Sie streichelte das Kaninchen hinter den Ohren. Es legte die Schnauze in die Beuge von Annas Arm und streckte die Pfoten. Ihr Gesicht war entspannt. Ein Lächeln spielte um die Mundwinkel.

Mit einem Rattern rollte das Foto aus dem Apparat.

Langsam kamen die Farben. Annas dunkle Haare, die kräftigen Hände, die den Marmor bearbeiten, der dunkelblaue Overall, das Grau des Nagezahns, die weiße Schnauze.

Der Ausschnitt stimmte.

Das Foto war umwerfend.

Die Sonne stand hinter den Birken, als ich mich von Anna verabschiedete. Sie stand in der Tür und winkte. Ich kurbelte das Fenster herunter. Die Luft war frisch. In den Kronen der Laubbäume leuchteten gelbe und rote Flecken. Die abgeernteten Felder glänzten schwarzbraun. In den Furchen, die mächtige Reifen durch den Boden gezogen hatten, gingen die Krähen spazieren.

Nur die schönen Bilder sammeln. So einfach war das. Hier oben bei Anna kam mir immer alles ganz einfach vor.

3

Das alte Hafenamt glühte im Licht der untergehenden Sonne. Ich stellte meinen Golf auf den Parkplatz unter der Kastanie. An solche Bilder mußte Anna gedacht haben. Auf die Entfernung war meine Polaroid leider etwas überfordert. Ein weißer BMW ließ den Motor an. Da hatte ich mein Bild.

Ich schob den Schalter zurück, und die Kamera sprang auf. Ich drückte ab. Keine Minute zu früh. Die Hand mit den blauweißen Punkten bewegte sich in Sekundenschnelle, gab frei, was sie festgehalten hatte. Der BMW fuhr los.

Ich legte den Kopf in den Nacken. Drei knallrote Luftballons stiegen über dem Parkplatz in den Himmel. Rote Bälle, die über den Hafen segelten und langsam kleiner wurden.

Das Bild kam herausgerattert. Ich wartete auf die Farben. Eine Frauenhand in einem blauweißen Handschuh lag in einem offenen Autofenster. Dünne Schnüre liefen um die Hand. An ihren Enden schwebten drei rote Luftballons. Ein schönes Bild.

Ich sah auf meine Hände, die das Foto hielten. Auf die Sommersprossen über dem Handrücken, die Adern, die unter der Haut lagen. Das war doch verrückt. Handschuhe. Wer trug heute noch blauweiß-gepunktete Handschuhe?

4

Ihre Hände lagen locker auf dem Lenkrad. Kleine, kräftige Frauenhände, in Handschuhe verpackt. Blau mit weißen Punkten. Sie verstärkte den Druck und drehte das Rad zur Seite. Der Wagen bog um die Ecke. Ein rotweißes Schild. Durchfahrt nur für Anlieger. Sie bremste ab, rollte über graurosa Steine weiter. Zu beiden Seiten Einfamilienhäuser. Davor Zweitwagen mit Kindersitzen und Aufklebern: Baby an Bord. Eine junge Frau stand mit einem Eimer in einem offenen Fenster. Zwei Mädchen hielten ein Gummiseil zwischen ihren Beinen. Ein drittes sprang hoch und preßte das Seil mit beiden Füßen zu Boden.

Die Frau mit dem blonden Pagenkopf nahm die rechte Hand vom Lenkrad. Die Finger mit den weißen Punkten fanden den Verschluß der Tasche auf dem Beifahrersitz, ließen ihn aufschnappen und tauchten in das Innere. Das Metall schnappte wieder zu. Sie sah auf das gefaltete Stück Zeitung zwischen ihren Fingern. Auf die schwarze Schrift am Rand. Ihr Blick streifte die Nummern neben den Haustüren.

Das Haus lag am Ende einer Zeile zweistöckiger Reihenhäuser. Gegenüber war ein Spielplatz. Ein kleiner Junge hing in den Seilen eines Klettergerüsts. Sie parkte ihren Wagen hinter einem roten Kombi, warf einen prüfenden Blick in den Spiegel, strich den weißen Kragen auf der Kostümjacke glatt und griff nach ihrer Handtasche.

Die Tür ging auf. Ein Mann in einem hellen Trenchcoat kam aus dem Haus gestürmt. Sie trat zur Seite. Der Mann drehte sich um: »Wo bleibst du denn?« herrschte er eine Frau an, die im gleichen hellen Trenchcoat wie er den Eingang herunterkam. »Ich komm' ja schon«, entschuldigte sie sich mit roten Wangen.

»Kommen Sie auch wegen dem Haus?«

Der alte Mann sah sie aus zusammengekniffenen Augen an.

»Sie sind die fünfzehnte heute«, fuhr er fort, ohne ihre Antwort abzuwarten.

»Ist das Haus noch zu haben?« Sie fühlte seinen kurzsichtigen Blick auf ihrem Kostümrock, dem Revers, im Gesicht.

»Zu haben ist es schon.« Er blinzelte ihr entgegen. »Aber nicht für jeden. Heute kann ich mir meine Mieter aussuchen.« Er mekkerte los, als ob er einen guten Witz gemacht hätte. »Und an Frauen allein vermiete ich nicht.«

Sein faltiger Hals reckte sich aus dem karierten Hemd.

»Da haben Sie recht. In so ein schönes Haus gehört eine Familie mit Kindern«, schmeichelte sie ihm.

»Ich vermiete nur an ordentliche Familien.« Zur Bestätigung nickte er mit dem Kopf. »Wie viele Kinder haben Sie?«

»Zwei, einen Jungen und ein Mädchen. Wollen Sie mal sehen?« Sie zog zwei Fotos aus der Kostümjacke und reichte ihm eins.

»Na, dann kommen Sie rein.« Er griff nach dem Foto. »Wie heißen Sie überhaupt?«

»Kuhlmann, Vera Kuhlmann«, stellte sie sich vor.

»Das ist das Wohnzimmer«, sagte er. »Mit der Durchreiche in die Küche. Sehen Sie sich nur um.« Er ging zum Fenster und stellte sich ins Licht. Eine zusammengeklappte Brille vor den Augen, betrachtete er die Fotos.

Die Tapeten waren vergilbt, der Teppichboden voller Flecken. Die Fenster waren schön groß, und die Terrasse ging nach Süden. Im Garten stand eine Schaukel. Die Blumen auf dem Rasen waren verblüht. Welk hingen die gelben und blauen Blätter an den Stengeln.

»Kann ich mir die obere Etage ansehen?«

»Gehen Sie nur. Wenn Sie Fragen haben, ich bin hier unten.«

Ein großes, helles Zimmer mit Balkon und drei kleine. Vera stieg die Treppe wieder nach unten.

»Na, was sagen Sie?«

Der alte Mann blinzelte sie an.

»Das Haus gefällt mir. Ich würde es gern mieten.«

»Alle wollen es mieten.« Er meckerte los. »Auch die alten wären gern wohnen geblieben. Zehn Jahre haben die hier gewohnt.« Wie eine Schildkröte wackelte er mit dem Kopf. »Die haben die Miete nicht mehr zahlen können. Da mußte ich sie raussetzen.«

»Ich kann zahlen«, sagte sie. »Geld ist kein Problem.« Sie zog mit einer Hand den rechten Handschuh stramm.

»Und Ihr Mann?« fragte er. »Wo ist der?«

»Auf Montage. Das ist er.« Sie reichte ihm ein Foto.

Er starrte mit dem rechten Auge durch das Gestell der zusammengeklappten Brille.

»Ist das auch ein Deutscher?« fragte er mißtrauisch. »Eseltreiber kommen mir hier nicht rein.«

»Aber ja«, versicherte sie.

»Und warum ist er nicht hier?«

»Er ist auf Montage. In Dubai.«

»Verdient er da auch was?« Der Alte lauerte auf ihre Antwort.

»Geld ist kein Problem«, wiederholte sie und öffnete die Handtasche.

Der Blick des Alten hing an der Rolle blauer Scheine in ihren Händen.

»Was kostet das Haus pro Monat?«

»Zweitausend«, sagte er und blickte ihr ins Gesicht. In der Anzeige hatte eintausendfünfhundert gestanden.

Sie zählte zwanzig Scheine ab und hielt sie dem Alten vor das faltige Gesicht.

»Wenn wir den Mietvertrag jetzt gleich machen, lasse ich Ihnen das da. Für den laufenden Monat.«

Er sah auf die Scheine und wiegte den Kopf.

»Ein Mann in der Ferne. Was ist, wenn er kein Geld schickt?«

»Ich verdiene mit.«

Sie machte noch einmal die Tasche auf und zählte zwanzig Scheine ab. Ein dicker Packen blauer Scheine steckte zwischen den Fingern mit den weißen Punkten.

Der Alte streckte die Hand nach dem Geld aus.

Sie wich der knochigen Hand aus.

»Das Geld gehört Ihnen, sobald wir den Mietvertrag unterschrieben haben.«

5

Die Sonne stand hinter den Hochhäusern. Vera parkte auf dem freien Platz neben einem Haufen von Glasscherben. Vor dem Eingang fuhr ein Junge mit rotem Sturzhelm auf einem Mountainbike die Treppen hinunter. Sie stellte sich vor die silbernen Metallwände des Aufzugs. ›Claudia, ich liebe dich‹, hatte jemand quer auf die linke Wand gemalt. Ein heller Gong ertönte. Die Türen gingen auf.

Sie drückte auf den Knopf. Mit einem Ruck fuhr der Fahrstuhl an. Es roch wie immer. Nach einer Mischung aus Schweiß und Urin.

Hilde machte die Tür auf.

»Alles in Ordnung?«

Die weißhaarige Frau im Wollkleid nickte.

»Mama, Mama.« Andreas stürmte ihr aus dem Kinderzimmer entgegen. Katrin kam mit dem Puppenwagen nach.

»Alle mitkommen. Ich habe euch was mitgebracht.«

»Das ist für Andreas.«

Sie zog ein großes buntes Buch aus der Tüte.

»Boh, Dino-Bilder. Spitze, Mama.«

Andreas setzte sich auf den Boden und begann zu blättern.

»Du sollst die Kinder nicht so verwöhnen.«

Hildes Worte klangen vorwurfsvoll.

»Das ist für Katrin.«

Sie holte ein Springseil aus der Tüte.

»Guck mal, was ich schon kann, Mama.«

Kati stellte sich ans Fenster und sprang mit überkreuzten Füßen. Ein paar Blätter der Birkenfeige fielen auf den Boden. Der Topf blieb stehen.

»Nicht hier.« Hilde schob Katrin zur Diele hinaus. »Da kannst du springen.«

»Und das habe ich uns mitgebracht.«

Sie legte ein gelbes Papier auf den Tisch.

Hilde rückte ihren Stuhl heran.

»Was ist das?«

Sie nahm das Papier in die Hand.

»Na, was sagst du jetzt?«

»Ein Mietvertrag«, staunte Hilde.

»Wir haben es endlich geschafft. Die Schulden sind abbezahlt, und wir kriegen ein anständiges Zuhause.«

In Hildes Augen schimmerte es verdächtig.

»Das ist doch kein Grund zum Weinen.«

Sie zog die Handschuhe aus und strich Hilde mit den bloßen Händen über den Nacken. »Wenn ich dich nicht hätte, säh' es anders aus.«

Hilde zog ein Taschentuch aus dem Ärmel und schneuzte sich.

»Es ist ein richtiges Haus, im Grünen, mit einem Garten, einem großen Wohnzimmer, einer Terrasse. Und du hast ein schönes Zimmer nach Süden mit eigenem Balkon.«

Hilde sagte kein Wort. Die Tränen liefen ihr die Wangen herunter. Erneut trompetete sie in ihr Taschentuch.

»Oder willst du nicht mitkommen? Willst du lieber hierbleiben?«

Hilde schüttelte den Kopf.

»Es kommt so plötzlich. Das ist alles. Wie hast du es gefunden?«

»Durch die Zeitung. Er wollte nur an eine Familie vermieten.«

»Was hast du ihm erzählt?«

»Dasselbe wie den anderen.«

»Es ist nicht recht zu lügen.«

»Sollte ich ihm vielleicht die Wahrheit sagen? Dann hätten wir die Wohnung nie gekriegt.«

Hilde seufzte.

»Nichts als Lügen, Vera. Wie lange willst du den Kindern diese Lügenmärchen erzählen?«

»Solange sie einen Vater brauchen. So lange bekommen sie einen. Den besten, den es je gab.«

6

»Mama, kannst du heute nicht hierbleiben?« Andreas bettelte sie mit seinen blauen Augen an. »Nur heute. Ausnahmsweise.«

Sie schüttelte den Kopf.

»Das geht nicht. Auch die Kranken wollen, daß ich bei ihnen bin.«

»Nur heute.« Andreas gab nicht auf.

»Und wer soll den Männern die Betten machen und aufpassen, daß sie nicht noch kränker werden, den Arzt rufen, wenn sie Schmerzen haben?«

Hilde griff ein.

»Eure Mama muß arbeiten gehen. Hört auf mit dem Quengeln.«

»Liest du uns noch einen Brief von Papa vor, eh du gehst?«

»Sie hat euch jeden einzelnen mindestens schon zehnmal vorgelesen«, schimpfte Hilde. »Muß das denn heute wieder sein?«

»Ist schon gut, Hilde.«

Sie ging zur Anrichte und zog eine Schublade heraus.

»Also ich höre mir das nicht schon wieder an.«

Hilde ging in die Küche und warf die Tür hinter sich zu.

»Na, dann kommt her.«

Sie setzte sich auf die Couch, und die beiden kamen zu ihr.

»Zuerst den Umschlag. Den Umschlag.«

Sie legte die dünnen Papierseiten in den Schoß und hielt den Umschlag hoch.

»Wer will ihn haben?«

»Heute bin ich dran«, rief Katrin und stieg auf das Sofa.

»Stimmt gar nicht«, schrie Andreas. »Das ist mein Umschlag.«

»Kati ist heute dran.«

Sie legte den Umschlag in Katis kleine Hände.

»Schön vorsichtig.«

Kati legte den Daumen auf eine Briefmarke.

»Ein Tiger«, sagte sie ehrfürchtig.

»Da, wo Papi ist, gibt es Tiger.«

»Und Schlangen und Hornissen und Fische und Affen und Kamele«, gab Andreas an. »Nicht nur Tiger.«

»So, jetzt legen wir den Umschlag auf den Tisch«, sagte sie. »Und jetzt?«

»Jetzt mußt du lesen«, gab Kati das Kommando und steckte den Daumen in den Mund.

Andreas legte seinen Kopf auf ihren Arm.

»Lesen, Mama«, sagte er.

Sie faltete die dichtbeschriebenen Blätter auseinander.

»Liebe Kati, lieber Andreas, meine liebe Frau«, begann sie.

»Alles lesen«, forderte Andreas.

»Noch mal ganz von vorn.«

»Dubai, den achtzehnten April. Liebe Kati, lieber Andreas, meine liebe Frau. Heute habe ich am Flughafen eine deutsche Zeitung gefunden. Da mußte ich an Euch denken. Wie schön es wäre, wenn wir jetzt alle zusammensein könnten...«

7

Vor der Tür bastelten zwei Jungen in zerschnittenen Jeans und Bomberjacken an einem Mofa. Der Motor heulte auf. Vera stieg ins Auto. Erst frisierten sie ihre Mofas, dann klauten sie die ersten Motorräder und Autos. Es wurde Zeit, daß Katrin und Andreas von hier wegkamen. Je eher, desto besser.

Sie umkurvte die Schlaglöcher und fuhr vom Parkplatz. Die hohen Wohntürme mit den winzigen Balkons, die wie Waben in der Luft hingen, verschwanden in ihrem Spiegel.

Sie hielt vor einem Kiosk. Als sie den Kasten Mineralwasser zum Wagen trug, riß in dem Haus neben der Bude ein Mann mit Halbglatze die Ladentür auf. Ein Schuh flog durch die Luft und knallte auf das Pflaster. Die Tür schlug wieder zu.

Eine junge Frau in einem kurzen Rock mit langen dunklen Haaren drehte sich auf dem Bürgersteig um und hinkte mit nur einem Schuh am Fuß zurück. Die junge Frau in der Jeansjacke bückte sich, hob den pinkfarbenen Schuh vom Pflaster und zielte. In die Mitte der Goldschrift, die auf das Glas montiert war. ›SALON JÜRGEN. IHR COIFFEUR.‹ Der Schuh flog los. Kurz vor der Tür fiel er zu Boden.

»Mist.« Sie stieg aus ihrem Schuh. Den Absatz in der Hand, hob sie den Arm und holte weit aus. Peng. Ein Treffer. Die Scheibe vibrierte.

Sie lief zur Tür, sammelte die pinkfarbenen Schuhe ein, streifte sie über die Füße mit den schwarzen Nylonstrümpfen.

»Wichser.« Sie knickte mit einem Fuß um, zog den Schuh vom Fuß und sah ihn sich an. Mit einem rosa Schuh in der Hand humpelte sie über das Pflaster.

Vera fuhr im Schrittempo neben dem Bordstein.

»Brauchen Sie Hilfe?«

Sie strich die Haare aus dem Gesicht. An den Fingern saßen silberne Ringe.

»Danke. Ich bin okay.«

Wache graue Augen in einem blassen Gesicht.

»Soll ich Sie ein Stück mitnehmen?« fragte Vera.

»Stadtmitte?«

Vera nickte. »Steigen Sie ein.«

Die junge Frau ließ sich neben ihr in die Polster fallen.

Sie stellte eine Basttasche auf den Boden und beguckte sich den rosa Schuh.

»Der ist hin. So ein Wichser.«

Mit zwei Fingern bewegte sie den Absatz vor und zurück.

»Mein gutes Paar hat er total plattgemacht. Mit 'nem Rasiermesser. Die hätte ich gar nicht mit zur Arbeit nehmen sollen.«

Sie warf den Schuh auf den Boden.

»Typen gibt's. So was von durchgeknallt.«

Das Licht fiel in ihre toupierten schwarzen Haare.

»Das kann man kaum glauben.«

Sie beugte sich zu der Strohtasche. Mit einem kleinen Fläschchen in der Hand tauchte sie wieder auf. Sie schraubte den Verschluß ab, hielt es an ein Nasenloch und sog die Luft ein. »Ist das toll...« Sie machte die Augen zu. »Maiglöckchen. Wollen Sie auch mal?«

»Nein, danke«, sagte Vera.

Im Heck des Wagens vor ihr saß eine Dogge und sah gelangweilt nach draußen.

»Können Sie sich das vorstellen?« Die junge Frau drehte Vera den Kopf zu. »Da kriegt so ein Typ ein Baby. Seine Frau, meine ich.« Sie schraubte die kleine Flasche wieder zu. »Und lädt uns ein, einen mit ihm zu heben nach Feierabend. Und wir tun ihm den Gefallen.«

Eine Maiglöckchenwolke zog zu Vera herüber.

»Alles ganz super und toll. Er karrt ein paar Flaschen Sekt an. Billigste Sorte, aber immerhin.«

Vera machte das Fenster einen Spalt auf.

»Und dann geh' ich zum Klo. Und was sage ich Ihnen?«

Vera trat auf die Bremse. Die Ampel war rot.

»Wie ich zurückkomme, sind alle weg. Ich bin die einzige, die noch da ist. Da hätte ich eigentlich schon wissen müssen, was kommt.«

Eine Frau schob einen Zwillingswagen über den Zebrastreifen.

»Fällt der über mich her und sagt, daß er mich heiraten will und alles. Und seine Frau hat gestern entbunden...«

Die Ampel war grün. Vera fuhr los.

»Wie finden Sie das?«

Sie sah auf die Hand mit den blauweißen Punkten, die den Knüppel der Gangschaltung nach vorn drückte.

»Ich hab' ihm gesagt, das läuft nicht, und da dreht er durch.«

Sie zog mit der rechten Hand an der Rockkante. Einen Moment lang bedeckte der Jeansstoff zur Hälfte das Loch im schwarzen Nylon. Sie ließ die Rockkante los. Der Stoff glitt wieder zurück.

»Schreit rum, ich wär' entlassen und soll abhaun. Als ob ich Bock darauf hätte, in seinem Laden zu bleiben nach dem Tanz.«

Sie betrachtete die breiten Laufmaschen, die sich über ihr spitzes Knie nach unten fraßen.

»Sowieso 'n Scheißjob, Friseuse, den ganzen Tag stehen.«

Vera bremste vor einem gelben Wagen. Am Ende des langen Schwenkarms hing eine Gondel. Ein Mann mit einer Elektroschere stutzte die Bäume.

»Wie der sich das denkt? Ich soll bei ihm arbeiten und in der Mittagspause mit ihm bumsen oder wie?«

Sie schraubte das Fläschchen auf, kippte ein paar Tropfen in ihre Hand.

»So ähnlich wird er sich das gedacht haben«, vermutete Vera.

»Wissen Sie, daß ich noch keinen Chef hatte, der mich nicht angegrabscht hat? Echt wahr. Manchmal frag' ich mich, warum ich nicht gleich auf den Strich gehe.«

Sie verrieb das Parfüm in ihrem Nacken.

»Ist natürlich Quatsch. Aber so Gedanken kommen einem schon mal.«

Vera drehte das Fenster weiter auf. Der Fahrtwind zog die Duftwolke nach draußen. Sie fuhren über die Kreuzung am Wall.

»Da hinten ist die Reinoldikirche«, sagte sie. »Soll ich Sie da rauslassen?«

Die Frau neben Vera schnupperte an ihren Händen.

»Es gibt viel zu wenig nette Typen. Hab' ich recht?«

Vera hielt auf einer freien Spur am Taxistand.

»Und wenn man einen hat, muß man ihn festhalten. Stimmt's?«

»Wir sind da.«

»Ist schon gut. Ich hab' verstanden. Sie wollen nicht mit mir reden.«

Sie sammelte den Schuh und die Strohtasche vom Boden.

»Sind sich wohl zu fein dazu.« Die Spitze des rosa Schuhs zeigte auf das Lenkrad. »Mit Ihren komischen Handschuhen da. Trotzdem, danke fürs Mitnehmen.«

Die Tür knallte zu.

8

Vera schloß den Kofferraum ab. Sie hängte die Handtasche über die Schulter, faßte den Kasten Mineralwasser mit beiden Händen und überquerte die Straße. Die Frau in der Zeitungsbude schob neugierig den Kopf aus der Verkaufslade.

»Guten Tag«, grüßte Vera freundlich.

Der Kopf der Frau verschwand. Die Lade fiel krachend zu.

Vera schleppte den Kasten mit dem Wasser ein paar Meter die Straße hoch. Aus einem offenen Fenster schallten Stimmen. Im Halbkreis um Holztische gruppiert, saßen Männer unterschiedlichen Alters. Der Mann, der vor ihnen stand, sah Vera und hob die Hand zum Gruß.

Vor einem grauen Mietshaus bog sie in eine Toreinfahrt und lief in den Hof. Auf einem Stück verwilderter Wiese standen grüne Wäschestangen und rosteten vor sich hin. In einer Ecke sprossen Brennesseln.

Vera setzte den Kasten ab und sah an der Backsteinfassade hoch. Durch einen Fensterspalt wehte eine weiße Gardine. Sie schloß die Tür auf, trug den Kasten die grauweiß gesprenkelten Treppen nach oben.

Sie sperrte die Wohnungstür auf, hob die Kiste mit den Flaschen vom Boden. Mit dem Fuß schob sie die Tür hinter sich zu.

Auf dem Tisch in der Teeküche lag ein Zettel.

»Irma ist morgen beim Arzt. Bis dann. Angelika.«

Durch die Diele hallte das Klingeln eines Telefons.

Das rote Telefon schellte. Drä, drä, drä. Das schwarze gesellte sich dazu. Ring, ring, ring.

Vera lief zu dem antiken Sekretär am Fenster. Das Klingeln hörte auf. Mit einem Knacken sprang erst der eine, dann der andere Anrufbeantworter an.

Aus einem Seitenfach des Sekretärs zog Vera eine mit Samt bezogene Schachtel. Ihre blauweißen Handschuhfinger liefen über das Register der dichtgedrängten Karteikarten. Beim Buchstaben K wurde sie langsamer, zog eine Karte heraus, ließ sie fallen, zog eine andere. Schließlich fand sie, was sie suchte, und schloß das Fach wieder ab. Mit der Karte in der Hand lief sie in die Teeküche zurück.

Vera legte die Karte auf den Küchentisch und griff eine Flasche Mineralwasser aus dem hellbraunen Kasten. Sie las, was vorn auf der Karte stand, goß sich ein Glas mit Mineralwasser voll, drehte die Karte herum, las weiter. Sie legte sie zurück auf den Tisch. Dann nahm sie ein Röhrchen aus der Handtasche, zog den Plastikstopfen heraus, warf die Tablette in das Glas. Luftblasen stiegen auf. Mit einem Löffel rührte sie um. Der weiße Fleck löste sich auf. Ohne abzusetzen, stürzte sie das Glas herunter.

Nebenan ging es wieder los. Drä, drä, drä.

Vera packte sich Glas und Flasche. Durch ein dunkelblau gekacheltes Badezimmer ging sie in einen Ankleideraum. Die Wände waren mit Einbauschränken verkleidet. In einer Ecke stand ein hoher Spiegel.

Mit einem Schlüssel öffnete sie den doppeltürigen Schrank. Sie zog die Handschuhe von den Fingern und legte sie sorgfältig in eine Schublade. Dann zog sie den Rock aus, die Bluse, hängte Kostüm und Bluse auf Kleiderbügel, stieg aus der Strumpfhose und entledigte sich der Unterwäsche. Als letztes nahm sie ein Gliederarmband ab und legte es in einen Schmuckkasten.

Sie griff ein weiches Stück Leder, faltete es auseinander, legte es um die Taille, zog die Luft ein und drückte einen Haken nach dem anderen in die Ösen. Das Leder spannte sich um ihren Körper, glänzte schwarz. Sie befestigte die schwarzen Strümpfe an den Strumpfhaltern und schlüpfte in ein paar hochhackige rote Pumps mit Plateausohle und Stilettoabsatz aus silbernem Stahl.

Sie prüfte den Sitz des Mieders vor dem großen Spiegel, drehte sich zur Seite. Die Silhouette stimmte. Das helle Fleisch ihrer Pobacken blähte sich unter dem Mieder, der Busen lag hochgeschnürt und prall über den Viertelkörbchen.

Vera setzte sich vor den Spiegel, schminkte sich. Schatten um die Augen, Schatten über die Backenknochen, hart konturierte blutrote Lippen. Mit Gel strich sie sich die Haare an den Seiten streng nach hinten.

Steif lief sie zur Teeküche. Sie sah auf die Uhr. Halb neun. Sie nahm die Karte vom Tisch, überflog sie noch einmal.

Kurt, 45, Staatsanwalt, verheiratet, Töchter studieren (Medizin/Jura), geschlossene Schuhe, Strümpfe, Peitsche, Natursekt.

Sie stellte die Karte zurück in den Karteikasten, verschloß den Sekretär. Natursekt war kein Problem. Sie mußte nur genug trinken. Das war alles. Sie lief in das Ankleidezimmer zurück, setzte sich vor den Schminkspiegel. Sie goß ein Glas Mineralwasser ein, trank in kleinen Schlucken. Sie zog die Schublade auf, nahm ein Sortiment schwarzer Fingernägel heraus. Einen nach dem anderen schob sie ins Nagelbett, drückte ihn fest. Sie goß sich ein zweites Glas Mineralwasser ein, umfaßte es mit ihren schwarzen Krallen und führte es zum Mund. Am einfachsten war Bier. Das trieb am schnellsten. Für Mineralwasser mußte man sich mehr Zeit lassen.

»Hast du nicht manchmal die Nase voll von den ganzen Perversen?« hatte Angelika sie am Anfang einmal gefragt.

Vera legte das Lederband mit den silbernen Stacheln um den Hals.

»Es ist ein Beruf, und er ist nicht schlecht bezahlt«, hatte sie ihr geantwortet. »Was meinst du, was ich als Krankenschwester alles machen mußte? Und mich dazu noch dumm anquatschen lassen. Das wagt keiner hier bei mir.«

Vera legte die Finger um den Hals und zog das schwarze Band im Nacken zu. Sie goß sich noch ein Glas Mineralwasser ein.

»Und da ist noch etwas«, hatte sie geantwortet. »Ich habe keine Angst mehr.«

Vera hob das Glas mit dem Mineralwasser und prostete sich im Spiegel zu.

»Es gibt einfach keinen Mann mehr, der mir angst machen könnte.«

9

Die Sonne kam durch das Fenster, schien auf den häßlich braunen Teppichboden, auf die Schreibtische mit den Aktenbergen, die Telefone, auf die grünen Schalen mit den Stiften und Reißzwecken.

Es ist immer das gleiche. Ein paar freie Tage, und schon frage ich mich, was ich überhaupt an diesem Schreibtisch verloren habe.

Keine zwanzig Meter Luftlinie von mir entfernt hing ein Eichhörnchen an einer Häuserwand und genoß die Sonne. Sein Fell glänzte braun. Zwischen der vierten und fünften Etage hing es einfach da neben der Regenrinne und genoß das Leben. Unten in der Straße rauschte der Verkehr. Autos hupten. Bremsen kreischten. Das Eichhörnchen streckte alle viere von sich und tankte Sonne.

Die Augen meines Kollegen klebten an einer Fliege, die über unseren Schreibtischen Kreise drehte. Er zupfte ratlos an seinem Bart. Die Fliege setzte sich auf einen Papierhaufen und spazierte los. Seine Augen leuchteten auf. Er nahm eine dünne Broschüre, rollte sie zusammen und hob den Arm. Dann schlug er zu. Befriedigt betrachtete er sein Werk. Schwarz und lädiert hing die Fliege an der Papierkeule. Mit einem Schnippen des Fingers beförderte er die Leiche in den Papierkorb.

Das Mordwerkzeug rollte sich wieder auf. ›Anregungen für einen konfliktfreien Umgang mit dem polizeilichen Gegenüber.‹

Die Tür öffnete sich. Petra stöckelte zu uns an den Schreibtisch.

»Wollt ihr mal sehen?«

Sie schob den Papierhaufen zur Seite und setzte sich auf die Schreibtischkante. Wie auf Kommando rollten Weber und ich mit unseren Drehstühlen zu ihr.

»Das hier war unser Hotel.«

Ich übernahm das Foto aus den Fingern mit den roten Nägeln.

»Direkt am Meer. Spitze.«

Von einem Hotel war nicht viel zu sehen. Bis auf die weiße Ecke einer Häuserwand. Dafür war ein Stuhl aus Rattan mit Petras Hüfte und der Stiel eines Sonnenschirms gut getroffen. Ich reichte das Foto an Weber weiter.

Er öffnete mit einer Hand den obersten Hemdkragen, als ob ihm schon vom Zusehen warm würde.

»Wo wart ihr überhaupt?« fragte ich.

»Griechenland«, sagte sie und reichte mir das nächste Bild. »Der Hafen.«

Diesmal wurde ich neidisch. Petra saß sonnenbeschienen in rotweiß gestreiften Polstern und grinste gelöst in die Kamera.

»Da waren wir jeden Morgen essen.«

Die Tür ging auf. Unser Chef, Kriminalrat Heinze, stand im Türrahmen. Petra sammelte zügig die Bilder ein und legte den Haufen neben ihre Hüfte auf den Schreibtisch.

»Was ist denn hier los?« bellte er.

Petra schlug die Beine übereinander und wippte mit den Schuhspitzen. Weber stieß sich vom Boden ab und rollte rückwärts zu dem Platz hinter seinem Schreibtisch.

Ich blieb, wo ich war.

»Kleine Gruppeninfo«, erläuterte ich. »Wir informieren Frau Klar, was während ihrer Abwesenheit vorgefallen ist.«

»So, so«, brummte er und ließ sich in den Besuchersessel fallen. »Ich muß mit Ihnen beiden...«, er zeigte mit einem fleischigen Finger erst auf mich, dann auf meinen Kollegen hinter dem Schreibtisch, »...reden.«

Petra schnappte den Stapel Fotos und rutschte vom Schreibtisch.

»Vielen Dank, Frau Klar.« Ich lächelte ihr zu. »Wir machen später weiter.«

Wortlos und mit geradem Rücken stöckelte die Stütze unserer Abteilung zur Tür hinaus.

Heinze zog ein weißes Taschentuch aus seiner Jacke und tupfte sich die Stirn.

»Worum geht es?« fragte ich freundlich.

Er steckte sein Taschentuch in die Brusttasche.

»Ich brauche eine Frau.«

»Ich dachte, Sie hätten eine«, bemerkte Weber unschuldig.

»Wann hier Witze gerissen werden, bestimme ich.« Heinze pochte an die Anzugbrust. »Ich allein. Merken Sie sich das gefälligst.«

Unser Chef. So, wie wir ihn kennen und lieben.

»Also eine Frau«, nahm ich den Faden auf. »Wozu?«

»Für die Leistungsschau.«

Einmal im Jahr zeigt sich die Polizei landesweit von ihrer fotogensten Seite. Mit Pferden, Hunden, Hubschraubern und den Menschen, die in unserem Verein ihr Unwesen treiben. In erster Linie Männer, versteht sich.

»Und was soll ich da?«

Nach dreizehn Jahren bei der Polizei mache ich mir keine Illusionen über die Art von Jobs, bei denen speziell Frauen gefragt sind.

»Nur da sein, sonst nichts.«

Das hörte sich besser an, als Zigeunerinnen die Röcke auszuziehen und nach Drogen zu suchen. Oder als Lockvogel durch dunkle Parks zu spazieren. Alles Dinge, die ich schon gemacht hatte.

»Und wieso?« wollte ich wissen.

»Der Innenminister.« Er rückte den Knoten seiner Krawatte zurecht. »So was können sich nur Politiker ausdenken. Zwei Artikel in der Zeitung, und schon werden die weich. Es müssen mehr Frauen her. Egal, wie.«

»Und da wird jetzt in allen Ämtern für die Leistungsschau getrommelt? Damit mehr Frauen teilnehmen?«

Heinze nickte.

»Teilzunehmen brauchen die nicht. Jedenfalls nicht richtig. Nur mit ins Stadion einziehen und dabeisein.«

Heinze zupfte an seiner Krawatte. Dezente Pastellfarben, die ineinander verliefen.

»Für die Fotografen.«

Seit er eine neue Geliebte hat, sind seine Krawatten eine Augenweide.

»Finden Sie nicht, daß ich fürs Blümchenstreuen etwas alt bin?« fragte ich.

»Sie müssen da hin«, grunzte er. »Sie sind die einzige Frau hier.«

Er legte noch einen nach.

»Geben Sie Ihrem Herzen einen Stoß.«

Es sah ganz so aus, als bräuchte er meine Zustimmung. Sonst würde er nicht so nett mit mir plaudern, sondern einfach einen grauen Wisch mit Stempel auf meinen Schreibtisch knallen.

»Wann ist das?« fragte ich.

»Das Wochenende Mitte Oktober.«

In fünfzehn Tagen also.

»Ich mache mit. Unter einer Bedingung...«

»Na dann ist ja alles klar.«

Er stand flink auf. Ich war schneller.

»Unter einer Bedingung.«

Er hielt sich an seinem Stuhl fest.

»Ich will bei den Kradfahrern mit einer Solonummer dabeisein.«

Er starrte mich mit offenem Mund an. Dann schluckte er, machte den Mund wieder zu.

»Das ist eine reine Männertruppe.«

Ich lehnte mich in meinem Stuhl zurück und wartete.

»Die haben noch nie eine Frau dabeigehabt.«

Er sah mich hilflos an. »Das geht doch nicht.«

Er zog das Taschentuch aus seiner Brusttasche und seufzte. »Wie haben Sie sich das denn gedacht?«

»Eine Solonummer am Anfang oder am Ende oder in der Mitte. Und ich mache, was ich will.«

»Muß das sein? Können Sie nicht einfach nur hingehen und sich da sehen lassen?«

Das war sein letzter Versuch. Jetzt startete er noch einen kleinen Angriff von hinten. Dann hatte ich es durch.

»Wollen Sie etwa durch einen brennenden Reifen springen?«

»Zum Beispiel«, antwortete ich ruhig. »Das ist gar keine schlechte Idee.«

»Machen Sie, was Sie wollen. Aber benehmen Sie sich bei den Kollegen. Ich will keinen Ärger kriegen.«

»Haben Sie meinetwegen je Ärger gekriegt?« fragte ich mit unschuldigen grünen Augen.

Er steckte sein Taschentuch ein und lief zur Tür.

»Herr Heinze.«

Er drehte sich um.

»Ich brauche eine Maschine... und Zeit zum Üben.«

»Sie wissen, wie viele Frauen es bei der Polizei gäbe, wenn es nach mir ginge«, explodierte er. »Vergessen Sie das nie.«

Die Tür schlug hinter ihm zu.

»Frau müßte man sein«, grummelte Weber neidisch und stichelte mit der Spitze seines Bleistifts auf den Schreibtisch.

»Geschlechtsumwandlungen sind kein Problem«, klärte ich ihn auf. »Das haben die Mediziner heute voll im Griff.«

Ohne aufzusehen, stichelte Weber weiter.

»Wenn ich wüßte, wie du das immer hinkriegst.«

»Ich folge nur meinen Prinzipien...«

Er legte den Bleistift aus der Hand.

»Prinzip Nummer eins«, sagte ich. »Mach an zusätzlicher Arbeit nur, wozu du wirklich Lust hast.«

Ich rollte meinen Stuhl hinter den Schreibtisch, schnappte mir meine Jacke und die Tasche mit der Pistole.

»Du kannst raus in die Sonne, Krad fahren«, maulte er. »Und ich?«

10

Die Umkleidekabine war eng. Die Luft war stickig. Ich zwängte mich in einen Lederoverall, zog den Bauch ein und versuchte, den Reißverschluß zuzukriegen.

»Na, wie ist es?« Der platinblonde Igel des Verkäufers schob sich durch den hellen Vorhang. Er musterte mich. »Vergiß es.«

Ein vernichtendes Urteil. Der Vorhang fiel wieder zu.

Ich probierte es mit einer schwarzen Hose. Das Leder war weich. Der Reißverschluß ging zu. Ich lief zu dem Spiegel vor der Kabine.

Der Platinblonde legte den Kopf schief.

»Das ist schon eher was.«

Richtig zufrieden war er noch nicht. Er tigerte los, quer durch den Laden. Zweihundert Quadratmeter Leder. In allen Größen, Farben und Formen.

»Probier das mal.« Er hielt mir einen Kleiderbügel mit einem schwarzen Anzug hin. »Du bist doch eher so'n dominanter Typ.«

Ich verschwand in der Kabine, stieg in die Hose, in die Jacke.

Beides saß wie angegossen. Das Leder schmiegte sich fest an die Haut.

»Das ist es«, empfing mich der Platinblonde.

Die Hose war bequem, ohne zu labbern. Die Jacke saß in den Schultern, war eng in der Taille und ging bis über die Hüften. Ansonsten gab's etliche Taschen und Reißverschlüsse, die sich mühelos auf- und zuziehen ließen.

»Ist auch'n guter Kurs«, versuchte er, mir die Kaufentscheidung zu erleichtern.

»Wieviel?« fragte ich und beäugte mich von hinten.

»Sechshundert«, sagte er. »Beides zusammen. Das ist geschenkt.«

Ich ging in die Hocke. Die Hose ging bequem mit.

»Muß ich lange für arbeiten«, teilte ich ihm mit.

»Fünfhundertfünfzig.« Er verschränkte die Arme vor der Brust. »Weiter runter kann ich nicht.«

»Ich brauch' auch noch Stiefel«, informierte ich ihn.

Er blieb hart. »Fünfhundertfünfzig.«

»Kann ich mit Scheck zahlen?«

Er nickte. »Wenn du 'ne Karte hast, kein Problem. Was machst du denn so?« fragte er mich und reichte mir einen Stiefel.

»Rat mal.«

»Kellnern.«

Ich stand auf und lief vor den Spiegel.

»Und?«

»Die drücken.« Ich zog die Stiefel aus.

»Wie kommst du auf kellnern?«

»Du kannst mit Leuten. Quatschen und so«, sagte er. »Und du kannst draufhaun, wenn's sein muß. Stimmt's?«

»Stimmt.« Ich schnürte mir einen Stiefel zu.

»Was für 'ne Maschine hast du?« fragte er mich.

»Keine. Kommt noch.«

Ich sah zur Decke. »Die da oben ist nicht schlecht.«

An vier dicken Drahtseilen schwebte eine alte Harley über unseren Köpfen.

»Logo«, sagte er. »Die hat ihre Fans. Deshalb hängt sie ja da.«

Ich lief mit den Stiefeln vor den Spiegel. »Die nehm' ich.«

»Behältst du die Klamotten gleich an?«

Ich nickte.

»Dann komm mal her.«

Ich folgte ihm an die Theke.

Mit geöffneter Schere trat er an meine Seite.

»Das muß ja nicht sein.«

Ein Schnitt, und das Preisschild, das an meiner Hüfte baumelte, lag in seiner Hand.

»Wenn du mir meine alten Sachen in 'ne Tüte tun könntest?«

Er verschwand in Richtung Umkleidekabine. Ich zückte einen Stift für den Scheck. Er faltete ordentlich meine Tigerhöschen und verstaute sie zusammen mit meinen Schuhen in einer schwarzen Plastiktüte.

Er verglich die Zahlen auf meinem Scheck mit der Karte.

»Ich steh' auf starke Frauen.« Er gab mir die Scheckkarte zurück. »Kann man sich mal sehen?«

11

Der Kollege von der Fahrbereitschaft ließ die Motorzeitung fallen und öffnete das Fenster im Glaskasten. »Waren Sie das nicht mit dem abgerissenen Heizungsschlauch?« fragte er mich zur Begrüßung.

»Was für ein Schlauch?«

»Schon gut, ich dachte ja nur...«

Er trat aus dem Glaskasten. »Was brauchen Sie denn?«

»Ein Krad.«

»Wozu brauchen Sie denn ein Krad?«

Er musterte mich eingehend.

»Hier ist mein Schein.«

Ich reichte ihm den Zettel mit der Unterschrift von Heinze. Er las jedes Wort, als ob er so einen Wisch zum erstenmal in seinem Leben sehen würde.

»Ihr Chef wird ja wissen, was er unterschreibt. Kommen Sie mit.«

An den grünweißen Einsatzwagen vorbei liefen wir nach hinten. Die Farbe Grün erinnert mich unweigerlich an die Jahre, die ich in einer kratzigen Uniform verbracht habe. An die Einsätze zum Schutz von Objekten der merkwürdigsten Art.

Was ich nicht schon alles beschützt habe in meinem Uniformleben: den Beton von Kernkraftwerken, die Villen korrupter Politiker und das Leben millionenschwerer Manager. Meine Vorstellungen von den Aufgaben der Polizei sind eigentlich ganz andere. Ich legte einen Schritt zu.

Vor einer Betonwand standen die Maschinen des Sondereinsatzkommandos aufgebockt. Schön unauffällig schwarz und nicht häßlich grünweiß.

»Die hier könnte ich Ihnen lassen.«

Er führte mich zu einer Kawasaki. Ich lief darum herum, sah sie mir von allen Seiten an, stieß mit meinem Schuh vor den Auspufftopf. Ein Rohr klapperte.

»Bißchen schlapp, finden Sie nicht?«

Ich sah mich unter den anderen Maschinen um.

»Ich hätt' gern die hier.« Eine der wenigen BMWs in dem Haufen. Auf den ersten Augenschein sah es so aus, als ob sie gut in Schuß wäre. »Probefahrt?«

»Ich hol' den Schlüssel. Warten Sie einen Moment.« Der Kollege lief zu seinem Glaskasten.

Ich stieg auf die Maschine. Seit ein paar Jahren hatte ich schon auf keinem Krad mehr gesessen. Er kam zurück, steckte den Schlüssel ins Schloß. Ich setzte den Helm auf.

»Danke«, rief ich und schob die Maschine unter mir vorwärts. Dann drehte ich das Gas auf. Die Maschine heulte. Ich fuhr los.

»Und Sie waren das doch mit dem Heizungsschlauch. Ich erinnere mich genau...«

Draußen schien die Sonne. Ich legte mich in die Kurve und bretterte die Hohe Straße hinunter. Ein ganz neues Fahrgefühl. Ohne zu halten, immer zwischen den Autoschlangen hindurch. So schnell war ich noch nie über den Wall gekommen. Ich fuhr durch die Sperre zurück in die Tiefgarage.

»Na, wie ist sie?« fragte er mich.

Ich nahm den Motorradhelm ab.

»Die nehm' ich.«

»Kommen Sie zu mir, zum Unterschreiben.«

Ich unterschrieb. Beate Stein, Kriminalhauptkommissarin, 1. Kommissariat, Tötungsdelikte. Zu schade, daß ich nicht jedesmal, wenn ich in diesem Verein wieder einmal meine Unterschrift unter ein Stück Papier setze, fünf Mark kriege.

Es muß alles seine Ordnung haben. Das hat meine Mutter mir schon am Kinderbett gesungen.

Der Kollege besah sich das Blatt und nickte.

»Genau, Sie waren das mit dem Heizungsschlauch. Sie und der Weber.«

»Weber ist unschuldig.«

Ich stieg auf die Maschine und setzte den Helm auf.

»Das mit dem Schlauch war ich.«

Ich kam mir sehr edel und kollegial vor, als ich mich von dem Kollegen in der Fahrbereitschaft mit erhobener Hand verabschiedete.

12

Flach über die Maschine gestreckt, rollte ich gen Süden, fuhr über Bilder, die die Sonne vor mir auf den Asphalt malte. Flirrende Punkte und wandernde Schatten. An den Seiten rauschten die Bäume in satten Farben an mir vorbei. Gelb, rot, braun und orange. Ganz weit vorn liefen die beiden Baumreihen aufeinander zu und trafen sich in einem Punkt, der geheimnisvoll glänzte.

Unter der Brücke lag gleißend der Fluß. Flugenten landeten auf dem Wasser. Ich fuhr den Berg hoch. Neben der Straße lagen aufeinandergeschichtete Baumstämme. Durch eine Tannenschonung kam ich in den Wald. Das Licht brach in langen Streifen durch die Bäume. Ich hielt an, stellte die Maschine ab und kletterte auf einen Hochstand. Es roch nach Erde. Ich atmete tief durch. Eine Weile dachte ich an gar nichts. Dann sondierte ich das Gelände.

Der Weg hatte die richtige Steigung. Ein paar dicke Wurzeln lagen quer. Für den Anfang mußte das reichen als Training. Ich schob die Maschine an und sprang auf. Bei der ersten Wurzel schoß das Vorderrad nach oben. Ich stieg aus dem Sattel, lehnte mich vornüber und brachte das Rad wieder auf den Boden.

Der nächste Huckel. Als erstes mußte ich die Beherrschung der Maschine im freien Gelände trainieren. Das Springen kam später. Ich fuhr die Strecke ein paarmal auf und ab. Immer wieder, bis ich vollkommen durchgeschwitzt war und keuchte.

Auf der Suche nach einem Café rollte ich den Waldrand entlang. Ich fand eine Holzhütte, an der eine rotweiße Fahne wehte. Mit einer Dose Mineralwasser und einem Eis verzog ich mich auf eine Bank in der Sonne.

Fünf Kinder kamen in bunter Kleidung den Weg heraufgelaufen. Ein Mädchen in Jeans und einem roten Pullover lief vorneweg, winkte den anderen zu, nachzukommen. Ich döste, ohne zu denken, in der Sonne. Für einen Moment fielen mir die Augen zu.

Die Kinder knieten unter einer Kastanie und wühlten in dem Blätterteppich auf dem Boden. Sie hatten etwas gefunden. Auf die Entfernung konnte ich nicht sehen, was es war. Die Neugierde trieb mich zu ihnen.

Ein Junge versuchte, in die Beine einer dunklen Gummihose zu steigen. Ein Mädchen hatte etwas Schwarzes auf dem Kopf. Schwarz mit Schnüren.

»Was hast du da?« Ich streckte meine Hand nach ihr aus. Das Mädchen tauchte unter der Hand hindurch, riß sich das schwarze Teil vom Kopf und rannte weg. Ein Junge mit einem Plastikbeutel in der Hand rannte hinter ihr her. Die Kinder verschwanden im Wald.

Ich durchstob mit einem Fuß die Blätterschicht auf dem Boden. Dann sah ich es silbern blitzen. Ich bückte mich. Ein kurzes Metallseil in Plastik eingeschweißt mit Bändern an den Seiten. Ich legte es in meine Hand. Wozu das wohl gut war? Ich suchte weiter in den Blättern und fand etwas Glänzendes, das ich nur zu gut kannte. Handschellen. Jetzt hatte mich das Jagdfieber gepackt. Ich wühlte weiter, warf die Blätter hoch, spürte den Staub und die Erde zwischen den Fingern.

Dann fand ich, wonach ich suchte. Einen Hohlraum unter

einer Baumwurzel. Einen Hohlraum, in den jemand eine Plastiktüte gesteckt hatte. Ich zog sie heraus und packte aus, legte ein Teil nach dem anderen auf den Boden.

Ein schwarzer Plastikstab in der Form eines Penis, ein Maulkorb aus Leder, eine Gummimaske mit Loch, eine silberne Kette mit zwei Kneifern an den Enden. Ich legte die Handschellen und die Eisenkette mit dazu. Eine Sammlung bizarrer Gegenstände lag da vor mir in den braunen Blättern.

Plötzlich roch der Waldboden nicht mehr nach Erde. Er roch nach Tod. Genauso hatte der alte Mann gerochen, den wir erschlagen auf einer aufgeschlitzten Matratze gefunden hatten. Wie ein modriger alter Baumstamm. Der einzige Tote, den ich je gefunden habe, der gut roch.

Ich sammelte alles wieder ein und tat es zurück in die Tüte. Vielleicht war ja alles ganz harmlos. Es war kein Blut an den Sachen. Ich hängte die Tüte an den Lenker und schob die Maschine den Weg zur Straße hinunter. Ein Papierkorb aus grünem Draht stand am Weg. Ich brauchte die Tüte nur hineinzuwerfen und wäre sie wieder los. Für einen Augenblick schien mir die Aussicht verlokkend.

Mach dir nichts vor, Beate, sagte eine Stimme in meinem Kopf. Das kannst du nicht. Das wirst du nie können. Dazu bist du viel zu neugierig.

Ich band die Tüte auf der Maschine fest. Die Spurensicherung sollte das einmal genauer unter die Lupe nehmen. Dann fuhr ich los. Vorbei an den Gärten der Reihenhäuser, die an den Wald grenzten, vorbei an ihren grünen Hecken. Die Rückseiten der Häuser lagen im Dunkeln.

Die Sonne war in die Gärten gewandert.

Zwei Männer stachen mit ihren Grabegabeln in einen Komposthaufen. Neben einem Schuppen klopfte ein Mann Erde von seinem Spaten.

Einer von ihnen könnte es gewesen sein. Einer von ihnen könnte die Tüte unter der Wurzel versteckt haben. Jedesmal, wenn ihm danach war, in den Wald gegangen sein, die Tüte geholt haben. Sich eine Maske über den Kopf gestülpt oder eine Eisenkette zwischen die Zähne gezogen haben.

Einer von ihnen könnte es sein.
Jeder von ihnen konnte es sein.

13

Vera sah durch den Spion und machte die Tür auf.

Toupierte schwarze Haare, ein waches Gesicht. Eine Hand lag über der Strohtasche. Wo hatte sie die Finger mit den silbernen Ringen schon einmal gesehen?

»Ich komme auf die Annonce. Bin ich da richtig hier?«

Sie hielt die Zeitung hoch. Eine Duftwolke wehte Vera entgegen. Blumig und süß.

»Hübsche junge Kollegin gesucht zu besten Bedingungen, Top-Betriebsklima.«

Sie packte die Zeitung in die Tasche zurück.

»Hört sich gut an.«

»Kommen Sie herein.« Vera hielt die Tür auf.

Sie zog mit ihrer Duftwolke vorbei. In einem kurzen Jeansrock lief sie vor ihr durch den Korridor. Schmale Hüften, schlanke Beine, klein, zierlich. Etwas steif in den Bewegungen. Typ mädchenhafte Kindfrau, registrierte Vera automatisch. Ein Typ, der immer ging.

»Das hier ist unser Empfangszimmer.«

Sie blieb mit ihren hellblauen Pumps in der Mitte des Zimmers stehen. Ihr Blick streifte die weiße Ledergarnitur auf dem roten Teppich. Die Musikanlage mit dem Videorecorder in der Ecke.

Im Büro klingelten die Telefone. Vera hörte Angelikas Stimme. Sie zog die Tür zu.

»Was ist das denn?« Die junge Frau in dem Jeansrock lief zu dem Stoffpapagei auf seiner Schaukel, stieß ihn am Schwanz an.

»Hol mir einen rrrrunter«, krächzte er los. »Hol mir einen rrrrunter.«

»Ist ja irre«, staunte sie.

»Ein Geschenk von einem Stammkunden«, erklärte Vera. »Setzen Sie sich.« Vera zeigte auf die weiße Couch.

»Nicht schlecht.« Sie ließ sich in die Polster fallen, stellte die Basttasche unter den Couchtisch.

»Möchten Sie etwas trinken? Kaffee, Tee, Orangensaft, Sekt, Bier?« fragte Vera.

»Einen Kaffee mit Milch und Zucker. Alkohol kann ich tagsüber nicht ab.«

Vera lief zur Tür. Eine Alkoholikerin war sie anscheinend nicht.

Als Vera mit dem Tablett zur Tür hereinkam, hatte sie ein Magazin auf den Knien. Sie klappte es zu und warf es zu den anderen auf dem Tisch.

»Irgendwoher kenne ich Sie«, sagte sie.

Vera stellte das Tablett auf den Tisch. Eine süße Duftwolke kam auf sie zu.

»Haben Sie vielleicht mal auf dem Autostrich gearbeitet?«

»Das ist nicht mein Stil.« Vera schenkte Kaffee ein.

»Woher kenn' ich Sie dann?« Sie schaufelte zwei gehäufte Teelöffel Zucker in ihren Kaffee.

»Keine Ahnung.« Vera nippte an ihrem Kaffee.

»Irgendwoher kenn' ich Sie.« Die Hand mit den silbernen Ringen rührte im Kaffee.

Vera sah auf das schmale Gesicht mit den schwarzen Haaren. Auf die Beine mit den schwarzen Strumpfhosen, die spitzen Knie. Auf einmal erinnerte sie sich. An eine breite Laufmasche, die über das Knie nach unten gelaufen war. Und an diesen Duft.

»Ich habe Sie einmal im Auto mitgenommen.« Sie überlegte. »Das ist schon eine Weile her. Sie hatten Probleme mit Ihrem Chef.«

»Sie waren das?« Ihre Augen waren groß und rund. »Die Frau mit den Handschuhen?« Sie strich sich die Haare aus dem Gesicht. »Da sahen Sie aber ganz anders aus. Total seriös.«

»Das war auch privat«, sagte Vera.

Sie kicherte. »Ist doch verrückt. Ich denke, Sie sind wer weiß was. Und in Wirklichkeit sind Sie bloß 'ne Nutte. Mehr nicht.«

Vera setzte die Tasse mit dem Kaffee hart auf die Untertasse zurück. »Ich bin die Chefin hier«, stellte sie klar.

»Sie bumsen also gar nicht?« wunderte sie sich. »Sie machen nur das Geschäftliche und zählen das Geld? Haben Sie ein Glück.«

»Das alles hier«, Vera zeigte um sich, »muß erst mal wieder reinkommen. Ich arbeite mit. Als Domina.«

»Als Domina? So was machen Sie?« Sie warf die Haare nach hinten. »Das könnte ich nicht.«

Vera sah sie nachdenklich an.

»Mir kommt das entgegen«, sagte sie. »Ich bestimme gern, wo's langgeht. Und was machen Sie?«

»Normal«, sagte sie. »Bumsen und blasen.«

»Ist das alles?« fragte Vera sie.

»Reicht Ihnen das nicht?«

Sie bückte sich und strich über den Knöchel am rechten Fuß.

»Mehr mach' ich nicht.« Sie kam wieder hoch.

»Auf dem Straßenstrich komme ich damit auf einen guten Schnitt.«

»Warum sind Sie dann hergekommen? Wenn es auf dem Straßenstrich so gut für Sie läuft?«

»Na ja«, sie wich Veras Blick aus, sah auf die Magazine, die auf dem Tisch lagen. Die bunten Bilder mit dem nackten Fleisch. »Es gibt manchmal Ärger. Eine haben sie so zusammengeschlagen, daß sie nie wieder wird.«

Sie sah Vera an.

»Wie das war, hatte ich erst mal die Nase voll und bin wieder als Friseuse. Hätt' ich mir glatt sparen können. Die Story kennen Sie ja.«

»Und warum gehen Sie nicht in die Linienstraße?«

Durch die geschlossene Tür drang das entfernte Klingeln von Telefonen.

»Ich will keine zweihundert pro Tag für 'ne Bruchbude abdrükken«, sagte sie. »Da gehe ich lieber privat.«

»Haben Sie schon einmal in einem privaten Studio gearbeitet?«

Sie schüttelte den Kopf. Eine dunkle Haarsträhne fiel ihr ins Gesicht.

»Ich mache das ja erst seit 'nem halben Jahr. Jedenfalls so richtig«, schob sie nach. »Früher bin ich immer nur anschaffen, wenn ich Streß hatte.«

Sie zog an ihrem Rock.

»Ein paar Tage, länger nicht.«

»Sind Sie verheiratet?«

Vera erinnerte sich vage, daß sie etwas von einem Mann erzählt hatte.

»Ich bin verlobt.«

»Kinder?«

»Nein«, sagte sie. »Noch nicht.«

»Weiß Ihr Verlobter, daß Sie anschaffen gehen?«

Zu ihr ins Studio kam keine, deren Freund nicht Bescheid wußte. Das gab nur Ärger.

»Ja. Er hat mir die Anzeige selbst gezeigt.«

Sie strich die Haare aus dem Gesicht.

»Es ist ja auch nur vorübergehend«, setzte sie nach. »Bis wir genug Geld zusammenhaben.«

Warum waren die Geschichten, die sie hörte, immer so, als hätte sie sie schon tausendmal gehört?

»Kommen Sie, ich zeige Ihnen die Räume. Das ist das Bad. Das werden Sie ja zu schätzen wissen nach dem Anschaffen auf dem Strich. Ich lege Wert auf äußerste Sauberkeit. Keine Nummer ohne Bad.«

»Und das machen die Freier mit?« fragte sie ungläubig.

»Wir verkaufen ihnen das als Entspannung unter der Dusche. Ach ja, und keine Nummer ohne Präser. Da verstehe ich keinen Spaß. Sind Sie registriert?«

Sie nickte.

»Ich will die Untersuchungsergebnisse sehen. Ich kann mir keine Schlampereien erlauben. Dann ist das Studio tot.«

Vera führte sie ins Ankleidezimmer.

»Hier können Sie Ihre Sachen lassen. Das da hinten sind die abschließbaren Schränke für die Freier. Bei uns ist noch keinem was weggekommen«, stellte Vera klar. »Wer sich nicht daran hält, fliegt.«

Sie zeigte auf eine Tür.

»Das ist unser Spiegelzimmer. Da können wir jetzt nicht rein. Das ist besetzt.«

Ein Männerlachen drang durch die Tür.

»Unser blaues Zimmer. Mit separatem Bad.«

Sie liefen weiter.

»Und das hier ist mein Studio.«

Vera öffnete die gepolsterte Tür, gab den Blick auf das Zimmer mit dem schwarzen Boden frei. Die junge Frau neben ihr sah sich stumm die Peitschen an den Wänden an, die Geräte, die im Raum verteilt standen, das gläserne Klo, den Teewagen mit den Spritzen und Schläuchen neben dem gynäkologischen Stuhl.

»Kommen Sie.« Vera lief an schweren Ketten vorbei zu der Tür neben dem schwarzen Kreuz. »Hier ist unsere Kostümkammer.«

Vera zeigte auf die Regale, die mit Schuhen und Perücken vollgestopft waren. Auf der Kleiderstange an der Wand drängten sich Kleidungsstücke aus unterschiedlichen Materialien.

Durch die Kleiderkammer gelangten sie zurück in den Flur.

»Dann haben wir hier noch die Teeküche«, erklärte Vera. »Und dies ist mein Büro. Wenn's mal eng wird, können wir das dazunehmen.«

Der Rundgang war beendet. Sie waren wieder auf der Couch im Empfangszimmer gelandet.

»Was geht an Sie, wenn ich hier mitmache?«

»Fünfzig Prozent von den Tageseinnahmen. Da ist alles drin. Die Anzeigen, Bettwäsche, Seife, Kundengetränke und Fahrten bei Hausbesuchen. Aber die machen wir nur ganz selten. An den Tagen, wo Sie nicht arbeiten, brauchen Sie nicht zahlen. Und ich zahle jeden Tag aus. Bar.«

»Hört sich gut an.« Sie strich über die silbernen Ringe an ihren Fingern.

»Sie müßten mir allerdings ab und zu in meinem Studio assistieren.«

»Natursekt und Kaviar mache ich nicht.« Sie verschränkte die Arme vor der Brust. »Solche Schweinereien mache ich nicht mit.«

»Wenn Sie nicht wollen, brauchen Sie das auch nicht.«

Sie hatte noch keine Frau zu etwas gezwungen, das sie nicht freiwillig tun wollte.

»Aber Sie müßten mir als Zofe zur Hand gehen und die normalen Sachen machen.«

Sie warf die Haare zurück. »Das ist okay.«

»Wann könnten Sie hier anfangen?«

»Gleich anfangen ist schlecht.« Sie hob ihr rechtes Bein. Das

Knie war geschwollen. »Ich bin da wo vorgeknallt. Aber ab Montag geht's.«

»Von mir aus ist alles in Ordnung«, sagte Vera.

»Eine Frage noch.« Sie blieb in der Tür stehen. »Kann ich bei Ihnen auch Freier ablehnen? Wenn ich mal einen nicht abkann.«

»Selbstverständlich«, sagte Vera. »Wir wollen schließlich zufriedene Kunden.«

Sie stand auf der Schwelle, die Strohtasche im Arm.

»Sollen wir uns nicht duzen?« schlug Vera vor. »Wo wir jetzt bald Kolleginnen sein werden ...« Sie streckte die Hand aus. »Ich heiße Vera. Für die Freier bin ich Madame Claude.«

»Und ich bin die Tina.«

Die Hand mit den silbernen Ringen lag für einen Moment warm und feucht in Veras Hand.

14

Die Sonne war hinter dem alten Hafenamt versunken. Auf dem Brückengeländer saßen Kinder und ließen an einem Seil Steine nach unten. Wasser spritzte auf und glänzte. Ich stellte meine Maschine auf den Bordstein unter der Kastanie. Eine Möwe flog über das Wasser.

Ich schloß die Haustür auf und leerte den Briefkasten. Nichts als Werbung. Noch nicht einmal eine einsame Rechnung. Ich stopfte den Krempel in den Briefkasten von Frau Neue. Die hatte es verdient. Vielleicht fuhr sie ja mal mit in den Bayerischen Wald. Fünf Tage nur neunundneunzig Mark, Frühstück und Fahrt inklusive. Am besten sie blieb gleich da. In diesem Haus war ich bestimmt nicht die einzige, die ihr das wünschte.

Ich spurtete hoch in den Zweiten und schloß die Wohnungstür auf. In der Küche stand das Kaffeegeschirr der letzten Tage im Spülstein. Auf einen Tag mehr oder weniger kam es jetzt auch nicht an. Ich holte mir eine Flasche Riesling aus dem Gemüsefach im Kühlschrank und zog den Korken heraus. Plopp. Was für ein wunderbares Geräusch zum Feierabend.

Mit einem Stück trockenem Brot und einem kühlen Glas Wein verzog ich mich an meinen Lieblingsplatz am Fenster.

Der Himmel war blau und klar. Vom Wasser stiegen die ersten Nebel auf. Möwen schaukelten auf den Wellen. Wenn ich etwas liebe an meiner Wohnung, dann ist es der Blick über das Wasser und der weite unverstellte Himmel.

Die Menschen auf dem Hafenvorplatz trugen Wolljacken. An der Anlegestelle war richtig was los. Paare warteten im Stehen oder wanderten am Ufer entlang. Frauen trieb es in Zweier- und Dreierklübchen zum Wasser. Männer standen solo in der Landschaft. Am ersten Donnerstag im Monat stach die Santa Monika mit einer Musikband zur Traumparty in See. Über den Kanal zum Schiffshebewerk und wieder zurück. Am Tag danach fischten die Kinder im Hafenbecken nach Kondomen.

Mein Telefon klingelte. Ich hob ab.

»Ja?«

»Ich habe Ihre Anzeige gesehen.«

»Welche Anzeige?«

»Sie wissen schon. Wiedergeburt in Gummi. Das wollte ich immer schon mal probieren.«

»Dann tun Sie's doch. Wozu brauchen Sie mich?«

Ich knallte den Hörer auf die Gabel.

Wiedergeburt in Gummi. Sehr witzig.

Die Santa Monika nahm mit ihren bunten Lichtern Kurs auf den Hafen. Die Leute liefen an der Anlegestelle zusammen.

Es schellte an meiner Tür. Ich legte den Finger auf den Drücker und das Auge an den Spion. Für den Fall, daß mich irgendein Spinner persönlich beglücken wollte.

Kein Spinner. Mein Freund. Eine Überraschung.

Ich machte ihm die Tür auf.

Er hatte ein Köfferchen unter dem Arm. Ich habe ihn am liebsten natur. Ohne Tüten und Koffer. Einfach so.

»Haben Sie auch die Anzeige gelesen?«

Er blinzelte mich mit seinen blauen Augen an. »Anzeige?«

»Wiedergeburt in Gummi«, informierte ich ihn. »Wollten Sie das nicht auch einmal probieren?«

»Was soll das?« Er gab mir einen Kuß auf die Nase.

Ich zuckte die Achseln und schnüffelte ein bißchen Rasierwasser an seinem Hals. Was wußte ich schon von der Wiedergeburt in Gummi.

»Überhaupt.« Er legte seine Hand auf meinen Hintern. »Wieso Gummi? Das ist doch Leder.«

»Erst Leder, dann Gummi. Wart's ab«, riet ich ihm.

»Willst du mir angst machen? Ich bin viel zu kaputt heute.«

Dachte er, ich wollte ihn auf der Schwelle samt Köfferchen vernaschen? Oder war das als Ansporn gedacht?

»Ich hab' dir was mitgebracht«, grinste er. »Guck nicht so böse.«

Ich beäugte mißtrauisch seinen Koffer.

»Es fliegt nicht, es beißt nicht, und es tropft nicht.«

Einmal hatte er mir ein totes Kaninchen angeschleppt. Der Gestank hatte sich wochenlang in meiner Küche gehalten.

Er klappte den Koffer auf.

Eine Bohrmaschine mit unterschiedlichen Vorsätzen und Dübeln. Alles geruchsneutral. Ich war erleichtert.

»Jede Frau braucht es.« Er grinste anzüglich. »Der Knaller kommt noch.«

Er zog eine Tüte aus seinem Sakko, nestelte an dem Papier und förderte eine Eisenklammer zutage.

»Was soll das sein?« fragte ich gefaßt.

Er griff in die andere Tasche und holte eine lange Tube heraus, die an eine Zahnpastatube erinnerte.

»Zeig mal.« Ich nahm ihm die Tube aus der Hand. Es war Zahnpasta. »Hab' ich Mundgeruch?« wollte ich wissen.

»Du hast keinen Mundgeruch«, beruhigte er mich.

Es hätte mich auch gewundert. Aber man weiß ja nie. Die Werbesendungen gehen auch an mir nicht spurlos vorüber.

»Das ist die Antwort auf deine Zahnpastaprobleme«, verkündete er stolz.

»Zahnpastaprobleme?« Eine Sorte Probleme, von der ich bisher nicht wußte, daß ich sie hatte.

»Du kannst nicht mit einer Zahnpastatube umgehen. Keine Frau kann das.« Er hielt die Drahtschraube gegen die Wand und riß mit der Kante die Tapete ein.

Ich war neugierig, wie die Dinge sich weiter entwickeln würden.

»Das gehört so.« Er stopfte die Tube kopfüber in die Halterung.

»Au.«

Tube und Halterung fielen auf den Eßtisch.

Er hatte sich den Nagel eingerissen und lutschte das Blut ab.

»Willst du mir das hier über dem Tisch anbringen?« Ich hielt meine Stimme bewußt neutral.

»Natürlich nicht.« Er kaute an seinem Fingernagel. »Das gehört ins Bad, neben das Waschbecken.«

»So, so. Ins Bad.« Ich sah auf den geöffneten Werkzeugkoffer und dachte an meine Fliesen. Häßlich gelb, aber bisher intakt.

»Jetzt sag bloß, das ist nicht praktisch.« Er sah mich triumphierend an.

»Doch, doch.« Ich gab ihm einen Kuß auf den Mund. »Das Bad gehört dir.«

Er klappte die Kiste zu, klemmte sie unter den Arm und schritt erhobenen Hauptes der Bohrstelle entgegen.

Das Telefon schellte.

Ich nahm ab.

»Wiedergeburt in Gummi gibt's nicht. Heute nicht.«

»Was quatschst du da?« Weber. »Wir haben eine Leiche. In zehn Minuten bin ich bei dir.«

Durch die offene Tür drang das Kreischen eines Bohrers, der sich durch Stein frißt.

»Alles in Ordnung?« fragte Weber. »Bei dir ist so ein Krach.«

»Aber ja«, beruhigte ich ihn. »Mein Freund baut nur das Badezimmer ab.«

Ich suchte meine Tasche mit der Pistole und den Dienstausweis. Als das Bohren pausierte, wagte ich mich ins Bad.

Der Bohrer lag samt Schnur in der Badewanne, und eine Fliese lag zerbrochen am Boden.

»Liebling, ich muß weg.«

Ich gab ihm einen Kuß auf die Backe. »Der Wasseranschluß ist im Kämmerchen neben dem Bad.«

Was waren schon ein paar demolierte Badezimmerkacheln, wenn mir das Bohren erspart blieb und ich abhauen durfte?

Es geht nichts über ein paar freie Tage. Die Nerven werden wieder fest wie Drahtseile.

15

Ich schlug die Haustür auf. Die Santa Monika schwamm mit ihren bunten Lampen durch den Hafen. Fetzen von Musik drangen zu mir. Ich meinte etwas wie ›life, life is life‹ zu verstehen. Unter der Laterne lief ich ein paar Schritte auf und ab.

Weber bog mit seinem Volvo um die Ecke. Ich öffnete die Tür und setzte mich zu ihm auf den Beifahrersitz.

»Ausgerechnet heute«, fluchte Weber. »Das mußte ja sein.«

Ich spannte mir den Gurt über die Brust. Mit einem Klick rastete er ein. »Was ist denn heute?« Ich sah ihm ins Gesicht.

Er zupfte an seinem Schnauzbart. »Wir sind eingeladen. Bei Ingas Chef.«

»Sei froh, daß du nicht mit mußt.«

»Das sagst du.« Er fuhr nach links, stoppte ab.

Wir zockelten hinter einem Abschleppwagen her. Ein eiserner Greifarm schwenkte in der Luft.

»Ich hätte den Spinner gern mal kennengelernt.« Er machte einen neuen Ansatz zum Überholen, bremste ab.

»Der hat doch ein Rad ab. Und so was findet Inga toll.«

Er gab Gas und preschte in halsbrecherischem Tempo an dem Abschleppwagen vorbei. Gerade noch rechtzeitig. Ein LKW kam uns entgegen.

»Wohin geht's überhaupt?« fragte ich meinen Kollegen, der starr nach draußen guckte.

»Nicht weit. Braunschweiger.«

Wir fuhren die Mallinckrodtstraße hinunter.

»Mehr weiß ich auch nicht.«

An einer Ecke verhandelte eine blonde Frau mit einem Mann am Steuer. Sie stieg in das Auto.

Der Nordmarkt lag im Dunkeln. Die Scheinwerfer des Volvo streiften das Backsteinhaus, vor dem ein paar Obdachlose ihr Nachtquartier eingerichtet hatten.

Weber bog ab in die Braunschweiger. Er brauchte mir die Nummer nicht zu nennen. Es war klar, wo wir hinmußten.

Wir hielten neben dem grünweißen Wagen auf dem Bordstein. Der Kollege stieg aus und kam zu uns.

»Es ist im Hof.«

Er übernahm die Führung. Die Jungens von der Spurensicherung waren mit ihrem Wagen direkt in den Hof gerollt. Ein Scheinwerfer beleuchtete die Front alter Garagen. Über den Garagen lag eine Wohnetage. Auf dem Dach thronte eine große schwarze Schüssel. Die Fenster waren dunkel.

»'n Abend, Frau Kommissar, Herr Kollege.«

Ich nickte einen kurzen Gruß.

Vor der offenen Garage stand ein Kollege in Uniform mit einem älteren Ehepaar.

»Das sind Herr und Frau Schimmloh«, stellte er uns die beiden vor. »Herr Schimmloh hat die Garagentür aufgebrochen und die Polizei gerufen.«

»Meine Frau hat es zuerst gerochen. Das riecht nach Tod, hat sie gesagt.«

Die Frau mit den grauen Haaren nickte. »Und du hast gesagt: ›Das ist eine tote Ratte.‹ Ich wußte gleich, daß das keine Ratte war.«

16

Der Tote baumelte nackt unter der Decke. An zwei Seilen, die um Eisenrohre verknotet waren. Ein Seil um die Taille, eins um den Hals. Kopf und Oberkörper kippten nach hinten. Die Füße waren mit schwarzen Lederriemen zusammengebunden.

Mein Blick wanderte durch den Raum. Eine Garage wie viele, größer als die meisten. An der Rückwand ein schmales Fenster, unter der Decke Rohre, in der Mitte ein roter Sportwagen. Daneben ein Stapel Reifen. In der Ecke ein Haufen ordentlich gefalteter Kleidung. Darauf ein Paar halbhohe Turnschuhe.

Die Scheinwerfer der Kollegen leuchteten alles taghell aus. Erbarmungslos, bis in den letzten Winkel.

Ein Summen hing in der Luft. Dicke schwarze Fliegen schwirrten durch den Raum. Mit lautem Brummen stürzten sie sich der Lichtquelle entgegen. Ihr Summen setzte sich in mein Ohr. Böse und bedrohlich.

Ich ging näher an die Leiche. Es stank elend. Die Zunge lag aufgequollen zwischen den Zahnreihen. Ich schluckte. Die Lippen leuchteten in grellem Rot. Drei Fliegen kreisten um die Beine des Toten. Jetzt sah ich die schwarze Schleife zwischen den Beinen. Das Fleisch in der Mitte der Schleife schimmerte blau.

»Toter, männlich, geschätztes Alter zwischen zwanzig und dreißig.« Fleischers Diktierstimme. Er schaltete das Gerät aus.

»Gucken Sie mal, Frau Kollegin.« Er zeigte auf weiße Maden, die aus der eingerissenen Halsspalte des Toten krochen. »Sind die nicht nett?«

»Schön warm hier. Ein lauschiges Plätzchen zum Brüten.«

So nah an der Leiche war der Gestank kaum auszuhalten. Ein paar Tage mußte sie schon hängen. Ich sah die Totenflecken an den Beinen und Unterarmen. Es rumorte in meinem Magen.

Ich werde mich nie an den Geruch von Leichen gewöhnen.

»Gucken Sie sich das an.« Fleischer zeigte auf das Seil, das vom Körper des Toten mit seinen beiden Enden zu den Röhren unter der Decke lief. Dort verknotet war. »Sieht nach Selbsttötung aus.«

»Ziemlich aufwendig, das Ganze.«

Ich zeigte auf den Reifenstapel, über dem der Tote baumelte. Dort mußte er hinaufgestiegen sein. Von dort die Enden des Seils über die Rohre geworfen und festgeknotet haben.

»Wie gefällt Ihnen der Lippenstift?« fragte er mich.

»Könnte meiner sein«, antwortete ich. »Nett.«

»Ich wette, das da sind Samenspuren.«

Fleischer zeigte auf die Schenkel des Toten. Manchmal glaube ich, es gibt da so einen Wettbewerb unter den Kollegen. Wer schafft es als erster, die Stein zu schocken? Ich sah auf das blaugeschwollene Geschlechtsteil zwischen dem schwarzen Nylon. Die Enden der Schleife, auf der eine Fliege herumspazierte. Die angetrockneten weißen Spritzer auf dem Fleisch darunter.

»Ich wette, er hatte noch Spaß.« Seine Augen glänzten. »Die Menschen sind erfinderisch, wenn es um die Lust geht.« Das Thema beflügelte ihn. »Einmal hatten wir einen, der hat sich mit einer Glühbirne ins Jenseits befördert. Wollen Sie wissen, wie?«

Nichts würde ihn davon abhalten, mir die Geschichte zu erzählen.

»Er hat sich eine brennende Glühbirne eingeführt, rektal.«
Jetzt brachte er mich doch noch zum Staunen.
»In Kerzenform«, setzte er nach. Aha. »Dann packt er an einen Wasserhahn und peng. Die ganze Lust ist vorbei. Für immer.«
Ein Kollege näherte sich mit einem Fotoapparat. Er stieg auf den Reifenstapel und brachte die Kamera in Anschlag.
»Selbstfesselung dient dem Lustgewinn, Frau Kollegin.«
Heute hatte Fleischer zu einer neuen Berufung gefunden. Sexuelle Weiterbildung einer weiblichen Kollegin.
Der Kollege mit der Kamera stieg von den Reifen und machte sich an die Ablichtung der Partien zwischen den Schenkeln.
»Haben Sie schon einmal eine Manschette zum Blutdruckmessen angelegt?« Die Frage war rein rhetorisch.
Er hob den Arm, machte eine Faust.
»Sie pumpen die Manschette auf. Die schnürt den Arm ab. Und was passiert? Das Blut staut sich vor der Abschnürung. Das Gewebe schwillt an. Ein simples Prinzip.« Er schwieg.
Ich war dankbar, daß mir ein vertiefender Vortrag über männliche Schwellkörper im einzelnen und im allgemeinen erspart blieb.
»Sie glauben also, hier ging es um Lust?«
Was er gesagt hatte, lief eindeutig auf Unfall heraus. Es war ungewöhnlich, daß Fleischer sich so schnell festlegte.
»Der Lippenstift, die Penisdressage.« Er wiegte den Kopf. »Sagen wir einmal, auf den ersten Blick sieht es so aus.«
Da war der Rückzieher. Hatte ich es mir doch gedacht.
»Erst einmal muß ich ihn obduzieren. Sie wissen ja, wie das ist bei Erhängen. Stellen Sie sich vor, er hat ein kleines Loch in der Brust, und wir haben das übersehen.«
Es ist immer wieder erstaunlich, wann die Kollegen ›ich‹ und wann sie ›wir‹ sagen.

17

Zwei Kollegen zerschnitten die Hanfseile und hängten den Toten ab. Ein Kollege stand auf einer Leiter und beschäftigte sich mit dem Seilende, das an einem Rohr festgebunden war. Jetzt hielt er ein Stück Seil in der Hand, in dessen Mitte ein Knoten saß.

Die berühmten Knoten. Jedes Lehrbuch war voll davon. Seemannsknoten, Zimmermannsknoten. Ich hatte noch von keinem Fall gehört, der aufgrund der Art des Knotens gelöst worden war.

Müller zog mit einer Sprühdose durch die Garage. Gaswolken schossen aus der Düse. Insektenspray konnte es nicht sein. Die Fliegen ließen sich jedenfalls nicht beeindrucken. Nach wie vor schwirrten sie aufgeregt und aufgebracht über unsere Köpfe. Ich tippte auf Geruchsspray. Was es auch war, gegen den durchdringenden Geruch dieser Leiche hatte es keine Chance.

Der Tote wurde auf die Bahre gelegt. Ich hielt Ausschau nach Gebhard, dem Chef der Spurensicherung. Mir war, als hätte ich ihn vorhin noch hier gesehen. Fehlanzeige. In einer Ecke beschäftigte sich ein Kollege mit der Kleidung des Toten. Das interessierte mich. Ich lief zu ihm.

Als ich an der Bahre mit dem Toten vorbeikam, sah ich einen dicken, schwarzen Brummer von der Schläfe her auf den Augenwinkel zumarschieren. Er stellte sich an den Rand des Auges und tauchte den Rüssel ein. Ich sah schnell wieder weg.

»Das ist er.« Der Kollege reichte mir das Plastiktütchen mit dem Ausweis.

»Frank Bartels«, las ich. »Geboren am 24.3.1969, wohnhaft Braunschweiger Straße.« Ein sympathisches Männergesicht mit Grübchen.

»Habt ihr sonst noch was?« fragte ich.

»Den Lippenstift.«

Ein kurzer Stift in einer schwarzbraun glänzenden Hülle. Die Sorte, die ich mir nie kaufe, weil zu wenig drin ist. Ich gab ihm die Tüte mit dem Stift zurück.

»Wir nehmen uns auch noch die Karre vor.«

Er zeigte auf den roten Flitzer.

»Was ist das denn?«

Unter den Kleidern lugte ein buntes Stück Papier hervor.

Er zog mit seinen Plastikfingern die Zeitung heraus und warf einen kurzen Blick darauf.

»Tittenpresse«, sagte er. »Billigste Sorte.«

Das Titelblatt zeigte eine Blondine mit drallen Brüsten. In der Ecke war eine Werbung eingebaut.

»Spanische Fliege. Steigert Potenz und Lebensfreude.«

Ich bedankte mich bei dem Kollegen und ging zu dem roten Wagen. Ein Sportwagen, englisches Modell. Einige Jahre hatte er schon auf dem Buckel. Die Seitentür stand offen. Das Armaturenbrett war aus Holz, die Sitze aus Leder. Neben der Handbremse steckte ein dünner Autoatlas. Unter dem Vordersitz lag ein Plastiktier mit grünen Pfoten.

Zwei Fliegen jagten an mir vorbei. Eine hinter der anderen. Sie flogen einen rasanten Bogen. Eine Fliege setzte sich auf den Rükken der anderen, zwang sie zur Landung. Übereinander saßen sie auf dem Dach des Wagens. Es sah nicht so aus, als würden sie zur Steigerung von Potenz und Lebensfreude irgendein Mittelchen brauchen. Ich überließ den Kollegen von der Spurensicherung das Terrain und verließ die Garage.

Ein Taxi fuhr in den Hof. Der Herr Staatsanwalt. Mit wehendem Mantel lief er direkt auf mich zu.

»Verehrte Kollegin.« Er streckte mir die Hand hin. »Da liegen die Ermittlungen ja in kompetenten Händen.«

Sein Augenlid zuckte. Bei unserem letzten Treffen hatte er mich noch mit ganz anderen Sprüchen beglückt.

Ich ließ ihn stehen und hielt nach Weber Ausschau. Vergebens. Ich lief zu dem Ehepaar, das immer noch neben dem Kollegen von der Schutzpolizei stand und die Aktivitäten im Hof verfolgte.

»Kennen Sie den Toten?« fragte ich den Mann in der dunkelblauen Zimmermannshose mit dem karierten Hemd.

Er nickte. »Der Frank wohnt hier bei uns.« Er zeigte auf die Rückseite des Wohnhauses hinter uns. Nur zwei Fenster waren beleuchtet.

»Unter dem Dach«, ergänzte seine Frau.

»Herr Schimmloh ist hier der Hausmeister und Verwalter«, informierte mich der uniformierte Kollege.

»Wohnte der Tote schon lange hier?« fragte ich.

»Nicht so lange«, Frau Schimmloh schüttelte den Kopf. »Zehn, zwölf Jahre.«

Wenn zwölf Jahre kurz für sie waren, was war für sie lang?

»Hat er gearbeitet?« Früher habe ich gefragt, wo hat er gearbeitet. Heute frage ich, hat er gearbeitet. Die Trefferquote ist einfach höher.

»Er arbeitet bei Strottmann«, sagte Herr Schimmloh. »Die verdienen gut da.«

Noch, ergänzte ich in Gedanken. Auch das Kfz-Gewerbe ist nicht mehr das, was es mal war.

»Hat er alleine gelebt?«

Frau Schimmloh sah ihren Mann an.

»Meistens«, sagte sie.

»Was heißt meistens?« bohrte ich nach.

»Zwischendurch hatte er Freundinnen und hat mit denen da oben gelebt. Aber das ging nie gut.«

»Mit Tina ist er schon länger zusammen«, sagte Herr Schimmloh.

»Das nennst du lange?« empörte sich seine Frau.

Ihre Zeitbezüge kamen mir erklärungsbedürftig vor.

»Wie lange etwa?« fragte ich.

»Ein halbes Jahr, höchstens.«

Zeit ist relativ. Ich habe es noch nicht länger als sechs Wochen mit einem männlichen Wesen unter einem Dach ausgehalten.

»Aber jetzt sind sie auseinander, und das wundert mich gar nicht.«

»Mia«, ermahnte Herr Schimmloh seine Frau. »Das weißt du doch gar nicht.«

»Und wo ist sie die letzte Zeit? Kannst du mir das mal sagen?« fragte Frau Schimmloh. »Bestimmt hat er sich von ihr getrennt. Das wurde auch langsam Zeit.«

»Mia...« Sein Appell zeigte keine Wirkung.

»Ist doch wahr«, beharrte Frau Schimmloh. »Wie die immer rumgelaufen ist.«

»Wissen Sie etwas über Verwandte?« versuchte ich unsere Unterhaltung auf ein anderes Gleis zu bringen.

Herr Schimmloh schüttelte den Kopf. »Frank war allein. Franks Mutter ist nach Spanien.«

»Nach Spanien?« fragte ich.

»Sie hat noch einmal geheiratet. Einen Spanier. Und den Frank hat sie allein hiergelassen.« Frau Schimmloh verzog mißbilligend die Lippen.

»Er hat dann die Wohnung übernommen«, erklärte Herr Schimmloh. »Vor fünf Jahren etwa.«

Fürs erste reichten mir die Informationen. Ich verabschiedete mich von Herrn und Frau Schimmloh und kündigte an, daß ich mich im Laufe der Ermittlungen noch einmal mit ihnen in Verbindung setzen würde.

Die Kollegen von der Spurensicherung räumten ihre Sachen in den Wagen und waren dabei, die Garage zu verriegeln. Der Motor des mobilen Einsatzwagens sprang an. Mit einem Schlag ging das Licht im Hof aus. Der letzte Scheinwerfer wurde eingeräumt.

Ich sah die Fassade hoch. Zwei Fenster waren hell. Der Rest lag im Dunkeln. Dort oben hatte er einmal gelebt. Zusammen mit einer Freundin.

Die Kollegen fuhren vom Hof.

Jetzt gehörte die Garage wieder den Fliegen. Oder auch nicht. Was sollten sie da ohne ihre Beute?

18

Ich lief durch die dunkle Einfahrt nach draußen.

Weber saß am Steuer seines Volvos.

»Wo warst du?« wollte ich wissen.

»Ich war nur mal kurz telefonieren. Wegen Inga. Ob sie ohne mich zu dem Lackaffen ist.«

Es war nicht schwer zu raten, wie der Anruf ausgegangen war. Seine Wangen waren gerötet, und sein Atem roch nach Bier.

»Und dann hab' ich ein Bier gezischt und Gebhard getroffen.«

Ich war begeistert. Die einen malochten. Die anderen verdrückten sich und tranken ein Bier.

»Bist du nicht neugierig, was der mir erzählt hat?«

Wenn ich ehrlich war, konnte ich mir bei der Kombination von Gebhard und Bier nur schmutzige Witze vorstellen.

»Erzähl schon«, sagte ich trotzdem.

»Er war in Düsseldorf im Puff.«

»Und was ist daran so spannend?« fragte ich.

»Du glaubst nicht, wer ihm da über den Weg gelaufen ist. Auf dem Parkplatz.« Er haute auf das Lenkrad. »Heinze. In seinem Mercedes. Steigt aus. Sieht Gebhard. Steigt sofort wieder ein und haut ab.«

Er sah mich erwartungsvoll an. »Ist das wohl 'n Ei?«

»Gebhard ist ein blindes Huhn», sagte ich.

»Wieso blindes Huhn?« fragte mein Kollege und zupfte ratlos an seinem Bart.

»Er hat den Autobus nicht gesehen.«

»Welchen Autobus?«

»Den Autobus voller Kollegen. Die Fachkonferenz zur Bekämpfung der organisierten Kriminalität fand in diesem Jahr wieder in Duisburg statt«, zitierte ich. »Und Duisburg und Düsseldorf...« Den Rest ließ ich offen.

Weber verstand immer noch kein Wort.

»Ja, was meinst du denn, wo die sich abends vergnügen?«

Jetzt war der Groschen gefallen.

»Autobus voll. Das ist gut.« Er gluckste los. »Das muß ich dem Gebhard erzählen.«

»Komm, fahr. Ich will nach Hause.«

Sein Gesicht verdüsterte sich. Der Gedanke an sein Zuhause schien ihn nicht zu erfreuen.

»Was hältst du von dem Fall?« lenkte ich ihn ab. »Glaubst du, daß es ein Unfall war?«

»Vielleicht hat der Typ einem anderen die Frau ausgespannt, und der hat sich dafür gerächt und es so gemacht, daß es wie ein Unfall aussieht.«

Ich gähnte.

»Wär' doch möglich«, sagte er. »Es gibt solche Typen. Die schrecken vor nichts zurück. Die baggern selbst eine verheiratete Frau mit zwei Kindern an. Gibt's alles.«

Er sprach nicht von irgendeiner Frau. Er sprach von seiner Frau.

Ich gab auf. Heute war mit meinem Kollegen kein vernünftiges Wort mehr zu wechseln. Über ruhige Straßen rollten wir in Richtung Hafen. Ich dachte an den Toten. An das Foto auf dem Ausweis. Ein ganz normaler junger Mann. Ein Gesicht mit Grübchen. Eine Leiche, die an zwei Seilen über einem Reifenberg gehangen hatte. Mit Totenmalen an Armen und Beinen, mit einer grotesken schwarzen Schleife über einem Geschlechtsteil, das blau angelaufen war.

Auf einmal hatte ich wieder den Geruch in der Nase. Der Gestank ist jedesmal wieder ein Schock. Dieser widerliche Geruch von verwesendem Fleisch, der einem den Magen umdreht. Irgendwer hat mir einmal gesagt, kein Tier stinkt so wie der Mensch. Ich bin sicher, er hat recht.

Und wir machen jedesmal das gleiche. Ich so wie jeder andere Kollege. Wir sammeln, sichten, machen, tun. Wir erzählen uns abgestandene Witze.

Alles, um zu verdrängen, daß wir auch eine Haut haben, die reißen kann, Knochen, die brechen. Ein Herz, das von einem Moment auf den anderen das Schlagen einstellen kann.

19

Vera schloß die Tür des Studios auf. Sie trug die Tüte mit den Einkäufen in die Küche und ging ins Ankleidezimmer. Mit einem Fingerdruck schaltete sie das Radio ein. Nachrichten. Sie hängte die Kostümjacke auf den Bügel, legte die blauweißen Handschuhe in die Schublade.

An einem anderen Ende der Welt zerstörte ein Tornado die Häuser von Tausenden von Menschen und machte sie obdachlos.

Vera verschob Kleiderbügel, hing einen Rock an die Schranktür und suchte nach einer passenden Corsage.

Die fünf Weisen sagten weiterhin steigende Arbeitslosenzahlen voraus.

Vera setzte sich vor den Schminktisch. Sie griff nach einem Stift und rahmte die Augen schwarz.

Das Wetter war erfreulich. Sonnig und warm.

Sorgfältig malte sie sich die Lippen rot.

Hoffentlich blieb es weiter schön. Morgen wollte Hilde mit den Kindern in den Zoo.

Sie legte ein Papier zwischen die Lippen und preßte sie fest zu.

Im Radio wurde der erste Studiogast zum Thema Müllvermeidung begrüßt. Vera zerstäubte mit einem Pinsel Puder auf dem Gesicht. Die Frau im Radio bat die Frauen zu Hause, bei ihr anzurufen und zu erzählen, was sie machten, damit der Müllberg kleiner wurde. Vera setzte ihren Zeigefinger auf die schwarze Taste. Das Radio schwieg.

Sie ging in die Küche und packte die Einkaufstüte aus. Brötchen- und Kaffeeduft machte sich breit.

Ein Telefon klingelte. Sie lief ins Büro, hob den Hörer des roten Telefons ab.

»Studio dreizehn.«

»Machen Sie auch Hausbesuche?«

»Nein, keine Hausbesuche«, sagte sie automatisch. »Warum kommen Sie nicht zu uns? Wir haben es sehr nett. Sauber, gepflegt...«

Der Mann am anderen Ende der Leitung fiel ihr ins Wort.

»Ich zahle gut, sehr gut sogar.«

»Vielleicht ließe sich ja doch etwas machen«, räumte sie ein. »An was hatten Sie denn gedacht?«

Der Mann lachte dröhnend.

»An was ich gedacht habe? Ich will dir mein dickes, fettes Rohr reinschieben. Da...«

Sie drückte die Gabel herunter.

Vera hörte einen Schlüssel in der Tür. Sie sah auf die Uhr. Punkt zehn. Schritte näherten sich über den Flur.

Angelika war pünktlich wie immer.

»Hallo Vera. Alles klar?«

Ungeschminkt sah Angelika völlig unscheinbar aus. Mit ihren mausigen kurzen Haaren. Wie eine Hausfrau, die eben mal um den Block zum Einkaufen huscht. Seit einem Jahr arbeitete sie schon bei ihr. Vera hoffte, daß sie noch lange blieb.

»Wie geht's den Kleinen?« fragte Angelika sie.

Vera füllte das Kaffeepulver in den Filter.

»Andreas schimpft auf die neue Schule. Aber Kati geht gern in den Kindergarten.«

Sie schaltete die Kaffeemaschine ein.

»Das wird schon«, tröstete Angelika sie. »Und wie gefällt's deiner Mutter?«

»Hilde ist begeistert. Sie hat zum erstenmal in ihrem Leben einen Garten.«

»Na, siehst du.« Angelika lief weiter ins Ankleidezimmer zum Umziehen.

»Wie war's bei dir, bei deinem Schwager?« rief Vera durch die offene Tür.

Das Wasser begann mit leisem Gurgeln in den Filter zu sprudeln.

»Furchtbar. Alle haben sie auf Tom rumgehackt, weil er keine Arbeit hat.«

Vera schmierte Brötchen. Sie drapierte die mit Käse und Schinken belegten Hälften auf einem Teller.

Angelika kam zur Tür herein. Kurzer Rock, enger Pulli über dem prallen Busen, die Perücke mit den blonden Locken, geschminkt.

»Schon was los?« fragte sie und goß sich eine Tasse Kaffee ein.

»Ein Spruchperverser am Telefon.« Vera schnitt eine Tomate auf und setzte sie zur Dekoration zwischen die belegten Brötchen. »Am meisten ärgert mich, daß die nicht zahlen. Wichsen sich einfach einen gratis.«

»Wie lief's gestern?« Angelika nahm mit spitzen Fingern eine Brötchenhälfte, brach sie in zwei schmale Stücke. »Wir haben gar nicht mehr geredet. Hast du sie genommen?«

»Montag fängt sie an.«

»Wieso erst Montag?« Angelika schob sich vorsichtig das Stück mit dem Käse in den offenen Mund.

»Sie hat was am Knie.« Vera zeigte auf ihr Bein. »Das will sie erst noch kurieren.«

Angelika kaute und sah auf Veras Knie. Mit einem Schluck Kaffee spülte sie die Reste des Brötchens runter.

»Seit wann brauchst du ein Knie beim Bumsen?« fragte sie. »Das fängt ja gut an. Und sonst? Wie ist sie so?«

»Um die zwanzig«, gab Vera Auskunft. »Nicht auf den Kopf gefallen, sieht gut aus, klein, zierlich.«

Angelika klappte einen Spiegel auf.

»Hat immer mal wieder angeschafft. Auf dem Autostrich. Seit einem halben Jahr ist sie voll dabei. Der Freund weiß Bescheid. Mal sehen, wie sie sich macht.«

Mit dem Ende der Serviette tupfte Angelika sich die Krümel vom Mund. »Eine Neue ist immer gut fürs Geschäft.«

Angelika zerknüllte die Serviette in ihrer Hand.

»Sie ist keine Konkurrenz für dich«, beruhigte Vera sie. »Sie macht nur normal und blasen. Mehr nicht.«

»Erst einmal werden sich alle auf sie stürzen. Das ist ganz klar.« Angelika betrachtete ihre Augenbrauen im Spiegel. »Und ich werde weniger machen.« Sie setzte die Pinzette an.

»Hast du eigentlich mal wieder von Irma gehört?«

»Du kennst doch Irma. Autsch.« Angelika sah auf das Haar, das zwischen den Schenkeln der Pinzette klebte. »Unter der großen Liebe tut sie's nicht. Privat meine ich.«

Sie klappte den Spiegel zu.

»Neues Leben, neues Glück. Was soll sie da mit uns?«

Sie verstaute Spiegel und Pinzette in einer schwarzen Tasche.

»Eines Tages steht sie wieder vor der Tür«, sagte sie. »Wetten, daß...?«

Ein Telefon klingelte.

»Laß mal, ich geh' schon.« Angelika stand auf und lief ins Büro.

»Studio dreizehn.« Sie setzte sich auf den Hocker und schlug die Beine übereinander.

»Wir sind zu dritt.« Sie hielt den Hörer locker am Ohr. »Für jeden Geschmack etwas. Worauf stehst du denn so?«

Angelika sah auf ihr Netzstrumpfbein.

»Kannst du alles haben. Wir heizen dir ein, daß dir Hören und Sehen vergeht.

Also heute um kurz vor zwölf. Wir warten auf dich.«

Angelika ließ den Hörer fallen.

Vera ging an den Sekretär und schlug das Buch mit dem roten Samtumschlag auf.

Die Türklingel schellte.

Vera ging die Eintragungen in ihrem Buch durch.

»Ein Neuer. Thomas.«

Es schellte ein zweites Mal an der Tür.

»Auf die Plätze, fertig, los.« Vera prüfte im Spiegel den Sitz des Rocks. »Heute mittag geht's dann richtig los.«

Sie ging zur Wohnungstür, sah durch den Spion.

Ein Mann in einem grauen Anzug rückte sich die Krawatte gerade. Vera öffnete die Tür.

»Willkommen im Studio dreizehn«, lächelte sie. »Du bist bestimmt der Thomas.«

Während sie lächelte, ratterte der Computer in ihrem Kopf.

Mitte Dreißig, gutverdienend, gepflegt. Die Haut schlecht durchblutet, ein angespannter Zug um den Mund.

»Wir haben miteinander telefoniert, glaube ich.«

Er gab ihr eine kalte Hand.

»Nach dir.«

Sie ließ ihn vorgehen. Gib keinem die Chance, dir von hinten ein Messer zwischen die Rippen zu halten. Egal, wie seriös er aussieht.

»Links die Tür.«

Angelika hatte alles im Griff. Die Gardinen waren halb zu. Die Stehlampe mit dem roten Schirm brannte. Angelika lehnte an der Stereoanlage, regulierte mit einer Hand die Lautstärke der Musik und winkte ihm zu. »Hallo, Thomas.«

»Setz dich, Thomas.« Vera wies auf das weiße Ledersofa. »Mach es dir bequem.«

Er stellte die Aktentasche neben das Sofa und streckte die Füße lang. Schwarze Lederschuhe, ziemlich neu, ziemlich teuer.

»Möchtest du etwas trinken?«

»Ein Leichtbier, bitte.«

Männer wie er wußten, was sie wollten. Und waren bereit, dafür zu zahlen.

»Wie hast du von uns gehört?« fragte Vera.

Es war immer interessant zu erfahren, auf welchen Wegen die Kunden ins Studio kamen.

»Ein Freund hat euch empfohlen.« Er musterte die Ledersessel, als wäre er ein Vertreter für Polstermöbel.

Angelika kam mit dem Getränketablett und nahm ihm gegenüber im Sessel Platz. Sie schlug die Beine übereinander.

Er goß sich ein Bier ein und sah Angelika zwischen die Beine. »Was kann man bei euch denn so alles machen?«

»Wir sind flexibel«, Angelika fuhr mit ihrer Zunge um den roten Mund. »Alle Neigungen.«

»Was hast du dir denn so vorgestellt?« fragte Vera.

Der Mann nahm einen Schluck Bier und stellte das Glas sorgfältig an seine alte Stelle auf das Tablett.

»Das Normale interessiert mich weniger.« Seine Hand löste sich von dem Glas. Der schmale Goldring an seinem Finger glänzte.

»Wir sind spezialisiert auf ausgefallene Wünsche«, sagte Vera. »Das hat aber seinen Preis.«

»Was kostet bei euch eine bizarre Behandlung?« fragte er.

»500 DM eine Stunde bizarr. Das ist ein kurzer Streifzug durch die gängigen Techniken«, sagte sie. »Wenn es länger dauern soll und intensiver, kostet es entsprechend.«

»Was für eine Ausstattung habt ihr in eurem Studio?«

»Andreaskreuz, Strafbock, Streckbett, Galgen, Käfig«, zählte Vera auf. »Ein gläsernes Klo und natürlich einen Behandlungsstuhl.«

»Habt ihr auch Kleidung für Gummiliebhaber?«

Er sah auf ein Paar blauweiße Gummischlappen, die vor der Tür zu Veras Studio standen.

»Wir sind gut sortiert in Gummi. Mäntel, Hosen, Röcke«, zählte Vera auf, »Schürzen, Corsagen, Windelhosen, was du willst.«

Er zückte die Brieftasche.

»Eine Stunde«, sagte er. »Für den Anfang. Zum Kennenlernen.«

Fünf blaue Scheine lagen auf dem Tisch.

Vera rollte die Scheine zusammen.

»Was mache ich mit meinen Unterlagen?« Er zeigte auf seinen Koffer.

»Den können wir wegschließen«, sagte Vera. »Angie zeigt dir alles.«

Angelika stand auf und lächelte ihn an.

»Du kannst mit ihr schon unter der Dusche ein wenig entspannen.«

Er griff seinen Aktenkoffer und folgte Angelika zur Tür.

»Ich erwarte dich dann im Studio«, verabschiedete sich Vera. »Ich hoffe, du weißt, wie du dich deiner Herrin zu nähern hast.«

20

Ein lautes Klingeln brach in meine Träume. Was immer vorher an Bildern in meinem Kopf herumgespukt war, jetzt preschte ein weißer Krankenwagen mit Rotlicht eine nächtliche Straße entlang. Kein Krankenhaus in Sicht. Ich schlug die Augen auf. Das Telefon neben meinem Bett klingelte.

»Ja?« ich zog den Hörer ans Ohr.

»Ich möchte einen Termin vereinbaren.«

»Einen Termin wofür?« fragte ich verschlafen.

»Ich habe Ihre Anzeige gelesen.«

Auf einmal war ich hellwach. Noch so ein Spinner. »Welche Anzeige?«

»Na die im Happy Weekend, Sie wissen schon. Das wollte ich kennenlernen.«

»Was wollten Sie kennenlernen?«

»Sie wissen schon.« Die Stimme wurde leiser. »Lassen Sie sich von Ihren Wünschen und Träumen treiben. Lassen Sie einfach los.«

»Nur zu«, ermutigte ich ihn. »Fangen Sie schon mal mit dem Telefon an.« Ich drückte den Hörer auf die Gabel.

Ein letztes Mal streckte ich mich unter der Bettdecke. Von wegen, lassen Sie sich von Ihren Wünschen treiben. Es war halb neun. Ich mußte raus.

Ich band den Kimono zu und lief ins Bad.

Der Effekt war riesig. Er hatte es mal wieder geschafft. Der Bohrer lag in der Wanne. Samt Handfeger und einem Kehrblech voll Keramiksplitter und Putzbrocken. Neben meinem Spiegel fehlten drei gelbe Fliesen. Dafür prangte jetzt ein Zahnpastatubenhalter auf der nackten Wand. Ohne Zahnpasta.

Der Koffer für den Bohrer lag aufgeklappt in meinem Waschbecken. Ich hielt Ausschau nach dem alten Glas mit den Zahnbürsten und der Zahnpasta. Nirgendwo zu sehen.

Ich beschloß, mir von solchen Kleinigkeiten nicht die Stimmung vermiesen zu lassen, räumte den Schrott aus der Badewanne und stieg in die Wanne zum Duschen.

Eine Viertelstunde später war ich ausgehfrisch. Saubere Leggings, Lippen brombeerrot passend zum Pullover, Parfümtropfen hinter den Ohren. Der einzige Schwachpunkt waren die Zähne. In einer Küchenschublade fand ich ein paar Pfefferminz. Ich steckte mir eine Handvoll in den Mund und zermalmte sie zwischen den Zähnen. Dann zog ich die Motorradkluft über.

In Rekordzeit saß ich hinter meinem Schreibtisch. Ich überlegte gerade, ob ich meinen Golf für eine BMW in Zahlung geben sollte, als Petra zur Tür hereinkam.

Sie stellte sich vor meinen Schreibtisch und stemmte die Hände in die Hüften. »Das mit Heinze mußte ja sein.«

Einen Moment überlegte ich, was sie wohl meinte.

»Und wann gucken wir uns jetzt die Griechenlandbilder an?« fragte sie. »Ich hab' keine Lust, die jeden Tag umsonst mitzubringen.«

»Sieht schlecht aus«, sagte ich. »Wir haben einen neuen Fall.«

Die Fotos waren vergessen. Sie setzte sich auf den Schreibtisch und beugte sich zu mir. »Eine Leiche? Oder mehr? Komm, sag schon.«

Petra ist so wild auf Leichen, daß ich Angst habe, wir werden sie eines Tages an die Gerichtsmedizin verlieren.

»Mach schon«, forderte sie mich auf.

»Eine Leiche.« Sie hing an meinen Lippen. »Ein Mann. Wir haben ihn nackt in einer Garage gefunden.«

»War er noch frisch? Die Leiche meine ich?«

Ich schüttelte den Kopf.

»Sah er schlimm aus?« Petra hielt sich die Hand vor den Mund.

Ich nickte. »Ziemlich. Ein paar Tage hat er da gehangen. Ein gefundenes Fressen für die Fliegen.«

Sie schüttelte sich.

Das Telefon schellte.

»Bin schon weg.« Petra hüpfte von meinem Schreibtisch.

»Beate Stein. 1. Kommissariat.«

Gebhard von der Spurensicherung war am Telefon.

»Ich wollte dir nur kurz Bescheid geben. Wegen unserem Toten.«

Ich spitzte die Ohren.

»Sieht tatsächlich so aus, als ob er sich selbst aufgeknüpft hat. Wir untersuchen die Klamotten natürlich noch auf Spuren.«

»Den Lippenstift auch?« fragte ich.

»Für wen hältst du uns? Ist doch klar.«

»Was ist mit der Schleife?«

»Ein Damenstrumpf. Marke und so weiter checken wir noch«, sagte er. »Ansonsten normales Eierabbinden.« Er gluckste in den Hörer. »Jeder Mann kann's.«

»Nicht nur die«, vermutete ich.

»Da hast du recht«, stimmte er mir zu. »Aber das kostet. Übrigens, deine Sachen aus dem Wald. Alles ganz harmlos.«

»Du meinst, ihr habt keine Blutspuren oder so was gefunden.«

»Hätte mich auch gewundert.«

Weber kam zur Tür herein und setzte sich an den Schreibtisch.

»Wieso?« fragte ich.

»Das gehört heute fast schon zur Grundausstattung.«

»Grundausstattung?« wunderte ich mich. »Handschellen?«

»Grundausstattung für Sado-Maso«, präzisierte Gebhard. »So was kriegst du an jeder Ecke.«

»Auch die Kette mit den Kneifern?« fragte ich.

»Brustwarzenstimulation für Anfänger. Da kannst du gleich Wäscheklammern nehmen.«

»Und was ist für Fortgeschrittene?« wollte ich wissen.

»Fortgeschrittene hängen sich da noch Gewichte dran. Das macht mehr Spaß. Willst du noch mehr wissen? Ich helfe gern.«

»Du meinst also, da steckt nichts weiter dahinter«, vergewisserte ich mich.

»Da würde ich meinen Arsch drauf verwetten.«

Eine klare Aussage. Ich wußte, wie wertvoll meinem Kollegen die Körperteile unter der Gürtellinie waren.

»Das ist irgendein armer Teufel, der die Spielsachen vor Mutti im Wald verstecken muß.«

»Fotografier die Klamotten und gib sie an die Sitte weiter«, schlug ich ihm vor. »Sollen die sehen, was sie damit machen.«

Weber schielte neugierig zu mir herüber.

»Warum willst du nicht in die Frühbesprechung damit?« fragte Gebhard mich.

»Nur, wenn du bei der Vorstellung kassierst. Gratis mache ich das nicht.«

Die Sache würde auch so ihre Runde machen. Ohne daß ich vor den Augen von dreißig Kollegen mit einem schwarzen Plastikpenis herumspielte.

»Soll ich dir nicht was verwahren?« Sein Lachen gluckerte an mein Ohr. »Finderlohn. Ich sag's auch keinem weiter.«

Im Grunde mag ich Gebhard. Ich weiß wirklich nicht, warum.

»Vergiß nicht, uns die Sachen aus der Garage rüberzuschicken«, erinnerte ich ihn.

»Du kennst uns doch. Superschnell, supergut, superclever.«

»Das muß 'ne Verwechslung sein«, sagte ich. »Die Truppe, die du beschreibst, sitzt hier oben.«

Ich legte den Hörer auf und betrachtete meinen Kollegen.

Er sah aus, als ob ihm heute morgen mehr als eine Tube Zahnpasta gefehlt hätte. Der oberste Hemdknopf stand offen. Ein schwarzer Ring hing in seinem Kragen. Auf den Wangen zeigten sich dunkle Stoppeln.

»Sie ist erst heute morgen nach Hause gekommen. Stell dir das mal vor.«

Das war es also. Er war die Nacht wach geblieben, hatte auf Inga gewartet.

»Sie hat noch nicht mal mit den Kindern gefrühstückt.«

Ich fuhr mit der Zunge über meine Zähne. Das hatte ich auch nicht.

»Komm.« Ich packte meine Tasche. »So kann man dich ja nicht auf die Leute loslassen.«

Er fuhr sich mit der Hand über die Bartstoppeln.

»Wo willst du denn hin?«

21

Vor dem Eingang der Kneipe stand eine schwarze Tafel. ›Frühstück bis 11‹ war da in weißer Kreide geschrieben. Einmal dick unterstrichen. ›Kännchen Kaffee, 2 Brötchen, Butter, Marmelade 7,50 DM.‹

Die Tür stand offen. Ein Holzkeil hinderte sie am Zuschlagen.

»Wollen wir?«

Weber nickte.

Am Tresen saß ein Mann in einem Jeansanzug auf einem Barhocker und las die Zeitung. Ich steuerte mit Weber den blankgescheuerten Tisch in der Fensternische an.

Auf dem Tisch lagen ein paar zusammengefaltete Zettel, gelb, mit Eselsohren. Ich klappte einen auseinander. Die Frühstückskarte.

»Was hätten Sie gern?« Die Kellnerin zog den Block aus der Tasche unter der weißen Schürze und zückte den Stift.

»Ich hätte gern das Frühstück mit Orangensaft und Rührei.«

Sie sah mich aus müden Augen an.

»Welche Nummer?«

Ich suchte auf der gelben Karte.

»Die Nummer fünf.«

»Frühstück Nummer fünf«, wiederholte sie. »Tee oder Kaffee?«

»Kaffee.« Sie schrieb auf ihren Block.

»Und Sie?« wandte sie sich an Weber.

»Für mich Nummer drei.« Er klappte den Zettel zu.

»Frühstück Nummer drei.« Sie schrieb. »Tee oder Kaffee?«

»Tee«, sagte Weber.

Sie lief zur Theke. Die Füße in den schwarzen Schuhen, die bis über die Knöchel gingen, waren geschwollen.

»Bis gleich.«

Ich ging auf die Straße und sah mich um. Eine Straßenbahnhaltestelle, Ampel, ein Supermarkt, ein Videoverleih, zwei Apotheken, ein Zeitschriftenladen, zwei Bäcker. Alles um eine Großkreuzung verteilt. Der Verkehr rauschte in Dreierreihen vorbei. Stadtplaner nennen so etwas urbanes Subzentrum.

Ich lief an einem Geschenkladen vorbei, dessen Schaufenster mit Nippes vollgepfropft war. Ein weißer Porzellanhund mit schwarzen Flecken reckte den Kopf und sah mir in die Augen. Im Fleischerladen kreisten Fliegen über einer Pyramide von fest verschnürten Rollbraten. Bleich und fett quoll das Fleisch zwischen den weißen Bändern hervor. Ich legte einen Zahn zu. So früh am Morgen war ich einfach noch nicht fit für totes Fleisch und Fliegen.

An der nächsten Ecke fand ich, was ich suchte. Den Drogeriemarkt, der nirgendwo fehlt. Ich nahm mir ein Körbchen und zwängte mich durch die engen Gänge. Jetzt wußte ich erst, was in meinem Badezimmer alles fehlte. Intimsprays, Slipeinlagen, Duftsteine für Toiletten, Weichspüler. Die Sauberkeitsbranche schlug voll zu. Nach drei Rückfragen bei der Frau, die ein Regal mit Deos auffüllte, hatte ich endlich, was ich wollte.

Weber schob sich ein Brötchen mit Salami in den Mund, als ich mit meiner Tüte zu ihm stieß.

»Schmeckt's?«

»Super.« Er versuchte es mit einem Grinsen. Noch nicht ganz überzeugend. Aber immerhin.

»Ich habe mit dem Rührei auf Sie gewartet«, rief die Kellnerin von der Theke quer durch den Raum.

»Warten Sie noch einen Moment«, bat ich sie und ging an ihr vorbei zu den Toiletten.

Als ich zurückkam, kaute Weber an seiner letzten Brötchenhälfte. Ich schob eine Papiertüte zu ihm hinüber.

»Jetzt bist du dran.«

»Womit?« fragte er und schluckte die Reste seines Brötchens herunter.

»Frischmachen.« Ich strich mit den Händen über die Wangen. »Ich habe dir einen Wegwerfrasierer besorgt und eine Probe Rasierwasser.«

Die Kellnerin kam und stellte mir das Rührei hin.

»Wenn du auch die Zähne putzen willst, nimm die grüne.«

Vorsichtshalber hatte ich gleich zwei Zahnbürsten gekauft.

Er trank seine Tasse aus und schnappte die Tüte.

»Ist da auch Rasiercreme drin?«

»Wieso? Daß mit dem Schaumschlagen kriegst du doch auch so hin.«

Wortlos dackelte er ab in Richtung Herrentoilette.

Ich widmete mich meinem Rührei und verdrängte erfolgreich, was ich über die Folgen von Salmonellenvergiftungen gelesen hatte.

Mit einer Riefe auf der Wange und einem strahlenden Lächeln kam er zurück. Meine Investition hatte sich voll gelohnt. Es gibt nichts, was ihn so hochzieht, wie ein erfreulicher Anblick im Spiegel. Der eigene, versteht sich.

Er setzte sich und rieb die Hände.

»Wo fangen wir an?«

»An seinem Arbeitsplatz. Bei Strottmann.«

»Ach deshalb bist du hier.«

Strottmann lag nur ein paar Meter entfernt am Hellweg.

»Was hältst du von dem ganzen Selbstfesselungskram? Fleischer hat mir nahegebracht, was das für einen Spaß machen kann...«

»Das hab' ich früher mit meinen Milchzähnen gemacht.«

Er grinste.

»Gefesselt?«

»Du nimmst eine Schnur. Nähgarn oder so. Die wickelst du um den Zahn und verschnürst ihn.«

»Und?«

»Den Rest des Fadens wickelst du um die Türklinke.«

»Wer hat die Tür zugeknallt?« fragte ich.

»Meine Schwester.« Er streichelte seinen Bart. »Die war ganz wild darauf. Wumm. Und die Tür war zu. Manchmal mußte sie ein paarmal knallen, ehe es klappte.«

»Warum hast du sie gelassen?«

»Na ja.« Weber legte die Stirn in Falten. »Es war spannender zu zweit. Klappt es oder klappt es nicht?«

»Hat das nicht weh getan?«

Allein, wenn ich daran dachte, spürte ich meinen linken Backenzahn. Der, den sich mein Zahnarzt vor einem Jahr vorgenommen hat.

»Irgendwie schon.« Er überlegte. »Einen Moment lang hat es weh getan. Aber danach war es sofort ganz toll. So ein blutendes

Loch im Mund, und da bist du mit der Zunge reingefahren. Das war irgendwie auch ein ganz tolles Gefühl.«

»Tolles Gefühl ist das Stichwort«, sagte ich. »Genau das müssen wir rauskriegen, ob das für ihn auch so ein tolles Gefühl war oder ob mehr dahintersteckt.«

»Das heißt die ganze Mühle wie bei einem richtigen Mord. Obwohl es vielleicht gar keiner ist.«

»So ist es.«

Was vor uns lag, war die typische Kleinarbeit. Identität überprüfen, Vorstrafen, Tathergang rekonstruieren. Fremdverschulden ausschließen. Das Leben eines unter Umständen völlig unbescholtenen Bürgers nach allen Regeln der Kunst auseinandernehmen.

Kurz, wir würden uns mal wieder rundum beliebt machen.

22

Bei Strottmann sah es nicht so aus, als ob die Automobilbranche Probleme hätte. Wir bogen auf einen Parkplatz voller Autos. Weißgelbe Fahnen flatterten an den Masten. Entweder es ging ihm gut, oder dies war das letzte Aufbäumen vor der Pleite.

Wir näherten uns dem strahlend weißen Prunkbau. Links die Werkstätten. Rechts die Schauräume. Weber war nicht zu halten.

»Wie findest du den da?« Er strich an der Scheibe entlang, seinem Traumauto entgegen. »Ist der nicht toll?« flüsterte er.

Ich konnte dem Teil hinter der Scheibe nicht viel abgewinnen. Es sah aus wie eine mißglückte Kreuzung zwischen einem Mondfahrzeug und einem Minibus.

»Das ist ein Auto«, schwärmte er. »Da sitzt du drin wie in einem Cockpit. Alles Glas. Du machst die Tür zu, und es ist ruhig wie in einer Kirche.«

Er schwieg ehrfürchtig.

»Wenn ich das Geld hätte, würde ich den sofort kaufen. Auf der Stelle.«

»Wozu brauchst du sieben Sitze?« fragte ich. »Um deine Schwiegermutter mitzunehmen?«

»Die Sitze kann man rausnehmen«, klärte er mich auf.
»Und dann?« fragte ich.
»Dann hast du eine Transportfläche.«
Ich beäugte den hellgrauen Teppich, mit dem Boden und Wände ausgeschlagen waren.
»Du hast keinen Transporter. Du hast ein fahrbares Wohnzimmer. Besorg dir schon mal 'ne Putzfrau.«
Er hörte nicht zu.
»Hast du die Heckleuchten gesehen?« schwärmte er. »Die gibt es bei keinem anderen Auto.«
»Ich geh' schon mal rein...«
Nach einer Weile kam er hinter mir hergerannt. »Man muß doch noch Träume haben«, maulte er. »Aber das verstehen Weiber nie.«
Ich drückte die Glastür auf. Der rote Läufer führte uns zu einer weißen Informationstheke. Ein Mann mit Brille blätterte in einem dicken Katalog.
Wir standen und warteten. Er blätterte weiter. Dem Laden schien es wirklich gutzugehen.
»Guten Tag«, sagte ich laut und fröhlich.
Er bequemte sich und kam an die Theke.
»Kriminalpolizei.« Ich hielt meinen Ausweis hoch. »Wir brauchen Informationen über einen Ihrer Mitarbeiter.«
»Um wen handelt es sich denn?«
»Frank Bartels. Der soll hier bei Ihnen arbeiten.«
»Nicht hier.« Ein feines Lächeln umspielte seine Züge. »Das hier ist der Verkauf.«
Seine Augen streichelten den sauberen Boden, die glänzenden Autos und die Ständer mit den Hochglanzbroschüren.
»Frank Bartels arbeitet in der Werkstatt.«
Wie er das sagte, machte klar, daß Welten zwischen einem Verkaufsraum und einer Werkstatt lagen.
»Wer kann uns denn nähere Auskunft über Herrn Bartels geben?« fragte ich.
Weber stand an dem Ständer mit den Prospekten und suchte.
»Für das Personal ist der Chef persönlich zuständig. Strottmann senior.«
»Könnten wir ihn kurz sprechen? Jetzt gleich?«

Ich lächelte.

»Ich weiß nicht, wo der Chef gerade...« Er überlegte.

»Hat er keine Sekretärin?« half ich ihm auf die Sprünge.

»Wir sind ein Familienbetrieb.«

Er ging zu seinem Tisch, nahm den Hörer vom Telefon und drückte ein paar Tasten. Er sprach so leise, daß ich nicht verstehen konnte, was er sagte. Er legte auf und kam zurück an die Theke.

»Der Chef kommt gleich. Wenn Sie da drüben warten würden.« Er zeigte auf die schwarze Ledergarnitur neben einem edlen blauen Sportwagen. Ich ließ mich in die Polster fallen.

Ein junges Paar kam zur Tür herein und ging zielstrebig zu einem hellen Geländewagen. Er hielt ihr die Tür auf. Sie stieg ein. Der ideale Wagen für den Dschungel.

Weber gesellte sich zu mir. Er las in seinen Prospekten.

Ein sportlicher Vierziger mit einem sonnengebräunten Gesicht kam zu uns. Strottmann senior, wenn mich nicht alles täuschte. Ich täuschte mich nicht. Er stellte sich vor und setzte sich zu uns.

»Was kann ich für Sie tun?« Er strich sich über seine grauen Schläfen.

»Es geht um Frank Bartels.«

»Wir machen uns Sorgen um ihn. Er ist schon seit ein paar Tagen nicht zur Arbeit gekommen.«

Nervös zog er an seinen Manschetten. Jetzt hatte er es geschafft. Weißer Stoff mit feinen blauen Streifen ragte unter den roten Pulloverärmeln hervor.

»Ist etwas passiert?«

»Er ist tot.«

»Tot?« Er rückte auf dem Lederstuhl nach vorn und preßte die Handflächen gegeneinander. »Das ist ja furchtbar. Ein Verkehrsunfall?«

Für einen Autohändler ein ziemlich naheliegender Gedanke.

»Nein«, sagte ich. »Mord, Selbstmord oder Unfall. Das müssen wir klären.« Ich machte eine Pause. »Was war er für ein Typ?«

Strottmann senior lehnte sich zurück und sah auf das große Werbefoto, das neben dem Sportwagen an einem Nylonfaden von der Decke baumelte. Eine Blondine mit wehenden Haaren und Schal saß am Steuer des Traumautos. Cabrioversion.

»Ein netter Kerl.« Er strich sich mit dem Zeigefinger über einen Nasenflügel und überlegte. »Zuverlässig in der Arbeit, beliebt bei den Kollegen. Ich kann nichts anderes sagen.«

»Hatte er Freundinnen, Freunde? Wissen Sie etwas darüber?«

»Nein.« Er schüttelte den Kopf. »Da müssen Sie seine Kollegen fragen. Die wissen bestimmt mehr.«

Er legte beide Hände über die Knie. Erst jetzt sah ich, daß er unruhig mit den Beinen zuckte.

»Hätten Sie etwas dagegen, wenn wir kurz mit seinen Kollegen reden?« Es war irritierend, auf seine Knie zu gucken, die unter den Händen zuckten.

»Überhaupt nicht.« Er sprang auf. »Kommen Sie. Ich führe Sie in die Werkstatt.«

23

Das waren keine Werkstätten. Das waren Operationssäle für defekte Autos. Aseptisch und kühl. Weiße Fliesen am Boden. Neon unter der Decke. Was fehlte, war ein großes Schild. ›Vergessen Sie alles, was Sie bisher über Werkstätten gedacht haben.‹

»Kommen Sie.« Strottmann senior führte uns an einem Operationstisch vorbei. Ein roter Mercedes schwebte auf einer Hebebühne. Zwei Männer beäugten die Eingeweide. Das einzige, was mich verblüffte, war ihre Kleidung. Anstelle von weißen Kitteln dunkelblaue Anzüge.

»Dies ist der Pausenraum für unsere Angestellten.«

Er zeigte auf eine Küchenzeile und einen Tisch mit sechs Stühlen. Eine propere rote Plastiktischdecke, weiße Klappstühle aus Plastik. Die Wände waren vollgepflastert mit bunten Bildern von Pin-ups. Weber trat interessiert näher, vertiefte sich in die geschönten Posen von Titten und Ärschen.

»Wie viele Angestellte haben Sie in der Werkstatt?« fragte ich. Am anderen Ende des Raums standen zwei Reihen Spinde.

»Neunzehn«, sagte Strottmann senior, ohne zu überlegen. »Vier sind im Urlaub. Zwei sind krank.«

»Wer hatte den meisten Kontakt zu Frank Bartels?« fragte ich ihn.

»Setzen Sie sich einen Moment.« Er zeigte auf die weißen Stühle. »Ich hole Ihnen unseren Meister. Aber machen Sie's kurz. Sie wissen ja. Zeit ist Geld.«

Bei dem Wort Geld kam ein Lächeln auf seine Lippen. Er entschwand. Weber hatte sich zur zweiten Pin-up-Wand vorgearbeitet.

»Ist das dein Geschmack?« fragte ich ihn.

»Hier gibt's für jeden Geschmack etwas.«

Ein Mann in dunkelblauem Kittel kam zu uns. Ziemlich klein, ziemlich blaß. Die Haare über der Stirn waren ihm ausgegangen; dafür hingen sie ihm an den Seiten über die Ohren. Er blickte uns aus wäßrigen Augen an.

»Sie wissen, worum es geht?« fragte ich ihn.

Der Mann im Kittel nickte und setzte sich zu uns.

»Wann haben Sie Frank Bartels das letzte Mal gesehen?« fragte ich ihn.

»Am zweiundzwanzigsten. Das war ein Donnerstag«, sagte er. »Am Montag drauf habe ich gemeldet, daß er nicht da war. Mußte ich ja.«

»Haben Sie ihn danach noch einmal gesehen?« fragte Weber.

»Nein, das war das letzte Mal.«

Er steckte die Hände in die Kitteltaschen.

»Was war Frank Bartels für ein Mensch?« wollte ich wissen.

»Wie meinen Sie das?« fragte er mißtrauisch. »Als Mensch? Hier arbeiten wir nur zusammen.«

»Da lernt man sich doch auch ganz gut kennen«, sagte ich.

»Als Kollege war er in Ordnung.« Er dachte nach. »Kann man nicht anders sagen.«

Wir warteten geduldig.

»Wenn einer mal die Schicht tauschen wollte, hat er das gemacht. Auch vor Überstunden hat er sich nicht gedrückt.«

»Und wie war er sonst so, privat?« So schnell gab ich nicht auf.

»Das Private lassen die meisten hier außen vor.« Er vergrub die Hände tiefer in den Taschen. Der Stoff des Kittels spannte. »Das ist nun mal so.«

»Arbeiten hier auch Frauen?« Eine Pin-up-Schönheit lächelte mir zu. Breitbeinig und die Hände unter die Brüste gelegt stand sie vor der Stoßstange eines LKWs.

»Wir sind nur Männer. So ist das hier.«

»Und im Büro?« hakte ich nach. »Gibt es da keine Frauen?«

»Da ist nur die Frau Strottmann und ihre Kusine.«

Die beiden schienen für ihn als Frauen nicht zu zählen.

»War Frank Bartels mit einem Kollegen näher befreundet?« fragte Weber.

Er schüttelte den Kopf. »Ich glaube nicht. Der hatte seine Freundin und sein Auto. Das hat dem gereicht.«

»Kennen Sie seine Freundin?«

»Nein.« Er schüttelte den Kopf. »Die habe ich nie gesehen.« Seine Wangen röteten sich. »Das interessiert keinen, wen einer privat so hat.«

Eine interessante Formulierung, wen einer privat so hat.

»Können Sie uns seinen Spind aufschließen?«

»Das geht nicht.« Er nahm eine Hand aus der Tasche und kratzte sich an der Wange. »Das kann ich nicht.«

»Das können Sie nicht nur. Das müssen Sie sogar.«

Ich legte eine Phonstärke zu.

»Wenn Sie das nicht tun, kommen wir mit einer richterlichen Verfügung.«

Er sah Weber hilfesuchend an. Sein Geschlechtsgenosse hielt sich bedeckt. Er tat nichts, um ihm zu helfen.

»Also gut«, sagte er schließlich und stand auf.

»Ich muß erst den Schlüssel holen. Gehen Sie schon mal nach hinten.«

Wir gingen zu den Spinden und warteten.

Mit hochrotem Kopf und einem Schlüssel kam er zurück.

»Das da ist er. Nummer zehn.«

Er schloß die Eisentür auf. Mit einem Knarren sprang sie auf.

Weber durchsuchte den Spind. Ich hörte Papier rascheln.

»Guck mal«, sagte er. »Ist das nicht interessant?«

24

Vera saß an ihrem Sekretär und legte eine Checkliste an. Wie jedesmal, wenn sie sichergehen wollte, daß nichts schieflief. Stammkunden waren der Rückhalt des Studios.

Geschäftsleute als Stammkunden waren am besten. Die sahen nicht auf die Mark, weil ein Studiobesuch sich für sie rechnete.

Das rote Telefon schellte.

Für morgen abend hatte sich Robert mit zwei Schweizer Geschäftsfreunden angesagt. Robert war einer ihrer besten Kunden. Großzügig, gut gelaunt und gut erzogen. Ein angenehmer Gast.

Sie nahm den Hörer mit der linken Hand ab.

»Studio dreizehn«, meldete sie sich.

Eine Männerstimme, abgehackt und wirr.

Vera schrieb ›Trüffel‹ an die erste Stelle ihrer Liste. Robert schwärmte für Süßes. Es zahlte sich aus, die ganz persönlichen kleinen Vorlieben im Blick zu behalten.

»Was würdest du gern mal machen?« fragte sie ins Telefon.

›Gebeizten Lachs‹, schrieb Vera als nächstes auf und darunter ›Schokoladenmousse‹.

»Von hinten? Ja, das machen wir auch.«

Vera unterstrich zweimal das Wort ›Lachs‹ und ›Schokoladenmousse‹.

»Hundert Mark«, sagte sie. »Dafür wirst du richtig gut bedient.«

Auf keinen Fall durfte sie vergessen, nachzufragen, ob das mit dem Lachs und der Mousse bei den Leuten vom Partyservice auch angekommen war.

»Billiger machen wir es nicht.«

Blumen, malte sie auf ihren Zettel.

»Das ist ein Fixpreis. Ich lasse nicht mit mir handeln.«

Sie besah sich ihre Liste.

»Ja, tu das. Dann mußt du da hingehen.«

Sie legte den Hörer auf.

›Pflaumenschnaps.‹ Den durfte sie auf keinen Fall vergessen. Sie hatte noch keinen Schweizer getroffen, der nicht einen Pflümli zum Verdauen wollte.

Die Tür ging auf.

Angelika setzte sich und rollte auf ihrem Schoß weißen Stoff auseinander.

»Kennst du dich mit Kreuzstich aus?«

Vera ging mit dem Stift Punkt für Punkt die Liste durch. Das war mit Sicherheit noch nicht alles.

»Was hast du gefragt?« Vera sah Angelika an.

Angelika schob einen gelben Faden in die Nadel.

»Kreuzstich«, Angelika stöhnte. »Kennst du dich da aus? Ich komm damit einfach nicht klar.«

Vera ließ den Stift fallen.

»Ist doch ganz einfach.« Sie setzte sich neben Angelika auf die Couch und nahm ihr den Stoff aus der Hand.

»Gib mal die Nadel.« Sie leckte den Zeigefinger und zog eine Schlinge durch den Faden. Zwei Finger mit roten Nägeln zogen die Schlinge zu.

»So mußt du das machen.« Vera stach durch den Stoff. »Der Oberfaden muß immer in die gleiche Richtung. Das ist das Wichtigste. Soll ich noch mal?«

Angelika nickte.

Veras Finger hüpften mit der Nadel durch den Stoff.

»So und so und so.«

Drei gelbe Kreuze zierten den Rand des weißen Stoffs.

»Laß mich mal.« Angelika nahm ihr die Nadel ab. Sie steckte die Nadel in den Stoff.

»Erst so.« Sie biß mit ihren Zähnen auf die rote Unterlippe. »Dann nach hier. Und dann?«

»Wieder zurück.« Vera tippte mit ihrem roten Nagel auf die Stelle im Stoff.

»Jetzt hab' ich's.« Angelika zog den Faden hoch und fuhr mit der Fingerkuppe über das gelbe Kreuz. »Toll«, rief sie begeistert.

»Was soll das werden, wenn's fertig ist?« erkundigte sich Vera.

»Ein Kissenbezug. Guck mal. Das ist er.«

Sie faltete ein Blatt Papier auseinander.

Ein weißes Kissen auf einer blauen Bank. In der Mitte des Kissens eine blaue Windmühle, drumherum ein Kranz aus gelben und roten Tulpen.

»Hübsch.«

»Das kriegt meine Schwägerin zum Geburtstag, wenn ich's bis dahin fertigkriege.«

»Wann hat sie denn?« fragte Vera.

»Ende Juli.« Angelika steckte die Nadel mit dem gelben Faden in den Stoff.

»So, wie das Geschäft im Moment läuft, schaffst du es bestimmt«, sagte Vera.

»Woran liegt das, was meinst du?« Angelika zog das gelbe Garn durch und sah sie an. »Daß es im Moment nicht so läuft wie sonst...«

Vera zuckte die Achseln. »Das Wetter, die neuen Studios, die Konkurrenz aus dem Osten, was weiß ich... Wo ist eigentlich Tina?« fragte sie.

»Du meinst die Neue?« Angelika weigerte sich beharrlich, Tina bei ihrem Namen zu nennen. »Dreimal darfst du raten.«

»Im Bad?«

»Ich bin ja auch für Sauberkeit«, sagte sie. »Aber die übertreibt. Mit dem vielen Duschen und den Duftwässerchen und dem Mist.« Angelika zeigte mit der Sticknadel auf ein Tongefäß, das auf der Fensterbank stand.

»Ich hab' das ganz gern«, gab Vera zu. »Das riecht schön frisch.«

»Das Parfüm geht ja.« Angelika legte das Stickzeug in den Schoß. »Maiglöckchen mag ich. Aber Zitrone und Mandarine. Iiiii.« Sie schüttelte sich.

Vera stand auf und setzte sich wieder an den Schreibtisch.

»Ich schreibe gerade auf, was wir für morgen noch brauchen. Fällt dir noch was ein?«

»Wäsche haben wir noch massig frisch«, überlegte Angelika laut. »Aber wir brauchen neue Präser. Harry besorgt immer nur die billigen, nicht die aus dem Test.«

»Das kann doch nicht wahr sein«, entfuhr es Vera. »Wie oft muß ich ihm das noch sagen.«

Angelika grinste. »Das macht er doch extra, um dich zu ärgern.«

»Extra?« fragte Vera verblüfft.

»Wer ist hier die Expertin für Perverse?« grinste Angelika. »Du oder ich?«

Die Tür ging auf. Tina kam mit einem Tablett herein.

»Seit wann kochst du Kaffee?« fauchte Angelika sie an.

»Ich bin doch jetzt 'ne Woche hier.« Tina steckte die Daumen in den Bund des Minirocks. »Und da dachte ich...« Sie lief zur Tür hinaus und kam mit einem vollgeladenen Teller zurück. »Einstand, dachte ich.«

Sie nahm einen Schokokuß vom Teller und stopfte ihn sich in den Mund.

»Greift zu, ist genug da. In der Küche gibt's noch'n Paket.«

25

Vera machte einen letzten Rundgang durch das Studio. Im Bad war alles perfekt. Harry hatte saubere Arbeit geleistet. Die Armaturen an Wanne und Waschbecken blinkten wie frisch installiert. Weiße und blaue Handtücher passend zu den Fliesen. Sogar Bademäntel hingen an den Haken.

In den Zimmern waren die Betten frisch bezogen. Vera kontrollierte die Ersatzwäsche in den Schränken. Saubere Bettwäsche konnte es nie genug geben. Sie verteilte die Schalen mit dem Naschzeug auf den Nachttischen. Es war immer das kleine bißchen Extra-Service, das Punkte bei den Kunden brachte.

Das Empfangszimmer war nicht wiederzuerkennen. Sie leuchtete es hell aus und überflog alles mit kritischem Blick. Die Kissen auf der Couch waren neu. Auf dem Tisch ein Riesenstrauß gelber Rosen. So üppig, wie Robert es liebte.

Die Krönung von allem war das Büffet. Auf einem strahlend weißen Tuch standen die Salate, der Bratenaufschnitt, das Geflügel, der Fisch. Dekoriert mit Orangenhälften, Melonen, gefüllten Tomaten und Spargel. Und auf einer großen Platte Roberts geliebter Lachs.

Veras Blick glitt ein letztes Mal über den Tisch. Das sah alles hervorragend aus.

Sie nahm die Haube von der Schokoladenmousse und probierte. Die war aus der Tüte angerührt. Ärgerlich.

»Brauchst du noch Hilfe?« Angelika verteilte die Zigarettenschachteln im Raum.

Vera schüttelte den Kopf. »Ich glaube, wir haben alles, soweit.« Sie stand auf. »Wo ist Tina?«

»Die zieht sich noch mal um.« Angelika zupfte vor dem Spiegel an der roten Perücke. »Ich weiß doch, worauf Robert steht.«

Vera nickte dankbar. Tina war für Robert. Jede neue Frau wurde exklusiv für Robert reserviert.

Mit Stiefeln bis zum Po und sonst fast nichts kam Tina zur Tür herein.

»So was Beknacktes«, murrte sie. »Wer findet denn so was gut.« Der Ausschnitt ihres Bodys gab den Bauchnabel frei.

»Männer«, sagte Vera. »Wer sonst? Meinst du, ich würde freiwillig so rumlaufen?« Sie fühlte über die Lederriemen, die ihre Brust hochquetschten.

»Ich hab' immer das Gefühl, daß was reißt.« Tina versuchte den Satin, der hoch über ihren Beinen ansetzte, herunterzuziehen.

»Mach dir keine Sorgen«, beruhigte Vera sie. »Das Reißen ist im Preis mit drin.«

»Wann kommen sie denn?« fragte Angelika.

»Robert schellt vorher kurz dreimal durch.«

Vera lief in die Teeküche und kam mit einer Flasche Sekt und Gläsern zurück.

»Setzt euch. Die ist für uns.«

Tina warf sich in einen Sessel und hängte die Beine mit den Lackstiefeln über die Lehne.

»Wenn ich die bloß erst wieder ausziehen kann«, murmelte sie.

»Komm, laß mich machen.« Angelika nahm Vera die Flasche ab. »Du hast heute schon genug getan.«

Der Korken knallte an die Decke.

»Treffer.« Tina klatschte in die Hände.

»Eigentlich geht es uns doch gut.« Angelika goß ein. »Wir leben wie die Maden im Speck.«

Der Sekt schäumte die Wände der Gläser hoch.

Vera nahm sich ein Glas.

»Noch nicht.« Angelika stand auf. »Jetzt machen wir es uns erst einmal richtig schön. Nur für uns.«

Sie schaltete das große Licht aus und knipste die Stehlampe an.

»Was wollt ihr hören? Mit Roberts Frankieboy werden wir noch die ganze Nacht traktiert.«

»Habt ihr Sting?« fragte Tina. »Das ist'n echt netter Typ.«

»Na klar.« Angelika sah die CDs durch. »Schnallt euch an. Es geht los.« Sie schaltete die Anlage ein.

Eine sanfte Männerstimme sang von einem Mond in der Bourbon Street.

Angelika kam an den Tisch zurück und hob das Glas.

»Worauf trinken wir? Vera, sag du.«

»Daß die Kunden zufrieden sind.«

»Das ist doch blöd«, motzte Tina. »Auf so was trink ich nicht.«

»Und auf was willst du trinken?« fragte Angelika.

»Daß sie schnell wieder gehen«, schlug Tina vor.

Vera hob das Glas.

»Wir trinken darauf, daß wir uns alle ein bißchen amüsieren«, sagte sie. »Das ist gut für uns und gut fürs Geschäft.«

26

Um zwei Uhr früh bestellte Vera das Taxi für Robert und die Schweizer. Angelika sah müde aus unter der Schminke, und Tina hing seltsam apathisch in den Polstern.

Vera begleitete die Gäste zur Tür.

»Gnädige Frau, wir sehen uns bestimmt.«

Der Senior hatte das Hemd über der Hose und hustete ihr seinen Pflaumenschnapsatem entgegen.

Der Junior sah sie mit seinen Fischaugen an: »Sie verstehen Ihr Handwerk, Respekt.«

Er hatte einen Kreislaufkollaps gehabt am Kreuz. Sie mußte ihn losbinden und massieren. Hinterher hatte er ihr gesagt, daß das nicht zum erstenmal passiert war. Am liebsten hätte sie ihn aus dem Studio geprügelt.

Der Sohn nahm den Vater unter den Arm. Gemeinsam wankten sie durch die Tür.

Robert umarmte sie.

»Danke, das hast du wieder ganz toll gemacht.«

»Das mach ich doch gerne«, Vera lächelte ihn an. »Für dich immer.«

Er drückte ihre Hand.

»Und? Wie hat sie dir gefallen?«

»Schmeiß sie raus«, sagte er. »Sie bringt's nicht.«

»Was ist passiert?« fragte sie alarmiert.

»Es ist nicht ihr Ding. Zu steif, kein Charme. Sie hat den Körper, aber es klappt nicht.«

Nachdenklich machte sie die Tür hinter ihm zu.

»Wir haben kein Mineralwasser mehr.« Angelika zog die rote Perücke vom Kopf und warf sie auf die Couch. »Ich brauche Wasser.«

In der Teeküche lief der Wasserhahn. Angelika kam mit einer Karaffe voll Wasser zurück und hielt sie an die Lippen. Sie nahm einen Schluck und gurgelte. Über dem Sektkübel spuckte sie aus.

Sie setzte die Karaffe an und trank sie halb leer.

»Der Schwanz von Herrn Direktor Züri hatte schon Krümel angesetzt.« Sie nahm einen Schluck. »Und wie er endlich sauber war, mußte ich ihn Ewigkeiten lutschen, ehe Leben reinkam.«

Sie stellte die Karaffe zurück auf den Tisch.

»Er ist gegen mein Zäpfchen gestoßen. Ich hätte kotzen können.«

Vera holte die Flasche mit dem Cognac und setzte sich zu den beiden an den Tisch. Nachbereitung. Wenn sie hier nicht gemeinsam Dampf abließen, wo sollten sie es dann?

Angelika war noch lange nicht am Ende.

Vera goß sich das Cognacglas voll.

»Also, ich habe seinen Schwanz im Rachen, und er erzählt mir von seiner Frau, wie sie es mit dem Chauffeur treibt.« Angelika holte Luft. »Er ist sechsundsechzig, sie dreißig. Also seine zweite, mindestens, nicht die Mutter vom Junior. Und er wundert sich, daß sie's mit dem Chauffeur treibt. Und ich kann nicht lachen, weil ich seinen Schwanz im Hals stecken habe.«

Angelika leerte die Karaffe mit dem restlichen Wasser in einem Zug.

»Aufzüge stellt die Familie her. Ich steige nur noch Treppen.«

»Und wie war's bei dir?« wandte sich Vera an Tina.

»Alles easy«, Tina hing quer auf der Couch und grinste blöde. Robert mußte sie mit Sekt abgefüllt haben. »Easy. Ein Freier, eine Hure.« Tina rülpste.

Vera überlegte, ob sie ihr den Sektkübel holen sollte. Tina stieß jetzt den Zeigefinger durch die Öffnung ihrer Hand. Immer wieder. Sie hielt den Zeigefinger fest. »Spritz, spritz, spritz.«

Kein Kotzkübel, entschied Vera. Sie kriegt sich schon wieder ein. Und wenn nicht, ist es auch nicht schlimm. Harry hat schon ganz andere Sachen weggewischt.

»Er spritzt, er ist zufrieden.« Ihre Stimme klang wieder ganz normal. »Alles easy. Alle happy.«

»Mit einem Unterschied«, sagte Vera. »Der Freier spritzt, aber er ist nicht zufrieden.«

Tina zog eine Schachtel Streichhölzer vom Tisch. Sie nahm ein Streichholz heraus und besah sich das Holz mit dem roten Kopf.

»Wer war nicht zufrieden?« Angelika hob die leere Karaffe hoch, stellte sie wieder zurück.

»Robert.«

»Robert?« Angelika machte große Augen. »Der ist doch pflegeleicht. Was hast du denn mit dem gemacht?«

Tina strich mit dem Streichholz die Finger auf und ab.

»Alles. Wie es sich gehört.«

Jetzt hörte sich ihre Stimme ganz nüchtern an.

»Na ja. Lutschen.« Sie steckte das Streichholz in den Mund, kaute auf dem Ende herum.

»Stundenlang.« Sie nahm das Streichholz aus dem Mund und riß einen Streifen davon ab. »Und ficken. Bis zum Wundwerden.«

Sie fuhr mit dem Streichholz unter einen lackierten Nagel.

»Natur und mit allen Schwanzmodellen, die wir haben.«

Sie trieb das Streichholz wie einen Keil unter den Nagel.

Zufrieden blickte sie auf das Holz, das unter dem Nagel stak.

»Wir ficken hier nicht nur«, sagte Vera. »Bei mir wird nicht nur gefickt. Merk dir das. Wir stellen den Freier rundum zufrieden.«

»Okay, okay«, sagte Tina. »Ich hab' schon verstanden. Sie

wollen nicht nur ficken. Sie wollen mehr. Sie wollen alles. Sie wollen dich mit Haut und Haaren.«

Sie stellte den Fingernagel auf die Tischkante, drückte, trieb das Holz tiefer ins Fleisch.

»Du bist auf dem richtigen Weg«, sagte Vera. »Du mußt dir anhören, daß ihre Frau mit dem Chauffeur bumst, und du mußt sie bedauern. Du mußt ihnen sagen, daß sie die Tollsten überhaupt sind, auf der Arbeit und zu Hause und bei dir im Bett.«

»Und kotzen darfst du nur in der Pause.« Angelika schraubte den Deckel von der Cognacflasche und roch daran. Sie verzog das Gesicht. »Also, wenn du kotzen mußt, vergiß nicht ›Entschuldige mich bitte für einen Moment‹ zu sagen, und wenn du wieder reinkommst, sagst du: ›Ich bin umgekommen vor Sehnsucht, die Zeit ohne dich.‹«

Mit einem Ruck zog Tina das Streichholz aus dem Fleisch.

Das Ende, das unter dem Nagel gesessen hatte, war rot von Blut.

»Sie kommen nicht nur zum Bumsen«, stellte Vera klar. »Das können sie woanders billiger haben. Sie kommen, um sich gut zu fühlen. Besser, als sie sich sonst fühlen. Dafür zahlen sie.«

27

»Und jetzt?« fragte Weber, als wir vom Parkplatz der Firma Strottmann fuhren.

»Ins Präsidium. Dann sehen wir weiter.«

Was wir im Spind neben den üblichen Sachen wie Arbeitskleidung, Schuhe, alte Zeitungen und Fahrzeugprospekte gefunden hatten, gab mir zu denken. Farbfotos einer zarten, dunkelhaarigen Frau, die sich in ziemlich eindeutiger Weise zur Schau stellte. Das Gesicht ging mir nicht aus dem Kopf. Ein entspanntes, strahlendes Lachen. Ein glückliches Gesicht. Oder täuschte ich mich?

Ich hielt nach Werbetafeln Ausschau. An der Straßenbahnhaltestelle tanzten fröhliche Paare durch den Sommer. Ein Mann schwenkte eine junge Frau durch die Luft. Sie lachte glücklich. Genau so ein Lachen war es.

Mir fiel Petra mit den Griechenlandfotos ein. Ihr Bild auf dem Stuhl am Hafen. So ein Lachen hatte auch Petra im Gesicht. Ein Lachen von innen.

»Wir sind da.« Weber fuhr auf den Parkplatz am Präsidium.

Kollege Kerner lief die Stufen zum Eingang hoch. Dort blieb er stehen und wartete auf zwei uniformierte Kollegen, die einen Mann in Handschellen abführten. Der Mann war unrasiert und nicht ganz sicher auf den Beinen.

Es sah ganz so aus, als hätte Kerner den Mordfall an dem Portier im Hotel Kranich zu einem erfolgreichen Ende geführt.

»Ich und 'n Mörder«, hörte ich den Mann vor sich hin brabbeln. »Nee so was.« Speichel sabberte ihm aus dem Mund.

Kerner hielt der ganzen Truppe die Tür auf.

»Frau Kollegin.« Er lächelte süßlich.

Er ist ein ehrgeiziges, unkollegiales Arschloch. Und er weiß, was ich von ihm halte.

»Wen hat er da wohl?« fragte Weber, als wir zusammen im Paternoster nach oben fuhren.

»Die Lösung im Fall Kranich, vermute ich mal.«

»Auch so ein Scheißfall.«

Weber hatte nicht ganz unrecht. Fünf Tage vor der Pensionierung war ein Nachtportier mit einer Eisenstange erschlagen worden, und der Täter war mit der Kasse auf und davon. Wir können uns unsere Fälle nicht aussuchen.

Ich steckte den Kopf bei Petra zur Tür herein.

Sie stand vor dem Aktenschrank und drehte sich zu mir um.

»Du sollst zum Chef rein, sobald du kommst.«

»Danke.« Ich schlug die Tür zu.

Wenn Heinze seine Mitarbeiter nicht alle paar Stunden sah, wurde er nervös. Was sie wohl hinter seinem Rücken ausbrüten mochten?

»Das wurde auch Zeit«, schnaubte er, als er mich zur Tür hereinkommen sah. »Oder wollen Sie mich nicht über den neuen Fall informieren?«

»Sie waren heute morgen nicht im Hause.«

Das mußte ihn erst einmal stoppen. Tat es auch.

»Setzen Sie sich«, forderte er mich auf. »Und?«

»Es sieht nach einem Unfall aus. Autoerotik.«

»Was heißt hier, sieht aus«, knurrte er. »Sieht aus, interessiert nicht. Es zählen nur die Fakten, die reinen Fakten.«

»Wir sind dabei, die Fakten zusammenzutragen«, erklärte ich ihm freundlich. »Dafür sind wir ja da. Fleischer macht eine Obduktion. Gebhard krempelt den Tatort um«, zählte ich auf. »Und wir nehmen uns das Umfeld des Toten vor.«

»Machen Sie mal. Und ein bißchen dalli. Nehmen Sie sich ein Beispiel an Kerner, der hat gerade den Mörder im Fall Kranich verhaftet.«

»Hat er schon gestanden?« wollte ich wissen.

»Das ist nur noch eine Frage von Sekunden.« Er grinste mich an. »Der Kollege Kerner versteht nämlich sein Handwerk.«

»Wie schön für Sie«, lächelte ich zurück. »Es wäre doch peinlich, wenn der Kollege weiter nur Mist baut. Im Fall Wessel zum Beispiel...«

»Raus«, donnerte er. Ich war längst an der Tür.

»Und beim nächsten Mal will ich Fakten von Ihnen hören. Haben Sie verstanden? Fakten.«

Auf dem Gang sah ich den Kollegen Kerner um die Ecke biegen. Mit einer Plastiktüte in der Hand. Ich hörte Flaschen klappern. War er schon dabei, die Beförderung zu feiern? Gewundert hätte es mich nicht. Es sind immer die Falschen, die auf dem Treppchen nach oben fallen.

»Was wollte Heinze?« fragte Weber neugierig.

»Nur das Übliche«, informierte ich ihn.

»Zeig noch mal die Bilder«, bat ich.

Er reichte mir den Stapel herüber.

Ich blätterte ihn durch. Ein Foto nach dem anderen. Sah in das Gesicht unter den schwarzen toupierten Haarfransen. Ich konnte es drehen und wenden, wie ich wollte. Es war ein glückliches Gesicht.

»Was hältst du von den Bildern?« fragte ich Weber.

»Ein heißes Kätzchen.« Er fuhr sich über die Lippen. »Glattrasiert und alles.«

»Guckst du immer nur zwischen die Beine?« fuhr ich ihn an. »Ist das alles, was dich interessiert?«

»Du hast mich gefragt.« Er schwieg beleidigt. »Nächstens sag' ich gar nichts. Dann kann ich nichts falsch machen.«

Ich schob meinen Aktenberg zu Weber auf die Seite. Dann legte ich die Bilder aus. Bis mein Schreibtisch damit voll war. Mein Blick glitt über die Bilderreihen. Was Weber gesagt hatte, stimmte. Sie war glattrasiert zwischen den Beinen. Und die Posen waren so, daß es nicht zu übersehen war.

»Ist schon gut«, sagte ich. »Was ist dir sonst noch aufgefallen?«

»Das sind Privatfotos. Ich meine, nicht von einem Profi.«

Ich drehte ein Foto um. Er hatte recht. Foto Bosse. Die Bilder waren in einem normalen Studio entwickelt worden.

»Und nicht im Studio aufgenommen, sondern in einem Wohnzimmer.«

Kein Profi hätte das Mädchen auf einer grün-beige karierten Couch abgelichtet. Oder vor der Heizung mit dem Ende einer weißen Gardine.

»Und was schließt du daraus?« fragte ich ihn.

»Vielleicht kennt er das Mädchen persönlich. Vielleicht hat er die Fotos von ihr gemacht.«

»Und warum hat er sie in seinem Spind? Wollte er sich damit in der Mittagspause vergnügen?«

»Dafür hätte ihm ein Foto gereicht. Das, was ihn am meisten anmacht.« Er strich über seinen Schnauzbart.

»Es sind fünfundzwanzig«, sagte ich.

»Vielleicht verhökert er sie«, schlug Weber vor. »Das wär möglich.«

»Privatfotos?« fragte ich erstaunt.

»Das ist im Kommen«, klärte Weber mich auf. »Privatvideos, Privatfotos. Die Leute haben die Nase voll von den gelackten Profis. In jedem Pornoshop findest du jetzt neben der Kasse solche Fotos.«

»Und woher weißt du das so genau?« fragte ich ihn.

Er blieb mir die Antwort schuldig.

28

Im hellen Tageslicht sah alles ganz anders aus. Nur die Reifenspuren im Schotter erinnerten noch daran, was sich gestern hier im Hinterhof abgespielt hatte.

Ich zählte die Garagen. Fünf insgesamt. Es war die zweite Garage von links. Jetzt war sie zu. Grau und trübe, so wie die anderen vier. Und doch hatte ich das Bild wieder vor mir. Jetzt in diesem Moment. Den nackten Männerkörper, wie er da über dem Reifenstapel gehangen hatte. Unbarmherzig ausgeleuchtet von den Scheinwerfern der Kollegen. Die grellroten Lippen, das Schwarz zwischen den Beinen. Die weißen Maden in der Wunde am Hals.

Ein paar Fliegen schwirrten um die Mülltonnen. Die Wand hinter den Tonnen war mit Wein bewachsen. Die Blätter färbten sich rot. In dem Anbau über den Garagen ging ein Fenster auf.

»Zu wem wollen Sie?«

Frau Schimmloh. Dieser Hof wurde von Herrn und Frau Schimmloh besser bewacht als von einer Horde Schäferhunde.

Ich sah auf die Satellitenschüssel. Tagsüber zumindest.

»Zu Ihnen«, rief ich zu ihr hoch.

»Ich komme.« Frau Schimmloh machte das Fenster zu.

Ich ging zu der Tür neben den Garagen. Auf dem Abtreter lag ein nasser Aufnehmer. Die Tür ging auf.

Ich streckte die Hand aus. »Beate Stein, Kriminalkommissarin. Wir haben gestern kurz miteinander gesprochen.«

»Ach, Sie waren das.« Die Frau mit den kurzen weißgrauen Haaren packte meine Hand. Kräftige Finger drückten zu. »Kommen Sie. Wir gehen nach oben. Da ist auch mein Mann.«

Auf einer Treppe aus Lochblechplatten folgte ich runden Waden nach oben. Sie führte mich in die Küche. Herr Schimmloh saß über eine Zeitung gebeugt am Tisch.

»Das ist die Frau von der Polizei, Lothar. Von gestern.«

Er legte das Kreuzworträtsel zusammen mit einem Stift an die Seite.

»Setzen Sie sich doch.« Er zeigte auf die Eckbank mit den dunkelroten Rosen auf dem Bezug.

Ich klemmte mich hinter den Tisch. Frau Schimmloh setzte sich zu ihrem Mann. Die beiden sahen aus wie Zwillinge. Ein stämmiger Körperbau, die gleichen weißgrauen Haare über einem runden Gesicht. Der gleiche milchige Teint. Ich fragte mich, ob sie immer schon so ausgesehen hatten oder sich im Verlauf von vielen Ehejahren immer ähnlicher geworden waren.

Herr Schimmloh stand auf, kam mit einer Schale Salzerdnüsse zurück und stellte sie in die Mitte des Tisches.

»Fragen Sie nur«, forderte er mich auf. »Wir helfen gern, wenn wir können. Mia und ich.«

»Sie tun ja auch nur Ihre Arbeit«, sagte sie. »Muß alles sein.« Mit der flachen Hand wischte sie Krümel von der Decke.

Erwartungsvoll sahen sie mich aus ihren runden Gesichtern an. Die gleichen dunklen Augen. Ein Unterschied. Ihre Augenbrauen waren weiß und flach. Seine buschig schwarz. Mit silbernen Fäden, die sich querstellten.

»Wann haben Sie Frank Bartels das letzte Mal lebend gesehen?« fragte ich. »Können Sie sich daran erinnern?«

»Ich glaube, das war der Tag, an dem das Öl geliefert wurde. Weißt du noch, Mia?« wandte er sich an seine Frau.

»Meinst du, wie er noch so spät an seinem Flitzer rumgebastelt hat in der Garage?« fragte sie zurück.

»Da war dauernd was dran«, erklärte Herr Schimmloh, »und er mußte drunterkriechen. Wann war das denn, Mia?«

Er sah auf einen Kalender, der an der Wand hing. Oktober, eine kleine Kapelle mit Bergmassiv. Darunter schwarze Zahlen.

»Das hab' ich gleich, Lothar.«

Sie stand auf und verschwand aus dem Zimmer.

»Wissen Sie, ich konnte den Frank gut leiden. Und seine Freundin auch. Aber das dürfen Sie meiner Frau nicht verraten.« Er schob sich eine Handvoll Erdnüsse in den Mund. »Die hat was gegen die Kleine.«

Frau Schimmloh trug einen Stapel Papier auf dem Handteller. Sie setzte sich wieder auf die Bank, zog die Brille aus dem Etui und begann Blatt für Blatt anzusehen und umgedreht auf dem Tisch wieder abzulegen.

»Ich steig' da nicht durch mit dem ganzen Papier.« Er griff nach den Erdnüssen. »Das muß alles Mia machen.«

»Guck mal, Lothar. Hier ist der erste Rentenbescheid, den haben wir doch gesucht.« Sie legte ihn auf die Schale mit den Erdnüssen. »Die Ölrechnung muß auch dabei sein.«

Sie blätterte weiter. »Hier ist sie.«

»Ah.« Sie drückte die Brille gegen die Nase.

»Lieferung am 25. September. An dem Tag haben wir ihn zuletzt gesehen.« Sie strich zufrieden über das Paper. »In einem ordentlichen Haushalt geht nichts verloren.«

»Sie haben ja gesehen, wie er aussah...« begann ich.

»Ich versteh' das nicht«, ergriff Frau Schimmloh das Wort. »Wie der Frank aussah, so nackt und dann mit dem Lippenstift.« Sie setzte die Brille ab. »Ich kann gar nicht glauben, daß das der Frank war.«

»So ist das heute.« Herr Schimmloh zeigte auf den Fernseher. »Seit ich nicht mehr arbeite, gucken wir ja...«

»Früher ging das nicht«, fiel seine Frau ihm ins Wort. »Da mußte der Lothar jeden Morgen um fünf aufstehen. Da konnten wir abends nicht fernsehen.«

»Jetzt haben wir eine Schüssel.« Herr Schimmloh sah zur Decke. »Was wir da alles sehen...« Er schüttelte den Kopf. »Kein Wunder, daß die Jungen wirr im Kopf werden.«

»Halten Sie es für möglich, daß Frank Bartels Selbstmord begangen hat?« fragte ich.

»Mit einem Lippenstift und dem Bändchen da unten«, Frau Schimmloh schüttelte den weißgrauen Kopf, »das glaube ich nicht.«

Fleischer hatte mir den Fachausdruck für das, was Frau Schimmloh als ›das Bändchen da unten‹ bezeichnete, verraten: Penisdressage. Mit ihren Worten klang es sehr viel netter.

»Warum sollte Frank sich umbringen?« wunderte Herr Schimmloh sich. »Er hatte doch alles. Arbeit, eine Freundin, ein Dach über dem Kopf.«

»Oder sie hat das mit ihm gemacht. Das könnte ich mir vorstellen.« Frau Schimmloh legte die Brille in ihr Etui. »Der traue ich das zu.« Der Deckel des Brillenetuis klappte zu. »Zu allen komischen Zeiten ist sie nach Hause gekommen. Sogar mitten in der Nacht. Mit dem Taxi.«

»Sie war immer freundlich, Mia. Das kannst du nicht anders sagen«, griff Herr Schimmloh ein.

»So läuft kein anständiges Mädchen herum, Lothar.« Frau Schimmloh ließ sich nicht beirren. »Nie im Leben. Wenn Sie mich fragen, die hat den Frank auf dem Gewissen.«

»Sag nicht so was, Mia«, ermahnte Herr Schimmloh seine Frau. »Du weißt ja nicht, was du da sagst.«

»Wo ist sie denn geblieben? Auf und davon ist sie. Was meinst du, weshalb?«

»Seit wann haben Sie sie hier nicht mehr gesehen?« fragte ich.

Herr Schimmloh sah auf den Kalender.

»Ein paar Wochen schon nicht mehr.«

»Können Sie mir ihren Namen sagen?«

»Ja, das kann ich«, sagte Frau Schimmloh. »Sie hat ja hier gewohnt. Tina Hetzel mit tz. Bestimmt hieß sie richtig Christina. Aber das hätte zu der gar nicht gepaßt.«

Ich machte mir Notizen.

»Am 25. September haben Sie Frank zuletzt gesehen«, sagte ich. »Ist Ihnen an dem Abend oder den Abenden danach irgend etwas Verdächtiges aufgefallen?«

Wie auf Verabredung schüttelten beide den Kopf.

»Sie haben nichts gesehen oder gehört?« hakte ich nach.

»Nein, da war nichts. Das wär uns aufgefallen«, sagte Herr Schimmloh.

Ich sah auf den Fernseher. Von wegen Wachhunde. Wenn die Kiste lief, konnte man vermutlich direkt unter ihrem Fenster ein Schwein schlachten, ohne daß die beiden es merkten.

»Und die anderen Garagenbesitzer?« fragte ich. »Ist denen vielleicht etwas aufgefallen?«

»Da hat keiner was gesagt. Keiner.« Herr Schimmloh wendete mir sein rundes Gesicht zu. »Und die kommen mit allem zu mir, wenn was ist.«

»Was Sie mir gesagt haben, hilft mir bestimmt weiter.« Ich steckte Stift und Papier in die Handtasche. »Und jetzt würde ich mir gern die Wohnung angucken.«

»Kommen Sie.« Herr Schimmloh stand auf. Der Schüsselbund in seiner Hand klapperte. »Ich führe Sie rüber.«

29

»Mich brauchen Sie ja dann wohl nicht mehr.«

Herr Schimmloh trat aus der Tür. Eine dünne Holztür mit billigen Beschlägen. Der Traum jedes Einbrechers.

Er stand auf dem Treppenabsatz, zögerte.

»Kommen Sie ruhig mit rein«, sagte ich. »Vielleicht können Sie mir helfen.«

»Aber das mach' ich doch gerne.« Er steckte den Schlüsselbund in die Tasche seiner ausgebeulten Kordhose.

Die Holzdielen knarrten unter seinen Füßen. Zu zweit standen wir in der Diele. Es war eng, und es roch penetrant nach einem süßlichen Parfüm. Maiglöckchen.

»Das hier war alles schon, wie der Frank hier eingezogen ist.« Herr Schimmloh zeigte auf eine Garderobe mit Hutablage und einen Spiegel mit Goldrand. An der Garderobe hing eine nicht mehr ganz weiße Lederjacke mit Fransen über einem schwarzen Mantel. Drei Türen gingen von der Diele ab.

Ich drückte die erste Türklinke herunter und mußte niesen. Noch mehr Maiglöckchen.

»Riechen Sie das?« fragte mich Herr Schimmloh. »So hat die Tina immer gerochen, wenn sie auf der Treppe an einem vorbei ist. Wie eine Blume.«

Ich nieste noch einmal. Etwas weniger Maiglöckchen wäre mir recht gewesen.

Das Badezimmer war ein langer, enger Schlauch mit seegrünen Fliesen. Neben der Badewanne lag eine rote Matte. Auch vor der Toilette und auf dem Klodeckel blinkte es rot. Die weiße Wanne und das Becken waren blitzsauber. Kein einziges Härchen im Abfluß.

Herr Schimmloh sah mir über die Schulter.

Auf dem Regal an der Wand stand eine Sammlung von Parfümflaschen, eine Großpackung Tampons und ein Bataillon von Lippenstiften. Goldene Hüllen, schwarze, bunte. Ich sah sie mir genauer an. Unterschiedliche Farben. Unterschiedliche Firmen. Alles preiswerte Marken. Nichts Besonderes.

Die Zahnbürsten in dem roten Becher sahen neu aus. Unter dem

Waschbecken waren die Putzmittel gelagert. WC-Reiniger, Scheuerpulver, Sagrotan.

»Da sieht man mal, wie man einem Menschen Unrecht tun kann«, sagte Herr Schimmloh.

»Wie meinen Sie das?« fragte ich ihn. »Unrecht?«

»Das ist doch alles sauber hier. Tipptopp.«

»Was hat das mit Unrecht zu tun?«

»Da kann man doch sehen, daß die Tina keine Schlampe ist.«

Ich machte die nächste Tür auf. Eine kleine Küche. Genormte Plastikmöbel. Ein Tisch mit Metallbeinen, Stühle mit roten Plastiksitzen. Kein schmutziges Geschirr im Ausguß. Wenn ich da an meine eigene Küche dachte... Von meinem verunstalteten Bad ganz zu schweigen.

»Sehen Sie selbst. Tipptopp hat sie alles in Schuß, die Tina. Tipptopp. Sie hätten die Wohnung früher mal sehen müssen.«

Ich öffnete die Tür vom Kühlschrank. Er war gut bestückt mit Haltbarem. Schinken, Hühnchen, Kaffee, Bier. Alles in Dosen. Und zwei Flaschen. Einmal Whiskey, einmal Champagner. So sieht es oft auch in meinem Kühlschrank aus. Bis auf den Champagner, den kann ich mir bei meinem Gehalt nicht leisten.

Auf dem Tisch stand eine Art Stövchen mit einer leeren Schale. Ich schnupperte. Hier roch es nicht nach Maiglöckchen. Hier roch es nach frischen Zitronen. Keine Ahnung, wo das herkam. Obst sah ich jedenfalls nicht. Ich machte die Küchentür hinter uns zu.

»Das da ist das Wohnzimmer. Wohn- und Schlafzimmer.«

Herr Schimmloh hielt mir die Tür auf.

»Schön haben die beiden es sich gemacht.«

Er sah sich neugierig um.

In der Mitte des Zimmers stand die grün-beige karierte Couch, die ich schon von den Fotos aus dem Spind kannte. Davor ein Rauchglastisch und ein grün-beige karierter Sessel. Über der Heizung ein Fenster mit einer weißen Tüllgardine, die ich ebenfalls schon einmal gesehen hatte. Zumindest ihr unteres Ende. An der Wand ein großer schwarzer Schrank.

Ich nahm ein helles Kissen von der Couch. Rote Herzen, ein kleiner Junge und ein Mädchen. ›Liebe ist, wenn man sich anfaßt und einem warm wird.‹

Herr Schimmloh stand vor dem gerahmten Poster von einem Lavendelfeld. Lila wogender Lavendel auf silbrigen Stielen vor einem blauen Himmel. Bildete ich mir das ein? Oder roch es hier tatsächlich nach Lavendel? Ich trat neben ihn. Im Rahmen des Bildes war ein Fotostreifen festgeklebt. Ich nahm ihn heraus und sah ihn mir an. Eine Serie von vier Bildern, wie man sie in jedem Fotoautomaten machen kann.

Zwei Gesichter Wange an Wange. Ein hübsches Paar. Er mittelblond, mit warmen braunen Augen und einem Grübchen in der Wange, sie mit einem blassen Gesicht, toupierten schwarzen Haaren und diesem Glanz in den Augen. Das Mädchen vom Foto. Seine Freundin.

»Genauso waren sie. Tina und Frank.« Seine Stimme klang rauh.

»Sie mochten die beiden.«

Herr Schimmloh nickte. »Der Frank war in Ordnung. Und die Tina auch. Die haben sich gern gehabt. Das konnte man sehen.« Er räusperte sich. »Na ja, manchmal flogen die Fetzen. Gehört alles dazu.«

Ich steckte das Foto in die Tasche.

Der Schrank ging bis unter die Decke und nahm eine ganze Wand ein. Ich machte eine Tür auf. Ihre Seite. Modische, verrückte Klamotten. Enge Leggings aus Glitzersamt in allen Farben. Knappe Oberteile. Kurze Röcke und Hotpants, schrille Strumpfhosen. Schwarze Strumpfhosen, Netzstrümpfe, glänzende BHs und Korsagen.

»Wenn der Tina man nichts passiert ist.« Herr Schimmloh wiegte bedächtig den Kopf. »Wenn der man nichts passiert ist.«

»Wieso glauben Sie, daß ihr etwas passiert sein könnte?« fragte ich ihn.

»Die ist nicht freiwillig weg von hier. Das glaube ich nicht.«

Ich öffnete eine andere Schranktür. Seine Seite. Kleidungsmäßig etwas sparsamer bestückt. Dafür hatte er eine Sammlung von Schuhkartons angelegt. Ein netter Stapel. Ich nahm den Deckel vom obersten Karton. Prospekte von einem Sportwagen. In Englisch. Inklusive Preislisten für die Ersatzteile. Der nächste enthielt einen Fotoapparat. Nichts Kompliziertes. Ein ziemlich neues Modell. Mit eingebautem Blitz. Ich hätte wetten können, daß damit die Fotos von ihr gemacht waren. Ich setzte den Deckel wieder auf die Schachtel. In den restlichen Kartons fand ich nichts Interessantes. Einzelteile von alten Elektrogeräten, Kassetten und ähnlichen Krimskrams.

Ich machte die Schranktür zu und ging zu der Hi-Fi-Anlage. Drei CD-Hüllen lagen neben dem Player.

›Kuschelrock 1,2,3. Starke Songs für zärtliche Stunden. Songs, die Frauen schwach machen.‹

Herr Schimmloh stand wieder vor dem Poster mit dem Lavendel. Hatte ich etwas vergessen? Ich sah noch einmal durch das Zimmer. Es war alles so verdammt normal. Was hatte ich erwartet? Daß ein Mann, der auf Selbstfesselung steht, einschlägige Lektüre am Bett hortet?

›Liebe ist, wenn man sich anfaßt und einem warm wird.‹ Warum sollte er keine heißen Fotos von seiner Freundin machen? Bisher hatten wir keine Beweise, daß er die Fotos verkauft hatte. Und wenn, was bewies das schon?

Wir mußten die Freundin finden. Die konnte schließlich nicht einfach vom Erdboden verschwunden sein.

»Wollen wir wieder?«

Herr Schimmloh stand immer noch vor dem Lavendel.

Er drehte sich zu mir um.

»Das ist von der Tina, das Bild da.«

Sein Blick wanderte zurück zu dem Bild an der Wand.

»Ich hab' sie im Flur getroffen, wie sie vom Einkaufen kam. Da hat sie es mir gezeigt.«

Ich sah auf das Bild. Den unglaublich blauen Himmel, unter dem das Lavendelfeld lila wogte.

»Wir haben immer ein paar Worte geredet, die Tina und ich. ›Herr Schimmloh‹, hat sie einmal zu mir gesagt. ›Ich möchte Ihnen eine Freude machen. Was wünschen Sie sich?‹ Stellen Sie sich vor, das hat sie mich alten Kerl einfach so gefragt.«

»Und?« fragte ich. »Was haben Sie sich gewünscht?«

»Erst ist mir nichts eingefallen.«

Er fuhr mit der Hand an den Stift, der in der Brusttasche seines Hemdes steckte.

»Und dann hab' ich gesagt, eine dicke Havanna. Die habe ich früher manchmal von Kunden gekriegt. Und wissen Sie, was?«

Ich sah ihn neugierig an.

»Am anderen Tag hat sie sie mir gebracht. Eine ganze Kiste voll. Feinste Havanna. So eine war das.«

Wir gingen in die Diele. Die Wohnungstür fiel hinter uns zu. Herr Schimmloh zog den Schlüsselbund aus der Hosentasche.

»Meine Frau weiß da nichts von. Die mag nicht, wenn ich schwere Zigarren rauche.«

Er drehte den Schlüssel um, zog ihn aus dem Schloß. Wir stiegen nebeneinander die Treppen nach unten. Er begleitete mich vor die Tür.

»Sie mochten die beiden«, faßte ich meine Eindrücke noch einmal zusammen.

»Nicht, daß Sie mich auslachen.« Er räusperte sich.

»Bestimmt nicht.« Ich hielt die rechte Hand hoch. »Großes Ehrenwort.«

Er sah über die Straße. Ich folgte seinem Blick über Wagendächer auf die andere Straßenseite. Auf dem Bürgersteig gegenüber zogen zwei dunkelhaarige Männer auf einem Handkarren drei Fernseher vorbei.

»Wissen Sie, es ist nicht leicht heute. Für die Jungen, meine ich. Die ganzen Verlockungen.«

Ein Junge trat aus einer Haustür und stellte ein glänzendes Mountainbike auf das Pflaster.

»Die beiden haben mich an Mia und mich erinnert, wie wir jung waren. Als die Liebe noch frisch war.«

Der Junge auf der anderen Straßenseite pumpte Luft in die Reifen. Zwei kleine Jungen sahen ihm dabei zu. Einer von ihnen strich über den Sattel.

»Ich hätte ihnen halt gewünscht, daß sie es schaffen. Trotz allem. Das ist alles.«

Ich stieg auf die Maschine und winkte ihm zu. Zwei Worte hingen in meinem Kopf fest. ›Trotz allem.‹ Was mochte er damit gemeint haben?

30

Vera saß an ihrem Sekretär und sah die Unterlagen für die Steuer durch. Vom Badezimmer kam lautes Lachen. Angelika weihte einen neuen Kunden in die Freuden des Entspannungsduschens ein.

Tina hatte die Füße auf den Tisch gelegt und blätterte in einem Magazin.

»Eh, das sind wir ja.« Sie nahm einen Schokokuß vom Tisch und leckte an der Schokolade. »Hört sich gut an.«

Sie las vor: »Studio dreizehn, die Adresse für den Gast mit den ganz besonderen Wünschen. Von außen ein völlig unscheinbar wirkendes Wohnhaus...«

»Das kann ich auswendig«, unterbrach Vera sie. »Was meinst du, wer das geschrieben hat?«

Vera legte die Rechnung der Wäscherei auf einen von vier Haufen.

»Das ist von dir? ›Es erwarten Sie drei hocherotische Damen. Madame Claude, die Leiterin des Studios, eine dirty lady der Sonderklasse.‹«

Tina grinste. »Das bist du.«

Sie biß in ihren Schokokuß und mampfte zufrieden.

»Es muß keine Dichtung sein«, sagte Vera. »Es muß sie nur antörnen.«

»Ist doch total gut«, fand Tina, »›die Chefin, eine bildschöne Sadistin‹. Und die ›vollbusige Lustsklavin Angélique‹. Das ist Angelika. Aber wer ist die ›tabulose Strapslady Stefanie‹?«

»Das ist Irma, die hat früher mit uns gearbeitet.«

»Was macht sie jetzt?« fragte Tina neugierig und biß in die Waffel mit dem weißen Schaum.

»Wissen wir nicht. Die hat ihre große Liebe gefunden und ist auf und davon.«

Vera zerriß einen Zettel in schmale Schnitzel.

»Ich mach' noch ein, zwei Jahre, bis wir mit allem klar sind und was auf der Kante haben. Dann mach' ich die Biege.« Tina leckte sich die Schokoladenfinger ab.

»Das haben schon viele gesagt.«

Vera holte die Rechenmaschine aus der Schublade und griff sich den ersten Haufen.

»Bin ich viele?« Tina schlug den Bizarrführer zu.

»Wie hast du mich da angepriesen? Was paßt zu Christine?«

»Die ›dunkelhaarige, charmante Christine‹.«

»Wow«, sagte Tina. »Nicht schlecht.«

Die Tür ging auf. Angelika kam mit einem Handtuch um die Hüften herein.

»Das ging ja schnell«, staunte Tina.

Vera drückte den Knopf, die Maschine addierte rasselnd die Beträge, die sie eingegeben hatte. Der erste Haufen war weg.

»Er hat schon gespritzt, als ich ihm den Präser über den Schwanz gezogen habe.«

Angelika steckte sich eine Zigarette zwischen die Lippen.

»Der muß ja 'ne heiße Frau zu Hause haben.«

Sie sah sich suchend nach einem Feuerzeug um.

Vera griff nach einem silbernen Gegenstand auf dem Sekretär, hielt ihn hoch und warf ihn Angelika zu. Sie fing das Feuerzeug mit beiden Händen auf und klappte den runden Kopf zurück.

»Ich wollte noch mit ihm reden. Aber so einer war das nicht.«

Angelika zog an der Zigarette und stellte das Feuerzeug auf den Tisch. Ein silberner Phallus mit faltiger Vorhaut und einem glänzenden Kopf. »Der kommt bestimmt nicht wieder.«

»Vielleicht doch.« Vera nahm sich den zweiten Haufen vor.

»Der hat für sein Geld nicht viel gekriegt.« Angelika legte die Hand mit der Zigarette auf der Sessellehne ab.

Eine Weile war es still. Bis auf das Summen der Rechenmaschine und das Klicken der Tasten, über die Veras Finger flogen.

»Wie findest du eigentlich das Arbeiten hier?« wandte sich Angelika an Tina und legte den Kopf zurück.

Vera schob die Rechenmaschine zur Seite. Sie war neugierig auf Tinas Antwort.

»Das ist schon okay«, sagte Tina. »Das Geld stimmt.«

»Und sonst?« wollte Vera wissen.

»Wenn viel los ist, geht's. Das Warten ist beknackt.«

»Du mußt dir was einfallen lassen«, riet Vera ihr. »Dann vergeht die Zeit schneller. Ich mache den Bürokram, Angelika stickt.«

»Tina frißt Schokoküsse«, Angelika drückte ihre Zigarette im Aschenbecher aus. »Oder panscht mit Duftwässerchen rum.«

»Na und«, sagte Tina. »Du bist doch nur neidisch, weil du so schnell fett wirst.«

»Jede macht, was ihr Spaß macht«, griff Vera schlichtend ein. »Und das ist auch in Ordnung.«

»Du hast ja recht mit dem Warten«, gab Angelika zu. »Das ist bei mir dasselbe. Wenn ich mich nicht ablenke, geht es los in meinem Kopf.«

»Was geht los?« fragte Tina.

»Ein ganzes Kino. Lauter Horrorfilme.« Angelika griff wieder nach der Zigarettenschachtel. »Daß mein Vater draußen vor der Tür steht. Und ich bin nicht am Spion. Eine von euch ist da. Und ihr laßt ihn rein. Und er sieht mich hier.«

Sie zündete die Zigarette an und zog den Rauch tief ein.

»Berufskrankheit. Das gehört dazu.«

»Ich hab' so was auch«, sagte Tina. »Ich denk' immer, 'ne alte Lehrerin kommt hier rein und findet mich. Ist das nicht verrückt?«

»Das ewige Lügen ist das schlimmste.« Angelika sah auf die weiße Rauchstange, klopfte sie über dem Aschenbecher ab. »Und immer die Angst, daß sie es eines Tages doch erfahren.«

Das Telefon schellte.

»Deine Mutter hat Geburtstag«, fuhr Angelika fort. »Alle sitzen zusammen am Kaffeetisch, die ganze Verwandtschaft. Und du hast nur Angst, daß es jeden Moment passiert.«

Das Telefon läutete weiter.

»Einer steht auf und erzählt ihnen, was du machst.«

Vera nahm den Hörer ab. »Studio dreizehn.«

Eine Männerstimme, aufgekratzt und jung.

»Für dich, Tina.« Vera räumte den Platz am Telefon.

Tina übernahm den Hörer und lauschte der Stimme im Hörer.

»Spitze«, sagte sie. »Am besten sofort.«

»Doch«, sagte sie. »Es ist nicht viel los.«

Sie hielt die Muschel zu.

Ihre Augen strahlten.

»Kann ich schon 'ne Stunde früher?« Sie sah auf die Uhr. »Ist doch sowieso nichts mehr los.«

Vera nickte.

»Es geht«, strahlte sie ins Telefon. »Au ja. Sofort.«

Sie legte den Hörer auf.

»Wir fahren an die Möhne zum Spazieren. Und dann gehen wir essen. Ist das nicht toll?«

»Einfach so?« fragte Vera.

»Er hat von einem Kumpel ein Cabrio geliehen gekriegt. Das müssen wir feiern.«

Tina lief zur Tür hinaus.

»Wann bist du an einem normalen Wochentag einfach mal so rausgefahren an die nächste Talsperre zum Spazieren?« fragte Angelika.

»Ja«, sagte Vera. »Wann?«

»Wir schaffen das noch nicht mal am Wochenende.«

»Doch.« Vera zog die Rechenmaschine zu sich. »Zum Wochenende fahre ich raus mit Hilde und den Kindern.«

Sie legte einen Stapel Zettel neben die Maschine.

»Das ist ja das Gute an unserem Job, daß wir das Wochenende freihaben.«

Sie tippte eine Zahl von einem Zettel und legte ihn zur Seite.

Angelika schwieg und zündete sich eine neue Zigarette an.

Vera tippte zwei-, drei- und fünfstellige Zahlen in die Maschine.

Tina kam zur Tür herein. Mit ihrem Jeansrock, der Jacke mit den Glitzersteinen und der Strohtasche unter dem Arm.

»Wie lange macht ihr heute noch?«

Angelika nahm die Zigarette aus dem Mund. »Bis sechs.«

»Ich habe heute eine lange Nacht«, sagte Vera.

»Ja, dann tschüs, bis dann.«

Sie sah unglaublich jung und unglaublich glücklich aus.

»Vera, komm mal.« Angelikas Stimme kam aus der Teeküche. »Das mußt du sehen.«

Sie stand hinter der Gardine und sah nach draußen.

Vera stellte sich zu ihr. Im Hof unter der Wäschestange stand ein junger Mann in Jeans mit einem roten Satinblouson. Seine Haare schimmerten hellbraun.

»Das ist er.«

Tina trat aus der Tür, lief zu ihm, umfaßte ihn mit beiden Armen. Er beugte den Kopf zu ihrem Gesicht.

»Da kann man ja richtig neidisch werden.«

Hand in Hand verschwanden die beiden im Dunkel der Einfahrt.

»Das ist so verdammt leicht«, sagte Vera.

»Wie meinst du das?« fragte Angelika.

»Händchenhalten kann jeder«, sagte sie. »Er läßt sie anschaffen. Und ihm ist egal, wie sie sich fühlt dabei.«

»Das sagst du.«

»Hat er Schulden? Oder hat er keine?«

»Du tust so, als würde er sie zur Arbeit prügeln. Er hat Schulden. Wer hat die nicht? Aber er hat einen festen Job, und sie macht es freiwillig.«

»Früher hat sie es immer nur ein paar Tage gemacht. Jetzt macht sie es schon seit ein paar Monaten. Das macht sie für ihn.«

»Wir tun das doch alle für irgend jemanden. Du tust es für deine Kinder, für Hilde. Ich tu's für Tom. Wo ist der Unterschied?« fragte Angelika.

»Sie verpackt das nicht so wie wir. Hast du mal ihr Gesicht gesehen, wenn sie mit einem Freier aus dem Zimmer kommt?«

»Sie ist noch nicht lange dabei. Das wird schon. Bis auf Robert waren alle zufrieden mit ihr.«

»Sag lieber, außer ihm hat sich noch niemand beschwert.«

»Und warum behältst du sie dann?«

»Das frage ich mich auch.« Vera überlegte. »Ich denke darüber nach. Mehr, als mir lieb ist.«

»Und?« Angelika sah sie an.

»Sie ist so, wie ich früher war. Als ich verliebt war und geheiratet habe. Genauso blind.«

»Du hast es doch geschafft«, sagte Angelika mit Überzeugung.

»Hab ich das?« Vera sah sie an.

Angelika schaute weg.

31

Vera stand breitbeinig vor dem Holzkreuz, die Arme unter dem Busen verschränkt. Ein kräftiger, nackter Mann kroch über die schwarzen Kacheln auf sie zu. Den Blick auf den Boden gerichtet. Auf den Schulterblättern wuchs ein dichter, dunkler Pelz.

Vera kannte jeden Zentimeter seiner Haut. Den Leberfleck, der links von der Wirbelsäule saß. Die Warze am Halsansatz. Martin war Stammkunde. Seit drei Jahren kam er regelmäßig einmal die Woche. Einmal im Vierteljahr fuhr seine Frau zum Tennisurlaub in die Schweiz. Dann kam er für die Nacht. Martin war Anfang Vierzig und leitete die Auslandsabteilung einer Bank.

Vera zog die sechsschwänzige Peitsche unter dem Arm hervor und ließ die Lederriemen vor seinen Augen rascheln.

»Na, was hat mein kleines Ferkel wieder gemacht?«

»Ich war brav, Madame«, rief Martin. »Diesmal war ich ganz brav.«

Nach jeder Sitzung fragte er sie, ob sie irgend etwas brauchte. Es gab nichts, was man über ihn nicht billiger kriegte. Autos, Teppiche, Möbel. Alles mit einem Abschlag von mindestens zehn Prozent. Die Fliesen, über die er kroch, hatte sie mit seiner Vermittlung zwanzig Prozent unter Listenpreis bezogen.

Sie strich mit den Peitschenenden locker über seinen Rücken, die Oberschenkel, den Po.

»Soll ich das meinem kleinen Ferkel glauben?«

Sie ging um ihn herum, stieß mit dem Griff der Peitsche in sein Fleisch.

»Meinem kleinen, versauten Schweinchen?«

Sie fuhr mit dem Peitschengriff die Wirbelsäule entlang, zog weiter durch.

»Du wirst mir schon noch sagen, was für Schweinereien du wieder getrieben hast.«

Sie zog mit den Fingern kräftig an seinem Ohr.

»Ich warte.«

Sie drehte das Ohrläppchen um.

»Wird's bald.«

»Ich habe mit meiner Auszubildenden gebumst.«

Sie gab ihrer Stimme einen tiefen, rauchigen Klang.
»Was hast du gemacht?«
»Ich habe mit ihr gevögelt.«
Vera kannte alle Frauen, die bei Martin in der Abteilung arbeiteten. Die Auszubildende war neu.
»Du bist das geilste und versauteste Ferkel, das mir je unter die Augen gekommen ist.« Sie streichelte mit dem Peitschengriff seine Geschlechtsteile. »Sieh sich das einer an.«
»Sie hat mich verführt, Madame.«
»Das glaubst du doch selbst nicht.« Sie setzte ihm ihre Fußspitze unter das Kinn.
»Doch, Madame«, beteuerte er. »Wenn es doch so war.«
»Welche Frau läßt sich schon freiwillig mit so einem dreckigen, kleinen Ferkel ein?«
»Aber es war so. Genauso war's.«
Sein Geschlechtsteil wurde stramm. Jetzt kam er langsam in Fahrt.
»Sie hat mir ihre schmutzigen Schlüpfer geschickt. In der Umlaufmappe. Jeden Tag«, legte er los. »Und dann hat sie mich verfolgt. Immer ist sie hinter mir her. Noch nicht einmal auf der Toilette bin ich sie losgeworden«, ereiferte er sich. »So geil war sie auf mich.«
»Erzähl keine Lügen«, herrschte Vera ihn an. »Keine Frau ist geil auf so ein verkommenes Schwein.«
»Wenn es doch so ist«, jammerte er. »Sie hat mir die Kleider vom Leib gerissen. Ich konnte gerade noch die Tür mit dem Fuß zumachen, damit uns keiner sah.«
Vera war auf das Ende gespannt. Teppichboden, Schreibtisch oder Wand. Das waren die Orte, an denen er gewöhnlich von den Damen seiner Abteilung verführt wurde.
»Und dann wirft sie mich auf den Schreibtisch und fällt über mich her«, stöhnte er. »In meinem Büro. Und da ist es dann passiert.«
»Was ist passiert?« herrschte sie ihn an.
»Ich habe mit ihr gevögelt«, winselte er.
»Wie bitte?« fragte Vera. »Was hast du gemacht?«
»Ich habe sie gebumst.«

»Ich habe nicht verstanden. Was hast du gemacht?«

»Ich habe sie gebumst«, schrie er. »Gebumst.«

»So eine Schweinerei hast du also gemacht«, schimpfte sie. »Du hast gebumst. Für so viel Geilheit hast du Strafe verdient.«

»Nicht auf den Bock, Madame«, bettelte er. »Binden Sie mich ans Kreuz. Bloß nicht auf den Bock.«

Psychologisch war die Arbeit mit Martin ein Kinderspiel.

»Auf den Bock, du Ferkel.«

Sie stellte den Stiefel auf sein Hinterteil und trat zu.

Er kroch los. Sie schritt neben ihm zu dem schwarzen Holzgestell, klopfte mit dem Peitschengriff über seine Schenkel.

»Nicht schlagen. Bitte schlagen Sie mich nicht, Madame.«

Ohne daß sie ihn dazu angewiesen hätte, legte er sich auf den Bock. Sein Becken lag über dem Leder. Arme und Beine hingen nach unten. Sie zog erst die Lederschlaufen für die Arme, dann die für die Beine zu.

Sie betrachtete das Fleisch, das vor ihr auf dem Hocker lag. Kräftiges Muskel- und Fettgewebe. Geradezu ideal für das Zuschlagen geeignet.

Sie nahm die Peitsche in die rechte Hand.

»Eins«, locker aus dem Schultergelenk ließ Vera sie runtersausen. Sie mußte die Hiebe genau dosieren. Die Reizwirkung des Leders auf das Unterhautbindegewebe exakt einschätzen. Die Haut genauso anschneiden und anfeilen, daß es nur zum Zerreißen kleinster Gewebeteile kam, zu Blutergüssen unter der Haut, die sich später in blaue und grüne Flecken verwandelten, wieder ausheilten, nicht zu dauerhaften knötchenartigen Narben wurden.

»Nein«, stöhnte Martin. »Nicht.«

»Zwei, drei.«

Die Hiebe knallten durch die Luft.

»Vier, fünf.«

Die Striemen auf seinem Hinterteil waren feuerrot.

Vera spürte die Anstrengung in der Hand. Noch zwanzig Hiebe. Dann kam Martin in die Ketten, und sie hatte eine Pause. Unter ihren Peitschenhieben rang er nach Luft. Er wand sich und stöhnte. Sie behielt sein Gesicht im Auge. Alles in Ordnung. Herz und Lunge arbeiteten gut.

32

Vera sah auf die Uhr. Halb vier. Martin hatte alles bestens überstanden. Körperlich war er topfit. Sie war mit ihm das ganze Programm durch. Die sechsschwänzige Peitsche, die neunschwänzige, nasse Rohrstöckchen und die nackte Hand. Sie spürte die Anstrengung in jedem Finger. Um halb drei war er friedlich im Käfig eingenickt. Jetzt konnte sie es riskieren, ihn für eine Weile allein zu lassen. Die Tür zum Studio stand offen. Für alle Fälle.

Zur Entspannung schüttelte sie die Hände aus. Das tat gut.

Abgesehen von der rein körperlichen Anstrengung war die Arbeit mit einem Kunden, den man gut kannte, ein Kinderspiel. Selbst wenn es die ganze Nacht ging und sie sich immer wieder etwas Neues einfallen lassen mußte, damit es für ihn interessant blieb. Am anstrengendsten waren die Sitzungen mit einem Neuen. Das Abtesten, die geballte Konzentration auf das, was er tat oder unterließ, was er sagte, wie er es sagte, die Klangfarbe seiner Stimme, seine Körperhaltung, die Farbe der Haut. Jede Regung des Geschlechts zwischen seinen Beinen. Es ging nicht nur um das mechanische ›Wie‹. Immer ging es auch um ein ›Wieso‹. Den Knackpunkt zu finden, um den sich alles drehte. Bei Martin hatte sie diesen Knackpunkt sehr schnell gefunden.

Sie nahm das feine Luftpostpapier aus der Schublade. Der Kugelschreiber saß steif zwischen den Fingern mit den langen Nägeln. »Dubai, den fünfundzwanzigsten Juli«, schrieb sie mit schwerer Hand. Sie malte Druckbuchstaben, die sie am Boden mit runden Haken verband. »Liebe Vera, lieber Andreas, liebe Kati, ich sitze hier gerade in einem Café, um mich herum sitzen Männer in langen weißen Gewändern und trinken Tee. Viel lieber wäre ich jetzt zu Hause bei Euch …«

Vera überlegte. Irgendwann mußte sie sich einen triftigen Grund einfallen lassen, warum der Papa nicht wenigstens in den Ferien zu seiner geliebten Familie kam. Spätestens, wenn Andreas und Kati danach fragten. Noch fragten sie nicht. Vera schrieb weiter.

»Am Wochenende gab es ein Kamelrennen. Ihr könnt Euch nicht vorstellen, was in der Stadt los war. Überall Kamele …«

Sie machte eine Pause. Am Freitag kam Rolf. Er flog zwar nicht mehr die Route über die Emirate, aber jetzt gab er ihre Briefe an einen Kollegen weiter. Bisher hatte es immer geklappt. Vera rechnete. In zwei bis drei Wochen konnten die Kinder den Brief haben.

Das Telefon schellte. Sie sah auf die Uhr. Halb vier. Wer konnte so spät noch anrufen? Irgendein Verrückter. Oder… Für einen Moment stand ihr das Herz still. Hilde. Hoffentlich war zu Hause nichts passiert. Hoffentlich war nichts mit den Kindern. Sie nahm den Hörer ab.

»Ja.« Ein Rauschen drang an ihr Ohr. Gefolgt von einem Geräusch, das sich wie ein Klappern anhörte.

»Vera, hilf mir.« Tinas Stimme. Abgehackt und mit diesem Klappern. Warum rief sie um diese Uhrzeit an?

»Er ist weg.« Sie hörte ein Schluchzen durchs Telefon. »Er ist einfach weg.« Stoßweise kam ihr Weinen durch den Hörer.

»Wo bist du?« fragte Vera.

»In einer Telefonzelle.« Vera hörte, wie sie die Nase hochzog. »Hilf mir.« Sie klapperte mit den Zähnen. »Er hat mich…« Sie schluchzte. Vera wartete. »…alleingelassen mit denen.«

»Wo ist die Telefonzelle?« fragte sie.

»Ich weiß nicht.« Ihre Zähne klapperten weiter durchs Telefon. In Veras Kopf überschlugen sich die Gedanken. Ruhig bleiben, bleib ruhig, befahl sie sich.

»Guck auf den Apparat, Tina. Auf deinem Telefon muß irgendwo der Standort stehen.«

»Es geht nicht.« Wieder ihr Schluchzen. »Ich schaff's nicht.«

»Klar schaffst du's.« Vera versuchte ihre Stimme ganz ruhig wirken zu lassen. »Fang an mit dem Lesen. Ich muß wissen, wo du bist.«

»Wenn… Sie… Probleme… haben… wenden… Sie… sich… an… die… Zentrale.« Die Worte kamen unendlich langsam heraus.

»Sehr gut«, lobte Vera sie. »Lies weiter.«

Sie las nicht. Sie schluchzte.

»Wenn du nicht liest, leg ich auf.«

Hoffentlich geht das nicht ins Auge, dachte Vera.

»Nicht auflegen«, schluchzte Tina. Das Weinen hörte auf. »Ich mach' ja schon ...«

33

Ein Pulk von Menschen stand auf den Stufen vor dem Eingang des Präsidiums. Kameras blitzten. Zwei uniformierte Kollegen kämpften sich durch eine schmale Gasse zu dem Fahrzeug mit den vergitterten Fenstern durch. In ihrer Mitte führten sie einen Mann in Handschellen, der die Hände hochgerissen hatte, um sein Gesicht zu schützen. Geführt von den Kollegen stolperte er vorwärts. Es sah ganz so aus, als hätte der Kollege Kerner sein Geständnis. Der Mann kletterte in die grüne Minna.

Die Fotografen scharten sich jetzt um das Auto, knipsten wild durch die Gitter der Fenster. Ich konnte mir die Schlagzeilen morgen gut vorstellen. ›Bestie vom Steinplatz gesteht Mord an wehrlosem Alten.‹ Oder so ähnlich.

Ich sah nach oben. Auf dem obersten Treppchen stand unser Traumtrio. Kollege Kerner, seit Monaten das erste Mal mit einem Lächeln auf den Lippen. Heinze, der ihm die Hand auf die Schulter legte, und der Herr Staatsanwalt, der hinter den Brillengläsern zufrieden mit den Augendeckeln klapperte.

Ich darf mir gar nicht überlegen, mit wem ich alles in diesem Verein zusammenarbeite. Sonst müßte ich kotzen.

Sie stiegen zusammen die Treppe hinunter.

Ich stieg die Treppe hoch. Direkt an ihnen vorbei. Sie sahen mich nicht.

»Kerner hat's mal wieder geschafft«, empfing mich Weber.

»Hoffentlich hat er diesmal den Richtigen«, sagte ich. »Der würde doch über den Hellweg gehen und Lasso werfen, wenn er einen Täter bräuchte. Wenn er das mit dem Lasso hinkriegte. Aber selbst dazu ist er zu blöd.«

»Du bist ja geladen«, stellte mein Kollege fest. »Trink erst mal 'nen Kaffee.«

Er stand auf und holte mir einen Becher.

»Es gibt gute Nachrichten.«

»Spann mich nicht auf die Folter«, sagte ich.

»Die Kollegen von der Sitte haben uns besucht. Das heißt, ein Kollege, der Baumann.«

Baumann, Baumann. Der Name kam mir bekannt vor.

»Mit dem spiel ich Fußball.«

Daher. »Und?« fragte ich.

»Die haben was für dich abgegeben.«

Er zog eine Plastiktüte aus der Schublade und legte sie mir auf den Tisch. »Das sollst du zum Städtischen Fundbüro tragen. Sie hätten selbst genug Spielsachen.« Er grinste. »Wo hast du das denn gefunden?«

»Im Wald. Als ich mit dem Motorrad unterwegs war.«

»Ist ja auch egal«, sagte er. »Lustig ist's trotzdem.«

»Wieso lustig?« wollte ich wissen.

»Du warst doch bestimmt noch nie in 'nem Sexshop, oder?«

»Nein. Sollte ich?« Ich verbrannte meine Lippen an dem Kaffee.

»Ich find' halt komisch, daß ausgerechnet du so was findest.« Er hielt die Handflächen vor die Brust. »Ist ja schon gut. Ich wollte dich nicht ärgern. Ehrlich. Also.« Er richtete den Oberkörper auf und beugte sich über den Schreibtisch. »Der Baumann war hier. Und da zeige ich ihm unsere Bilder. Weil er ja von der Sitte ist.«

Ich glaubte ihm kein Wort. Was ich glaubte, war, daß er Baumann die Bilder einfach so gezeigt hatte. Von Mann zu Mann. Ich sah ihm ins Gesicht. Er senkte die Augen. Hatte ich mal wieder recht.

»Auf jeden Fall«, fuhr er hastig fort, »und das ist der Knüller: Das Mädchen ist bekannt. Registriert und alles.«

»Registriert?« fragte ich verblüfft.

»Registriert.« Er lehnte sich in seinem Stuhl zurück und streichelte den Schnauzbart. »Wie es sich gehört. Beim Gesundheitsamt und bei uns. Was sagst du dazu?«

»Tina Hetzel. Hetzel mit tz?« vergewisserte ich mich.

»Woher weißt du denn das nun schon wieder?« fragte er mißmutig.

»Herr und Frau Schimmloh, Braunschweiger Straße.«

»Der Verwalter?«

Ich nickte.

»Daß sie registriert ist, wußte ich nicht«, gab ich zu. »Aber es paßt. Frau Schimmloh hat erzählt, daß sie oft nachts mit dem Taxi nach Hause gekommen ist.

»Gute Arbeit, Herr Kollege«, lobte ich ihn. Er strahlte.

»Weißt du auch, wo sie arbeitet?«

»Studio dreizehn, Schürener Straße.«

Weber nahm einen Zettel vom Schreibtisch.

»›Das Haus für den verwöhnten Kunden‹«, las er. »›Es erwarten Sie Madame Claude und ihre Damen.‹«

»Und was hält uns noch hier?« fragte ich.

»Dein Kaffee.« Weber zeigte auf meine Tasse. »Den hab ich nicht umsonst für dich gekocht.«

34

Es war wieder einmal alles zu spät. Für unsere Fahrt über die B 1 hatten wir mit sicherem Instinkt den richtigen Zeitpunkt gewählt. Feierabend. Im Schrittempo zockelten wir vorwärts. Ich bedauerte, daß ich in Webers Volvo saß und mich nicht auf meiner BMW zwischen den Reihen durchschlängeln konnte.

»Hoffentlich ist da überhaupt noch jemand.«

Weber trommelte ungeduldig mit den Fingern auf das Lenkrad.

»Wieso soll da jetzt niemand sein?« fragte ich blöde. »Die Leute haben doch Feierabend. Was heißt Leute, Kerls«, besserte ich nach.

»Was glaubst du denn, wer in so ein Studio geht?« fragte mich mein Kollege etwas ungehalten.

»Männer«, sagte ich. »Wer sonst.«

»Und wo sind die jetzt?« Er trat auf die Bremse. »Dreimal darfst du raten.«

Ich sah mich um. Schaute, wer an den Steuern der Autos saß, vor uns, neben uns, hinter uns. Jedes sechste Auto höchstens wurde von einer Frau gesteuert. Der Rest waren Männer.

»Auf dem Weg von der Arbeit nach Hause«, sagte ich.

»Das hat ja gedauert«, stöhnte er. »Sonst hast du doch nicht so 'ne lange Leitung.«

»Ich geh' nicht in Studios. Mir fehlt's da an Erfahrung.«

»Ich auch nicht«, sagte Weber. »Aber man hört so manches.«

Auf dem Mittelstreifen blinkten gelbe Lichter. ›Stau im Bereich der Baustelle. Bitte benutzen Sie die Ausweichstrecken.‹

»Weißt du, was ich komisch finde?«

»Was denn?« fragte Weber und wechselte auf die rechte Spur.

»Ich kenne keinen Mann, der zugibt, daß er in den Puff geht.« Ich schwieg. »Dabei boomen die Dinger. Das würden die doch nicht, wenn da keiner hinkommt.«

Weber sah mich von der Seite an. Ich sah es hinter seiner Stirn arbeiten. Schließlich sagte er: »Männer tun's. Aber sie reden nicht darüber.«

Er bog ab und schwieg. Ich hatte schon verstanden. Jeder Mann ein Freier. Mein Kollege war da auch keine Ausnahme.

Die Schürener Straße war eine belebte Straße. Geschäfte, Büros, Wohnungen. Vor dem Haus mit dem Club war kein Parkplatz. Wir stellten den Volvo ein paar Meter entfernt neben einem Kiosk ab.

»Das da ist es.« Ein ganz normales Wohnhaus. Altbau. Gut in Schuß. Ein sauberer Eingang.

»Hier stehen nur Namen. Nichts von einem Studio.«

»Laß uns mal an der Seite sehen.«

Wir liefen um das Haus. Hand in Hand kamen uns zwei große Frauen entgegen. Eine Blondine in schwarzem Lackmantel und eine rothaarige Frau in einem weißen Kostüm. In der freien Hand hielt sie einen Strauß Grünes mit Rosen.

»Können Sie uns sagen, wo wir das Studio dreizehn finden?« fragte ich die Blonde.

Die rothaarige Frau steckte ihre Nase in das Grün und kicherte. Die Frau im Lackmantel sah sie böse an. Sofort hörte die Rothaarige auf zu lachen.

»Sie finden das Studio im Seitentrakt. Da ist die Tür.«

Die beiden trippelten auf hohen Hacken davon.

»Hast du gesehen?« fragte ich Weber.

»Was meinst du?«

»Die Schuhe der Rothaarigen«, sagte ich. »Das war Größe vierundvierzig, mindestens. Welche Größe hast du?«

Wir sahen auf seine ausgetretenen Slipper.

»Zweiundvierzig«, gab er bereitwillig Auskunft.

»Das war ein Mann«, vermutete ich.

»Wird wohl«, gab mir Weber recht.

»Das Gemüse in seinen Händen. Weißt du, was das war?«

»Rosen und irgendwas«, sagte Weber. »So genau habe ich nicht hingeguckt.«

»Das waren Brennesseln«, klärte ich ihn auf.

Weber verzog den Mund zu einem Grinsen.

»Findest du das komisch, wenn jemand seine Nase in Brennesseln steckt?« fragte ich meinen Kollegen.

»Was soll er sonst reinstecken?« grinste er. »Auf offener Straße.«

»Guck mal«, Weber zeigte auf ein goldenes Schild an der Hauswand. »Studio dreizehn. Wir sind blind.«

Ich drückte auf die Klingel.

Jetzt wußte ich auch, woher die Brennesseln kamen. An der Mauer zum anderen Grundstück standen sie büschelweise. Mindestens einen Meter hoch.

35

Ein Knacken in der Sprechanlage.

Eine freundliche Frauenstimme fragte: »Wer ist da?«

»Polizei«, sagte ich. »Machen Sie bitte auf.«

»Die Chefin ist nicht da.«

»Dann warten wir, bis sie kommt.«

Der Summer ertönte. Wir stiegen die Treppe hoch.

Eine Frau in einem kurzen schwarzen Rock mit Netzstrümpfen und einem engen weißen Pulli über dem strammen Busen stand in der Tür. Sie hatte blonde Locken, die über die Schultern hingen, und sah uns selbstsicher an.

»Können Sie sich ausweisen?«

Ich hielt ihr meinen Ausweis hin.

»Kommissarin Stein«, sagte ich. »Und das ist mein Kollege, Kommissar Weber.«

Weber ging sie mit seinem gewinnendsten Lächeln an.

»Wollen Sie seinen Ausweis nicht sehen?« fragte ich verblüfft.

»Sie werden schon nicht Ihren Freund mit zu uns bringen.«

Sie lächelte Weber zu. Es war, als würde ich nicht existieren.

»Nach Ihnen«, sagte sie und wartete, bis wir vor ihr den Gang hinunterliefen. »Am Ende rechts.«

Der Raum war gediegen eingerichtet. Ein Orientteppich. Streifentapeten. Antike Sessel, ein Sekretär, eine Couch. An den Wänden Leuchter mit roten Schirmen. Dazwischen alte Stiche in goldenen Rähmchen. Die Telefone aus der Neuzeit paßten nicht ganz ins Bild.

»Wann kommt Ihre Chefin zurück?«

»In einer halben Stunde, einer Stunde, zwei Stunden, was weiß ich.« Sie legte die Haare über die Schultern.

»Oder wollen Sie vielleicht doch später wiederkommen?«

»Nein«, sagte ich. »Wir warten.«

Ich sah auf einen der Stiche an der Wand. Flammen züngelten in einem Kamin. Eine Frau, nur mit Stiefeln und Lederhandschuhen bekleidet, stellte einen Fuß auf den Rücken eines Mannes, der auf allen vieren vor ihr kniete und lächelte.

»Sind Sie neu bei der Sitte?« fragte die Frau mit den blonden Locken Weber. »Ich kenne Sie gar nicht.« Sie strahlte ihn an.

»Wir sind vom 1. K«, sagte Weber. »Sie können ganz beruhigt sein, was den Laden hier angeht. Wir wollen nur ein paar Auskünfte.«

»Ach so.« Sie hielt Weber eine Schachtel Zigaretten hin. »Rauchen Sie eine mit?«

Er nahm eine Zigarette aus der Packung. Sie gab ihm Feuer und zündete sich eine Zigarette an. Dann fiel ich ihr ein.

»Wollen Sie auch eine?« fragte sie mich ohne eine Regung im Gesicht.

»Nein, danke«, sagte ich. »Ich rauche selten.«

Ein Telefon schellte.

»Sie können ruhig drangehen«, sagte Weber. »Das interessiert uns nicht.«

»Studio dreizehn«, meldete sie sich und zog an ihrer Zigarette. »Wir sind zu dritt hier«, sagte sie und sah gelangweilt auf die Gardine. Schwer fallender hellroter Samt. »Alle Neigungen. Für jeden Geschmack etwas.«

Jetzt sah sie auf ihre Schuhspitzen. »Ich bin blond und habe einen vollen Busen. Große, saftige Titten.« Sie schlug die Beine übereinander. »Ich trage gern Netzstrümpfe, und ich bin echt geil.« Sie zog an ihrer Zigarette. »Und ich nehme mir viel Zeit, damit es wirklich Spaß macht.«

Sie fuhr mit ihrem Blick die Gardine rauf und runter. »Mach das«, sagte sie. »Ich freu' mich auf dich.«

Sie legte den Hörer auf und ging zu dem Sekretär. Mit einem Stift machte sie eine Eintragung in ein samtgebundenes Buch. Sie kam an den Tisch zurück.

»Was wollen sie von der Chefin?«

Sie verschränkte die Arme vor dem Busen. Die Zigarette zwischen ihren Fingern schickte einen grauen Rauchfaden nach oben.

»Nur eine Auskunft«, sagte Weber. »Wir suchen eine Kollegin von Ihnen, Tina Hetzel. Die soll hier arbeiten.«

»Ach, wegen Tina.« Sie zog wieder an ihrer Zigarette. Der runde Kopf glühte.

Es schellte an der Tür. Sie drückte die Zigarette aus und strich den Rock über die Hüften.

»Vielleicht ist sie das schon.« Sie sah auf die Uhr mit der goldenen Sonne und lief zur Tür. »Wer weiß.«

Die Tür fiel hinter ihr zu.

36

»Bist du hier Stammkunde?« fuhr ich Weber an.

»Jetzt hör aber auf.« Er drückte seine Zigarette in einem schweren Aschenbecher aus. »Das passiert uns andauernd, daß die Weiber sich zuerst auf mich stürzen.«

Auf einem Bild an der Wand schwang eine Frau im Reitdreß eine Peitsche, an deren Ende silberne Stacheln saßen.

»Was kann ich dafür, daß das so ist?« fragte er mich.

Wir hörten Schritte auf dem Gang. Sie gingen an unserer Tür vorbei, wurden leiser. Dann war es wieder still.

»Bei den Mädels aus dem Milieu kann ich das sogar verstehen, wenn sie was gegen Frauen wie dich haben.«

Langsam aber sicher wurde ich wütend.

»Frauen wie mich? Was meinst du damit?«

»Du kommst dir doch wie was Besseres vor.«

Er besah sich die Kippen im Aschenbecher.

»'ne bessere Sorte Frau, weil du für Geld nicht die Beine breit machst, sondern deinen Hintern auf 'nen Bürostuhl setzt.«

Ich war nah am Explodieren. Die Tür ging auf. Weber hatte einen Schutzengel. Die Blondine, die wir vor der Tür getroffen hatten. Das war also die Chefin. Madame Claude. Auf gefährlich hohen Absätzen stiefelte sie an uns vorbei. In meinem Leben hatte ich noch nicht solche Absätze gesehen. Sie setzte sich in den Sessel mit den rosa Streifen und schlug die Beine übereinander.

Weber konnte seinen Blick nicht von dem roten Schuh lösen. Der silberne Metallabsatz hing wie ein Stilett in der Luft.

Sie hatte ein eindrucksvolles Gesicht, rund, mit hohen Wangenknochen und veilchenblauen Augen. Über der schwarzen Lederhose trug sie eine Bluse, durch die ihre Haut weiß schimmerte. Zwei runde schwarze Kappen saßen über den Brüsten.

»Wer sind Sie und was wollen Sie?«

»Kripo«, sagte ich. »1. K. Mein Name ist Beate Stein, und das ist mein Kollege Weber.«

»Was wollen Sie?«

Eins konnte man jetzt schon sagen. Diese Frau vergeudete ihre Zeit nicht mit überflüssigem Geschwafel.

»Ermittlungen«, erwiderte ich genauso kurz angebunden. »Wir suchen Tina Hetzel, die soll bei Ihnen arbeiten.«

»Sie hat bei mir gearbeitet«, sagte sie. »Bis vor zwei Monaten.«

»Wo ist sie jetzt?« fragte Weber.

»Muß ich Ihnen das sagen?«

Eine völlig sachliche Frage.

»Sie wissen selbst, daß es nicht schwierig ist, in Zusammenarbeit mit den Kollegen von der Sitte und dem Ordnungsamt Ihnen die

Führung Ihres Studios, sagen wir einmal...«, Weber sah auf die Telefone, »etwas weniger angenehm zu gestalten.«

»Ich kenne die Gesetze.« Sie lächelte ironisch. »Aber es ist nett, daß Sie mich daran erinnern.«

Mein Blick fiel auf ein Bild an der Wand. Eine Frau saß mit offenem Bademantel und Netzstrümpfen rittlings auf einem Mann. Die Hand mit dem Stock zum Schlag erhoben.

»Sagen Sie uns, was Sie über Tina und ihren Freund Frank Bartels wissen, und Sie sind uns sofort wieder los.« Weber versuchte es mit seinem gewinnendsten Lächeln.

Ich hatte das dumpfe Gefühl, daß er seinen Charme umsonst strapazierte.

»Tinas Freund interessiert Sie also auch?«

Sie musterte uns kühl. Dann legte sie eine Hand in die andere, zog daran. Es knackte. Zum ersten Mal lächelte sie.

»Entspannungsübungen«, erklärte sie. »Stört Sie das? Ich arbeite viel mit den Händen. Das tut gut.«

»Machen Sie nur«, sagte ich ihr.

»Warum wollen Sie mich über die beiden ausfragen?«

Weber sah mich an. Ich nickte ihm zu.

»Er ist tot«, sagte Weber. »Wir ermitteln in der Sache.«

»Mord?« Sie hörte auf, ihre Hände zu bewegen.

»Wir ermitteln noch«, informierte ich sie. »Was wissen Sie über Frank Bartels?«

Sie massierte ihren rechten Handrücken.

»Ich kenne ihn nur aus Tinas Erzählungen und habe ihn von weitem gesehen, wenn er sie abgeholt hat.«

»Und?« fragte ich weiter.

»Sie war mit ihm verlobt, die beiden wollten heiraten. Es war die große Liebe. Von Tinas Seite jedenfalls.« Sie bearbeitete weiter ihre Hände. »Und das ist die einzige Seite, die ich kenne.«

»Hat ihn nicht gestört, daß Tina hier arbeitet?« fragte Weber.

Sie zog an einem Finger, bis es knackte.

»Er wußte, wie sie ihr Geld verdient. Die beiden wollten sich etwas zusammensparen und heiraten.«

Systematisch ging sie von einem Finger zum nächsten.

»Keine Probleme?«

»Wer kann das schon von sich sagen? Können Sie das?« Ihr Mund verzog sich zu einem ironischen Lächeln. »So gut kannte ich Tina nicht. Sie hat ja nur zwei, drei Monate hier gearbeitet.«

»Warum hat sie aufgehört?« wollte ich wissen.

»Wer weiß.« Sie verschränkte die Finger. »Vielleicht hatte sie genug von der Arbeit. Vielleicht hatte sie ein lukrativeres Angebot von einem anderen Studio. Alles möglich.«

»Sie ist einfach weggeblieben von einem Tag auf den anderen?« fragte ich ungläubig.

»Wundert Sie das?« fragte sie zurück. »Es gibt in unserem Beruf viele Frauen, die liebend gern aufhören würden.« Sie hielt ihre Hände still. »Wenn sie eine Alternative hätten.« Jetzt preßte sie die Handballen gegeneinander.

»Sie wissen also nicht, wo sie ist?«

»Ich habe keine Ahnung. Ich kann nur hoffen, daß ihr nichts zugestoßen ist. Auch so ein Berufsrisiko.«

Sie betrachtete ihre langen roten Nägel und schwieg.

»Sie haben nichts unternommen, um sich nach ihr zu erkundigen, herauszufinden, wo sie geblieben ist?« Ich ließ nicht locker.

»Dazu fehlt mir die Zeit. Ich bin Geschäftsfrau. Das hier manage alles ich.« Sie hob die Hand, zeigte zur Tür, zu den Telefonen, zum Sekretär. »Sie können sich vielleicht vorstellen, was da alles dranhängt.«

Mit ihren roten Fingern kämmte sie die Haare nach hinten. »Ich habe zwei Kinder und eine Mutter zu finanzieren.«

Dann zupfte sie an der Bluse, prüfte den Sitz der schwarzen Lederkörbchen.

»Glauben Sie wirklich, ich könnte mir Gefühle leisten?«

37

Vera fuhr am Spielplatz vorbei. Im Sandkasten saßen zwei Kinder mit weißen Hüten. Auf dem Klettergerüst turnte ein großes Mädchen. Von Andreas und Kati keine Spur. Sie bremste und legte den Rückwärtsgang ein. Das Haus war kaum wiederzuerkennen. Aus den Blumenkästen fiel die Kapuzinerkresse grün mit gelben und roten Blüten über die Fassade. Im Vorgarten blühten die Ringelblumen zwischen den langweiligen immergrünen Gehölzen keck orange.

Sie parkte das Auto in der Garage und stieg mit den vollen Einkaufstaschen die Stufen hoch.

Hilde wartete auf sie in der offenen Tür.

»Die Kinder sind auf einem Geburtstag«, sagte sie. »Ich habe erlaubt, daß sie länger bleiben.«

»Bei wem sind sie?«

Vera stellte die Taschen auf einem Stuhl in der Küche ab.

»Bei den Webers. Zwei Straßen weiter. Die Telefonnummer liegt neben dem Telefon. Du brauchst dir keine Sorgen zu machen.«

»Ich mache mir keine Sorgen. Ich will nur wissen, wo sie sind.«

Es roch gut. Hilde hatte gekocht. Vera hob den Deckel vom Topf. Möhreneintopf.

»Hast du Tina gefragt, ob sie das mag?«

»Setz dich erst einmal«, sagte Hilde anstelle einer Antwort.

»Wieso?« fragte Vera. »Ist irgendwas?«

»Hier hast du deinen Kaffee.«

Hilde hantierte nervös mit der Kaffeekanne herum.

»Was ist es? Ich kenne dich doch.«

Hilde setzte sich auf den Stuhl und sah sie an.

»Sie ist nicht mehr da. Er hat sie abgeholt.«

»Wer hat wen abgeholt?«

»Willst du nicht erst einmal essen?« schlug Hilde vor. »Die Möhren sind noch warm.«

Vera schob die Tasse Kaffee von sich weg.

»Ich will wissen, was los ist.«

»Also.« Hilde stand auf und öffnete eine Tür im Einbauschrank. »Sie wollte telefonieren. Sollte ich sie etwa nicht lassen?«

Sie machte die Keksschachtel auf. Die Plätzchen rutschten auf den Teller. Gespritzte Kringel mit einem Klecks roter Marmelade in der Mitte.

»Sie hat ihn also angerufen«, stellte Vera fest. »Was dann?«

»Iß wenigstens davon, wenn du die Möhren nicht willst.«

Hilde schob die Schale mit den Plätzchen über den Tisch.
»Was dann?«
»Sie ist alt genug«, sagte Hilde. »Sie muß wissen, was sie tut.«
»Und was hat sie getan?«
Vera biß in ein Plätzchen. Die Krümel fielen auf den Tisch.
»Sie hat ihm gesagt, daß er sie abholen soll.«
Das feuchte Plätzchen klebte wie Sand in ihrem Mund.
»Und dann ist er gekommen und hat sie abgeholt.«
»Und du hast das zugelassen.«
»Sie ist alt genug«, wiederholte Hilde. »Sie weiß, was sie tut.«
»Wir päppeln sie wieder auf, und sie geht zu ihm zurück.«
Vera stand auf und begann die Taschen auszuräumen. Sie stellte die Schachtel mit den Schokoküssen auf den Tisch.
»Sie hat gesagt, er kann nichts dafür«, sagte Hilde. »Sie hätten ihn nicht mehr zur Tür reingelassen.«
»Nie im Leben.« Vera stellte die Flaschen mit der Milch in den Kühlschrank. »Glaubst du das?«
Hilde zuckte die Achseln.
»Sie glaubt es ihm. Das ist die Hauptsache.«
»Ich versteh das nicht.« Vera legte die Bananen in die Obstschale. »Sie läßt sich doch sonst nichts vormachen.«
»Sie liebt ihn«, sagte Hilde und räumte die Plätzchen vom Tisch. »Denk mal an dich. Du wolltest auch nicht auf mich hören.«
Vera stellte die leere Tasche in die Speisekammer.
»Sie kommt ins Studio, wenn sie wieder in Ordnung ist, hat sie gesagt.«
»Auch das noch.« Vera räumte die Dosen in den Schrank. »Sie hat es vorher schon schlecht verpackt. Und jetzt?«

38

Vera sah durch den Spion. Schwarze Haare, ein blasses Gesicht. Sie öffnete die Tür.
»Da bin ich wieder.« Tina grinste sie unsicher an.
Vor Vera lief sie den Gang entlang.

»Wo ist Angelika?« Sie setzte sich in den Sessel und kramte in der Strohtasche auf ihren Knien.

»Im blauen Zimmer«, gab Vera Auskunft. »Mit Berthold.«

»Der kommt immer noch?« wunderte sich Tina.

»Der kommt noch, solange er laufen kann. Und wenn er das nicht mehr kann, läßt er sich zu uns tragen.«

Tina nahm eine kleine braune Flasche aus der Tasche und stellte sie auf den Tisch.

»Ich hab Zitrone mitgebracht. Das magst du doch.«

Sie lief zu der Schale auf dem Fensterbrett, träufelte die Flüssigkeit hinein und zündete die Flamme unter der Schale an.

Vera sah auf den schmalen Rücken, der sich über die Schale beugte, die dunklen Haare, die struppig toupiert über den Kragen der Jeansjacke fielen.

»Bist du mir böse?« fragte Tina, weiter den Rücken ihr zugewandt.

»Nein«, sagte Vera. »Ich bin dir nicht böse.«

»Echt wahr?« Tina drehte sich zu ihr um.

»Echt wahr«, bestätigte Vera.

»Weißt du«, sie stand mitten im Zimmer und sah auf die Ringe an ihrer Hand. »Die haben ihn reingelegt. Genauso wie mich. Der Frank ist genauso sauer auf die wie ich.«

»Und ich glaube ihm das nicht.« Veras Stimme war fest.

Tina kam zu ihr an den Schreibtisch.

»So was könnte er gar nicht. Der liebt mich doch.«

»Laß gut sein«, sagte Vera. »Du lebst mit ihm zusammen. Nicht ich.«

»Du kennst ihn ja gar nicht«, schmollte Tina.

Sie setzte sich in den Sessel, zog die Schuhe aus und stellte die Füße vor sich auf das Polster. Sie legte den Kopf auf die Knie. »Du kennst ihn eben nicht.«

Vera blätterte in dem Buch mit dem roten Samteinband.

»Ich finde, du solltest aufhören mit dem hier. Aber er läßt dich nicht.«

Tina reckte den Kopf.

»Du mußt mich nicht nehmen. Ich kann mich auch wieder an die Straße stellen.«

»Mach, was du willst«, sagte Vera. »Du mußt selber wissen, was du tust.«

Tina hielt die Nase in die Luft und schnupperte.

»Riechst du das?« Ihre Nasenflügel blähten sich. »So frisch.«

Vera roch den Duft von frischen Zitronen, der durch das Zimmer kroch.

»Vera?« Tina sah sie beschwörend an.

»Ja?«

»Du bleibst doch meine Freundin. Oder nicht?«

39

Die Fahrt vom Studio dreizehn zum Präsidium hatten wir hinter uns gebracht, ohne ein Wort zu wechseln. Es ist erstaunlich, was man alles zusammen machen kann, ohne zu reden. Wir liefen zusammen die Stufen hoch, nahmen gemeinsam den Paternoster, gingen im Gleichschritt über den leeren Gang. Ich fand es schon fast erholsam, die Sprechwerkzeuge nicht zu gebrauchen.

»Feierabend.«

Wir zuckten zusammen. Was ein einziges Wort nach einer dreiviertel Stunde Schweigen bewirken kann.

»Wie seht ihr denn aus? Also wirklich.« Petra, unsere Sekretärin, kam uns feierabendfein im Regenmantel entgegen.

Wir liefen wortlos an ihr vorüber.

Sie drehte sich um, sah uns nach, wie wir auf das Büro zumarschierten. Weber schloß die Tür auf.

Petra stand immer noch da wie vom Blitz getroffen.

»Ihr seid nicht ganz dicht«, rief sie laut und tippte sich an die Stirn. »Laßt euch einsargen.«

Wir setzten uns an den Schreibtisch. Ich verfluchte den Tag, an dem wir die Tische Rücken an Rücken zusammengestellt hatten, damit wir uns in die Augen sehen konnten. Ich lehnte mich im Stuhl zurück und blätterte lässig in meinen Papieren.

Weber fuhr die Schreibtischschublade heraus und legte die Füße hoch. Er spitzte die Lippen und pfiff ein Liedchen.

»Muß das sein«, knurrte ich und blätterte weiter.

Das Liedchen brach ab.

»Laß gut sein«, sagte er. »Es tut mir leid.«

Ein Friedensangebot. Ich überlegte mir, ob ich darauf eingehen oder ihn noch ein bißchen schmoren lassen sollte.

»Ich bin gereizt. Wegen Inga. Jetzt werd du nicht auch noch zickig. Der Zirkus zu Hause reicht mir.«

»Inga hat meine Sympathie, das kann ich dir verraten.« Mit Schwung fegte ich die Plastiktüte von meinem Schreibtisch und hängte sie an den Griff unseres Fensters. »Daß du ein Chauvi bist, weiß ich. Aber es gibt Grenzen.«

»Ich habe mich im Ton vergriffen. Entschuldige.«

»Sag mal, wie lange arbeiten wir zusammen?« fuhr ich ihn an. »Hier in diesem Chaosbunker?« Ich zeigte auf die Wände, die seit Ewigkeiten nicht mehr gestrichen waren, auf den Streifen zwischen den Fenstern mit den alten Urlaubskarten.

»Zwei, drei Jahre«, sagte er. »Schätzungsweise.«

»Könnte hinkommen.« Ich nickte zur Bestätigung. »Wie viele Huren hatten wir schon hier in diesem Büro? Was schätzt du vier, sechs, zehn? Hab ich mich da aufgeführt, als wenn ich mich für was Besseres halte?«

»Reg dich nicht auf«, versuchte er, mich zu besänftigen.

»O doch«, sagte ich. »Ich rege mich auf, weil mir das wichtig ist. Ich fühle mich nicht als was Besseres.«

»Das nehm' ich dir nicht ab.« Er sah mir in die Augen. »So wie du über die Sexkiste denkst. Da kannst du mir nichts vormachen.«

»Wie denke ich denn über die Sexkiste?« erkundigte ich mich. »Klär mich mal auf.«

»Na ja«, druckste er. »Daß Pornoshops Scheiße sind und Bordelle und daß es das besser nicht geben sollte. Stimmt doch, oder?«

»Kommt hin«, pflichtete ich ihm bei. »Und was beweist das?«

»Daß du prüde bist und Vorurteile hast.« Er sah mich herausfordernd an.

»Das ist ja interessant«, staunte ich. »Da brauch ich nur noch 'n Abo bei der Uhse, und ich bin aus dem Schneider.«

»Sag mir nicht, du findest das in Ordnung, wenn Frauen Sex verkaufen...« Er ließ mich nicht aus den Augen.

»Und du findest, das ist ’n ganz toller Job... Mit tollen Arbeitsbedingungen und ’ner super Versorgung im Alter. Verstehe ich dich richtig?«

»Darum geht es gar nicht«, stoppte er mich.

»Für dich nicht, aber für mich«, verriet ich ihm. »Glaubst du, die Frauen würden die Beine breit machen, wenn sie das Geld nicht bräuchten?«

»Manche machen’s vielleicht ganz gern«, sagte er störrisch.

»O ja«, stimmte ich ihm zu. »Das haben wir ja vorhin gehört. ›Ich bin ganz geil‹«, flötete ich. »›Ich freu mich auf dich.‹«

»Da hast du’s«, triumphierte er. »Du machst dich über die Frauen lustig.«

»Quatsch«, sagte ich. »Das stimmt nicht. Ich fühle mich nicht als was Besseres, weil ich meinen Hintern auf diesen Bürostuhl setze.«

»Fühlst du dich doch.« Er sah mir trotzig in die Augen.

»Hältst du mich für blöd?« fuhr ich ihn an. »Wieso sollte ich mich für was Besseres halten? Sag nur, weil ich für diesen dummen Verein arbeite? Für unseren Innenminister, den Polizeidirektor, für Heinze und Co?«

Er sah mich skeptisch an.

»Ich hab’ nichts gegen die Frauen in dem Gewerbe. Das kannst du mir glauben.« Ich holte tief Luft. »Ich hab’ was gegen die Kerls, die hingehen und in ihren Gesetzen so tun, als dürfte es das nicht geben. Die abkassieren und sich einen Dreck um die Frauen kümmern.«

»Da hast du ja recht«, sagte er kleinlaut. »Das finde ich auch nicht in Ordnung. So ’ne Scheiß-Doppelmoral.«

»Worüber streiten wir uns dann?« fragte ich ihn.

»Das möchte ich auch wissen«, sagte er und grinste. »Komm, ich geb’ dir einen aus zur Versöhnung. Wir saufen uns einen.«

»Drachenfutter? Kannst du dir das überhaupt erlauben?«

»Ich spiele Lotto«, sagte er. »Mittwochs und samstags. Hast du ’ne Idee, wie man sonst noch an Geld kommt?«

»Bahnhofsklo«, sagte ich. »Aber bei deinem Alter bringt das nur noch Pfennige. Laß mich einen ausgeben. Ich habe keine Familie mit Hamstern und Kindern und Schwiegermüttern...«

Wir traten vor die Tür und sahen in den nachtblauen Himmel.

»Weißt du, warum ich so einen Braß auf Ingas Chef habe?«

Ich schüttelte den Kopf.

»Der hat alles«, sagte er. »Ein Haus hier, eins in der Toscana, 'nen dicken Wagen, Geld satt. Manchmal habe ich Angst, daß sie mich verläßt und ihn nimmt. Wegen dem allen.«

»Weber«, sagte ich feierlich. »Es gibt Leute, die lassen sich nicht kaufen.«

»Meinst du wirklich?« Er sah skeptisch auf seine ausgetretenen Slipper.

Ich nahm ihn am Arm und schob ihn der nächsten Kneipe entgegen.

40

»Nein, verdammt noch mal.«

Der Freier schlug die Tür vom Spiegelzimmer zu und kam nackt auf den Flur gerannt.

»Meine Klamotten. Ich will meine Klamotten.«

Er rannte zur nächsten Tür und trommelte mit den Fäusten dagegen. »Gebt mir meine Klamotten.«

Angelika kam mit Strapsen und BH aus der Tür.

»Nun mal ganz ruhig. Was willst du?«

»Meine Klamotten, verdammt noch mal.«

Er sah aus, als ob er jeden Moment in Tränen ausbrechen würde.

»Keine Panik. Du kriegst deine Klamotten. Komm.«

Sie faßte ihn unter dem Arm und führte ihn zu den verschließbaren Fächern.

»Hast du den Schlüssel?«

Er schüttelte stumm den Kopf.

»Wo hast du ihn hingetan?«

»Ich will nach Hause.«

Ihm standen die Tränen in den Augen.

»Du kommst sofort nach Hause. Wir brauchen den Schlüssel. Wo hast du ihn hingelegt? Auf den Nachttisch?«

Neunzig Prozent aller Freier legten den Spindschlüssel auf den Nachttisch.

»In die Schublade«, sagte er weinerlich.

Die restlichen zehn Prozent legten ihn in die Schublade.

»Setz dich hier hin. Ich bin sofort wieder da.«

Angelika ging ins Spiegelzimmer. Das Bett war leer.

Sie zog die Nachttischschublade heraus. Da lag der Spindschlüssel.

Der Freier saß auf dem roten Hocker und hatte das Gesicht in die Hände gelegt. Sein Rücken zuckte.

Sie schloß den Spind auf und hielt ihm die Unterwäsche hin. »Sind das deine?«

Er reagierte nicht.

Sie legte ihm die Hand auf die Schulter. »Deine Sachen.«

Er wischte sich die Tränen aus den Augen und nahm die weiße Unterhose entgegen.

»Die ist verrückt.« Er legte die Uhr um sein Handgelenk.

»Was ist denn passiert?«

Mit jedem Kleidungsstück, das er anlegte, gewann er ein Stück seiner Fassung zurück.

»Sie hat mir eine Rasierklinge in die Hand gedrückt.«

Grauen stand in seinen Augen.

»Die ist doch verrückt. Ich habe drei Kinder und eine Frau.«

Er nahm den Aktenkoffer aus dem Spind.

»Eine Verrückte ist das. Sagen Sie das Ihrer Chefin.«

Sie begleitete ihn zur Tür.

»Angiemaus, wo bleibst du denn?«

Noch ein Freier, der die Flucht ergreifen würde, wenn sie ihn nicht sofort beruhigte. Angelika schwankte einen Moment, ob sie erst noch mit Tina reden sollte. Vera war im Studio beschäftigt. Sie entschied sich für den Freier. Ein geflüchteter Freier reichte für heute.

»Da bin ich wieder, mein Schatz.«

Sie zog die Tür hinter sich zu.

»Jetzt haben wir alle Zeit der Welt.«

Nichts freute einen Freier so sehr wie eine entspannte Hure, die auch nicht einen Hauch von Unruhe verbreitete.

Angelika verdrängte alles, was sie gerade gedacht hatte. Sie dachte an Wellen, die langsam an den Strand rollten. Der Trick funktionierte immer.

»Oh, oh«, stöhnte der Freier. »Ist das gut.«

Das war das Irre. Nie ging es schneller, wie wenn sie an die blauen Wellen dachte und diese Ruhe hatte.

Angelika brachte den Freier zur Tür.

»Du warst Klasse, Mädchen, ehrlich.«

»Schau mal wieder rein.«

Angelika warf ihm eine Kußhand zu.

Endlich. Was war heute eigentlich hier los? Wenn das stimmte, was der geflüchtete Freier gesagt hatte, dann war die Kacke am Dampfen. Sie lief zum Bad. Bestimmt war Tina wieder im Bad. Sie riß die Badezimmertür auf.

»Nein«, sie schrie.

Ihr Schrei hallte an den Kachelwänden wider.

41

Ich kroch vom Bett. Keine Ahnung, wie ich da gestern reingekommen war. Zum Ausziehen hatte es auf jeden Fall nicht mehr gelangt. Mein Hemd stank, als ob ich die Nacht in einem Weinfaß verbracht hätte. Ich setzte die Füße vors Bett und stieß auf etwas Weiches. Vorsichtig beugte ich mich nach vorn. Vor meinem Bett lag eine Leiche.

Irgend etwas an dem Mann kam mir bekannt vor. Wenn mein Kopf nicht so brummen würde, hätte ich vielleicht schon herausgekriegt, wer es war. Ich stieg über ihn und ging ins Bad. Leichen können warten. Auch bei einer Kommissarin mit stark herabgesetzter Denkfähigkeit funktionieren noch die elementaren Reflexe.

Ich stolperte über die Bohrmaschine, rettete mich auf den Wannenrand und überlegte. Das Brummen in meinem Kopf wurde stärker. Bloß nicht denken, entschied ich und stellte das Denken ein. Ich zog ein Handtuch vom Halter und drehte den Hahn mit dem kalten Wasser auf. Mit letzter Kraft quetschte ich das Frottee und legte mir eine nasse Wurst auf die Stirn. Eine weise Tat. Mein Schädel brummte leiser.

Ich saß und saß und saß, und nach einer Ewigkeit wechselte ich das Handtuch. Das alte warf ich auf den Boden, zog das andere vom Haken und drehte das kalte Wasser auf. Das Handtuch wirkte erfrischend. Wie von selbst setzte das Denken wieder ein. Warum hast du noch ein Handtuch naß gemacht, du Trottel, dachte es in mir, und ich wußte, bald war ich wieder voll einsatzfähig. Es konnte sich nur noch um Stunden handeln.

Irgendwie schaffte ich es, mich zu duschen und die Haare zu waschen. In meinem Kimono mit dem Drachen kam ich mir schon wieder erschreckend dynamisch vor. Nur das Gesicht im Spiegel hatte nicht ganz die alte Form.

Mein Telefon schellte. Nach dem dritten Klingeln hatte ich es geschafft.

»Ja«, krächzte ich und setzte mich auf den Boden.

»Ich hätte gern einen Termin.« Heute morgen war ich geschmeichelt, daß überhaupt einer etwas von mir wollte.

»Einen Termin, wofür?« Meine Stimme kratzte im Hals. Ich mußte gestern nicht nur gesoffen, sondern auch noch geraucht haben.

»Sie wissen schon.« Er senkte die Stimme. »Für jede Lust gibt es eine Lösung. Die gefährlichste bin ich.«

»Die gefährlichste bin ich«, bestätigte ich. »Da sind Sie bei mir richtig.«

»Machen Sie auch TV-Erziehung?« fragte er mich.

»Fernsehen?« entrüstete ich mich. »Bei mir ist alles live.«

Das Freizeichen tutete in der Leitung.

Ich warf einen Blick durch die Tür in mein Schlafzimmer. Die Leiche auf meinem Bettvorleger hob ein Bein. Ich kannte nur einen Mann mit solch ausgetretenen Gurken. Und der hatte nichts auf meinem Bettvorleger verloren. Es reichte schon, wenn ich seinem Anblick an keinem Werktag entkommen konnte.

Ich legte Autorität in meine Stimme.

»Weber, steh auf.«

Zur Verstärkung der Botschaft trat ich ihm mit dem nackten Fuß in die Rippen. Er wälzte sich auf die Seite und stöhnte.

Ich versuchte es anders.

»Andreas«, trompete ich, »die Kiiinnnder.«

Wie von der Tarantel gestochen, fuhr er hoch.

»Ich geh ja schon, Inga.«

Er schlug die Augen auf, sah mich und rieb sich die Augen.

»Du?« fragte er entsetzt. »Was machst du denn hier?«

»Die Frage könnte ich stellen.«

»Auweia.« Er griff sich an den Kopf. »Ich muß sofort nach Hause.« Er zog sich am Bett hoch. »Ruf mir ein Taxi.«

»Willst du dich nicht erst...«, ich sah auf sein zerknautschtes Hemd und die Schatten auf seinen Wangen, »...frisch machen?«

»Nach Hause.« Auf unsicheren Beinen wankte er zum Türrahmen. »Ich muß sofort nach Hause.«

Ich stand auf. »Bleib schön da stehen.«

Er legte seine Hände um die Türfüllung.

»Ich besorg' dir dein Taxi.«

Ich schnappte mir das Telefon und suchte mir die Nummer vom Taxistand direkt gegenüber. Mit dem Telefon in der Hand trat ich ans Fenster. Auf der anderen Straßenseite standen zwei Taxen. Ein Fahrer sprang heraus und ging an die Säule.

»Ein Taxi, Lagerhausstraße eins«, krächzte ich in den Hörer. Das Denken klappte wieder, aber die Stimme war noch nicht voll auf der Höhe.

»Das ist ja direkt gegenüber.«

»Zweite Etage«, flüsterte ich. »Stein. Ich brauche Ihre Hilfe.«

»Ist das ein Notfall?« kam es aus dem Telefon. »Soll ich vielleicht die Polizei rufen?«

»Keine Polizei.« Auf einmal war meine Stimme wieder voll da. »Die fehlte mir hier gerade noch.«

Vera legte den Strauß mit den Sonnenblumen auf das weiße Bett. Tina verzog den Mund zu einem Grinsen.

»Für die Beerdigung kommst du zu früh.«

»Und…« Sie griff nach Veras blauweißgepunkteter Hand. »Bei der Beerdigung besteh ich auf Schwarz.«

Vera hielt vorsichtig Tinas Hand. Über dem Handgelenk saß ein weißer Verband.

»Schwarz gibt's nicht«, antwortete sie. »Das ist die Farbe der Freier. Dunkelblau.«

»Dunkelblau ist doof.« Tina sah auf Veras Handschuhhand. »Gelb oder Rot. Eins von beiden.«

»Werd ich mir merken«, versicherte Vera ihr. »Ist ja noch Zeit.«

»Setz dich doch.« Tina zeigte auf einen Stuhl.

Das Rot blätterte von ihren Nägeln ab. Ihr Gesicht war schmal und blaß.

»Wie gefällt es dir hier?« fragte Vera sie.

Eine dumme Frage. Besser als keine Frage.

»Um sechs Uhr wirst du geweckt. Nichts für mich.«

Tina nahm die Sonnenblumen von der Bettdecke.

»Hier, nimm mal. Die Vasen sind da in dem Schrank. Wasser ist hinten.«

Vera ging zum Schrank. In dem anderen Bett lag eine weißhaarige Frau. Als Vera an ihrem Bett vorbeikam, drehte sie sich zur Seite und stöhnte auf.

Die Sonnenblumen machten sich gut in dem braunen Krug. Vera stellte ihn auf den weißen Metallschrank neben Tinas Bett.

»Hast du hier alles, was du brauchst?«

Tina nickte.

»Erst haben die mich in so einen Kittel gepackt. Wie du sie hast für deine Kunden. Hinten offen. Aber Frank hat mir ein paar Sachen gebracht.«

Sie machte den Nachttischschrank auf. Vera sah einen Packen heller Wäsche. Obenauf ein paar kleine Flaschen. Tinas Sammlung von Duftwässerchen. An der Seite standen zwei Saftflaschen.

»Das Nachthemd hat er mir neu gekauft.« Sie legte die Hand

mit dem weißen Verband auf den runden Ausschnitt, der mit rotem Stoff eingefaßt war. »So was ziehe ich ja sonst nie an.«

»Wie lange mußt du noch hierbleiben?«

Sie zuckte die Schultern.

»Sie wollen mich noch nicht gehen lassen. Der Bauch braucht noch.« Tina strich über die Bettdecke. »Ich muß jeden Tag einmal mit so einem reden. Den müßtest du mal sehen. Der sieht aus wie Berthold.« Sie legte die Hände auf die Bettdecke über den Bauch. »Nur dreißig Jahre jünger.«

»Und was redest du mit dem?«

»Allen möglichen Quatsch. Gibst du mir mal das Glas Saft da?«

Sie trank einen Schluck.

»Die wissen hier, was ich mache.«

Sie zog die Decke ans Kinn.

»Das ist ganz schön blöd, die gucken dich so an. Aber sagen tut keiner was.«

Die alte Frau im Nachbarbett stöhnte laut.

»Ich hab' gedacht, das sieht man mir an. Die gucken in mein Gesicht, und schon wissen sie Bescheid. Aber einer hat mir gesagt, daß die Fahrer von der Rettung gequatscht haben, als sie mich hier abgeliefert haben.«

Tina drehte den Kopf zu den Blumen.

»Die sind echt toll.« Sie sah auf die Hände über ihrem Bauch. »Nur riechen tun sie nicht. Leider.«

Vera schnupperte an den gelben Blättern. Sie rochen wirklich nicht.

»Wieso haben sie mich hier auf die Beklopptenstation gelegt? Weißt du das?«

»Die machen mit dir eine Gesprächstherapie. Das ist Routine.«

»Wozu soll das gut sein? Daß die Narben schneller heilen? Durch Quatschen?«

»Die wollen verhindern, daß du so was noch einmal machst.«

Tina sah sie an und biß sich auf die Unterlippe.

»Ich weiß nur, daß ich in der Wanne saß und auf einmal eine Rasierklinge in der Hand hatte. Mehr weiß ich nicht.«

»Woher hattest du die Rasierklinge?«

»Keine Ahnung. Echt.« Sie legte ihren Kopf in das Kissen zurück.

»Hast du sie dir aus meinem Studio geholt?«

»Ich weiß doch nicht.« Sie preßte die Hände mit dem weißen Verband auf die Bettdecke. »Ich find' das selber total doof, daß ich nichts davon weiß.«

»Vielleicht fällt dir das ja wieder ein.«

»Meinst du?« Tina sah sie zweifelnd an.

43

Angelikas Kissen war fast fertig.

»Eine Reihe Tulpen. Dann hab' ich's.«

Sie legte es auf den Tisch und fädelte den grünen Faden ein.

»Komisch, seit sie im Krankenhaus ist, vermiß' ich sie richtig.« Mit drei Fingern zog sie den Faden durch die Schlaufe und zog daran.

Vera ging den Kasten mit den Kundenkarten durch. Harald, las sie, Zweigstellenleiter, Sparkasse, 37, verheiratet, ein Kind, Kliniksex, Spaziergänge in Gummi.

»Geh sie doch mal besuchen. Sie freut sich bestimmt.«

Harald hatte sich schon seit Wochen nicht mehr blicken lassen. Vera legte die Karte an die Seite.

»Glaubst du, daß sie sich wirklich an nichts mehr erinnern kann?« Angelika legte das Kissen auf ihren Schoß und stach von oben mit der Nadel durch den Stoff.

»Ja«, sagte Vera. »So was gibt's. Deshalb machen sie mit ihr ja die Therapie.«

Vera sah sich die nächste Karte an. Erwin, Polier, geschieden, 43 ...

»Die war von Anfang an komisch.« Angelika zog den grünen Faden lang. »Mit dem vielen Duschen und den Duftwässerchen und allem.«

»Sie ist nicht fürs Anschaffen gemacht.«

Vera schob den Karteikasten an die Seite.

»Weißt du noch mit dem Knie, wie sie später angefangen hat, und dann, als sie sich das Putzmittel über die Hände gekippt hat?«

Angelika stieß die Nadel durch den Stoff. »Da hab' ich mich oft gefragt, ob sie nicht froh ist, daß sie nicht kommen muß...«

»Möglich.«

Vera stand auf, nahm den Aschenbecher vom Tisch und leerte ihn in der Teeküche aus. Sie stellte ihn an seinen alten Platz zurück.

»Auch mit den Tampons. Das war komisch.«

»Was war mit den Tampons?« fragte Vera.

Angelika legte das Strickzeug aus der Hand.

»Das große Paket war immer im Nu leer, und sie hat Harry Geld gegeben, damit er neue holt. Sie wollte nicht, daß du das merkst.«

»Wofür brauchte sie die?« wollte Vera wissen.

»Das hab' ich sie auch gefragt.« Angelika warf ihre blonden Locken zurück. »Erst wollte sie nichts sagen. Aber dann hat sie doch.«

Vera sah sie erwartungsvoll an.

»Sie hat Angst, daß sie von innen her stinkt. Wegen der Freier. Und damit der Gestank nicht nach außen geht, hat sie Tampons genommen. Ist das wohl verrückt?«

Vera sah zu der Tonschale auf dem Fensterbrett.

»Sie ist nicht fürs Anschaffen gemacht. Das hab' ich immer gesagt.«

Angelika faltete das Kissen auf dem Schoß zusammen.

»Wer kommt heute noch?« fragte sie. »Guck mal in dein schlaues Buch.«

Vera griff das Buch mit dem roten Samteinband.

»Ab vier wird's lebhaft. Michael, Klaus und Harald. Aber sonst ist es verdammt ruhig.«

Angelika zeigte auf die bunten Magazine auf dem Tisch.

»Hast du gelesen? In dem neuen Bizarrführer? Es sind wieder zwei neue Studios dazugekommen.«

Sie legte die Wolle auf das Kissen, rollte den Stoff zusammen und legte ihn neben sich auf die Couch.

»Wenn man bedenkt, daß heute jedes dritte Haus auf der Linienstraße ein Studio hat. Vor zehn Jahren gab es eins. Das war alles.«

Vera ging zum Fenster. Sie nahm das kleine Fläschchen, das neben der Tonschale stand, in die Hand.

»Die jungen sind die schlimmsten.« Sie tropfte das Duftöl in die

Schale. »Die denken, für Geld kann man alles kaufen. Und die wollen's so hart, daß du schon mit einem Bein im Gefängnis stehst, wenn da mal was passiert.«

Sie zündete mit dem Feuerzeug die Kerze unter der Flamme an.

»Machst du jetzt das Elektrozeug?«

Vera sah auf die Flüssigkeit in der flachen Schale.

»Ich kann mir nicht erlauben, das nicht zu machen. Sonst gehen sie zur Konkurrenz.«

»Ist das nicht gefährlich?«

»Ich arbeite nur mit Batteriegeräten. Das sind neun Volt. Da kann gar nichts passieren.«

»Mir wär das mit dem Strom unheimlich.« Angelika schüttelte sich.

»Ist es auch, wenn er aus der Steckdose kommt. Aber nicht bei Batterie. Selbst wenn du voll aufdrehst und gleichzeitig außen und innen stimulierst, kann da nichts passieren.«

»Ich hab' auch lieber mit Kondom über der Zunge geblasen«, sagte Angelika. »Dafür zahlt heute keiner mehr.«

»Das Geschäft wird härter.« Vera betrachtete das Bild an der Wand. Den Mann, der mit heruntergezogener Hose und entblößtem Hinterteil über einem Reitsattel lag.

»Was ich mache, ist noch harmlos. Im großen und ganzen.« Die Frau vor ihm hatte den Stock zum Schlag erhoben.

»Ich hab' mal zwei Schwulen mein Studio geliehen. Und die haben mich zusehen lassen bei dem, was sie machten. Da sind mir die Augen übergegangen. Die haben sich solche Nadeln«, Vera spannte Daumen und Zeigefinger auseinander, »in die Brust gesetzt. Nicht quer. Gerade rein. So tief, daß du sie kaum noch gesehen hast.«

In der Schale am Fenster stiegen die ersten Duftwolken auf. Der Geruch von frischen Zitronen zog durch den Raum.

44

Fleischers Obduktionsbericht lag auf meinem Schreibtisch. Ich trank den Kaffee aus. Für den Fall, daß sich die Lektüre des Werks nicht förderlich auf meine Magensäfte auswirkte. Eine Leiche natur ist schlimm genug. Das Ganze hinterher noch einmal im Detail fotografiert und analysiert auf dem Schreibtisch liegen zu haben, ist nicht viel besser.

Mein Telefon krähte. Ich streckte den Arm zum Hörer.

»Warum hast du ihn nicht behalten?«

Inga, Webers Frau. Ich hätte ihn mit Parfüm begießen sollen, ehe ich ihn ins Taxi setzte.

»Wir sind einfach versackt«, sagte ich kleinlaut.

»Warum hast du ihn nicht erst mal desinfiziert, bevor du ihn nach Hause geschickt hast?« Inga war in Fahrt. »Er hat schlimmer gestunken als die Schnapsleichen, die ihr mir zum Wochenende in die Aufnahme schickt.«

Wir hatten auch nicht schlecht gebechert. Ich hatte heute morgen noch zwei leere Flaschen Riesling aus dem Wohnzimmer geräumt. Und das war nur der Absacker.

»Wir haben uns gestritten«, sagte ich. »Das war die Versöhnung. Hart, aber herzlich.«

Inga zog die Luft ein. Es raschelte an meinem Ohr.

»Gib mir eine ehrliche Antwort. Habt ihr was miteinander?«

Ich verschluckte mich fast vor Überraschung.

»Sag mal, spinnst du?« fragte ich sie. »Du kennst mich. Du kennst ihn. Wie kannst du da so was fragen?«

»Hätte mich auch gewundert.« Sie klang erleichtert.

Es sah nicht so aus, als ob sie ihn an der nächsten Straßenecke stehenlassen wollte.

»Er ist ziemlich fertig im Moment«, sagte ich. »Ich glaube, er macht sich Sorgen.«

»Worüber?« Ihre Stimme war bitter. »Hat er Konkurrenz gekriegt als Stürmer in der Altherrenmannschaft? Oder wollen sie ihn nicht mehr aufstellen?«

»Er glaubt, du betrügst ihn. Mit deinem Chef.«

Die Leitung war eine Ewigkeit still.

»Bist du noch da, Inga?«

»Ja«, sagte sie. »Weißt du, ich dachte, er würde gar nichts mehr mitkriegen. Ich interessiere ihn nicht mehr.«

»Sieht nicht so aus. Im Moment vergißt er sogar, den Damen ins Dekolleté zu schielen. Die einzige Sorge, die er hat, ist, nicht genug Geld zu haben, um dir und den Kindern was zu bieten.«

»Da kannst du mal sehen«, sagte sie. »Und mit so einem Holzkopf bin ich seit acht Jahren verheiratet.«

Ihre Stimme klang fast schon wieder zärtlich.

»Was soll ich nur mit so einem Trottel machen? – Bea.«

»Ja?«

»Danke, daß du mir das gesagt hast.«

»Nichts zu danken«, sagte ich. »Das ist reiner Egoismus. Ich muß mit ihm arbeiten.« Ich legte den Hörer auf. Hoffentlich war Inga so schlau, mich nicht zu verraten.

Fleischers Bericht lag immer noch ungelesen vor mir auf dem Schreibtisch. Ich schlug die erste Seite auf und überflog die Vorrede. Soweit nichts Neues. Daß die medizinischen Befunde beim Erhängen in der Regel ›spärlich‹ und ›wenig befriedigend‹ sind, weiß ich nicht erst seit gestern. Dazu brauchte ich nicht Fleischers Bericht zu lesen.

Ich blätterte weiter. Gut, daß ich meinen Kaffee getrunken hatte. Die Beschreibung der Präparation der Halsorgane brachte Musik in meinen Magen. Beim Herausnehmen von Gehirn und Brustorganen hatte Fleischer ganz schön geackert. Ich kann noch nicht einmal ein Hühnchen ausnehmen. Das kaufe ich immer fertig und bin schon geschafft, wenn mir die Innereien in einem netten Plastiktütchen entgegenrollen.

Phosphatidspiegel, Histamingehalt der Strangmarke, Karotiden, Kammblutungen, Konjunktivalen- und Hautblutungen, vitale Reaktionen. Ich kämpfte mich durch das Fachvokabular vorwärts.

Die Geschlechtsorgane waren ganz schön gebeutelt. Es hätte sie nicht schlimmer treffen können, wenn er sie in einem Türrahmen eingeklemmt hätte. Schwer vorstellbar, daß bei dem ganzen Quetschen und Binden Lust mit von der Partie gewesen sein sollte.

Die Frage, die mich aus kriminalistischer Sicht brennend interessierte, war die, ob der Tote lebend und bei Bewußtsein in die Schlinge geraten war. Wenn ich den Bericht richtig gelesen hatte, sprach alles dafür. Fleischer hatte kein Gift im Blut gefunden und auch sonst nichts, was auf ein Fremdeinwirken hindeutete.

Todesursache war nach Fleischer eindeutig ›protrahiertes‹ Erhängen. Das hieß auf gut deutsch, daß die Sauerstoffzufuhr nicht plötzlich, sondern nach und nach abgeschnitten wurde. Was, wie er mir schon persönlich verraten hatte, zu den angenehmsten Begleiterscheinungen führte. Rauschhafte Zustände bis zum Verlust des Bewußtseins, bis zum Tod.

Nach allem, was ich las, eine Todesart, die man jedem potentiellen Selbstmörder nur wärmstens ans Herz legen konnte.

Fleischer schätzte, daß der Tote ungefähr acht Tage lang in der Garage gehangen hatte. Das deckte sich mit den Angaben, wann Frank Bartels zuletzt lebend gesichtet worden war.

Ich klappte den Obduktionsbericht zu. Wenn es nach Fleischer ginge, konnten wir den Fall zu den Akten legen. Für ihn war der Fall klar. Selbstfesselung zwecks Luststeigerung. Ein falscher Fußtritt, eine falsche Bewegung, die Schlinge zieht sich ein wenig fester zu als beabsichtigt, und der Kandidat ist tot.

Mir war das zu glatt, zu einfach.

Warum sperrte ich mich dagegen, daß es so gewesen sein könnte? Wollte ich nicht wahrhaben, daß ein Mann, der scheinbar glücklich mit einer Frau zusammenlebte, nebenher noch ganz andere Sexualtechniken pflegte?

Erschreckte mich der Gedanke, daß unter der Oberfläche ganz normaler Männer sexuelle Bedürfnisse schlummerten und ausgelebt wurden, von denen ich nichts ahnte?

Weber hatte es mir im Auto gesagt. Alle Männer tun's, aber sie reden nicht darüber. Er hatte von Prostitution gesprochen. Dies hier war Selbstbefriedigung. Bizarres Experimentieren am eigenen Körper. Alle Männer tun's – und nicht nur die, ergänzte ich in meinen Gedanken –, aber keiner redet darüber.

Was machte mein Freund jetzt in diesem Moment? Lag er in der Badewanne und ließ es sich gutgehen? Oder im Sessel mit einem Pornoheft auf den Knien? Oder holte er gerade einen heißen Streifen im Videoladen an der Ecke? Kannte ich seine sexuellen Phantasien? Kannte er meine?

Wie war das mit Weber zum Beispiel, wenn Inga in der Klinik Nachtdienst schob und er allein im Bett lag?

Mein Schädel brummte. Und es lag nicht nur an dem ganzen Zeug, das ich heute nacht mit meinem Kollegen gekippt hatte.

Es wurde Zeit, daß ich an die frische Luft kam und mir der Wind wieder das Hirn freipustete. Wozu hatte ich ein Fortbewegungsmittel auf zwei Reifen?

45

Vera setzte die Schachtel auf die weiße Bettdecke.

»Ich hab' dir was mitgebracht.«

Tina schlitzte mit dem Fingernagel die Seite ein und klappte den Deckel auf. »Boh. Toll.«

Sie schob sich den mit Schokolade bezogenen Schaumkuß in den Mund und kaute mit vollen Backen.

»Hm«, mit der Zunge schleckte sie die weißen Schaumecken aus den Mundwinkeln. »Ich bin hier richtig auf Entzug. – Wie lange bin ich schon hier?«

Mit dem Zeigefinger bohrte sie ein Loch in den Schaumberg und zog den Finger durch. Beladen mit einem Berg weißem Schaum fuhr er in ihren Mund.

»Drei Wochen.« Vera wußte es genau.

Tina schluckte zufrieden und griff nach dem nächsten.

»Ganz schön lange«, kam es aus ihrem vollen Mund.

Eine Reihe im Karton war leer.

»Noch zwei, dann mach ich Schluß. Eh mir schlecht wird.«

Sie stülpte den Deckel wieder über den Karton. »Hier, nimm.«

Vera stellte den Karton auf den Nachttisch.

»Gib mir mal den Bademantel.«

Vera reichte ihr einen lachsfarbenen Frotteemantel mit Rüschen.

»Komm, wir gehen nach draußen. Da kannst du eine paffen.«

Das Raucherzimmer war leer. In der Glaskabine standen ein

paar Stühle mit braunen Plastiksitzen. Zerfledderte Illustrierte lagen auf den niedrigen Tischen. In den Aschenbechern lagen Zigarettenstummel.

»Was macht die Therapie?« Vera zündete sich eine Zigarette an.

»Du meinst das Gequatsche?« fragte Tina nach.

Vera nickte und zog an ihrer Zigarette.

»Er stellt ganz schön blöde Fragen.«

»Was denn zum Beispiel?«

Tina lehnte sich im Stuhl zurück und legte ihre Hände auf den Bauch. Über den Gang lief ein Mann in einem weißen Kittel. Er schaute kurz in den Glaskasten herein.

»Tut es noch weh?« fragte Vera mit Blick auf Tinas Bauch.

»Nur manchmal, wenn ich mich nachts im Bett umdrehe.«

»Was für Fragen stellt er dir?«

»Na ja«, Tina kratzte an ihrem Hals. »Was ich so als Kind gemacht habe, woran ich Spaß hatte und so. Als Kind.« Tina streckte die Beine aus. »Stell dir mal vor.«

Sie redete, als ob das Ewigkeiten her wäre.

Vera setzte die brennende Zigarette an den Mund.

»Und das Irre ist, mir fällt so viel ein.«

Tina besah sich die Narben an ihrer Hand.

»Ich war gern in der Schule. Das hatte ich ganz vergessen. Wir hatten eine Lehrerin, die hat uns Gedichte aufgesagt. Wir haben uns lustig gemacht über sie.« Sie strich mit dem Zeigefinger über die Narbe am Handgelenk. »Aber irgendwie hat mir das gefallen, und heute tut mir leid, daß wir nur gelacht haben. Und so einen Quatsch erzähl' ich ihm.«

Tina zog die Enden des Mantels über der Brust zusammen, als wollte sie die nackte Haut zudecken.

»Stell dir vor, die Lehrerin wollte, daß ich aufs Gymnasium gehe. So gut war ich. Hast du mal 'ne Kippe für mich? Ausnahmsweise.« Sie streckte die Hand nach einer Zigarette aus. »So Leute, die die Schule gemacht haben, die können alles werden. Auch die Frauen. Mit Schule kannst du alles werden.« Sie blies den Rauch aus.

»Am liebsten würde ich mein ganzes Scheißleben noch mal von vorne machen. Weißt du, wie ich mich manchmal fühle? Wie der

Mülleimer da, in den jeder hergelaufene Typ seine Abfälle schmeißen kann.« Sie zerquetschte die Zigarette halbgeraucht im Aschenbecher.

»So beschissen fühle ich mich, seitdem ich auf diese verdammten Fragen antworte.«

»Warum gehst du anschaffen?« fragte Vera. »Wenn du dich so schlecht dabei fühlst?«

»Fühlst du dich denn nicht so?«

»Nein«, Vera zog an ihrer Zigarette. »Für mich ist der Job in Ordnung. Er hat gute und weniger gute Seiten.« Sie streifte die Asche von der Zigarette ab. »Welcher Beruf hat das nicht?«

Eine Schwester mit einem Tablett in der Hand lief in zügigem Stechschritt an dem Glaskasten vorbei.

»Aber ich könnte nie als normale Hure arbeiten«, gab sie zu. »Das wär' nichts für mich.«

»Weißt du, was der Typ mich gefragt hat?«

Tina spielte mit dem lachsfarbenen Gürtel in ihrer Hand.

»Der hat mich gefragt, ob ich mich vielleicht selbst bestrafe für das, was ich tue.«

Sie ließ den Gürtel los.

»So ein Quatsch. Als ob ich mir extra den Bauch aufschlitzen würde...«

46

Ich drückte die Tür zu unserem Büro auf. Was für ein Anblick. Die Wände waren genauso grau wie immer, die Farben der Urlaubskarten verblichen, aber mein Kollege strahlte, als befände er sich im siebten Himmel. Er rieb sich gutgelaunt die Hände.

»Ist das nicht ein schöner Tag heute?«

Ich sah nach draußen. Es nieselte aus grauen Wolken.

»Liebe ist, wenn es regnet und du wandelst auf rosa Wolken«, dichtete ich aus dem Stegreif.

»Ich war schon fleißig«, er lächelte zufrieden. »Du wirst staunen.«

Soviel gute Laune mußte ich erst einmal verdauen. Ich setzte mich an den Schreibtisch und pustete den Staub aus meiner Schale mit den Schreibgeräten.

»Du hast die Berichte getippt«, vermutete ich, nahm einen Kuli und kritzelte auf einen Block.

»Ich hab' die Freundin, Tina Hetzel.«

Der Kuli schrieb nicht. Ich warf ihn in den Papierkorb, nahm den nächsten.

»Und, wo ist sie?« Ich sah mich in unserem Büro um. »Hast du sie im Kleiderschrank eingeschlossen?«

Er hielt einen Zettel hoch.

»Hetzel, Tina. Landeskliniken, Marsbruchstraße, Psychiatrische Abteilung, Zimmer fünfzehn.«

»Alle Achtung.« Ich betrachtete die roten Kringel auf meinem Block. »Saubere Arbeit.«

Er strich sich über eine frische hellblaue Hemdbrust.

»Was meinst du, was ich heute früh schon gemacht habe?«

Weber hatte sich also ans Telefon gehängt und die Krankenhäuser vorgenommen. Keine schlechte Idee.

»Wie bist du drauf gekommen?«

»Irgendwo mußte sie ja sein. Und eine Möglichkeit war, daß sie nicht freiwillig das Feld geräumt hat.«

»Seit wann ist sie da?« fragte ich.

»Eingeliefert wurde sie am dritten August.«

»Und ist immer noch drin«, stellte ich fest. »Er hing etwa seit dem zweiundzwanzigsten September in der Garage. Da war sie schon eineinhalb Monate im Krankenhaus.«

Ich malte weiter meine Kringel.

»Was soll sie uns überhaupt erzählen?« Anstelle der roten Kringel schrieb ich ihren Namen. Tina.

»Von seinen Spielchen in der Garage wird er ihr nichts gesagt haben. Das ist schon mal klar.« Weber zupfte an seinem Bart.

Da waren wir einer Meinung. Er hatte mir nicht umsonst Nachhilfe in männlicher Sexualität gegeben. ›Männer tun's, aber sie reden nicht darüber.‹

»Oder glaubst du, daß sie ihn in die Schlinge gelegt hat?« fragte Weber.

»Das Krankenhaus ist kein Alibi«, sagte ich. »Da kommst du immer raus, wenn du willst. Zeig noch mal, die Bilder.«

Ich riß das Blatt vom Block und warf es in den Papierkorb.

Er reichte mir den Stapel. Ich sah auf die zierliche dunkelhaarige Frau, die sich auf dem grün-beige karierten Polster räkelte. »Einsfünfundsechzig, höchstens«, sagte ich, »und nicht mehr als fünfundfünfzig Kilo.«

Sie sah so verdammt wehrlos aus auf den Fotos. Die nackte Haut zwischen ihren Beinen und dieses offene Lachen.

»Ich glaub nicht, daß sie ihn hochgekriegt hätte. Allein jedenfalls nicht.«

»Findest du auch, daß sie glücklich aussieht?« fragte ich Weber und reichte ihm die Fotos über den Tisch.

Er sah sich die Bilder an, zuckte die Schultern.

»Keine Ahnung. Vielleicht tut sie nur so. Manchmal denkst du, eine Frau ist glücklich und alles, und im nächsten Augenblick erzählt sie dir, wie unglücklich sie ist.« Er grinste unsicher. »Man kann den Weibern nicht über den Weg trauen.«

Er verstaute die Bilder in einer Schublade.

»Ich glaube, das war er selber. Anders kann ich mir das nicht denken.« Weber lehnte sich in dem Stuhl zurück. »Unfall. Wie Fleischer schreibt.«

»Wollen wir trotzdem mit ihr reden?« fragte ich ihn.

»Aber immer.« Weber zeigte nach draußen. »An einem so schönen Tag sollte man nicht in geschlossenen Räumen vergammeln.«

Ich sah durch das Fenster. Es regnete in Strömen. Entweder hatte Weber mehr Humor, als ich ihm zutraute, oder der Liebeswahn hatte ihn in den Klauen. Nach acht Jahren Ehe. Ich konnte es einfach nicht glauben.

47

Wir standen auf dem Parkplatz der Anstalt und starrten auf die Scheibenwischer, die über das Glas schrappten. Schwupp, schwupp. Links, rechts. Rechts, links.

»An so einem schönen Tag sollte man nicht in geschlossenen Räumen vergammeln.« Ich machte die Wagentür einen Spalt auf und gleich wieder zu. Das Wasser fiel in Sturzbächen vom Himmel.

»Ist doch auch mal schön.« Webers Augen wanderten mit den Wischern. Schwupp, schwupp. Links, rechts. Rechts, links.

»Augengymnastik. Das tut gut nach dem ganzen Papier.«

Heute konnte meinen Kollegen nichts erschüttern.

»Hast du keinen Schirm?« fragte ich vorwurfsvoll. »Ist das nun ein Familienauto oder nicht?«

»Im Kofferraum.« Er zog den Schlüssel aus dem Schloß. »Hier ist der Schlüssel.«

Ich zog die Lederjacke über den Kopf und lief nach hinten. Das Wasser klatschte gegen meine Beine. Ich schloß auf. Nicht einer, drei Schirme. Ich nahm den größten.

»So laß ich mir das gefallen«, grunzte Weber, als ich ihn auf seiner Seite des Volvos abholte. »Das ist Service.«

»Bild dir bloß nichts ein«, warnte ich ihn. »Ich hab' es nicht länger mit dir da drin ausgehalten.«

Die Dame mit dem weißen Häubchen erteilte uns bereitwillig Auskunft. Immer geradeaus und dann links und wieder rechts. Dann sehen Sie schon den Aufzug.

Ganz so einfach, wie sie sagte, war es nicht, aber mit zweimal fragen schafften wir es. Der Aufzug roch nach Desinfektionsmitteln. Ein leeres Bett und ein Mann mit kräftigen tätowierten Armen fuhren gemeinsam mit uns nach oben. Wir stiegen aus. Der Mann mit dem leeren Bett fuhr ohne uns weiter.

»Wo wollen Sie hin?« Eine energische Dame mit weißem Kittel und Knoten heftete sich an unsere Fersen.

»Ist das die psychiatrische Abteilung?« fragte ich sie.

»Ist das ein Neuzugang?« stellte sie die Gegenfrage und zeigte auf meinen Kollegen.

Weber lächelte gewinnend.

»Männer ist nämlich da drüben«, sagte sie.

»Wir sind nur Besuch«, lächelte Weber weiter.

»Wir sind von der Polizei und wollen zur Frauenabteilung«, erklärte ich ihr.

»Dann sind Sie richtig.« Sie klang irgendwie enttäuscht. »Frauen ist da drüben.« In Richtung Männerabteilung stolzierte sie von dannen.

Kaum hatten wir die Glastür durchquert, wurden wir das nächste Mal gestoppt. Ein Hochsicherheitstrakt war nichts dagegen.

»Wo wollen Sie hin?« Der Mann im weißen Kittel sah aus wie ein Doktor. Mindestens. Er trug Halbglatze, eine dunkle Brille und ein offenes weißes Buch.

»Wir wollen zu Tina Hetzel. Zimmer fünfzehn«, gab Weber bereitwillig Auskunft.

»Sind Sie angemeldet?« fragte er uns.

Ich schüttelte den Kopf.

»Wir sind von der Polizei. Wir hätten nur ein paar Fragen an Frau Hetzel.«

»Können Sie sich ausweisen?«

Wir machten ihm die Freude.

»In welcher Angelegenheit?« fragte er. »Ich bin der behandelnde Arzt«, setzte er nach.

»Es geht um Tina Hetzels Freund. Er ist tot. Wir ermitteln in der Angelegenheit«, sagte Weber.

»Tot«, er wiegte den Kopf hin und her. »Das wird ein Schock für sie. Ich weiß nicht...«

»Irgendwann erfährt sie es sowieso«, sagte Weber. »Das können Sie gar nicht verhindern.«

»Sie können ja mit reinkommen«, schlug ich vor.

»Es ist da drüben«, sagte er. »Ich komme mit.«

Das Zimmer war nicht übel. Frisch gestrichen mit hellen gelben Gardinen. Zwei Schränke, zwei Betten. Vor dem Fenster stand ein Tisch mit drei Stühlen. In einem Bett lag eine Frau mit Kopfhörern und sah fern.

Das mußte sie sein. In einem lachsrosa Bademantel saß sie auf der Fensterbank und baumelte mit den Beinen. Das Gesicht unter den struppigen schwarzen Haaren war durchsichtig weiß.

»Wie riecht es, Herr Doktor? Was würden Sie sagen?«

Er stellte sich zu ihr, zog Luft durch die Nase ein und dachte nach. »Es riecht gut. Ein angenehmes natürliches Aroma.«

»Find' ich auch«, sagte Tina. »Oder soll ich das Fenster aufmachen?« Sie lauerte auf seine Antwort. »Das brauchen Sie nur zu sagen. Mach ich sofort.«

»Nein«, sagte der Doktor. »Es riecht wirklich gut.«

»Was wollen denn die da?« Sie zeigte auf mich. Ihre Nägel waren nicht lackiert.

»Wir würden uns gerne mit Ihnen unterhalten«, sagte ich.

»Kann ja nicht schaden. Oder?« Sie rutschte vom Fensterbrett. »Ist sowieso verdammt langweilig hier. Sie haben mir versprochen, ich krieg die Bücher. Und wo sind die?« maulte sie den Doktor an.

»Morgen oder übermorgen kommen sie. Bestimmt.«

»Ehrlich?« Ihre Augen glänzten.

Der Doktor holte einen Hocker aus dem Bad.

Wir setzten uns an den Tisch.

»Und?« fragte sie. »Was wollen Sie?«

Sie verschränkte die Arme. Über den Handgelenken trug sie breite Strickbänder. Lachsrosa, passend zum Bademantel.

»Wir kommen wegen Frank Bartels. Ihrem Freund.«

Sie legte die Hände um die Schultern und sah uns ängstlich an.

Todesnachrichten zu überbringen gehört nicht zu den Sternstunden in unserem Job. Ich weiß immer noch nicht, wie man das macht.

»Ich weiß nicht, wie ich es Ihnen sagen soll.« Ich räusperte mich. »Ihm ist etwas passiert.«

Ich hustete noch einmal die Stimmbänder frei.

»Er ist tot.« Endlich war es raus.

Sie krümmte sich, als würde sie frieren.

Der Doktor stand auf. Wie auf dem Sprung stand er neben dem Tisch.

»Scheiße«, sie biß sich auf die Unterlippe. Die Zähne schlugen tief ins Fleisch. »Scheiße.«

Tränen standen ihr in den Augen.

»So eine Kacke.« Sie schlug mit einem Pantoffel gegen das Tischbein. Der Tisch wackelte leicht. »Au.« Sie stellte den Fuß mit dem Schuh auf den Stuhl und nahm die Spitze des Schuhs in beide Hände.

Der Doktor war an ihrer Seite.

»Wollen Sie lieber allein sein?« fragte Weber. »Sollen wir ein andermal wiederkommen?«

Sie zog die Nase hoch. »Nein.«

Sie wischte sich mit einer Hand über die Augen.

»Deshalb war er so lange nicht da.« Sie seufzte.

Das war für sie bestimmt der einzige tröstliche Teil der Nachricht. Sie wußte nun, warum er nicht ins Krankenhaus gekommen war.

»Wie ist es passiert?«

Ihre Augen waren rauchgrau.

»Wir haben ihn in der Garage gefunden, erhängt.«

»Diese Schweine.«

Sie schob mit drei Fingern die Nase hoch und schneuzte. In ihren Augen standen Tränen.

»Haben Sie einen Verdacht?«

Das Wasser staute sich in ihren Augen. Keine einzige Träne trat nach draußen.

»Die waren das. Das weiß ich genau.«

»Wer war das?« fragte ich. »Und warum?«

»Wer?« Sie schüttelte den Kopf. »Ich weiß nicht. Freunde von der Arbeit. Ich kannte die vorher nicht.«

»Vorher?« fragte Weber.

»Sie müssen das nicht erzählen, Tina, wenn Sie nicht wollen«, mischte sich der Doktor ein.

»Ich will aber nicht, daß die Schweine damit durchkommen.«

Sie sah uns an aus grauen Augen.

»Wir waren spazieren. An der Möhne und schön essen. Ach, ist ja auch egal«, sagte sie und schlang die Arme um ihren Leib.

»Frank wollte kurz bei einem Kollegen vorbei. Der hatte Geburtstag. Er wollte nur kurz hoch. Ich sollte auf ihn warten.«

Sie sah zum Fenster. Der Regen stand als zuckender grauer Vorhang hinter der Scheibe.

»Scheiße.« Sie wischte sich mit dem Handrücken über die Augen. »Dann bin ich doch mit hoch.«

Sie besah sich die Strickbündchen an ihren Händen.

»Frank ist noch mal weg. Zigaretten holen. Da sind die Schweine über mich hergefallen.«

Ich sah auf ihre lachsroten Strickbündchen. Zwei links. Zwei rechts. Irgendwer mußte die irgendwann für sie gestrickt haben.

»Feige Schweine. Drei gegen einen.«

Sie hatte Schweißperlen auf der Stirn.

»Und wie ich mich gewehrt habe.«

»Und Ihr Freund?« erkundigte ich mich.

»Den haben sie nicht reingelassen. Die ganze Nacht nicht.«

Wir schwiegen.

»Dann bin ich nach Hause. Aber Frank war nicht da. Der hat mich überall gesucht. Da bin ich zu einer Freundin.«

»Sie sind nicht zur Polizei?« fragte Weber.

»Ich hab als Hure gearbeitet«, sagte sie. »Falls Sie das noch nicht wissen. Es ist so.« Das klang trotzig. »Für die Bullen wär das doch 'ne Lachnummer gewesen. 'Ne Nutte, die Anzeige wegen Vergewaltigung macht.«

»Und Ihr Freund?« fragte ich.

»Das war mein Verlobter«, korrigierte sie mich. »Meinen Sie, der hätte sich das bieten lassen? Ne.« Sie schüttelte den Kopf. »Der nicht. Das hätte der denen nicht durchgehen lassen.«

»Und Sie meinen, die wären ihm jetzt zuvorgekommen?«

»Da können Sie Gift drauf nehmen.«

»Wissen Sie noch, wann das war mit der Vergewaltigung?«

»Klar«, sagte sie. »Dreizehnter Juli. Das werde ich nicht so schnell vergessen.«

»Und wie sind Sie hierher gekommen?« wollte ich wissen.

Sie zupfte an den lachsfarbenen Bändern.

»Das war später. Kurzschluß. Einfach so, auf der Arbeit. Nach der Sache war ich einfach mit den Nerven runter.«

Sie zog wieder die Nase hoch.

»So eine verdammte Kackscheiße.«

Sie richtete ihre grauen Rauchaugen auf uns.

»Was soll ich denn jetzt machen? Ohne ihn.«

Wir standen hilflos vor ihr.

»Scheiße.« Sie stützte ihr Gesicht in beide Hände.

»Ich glaube ...« Der Doktor blickte uns an.

Das Gesicht in den Händen vergraben, saß sie am Tisch. Tränen rannen durch ihre Finger. Der schmale Rücken zuckte.

Wir bewegten uns zur Tür.

Die Frau mit den Kopfhörern sah weiter in den Fernseher.

Auf dem Bildschirm klappte eine Frau in Leopardendreß einem Löwen das Maul auseinander und legte ihren schönen Kopf zwischen seine Zähne.

48

»Und jetzt?« fragte Weber, als wir uns quer durch die Pfützen ins Auto gerettet hatten. Er steckte den Schlüssel ins Schloß, und die Scheibenwischer schrammten über die Scheibe.

»Auto Strottmann«, sagte ich bestimmt. »Zu den Kollegen.«

Ich stieg aus meinen nassen Schuhen. »Mach mal die Heizung an.«

Er schob den Hebel von Blau nach Rot. Ich bückte mich und stellte die nassen Schuhe vor das Gitter. Lauwarme Luft pustete über meine Hände.

Draußen war alles eine graue Suppe. Ein Punkt vor uns schillerte grün. Wir fuhren über eine Kreuzung.

»Warum bist du hier nicht abgebogen?« fragte ich. »Am Friedhof vorbei. Das geht am schnellsten.«

Er riß das Steuer herum und fuhr um die Ecke. Ich stemmte die Füße auf den Boden und umklammerte mit meiner rechten Hand den Griff an der Tür.

»Kein Problem«, grinste er. »Kannst du alles haben.«

Wir fuhren auf Schleichwegen in Richtung Hellweg.

»Die werden nie im Leben zugeben, daß sie die Kleine vergewaltigt haben«, sagte er.

»Wieder so ein Fall von Männer tun's, aber sie reden nicht darüber«, antwortete ich bissig.

»Das ist ja nun etwas völlig anderes.« Seine Stimme klang böse. »Das eine hat mit dem anderen nichts zu tun.«

»O doch. Da bin ich nicht ganz deiner Meinung...«

Das Autohaus war auch bei diesem Wetter nicht zu verfehlen. Ketten von leuchtenden Glühbirnen spannten sich über den Parkplatz. Tausende von Watt ließen die Ausstellungsräume erstrahlen. Licht brach sich auf glänzenden Lackoberflächen.

Unter einem Regenschirm hüpften wir an den Glasscheiben vorbei zum Eingang.

»Bist du immer noch so heiß auf das Teil da?«

Webers Traumwagen war noch zu haben.

»Du kannst sagen, was du willst. Das ist ein toller Wagen.« Seine Augen wanderten sehnsuchtsvoll zu dem silbernen Transporter.

Diesmal fing uns Strottmann senior direkt an der Glastür ab.

»Sie schon wieder?«

Es sah nicht so aus, als würde ihn unser Besuch begeistern. Das ist so die übliche Reaktion. Eine, an die ich mich nach dreizehn Dienstjahren bei der Polizei allmählich gewöhnt habe.

Weber klappte den Schirm zusammen und stellte ihn in den Ständer. Herr Strottmann lief mit uns an der lauschigen Ledercke vorbei zur Theke. Anscheinend hatte er sich vorgenommen, uns so schnell wie möglich wieder loszuwerden.

»Womit kann ich Ihnen dienen?« Die Worte waren okay, aber der Tonfall war nicht freundlich. Strottmann senior hatte Furchen auf der gebräunten Stirn.

»Haben Sie sich inzwischen erinnert, mit wem Frank Bartels näher befreundet war unter den Kollegen?« begann ich unsere Unterhaltung.

»Nein«, sagte er. »Das Privatleben meiner Mitarbeiter interessiert mich nicht.«

Eine Seitentür ging auf. Ein junger Mann mit Aknenarben und einer dunkelbraunen Lederjacke kam herein.

»Kann ich den Safariwagen haben, Papa? Nur heute?«

»Darf ich vorstellen, mein Sohn Ralf.«

Er schraubte einen Schlüssel von einem Bund.

»Hier.« Junior nahm den Schlüssel aus seiner Hand.

»Fahr vorsichtig.« Er verschwand durch die gläserne Tür auf den Hof.

»Wo bewahren Sie die Personalakten Ihrer Mitarbeiter auf?« fragte ich ihn.

»In einem Stahlschrank, in meinem Büro. Wieso fragen Sie danach?«

»Wir haben ein Geburtsdatum und möchten wissen, welcher Ihrer Mitarbeiter an diesem Tag Geburtstag hat.«

Draußen sprang ein Motor an. Strottmann junior hatte seinen Safariwagen gefunden.

»Die Angaben meiner Mitarbeiter stehen unter Datenschutz. Oder irre ich mich?«

Seine Furchen gruben sich tiefer.

»Nicht, wenn wir ermitteln. Wegen Mord.«

Er sah nach draußen. Die gelben Rücklichter mit Strottmann junior entschwanden in der grauen Suppe.

»Einen Moment.« Er lief hinter die Theke, schrieb einen Zettel. »Jetzt können wir.« Er legte den Zettel unter einen Glasaschenbecher auf den Tresen.

»Was für ein Geburtsdatum suchen Sie?«

Weber zog sein Buch aus der Tasche und blätterte.

»Dreizehnter Juli.«

»Dreizehnter Juli?« Unter der Bräune sah er plötzlich blaß aus.

»Wissen Sie aus dem Kopf, wer von Ihren Mitarbeitern am dreizehnten Juli geboren ist?« fragte mein Kollege.

»Welches Jahr?« fragte er zurück. »Sagen Sie mir das Jahr.«

»Das Jahr interessiert nicht«, antwortete Weber. »Oder haben Sie zwei Mitarbeiter, die am gleichen Tag geboren sind?«

»Nein.« Er schüttelte den Kopf.

»Wer hat am dreizehnten Juli Geburtstag?« hakte ich nach.

»Habe ich Ihnen das schon gegeben?«

Er holte zwei Pakete Streichhölzer aus der Tasche. ›Auto Strottmann – Ihr Partner für Neuwagen, Gebrauchtwagen und Reparaturen. Zuverlässig, seriös, preiswert.‹

»Wer hat am dreizehnten Juli Geburtstag?« wiederholte ich meine Frage. »Wir kriegen es auch ohne Sie raus. Glauben Sie mir.«

Die schmalen Streichholzschachteln sahen in seiner Hand ziemlich verloren aus.

»Also, wer ist am dreizehnten Juli geboren?« Diesmal versuchte Weber sein Glück.

»Ralf ist am dreizehnten Juli geboren.«

Er legte die Streichhölzer in den Aschenbecher auf die Theke.

»Ralf wer?« fragte ich.

»Ralf Strottmann. Mein Sohn.« Die Worte klangen gepreßt. Gerne hatte er uns das nicht verraten.

Ich gab ihm meine Karte. »Sagen Sie Ihrem Sohn, er soll sich morgen um neun im Präsidium melden.«

»Wenn er nicht kommt, lassen wir ihn vorführen«, ergänzte Weber. »Dazu muß es ja nicht kommen.«

»Darf ich?« Ich nahm ein Päckchen Streichhölzer aus dem Aschenbecher.

Weber fischte seinen Regenschirm aus dem Ständer.

Strottmann senior nickte abwesend. In dem Zustand, in dem er war, hätten wir glatt Webers Traumauto aus dem Laden schieben können.

49

Der junge Mann, der an unserem Schreibtisch saß, trug teure Schuhe, teure Hosen, eine teure Lederjacke. Der Pullover unter der Jacke war aus weicher, edler Wolle. Sein Rasierwasser stank erbärmlich. Aber ich vermutete, auch das hatte seinen Preis. Selbst die Aknenarben in seinem Gesicht sahen aus, als ob er sie gekauft hätte.

»Mein Vater hat gesagt, ich soll mich bei Ihnen melden.«

Er legte eine Hand auf den Schreibtisch. Die Fingernägel waren an den Rändern schwarz. Autoöl vermutlich. Nach dem, was wir wußten, klebte noch entschieden mehr Dreck an seinen Händen.

»Sie wissen, warum wir Sie hergebeten haben«, leitete ich die Vernehmung ein. »Wir ermitteln im Fall Bartels. Was haben Sie an Ihrem Geburtstag gemacht, am dreizehnten Juli?«

»Damit habe ich nichts zu tun.« Er ballte die Finger auf dem Schreibtisch zur Faust. »Was wollen Sie mir da anhängen?«

»Wir wollen Ihnen nichts anhängen. Wir wollen nur wissen, was Sie am dreizehnten Juli gemacht haben.«

»Ich habe gearbeitet. So wie immer.« Er sah uns herausfordernd an.

»Und dann?« fragte Weber. Nicht besonders originell, die beiden Wörtchen. Wie eine Gebetsmühle wiederholt, verfehlen sie selten ihre Wirkung. Weber hatte schon mehr als einen hartgesottenen Kunden damit mürbe gekocht.

»Dann habe ich einen ausgegeben in der Firma. Freibier für alle.«

»Und dann?« fragte mein Kollege weiter.

»Dann bin ich noch zu einem Kumpel.«

»Name, Anschrift?« Ich angelte mir ein Blatt Papier.

»Bernd Weiß, Brunnenstraße achtzehn. Der wohnt da bei seinen Eltern, die waren verreist.«

»Wer war noch dabei?« erkundigte ich mich.

»Jan Knappe.«

»Adresse?« fragte ich.

»Fliederstraße 44.«

»Sie waren also zu dritt in der Brunnenstraße und haben gefeiert.« Weber machte weiter.

Strottmann junior nickte.

»Und dann?« fragte sich Weber weiter dem Punkt entgegen, an dem es anfing, spannend zu werden.

»Dann haben wir halt erzählt und gesoffen und den Larry gemacht.« Er sah uns nicht in die Augen.

»Und dann?« Weber hob die Stimme.

»Haben wir weiter gesoffen.«

»Wollen Sie uns verarschen?« donnerte Weber jetzt los. »Da haben wir ganz andere Sachen gehört, ganz andere.«

Strottmann junior zuckte zusammen. Vielleicht dachte er, bei der Polizei würde noch geprügelt. Er zog den Kopf ein.

»Erzählen Sie uns alles«, kam ich auf die Sanfte. »Wir wissen, was war. Wir wollen es nur noch einmal von Ihnen hören.«

Er steckte beide Hände in die Jackentasche.

»Wer hat Ihnen das erzählt?«

»Tina Hetzel.« Ich lächelte ihn an. »Frank Bartels' Freundin hat uns alles erzählt.«

»Also hören Sie auf, uns zu verarschen«, fuhr Weber ihn an. »Oder wir ziehen hier andere Seiten auf.« Er krempelte seinen linken Ärmel hoch.

Ich fand, er übertrieb. Aber es wirkte. Strottmann junior sah voll Horror auf den nackten Unterarm meines Kollegen.

Er ließ die Schultern hängen.

»Es war alles total blöd. Das war ganz anders verabredet.«

»Was war ganz anders verabredet?« stieß ich nach.

Jetzt wurde es spannend.

»Das mit Tina.« Er zog den Reißverschluß der Jacke auf.

»Was war verabredet?« fragte ich ihn.

»Also, der Frank brauchte einen neuen Motor für seinen Spitfire.« Er sah uns an, als ob das alles erklären würde. »Und dafür hatte er nicht das Geld«, schob er nach.

»Er hat doch verdient«, sagte ich. »Und Tina hat angeschafft. Wieso war das Geld knapp?«

»Für den Spitfire hatte er einen Kredit laufen.«

»Das mußte doch trotzdem reichen«, beharrte ich.

»Ab und zu ist er zocken«, sagte Strottmann junior. »Da durfte die Tina nichts von wissen.«

»Er brauchte also Geld«, faßte ich zusammen.

Junior nickte. »Genau.«

»Und auf der Arbeit hat er Bilder verkauft. Von Tina«, vermutete ich.

»Genau.« Er machte seine Jacke auf. »So sind wir drauf gekommen.«

»Worauf?« fragte Weber.

»Mit der Tina 'ne Nummer zu schieben an meinem Geburtstag.«

»Das müssen Sie mir mal genauer erklären«, forderte ich ihn auf.

»Wir waren alle scharf auf Tina. Selbst unser Meister hat ihm Bilder von der Tina abgekauft.«

»Und weiter?« wollte ich wissen.

»Wir wußten, daß sie anschaffen geht. Er hat damit angegeben, was sie für 'ne heiße Perle ist und daß sie für ihn alles macht.« Strottmann junior öffnete den Reißverschluß ganz. »Ist das warm hier.« Er zog die Lederjacke aus und hängte sie über die Stuhllehne hinter sich.

»Und dann?« Ich stellte unsere Standardfrage.

»Ich wußte, daß mein Vater ihm den Motor nur gegen Barzahlung rausrückt. Und seine Mühle stand schon seit Tagen in der Garage...«

»Und?«

»Da habe ich ihn gefragt, ob ich die Tina nicht haben kann an meinem Geburtstag. Für mich und die Kumpel. Und er kriegt das Geld für den Motor.«

»Wieviel?« fragte ich.

»Eintausend«, sagte er. »Das war ein guter Preis. Er wollte noch mehr rausschlagen. Aber das lief mit mir nicht.«

Das war erst die halbe Geschichte.

»Wir haben uns darauf geeinigt, daß er zusätzlich noch dreimal meinen Wagen geliehen kriegt. Dann lief das Geschäft.«

»Und dann?« fragte Weber.

»Dann ist alles schiefgelaufen. Er ist um zehn gekommen und hat die Tina vorbeigebracht. Wie verabredet.«

Er sah uns nicht an.

»Aber das war ganz komisch.«

Er schwieg.

»Sie hat so getan, als wollte sie gar nicht.«

Wir warteten.

»Wir dachten, das gehört dazu. Das wär ihre Nummer.«

Er zog die Ärmel seines Pullovers über die Handballen.

»Ich glaube, die wollte wirklich nicht«, sagte er schließlich. »Wir waren zu besoffen, um das zu merken.«

»Sie haben Tina vergewaltigt«, sagte ich.

»Nein«, er schüttelte den Kopf. »Das stimmt nicht, so war das nicht. Woher sollten wir denn wissen, daß sie nicht wollte? Wir haben doch gezahlt dafür. Und sie war 'ne Nutte. Oder nicht?«

»Wir könnten Sie vor Gericht stellen wegen Vergewaltigung. Sie und Ihre Freunde«, drohte ich.

»Mein Vater hat gesagt, juristisch können sie mir nichts. Das war ein ganz normaler Vertrag, den wir mit dem Frank geschlossen haben.« Er verschränkte die Arme vor der Brust.

»Da ist Ihr Vater falsch informiert«, donnerte ich. »Der Prostitutionsvertrag ist kein ganz normaler Vertrag. Er ist sittenwidrig. Und er kann auf gar keinen Fall rechtswirksam von einem Vermittler abgeschlossen werden.«

Strottmann junior zog den Kopf ein.

»Das verstößt nämlich gegen die sexuelle Selbstbestimmung. Wenn Ihnen das überhaupt etwas sagt.«

»Sind Sie sicher, daß sich alles so abgespielt hat, wie Sie es uns erzählt haben?« nahm Weber ihn jetzt in die Zange. »Oder ist Frank Bartels mit seiner Freundin zufällig bei Ihnen vorbeigekommen? Und Sie haben ihn unter einem Vorwand weggeschickt und sich anschließend mit ihren Kumpels über Tina hergemacht?«

»Sind Sie verrückt, Mann?« Strottmann junior sprang auf. »Meinen Sie, ich wollte Ärger haben?«

»Können Sie beweisen, daß Sie Frank das Geld gezahlt haben?«

»Ich hab das Geld einen Tag vor meinem Geburtstag von meinem Konto geholt. Eintausend auf den Pfennig. Das können Sie nachprüfen.«

Bei Geld hörte für die Familie Strottmann der Spaß auf.

»Und einen Tag später hat der Frank den Motor bei meinem Vater gekauft. Cash.« Er setzte sich wieder. »Was meinen Sie, woher Frank das Geld hatte?« Strottmann junior rutschte unruhig auf seinem Stuhl. »Und er hatte meinen Wagen an dem Abend. Das kann ich beweisen. An irgendeine Talsperre ist er damit.«

Die Geschichte hörte sich ziemlich glaubhaft an. Trotzdem haute ich noch einmal in Webers Kerbe. »Vielleicht hat Frank Bartels Sie unter Druck gesetzt oder wollte sich an Ihnen rächen, und Sie haben ihn deshalb aus dem Weg geräumt.« Ich machte eine Pause. »Zusammen mit Ihren Freunden.«

»Das glauben Sie doch selbst nicht. Meinen Sie, ich wollte in den Knast?« Er sah uns entgeistert an. »Wissen Sie, was mein Vater mit mir macht, wenn ich in den Kahn komme?«

Wir hingen an seinen Lippen.

»Er würde mich glatt...« Strottmann junior zögerte, das Furchtbare auszusprechen. Er senkte die Stimme: »...enterben.«

Das Wort hing unheilschwanger über unseren Köpfen.

50

Wir sahen auf die Tür, die sich hinter dem Erben des Autohauses Strottmann geschlossen hatte. Er hatte uns verlassen. Sein Rasierwasser blieb uns erhalten.

»Was dagegen, wenn ich lüfte?«

Mein Kollege schüttelte den Kopf.

Ich kippte das Fenster. Verkehrslärm schwappte durch den offenen Spalt zu uns herein.

»Denkt ihr denn, denkt ihr denn, Mädchen wären teuer?« zitierte ich und beäugte die Plastiktüte, die am Fenstergriff baumelte.

»Was soll das«, maulte Weber. »Ich verstehe kein Wort.«

»Das war nur ein Kindervers«, sagte ich und setzte mich wieder hinter meinen Schreibtisch. »Der Anfang. Willst du ihn ganz hören?«

»Wenn schon, denn schon«, befahl er.

»Denkt ihr denn, denkt ihr denn, Mädchen wären teuer? Fünfe für ein Pfennigstück, sechzehn für 'nen Dreier.«

»Das ist ein Kinderspruch?« fragte er ungläubig. »Mist.«

»Willst du noch einen hören?« Ich nahm eine Büroklammer aus der Schale. »Müller, Müller, Mahler«, begann ich. »Die Buben kosten einen Taler, die Mädle kosten einen Taubendreck, die kehrt man mit dem Besen weg.« Mit beiden Händen zog ich die Klammer auseinander.

»Woher kennst du die?« wollte Weber wissen.

»Ich war mal in einem Kinderheim an der See. Da haben sie uns so was beigebracht.«

Der Draht hing quer und verbogen zwischen meinen Fingern.

»Scheiße«, fluchte Weber. »Scheißsprüche.«

»Sie treffen doch, oder? Wofür hat Frank Bartels seine Tina verhökert? Für einen Taubendreck«, knurrte ich und bog die beiden Enden des Drahtes zusammen. Eine hübsche kleine Drahtschlinge lag vor mir auf dem Schreibtisch.

»Für einen Spitfire-Austauschmotor«, korrigierte mich Weber. »Wenn es stimmt, was er sagt, hat Strottmann junior eintausend Mark auf den Tisch des Hauses gelegt. Kein schlechter Preis.«

»Für 'ne Vergewaltigung.« Ich zog die Drahtschlinge zu. »Und du redest von 'nem guten Preis.«

»Für eine Nacht zu dritt mit einer Nutte ist das bestimmt kein schlechter Preis«, beharrte Weber. »Und sie war 'ne Nutte.«

»Sie war keine Nutte. Sie hat als Hure gearbeitet«, stellte ich klar. »Alles andere war privat.« Ich drückte den Draht zusammen und warf meine Mini-Garrotte in den Papierkorb. »Der Geburtstag war privat. Für Tina war das 'ne Vergewaltigung. Egal, ob Geld dafür rübergeschoben worden ist oder nicht.«

»Nicht für Strottmann junior«, konterte Weber. »Für den war das ein Geschäft. Er hat für sich und die Kumpel eine Geburtstagsüberraschung gekauft.«

»Glaubst du ihm denn?« wollte ich wissen.

»Du etwa nicht?« fragte er.

»Hört sich ziemlich glaubhaft an«, pflichtete ich ihm bei. »Irgendwie paßt's.«

»Der würde sich wegen einer Frau nicht bei seinem Alten in die Nesseln setzen«, sagte er. »Nie und nimmer.«

Ich riß meine Augen auf und imitierte Strottmann junior.

»Meinen Sie etwa? Meinen Sie etwa, ich würde …«

Webers Grinsen spornte mich an, weiterzumachen.

»Was meinen Sie, würde mein Alter tun, wenn ich in die Kiste käme, der würde mich glatt …«

Ich zog die Luft ein und hielt sie an, solange ich konnte: »… enterben.« Ich ließ die Luft wieder raus.

Weber gluckerte vor Lachen.

»Gut, daß ich nichts erbe«, begeisterte er sich.

»Meinst du, ich?« entrüstete ich mich. »Meine Mutter gibt ihr Tafelsilber nur in gute Hände. Bei mir würde es ja doch nur Grünspan ansetzen.«

»Ich darf in den Knast«, kicherte Weber. »Alles nur, weil ich nicht erbe.«

»Du vergißt, daß du verheiratet bist, Vater von zwei Kindern, zwei Streifenhörnchen und einem Hamster.«

»Weiber«, knurrte er mich an. »Die dürfen sich nicht wundern, wenn Männer sie verkaufen.«

»Traust du Strottmann junior zu, daß er einen Mord begangen

hat?« kam ich auf unseren Fall zurück. »Um sein Erbe zu schützen? Vielleicht hat Frank Bartels ihn erpreßt?«

»Womit?« fragte Weber zurück. »Mit der Weibersache? Das ist doch kein Grund zur Schande. Im Gegenteil. Wenn er schwul wär und sich mit Frank in der Garage vergnügt hätte, das wär was anderes.«

»Alles möglich«, gab ich zu bedenken. »Wer weiß.«

»Weißt du, an wen mich Strottmann junior erinnert?« Ich hatte keine Ahnung. Er würde es mir verraten.

»An einen Freund, den kenne ich seit dem Kindergarten.«

»Und?«

»Der hat schon im Sandkasten nur mit den Kindern gespielt, die ihm nützlich waren. So was gibt's...«, sagte Weber. »Das ist ein ganz kühl kalkulierendes Kerlchen.«

Ich mußte meinem Kollegen recht geben. Die Geburtstagssache war geschickt eingefädelt. Mit einem Sinn für das richtige Timing. Als Frank Bartels den Motor brauchte.

»Das ist kein Typ, der mordet«, befand Weber. »Der glaubt doch, daß er alles, was er haben will, kaufen kann.«

»Und was ist, wenn er es nicht kriegt?«

»Ja, dann?« Weber sah zur Decke. »Was dann?«

»Dann nimmt er es sich. Und wenn er Probleme kriegt, kauft er sich jemand, der ihm die Probleme vom Hals schafft.«

»So einer mordet nicht«, stellte Weber fest. »So einer läßt morden. Aber warum sollte er?«

»Keine Ahnung. Wie wär's, wenn du dir mal die beiden Kumpel vornehmen würdest?«

»Alles Blödsinn, die ganze Arbeit«, maulte er. »Es war ein Unfall. Wetten?«

»Mir ist das immer noch zu glatt.«

»Also gut«, gab er sich geschlagen. »Wenn du meinst... Ich knöpfe mir die vor. Und du?« fragte er mißtrauisch.

»Ich übe«, sagte ich.

»Du übst?« Seine Augenbrauen zogen sich über der Nasenwurzel zusammen. »Wofür?«

»Für die gute Sache«, tönte ich großspurig. »Ich rette die Ehre der Abteilung und der Frauen. Einer muß das ja machen.«

»Du läßt mich mit der Arbeit sitzen?« Seine Stimme hörte sich gefährlich an.

»Vorübergehend«, beruhigte ich ihn. »Nur vorübergehend.«

»Du willst doch nur 'ne Show abziehen«, rügte er mich. »Was willst du denn mit dem Scheißmotorrad machen?«

»Verschlußsache.« Ich legte den Zeigefinger über die Lippen. »Soll ja 'ne Überraschung sein.«

Er sah mich mißmutig an.

»Eh ich's vergesse. Fleischers Bericht.« Ich warf ihm den blauen Ordner über den Schreibtisch.

»Was meint er?« fragte Weber. »Mord, Selbstmord oder Unfall?«

»Unfall«, sagte ich und lief zur Tür.

»Und warum machen wir uns dann diese ganze Scheißarbeit?« Weber verzog das Gesicht.

51

Das Wetter hatte sich wieder beruhigt. Keine Sonne, aber wenigstens war es trocken. Unter einem verhangenen Himmel rollte ich dem Wald entgegen. Die Laubbäume leuchteten in wilden Farben. Über einem Feld stand ein Greifvogel und schlug mit den Flügeln. Zwischen den Tannen stiegen die Herbstnebel vom Boden. Hier oben war der Winter zum Greifen nah.

Anna hatte Besuch. Keine Ahnung, wer das sein konnte. Der Wagen war nagelneu und kam mir irgendwie bekannt vor. Ich stellte meine BMW daneben. Weber hatte etwas verpaßt. Hier stand sein Traumwagen in Blaumetallic, und er war nicht da. Ich warf einen Blick durch die Scheibe. Hellgraues Velour. Das fahrbare Wohnzimmer. Auf dem Beifahrersitz lagen bunte Prospekte und Zeitungen. Eine barbusige Schönheit lächelte mich an. Die beiden hinteren Sitzreihen waren leer.

Zum Transportieren für alles, was Dreck machen könnte, hatte der Besitzer einen Anhänger an das Traumauto gehängt. Nicht besonders neu. Nicht besonders glänzend. Und sehr praktisch.

Ich lief um das Haus. Die Tür war offen.

»Anna?« Ich trat ein. Meine Freundin konnte nicht weit sein. Ich ging in die Werkstatt. Annas Sphinx stand auf zwei Böcken in der Mitte des Raums. Neben dem Marmorsockel lagen ein Hammer und ein Meißel. Ich strich über die kalten Pfoten und sah ihr ins Gesicht. Der untere Teil war sauber aus dem Stein gehauen. Das Kinn, die Lippen, eine gerade Nase. Darüber stand rauher unbehandelter Stein. Anna hatte keine Höhlen für die Augen herausgeschlagen. Die Sphinx war blind. Eine Gänsehaut lief mir über den Rücken.

»Bea, bist du das?« Anna stand in der Tür.

Ich ging auf sie zu und nahm sie in den Arm.

»Warum meldest du dich nicht an?«

Der Vorwurf in ihrer Stimme war unüberhörbar.

»Wenn ich störe, bin ich sofort wieder weg«, sagte ich.

»Du kannst bleiben. Aber ich habe zu tun. Ich kann mich nicht um dich kümmern.«

»Ich bin kein Baby.« Meine Stimme klang schroff. »Du brauchst mich nicht zu windeln.«

Anna lehnte im Türrahmen und lächelte.

»Ich weiß. Ich bin groß und stark und brauche niemanden. Wolltest du mir das nicht sagen?«

»Und ich habe eine große Pistole und fange Verbrecher. Das hast du vergessen«, sagte ich.

»Und du hast eine Freundin, zu der du gehen kannst. Die ist immer für dich da. Die ist nämlich blind und rührt sich nicht oft vom Fleck. Das ist praktisch.«

Sie hatte immer noch dieses Lächeln um die Lippen.

»Anna, du glaubst doch nicht wirklich …«

An diesem Punkt wußte ich nicht mehr, was ich sagen wollte.

»Du kommst immer nur, wenn du etwas willst, Bea. Ist dir das noch nicht aufgefallen?«

Das Lächeln verschwand von ihren Lippen.

»Was ist es denn diesmal?« fragte sie. »Dein neuer Fall? Liebeskummer? Soll ich dir den Rücken massieren? Oder brauchst du ein neues Zuhause für ein Haustier?«

Ich schluckte. »Du hast recht«, sagte ich. »Ich will wieder was. Ich wollte mit dem Motorrad hier bei dir üben.«

Anna ging in die Küche. Ich folgte ihr und setzte mich an den Tisch.

»Wenigstens lügst du nicht.« Sie tastete mit einer Hand den Rand der Spüle ab. Die Finger legten sich um den Hahn. Wasser schoß aus der Leitung in den Kessel.

»Es tut mir leid, Anna, ehrlich.«

»Das mit dem Motorrad ist in Ordnung. Du kannst auf den Platz gehen.« Sie stellte den Wasserhahn ab. »Aber komm bitte nicht hier rein. Wir wollen nicht gestört werden.«

»Wir sollten reden«, sagte ich. »In Ruhe.«

»Ja, das sollten wir«, Anna zog eine Dose aus dem Regal. »Aber nicht heute.«

»Wo ist das Kaninchen?« frage ich im Aufstehen.

»Neben dem Schuppen.«

»Willst du, daß ich es wieder mitnehme?«

Sie wandte mir ihr Gesicht zu.

»Spinnst du? Das ist ein Geschenk. Von meiner besten Freundin. Das geb ich nicht her.«

Ich nahm sie in den Arm und ging. Einfach so.

Über die Wiese kamen drei Männer mit einer Ziege zum Haus gelaufen. Einer der Männer winkte mir zu. Peter, Annas Bruder. Ich winkte zurück.

Der Nagezahn sah mich und kam sofort an das Gitter gehoppelt. Durch den Maschendraht preßte er mir seine Backe entgegen. Ich verstand den Wink und kraulte ihm die watteweichen Backen.

»Nicht schlecht hier«, verriet ich ihm. »Oder?«

Wohnungsmäßig hatte er sich schwer verbessert. Ein schöner großer Käfig, schätzungsweise viermal so groß wie der alte. Auch versorgungsmäßig konnte er nicht klagen. In einer Ecke lagen frische grüne Salatblätter und Möhren. Ein Napf quoll über von seinem geliebten Körnermischfutter.

»Bist du mir noch böse?« fragte ich ihn.

Er schloß die Augen und blieb mir die Antwort schuldig.

Die Sonne brach durch die Wolken.

Ich verabschiedete mich von meinem verflossenen Lebensgefährten. Er würdigte mich keines Blickes. Heute hatte ich einfach kein Glück bei meinen Freunden.

Über den holprigen Weg schob ich die Maschine in den Wald. Der Teppich von Tannennadeln und morschen Hölzern knirschte unter den Reifen. Rote Ameisen kletterten zu Hunderten einen braunen Hügel hoch und wieder herunter. Ein toter Igel lag mit aufgerissenem Bauch am Weg. Schwarze Fliegen krabbelten über das geronnene Blut und saßen in dem verwesenden Fleisch.

Sofort hatte ich das Bild des Toten vor mir. Die Maden, die aus dem Strangmal krochen. Anna hatte mir geraten, schöne Bilder zu sammeln. Ich verscheuchte das Bild wieder aus meinem Kopf.

Von Tannen und Laubbäumen gesäumt, lag der Übungsplatz mitten im Wald. Hier hatten wir mit Peters erstem Mofa unsere Kunststücke gemacht. Hier hatte ich während der Ausbildung mit meiner Walther rumgeballert, um zu üben. Mit der Munition, die er mir aus dunklen Quellen besorgt hatte.

Seit wann kannte ich Anna? Seit zwanzig Jahren, seit fünfundzwanzig Jahren?

Ich stieg auf die Maschine, setzte den Helm auf. Sie hatte recht, in den letzten Jahren war ich immer nur gekommen, wenn ich etwas wollte. Ich ließ den Motor an. Die Maschine vibrierte. Ich stieß mich ab. Mein Herz klopfte. Das Blut rauschte in meinem Ohren. Mit vollem Speed preschte ich auf die Schanze zu. Ich schoß über die Rampe und ein paar Herzschläge lang flog ich in den aufgerissenen Himmel. Strahlendes Blau brach durch dunkle Wolkenfetzen.

Eine Stunde später hatte sich der Himmel wieder zugezogen, und ich schob mit wackligen Knien meine BMW aus dem Wald. Webers Traumauto stand immer noch vor dem Haus. Vielleicht war Peter der stolze Besitzer. Dann hatte er entweder im Lotto gewonnen oder sich für den Rest seines Lebens verschuldet und unglücklich gemacht.

Aus dem Fenster über der Küche drangen Männerstimmen. Ich hörte Wasser rauschen und anschließend klar und deutlich ein lautes Blöken. Was machte eine Ziege in Annas Badezimmer?

52

Auf dem Weg zurück in die Stadt kamen mir Autos mit eingeschalteten Lichtern entgegen. Bunte Blechtiere mit blassen Leuchtaugen. Zentner von Blech, die mit einem unglaublichen Aufwand an Kraft bewegt wurden. Für einen Motor hatte Frank Bartels seine Freundin an einen Kollegen verkauft. Wenn Strottmann junior uns die Wahrheit gesagt hatte. Und bisher sah es verdammt danach aus.

Wie aus dem Nichts tauchten blaue Lichter vor mir auf. Kollegen in Uniform liefen über die Fahrbahn. Ich fuhr einen Bogen. Ein Wagen hing mit der Schnauze im Graben.

War Frank Bartels' Tod wirklich ein Unfall? Oder war es Mord? Und wenn ja, weshalb hatte er sterben müssen? Wer hatte ein Interesse daran, daß er tot war? Hatten seine Kollegen Angst, daß er wegen Vergewaltigung gegen sie aussagen könnte? Genug Angst, um zu töten?

Eine Straßenbahn klingelte. Ich bremste und stand auf einmal quer auf den Gleisen. Der Fahrer schüttelte ungläubig den Kopf. Ich räumte die Kreuzung.

Vielleicht war es ja doch ein Unfall. Selbstfesselung. Was wußte ich schon von den geheimen Lüsten ganz normaler Männer? Plötzlich war mir klar, wo ich hinwollte. Ein paar Meter entfernt befand sich eine Beratungsstelle für Prostituierte. Nachhilfe in Sachen Sex war genau das, was ich jetzt brauchte.

In den Fenstern an der Dudenstraße brannte Licht. Wer hier arbeitete, konnte nicht auf geregelte Bürozeiten bauen. Ich schellte. Der Summer brummte.

Eine blonde Frau mit einem schwarzen Hund erwartete mich am Ende der Treppe. »Keine Angst. Er ist ganz brav.« Sie tätschelte dem Hund die Flanken und sah mich freundlich an. »Kommen Sie herein.« Sie schob den Hund an die Seite und sperrte die Tür weit auf.

Ein heller Flur voll bunter Plakate. Aus der Spitze eines Damenpumps fuhr ein Schlangenkopf und fauchte. Das Maul des Reptils stand offen und gab den Blick auf spitze weiße Zähne und eine rot züngelnde Zunge frei. Sie führte mich in ihr Büro. Das Licht über dem Schreibtisch brannte. Wir setzten uns an einen runden Tisch. Der schwarze Hund legte sich neben ihren Stuhl und legte den Kopf auf die Pfoten. An der Wand hing ein rosa Plakat ›Sex auf Nummer Sicher‹.

»Mögen Sie einen Kaffee?« fragte sie. »Dann redet es sich leichter.« Sie lächelte mir aufmunternd zu. Nur die Falten um ihre Augen verrieten, daß sie schon einen langen Tag hinter sich hatte.

Ich zog den Reißverschluß meiner Lederjacke auf. Sie hielt mich für eine Klientin. Wie hatte der Verkäufer in dem Lederladen so schön gesagt? ›Du bist doch eher so ein dominanter Typ.‹

»Ich bin von der Polizei«, sagte ich und legte meinen Ausweis auf die lila Decke. »Beate Stein, 1. K.«

»Wenn Sie von der Sitte wären, würde ich Sie kennen. Jutta Bergmann-Klüth«, stellte sie sich vor.

»Kennen Sie sich aus in Selbstfesselungen?« fragte ich sie. »Ich könnte Nachhilfe gebrauchen.«

Sie lächelte müde.

»Fragen Sie mich lieber, womit ich mich nicht auskenne... Soll ich uns nicht doch einen Kaffee machen?«

Ich nickte. Sie sah aus, als könnte sie einen Muntermacher gebrauchen, und mir konnte er auch nicht schaden.

»Wenn Sie überhaupt Zeit für mich haben«, setzte ich nach.

Die Papierberge auf ihrem Schreibtisch sahen nicht nach Freizeit aus.

»Aber ja.« Sie stand auf und lief zur Tür. Der schwarze Hund hob den Kopf und ließ mich nicht aus den Augen.

Ich sah auf das rosa Plakat und las.

›Der normale oder Vaginalverkehr. Die Oberflächenstruktur der Scheide ist ähnlich gebaut wie die der äußeren Haut und daher ziemlich robust.‹

Ziemlich robust war ein ziemlich relativer Begriff. Wenn ich an die Fotos dachte, die ich schon auf meinem Schreibtisch liegen hatte.

›Bei einer hohen Anzahl von Freiern entsteht jedoch ein größeres Risiko von kleinen Verletzungen, daher sollten Gummis benutzt werden.‹

»Möchten Sie Milch und Zucker?« Sie huschte mit dem Geschirr durch die Tür.

»Schwarz«, sagte ich. Im Nu hatte sie die Tassen auf dem Tisch aufgebaut und war wieder aus der Tür.

›Champagner-Natursekt-Urinspiele‹, informierte ich mich weiter, ›sind nahezu risikolos. Es soll aber weder Urin geschluckt noch auf der Haut verrieben werden. Aus gesundheitlichen Gründen empfiehlt es sich, nur unter der Dusche zu arbeiten.‹

Ich stand auf, um alles Nähere unter der Überschrift ›Fummeln‹ zu lesen. Der schwarze Hund knurrte. Ich setzte mich wieder.

Fast lautlos kam sie zur Tür herein. Der Hund ließ zufrieden seinen Kopf auf die Pfoten fallen. Ich fragte mich, wie sie das schaffte, sich so leise zu bewegen.

»Fragen Sie nur«, forderte sie mich auf und goß den Kaffee in die Tassen.

»Wir haben da einen Fall von Selbstfesselung in einer Garage«, begann ich und trank einen Schluck.

Sie sah mich an und wartete.

»Ich bin mir nicht sicher, ob es ein Unfall ist.«

»Haben Sie in der Garage einschlägige Literatur gefunden?« fragte sie. »Oder einen großen Spiegel?«

»Keinen Spiegel. Ein Männermagazin mit nackten Frauen. Nichts Spektakuläres.«

»Wie hat er sich gefesselt?«

»Mit einem Seil«, gab ich Auskunft. »Um den Hals und um die Taille. Seine Lippen waren rot geschminkt, die Geschlechtsteile mit einem Strumpf abgebunden.«

»Haben Sie weibliche Dessous gefunden?«

»Nein.« Ich schüttelte den Kopf. »Nur den Lippenstift und die Zeitung. Das war alles.«

»Was genau wollen Sie von mir wissen?« fragte sie mich.

Ich zuckte die Schultern.

»Wie weit Selbstfesselung verbreitet ist, wie glaubwürdig so ein Szenario ist.« Ich zögerte. »Ich habe andauernd mit Toten zu tun. Und ich halte viel für möglich. Aber mir fehlt es…«, ich suchte nach einer halbwegs passenden Formulierung, »…an Erfahrung mit solchen Praktiken.«

Sie unterbrach mich nicht. Das war bestimmt das Wichtigste an ihrem Job. Zuhören können, leise sein und diskret.

»Und ich will mich nicht nur auf das verlassen, was meine Kollegen so erzählen«, schloß ich meine Ausführungen.

»Da sind Sie hier richtig.« Sie versuchte zu lächeln, aber diesmal machten ihre Augen nicht mit. »Sie glauben gar nicht, was diese Wände hier schon alles gehört haben. Das können Sie sich nicht vorstellen.« Sie lehnte sich zurück. »Fangen wir bei Ihrer ersten Frage an. Wie glaubwürdig so ein Selbstfesselungsszenario ist.«

Sie sah auf das rosa Plakat an der Wand und fuhr fort:

»Verbotene Dinge brauchen ihren Ort. Das Bordell, der Parkplatz im Wald und... näher am eigenen Haus... der Keller, der Dachboden, die Garage.«

Sie machte eine Pause.

»Ich finde Ihre Garage für Selbstfesselung sehr überzeugend. Auch wenn ein Spiegel fehlt«, fügte sie hinzu.

Sie sah mich aufmerksam an.

»Erzählen Sie mir mehr von dem Mann«, forderte sie mich auf.

»Er hat als Kfz-Mechaniker gearbeitet, hatte eine Freundin, die anschaffen geht, eine Wohnung, in der er mit ihr zusammengelebt hat. Und er hat erotische Fotos von seiner Freundin an Kollegen verkauft.« An dieser Stelle machte ich erst einmal Schluß.

Sie hatte mir aufmerksam zugehört. Jetzt dachte sie nach.

»Vielleicht hat ihn ja auch an seiner Freundin gereizt, daß sie Verbotenes tut, anschaffen geht...« sagte sie. »Das würde gut passen.«

»Und warum hat er sich nicht von ihr fesseln lassen? Wenn sie sich in dem Gewerbe auskennt...«

»Wollen Sie sich etwa in ihrer Freizeit mit Leichen befassen?«

Ich nahm meine Tasse vom Tisch. Jetzt konnte ich lesen, was unter ›Fummeln‹ auf der Wand stand. ›Fingernagelverletzungen durch Freier sollten auf jeden Fall ausgeschlossen werden.‹

»Wie verbreitet sind Selbstfesselungen?« fragte ich. »Können Sie mir das sagen?«

Sie strich die blonden Haare aus ihrem Gesicht.

»Schwer zu sagen.« Sie beugte den Oberkörper nach vorn. »Bevor ich hier gearbeitet habe, hätte ich mir nicht träumen lassen, was es alles gibt.« Sie schwieg. »Männer lassen sich ihre Geschlechtsteile auf Frühstücksbretter nageln.«

Sie sah auf den schwarzen zotteligen Hund.

»Anfangs hat mich das sehr schockiert. Aber heute?« Sie zuckte die Schultern. »Heute weiß ich, daß alles möglich ist. Alles, was Gefühle hervorruft, Körperreaktionen.«

Sie straffte ihren Rücken. Was sie da erzählte, ließ sie nicht kalt. Aber sie hatte sich in der Gewalt.

»Jede Körperöffnung läßt sich füllen, dehnen, stopfen, schmükken.« Es war leichter von Körperöffnungen zu reden, als sie beim Namen zu nennen.

»Hitze, Kälte«, fuhr sie fort. »Schmerz, Lust.«

Sie redete von Dingen, über die sie sich nicht erst seit heute Gedanken machte.

»Männlich, weiblich. Leder, Gummi«, zählte sie auf. »Immer geht es bis an die Grenzen, über die Grenzen hinaus.«

Sie kraulte dem schwarzen Hund die Ohren.

»Tiere habe ich noch vergessen. Und Kinder.«

Ihre Stimme klang bitter.

Ich dachte nach über das, was sie gesagt hatte.

»Da geht es doch nicht mehr um Lust«, sagte ich.

Sie legte eine Hand auf den Tisch.

»Manchmal denke ich, es geht darum, überhaupt etwas zu spüren.« Ihre Finger klopften auf die Decke. »Und dann denke ich wieder, es geht um das Jagen nach Höhepunkten. Höher, schneller, tiefer, härter.«

Die Finger trommelten auf den Tisch.

»Und ein anderes Mal denke ich, es geht nur um Kontrolle. Sich selbst unter Kontrolle zu haben, den eigenen Schmerz, die Lust, die Partner.«

›Griechisch-Analverkehr‹, stand auf dem Plakat an der Wand. ›Die Schleimhaut des Darmes ist sehr empfindlich und wird wegen der Enge der Körperöffnung beim Analverkehr immer verletzt.‹

»Stimmt es«, fragte ich, »daß Männer mit einem hohen Bildungs- und Ausbildungsstand ungewöhnliche Praktiken bevorzugen? Fesselungen zum Beispiel? Und alles, was Schmerz verursacht? Entspricht das Ihren Erfahrungen?«

»Ja und nein«, antwortete sie. »Sich Schmerzen zufügen lassen ist teuer. Das können sich nur gutverdienende Männer leisten.« Sie hielt kurz inne. »Und es stimmt auch, daß Männer in einer Machtposition gern die entgegengesetzte Rolle spielen, sich demütigen lassen.«

»Aber es gibt auch Männer, die nicht viel verdienen und in den Studios arbeiten, um sich das zu erlauben. Die kenne ich auch«, sagte sie.

Sie legte ihre Hand flach auf den Tisch.

»Und die anderen?« fragte ich. »Die in kein Studio gehen?«

»Die probieren es zu Hause.« Sie lächelte. Ihre Augen lächelten mit. »Wenn sie eine Garage zum Experimentieren haben. Und wenn es nicht klappt, landen Sie bei Ihnen. Das ist nämlich alles gar nicht so einfach«, setzte sie nach. »Umsonst werden die Frauen in der Branche nicht so gut bezahlt. Auch für das Fesseln gibt es Expertinnen.«

»Expertinnen?«

»Im Material gibt es Spezialisierungen. Es gibt Frauen, die vorzugsweise mit Leder arbeiten, mit Gummiseilen, mit Strümpfen. Da besteht die geringste Verletzungsgefahr«, ergänzte sie. »Das ist ein sehr angenehmes Material.«

»Was sind das für Frauen, die in dieser Sparte arbeiten?« fragte ich sie.

Sie betrachtete das rosa Perlmutt auf ihren Fingernägeln.

»Intelligente Frauen«, sagte sie. »Frauen mit Phantasie und Einfühlungsvermögen. Frauen, die gern selber handeln.«

»Es kann nicht angenehm sein, Männer zu quälen«, vermutete ich.

»Angenehmer, als gequält zu werden. Finden Sie nicht?«

Sie sah mir in die Augen.

»Doch. Da haben Sie recht.«

Ich stand auf und gab ihr die Hand.

»Danke für den Kaffee und die Nachhilfe.«

Sie nahm zwei Broschüren vom Schreibtisch und reichte sie mir. ›Tips für Frauen, die anschaffen‹ in Rot. Und ›Tips für Frauen, die aussteigen‹ in Grün.

»Schaffen viele Frauen den Ausstieg?« fragte ich.

Sie schüttelte den Kopf.

»Es wird immer schwerer. Wohnen, arbeiten, leben. Das ist für die Frauen kaum noch machbar. Manche schaffen's trotzdem«, fügte sie hinzu. »Wenn sie Hilfe bekommen.«

»Staatliche Hilfe?« erkundigte ich mich.

»Manchmal kriegen wir das hin«, sagte sie. »Aber offiziell ist das nicht. Der Staat kassiert«, ihre Stimme war bitter, »aber eine Umschulung finanziert er nicht.«

»Kennen Sie Tina Hetzel?« fragte ich ins Blaue.

Sie sah mich überrascht an.

»Ja, wir haben mit dem Sozialamt wegen der Übernahme der Krankenhauskosten verhandelt.«

»Ist sie nicht versichert?« fragte ich.

Sie lächelte müde.

»Jede Frau, die anschafft, wird sofort aus der gesetzlichen Krankenkasse geworfen, wenn die herauskriegen, was sie macht.«

»Und die privaten?«

»Die nehmen sie gar nicht erst auf.«

»Das darf doch nicht wahr sein«, entfuhr es mir.

»Das denken wir auch oft. Aber leider ist es so.«

Sie hatte auch keinen Job, um den ich sie beneidete.

»Für Tina hat erst einmal das Sozialamt gezahlt. Da waren wir froh. Hoffentlich kriegen wir das auch weiter so hin. Bei längeren Krankenhausaufenthalten zahlt das Sozialamt nicht mehr. Sie will aufhören«, fügte sie hinzu. »Und sie kann es schaffen. Was hat Tina mit der Kripo zu tun?«

»Sie war die Freundin des Toten.«

»Ach, dann ist Tinas Freund tot«, sagte sie nachdenklich.

»Er war der junge Mann in der Garage«, informierte ich sie. »Kannten Sie ihn?«

»Nein.« Sie schüttelte den Kopf. »Nur aus Erzählungen.«

»Aus welchen Erzählungen?«

Es dauerte eine Weile, bis sie antwortete.

»Aus Tinas Erzählungen«, sagte sie. »Ich kenne ihn aus Tinas Erzählungen.«

Das klang, als wollte sie sich den Satz gut einprägen.

»Fanden Sie ihn sympathisch?« wollte ich wissen.

»Ich kann mir kein Urteil erlauben.«

Wieso war sie auf einmal so verdammt vorsichtig?

»Wenn Sie mal eine Frage in bezug auf Leichen haben…« Ich gab ihr meine Visitenkarte. »Ich revanchier' mich gern.«

»Darf ich Ihnen auch etwas geben?«

Sie hielt mir ein paar rote Plastiklippen hin. »Die verteilen wir auf der Straße und in den Clubs.«

Das Lächeln vertrieb die Müdigkeit aus ihren Augen.

Ich klappte die Lippen auf, und ein eingeschweißtes Kondom sprang mir entgegen.

Vor der Tür empfingen mich vertraute Geräusche, vertraute Bilder. Das Klingeln einer Straßenbahn, die hell erleuchtet mit ein paar einsamen Fahrgästen die Hohe Straße hinunterfuhr. Zwei Frauen stiegen aus einem Taxi. Drei Männer in Anzügen gingen in eine Kneipe.

Die Welt tat so, als wäre sie nicht total aus den Fugen.

53

Meine Motorradkluft lüftete auf dem Sofa. Ich lümmelte frisch geduscht in meinem Kimono am Fenster. Heute abend brauchte ich nichts als ein paar Gläser Riesling und viel Ruhe. Ich sah nach draußen. Der Mond versteckte sich hinter dunklen Wolken. Die Laterne schien auf feuchtes Pflaster. In den Rinnsteinen häuften sich die Blätter. Ein Auto mit gelben Lichtern fuhr vom Parkplatz am Hafen.

Ich nippte an meinem Wein. Das Hafenamt lag hell erleuchtet am anderen Ufer. Weiter weg erkannte ich die Greifarme der Kräne vom Schrottplatz. Dort landeten früher oder später all die blitzenden Neuwagen, die heute noch hinter Strottmanns Glasfenstern blinkten. Webers Traumwagen würde auch so enden.

Ich dachte an Frank Bartels' nackten Körper, wie er in der Garage gebaumelt hatte. Ein passendes Ende für einen wie ihn. Gleich neben seinem roten Spitfire, für dessen Motor er seine Freundin verkauft hatte.

Wem würde Frank Bartels fehlen? Ich setzte mein Glas an. Er würde Tina fehlen. Tina, die ihn geliebt hatte. Tina, die er verraten hatte.

Wie ich es drehte und wendete, ich fand kein Motiv für einen Mord. Warum sollten die Kollegen ihn umbringen, wenn niemand die Vergewaltigung anzeigen wollte? Warum sollte Tina ihn umbringen, wenn sie seine Beteiligung an der Vergewaltigung so erfolgreich verdrängt hatte? Wie ich es drehte und wendete, ein Mord ergab einfach keinen Sinn.

Ich trank mein Glas leer.

Mach dir das Leben nicht unnötig schwer, flüsterte eine Stimme in meinem Kopf. Du hast Fleischers Bericht. Er sagt Unfall. Sag auch Unfall. Führ den verdammten Fall zu einem Ende.

Es geht nicht nur um den Fall, flüsterte ich in meinem Kopf zurück. Es geht um die Wahrheit. Wenn es mir nicht darum ginge, hätte ich schon längst das Handtuch geworfen in diesem blöden Verein. Ich will wissen, wie es war. Darum geht es. Jedesmal.

Belüg dich nicht, dröhnte die Stimme in meinem Kopf. Es geht nicht um die Wahrheit. Es geht um dich. Du willst wissen, wie alles für dich war.

Ich preßte die Hände an die Schläfen.

Die Stimme schwieg.

Ich trug die Flasche Wein mit dem Glas an mein Bett.

Eins war klar. Ich konnte diesen Fall nicht eher zur Seite legen, bis ich wußte, was wirklich in der Garage geschehen war.

Aufrecht mit einem Kissen im Kreuz saß ich im Bett. An Schlafen war nicht zu denken. Der Wein in meinem Glas glänzte goldgelb. Ich kippte das Glas. Die Flüssigkeit wogte zur Seite. Ich hielt das Glas wieder gerade. Feine Perlen stiegen vom Boden an die Oberfläche.

Ich trank aus und füllte nach.

Bilder stiegen auf in meinem Kopf.

Anna mit dem Kaninchen im Schoß, die schwarze Maske und die Handschellen auf dem Blätterboden im Wald, eine Made, die sich in einer Wunde windet, ein Mann, der seine Geschlechtsteile auf einem Frühstücksbrett drapiert.

Ich trank den Wein in gierigen kurzen Schlucken.

Sauf nicht so viel, warnte die Stimme in meinem Kopf.

Sei du bloß ruhig, blaffte ich sie an.

Ich goß mir das Glas wieder voll.

Anna hatte mir geraten, schöne Bilder zu sammeln. Ihre Kamera lag seit Tagen schon einsam und verlassen in meinem Golf. Ein einziges Bild hatte ich damit geschossen. Gab es denn in diesem Fall überhaupt schöne Bilder?

Plötzlich sah ich vor mir ein Lavendelfeld unter einem blauen Himmel und zwei lachende Gesichter Wange an Wange.

Ich hielt die Bilder fest und trank langsam Schluck für Schluck den Wein aus. Jetzt war mir wohlig warm.

Ich stellte das leere Glas auf den Nachttisch und machte das Licht aus.

Sauf nicht so viel, meldete sich wieder die Stimme in meinem Kopf. Aber da war es längst zu spät. Meine Augen fielen zu.

54

Vor dem Eingang zum Präsidium stand ein Sendewagen des lokalen Fernsehens, umringt von einer Traube von Männern. Ich schlug den Kragen meiner Lederjacke hoch und versuchte unerkannt vorbeizukommen. Ein braungebrannter Muskeltyp schnitt mir den Weg ab. Er schrieb für das ›Echo‹, angeblich überparteilich und liberal.

»Hi.« Er stellte sein Jeansbein quer auf die Stufen vor mir.

»Hi«, sagte ich und blieb stehen.

»Netter Anzug«, sagte er, »steht Ihnen gut.«

»Ihre Krawatte ist auch nicht schlecht.« Er trug gar keine.

Mit der Hand fuhr er sich in den offenen Kragen. »Ich mag Ihren Humor. Hat man selten. Warum haben Sie sich nicht mal gemeldet?« Irgendwann hatte er mir eine Karte zugesteckt. ›Ruf doch mal an.‹

»Ich steh eher auf schüchterne Typen«, verriet ich ihm.

»Sie wissen ja nicht, was Ihnen entgeht.«

»So ist es.« Ich stieg über sein Bein weiter nach oben.

»Hey«, rief er mir nach. »Ist es bei Ihnen üblich, Geständnisse mit Alkohol zu erpressen?«

Er hatte einen Treffer gelandet. Ich drehte mich um.

»Wovon reden Sie überhaupt?«

Er stieg mir nach.

»Der Mord an dem Nachtportier. Der Mann widerruft sein Geständnis. Er sagt, er wär's nicht gewesen. Ihre Kollegen hätten ihn mit Bier abgefüllt, damit er gestand.«

»Und die Kollegen, was sagen die?« fragte ich.

»Darauf warten wir alle hier«, sagte er. »Bisher vergeblich.«

»Na dann, fröhliches Warten«, wünschte ich und ließ ihn stehen.

»Wie wär's mit Kino?« rief er mir nach. »Sie bestimmen den Film.«

»Ich überleg' mir's«, rief ich zurück.

Ich grüßte unseren Portier hinter der Theke und sprang in den Paternoster. Ächzend schaufelte er mich nach oben. Kollege Kerner hatte also mit den Bierflaschen in der Plastiktüte keine Beförderung gefeiert, sondern eine arme Seele zum Plaudern gebracht. Ich weiß, warum ich ihn so liebe.

Weber saß vor der aufgeschlagenen Zeitung am Schreibtisch.

»Hast du schon gelesen?« freute er sich. »›Für Bier hätte ich auch zehn Morde gestanden.‹«

»Ich weiß Bescheid. Draußen ist großer Auftrieb. Die warten auf eine offizielle Erklärung.«

»Was hältst du von der Sache?« fragte Weber. Er klappte die Zeitung zusammen.

»Ich weiß nur, daß Kollege Kerner mit klirrenden Flaschen über den Gang gehuscht ist, als verhört wurde. Du kennst ja seine Methoden.«

»So ein Arsch«, schimpfte Weber. »Der macht alles, nur damit er einen einbuchten kann. Wenn wir so wären, hätten wir längst den jungen Strottmann eingesackt.« Mit der zusammengerollten Zeitung fegte er über seinen Schreibtisch. »Und würden uns genauso blamieren.«

»Du hast mit den anderen beiden Jungs gesprochen?«

Er nickte. »Die haben die Sache mit der Vergewaltigung bestätigt. So haben die das natürlich nicht genannt. Das kannst du dir denken. Aber es war genauso, wie er uns gesagt hat.« Er warf die Zeitungsrolle in den Papierkorb.

»Du glaubst nicht, daß die sich abgesprochen haben könnten?« fragte ich.

»Nein.« Er schüttelte den Kopf. »Die haben sich seither nicht gesehen. So einen Schock hatten die. Beide waren sauer auf Strottmann junior, weil der ihnen das eingebrockt hat.«

»Drei Verdächtige weniger«, stellte ich mißmutig fest. »Die hätte ich zu gern festgenommen. Schon allein wegen der Vergewaltigung.«

»Das Geld ist am Abend selber über den Tisch gegangen. Cash. Daß die Tina das nicht gesehen hat«, wunderte er sich. »Zehn blaue Lappen kann man doch nicht für 'nen Zwanziger zum Zigarettenholen halten.«

»Liebe ist«, dichtete ich drauflos, »wenn man nur noch sieht, was man sehen möchte.« Ich begann, die Papiere auf meinem Schreibtisch durchzusehen. Neue Erlasse, ein Rundschreiben meiner Gewerkschaft zur Umstrukturierung unserer Behörde.

»Und wie weiter?« fragte ich meinen Kollegen und fuhr fort, die Papiere zu sichten. Eine Anfrage der Staatsanwaltschaft in einem Fall, der neu aufgerollt wurde. Ein Nachbar, der verdächtige Aktivitäten auf dem angrenzenden Grundstück anzeigen wollte. Völlig unerklärlich, was alles auf meinem Schreibtisch landete.

»Wir hören auf.« Er kratzte sich mit dem stumpfen Ende eines Bleistifts hinter dem Ohr. »Es war ein Unfall.«

»So sieht es aus«, sagte ich nachdenklich. »Aber mir ist das immer noch zu glatt ...«

»Ich finde, es paßt.« Weber drehte den Bleistift zwischen den Fingern. »Das war so ein Spielertyp. Mal probieren, wie's läuft. Er hat's mit den Fotos probiert, mit seiner Freundin. Und mit sich selbst.«

»Hast du schon den Bericht der Spurensicherung?« fragte ich.

Er schüttelte den Kopf.

»Dann klemm dich da mal hinter«, empfahl ich ihm. »Und ich spreche noch mal mit Tina. Wenn das nichts gibt, machen wir Schluß.«

Die Tür ging auf. Petra kam zu uns an den Schreibtisch.

»Habt ihr mal 'ne Fluppe?«

Weber zog die Schublade mit seinen geheimen Vorräten auf.

»Immer noch Menthol?«

Petra schnupperte mißtrauisch an der Zigarette. Weber riß ein Streichholz ab und gab ihr Feuer.

»Euch sieht man ja gar nicht mehr«, beklagte sie sich. »Und ich kann nonstop ans Telefon.« Sie schlug die Beine übereinander.

»Wir wären auch lieber im Büro«, entschuldigte uns Weber.

Petra zog an ihrer Zigarette. Das Ende zwischen den lackierten Nägeln glühte.

»Redet nicht so 'nen Stuß«, sagte sie. »Den glaubt euch doch keiner.«

»Irgendwer Wichtiges am Telefon?« fragte ich.

»Deine Mutter. Einen schönen Gruß, und sie hat morgen Geburtstag. Und dein Lover. Der mit der sexy Stimme.«

»Sonst noch was?« wollte ich wissen.

Sie zuckte die Schultern. »Hab' ich alles abgewimmelt. Die melden sich später.«

»Und für mich?« fragte Weber.

»Deine Frau. Ein paarmal. Das macht die doch sonst nicht«, staunte Petra. »Die arbeitet doch.«

»Noch nichts von zweiten Flitterwochen gehört«, klärte ich sie auf. »Soll es alles geben.«

Mein Kollege wurde tatsächlich rot. Petra kicherte.

»Noch was.« Sie zeigte auf die Plastiktüte, die am Fensterkreuz hing. »Kannst du nicht dafür sorgen, daß das endlich hier wegkommt? Die Kollegen von der Sitte machen ihre Witze.«

»Die ham's nötig«, sagte ich.

»Ich hab reingeguckt.« Petra schüttelte sich. »Pfui Teufel. Schenk das Zeug irgend 'nem Perversen.«

»Hast du Kerner gesehen?« erkundigte ich mich.

»Die haben sich eingeschlossen«, informierte sie uns. »Heinze, Kerner und der Dröge. Den ganzen Morgen schon.«

Es klopfte an der Tür. Petra nahm einen letzten Zug und drückte die Zigarette im Aschenbecher aus.

»Herein«, dröhnte Weber.

Die Tür ging auf. Ein Mann mit einer dunklen Tolle strahlte uns an und streckte uns die Zeitung entgegen. Er lächelte. Der goldene Schneidezahn blitzte.

»Ich war's«, rief er voller Begeistung. »Ich habe den Portier mit dem Eisenrohr erschlagen.«

Ein paar Wochen lang hatte Herr Rudolf keine Morde mehr gebeichtet. Es war schön, ihn in seiner Bestform zu erleben. Ich hatte mir fast schon Sorgen um ihn gemacht.

»Wir sind für den Fall leider nicht zuständig.« Ich lächelte Herrn Rudolf bedauernd an. »Zwei Türen weiter, Zimmer zweihundertelf. Die Herren helfen Ihnen weiter.«

»Danke, Frau Kommissar.« Herr Rudolf machte eine Verbeugung. »Vielen Dank.« Er verbeugte sich noch mal.

»Herr Rudolf«, ermahnte ich ihn.

»Ja, Frau Kommissar.« Der Schneidezahn blitzte.

»Und kein Wort, von wem Sie den Tip haben. Sonst kommen wir Sie zu dritt mit der Eisenstange besuchen.«

»Frau Kommissar.« In seinen Augen stand blankes Entsetzen.

»Es muß ja nicht dazu kommen«, beruhigte ich ihn.

»Kommt es nicht.« Er schüttelte beflissen den Kopf. »Kommt es bestimmt nicht. Frau Kommissar.« Er machte einen Diener und wich rückwärts zur Tür.

»Zimmer zweihundertelf.« Ich zwinkerte ihm zu. »Viel Glück.«

55

Die Sonne schien erstaunlich kräftig. Als wollte sie noch einmal zeigen, was sie konnte. Von Wärme beschwingt schlenderten die Menschen mit Jacken unter dem Arm durch die Straßen. Kellner trugen die letzten Eisbecher ins Freie. Hunde steckten ihre Schnauzen in bunte Blätterhaufen.

Ich rollte mit meiner Maschine durch die Herbstsonne, einer ganz anderen Welt entgegen. Einer Welt, in der Menschen in weißen Betten von Menschen in weißen Kitteln betreut wurden.

Ein Krankenwagen hielt vor dem Eingang. Zwei Männer in

grauen Uniformen trugen einen alten Mann auf einer Trage in die Aufnahme. Ich vergewisserte mich bei der Dame mit dem weißen Häubchen, daß Tina Hetzel noch auf derselben Station lag, und stieg in den Aufzug. Ohne Begleitung schwebte ich nach oben. Vor der Stationstür stoppte mich ein Weißkittel. Ich zückte meinen Ausweis und durfte weiter.

Tina Hetzel war nicht auf ihrem Zimmer. Die Frau im Bett vor dem Fernseher war dieselbe wie bei meinem letzten Besuch. Es kam mir so vor, als hätte auch der Film nicht gewechselt. Löwen streiften durch die Savanne. Bestimmt kamen gleich die Tierfänger und brachten sie in den Zirkus. Die Augen der Frau waren auf den Bildschirm geheftet.

Ich trat an das Fenster mit den gelben Gardinen und sah nach draußen. Der Park der Anstalt. Ein Essigbaum leuchtete glutrot in der Ferne. Weißkittel schoben Menschen in Rollstühlen über den Rasen.

»Tina ist unten.« Ich fuhr zusammen. Die Frau mit den Kopfhörern hatte gesprochen. Sie sah mich nicht an, sondern weiter auf den Bildschirm. »Die kommt gleich.«

Ich schielte auf Tinas Bett, die zurückgeschlagene Bettdecke. Auf dem Nachttisch standen bunte Astern, eine grüne Flasche Mineralwasser, ein halbvolles Glas. Ein aufgeschlagenes Buch lag daneben. »Englisch für Anfänger.«

Dann setzte ich mich an den Tisch, studierte die Bilder an den Wänden. Van Gogh, die Brücke bei Arles und das gelbe Café. Bestimmt hätte er sich nicht träumen lassen, daß seine Bilder genau wie er einmal in einer Anstalt landen würden.

Die Tür ging auf. Tina kam in Röhrenjeans mit dickem schwarzen Pullover zur Tür herein. Die Zeit des lachsrosa Bademantels war anscheinend überstanden.

»Wollen Sie zu mir?« Graue Augen sahen mich aus einem weißen Gesicht neugierig an.

»Ich hätte noch ein paar Fragen«, sagte ich. »Es wär nett, wenn Sie mit mir reden.«

»Warum nicht?« Sie setzte sich auf einen Stuhl zu mir an den Tisch. »Ist doch wegen Frank, oder?«

»Ja«, sagte ich. »Wir kommen nicht weiter.«

»Da kommen Sie zu mir?« Sie stützte einen Arm auf, legte das Kinn in die Hand und sah mich an. »Ist ja stark.«

Ich sah auf ihre Haare, die toupiert vom Kopf weg standen. Ein schwarzes Nest, mit Haarspray fixiert.

»Die Männer, die Sie vergewaltigt haben, waren es nicht.«

Nach meinen ersten Worten hob sie den Kopf und hielt sich mit beiden Händen am Tisch fest.

»Wir sind ganz sicher, daß sie es nicht gewesen sein können.«

»Aber die waren's.« Sie sah mich beschwörend an. »Die hatten Schiß wegen Frank.«

Mir war unwohl bei dem, was ich jetzt sagte.

»Sie erklären übereinstimmend, daß sie Frank Geld bezahlt haben. Geld für Sie.«

»Die spinnen doch«, schrie sie mich an.

Ich wich zurück.

»Feige Schweine sind das. Das ist nicht wahr.«

Ich ließ ihr Zeit, sich zu beruhigen.

»Und Sie glauben denen.« Sie schlug sich mit der Hand vor die Stirn. »Das halt ich im Kopf nicht aus. So blöd können nur Bullen sein.«

»Die drei haben Alibis. Die können es nicht gewesen sein.«

»A-li-bis«, sie spuckte verächtlich die Silben aus. »Die lügen Ihnen die Hucke voll.«

Was ich jetzt sagte, würde ihr noch weniger gefallen.

»Sie sagen, das Geld für Sie ging an dem Abend über den Tisch. Zehn Hundertmarkscheine. Das müssen Sie doch mitgekriegt haben.«

»Nein«, schrie sie mich an. »Verdammt noch mal. Es war ein Zehner für Zigaretten. Ein Zehner...«

Sie zog einen Fuß hoch und verschränkte die Arme vor der Brust. »Hauen Sie doch ab, wenn Sie mir nicht glauben. Machen Sie 'ne Biege.«

»Ich will nur herausfinden, wie Frank Bartels gestorben ist, dafür muß ich wissen, wie er war.«

Sie zog den zweiten Fuß hoch, legte beide Arme vor die Knie. »Er war so lieb«, sagte sie. »So lieb.«

Sie ließ ihren Kopf auf die Knie fallen.

»Alle hacken sie auf ihm herum. Warum?«
»Wer hackt auf ihm herum?«
»Der Doktor, Vera, was weiß ich«, wich sie aus.
»Wieso hacken die auf ihm herum?«
»Die sagen, er wär schlecht für mich gewesen. Was wissen die schon.« Sie hob den Kopf und sah mich an. »Ich war mit ihm zusammen. Nicht die.«
»Wieso war er schlecht für Sie?«
»War er ja nicht.« Sie wischte mit dem Pulloverärmel über die Augen.
»Was sagen die über ihn?« fragte ich sie.
»Na ja. Daß er nur wegen dem Geld bei mir ist, war. Mist.«
Die Tränen standen in ihren Augen, quollen über den Rand. Sie zog die Nase hoch. Ich wartete.
»Er war nicht dagegen, daß ich aussteige. Stimmt alles nicht.«
»Und warum sagen die das?«
»Was weiß ich?« Sie schniefte laut und fuhr sich mit dem Ärmel über das Gesicht. »Die kannten ihn eben nicht.«
»Wie lange müssen Sie noch hierbleiben?«
»Noch ein, zwei Wochen. Dann komm' ich raus.«
»Und was machen Sie dann?«
»Schule.« Sie sah mich herausfordernd an. »Diesmal pack ich's bestimmt.«
Sie ließ ihre Knie los und stellte die Beine auf den Boden. »Der Doktor sagt, ich pack's. Und Vera auch. Selbst das mit dem Riechen hab ich jetzt im Griff. Riecht gut hier, finden Sie nicht?«
»Doch, ja«, sagte ich leicht verunsichert.
»Wer ist Vera?« fragte ich. »Ihre Mutter?«
»'ne Mutter hab ich nicht mehr«, sagte sie. »Meine Eltern können Sie vergessen. Die sind tot für mich.«
»Und Vera?« hakte ich nach.
»'ne Freundin.« Sie sah mich an aus ihren grauen Augen. »'ne echte Freundin.«
Die Sonne fiel auf van Goghs gelbes Café.
»Und?« fragte sie mich. »Kommen Sie jetzt weiter?«
»Ich weiß nicht«, sagte ich. »Vielleicht war es ja doch ein Unfall.«

»Ein Unfall?« Ihre Stimme war empört. »Nie im Leben. Dafür würde ich mir die Hand abhacken lassen.«

Sie legte eine weiße Kinderhand auf den Tisch. Der Ärmel des Pullovers rutschte hoch und legte das orangefarbene Strickbündchen frei. Es verdeckte die Narben, die im Inneren des Handgelenks lagen.

56

Der Gang war voller Menschen. Die Aufregung um das von Kerner präsentierte falsche Geständnis sorgte weiter für volle Flure. Mir sollte es recht sein. Solange Heinze mit dem Fall beschäftigt war, konnten wir in Ruhe arbeiten.

Unerkannt schaffte ich es in unser Büro. Weber saß an seinem Schreibtisch und zupfte zufrieden an seinem Schnurrbart.

»Wir können den Fall zu den Akten legen.«

Er reichte mir ein paar Blätter über den Tisch.

»Lies mal, was Gebhard schreibt.«

Unaufgefordert brachte er mir einen Kaffee. Er mußte verdammt froh sein, wenn der Fall endlich von unserem Schreibtisch verschwand.

Ich schluckte den Kaffee und machte mich an die Arbeit.

Wie ich es geahnt hatte. Die Knoten gaben nichts her. Das Seil war in jedem Baumarkt zu haben. Artikelbezeichnung ›Spleitex‹, sechs Millimeter stark, verrottungsfest und schwimmfähig. Sogar die DIN-Norm hatte Kollege Gebhard erfaßt. 83 329. Die Jungens waren wirklich gründlich. Mehr als dreihundert Kilo konnte man an dem Teil liften.

In diesem Stil ging es weiter, Seite für Seite. Mikrospuren von diesem, Materialfäden von jenem. Nichts, was auf einen Mord hingewiesen hätte.

Frank Bartels hatte in seiner Garage einiges gesammelt. Werkzeuge, Ersatzteile, Elektrokram. Ich hätte wetten können, daß manches davon der Firma Strottmann in ihrem Lager fehlte. Das Batterieaufladegerät zum Beispiel.

Nach der ganzen Technik war der Damenstrumpf eine Wohltat. Ein getragener Strumpf mit undefinierbaren Schweißspuren. Gängige Marke, sechzig Denier, Größe zwei, Farbe schwarz. Ohne fünfstellige DIN-Norm und Schätzungen, welche Gewichte man an ihm festmachen konnte, ehe er riß.

Der Lippenstift trug die Fingerabdrücke des Toten. Die Kollegen hatten Marke und Farbe notiert. An diesem Punkt stolperte ich. Warum sollte sich Frank Bartels so einen teuren Lippenstift leisten? Tina hatte sich nur Lippenstifte der unteren Preisklasse angeschafft.

Weil er sich etwas Gutes tun wollte, sagte ich mir in Gedanken. Weil die Selbstfesselung für ihn etwas ganz Besonderes sein sollte. Ich schlug den Ordner zu.

»Na?« Weber gierte nach meinem Urteil.

»Wir legen den Fall zu den Akten.« Ich überreichte ihm feierlich Gebhards Akte.

»Das wurde auch Zeit«, befand er. »Da haben wir viel zu lange dran gesessen.«

Er legte die Akte auf seinen freien Schreibtisch.

»Ich habe immer noch so ein komisches Gefühl«, gestand ich ihm. »Das ist alles zu glatt.«

»Vergiß es«, empfahl er mir. »Der Fall ist zu Ende. Es gibt kein Motiv.«

Irgend etwas in meinem Kopf klingelte.

»Gib mir noch mal die Akte«, bettelte ich. »Ganz kurz.«

Er stöhnte laut auf. »Nein. Nur über meine Leiche.«

»Weber«, bettelte ich weiter. »Sei nicht so hart. Das paßt nicht zu einem intelligenten, kinderlieben Kollegen.«

»Intelligent, kinderlieb.« Er streichelte geschmeichelt seinen Bart. »Und? Was noch?«

»Gutaussehend«, log ich. »Großzügig, schnell, tierliebend, humorvoll.« Mir fiel nichts mehr ein.

Er gab mir den blauen Ordner.

»Der Fall ist abgeschlossen«, warnte er mich.

Ich schlug die erste Seite auf, blätterte weiter.

»Der Fall ist abgeschlossen«, beruhigte ich ihn.

Seite fünf, da war es. Die Auflistung der Gegenstände, die die

Kollegen im Spitfire gefunden hatten. Da stand, was ich gesucht hatte. Das, was nicht paßte. Ein Dinosaurier aus Gummi. Tyranno Saurus Rex. Gelobt sei die Sorgfalt der Spurensucher. Material: Gummi. Größe: ca. 30 Zentimeter. Fabrikat: Kiddycraft.

»Gib sofort die Akte wieder her.«

Ich prägte mir die Angaben ein und schlug den Ordner zu. Er riß ihn mir aus der Hand.

»Ich will von diesem Fall nichts mehr hören.«

Es klopfte kurz. Petra kam zur Tür herein.

»Deine Mutter hat heute Geburtstag. Denk dran.«

Weber legte den Ordner in eine Schublade und grinste schadenfroh.

»Sie hat gesagt, ihr seid im Westfalenpark verabredet.«

Ich konnte mich an keine Verabredung erinnern.

Weber schloß die Schublade mit dem Ordner ab.

»Um wieviel Uhr?« fragte ich.

»Jetzt gleich, sagt sie, um vier.«

»Ich bin schon weg.«

»Vergiß die Tüte da nicht.« Petra zeigte auf den Plastikbeutel am Fenstergriff. »Ich kann das Zeug nicht mehr sehen.«

»Das mach ich nur dir zuliebe.« Ich nahm den Beutel vom Haken.

57

Lore war nicht zu übersehen. Sie ist nie zu übersehen. Meine Mutter saß auf einer Bank, von der aus sie den Eingang im Blick hatte. Eine Mähne grauer Locken, Zigarillo im Mundwinkel, ein Modell aus ihrer unerschöpflichen Kollektion selbstgehäkelter Ungeheuer über dem strammen Busen. Die Stäbchenmaschen gaben den Blick auf schwarze Spitze frei.

»Muß das sein?« empfing sie mich. »An meinem Geburtstag?« Sie musterte meine Motorradkluft ungnädig.

Mit den Jahren habe ich mich daran gewöhnt, daß wir nicht den gleichen Geschmack in Sachen Kleidung haben. Ich drückte ihr mein Mitbringsel in die Hände.

»Herzlichen Glückwunsch auch. Zum Geburtstag.«

Der dicke Dahlienstrauß hatte die Fahrt auf dem Motorrad nicht ganz unbeschadet überstanden. Gelbe und braune Blütenblätter rieselten über die Wände der durchsichtigen Verpackung.

»Die sind schon alt«, befand sie unbarmherzig und ohne Sinn für die großen kosmischen Zusammenhänge, denen sie selbst ausgesetzt war.

Ich war froh, daß ich nicht Tage mit der Suche nach einem passenden Geburtstagsgeschenk vertan hatte. Ein Geschenk, das vor den Augen meiner Mutter Gnade findet, gibt es nämlich nicht.

»Das ist meine Tochter«, erklärte sie dem schmalen Mann an ihrer Seite.

»Das ist Erwin«, informierte sie mich.

Erwin war in grünes Tuch verpackt und trug einen Hut mit einem buschigen grauen Wedel. Beide Hände auf einen Wanderstock gelehnt, der mit silbernen Plaketten beschlagen war, lächelte er mich aus hellen Augen gewinnend an.

»Wollt ihr hier Wurzeln schlagen?«

Schon sahen wir Lore nur noch von hinten. Wir hefteten uns an ihre Fersen. Von der Treppe am Aufgang zur Seilbahn winkte sie uns zu.

Erwin und ich waren um Längen abgeschlagen. Sein Handicap war ein steifes Bein. Meins waren die schweren Motorradstiefel. Erwin pausierte kurz, auf den Stock gestützt, und atmete schwer. »Ein Mordsweib, Ihre Frau Mutter.« Bewundernd sah er auf die Figur am Ende der Treppe.

»Wo bleibt ihr denn?« klang es ungeduldig von der Treppe. »Ich habe schon die Karten.«

Eine blauweiße Gondel schaukelte zu uns heran. Lore stieg zuerst ein. Ich half Erwin und sprang nach.

Unter mir flanierten Menschen auf schnurgeraden Wegen an abgezirkelten Blumenbeeten vorbei. Ein Streifen dunkelblaue Blumen, hellblaue Blumen, ein Streifen rosa. Ein Stern von Astern in unterschiedlichen Rottönen. Die Sonne hüpfte über die Blumen, als wollte sie sich ausschütten vor Lachen.

»Guck mal, Erwin, die Dahlien.«

»Nein. Ist das schön.«

Entweder Erwin log, oder es hatten sich tatsächlich zwei verwandte Seelen gefunden.

»Was für ein schöner Tag.« Erwin streichelte die Hand meiner Mutter.

»Ihr wärt ja nie auf so eine Idee gekommen«, stellte sie klar. »Du nicht und meine Tochter erst recht nicht.«

Erwin tätschelte die Hand meiner Mutter weiter.

Die Gondel ruckelte der Endstation entgegen.

»Jetzt lade ich euch ins Turmrestaurant ein.«

Mir wäre ein Plätzchen im Freien lieber gewesen. Aber es war ihr Geburtstag.

Der Fahrstuhl war gerammelt voll.

»Turmrestaurant.«

Wir kämpften uns zum Ausgang. Die meisten wollten eins höher, auf die Aussichtsplattform.

»Da ist ein Tisch frei.«

Meine Mutter saß schon, als wir zum Tisch kamen.

»Und da fahren die Leute nach Spanien.«

Sie zeigte mit dem offenen Handteller nach draußen. Als ob sie uns die Stadt, die da unten lag, servieren wollte.

Von hier oben sah alles ganz friedlich aus. Spielzeughäuser, Spielzeugstraßen. Sonnig und harmlos.

»Du mußt hier den Apfelkuchen essen, Erwin«, befahl Lore.

Ich blätterte in der Speisekarte.

»Eis mit warmen Kirschen«, entschied ich mich.

»Die kommen aus dem Glas«, rügte sie mich.

Es war ihr Geburtstag, aber es war mein Magen.

Erwin entschwand zur Toilette.

»Na, wie gefällt er dir?« Lore klemmte sich einen Zigarillo zwischen die Lippen.

»Er scheint dich zu mögen«, sagte ich vorsichtig.

»Das ist ja wohl nicht schwierig.«

Ihr Selbstbewußtsein war mit den Jahren nicht weniger geworden.

»Und?«

»Ich kenne ihn ja erst kurz«, gab ich zu bedenken. »Du mußt mit ihm klarkommen.«

Sie nestelte an einem Träger herum. Unter den hellblauen Maschen ihres Pullovers blitzte die schwarze Spitze.

»Wir wollen heiraten. Oder findest du, daß ich dazu zu alt bin?«

»Du und alt«, beruhigte ich sie. »Du bist doch topfit.«

»Ich bin noch ganz gut in Schuß.« Sie zog ihr Häkelungeheuer in die Länge. Die Maschen weiteten sich über ihrem Busen. »Ganz gut in Schuß. – Aber du machst mir Sorgen«, sagte sie.

»Ich? Wieso?«

Immer hatte sie eine Überraschung für mich auf Lager.

»Wenn du dich so zurechtmachst, findest du nie einen Mann. Keinen zum Heiraten jedenfalls.«

Ich dachte, das Thema wäre erledigt. Ich hatte mich zu früh gefreut. Verunsichert sah ich an mir herunter. Sie hatte es wieder mal geschafft. Nicht, daß ich heiraten wollte. Aber trotzdem.

»Ich fahre Motorrad. Soll ich mich in einem Plisseerock auf die Maschine setzen?«

»Schwarzes Leder ist vulgär. Du siehst aus wie eine Nutte.«

Eins muß ich ihr lassen. Sie macht aus ihrem Herzen keine Mördergrube.

»Na, worüber redet ihr gerade?« Erwin lehnte seinen Wanderstab an den Tisch.

»Ein Gespräch unter Frauen, Modesachen.«

»Es gibt wenige Frauen, die sich so geschmackvoll kleiden wie Ihre Frau Mutter.«

Erwin tätschelte verliebt Lores Hand.

Es mußte auch Häkeldeckenliebhaber geben. Häkeldecken über strammen Busen.

Ich widmete mich meiner Eiskrem und den Kirschen und überließ die beiden Turteltauben sich selbst. Warum schaffte sie es nur immer, daß ich mich über sie ärgerte? Oder ärgerte ich mich nur über mich selbst?

»Es ist bestimmt nicht immer leicht für Sie, mit so einer dynamischen Mutter«, eröffnete Erwin das Gespräch.

Lore stand an der Theke und wartete auf den Kellner.

»Sie ist nur außen so rauh.« Erwin sah mich beschwörend an. »Hier drin...«, er tippte auf einen silbernen Knopf an der linken Seitentasche seiner grünen Jacke, »...schlägt ein Herz aus Gold.«

Eins stand fest. In Erwin hatte Lore einen echten Fan gefunden.

»Ihre Mutter ist so eine tolerante, aufgeschlossene Frau«, schwärmte er weiter. »Wenn Sie verstehen, was ich meine.« Erwin wurde rot. »Ich hätte nie gedacht, daß ich so etwas noch einmal erlebe. Meine verstorbene Frau war so prüde.«

Ich war hellwach. Das war ja interessant, was ich da zu hören kriegte.

»Nein, prüde ist sie nicht«, sagte ich gegen jedes bessere Wissen.

Meine erste Schminke hatte sie mir mit einem kalten Waschlappen aus dem Gesicht gerieben.

»Ich habe jüngere Frauen kennengelernt.« Erwin kam in Fahrt. »Die können sich von Ihrer Frau Mutter eine Scheibe abschneiden, was die Experimentierfreude angeht.«

Er kicherte in sich hinein.

»Heute ist ja alles viel toleranter geworden. Das hätten wir uns früher gar nicht vorstellen können.«

»Strapse, Leder, Gummi«, zählte ich auf. Der Fall in der Garage hatte meinen Horizont erweitert.

»Intimschmuck«, setzte Erwin beschwingt meine Aufzählung fort.

Er nahm die Dekoration vom Untersetzer meines Eisbechers. Vergnügt schwang er das Glöckchen mit dem bunten Papier. Es klingelte hell.

Experimentierfreude, Intimschmuck. Die Worte machten sich in meinem Kopf breit. Wo war ich hier eigentlich?

Erwin schwenkte weiter mit roten Bäckchen den Papierschmetterling mit Glocke.

»Wir können.«

Lore steckte die Rechnung in ihre Handtasche. Intimschmuck. Was um Gottes willen verbarg sich unter der hellblauen Häkeldecke und dem blauen Tuch um ihre Hüften? Mir wurde ganz anders.

Der Höhepunkt der Veranstaltung fand vor der Wasserorgel statt. Händchenhaltend saßen Erwin und Lore neben mir auf der Holzbank. Walzerklänge schepperten aus den Lautsprechern.

Wasser brach sich den Weg aus unzähligen Metallpfeifen. In schlanken Fontänen stieg es hoch, fiel wieder zusammen, blieb auf halber Höhe stehen, schwang sich erneut nach oben.

Eine Frau mit einem buntgewebten Tuch über der Schulter legte ein Kind an die Brust. Auf der Rasenfläche vor dem Wasser setzte sich ein kleiner Junge auf einen großen Ball und hüpfte damit über das Gras. Die Enten flüchteten ins Wasser.

Ich dachte an den Gummisaurier, den die Kollegen in Frank Bartels' Spitfire gefunden hatten.

Die Frau mit dem bunten Tuch legte das Baby zurück in den Wagen. Warum war keinem von uns das Gummitier aufgefallen? Frank Bartels schwärmte für schnelle Autos, nicht für Tiere. Kinder schwärmten für Dinos. Waren mir in diesem Fall überhaupt Kinder begegnet, oder hatte ich sie schlicht übersehen?

Die Lautsprecher schwiegen. Möwen setzten sich auf die Metallpfeifen. Die Oberfläche des Wassers war wieder glatt.

Im Pulk mit anderen Wasserorgelfreunden und -freundinnen zogen wir dem Ausgang entgegen.

Lore und Erwin begleiteten mich zu meiner Maschine.

»Das war ein schöner Geburtstag.«

Ich konnte kaum glauben, daß ein so unglaublich positiver Satz den Weg aus dem Mund meiner Mutter gefunden hatte. Was weiß eine Tochter schon von ihrer Mutter?

Sie schob sich einen Zigarillo zwischen die Zähne.

Ich spielte an den Riemen, mit denen die Tüte auf meinem Gepäckträger festgezurrt war.

Lore blies den Rauch aus. Die geballte Ladung zog Erwin ins Gesicht. Es störte ihn nicht. Er lächelte milde.

Ich löste die Gummiriemen über der Plastiktüte.

»Erwin«, sagte ich. »Sie gehören ja jetzt zur Familie.«

Lore kaute nervös an ihrem Stümpchen.

»Das habe ich im Wald gefunden.«

Ich reichte ihm die Tüte.

»Für mich ist das nichts.«

Lore zermalmte den Zigarillo unter ihren Füßen.

»Ich bin zu prüde.«

Erwin hielt die Tüte. Zu zweit beugten sie sich darüber.

Ich gab Gas und nutzte die Gunst der Sekunde.

Vielleicht waren sie ja ganz begeistert von meinem kleinen Präsent. Vielleicht aber auch nicht.

58

Die Abendsonne stand auf dem Wasser, und die Wellen kräuselten sich graugrün. Möwen schaukelten in den Wellen. In der Ferne schwebten die Greifarme der Kräne bewegungslos über den Schrottbergen.

Auf dem Parkplatz ließ ein Mann einen Hund von der Leine. Mit großen Sätzen rannte er los und jagte die Blätter, die der Wind über den Boden fegte.

Ich entspannte in meinem Stuhl am Fenster. Vor mir auf der Fensterbank lagen die Gegenstände, die ich mit einigem Glück noch kurz vor Ladenschluß erbeutet hatte. Ein Gummisaurier, ein Lippenstift und eine Trillerpfeife. Ich nahm die schwarzglänzende Hülle und schraubte den roten Stift heraus. Eine schmale Säule Rot, am Ende schräg angeschnitten. Wenig Ware für viel Geld. ›Rouge extrême‹ von Dior. Für diesen Lippenstift hatte ich vierzig Mark über eine feinriechende Ladentheke geschoben. Ich schraubte ihn wieder zu. Sollte sich Frank Bartels wirklich einen so teuren Stift geleistet haben? Bei der Pornozeitung hatte er sich für ein Magazin der billigeren Sorte entschieden. Ich setzte den Lippenstift auf die Fensterbank zurück.

Drei Jungen mit Baseballmützen sprangen über die Absperrungen vor den Gleisen der Hafenbahn. Über die alten Schwellen liefen sie auf die Brücke zu.

Ich spielte mit dem Saurier. Auf zwei Hinterbeinen stand er frei in meiner Hand. Eine untergegangene Art. Riesen, die sich auf dieser Welt nicht halten konnten.

Im Grunde geht es immer nur um das eine. Ums Überleben. Um nicht mehr und nicht weniger. Tod oder Leben. Ich dachte an Tina im Krankenhaus. An ein blasses Gesicht unter schwarzen, struppigen Haaren. Eine junge Frau, die leben will, aussteigen, ein neues

Leben beginnen. Und an ihren Freund, einen jungen Mann mit lustigen Grübchen. Einen Mann, der seinen Sportwagen mehr liebte als seine Freundin. Einen Mann, der nicht mehr war.

Tod oder Leben. Zwei Menschen auf einer Schaukel, die keine Balance hält, sich in die eine oder andere Richtung neigt. Für Tina hatte sich die Schaukel zweimal in die falsche Richtung bewegt. Die Vergewaltigung, der Selbstmordversuch. Tina zwar zweimal am Boden. Jetzt bewegte sich die Schaukel für sie aufwärts. Wäre das möglich, wenn Frank noch lebte?

Das Telefon schellte. Ich schnappte mir die Pfeife. Schwarz mit grünem Bändchen. Nach dem dritten Klingeln hob ich ab.

»Ja?«

»Lady Martina?«

»Am Apparat«, log ich.

»Sind Sie das?« Der Mann hustete. »Eine Lady, vor der auch der größte Mann klein und der kleinste Mann groß wird?«

»Still«, klärte ich ihn auf. »Bei mir werden die Männer ganz schnell still.« Ich setzte die Pfeife an die Lippen und pustete los. Es wirkte auf der Stelle. Das Besetztzeichen tutete mir entgegen.

In diesem Fall verfolgten mich die Ladys. Lady Elvira, Lady Martina. Ich versuchte, die Teile des Puzzles in meinem Kopf zusammenzukriegen. Den Lippenstift, den schwarzen Strumpf, mit dem die Geschlechtsteile von Frank Bartels abgebunden waren.

Der Fall ist abgeschlossen, warnte die Stimme in meinem Kopf. Was soll das? Das kommt sowieso vorne und hinten nicht hin.

Sei still, stoppte ich die Stimme in meinem Kopf. Wer ist hier die Kriminalhauptkommissarin. Du oder ich?

59

Ich sah auf die Leuchtzahlen meines Weckers. Halb sieben. Das letzte Mal war ich um halb fünf aufgewacht. Was für eine Nacht. Kaum eingeschlafen, war ich wieder wach. Aufgeschreckt von Bildern, die mein Herz zum Klopfen brachten. Der Fall hatte meine Phantasie auf Touren gebracht.

Ich war mit einem Motorrad den Fernsehturm hochgerast, hatte Tina aus den Fängen eines Sauriers gerettet, mein Telefon aus dem Fenster geworfen und ein goldenes Herz aus einer Plastiktüte befreit.

Was wollte mir mein Unterbewußtsein sagen? Ich sprang aus dem Bett und warf die Kaffeemaschine an. Die Sache mit dem Motorrad war klar. Wenn ich mich nicht blamieren wollte, mußte ich mich für ein paar Tage zum Training in die Sandberge absetzen.

Ich kletterte über die Bohrmaschine in die Badewanne. Warum hatte ich im Traum mein Telefon aus dem Fenster befördert? Ich streckte mein Gesicht dem heißen Wasserstrahl entgegen. Die Anrufe nervten mich anscheinend mehr, als ich mir eingestehen wollte.

Ich warf den Bademantel über. Mit triefend nassem Haar und auf nackten Füßen lief ich in die Küche. Koffein ist noch eines meiner harmloseren Rauschmittel. Blieben noch Tina und der Saurier und das goldene Herz aus meinem Traum.

Ich rubbelte die Haare trocken. Körperlich fühlte ich mich etwas schlapp. Ansonsten rundum vitalisiert und wild entschlossen, an diesem Tag sämtliche ungelösten Probleme meines Lebens in Angriff zu nehmen.

Das Tückische an solchen Stimmungen ist, daß sie nicht lange anhalten. Manchmal krieche ich schon nach zwei Stunden von soviel Aufregung geschwächt ins Bett zurück.

Ich wuschelte vor dem Spiegel meine Haarfransen trocken und widmete mich ausgiebig meiner Morgentoilette. Heute früh war Zeit genug für das volle Programm.

Ich steckte den Lippenstift und den Saurier in die Tasche und machte mich auf den Weg. Die Luft war frisch. Aus dem Hafenbecken stiegen Nebel auf. Die Blätter meiner Kastanie klebten feucht auf dem Bordstein.

Mit der Morgenzeitung unter dem Arm schloß ich die Tür zu unserem Büro auf. Diesmal hatte ich es vor Weber geschafft. Ich stellte den Saurier auf den Schreibtisch. Dann schlug ich die Zeitung auf.

Kerners Fall mit dem falschen Geständnis war von Seite eins auf Seite vier gewandert. Das hieß, wir mußten ab morgen wieder auf die Zuwendung unseres Dienststellenleiters gefaßt sein. Auf Seite eins wurde die traurige Haushaltslage der Stadt erörtert. Welche Hallenbäder geschlossen und welche Bücherbusse abgeschafft werden sollten, auf welchen Straßen das Licht demnächst nachts ausgeknipst wurde.

Die Tür sprang auf.

»Du hier? So früh?«

Meinem Kollegen gingen die Augen über.

Ich hatte nicht das Gefühl, daß meine Anwesenheit ihn begeisterte. Mit zusammengekniffenen Augen begutachtete er den Saurier.

»Wo hast du den her?« fragte er mich.

»Gefunden.«

»Stand da nicht was von einem Saurier in dem Bericht der Kollegen? Einem Tyrannus?«

»Ist nicht wahr«, staunte ich. »So ein Zufall.«

»Der Fall ist abgeschlossen.«

»Aber ja«, beruhigte ich ihn. »Wie geht es Inga und den Kindern?«

»Seit wann interessierst du dich für Kinder?«

Heute mißtraute mir mein Kollege auf der ganzen Linie.

»Ich bin gleich weg. Und morgen und übermorgen auch.«

»Urlaub?«

Ich schüttelte den Kopf. »Ich fahr nach Borkenberge zum Training.«

»Und mich läßt du hier mit dem Papierkram sitzen. – Willst du 'n Kaffee?«

»Aber nur 'n guten.«

Er ging zu der Maschine.

Ich blätterte in der Zeitung. Einmal vor und zurück. Dann fing ich wieder von vorn an.

»Suchst du was Bestimmtes?« fragte er mich.

»Ich krieg' da so blöde Anrufe.«

»Was für Anrufe?«

»So in der Art von... ich habe Ihre Anzeige gelesen und möchte das mal probieren, die Wiedergeburt in Gummi zum Beispiel.«

»Da will dich einer ärgern.«

»Dachte ich auch erst«, gab ich zu. »Aber es ist immer jemand anders.«

Da war die Seite, die ich suchte. Möbel, Hausrat und Verschiedenes. Eine satte Spalte mit Kleinanzeigen.

»Vielleicht 'ne Clique von Perversen?«

Weber stellte mir den Becher mit dem Kaffee auf den Schreibtisch.

»Dazu klingt es zu seriös.«

Ich nahm den Bleistift und ging die Anzeigen durch. ›Kommen + Sehen + Staunen + Wohl Fühlen.‹ Ich strich den ›Herrenclub Nummer 1‹ durch.

»Und was suchst du jetzt da?«

»Wart's ab.«

Vom ›Bunny Club‹ über ›Sonjas Körpermassage‹ bis hin zu der ›Partnervermittlung Tipptopp‹ und dem ›Sonnenstudio Anna‹: Fehlanzeige. So schnell ließ ich mich nicht entmutigen. Ich machte weiter.

»Ich hab's.« Zufrieden verpaßte ich der Anzeige einen Rahmen.

»›Club Roxette‹«, las ich Weber vor, »›mit Studio und Telefonfee‹. Das ist es. Hör dir mal die Telefonnummer an: 82 37 56.«

»Das ist doch deine«, wunderte er sich.

»Nicht ganz. Ich habe nicht 56 am Ende. Ich habe 65.«

»Du glaubst, die haben einen Dreher gelandet?«

»Vermutlich. Aber eins verstehe ich nicht...« Ich überlegte. »Keiner hat nach 'nem Club Roxette gefragt. Immer nur nach irgendwelchen Ladys. Und nach speziellen Dienstleistungen.«

»Ist doch klar«, sagte er. »Die schalten überall andere Anzeigen. Je nach Zeitung, je nach Kunden.«

»Du meinst, mal wirbt der Club Roxette mit seiner Telefonfee, mal mit Lady Elvira, mal mit den Gummispezialitäten...«

»Genauso läuft's«, bestätigte mein Kollege.

»Das ist ja beruhigend. Wenn da einmal 'n Dreher drin ist, geht er durch alle Anzeigen.«

»Modernes Marketing. Für TV-Erziehung wirbst du anders als für Entspannungsmassage.«

»Und was ist das, TV-Erziehung?«

»Erziehung für Transvestiten. Oder so ähnlich.« Weber grinste. »Da sollten wir Kerner abgeben.«

»Und wovon sollen wir die Lady bezahlen?« fragte ich. »Bei unserem Gehalt.«

»Wozu haben wir Kontakte...«, sagte er. »Vielleicht nimmt dich die Chefin von Studio dreizehn.«

Ich trank einen Schluck Kaffee.

»Wie nennen wir dich denn?« Er sah mich fragend an.

»Lady Beate.«

»Bist du verrückt? Du willst doch wohl nicht unter deinem richtigen Namen arbeiten?«

Webers Satz schlug in meinem Hirn Funken. Ich kippte den Kaffee herunter, packte den Saurier in meine Tasche und warf die Lederjacke über die Schulter.

»Ich muß los.«

»Du hast's aber auf einmal eilig.«

Ich rannte zur Tür. »Vergiß den Papierkram nicht.«

Bevor ich mich in die Sandberge schlug, mußte ich unbedingt noch zu den Kollegen von der Sitte.

60

Die frische Luft brachte meine Hirnzellen auf Trab. Während ich meine BMW wie einen widerspenstigen Gaul durch die Senken trieb und die Hügel hochjagte, flottierten sämtliche Puzzlestücke des Falls frei in meinem Kopf. Der Besuch bei den Kollegen von der Sitte hatte mir einen Namen und eine Adresse eingebracht. Noch war ich nicht sicher, wie die Teile zusammenpaßten. Aber ich war nah dran.

Runde um Runde kämpfte ich mich über den harten Parcours. Die Reifen meiner Maschine fraßen sich tief in den Sand. Ich gab Gas, steuerte den nächsten Huckel an. Es haute mich aus dem Sattel, ich flog über den Lenker und knallte in den Sand. Ein paar Meter entfernt lag die Maschine, die Räder kreisten in der Luft. Ich rappelte mich auf. Ein Reißen in der Schulter, mehr nicht. Mit weichen Knien lief ich zu meiner Mühle, packte mir den Lenker und stemmte sie hoch. Ich schwang mich in den Sattel und warf den Motor an. Plötzlich wußte ich, was ich zu tun hatte.

Auf glattem Beton rollte ich in die Stadt zurück. Die Maschine glitt schwerelos über die gerade Piste. Sie hatte den Härtetest locker verkraftet. Ich nicht. Meine Schulter schmerzte, und in meinen Armen spürte ich die Anstrengung, mit der ich den Lenker gehalten und ausbalanciert hatte. Abgesehen von solchen Kleinigkeiten fühlte ich mich ganz fit.

Ich steuerte der Adresse entgegen, die ich im Kopf gespeichert hatte.

Das Haus sah fröhlich aus. Mit Blumenkästen vor den Fenstern und bunten Rollos. Gegenüber war ein Spielplatz. Zwei Teenager saßen auf der Lehne einer Bank, Dosen in der Hand. Ich drückte auf die Klingel.

Schritte näherten sich hinter der Tür. Ich öffnete meine Tasche und nahm den Saurier in die Hand.

Eine Frau mit kurzen weißen Haaren stand in der Tür. Sie trug ein hellblaues Strickkleid mit einem runden Kragen, der von einer weißen Litze eingefaßt war. Freundliche blaue Augen sahen mich an.

Ich räusperte mich. Manchmal bin ich nicht besonders stolz auf die Tricks, mit denen ich arbeite.

»Guten Abend.« Ich gab mir Mühe, ein möglichst sanftes, möglichst überzeugendes Lächeln zu produzieren. »Entschuldigen Sie bitte die Störung. Ich wohne zwei Straßen weiter. Wir sind Nachbarn sozusagen.«

Ich hielt den Saurier hoch.

»Den habe ich auf der Straße vor Ihrem Haus gefunden«, sagte ich. »Und weil ich gesehen habe, daß hier Kinder wohnen, dachte ich mir...« Ich führte den Satz nicht zu Ende.

»Kommen Sie herein«, sagte sie. »Wir essen gerade zu Abend.« Ich folgte ihr in das Wohnzimmer.

Zwei Kinder saßen an einem gedeckten Tisch. Ich schätzte den Jungen auf sieben oder acht. Er trug ein rotes T-Shirt mit einer Palme. Drumherum schwarze Buchstaben im Kreis. ›Dubai, Queen of the Emirates.‹ Das Mädchen in der Bluse mit den gelben Sternen sah jünger aus.

»Möchten Sie vielleicht auch etwas essen?« fragte die Frau mit den weißen Haaren. »Es ist genug da.«

Sie rollte Spaghetti mit roter Tunke auf ihre Gabel.

»Nein, danke.« Es wäre mir lieber gewesen, sie hätte mich nicht ganz so nett behandelt. Ich verdrängte mein schlechtes Gewissen und stellte den grünen Saurier auf das weiße Tischtuch.

Der Junge ließ die Gabel fallen und sprang von seinem Stuhl. »Das ist meiner«, rief er aufgeregt und kam um den Tisch herum zu mir gelaufen.

»Das ist mein Tyro.« Er zeigte auf das grüne Plastiktier.

»Das heißt nicht Tyro«, belehrte das kleine Mädchen ihren Bruder. »Das heißt Tyrannus Saurus Rex. Tyrannus Saurus Rex.« Das lange Wort ging ihr locker über die Lippen.

Der Junge nahm den Saurier in die Hand.

»Den habe ich von Frank.«

Mein Herz klopfte schneller vor Aufregung. Es ist jedesmal ein spannender Moment, wenn ich merke, daß ich mit meinen Vermutungen richtig liege.

»Der gehört mir.«

»Frank ist dein Freund?«

Er nickte mit dem Kopf.

»Der ist mit uns auf die Kirmes gegangen. Die ganz große.«

»Wir sind mit ihm Geisterbahn gefahren«, sagte das kleine Mädchen. Hellbraune Haare, die von roten Plastikspangen gehalten wurden, fielen links und rechts von ihrem Gesicht über schmale Schultern.

»Bist du auch schon mal Geisterbahn gefahren?« fragte sie mich.

»Ich fahre ganz oft Geisterbahn«, verriet ich ihr. »Jeden Tag fahre ich Geisterbahn.«

»Auf der Kirmes?« Die rote Spange rutschte an dem dünnen Haarschweif nach unten.

»Nimmst du uns mit?« bettelte der Junge. »So wie Frank?«

»Hört auf zu betteln«, ging die weißhaarige Frau dazwischen. »Sonst kommt ihr ins Bett.«

»Ja, dann will ich mal...« Ich stand auf und sah zu dem Bild über der Anrichte. Auf dem Rücken goldfarbener Kamele trabte eine Gruppe von Beduinen durch unendliche Sanddünen.

»Wo wohnen Sie?« Die Frau mit den weißen Haaren erhob sich vom Tisch.

»Zwei Straßen weiter«, sagte ich schnell. »Tschüs ihr beiden«, verabschiedete ich mich von den Kindern.

Der Junge hielt den Saurier in der Hand und ließ ihn über das Tischtuch springen. Das kleine Mädchen sah gespannt zu. Ich interessierte sie nicht.

»Das war nett von Ihnen.«

Die Frau mit den freundlichen blauen Augen hielt mir die Haustür auf.

»Der Kleine hat sich gefreut. Das haben Sie ja gesehen. Kommen Sie ruhig mal wieder vorbei.«

»Ich werd' sehen, was sich machen läßt«, versprach ich.

61

Die Teenies hatten die Bank geräumt. Ich zog die Lederjacke aus und fegte damit mehr symbolisch die graue Sitzfläche. Ein paar Schritte entfernt lagen drei grüne Bierdosen im Sand. Ich widerstand der Versuchung, ordnend tätig zu werden, und nahm Platz. Die Aussicht war bestens. Kein Auto kam ungesehen an mir vorüber.

Eine Katze sprang aus den Büschen und näherte sich zögernd. Bald rieb sie ihr Tigerfell an meinen Stiefeln. Ich kraulte ihren Kopf. Sie ließ sich in den Sand fallen und streckte die Pfoten von sich. Meine Hände strichen über die weiche Haut am Bauch. Zufrieden schnurrte sie los.

»Du bist viel zu vertrauensselig«, schimpfte ich mit ihr. »Wenn ich nun ein Tierfänger wär und dich in das nächste Labor bringen würde?« Unbeirrt schnurrte sie weiter.

Wir haben alle unsere schwachen Seiten. Stellen, an denen wir wehrlos unseren Gefühlen ausgesetzt sind. Ich wuschelte in dem Fell hinter den Katzenohren. Bei mir ist das auch nicht anders. Vor zwei Monaten hätte ich meinen Freund noch aus der Wohnung geworfen, wenn er mit einem Bohrer angerückt wäre. Heute lächelte ich milde und überließ ihm mein Badezimmer zum Ausschlachten.

Keine Ahnung, was in den letzten beiden Monaten passiert war. Ich streichelte der Katze die hellen Bauchflanken. Irgendeine weiche Stelle bei mir mußte er erwischt haben.

Früher oder später erwischt es jeden. Ohne Ausnahme. Auch die, die nach außen besonders hart tun. Die gerade.

Die Katze rollte sich zur Seite und legte den Kopf neben die eingeknickten Pfoten. Wenn ich die Nacht hier verbringen sollte, war ich zumindest in guter Gesellschaft.

Der Mond stand schräg vor weißen Wolken. Motorengeräusche. Der gestreifte Tiger sprang auf. Ein Auto bog in die Straße. Die Katze verschwand zwischen den Büschen. Der weiße BMW holperte über das Pflaster direkt auf mich zu. Dann bog er nach rechts, wendete und fuhr auf das Haus zu, das ich vor kurzem von innen kennengelernt hatte. Nach einer Weile klappte das Garagentor zu.

Das mußte sie sein. Ich überlegte. Was wollte ich überhaupt von ihr? Die Wahrheit. Nicht mehr und nicht weniger. Ich wollte endlich wissen, was sich in der Garage abgespielt hatte. An einigen Stellen fehlten mir in meinem Puzzle noch die dazugehörigen Steinchen.

Ich stiefelte zu der Telefonzelle am anderen Ende des Spielplatzes. Vorbei an einem Klettergerüst mit nachtschwarzen Rohren. Ich schob die Telefonkarte in den Metallschlitz. Dann drückte ich die silbernen Tasten. Das Freizeichen ertönte.

Es brauchte seine Zeit, bis sich jemand meldete.

»Hallo.« Eine Frauenstimme.

»Spreche ich mit Vera Kuhlmann?«

»Am Apparat«, sagte die Frauenstimme am anderen Ende der Leitung.

»Tina braucht Sie«, sagte ich. »Sie hat mich gebeten, Sie anzurufen.«

»Ist etwas passiert?« Ihre Stimme vibrierte vor Aufregung.

»Es geht schon wieder«, schwindelte ich. »Tina möchte Sie sehen. Heute noch.

»Wer sind Sie?« fragte sie mißtrauisch.

»Ich arbeite auf der Station«, sagte ich und hängte den Hörer ein.

Es dauerte keine fünf Minuten, und die Garagentür sprang auf. Der BMW startete. Ich hängte mich dahinter. In halsbrecherischem Tempo raste sie über die leeren Straßen. Vor einer Ampel rollte ich an ihre Seite. Mit bloßen Händen trommelte sie unruhig auf das Lenkrad.

Während ich mit meiner BMW hinter ihr herraste, jagten sich in meinem Kopf die Gedanken.

›Wer ist Vera‹, hatte ich Tina gefragt.

›Eine gute Freundin‹, hatte sie geantwortet.

Und was für eine...

Dies war der Beweis, daß sie uns bei unserem Gespräch im Studio angelogen hatte. Sie wußte sehr wohl, wo Tina sich aufhielt. Sie steuerte so sicher durch die dunklen Straßen, als ob sie den Weg zu Tina ans Krankenbett noch mit verbundenen Augen finden würde.

Warum war ich nicht eher darauf gekommen, wer Vera war? Warum hatte ich sie bei unserem Besuch im Studio nicht nach ihrem richtigen Namen gefragt?

Weil du zu im Kopf warst, vernagelt, voll von Vorurteilen. Die unangenehme Wahrheit explodierte in meinem Kopf. Für dich war sie eine Hure. Mehr nicht. Madama Claude. Das hat dir gereicht. Die Frau dahinter interessierte dich nicht.

Ich konnte mich noch genau an ihre kühle, vernünftige Stimme erinnern. ›Ich habe eine Mutter und zwei Kinder zu versorgen. Glauben Sie etwa, ich könnte mir Gefühle leisten?‹

62

Der weiße BMW bog auf den Parkplatz. Ich stellte die Maschine neben die Aufnahme und wartete auf sie vor dem hellen Haupteingang.

In einem leichten weißen Mantel kam sie auf den Eingang zugelaufen. Die Neonröhren leuchteten auf die kurzen blonden Haare, die breiten Wangenknochen, die vollen Lippen. Madame Claude, die Chefin des Studios dreizehn. Auch wenn ihre Lippen jetzt dezent rosa geschminkt waren und sie einen hellen Mantel aus Fallschirmseide trug. Es war dieselbe Frau, die mir im Studio mit dramatisch geschminkten Katzenaugen und schwarzen Lackschalen über dem Busen gegenübergesessen hatte.

»Frau Kuhlmann.« Ich ging auf sie zu. Sie blieb stehen.

»Kripo? Was wollen Sie von mir?«

»Ich habe Sie herbestellt«, sagte ich. »Tina geht es gut.«

Wortlos drehte sie sich um. Mit schnellen Schritten lief sie über den Parkplatz. Ich lief hinterher. Sie schloß die Autotür auf und setzte sich hinter das Steuer.

»Ich muß mit Ihnen reden.«

»Sind das Ihre Methoden? Arbeiten Sie immer so?«

»Ist Ihnen eine schriftliche Einladung aufs Präsidium lieber?«

»Was wollen Sie von mir?«

»Ich will die Wahrheit.«

»Wieso kommen Sie zu mir? Sie sind in der Wahrheitsbranche. Nicht ich.«

»Machen Sie mit mir einen Spaziergang«, schlug ich vor.

»Nennen Sie mir einen Grund, warum ich das tun sollte?«

»Ich mag Tina. Und ich hasse Männer, die Frauen ausnutzen.«

»Ein Gespräch unter vier Augen?«

Ich nickte.

»Und Sie tragen kein Kassettengerät unter der Jacke?«

»Nein. Das ist als Beweismittel vor Gericht sowieso nicht zugelassen.«

»Also gut«, sagte sie.

Wir liefen über den Parkplatz. Dann nahmen wir einen Weg quer durch die abgeernteten Felder. Der Mond stand schräg am Himmel. Fahles Licht fiel auf die Steine am Boden.

»Sie mögen Tina?« tastete ich mich vorsichtig vor.

»Warum fragen Sie mich das? Das wissen Sie doch längst. Spätestens, seit Sie bei mir angerufen haben.«

»Es gibt Dinge, die ich noch nicht einordnen kann«, gab ich zu. »Zum Beispiel, warum Sie mir verschwiegen haben, daß Sie mit Tina und Frank befreundet waren.«

»Ich war nicht mit ihm befreundet«, fiel sie mir ins Wort. »Ich war Tinas Chefin.«

»Ihre Kinder waren mit ihm auf der Kirmes. Er hat ihnen Geschenke gemacht.«

»Männer wie er machen sich immer nur an die Schwachen heran.« Ihre Stimme klang rauh. »Er hat sie auf dem Spielplatz angesprochen. Sie haben gedacht, ich hätte ihn geschickt.«

Sie blieb kurz stehen, sah mich an. »Haben Sie Kinder?«

Ich schüttelte den Kopf.

»Sie sind nicht nach Hause gekommen. Wenn Sie keine Kinder haben, können Sie sich nicht vorstellen, wie das ist.«

Sie sah zum Krankenhaus hinüber.

»Wir haben überall nach ihnen gesucht. Es war grauenhaft.«

Wie ein steinerner Riese lag das Krankenhaus da am Rande der Felder. Düster, mit wenigen hellen Punkten.

»In der Nacht standen sie dann vor der Tür. Er hat sie mit seinem roten Wagen bis vors Haus gebracht.«

Wir schwiegen. Neben uns raschelte es im Gras.

»Warum hat er das gemacht?«

»Er wollte, daß ich Tina nicht mehr besuche.« Sie schwieg. »Und er wollte zeigen, was er mir antun kann.«

»Sie hätten ihn wegen Entführung anzeigen können.«

»Da bin ich nicht sicher.« Sie atmete tief durch. »Am Ende wäre da für mich noch eine Anzeige beim Jugendamt daraus geworden. Vernachlässigung der Aufsichtspflicht. In unserem Beruf geht das ruck, zuck.«

Der Weg endete vor hohen Büschen. Dunkel und bedrohlich standen sie vor uns. Wir drehten wortlos um.

»Warum wollte er, daß Sie Tina nicht mehr besuchen?«

»Schlechter Einfluß. Ich habe Tina in ihrer Therapie unterstützt. Ich habe ihr geraten, aufzuhören.«

»Warum haben Sie ihr dazu geraten?« wollte ich wissen.

»Sie hat das nicht ausgehalten.«

Ein weißer Wolkenstreifen zog durch den Mond.

»Ich konnte nicht mit ansehen, daß sie kaputtgeht dabei.«

Das klang fast so, als müßte sie sich für ihre Gefühle entschuldigen.

»Tina hat mir gesagt, Frank hätte nichts dagegen gehabt, daß sie aufhört.«

»Er hat sie belogen. Er hat sie immer nur angelogen, und sie hat ihm jedes Wort geglaubt. Mir hat er etwas ganz anderes erzählt.«

»Was hat er Ihnen erzählt?«

»Daß er mit seiner Frau machen kann, was er will. Daß ich mich da raushalten soll. Tina war sein Kapital. Er hätte nie auf das Geld verzichtet, das sie ihm brachte.«

Sie machte eine Pause.

»›Ich kenne sie am besten‹, hat er mir gesagt. ›Keiner kennt sie besser als ich. Das ist eine ganz heiße Perle, die will es andauernd von mir besorgt kriegen. So eine ist das.‹«

Eine Gänsehaut kroch mir über den Rücken.

»Die soll sich nicht so anstellen, hat er gesagt.«

Ich dachte an die Bilder, auf denen Tina nackt posiert hatte. An den glücklichen Ausdruck auf ihrem Gesicht. ›Liebe ist, wenn man sich nah kommt und einem warm wird.‹

»Sie hat ihn geliebt«, sagte ich mit trockener Stimme. »Und er hat sie verkauft.«

»Sie wissen von der Vergewaltigung?«

Ich nickte stumm.

»In der Nacht war sie bei mir. Die sind wie die Tiere über sie hergefallen.«

Die Frau neben mir schwieg.

»Sie sah übel aus. Den Tag danach wollte sie Frank nicht sehen. Sie hat nichts gesagt. Aber sie wollte ihn nicht sehen.«

Ein Rettungswagen bog mit heulender Sirene auf den Parkplatz vor der Klinik.

»Und dann ist sie wieder zurück zu ihm. Und er hat sie wieder anschaffen geschickt.«

Die Sirene schwieg.

»Ein paar Tage später hat sie sich die Pulsadern aufgeschnitten.«

Die Eingangstüren wurden von Männern in weißen Kitteln aufgerissen. Zwei Pfleger trugen eine Trage die Treppe hoch.

»Sie hatten Grund, ihm den Tod zu wünschen.«

»Ja«, stimmte sie mir zu. »Wollen Sie mich jetzt verhaften?«

Ich schüttelte den Kopf.

»Wir haben den Fall zu den Akten gelegt.«

»Das sehe ich«, zum erstenmal verzog sich ihr voller Mund zu etwas wie einem Lächeln. »Deshalb sind Sie hier und liegen nicht zu Hause in Ihrem Bett.«

»Ich bin hier, damit ich mich zu Hause in mein Bett legen kann und schlafen. Erst wenn ich die Wahrheit weiß, klappt das wieder.«

»Und?« fragte sie mich. »Können Sie jetzt wieder schlafen?«

»Noch nicht ganz.« Ich öffnete meine Handtasche. »Ist das Ihre Marke?«

Sie nahm den Lippenstift in die Hand.

»Und wenn es so wäre?«

»Dann würde ich die Marke wechseln.«

Sie gab mir den Lippenstift zurück.

»Eine gute Marke«, sagte sie. »Exzellente Qualität. Manchmal muß man dafür zahlen, wenn man sich für das Beste entscheidet.«

»Da ist etwas dran«, bestätigte ich.

Wir näherten uns ihrem weißen Wagen.

»Was passiert, wenn Tina aus dem Krankenhaus kommt?« fragte ich sie.

»Sie kann in der Wohnung bleiben oder zu uns kommen. Das muß sie entscheiden. Und dann sehen wir weiter.« Sie schloß die Wagentür auf. »Sie ist nicht dumm. Und sie hat den Willen. Sie kann die Schule schaffen.«

Sie setzte sich ans Steuer. Ich stand in der offenen Tür.

Das Licht über dem Spiegel leuchtete auf das Armaturenbrett. Sie zog etwas aus ihrer Tasche. Unschlüssig hielt sie den Stoff in ihren Fingern. Dann streifte sie die Handschuhe über die Finger. Erst den einen, dann den anderen. Ich traute meinen Augen kaum.

Weiße Punkte auf dunkelblauem Grund.

»Ich glaube, ich habe Sie schon einmal gesehen«, sagte ich. »Bei mir am Hafen. Das müssen Sie gewesen sein. Ich erinnere mich an die Handschuhe.«

»Und?« Sie zog den linken Handschuh glatt. »Was habe ich gemacht? Muß ich mich schämen?«

»Im Gegenteil«, beruhigte ich sie. »Sie haben drei Luftballons fliegen lassen«, sagte ich. »Das war sehr schön. Die roten Ballons, die durch die Luft trieben.«

»Die waren von einem Kunden«, sagte sie mir. »Für die Kinder.« Sie legte die blauweißen Handschuhfinger um das Lenkrad. »Wollen Sie wissen, warum ich sie nicht mit nach Hause genommen habe?« Ihre Veilchenaugen sahen mich an.

»Aber immer«, sagte ich. »Ich will immer wissen, warum.«

»Ich will nicht, daß meine Kinder in Kontakt mit Dingen aus dem Geschäft kommen. Noch nicht einmal Luftballons. Da bin ich komisch.« Sie streckte die Finger über dem Lenkrad.

»Wir haben alle unsere Prinzipien«, versicherte ich ihr.

Sie steckte den Autoschlüssel ins Schloß.

»Bei Tina haben Sie eine Ausnahme gemacht«, erinnerte ich sie. »Die haben Sie mit nach Hause gebracht.«

»So ist das nun einmal.« Sie zog ihre Handschuhe stramm. »Tina hat mehr als eins meiner Prinzipien durcheinandergebracht.«

»Ich habe ein Foto von Ihnen«, sagte ich. »Ihr blauweißer Handschuh zusammen mit den roten Ballons.«

»Ein Foto von einem Handschuh?« Sie sah mich erstaunt an.

»Das schicke ich Ihnen. »Sie werden schon sehen.«

»Wohin schicken Sie es?« wollte sie wissen. »Zu mir nach Hause oder in die Untersuchungshaft?«

»Der Fall ist abgeschlossen«, versicherte ich ihr.

»Und Ihre Wahrheit?« fragte sie und sah mich skeptisch aus ihren blauen Augen an. »Haben Sie die gefunden?«

»Doch, ja.« Ich zögerte. »Ich glaube schon.«

63

Der Mond hing angeschlagen am Himmel. Als wäre ihm das fehlende Stück mit einem Messer abgehauen worden. Die Wellen klatschten unbeteiligt und ölglänzend gegen das Hafenbecken. So, als könnte sie schon seit Ewigkeiten nichts mehr erschüttern.

Ich saß in meinem Kimono am Fenster und starrte nach draußen. Ob ich heute nacht wirklich besser schlafen konnte?

›Recht und Ordnung‹, brummte es in meinem Kopf. ›Recht und Ordnung.‹

Auf der Straße gegenüber krabbelte ein Riesenbaby über die Litfaßsäule. Anstelle des Kopfes trug es ein überdimensionales Fünfmarkstück auf den nackten Schultern.

»Du bist Kriminalkommissarin«, hörte ich jetzt Annas Stimme in irgendeiner Windung meines Hirns. »Kriminalkommissarin. Nicht der liebe Gott.«

Ich griff nach dem Riesling. Unter dem Dach der Haltestelle ragten rote Sitzschalen wie giftige Pilze aus dem Boden.

Das Telefon schellte. Ich nahm den Hörer ab.

»Ja?« Vorsichtshalber schob ich mir die Pfeife zwischen die Lippen.

»Hier spricht ein Perverser«, meldete sich eine mir wohlbekannte Stimme. »Ich kann nur mit Kommissarinnen.«

»Da sind Sie falsch hier.« Ich nahm die Pfeife aus dem Mund. »Kommissarinnen gibt's hier keine.«

»Was haben Sie denn im Angebot?« fragte er mich.

»Mörderinnen, Sympathisantinnen, Aussteigerinnen...«

»Bea.« Die Stimme meines Freundes klang besorgt. »Was ist los?«

»Ich habe meine erste Mörderin laufenlassen.«

Die Leitung blieb eine Zeitlang still.

»Machst du wieder einen deiner Witze?«

»Nein«, sagte ich. »Das ist nicht komisch.«

»Soll ich vorbeikommen?«

»Lieber nicht«, blockte ich ab. »Da muß ich allein durch.«

»Warum hast du sie laufenlassen?« wollte er wissen.

»Sie hat es nicht für sich getan. Nicht nur jedenfalls. Und...« Ich zögerte. »Es hat den Richtigen erwischt.«

»Wo ist dann dein Problem?« fragte er.

»Recht und Ordnung, die Gesetze, mein Job...«

»Kann dir jemand an die Karre fahren?«

»Nein«, sagte ich. »Hältst du mich für blöd?«

»Dann vergiß es. Mach dir nicht den Kopf heiß.«

»Danke für den Rat.« Meine Stimme klang schon wieder ganz schön bissig.

»Außerdem stimmt nicht, was ich dir gesagt habe.«

»Was meinst du?« fragte ich ihn.

»Ich kann nur mit Kommissarinnen. Der Quatsch. Die Kommissarin ist mir egal. Aber du nicht.«

»Ich sympathisiere mit Mörderinnen und hasse die Männer«, warnte ich ihn.

»Ich auch«, verriet er mir. »Wir passen gut zusammen.«

»Ich könnte mich an dich gewöhnen«, gestand ich ihm.

»Aber...« fuhr er fort. »Das hört sich so an, als müßte gleich ein Aber kommen.«

»Kommt aber nicht«, sagte ich und drückte den Hörer auf die Gabel.

Ich dachte nach über das, was er gesagt hatte. ›Kann dir jemand an die Karre fahren? Ja, nein? Wenn nein, warum machst du dir den Kopf heiß?‹ In manchen Dingen kann man wirklich von den Männern lernen. Ihre Sicht der Welt ist so bestechend einfach.

Ich trank mein Glas leer. Auf einmal hatte ich dieses Bild im Kopf. Tina in einem Gerichtssaal. Auf der Anklagebank Strottmann junior mit seinen Kumpeln. Ich sah, wie die Zuschauer auf den Bänken Tina anstarrten, wie sich ihre Lippen bewegten. Das ist eine Hure, murmelten sie. Eine Hure. Das Murmeln schwoll an, wurde lauter. Jetzt schrien sie es heraus mit haßverzerrten Gesichtern. Tina hielt sich die Ohren zu, rutschte von ihrem Stuhl, kroch darunter, verschanzte sich zwischen den Stuhlbeinen. Ich sah, wie der Richter in der schwarzen Robe lächelte und Tina eine blinkende Rasierklinge reichte.

In diesem Augenblick war mir klar, daß es nichts gab, für das ich mich zu schämen brauchte.

64

Das Schlimmste hatte ich hinter mir. Die Rede unseres Landesvaters, die Rede des Innenministers, die Rede unseres Präsidenten. Im Vergleich dazu waren die Darbietungen der Kollegen die reine Freude. Das Publikum auf den halbvollen Rängen klatschte begeistert. Die Kollegen von der berittenen Truppe führten gerade ihre Tierchen Gassi.

Ich fragte mich ernsthaft, warum ich mich ohne eine Vereinbarung von Schmerzenszulage auf diesen Zirkus eingelassen hatte. Die Sonne lachte hämisch vom Himmel. Es gab wahrlich vergnüglichere Arten, einen sonnigen Herbstsonntag zu verbringen, als in der Gesellschaft der Kollegen vom Polizeiorchester. Gnadenlos traktierten sie ihre Instrumente, untermalten jede Aktion im Stadionrund mit ihren schmissigen Weisen. Im Vergleich dazu klangen die Schäferhunde, die mit Jaulen und Kläffen die Vorgänge im Stadion kommentierten, geradezu menschlich.

Das einzige, was mich aufrecht hielt, war die Gewißheit, daß auch dieser Schrecken so wie alles auf Erden eine begrenzte Lebensdauer hatte. Tapfer ertrug ich das Kreischen der Rettungshubschrauber, die sich in die Stadionmitte senkten, die Schneidehämmer, mit denen zerbeultes Autoblech aufgeschnitten wurde, um Scheintote zu retten, und die zackigen Befehle, mit denen die Hundeführer die vierbeinigen Kollegen über den Rasen hetzten.

Endlich war es soweit. Die Musik schwieg für einen köstlichen Moment, und die Stimme des Ansagers ertönte:

»Meine Damen und Herren. Stadion frei für die schnellsten Männer auf zwei Rädern. Unsere Kradstaffel.«

Motoren heulten auf. Die Kollegen rollten im Kreis an den Zuschauerrängen vorbei, fuhren in Zweier-, Dreier- und Fünferformationen durch die Mitte. Ich fühlte mich nicht angesprochen und fuhr meine Maschine vor die Ehrentribüne.

Ein Mann mit hochrotem Kopf sprang auf und fuchtelte mit den Armen. Heinze machte sich mal wieder völlig überflüssige Sorgen.

Der erste Mann mit Kamera stürzte sich auf mich. Ich sah mich schon von der Hochglanzbroschüre des Herrn Innenministers lächeln. ›Die selbstverständlichste Sache der Welt. Frauen bei der Polizei.‹

Die Kollegen machten ihre Kunststückchen. Ich präsentierte mich und mein gewinnendstes Lächeln. Das Ende der Qual war zum Greifen nah. Aus den Augenwinkeln sah ich die Kollegen mit ihrer großen Pyramide durch das Stadion fahren. Das Publikum klatschte.

Die Herren vom Orchester quälten weiter ihre Instrumente. Die Schäferhunde jaulten. Mit gewohnt aparter Geräuschkulisse begann der Umbau für die nächste Nummer. Die nächste Nummer, das war ich.

Die Schanze wurde aufgebaut. Ein paar Meter dahinter das Stahlgerüst in Position gebracht. In Dreierreihen bauten sich die Kollegen mit ihren Maschinen vor dem Stahlgerüst auf.

Ein Tusch. Das war mein Einsatz.

»Bei der Polizei gibt es nicht nur mutige Männer«, dröhnte die Stimme des Stadionsprechers aus den Boxen. »In der folgenden Nummer riskiert eine Frau für Sie Leib und Leben.«

Ich fuhr mit meiner Maschine vor die Schanze.

Ein Kollege stieg mit einer brennenden Fackel auf das Gerüst und entzündete einen mannshohen Reifen. In Bruchteilen von Sekunden trieb der Wind das Feuer um den Kreis herum. Die Flammen loderten. Ein brennender Ring stand über dem Rasen.

Ich warf die Maschine an. Mit beiden Beinen stieß ich mich ab vom Boden. Mein Herz klopfte. Angst hatte ich keine. Bei der Generalprobe hatte alles geklappt. Ich drehte das Gas voll auf. Was war schon der Sprung durch einen brennenden Reifen verglichen mit dem ganz alltäglichen Abenteuer, als Frau unbeschadet durchs Leben zu gehen?

Ich jagte mit vollem Speed auf die Schanze zu. Das Holz unter der Maschine bebte. Das Vorderrad hob ab. Ich flog durch die Luft. Die züngelnden Flammen rasten direkt auf mich zu.

Epilog

Sie stand vor dem Haus und sah nach oben. Sämtliche Fenster unter dem Dach waren dunkel. Jetzt gab es nur noch einen Ort, wo er sein konnte. Durch die dunkle Toreinfahrt lief sie in den Hof. Zwei Fenster im Anbau schimmerten blau.

Die Front der Garagen lag im Dunkeln. Bis auf eine. Ein schmaler Lichtstreifen fiel nach draußen. Dort mußte es sein. Sie drückte die Tür auf.

»Bleib, wo du bist.« Er stand vor der offenen Kühlerhaube, ein öltriefendes Tuch in den Händen. »Was willst du?« Ohne sie aus den Augen zu lassen, rieb er sich an dem Tuch die Hände.

»Ich will reden.«

»Reden?« Er warf den Lappen auf den Boden.

»Man kann doch über alles reden«, sagte sie.

Seine Mundwinkel verzogen sich zu einem Grinsen. Wenn's weiter nichts ist, sagte sein Grinsen. Auch nur so eine Nutte, die reden will. Weil Frauen blöd sind. Weil sie denken, es käme darauf an, was man redet.

»Okay, reden.«

Sie wußte genau, was er dachte. Das kannst du haben, dachte er. Kein Problem. Ich habe noch jede Frau eingeseift. Du bist keine Ausnahme. Du bist genauso blöd wie alle.

»Worüber willst du reden?« Er zog das Papier von der Schachtel.

»Über alles.«

Das Papier raschelte zwischen seinen Fingern.

»Hast du für mich auch eine?« fragte sie.

Mit der offenen Zigarettenschachtel trat er vor sie.

Auf diesen Moment hatte sie gewartet. Sie rammte ihm das Knie zwischen die Beine. Einmal, zweimal, dreimal. Die Schachtel flog aus seiner Hand. Eine Zigarette rollte unter den roten Wagen.

Er riß die Hände vor sein Geschlechtsteil, stöhnte, sackte ein in den Beinen, fiel auf den Boden.

Es war so einfach. Weil sie so sicher waren. So überzeugt davon, daß sie mit allem durchkamen. Diese Jungen waren alle gleich. Wenn sie wüßten, wie ähnlich sie sich waren. Sie hatte sie zu oft erlebt. Mit dieser Kälte in den Augen, für die nichts zählte. Außer dem Geld, das sie hatten oder haben wollten.

Sie beugte sich über ihn, drehte ihm die Arme auf den Rücken. Er stöhnte. Sie legte die Hände übereinander und verknotete sie mit schwarzem Nylon. Dann band sie ihm die Füße zusammen.

Sein Kopf fiel auf die Seite. Eine gelbe Flüssigkeit rann aus seinem Mund. Er ächzte und hustete, rang nach Luft.

Sie ließ ihn liegen, rollte die Garagentür ins Schloß.

Er hatte Pech. Diesmal war er an die falsche Frau geraten. Sie machte ihre Tasche auf und packte aus. Das Seil, den Lippenstift, die Flasche mit dem Äther.

Er würde nie mehr eine Frau für einen Automotor verkaufen. Nie mehr Kinder in seinen roten Wagen packen.

Sie schleifte ihn zu dem Reifenstapel hinter dem Wagen, zerrte ihn hoch.

»Du Nutte.« Er war bei Bewußtsein, spuckte aus. Die Spucke landete auf dem schwarzen Gummi. »Alte Nutte.«

Kräftige Hände in blauweißen Handschuhen trieben ihm den Knebel in den Mund. Er wehrte sich. Sein Gesicht lief rot an vor Anstrengung. Die Hände gaben nicht nach. Er bäumte sich auf. Seine Augen quollen hervor. Adern platzten in den Augäpfeln. Weiße Punkte explodierten blau. Es nützte nichts.

Er konnte nicht fassen, was er sah.

Die erste Fotze, die nicht redete.

Die erste Frau, die es ernst meinte.

Sabine Deitmer

Auch brave Mädchen tun's

Mordgeschichten

Band 10507

Auf den ersten Blick haben die Frauen, die Sabine Deitmer in den Mittelpunkt ihrer Geschichten stellt, wenig gemeinsam: Da ist zum Beispiel die Kindergärtnerin mit den üppigen Formen, die ihr Leben mit Champagnertrüffeln und verheirateten Liebhabern versüßt. Die Karrierefrau mit dem Topjob, die zu sehr liebt. Die Friseuse im Ledermini, die nach Feierabend ihre rollende Disco aufbaut. Die Hausfrau, die mit Vierzig schwimmen lernt und eine Schwäche für Goldfische entwickelt. Oder die Witwe, die mit einem dreißig Jahre jüngeren Mann die Liebe entdeckt. Es sind ganz normale Frauen. Brave Frauen. Und doch entsprechen sie nicht so recht dem Bild, das man(n) sich von Frauen macht. Sie sind eine Spur zu eigenwillig, zu aufmüpfig, zu stolz und zu störrisch. Sie wollen sich nicht bescheiden. Eigensinnig beharren sie darauf, von ihrem Leben alles zu erwarten. Sie wollen lieben und lachen, spinnen und Spaß haben. Ihre Talente lustvoll ausleben und ihren ganz eigenen Weg zum Glück gehen. Für dieses Ziel tun sie alles. Wenn es sein muß, morden sie sogar. Männer, die sich ihnen in den Weg stellen. Einfach so.

Fischer Taschenbuch Verlag

fi 1999 / 3

Sabine Deitmer

Die schönsten Männer der Stadt

Balzgeschichten

Band 13620

Da sind sie, die Männer, die unsere Herzen höher schlagen lassen: charmant und unbeholfen, eitel und großmäulig, mit Hühner- oder Heldenbrüsten. Unauffällige Männer, die mit selbstverfaßten Gedichten Stürme der Leidenschaft entfachen. Männer, die so schön sind, daß wir sie vor unserer besten Freundin verstecken. Liebhaber, von denen wir uns nach heißen Nächten nur ungern, und Ehemänner, von denen wir uns nach Jahren ohne Lust nur allzu gern trennen. Sabine Deitmer erzählt komisch, poetisch und böse, wie frau sich über die Männer hermacht. Schräge, schaurig-schöne Geschichten, die für die Heldinnen ausnahmslos glücklich enden.

»Sabine Deitmer gilt inzwischen als Kult-Autorin.«
Hamburger Abendblatt

Fischer Taschenbuch Verlag

fi 2079 / 3